우리 시
깊이
읽기

권영민

우리 시
깊이
읽기

초판 1쇄 인쇄 · 2022년 4월 12일
초판 1쇄 발행 · 2022년 4월 22일

지은이 · 권영민
펴낸이 · 한봉숙
펴낸곳 · 푸른사상사

주간 · 맹문재 | 편집 · 지순이 | 교정 · 김수란, 노현정 | 마케팅 · 한정규
등록 · 1999년 7월 8일 제2-2876호
주소 · 경기도 파주시 회동길 337-16(서패동 470-6)
대표전화 · 031) 955-9111(2) | 팩시밀리 · 031) 955-9114
이메일 · prun21c@hanmail.net
홈페이지 · http://www.prun21c.com

ISBN 979-11-308-1907-5   03810

값 35,500원

우리 시 깊이 읽기

권영민

푸른사상
PRUNSASANG

시의 깊이 읽기를 생각하며

이 책은 내가 2014년부터 미국 버클리대학에서 '한국 현대시(Modern Korean Poetry)'를 강의하면서 미국의 대학생들과 함께 토론했던 내용을 간추려 정리한 것이다.

버클리대학은 진보적인 학풍을 자랑하는 세계 최고 수준의 대학이다. 버클리대학 동아시아언어문화학과는 중국학, 일본학, 불교학이라는 세 분야의 전공과정을 개설하고 있는데, 한국학 분야는 부전공으로 운영하고 있다. 한국 현대시 강의는 전공과는 상관없이 버클리대학 학생이라면 누구나 자유롭게 수강할 수 있는 개방적인 선택과목이다. 이 강의는 시의 이론, 시인의 생애 혹은 시의 역사 등에 대한 지식과 정보를 습득하는 것이 주된 목표가 아니다. 한국을 대표하는 중요 시인들의 작품을 학생들과 함께 읽고 그 내용을 여러 각도에서 분석 평가해보는 일에 집중하며 매달 리포트를 작성하고 두 차례 시험을 치른다. 한국 현대시의 전체적인 경향을 파악하고 한국어의 시적 표현의 특징을 이해하기 위해 모든 수강생은 주어진 시 작품을 꼼꼼히 읽고 그 시적 짜임새와 의미를 파악하고 언어 표현의 특징을 알아내는 데에 힘을 기울여야 한다. 강의를 시작하는 날 수강생들은 자신을 간단히 소개하는 글을 작성하고 자기가 읽어본 적이 있는 한국 시인의 이름을 적어 낸다. 학생들이 어느 정도 한국의 현대시에 대한 관심이 있는지를 알아보기 위한 일이다. 그동안 가장 많이 거명된 시인이 윤동주였던 것으로 기억한다.

한국 현대시 강의는 매년 봄학기에 개설하는데 학생 주도형 방식으로 강의를 진행한다. 나는 학생들과 일주일에 두 번씩 강의실에서 만난다. 모든 수강생이 스스로 먼저 시를 읽고 분석한 후 그 내용을 강의실에서 발표한다. 학생의 발표가 끝난 뒤에 이를 다시 함께 검토하고 정리하는 것이 교수의 역할이다. 이와 같은 강의 방식을 채택한 것은 버클리대학에 한국학 전공이 없으며, 학생들도 대부분 한국문학에 관한 지식이 별로 없다는 사실을 고려했기 때문이다. 물론 이 강의는 일정한 수준 이상의 한국어 독해 능력을 갖추고 있는 학생들이 수강할 수 있다는 전제조건을 붙여두고 있다. 한국어로 시를 읽어야 하니 한국어 독해 능력이 없이는 텍스트에 접근하는 것이 사실상 불가능하다.

학생들은 모든 작품을 한국말로 읽고 영어 번역본이 있는 경우 영어로 함께 읽는다. 버클리대학 강의실 복도에까지 시를 한국말로 읽는 소리가 흘러나간다. 학생들은 처음에는 머뭇거리다가 뒤에 아주 멋지게 잘 낭독한다. 낭독을 통해 시적 표현의 어조와 리듬을 자연스럽게 터득할 수 있다. 시는 소리 내어 읽지 않으면 그 시 속의 목소리가 문자에 갇혀버린다. 마치 시인이 된 것처럼 소리 내어 읽을 때 그 목소리의 결을 따라 숨겨진 리듬이 다시 살아난다. 시의 텍스트를 소리 내어 읽는 것은 시의 세계 속으로 들어서는 첫 단계이면서 동시에 시적 성취를 확인할 수 있는 마지막 단계에 해당한다. 작품 자체는 시인 자신이 쓴 것이지만 이것을 읽고 거기에 생기를 불어넣는 작업은 온전히 읽는 이의 몫에 해당한다. 시적 텍스트 자체가 만들어내고 있는 의미를 찾아내고 그 의미를 스스로 평가하며 거기서 어떤 느낌을 받아들이는 것은 독자로서 학생들이 해야 하는 일이다.

학생들은 대부분 시를 읽으면서 시인이 왜 이 작품을 쓰게 되었는지 어떤 의도를 숨기고 있는지 등에 궁금하게 여긴다. 나는 그런 생각을 가진 학생들에게 오히려 반대로 이렇게 설명한다. 이 작품을 왜 썼는지 어떤 의도가 있는지를 묻기 전에 작품 속에서 시인이 무엇을 말하고 있는지를 시 작품 자체를 통해 찾아보라고 말한다. 시를 쓰게 된 동기라든지 작품을 창작하게 된 의도라는 것은 실제 작품 텍스트를 분석하는 데에 별로 도움을 주지 못한다는 점도 강조한다. 시를 읽는 작업은 시인이 은밀하게 숨겨놓은 어떤 메시지를 찾아내기 위한 일만은 아니다. 시의 텍스트에 쓰인 언어가 작품 속에서 서로 역동적으로 작용하면서 어떤 의미를 새롭게 만들어내는 과정을 확인하는 것이 중요하다.

나는 한국 현대시 강의를 위해 매 학기 한국을 대표하는 시인들의 작품을 골라 강독 자료집을 별도로 만든다. 영어 번역본이 있는 경우 원문과 번역본을 대조하여 읽도록 준비하고 참고할 만한 자료도 별도로 제공한다. 이 책은 지난 8년 동안 한국 현대시 강의에서 다룬 시 가운데 작고 시인의 작품만을 골라 엮은 것이다. 내가 서울대학교에서 강의했던 '한국 현대문학의 이해'라든지 '한국 현대문학사' 등에서 다루었던 작품들을 두루 포함하였지만, 시인과 작품의 선정에는 나 자신의 개인적 취향도 일부 작용하였을 것으로 생각된다. 다만, 재수록 승인 문제로 아쉽게도 전문을 싣지 못한 작품들도 있다. 독자 여러분의 양해를 바란다.

이 책을 꾸미면서 나는 버클리대학의 캠퍼스에서 지난 8년 동안 만났던 수많은 반짝이는 눈동자들을 다시 떠올린다. 그들의 빛나는 성찰과 진귀한 호기심과 당돌하게 들리기도 했던 질문들이 생생하다. 한국의 독자들도『우리 시 깊이 읽기』를 통해 버클리대학 학생들이 보여준 놀라운 시적 관심을 함께 다시 나눌 수 있으리라 생각한다. 이 책이 시를 왜 깊이 읽어야 하는가에 대한 설득력 있는 대답을 조금이라도 제공할 수 있기를 바란다.

이 책의 출판을 맡아준 도서출판 푸른사상의 한봉숙 사장님과 편집 과정에서 시의 한 구절 한 구절을 꼼꼼하게 살펴준 김수란 편집장님에게 감사드린다.

2022년 봄
미국 버클리대학에서
권영민

차례

제2부

제3부

제4부

제1부

김소월

한용운

이상화

김동환

주요한

심 훈

박세영

박팔양

임 화

최남선

이병기

김소월

金素月 1902~1934

본명은 김정식(金廷湜). 소월은 필명이다. 1902년 9월 7일 평북 구성에서 태어났다. 정주 오산학교 중학부를 졸업한 후 1922년 배재고보에 편입하여 수학했다. 1923년 일본 도쿄상과대학 예과에 입학했으나 이해 여름 관동대지진으로 학업을 포기하고 귀국했다. 고향인 평북 구성에 머물면서 집안에서 운영하던 광산업을 도왔고, 고향에 『동아일보』 지국을 열기도 했다. 1934년 12월 24일 고향에서 지병인 관절염으로 고생하다가 아편 과량 섭취로 인하여 사망했다.

김소월은 1920년 3월 오산학교 재학 당시 스승이었던 김억(金億)의 도움으로 『창조』 5호에 작품 「낭인의 봄」 「야(夜)의 우적(雨滴)」 등 시 5편을 발표하면서 창작 활동을 시작했다. 1922년 잡지 『개벽』을 통해서 그의 대표작으로 손꼽히는 「금잔디」 「엄마야 누나

야」 「진달래꽃」 등을 발표했으며, 1923년에 「못잊어」 「예전엔 미처 몰랐어요」 「가는 길」 등을 발표했다. 1924년에는 김동인, 김찬영, 임장화 등과 함께 『영대(靈臺)』 동인으로 참가했으며, 「산유화」 「밭고랑 위에서」 등의 시를 발표했다. 1925년 생전의 유일한 시집 『진달래꽃』을 매문사에서 발간하였으며, 시혼(詩魂)의 음영과 정조를 강조한 유명한 시론 「시혼」을 발표했다. 『진달래꽃』에는 표제작 「진달래꽃」을 비롯하여 「산유화」 「바라건대는 우리에게 보섭 대일 땅이 있었다면」 「초혼」 등이 수록되었다. 1934년 사망 후 김억이 그의 작품들을 수습하여 시집 『소월시초』(1939)를 발간했다.

김소월은 한국 근대시의 형성 과정에서 시 정신과 시적 형식의 조화를 통해 한국적인 서정시의 정형을 확립한 시인으로 손꼽

을 수 있다. 그는 서구시의 번안 수준에 머물러 있던 한국 초기 근대시의 시적 형식을 새롭게 정착시켰다. 그가 발견한 시적 형식은 전통 민요의 율조와 토속적 언어 감각의 결합을 통해 이루어진 것이다. 그의 작품은 대부분 간결하면서 절제된 형식을 이루고 있으며, 율조의 흐름에 무리가 없이 내적 호흡의 자유로움을 구현하고 있다.

김소월이 그의 시에서 즐겨 노래하고 있는 대상은 '가신 님'이거나, '떠나온 고향'이다. 모두가 현실 속에서는 존재하지 않는 것들이다. 임과 고향을 그리워하는 그의 심정은 어떤 면에서 자못 퇴영적인 느낌을 주기도 한다. 그러나 그의 시는 그리움의 대상을 끈질기게 추구하며 노래하고 있다는 점에서 오히려 낭만적이기도 하다. 물론 김소월의 시에 볼 수 있는 슬픔의 미학이 지나치게 퇴영적이라고 비판되기도 한다. 그렇지만 그의 시가 보여주고 있는 정한의 세계가 절망과 좌절에 빠진 식민지 현실의 궁핍한 삶에서 비롯된 것임을 생각한다면, 그 비극적인 상황 인식 자체가 현실에 대한 거부의 의미를 담고 있음을 부인할 수 없는 일이다. 김소월의 시가 포괄하고 있는 정서의 폭과 깊이는 서정시가 도달할 수 있는 궁극적 경지에 맞닿아 있는데, 그 바탕에는 민족적 현실에 대한 비극적 인식이 가로놓여 있다.

진달래꽃

나 보기가 역겨워
가실 때에는
말없이 고이 보내드리우리다

영변(寧邊)에 약산(藥山)
진달래꽃
아름 따다 가실 길에 뿌리우리다

가시는 걸음 걸음
놓인 그 꽃을
사뿐히 즈려밟고 가시옵소서

나 보기가 역겨워
가실 때에는 원
죽어도 아니 눈물 흘리우리다

　　김소월의 시 「진달래꽃」을 읽을 때마다 나는 이 작품의 세 번째 연에 등장하는
'사뿐히 즈려밟고 가시옵소서'라는 구절이 마음에 걸린다. '즈려밟다'라는 말이 문
제다. 이 말을 국립국어원이 펴낸 『표준국어대사전』에서 찾아보면, '지르밟다'의 잘
못'이라고 풀이한다. 다시 '지르밟다'를 찾아보면, '…을 위에서 내리눌러 밟다'라고
뜻을 밝히고 있다. 『표준국어대사전』이 풀이한 대로 따라 이 구절을 다시 읽어보자.
길 위에 뿌려놓은 진달래꽃을 사뿐히 위에서 내리눌러 밟고 가시라는 뜻이 된다.
이렇게 읽게 되면 '사뿐히'라는 말과 뒤에 이어지는 '내리눌러 밟다'라는 말이 서로

의미상 충돌한다. 어떻게 사뿐히(가볍게 살짝) 내리눌러(꾹 힘주어) 밟을 수 있겠는가? 길 위에 뿌린 꽃을 내리눌러 밟는다는 것도 정서상으로 받아들이기 어렵다.

김소월은 시 「진달래꽃」을 1922년 7월 잡지 『개벽』(제25호, 146~147쪽)에 발표한다. 이해에 김소월은 고향인 평안북도 정주를 떠나 서울로 올라왔고, 배재고보 5학년에 편입한다. 이 작품은 그 뒤 시집 『진달내꽃』의 표제작이 될 만큼 김소월 자신도 애착을 두고 있었음을 알 수 있다. 당시 『개벽』지의 표기대로 이 작품을 옮겨놓고 시집 『진달내꽃』에 수록된 것과 대조해보면, 여러 군데 다르게 고쳐진 표현이 있음을 확인할 수 있다.

　(가) 나보기가 역겨워
　　　가실째에는 말업시
　　　고히고히 보내들이우리다.

　　　寧邊엔 藥山
　　　그 진달내꽃을
　　　한아름 짜다 가실길에 쌕리우리다.

　　　가시는길 발거름마다
　　　쌕려노흔 그꽃을
　　　고히나 즈러밟고 가시옵소서.

　　　나보기가 역겨워
　　　가실째에는
　　　죽어도 아니, 눈물흘니우리다.

　(나) 나보기가 역겨워
　　　가실째에는
　　　말업시 고히 보내드리우리다

　　　寧邊에 藥山
　　　진달내꽃

아름싸다 가실길에 쌕리우리다

가시는거름거름
노힌그꼿츨
삽분히즈려밟고 가시옵소서

나보기가 역겨워
가실째에는
죽어도아니 눈물흘니우리다

앞의 인용에서 (가)는 『개벽』에 처음 발표되었을 때의 원문 표기를 그대로 따른
것이며, (나)는 시집 『진달내꼿』에 수록된 작품의 원문을 옮긴 것이다. (가)와 (나)
는 동일 작품이긴 하지만, (나)의 경우 (가)와는 달리 각 연의 구성과 시어의 선택
에 있어서 몇 가지 변화가 나타나 있음을 알 수 있다. 1연의 경우는 둘째 행 '가실째
에는 말업시'가 '가실째에는'이라는 하나의 구절로 줄고, '말업시'라는 단어는 셋째
행으로 옮겨진다. 그리고 셋째 행의 '고히고히 보내들이우리다.'에서는 '고히고히'라
는 단어를 '말업시 고히'로 바꾼다. 2연에서는 둘째 행 '그 진달내꼿을'에서 '그'라는
관형사와 '―을'이라는 조사가 모두 생략되고 '진달내꼿'이라는 명사만 남아 있다.
그리고 제3행의 '한 아름 싸다'를 '아름싸다'로 고친다. 3연은 각 행이 모두 바뀌었
기 때문에 큰 변화가 생긴다. 첫 행에서는 '가시는길 발거름마다'가 '가시는 거름
거름'으로 고쳐진다. 둘째 행 '쌕려노흔 그꼿을'은 '노힌그꼿츨'로 고쳐진다. 그리
고 셋째 행 '고히나 스러밟고 가시옵소서'는 '삽분히즈려밟고 가시옵소서'로 바꾸
어놓는다. '고히나'라는 부사를 '삽분히'로 바꾸고, '스러밟고'는 '즈려밟고'로 고
쳐 쓴 것이다. 4연에서는 셋째 행 '죽어도 아니, 눈물'의 '아니'라는 부사 뒤에 표
시했던 쉼표가 사라진다. 이 같은 텍스트의 변화는 김소월이 시집을 펴내면서 작
품을 고친 것이라고 생각된다. 김소월은 각 연과 행의 구성에 일정한 규칙성을 부
여함으로써, 자연스럽게 시적 리듬을 창조해내고 있다.

　여기서 가장 주목되는 것이 3연의 변화이다. 이 변화를 좀 더 자세히 살펴보자.
(가)의 3연 첫 행은 '가시는길 발거름마다'로 쓰여 있다. (나)에서는 이것을 '가시는

거름거름'으로 모두 고친다. '길'이라는 명사를 삭제하고 '걸음'이라는 말을 중첩하여 시적 율동감을 살려낸다. (가)의 둘째 행 '쌕려노흔 그곳을'은 (나)에서 '노힌그곳츨'로 고쳐놓는다. 2연의 셋째 행에 쓰인 '쌕리우리다'와 어휘가 중복되기 때문에 '쌕려노흔' 대신에 '노힌'이라는 말을 선택한 것이다. 그리고 (가)의 셋째 행에 등장하는 '고히나'라는 부사를 (나)에서 '삽분히'로 바꾸고, '즈러밟고'는 '즈려밟고'로 고쳐 쓰고 있다. 이 부분을 자세히 살피기 위해 (가) (나)의 텍스트에서 해당 시행을 그대로 옮겨보기로 한다.

　　　(가) 고히나 즈러밟고 가시옵소서.
　　　(나) 삽분히즈려밟고 가시옵소서.

　　(가)에서 (나)로 바뀐 것은 김소월이 시집을 펴내면서 손을 댄 것이라는 점을 이미 밝힌 바 있다. (나) '즈려밟고'라는 말은 앞서 예시한 것처럼, 최초에는 (가) '즈러밟고'로 표기되어 있었던 것이다. 이 시에서 '즈려밟고'를 김소월의 표기 그대로 하나의 단어로 볼 경우, 그 정확한 문법적 형태와 의미를 밝혀줄 수 있는 또 다른 용례가 있는지를 확인할 필요가 있다. 그러나 이 말은 김소월의 시 가운데서는 다른 어디서도 찾아볼 수가 없다. 이 말에 대해 이기문 교수의「소월시의 언어에 대하여」(『심상』, 1982.12)에는 이렇게 설명되어 있다.

　　　여기에 나오는 '즈려'는 지금까지 그 해석이 상당히 문제가 되어 온 것으로 안다. 적어도 서울말에서 이에 해당되는 것이 발견되지 않는다. 이것은 정주 방언의 '지레' 또는 '지리'에서 온 것으로 볼 수밖에 없지 않은가 한다. '지레밟다' 또는 '지리밟다'는 발 밑에 있는 것을 힘을 주어 밟는 동작을 가리킨다. 『平北辭典』에 '지리디디다'(발밑에 든 물건이 움직이거나 빠져나가지 못하도록 짓눌러 디디다)가 보인다.
　　　문제는 이렇게 볼 때, '즈려밟고'와 그 위에 있는 '삽분히' 사이의 의미상의 어긋남이 생기는 점이다. 그러나 이렇게 생각하는 것은 잘못이다. 풀밭을 걸어갈 때, 아무리 가만히 밟아도, 풀이 발 밑에 쓰러진다. 이렇게 힘을 준 것과 동일한 결과가 될 때, 역시 '지리밟다'를 쓰는 것은 정주 방언에서는 조금도 어색한 일이 아니다. 위의 시에서는 꽃을 밟는 동작인데, 이 경우는 아무리 사뿐히 한다 해도

잔혹한 결과가 된다. 이렇게 볼 때, '삽분히 즈려밟고'란 표현의 참뜻을 이해하게 된다.

이기문 교수의 이 해석은 「진달래꽃」의 '즈려밟고'라는 말에 대한 가장 본격적인 언어학적 해석이라고 할 수 있다. 중고등학교 교과서에서는 모두 이에 따라 '즈려밟고'의 뜻을 '발밑에 있는 것을 힘을 주어 밟고'라고 풀이한다. 그런데 이희승 편 『국어대사전』에는 '즈려밟다'는 말이 등재되어 있지 않다. '지르디디다'라는 말은 방언으로 표시하고 있다. 그리고 이 말을 '제겨 디디다'라고 풀이한다. '발끝이나 뒤꿈치로 땅을 제기어서 디디다'라는 뜻이다. 이기문 교수가 제시하고 있는 '지리디디다'와 의미상의 차이가 약간 드러난다.

이러한 해석에도 불구하고, 나는 이 시에서 '즈려밟고'라는 동사와 이를 한정하고 있는 '사뿐히'라는 부사가 서로 어울리지 못하고 있다는 점을 지적하고 싶다. '사뿐히 힘주어 밟고'라는 해석은 아무래도 어색하다. 나는 이 구절의 의미가 부자연스러워진 것이 '즈려밟고'를 하나의 단어로 본 데에서 비롯된 것으로 생각한다. 우선 띄어쓰기의 변화를 보면, 김소월의 경우 '삽분히즈려밟고'를 모두 붙여 쓰고 있다. 이를 한글 맞춤법에 따라 띄어 쓸 경우, (1) '삽분히/즈려밟고'와 (2) '삽분히/즈려/밟고'라는 두 가지 표기가 가능하다. (1)을 따르면 '즈려밟고'를 하나의 단어로 보는 관점에 서게 된다. 그러나 (2)를 따를 경우, '즈려'와 '밟고'를 각각 독립된 두 개의 단어로 볼 수 있는 가능성이 생긴다. 물론 나는 (2)와 같이 두 개의 독립된 단어로 보려고 한다.

김소월은 '즈려'라는 말을 당초에 '즈러'로 표기했는데, '즈러' 또는 '즈려'라는 말은 무슨 뜻일까? 나는 이 말을 표준어 '지레'의 방언이라고 본다. 이 말의 표기가 불안정한 것은 방언에 따라 그 발음이 다르기 때문이다. '즈려'는 방언에 따라 '즈러, 즈레, 지러, 지레' 등으로 실현된다. 이러한 사실을 놓고 보면, 김소월이 '지레'라는 부사를 평안도 방언의 발음대로 '즈러' 또는 '즈려'로 표기했으리라 생각하게 되는 것은 자연스러운 일이다. 『표준국어대사전』에서는 '지레'를 '어떤 일이 일어나기 전 또는 어떤 기회나 때가 무르익기 전에 미리'라고 풀이하고 있다. 예를 들면, '지

레 오다(미리 먼저 오다)'라든지, '지레 짐작하다' 또는 '지레채다(미리 알아채다)'에서
처럼 뒤의 말과 어울려 쓰인다. 명사와 결합하여 복합명사를 이루는 예로는 '지레김
치(보통 김장 김치보다 일찍이 담가 먹는 김치)', '지레뜸(밥에 뜸이 들기 전에 푸는 일. 또
는 그 밥)' 등이 있다. 이처럼 '즈려'를 '지레'라는 말의 방언으로 보고 그 뜻을 사전의
풀이대로 따른다면, 김소월의 시에서 '지레 밟고'는 '남이 밟고 가기 전에 먼저 밟
고'라는 뜻이 된다. 그리고 바로 이 같은 뜻을 전체 시의 내용과 결부시키면 그 의
미가 아주 자연스럽게 이어지고 있음을 볼 수 있다.

　이제 「진달래꽃」의 시적 의미를 살펴보기로 하자. 이 시에는 '나'라는 시적 화자
가 등장한다. 시적 화자는 시인의 정서와 미적 의도에 맞춰서 말하는 태도와 말씨
를 조절한다. 이 경우에 특히 중요시되는 언어의 요소가 어조이다. 어조는 말의 몸
짓이라고 할 수 있다. 시의 어조 속에는 시인 자신이 시적 대상을 인식하는 방법과
태도가 담겨 있다. 시적 화자는 자신에게 부여된 목소리를 가지고 자신의 역할에
맞도록 감정을 표현하고 생각을 이야기하게 된다. 때로는 친밀할 수 있고 때로는
엄숙하고도 정중할 수 있다. 명령조로 말하기도 하고 간절하게 요청할 수도 있다.
그리고 때로는 조소가 섞인 말투로 이야기할 수도 있고 비난조로 말할 수도 있다.
그러므로 시의 어조는 시적 화자의 존재를 떠나서는 논의하기 어렵다. 시적 화자의
목소리와 그의 역할이 시적 텍스트의 속성을 결정 짓기 때문이다.
　그런데 여기서 주의해야 할 것은 시인과 시적 화자를 어떻게 구별해야 하는가
하는 점이다. 시에서 '나'라는 화자는 시인과 그대로 동일시하는 것이 자연스럽다.
하지만 시에 등장하는 1인칭 화자가 반드시 시인이라고 판단할 수는 없는 일이다.
시적 화자는 시인 자신일 수 있지만, 전혀 다른 허구적 존재일 수도 있다. 시적 화
자는 시적 텍스트의 내용을 표현하기 위해 시인에 의해 창조된 독자적인 개성이라
고 보아야만 한다. 이러한 논리에 근거하여 페르소나(persona)라는 용어를 사용하여
시적 화자와 시인을 엄격히 구별하기도 한다. 페르소나라는 말은 원래 그리스의 고
전극에서 배우들이 사용하던 '가면' 또는 '탈'을 가리키는 라틴어였다. 이 말이 오늘
날에는 문학의 여러 갈래에서 본래의 뜻과는 다르게 사용되고 있다. 소설의 경우에
는 작가가 아닌 1인칭 화자 '나'를 작가와 구별하여 지칭하는 말로 사용되기도 하고

시의 경우에는 독자들이 그 목소리를 듣게 되는 시적 화자를 지칭하는 말로 쓰이기도 한다. 이러한 용법은 이들 작중의 화자가 시와 소설이라는 특정의 예술작품에서 그 예술적 목적을 위해 창조된 허구적 인물이라는 점을 말해준다. 실제로 「진달래꽃」의 시적 화자인 '나'는 시인 자신이라고 보기 어렵다. 작품 속에 드러나 있는 시적 정황이나 말투가 모두 여성적이다. '나'를 여성적 화자라고 하는 것은 시적 화자가 시인 김소월과 동일한 존재가 아님을 말해준다. '나'는 시인과 일정한 거리를 두고 존재한다. 시 속에서 '나'의 상대역은 '나 보기가 역겨워' 떠나가는 사람이다. 두 사람이 이별의 순간에 직면해 있음을 쉽게 알 수 있다. 시의 진술 내용은 역겨워 떠나는 상대방을 향한 여성 화자의 말로 채워져 있는데, '나'의 말씨와 그 언어적 표현이 예사롭지 않다. 시적 화자는 단 한 차례도 상대방을 지칭하거나 호칭하지 않으면서 상대를 최대한 높이고 자신을 낮추어 말하는 존대법을 두루 활용한다. '보내드리우리다' '뿌리우리다' '가시옵소서' '흘리우리다'와 같은 종결형에는 사랑하는 임에 대한 경외감과 존경심이 담겨 있다. 여성적 화자인 '나'는 사랑하는 임이 너무나 크고 귀한 존재이기 때문에 함부로 그 이름을 부를 수도 없는 것이다.

「진달래꽃」은 이별의 정한을 그려낸 것으로 알려져 있다. 사랑하는 임과 헤어지는 슬픔을 노래하고 있는 것으로 해석되기도 한다. 그러나 텍스트의 언어적 특성을 정밀하게 분석해보면 이 작품이 단순한 이별의 노래가 아님을 쉽게 알 수 있다. 이 시에는 시적 화자인 '나'와 '나 보기가 역겨워' 떠나가는 사람이 그 상대역으로 상정된다. 떠나는 사람과 보내는 사람, 이들은 이별의 상황에 직면해 있다. 그런데 여기서 주목해야 하는 것은 두 사람의 이별이 현재 일어나고 있는 실제의 상황은 아니라는 점이다. 이 시에서 이별은 실제의 일이 아니라 가능성의 상황일 뿐이다.

첫 연의 '나 보기가 역겨워/가실 때에는'이라는 구절에서 '가실'이라는 동사에 붙은 어미 '-ㄹ'은 문법상 관형형 어미라고 한다. 이 관형형 어미는 체언을 수식하는 문법적 기능을 지니는 것이지만, 대개가 시간상으로 아직 일어나지 않았지만, 앞으로 일어나게 되는 일이나 동작을 표시한다. 그러므로 이 첫 구절에서 '내가 보기 싫어져서 나를 버리고 떠나가실 때'는 현재 일어나고 있는 상황을 말해주는 것이라고 보기 어렵다. '언젠가 내가 보기 싫어져서 나를 버리고 떠나게 될 때'라고 읽는 것이 타당하다. 그리고 '나 보기가 역겨워' 떠나는 상대를 놓고 '말없이 고이 보내드리우리다.'라고 말하는 '나'의 심사도 예사롭지 않음을 주목해야 한다. '말없이 고이'라는 두 개의 시어는 아주 단순한 부사어로 쓰이고 있지만, 엄청난 의미의 진폭을 보여준다. 떠나는 상대에 대한 숱한 원망의 말도 없다. 이별의 아픔을 견디지 못한 채 몸부림친다거나, 떠나지 못하게 붙잡고 늘어지는 고통스러운 몸짓을 보여주지도 않는다. 순순히 이별을 받아들이면서 모든 괴로움을 혼자 참고 견딘다. 바로 이러한 의미가 이 두 개의 부사어에 담겨 있다. 시적 화자는 사랑하는 사람을 앞에 두고 사랑과는 정반대가 되는 극단적 상황으로서의 이별이라는 비극을 가정한다. '언젠가 내가 더 이상 보기 싫어진다면, 그래서 나를 버리고 떠나신다면'이라는 괴롭고 슬픈 이별의 장면을 사랑 앞에서 그려보고 있다. 그리고 그러한 상황이 실제로 일어나게 된다면, 떠나지 못하게 붙잡고 늘어지지도 않고 아무 원망도 없이 임을 고이 보내드리겠다고 말한다. 시적 화자는 현실의 사랑을 앞에 두고 반대로 이별의 상황을 설정하여, 자신을 버리고 떠나는 사람에 대해 자기가 취하게 될 태도를 담담하게 서술하고 있는 것이다.

2연에서 시적 화자는 자신을 버리고 떠나가는 사람 앞에서 오히려 자신의 변함없는 사랑을 드러내고자 한다. 여기서 자기 사랑의 표상으로 선택한 것이 '진달래꽃'이다. '영변의 약산'에 피어 있는 진달래꽃은 시인 김소월에게는 일상의 체험 속에 자리 잡고 있는 꽃이다. 시인은 이 같은 일상적인 체험의 영역에 근거하여 자기 정서를 표현하고, 그 표현에서 새로운 시적 감응력을 끌어낸다. 봄이면 '영변의 약산'에서 보았던 아름다운 진달래꽃은 이제 영변 약산에만 피어나는 것이 아니라, 시인의 상상력에 의해 사랑의 의미로 채색되어 새롭게 시적 대상으로 창조된다. 이 시에서 진달래꽃이 사랑을 표상하는 것이라면, 그 사랑이라는 시적 의미가 내면적으로 확대되는 과정은 '아름 따다 가실 길에 뿌리우리다'라는 구절을 통해 확인해 볼 수 있다. 떠나가는 길 위에 뿌리는 한 아름의 진달래꽃은 사랑의 크기를 나타내며, 사랑의 깊이를 보여주고 있기 때문이다. 한 아름이라는 말은 두 팔을 벌려 껴안은 둘레의 길이를 나타낸다. 이것은 인간의 육체를 통해 드러낼 수 있는 가장 크고 많은 양이다. 이 말에 내포된 '두 팔을 벌려 껴안다'라는 동작의 의미는 사랑을 말해주는 몸의 언어에 해당한다. 시적 화자는 사랑하던 사람과 이별하면서 슬픔의 눈물을 보이지 않고, 떠나는 임 앞에서 한 아름의 진달래꽃을 통해 자기 자신의 변함없는 커다란 사랑을 보여주고 있다. 이 시에서 이별의 슬픔 대신에 크고 깊은 사랑의 진실이 자리 잡게 되는 것은 이러한 시적 형상화의 과정을 통해서 가능해진다.

이 시의 텍스트에서 좀 더 주목해야 할 부분이 3연이다. 이미 앞에서 검토한 대로 김소월이 시집을 펴내면서 이 부분을 가장 많이 고쳤다. 이 시에서 이루어지고 있는 시적 진술을 서법상으로 구분해본다면, 3연은 서술형 문장으로 종결되고 있는 것이 아니라, 청유형 문장으로 이루어져 있다. 1연, 2연, 4연의 경우는 모두 시적 화자인 '나'를 서술적 주체로 하여 '나'의 행위를 서술한다. 그러나 3연은 떠나는 임에게 당부하는 말로 이루어져 있다. 시적 화자는 진달래꽃을 '삽분히즈려밟고 가시옵소서'라고 말하고 있다. 가시는 길 위에 뿌려놓은 그 진달래꽃을 임께서 사뿐히 즈려밟고 가라고 간곡하게 청한다. 여기서 '즈려밟고'라는 말을 '지레 밟고'라고 띄어 쓰게 되면 길 위에 뿌려진 진달래꽃에 또 하나의 의미가 덧붙여져 있음을 알게 된다. 그것은 바로 사랑의 순결성이다. 앞서 설명한 대로 '지레'라는 말이 '미리 먼저'라는 뜻이라는 점을 놓고 본다면, 이 대목은 다른 사람이 밟고 지나기 전에 임께서 먼저 밟고 가시라는 뜻을 말한다고 할 수 있다. 아무도 밟지 않은, 누구도 손대지 않은 한 아름의 진달래꽃, 그것은 사랑의 순결성을 의미한다. 이별의 순간에 한 아름의 진달래꽃으로 자기 사랑의 크기를 보여주고, 다시 그 사랑의 순결성을 표시하고자 한다. 이 시의 정조는 이 대목에서 절정에 이른다고 할 수 있다.

이 시에서 시적 화자가 가정하고 있는 이별의 상황은 슬픔의 장면이 될 수가 없다. 오히려 자기 사랑의 깊이와 진정성과 순결함을 보여주면서 자신의 모든 것을 임에게 보여줄 수 있는 황홀한 순간이 되고 있기 때문이다. 시적 화자는 이별의 상황을 가정해보며, 그 비극적인 순간을 눈물의 언어 대신에 사랑의 아름다움으로 꾸며낸다. 이 작품의 마지막 구절에서 시적 화자는 진달래꽃으로 표상되고 있는 바로 그 사랑의 모든 것을 다 드러내어 보였기 때문에, 죽어도 눈물을 흘리지 않으리라고 말하고 있다. 이별의 슬픔이 내면화하고 그 대신에 사랑의 진실이 자리 잡게 되는 것, 그것이 바로 가장 빛나는 시적 성취라고 할 수 있다. 이별의 순간에 펼쳐놓는 이 아름다운 사랑의 확인법을 누구도 놓칠 수가 없기 때문이다. 그러므로 「진달래꽃」은 이별의 노래가 아니다. 이별의 아픔과 슬픔을 훨씬 뛰어넘는 아름다운 사랑의 노래이다. 임을 향한 크고 깊은 사랑, 깨끗하고 정결한 사랑이 가득 담겨 있지 않은가?

산유화(山有花)

산에는 꽃 피네
꽃이 피네
갈 봄 여름 없이
꽃이 피네

산에
산에
피는 꽃은
저만치 혼자서 피어 있네

산에서 우는 작은 새요
꽃이 좋아
산에서
사노라네

산에는 꽃 지네
꽃이 지네
갈 봄 여름 없이
꽃이 지네

「산유화」에서 노래하고 있는 대상은 자연의 세계 그 자체이다. 1연에서 그리고 있는 것처럼 산에는 늘 꽃이 피어난다. 이 꽃 잔치는 봄부터 시작되어 가을까지 이어진다. 그리고 산에 피는 꽃들은 4연에서 노래하고 있듯이 봄, 여름, 가을을 가리

우리 시 깊이 읽기

지 않고 언제나 저절로 떨어져버린다. 꽃은 혼자서 피어나고 다시 저절로 떨어진다. 이것은 자연의 순환적인 질서에 해당한다. 2연은 산에 피는 꽃이 아무도 돌보는 이가 없이 혼자서 저만치 피어 있음을 그대로 노래한다. 산에 피는 꽃이 저만치 혼자서 피어 있다는 것은 지극히 당연한 사실이다. 꽃은 아무도 돌보는 이가 없는 산에서 혼자 저절로 피고 진다. 자연은 그렇게 늘 생멸의 과정을 자연스럽게 되풀이한다. 이 자연의 질서 속에서 꽃과 더불어 살아가는 것이 새이다. 우리가 흔히 쓰는 '화조(花鳥)'라는 말이 의미하듯이 꽃이 피고 새가 거기 함께 어울려 살아간다. 그러므로 3연은 산에 피는 꽃과 산에서 우는 작은 새가 서로 하나의 전체를 이루고 있음을 보여준다. 이것이야말로 바로 자연의 조화를 의미한다고 할 수 있다.

일찍이 김동리는 「산유화」를 놓고 '청산과의 거리'라는 말(『문학과 인간』, 1952)로서 김소월 시의 본질을 논한 바 있다. 그는 이 시가 자연을 동경하는 시인의 심정을 노래하고 있음을 지적하면서 시의 화자가 자연과 일정한 거리를 두고 자연에 귀의할 수 없는 상태에 있음을 주목한다. 그것은 '저만치'라는 시어를 통해 드러내는 거리감 때문이다. 동경의 대상이 되는 자연이 시적 화자와의 사이에 '저만치'라는 거리를 두고 있다는 것이다. 이러한 김동리의 주장은 뒤의 연구자들에게 대개 그대로 받아들여졌고, 자연과 인간의 거리라는 존재론적 의미는 김소월 시의 성격을 규정하는 하나의 중심 개념이 되었음은 주지의 사실이다. 실제로 어떤 연구자는 이 시가 자아와 세계의 불연속을 잘 표상해주고 있다고 지적하면서, 꽃을 피우고 지게하는 자연은 인간의 논리를 벗어난 '저만치'의 존재이며 절대 차원의 섭리임을 알아야 한다고 주장하고 있다. 또 다른 연구자는 '저만치 혼자서 피어 있네'라는 것은 모든 존재들이 지닐 수밖에 없는 운명의 거리를 뜻하는 것이라고 설명하면서, 이 시가 모든 존재의 본질을 서로 '혼자 있음' '떨어져 있음'으로 파악한 것이라고 해석하기도 했다.

「산유화」의 시적 주제에 대한 이와 같은 기존의 해석에 나는 동의하기 어렵다. 이 시가 노래하고 있는 것은 '산'과 '꽃'과 '새'이다. 그리고 이들이 자연스럽게 어울려 살아가는 모습을 통해 자연의 질서와 그 조화를 보여주고 있다. 그런데 많은 연구자가 엉뚱하게도 이 시에서 자연과 인간의 거리를 강조하고 있다. 그리고 '거리감'이라든지 '외로움'이라든지 하는 주관적 감상과 그 정서의 특징에 독자들이 주목하도록 오도(誤導)하고 있다. 이러한 해석은 시적 텍스트의 전체적인 의미를 제대로 파악하지 못한 데에서 비롯된 일이다. 시적 의미의 해석에서 주관적 감상을 지나치게 강조할 때 빠져들게 되는 이른바 '감상적 오류'를 여기서 확인할 수 있다.

「산유화」의 해석에서 문제가 되는 부분은 '산에/산에/피는 꽃은/저만치 혼자서 피어 있네'라는 2연이다. 이 구절에서 '저만치'는 시적 화자와 '꽃' 사이의 거리로 자연스럽게 이해된다. 이를 확대하면 인간과 자연의 거리라고 할 수도 있을 것이다. 여기서 다시 문제가 되는 것은 '저만치 혼자서 피어 있네'라는 구절에 포함된 '혼자서'라는 말의 의미이다. 이 말은 아주 평범한 단어지만 그 의미의 이중성을 놓쳐서는 안 된다. 기왕의 연구자들은 '혼자서'라는 말에 고립이나 단절 등과 같은 정의(情意)적 의미를 붙여놓고 있다. 그러나 산에 꽃이 혼자서 피어 있다는 것은 멀리 떨어져 외롭게 고립되어 있다는 뜻만은 아니다. 오히려 산에 있는 꽃은 아무도 돌보는 이가 없는 상태에서 '저절로 자기 힘으로' 피어나기 때문이다. 그러므로 이 구절의 '혼자서'라는 말을 '외로이 홀로 떨어져서'라고 해석하는 것이 옳은가를 다시 반성할 필요가 있다. '그 노인은 아무도 찾아주는 사람 없이 혼자서 작은 집을 지키고 있었다.'라고 말할 경우는 '혼자서'는 '외롭게'라는 뜻이 된다. 하지만 '그 노인은 혼자서 그 넓은 밭의 김매기를 모두 마쳤다.'라고 할 경우 '자기 힘으로 아무 도움도 없이'라는 의미로 읽는 것이 적절하다. 이 시의 '저만치 혼자서 피어 있네.'라는 구절에서 '혼자서'의 의미를 함부로 단정할 수 없음을 쉽게 이해할 수 있다. 실제로 이 시에서 문제가 되는 '혼자서'라는 말은 '외롭게' 피어 있는 꽃이 아니라 '아무도 돌보지 않아도 저절로' 피는 꽃으로 설명해야만 전체적인 시적 의미의 흐름이 자연스럽다. 산에 피어나는 꽃을 통해 그려내고자 하는 자연 그대로의 모습이 살아나기 때문이다. 이것은 1연과 4연에서 노래하고 있듯, 산에서 피고 지는 꽃이 보여주는 자연의 순환적 질서와 그 조화의 의미를 부연하고 있는 것임을 알 수 있다.

이 시의 1연과 2연의 내용을 이렇게 서로 연결해보면, 3연의 의미도 전체 맥락 속에서 그 의미의 해석이 가능해진다. 산에서 자연스럽게 피어나는 꽃과 어울려 사는 것이 새이다. 산에 여기저기 꽃이 저절로 피어나고 그 속에서 새들도 함께 어울

우리 시 깊이 읽기

려 살아간다. 꽃이 좋아서 새가 산속에 살고 있다는 것은 시적 화자의 주관적 설명이지만 모든 사물이 서로 어울려 전체를 이루는 자연의 세계를 말해주고 있다는 점에서 별로 어색하지 않다. 이 대목이 생태적 자연의 질서와 조화와 균형을 의미한다고 하면 바로 그것이 이 시의 참주제에 해당한다고 할 수 있다.

4연은 1연과 서로 짝을 이루면서 시상의 종결을 보여준다. 1연이 꽃의 개화를 통해 새로운 생명의 탄생을 말하는 것이라면 4연은 꽃의 낙화를 통해 생명의 소멸을 말해준다. 여기서 개화와 낙화, 탄생과 소멸의 과정은 그 자체가 곧 자연의 질서이며 순환이라는 점을 쉽게 확인할 수 있는 일이다.

김소월의 시 「산유화」를 두고 자아와 세계의 단절을 읽어낼 수 있다거나 인간과 자연의 운명적 거리를 감지할 수 있다고 하는 것은 지나치게 과장된 해석이라고 생각한다. 이 시의 전체적인 시상의 전개 과정을 고려하지 않고 자연과의 거리라든지 존재의 단절이나 고립을 주장하는 것은 시적 맥락을 벗어난 주관적 해석에 불과할 뿐이다. 산에서 저절로 피고 지는 꽃, 그 속에 함께 어울려 살아가고 있는 작은 새, 이런 것들을 함께 노래하고 있는 것이 「산유화」이기 때문이다.

「산유화」를 다시 읽으면서 한 가지 더 주목하고자 하는 것은 김소월의 시적 리듬 감각과 시의 형태에 관한 특이한 인식이다. 이 시는 전체 텍스트가 아주 단순하고도 간결한 형태를 갖추고 있으며, 반복적인 3음보의 리듬도 자연스럽게 잘 살려낸다. 각 연의 구성 방식도 비슷하게 각각 3행으로 구분되어 있다. 하지만 2연의 경우는 '산에/산에/피는 꽃은/저만치 혼자서 피어 있네'라는 4행이다. 시의 텍스트에서 유사하게 반복되는 각 연 3행의 구성 방법을 여기서는 지키지 않고 있다. 하지만 '산에 산에/피는 꽃은/저만치 혼자서 피어 있네'라고 3행으로 구분할 경우에는 텍스트에서 시각적인 행 구분의 일관성을 살릴 수는 있지만 대신에 3음보 율격의 규칙성이 깨진 상태가 된다. 이 문제를 해결하기 위해 시인은 텍스트의 구성에서 4행 구분을 택한다. 그렇기 때문에 '산에/산에/피는 꽃은'은 3행으로 구분되는 동시에 3음보의 율격을 자연스럽게 실현한다. '산에'라는 어절이 2음절로 이루어져 있음에도 불구하고 행 구분을 통해 얻어내는 휴지(休止)를 활용하여 3음보 율격을 가능하게 만든 셈이다. 더구나 이러한 시각적인 행 구분이 여기저기 흩어져 산에 피어 있는 꽃의 모양을 연상하게 하는 공간성을 획득하게 만들고 있다는 점도 주목할 필요가 있다.

게다가 이 시는 각 연의 첫 행 첫 음절을 모두 '산'으로 고정하였고, 각 연 끝 행의 마지막 음절을 모두 '-네'로 맞췄다. 요즘의 시에서는 찾아보기 힘든 두운과 각운을 의도적으로 표시한 셈이다. 물론 이러한 방법이 음악적 효과를 어느 정도 거두고 있는지를 따지기 어렵지만 서구 시의 경우와 흡사한 운율을 실험하고자 했던 김소월의 창작 의도를 그대로 보여주고 있다.

김소월의 시는 토착어의 시적 가능성을 최대한 살려내면서 민중의 삶 속에서 비롯되는 깊은 정감을 간결한 리듬을 통해 잘 표현하고 있다. 시적 언어의 토착성이라는 것은 그 언어를 바탕으로 생활하고 있는 민중의 정서가 언어와 밀착되어 있음을 의미한다. 실제로 김소월의 시에는 추상적인 개념어가 거의 없으며, 구체어로서의 토착어가 자연스럽게 활용되고 있다. 그의 시가 실감의 정서를 깊이 있게 표현하고 있는 것은 이 같은 언어적 특성과 깊은 관계가 있다.

「산유화」는 시집 『진달래꽃』(1925)에 수록되었다. 어떤 잡지나 신문에 발표했는지 확인할 수 없다.

우리 시 깊이 읽기

초혼(招魂)

산산이 부서진 이름이여!
허공중에 헤어진 이름이여!
불러도 주인 없는 이름이여!
부르다가 내가 죽을 이름이여!

심중에 남아 있는 말 한마디는
끝끝내 마저 하지 못하였구나.
사랑하던 그 사람이여!
사랑하던 그 사람이여!

붉은 해는 서산마루에 걸리었다.
사슴의 무리도 슬피 운다.
떨어져 나가 앉은 산 위에서
나는 그대의 이름을 부르노라.

설움에 겹도록 부르노라.
설움에 겹도록 부르노라.
부르는 소리는 비껴가지만
하늘과 땅 사이가 너무 넓구나.

선 채로 이 자리에 돌이 되어도
부르다가 내가 죽을 이름이여!
사랑하던 그 사람이여!
사랑하던 그 사람이여!

김소월의 시 「초혼」은 민간 풍습으로 전해지는 상례 가운데 '초혼'의 의식을 개인적 정서의 세계로 끌어들여 시적으로 형상화한 작품이다. 시의 제목인 '초혼(招魂)'이라는 말은 글자 그대로 죽은 사람의 '혼을 부름'이라는 뜻으로 풀이할 수 있다. 임종 직후 죽은 사람의 영혼을 부르는 '초혼'이라는 의식을 말하는데, 이를 달리 '고복(皐復)'이라고도 한다. 사람이 운명하면 죽은 사람의 속적삼이나 상의를 가지고 지붕에 올라가거나 마당으로 나가, 북쪽을 향해 옷을 휘두르면서 죽은 사람의 주소와 성명을 왼 다음에 큰 소리로 길게 '복(復)! 복(復)! 복(復)!' 하고 세 번 부른다. 초혼은 죽음으로 인해 육신을 빠져나간 영혼이 다시 돌아와 육신과 합쳐져서 살아나기를 기원하는 의식이다. 초혼의 의식을 치러도 사람이 살아나지 않으면 비로소 그 사람이 죽은 것으로 인정한다.

　　이 시에서 시적 화자인 '나'는 사랑하던 사람을 잃은 슬픔에 싸여 그 사람의 이름을 끝없이 되풀이하며 불러보고 있다. 시의 텍스트에 이 비통한 장면이 그대로 옮겨져 있으며, 견딜 수 없는 슬픔과 애절함이 시적 정서를 전반적으로 지배하고 있다. 전체 텍스트에서 사랑하던 사람의 죽음을 애통해하는 시적 화자인 '나'의 심정이 직설적으로 표현되어 있다. 1연은 세상을 떠나버린 사랑하던 사람의 이름을 거듭 반복하여 부르는 '초혼 의식'의 장면을 그대로 보여준다. 시적 화자인 '나'의 비통한 심정이 각 행의 끝 구절에 반복되는 '이름이여!'라는 말을 통해 암시된다. 아무리 이름을 불러보아도 그 이름이 허공중에 흩어질 뿐 사랑하던 사람은 모습도 사라졌고 아무런 대답도 없고 들을 수가 없다. '나' 자신도 그 이름을 부르면서 그 사람의 뒤를 따라 죽고 싶은 비통한 심정을 나타낸다. 여기서 주목해야 할 것이 '이름'이다. 모든 사물은 이름을 갖고 있다. 세상 사람들이 사용하는 모든 말이 다 이름이라고 할 정도로 사물의 존재는 그 이름을 통해 인식된다. 인간도 마찬가지다. 이 세상에 존재하는 사람은 누구나 이름을 갖고 있다. 그러나 그가 죽으면 그 이름을 아무리 불러도 소용이 없다. 이름만 남은 채 그 존재 자체가 사라져버렸기 때문이다. 결국 1연의 내용은 사랑하던 사람이 죽어서 세상에 존재하지 않음을 확인하는 대목이라고 할 수 있다.

　　2연은 '나'의 마음속의 한스러움을 말해준다. '나'는 가슴 깊이 담아두고 차마 들려주지 못했던 말이 있었음을 털어놓는다. 그것은 '사랑한다'는 말이다. 하지만 '사랑하던 그 사람'이 세상을 떠났으므로 이제는 아무 소용 없는 말이 되었다. '나'는 생전에 그 말을 들려주지 못한 것이 더욱 한스럽고 원망스럽다. 3연에서는 홀로 남게 된 '나'의 슬픔과 외로움을 다시 강조한다. 넘어가는 해라는 시각적 이미지와 슬피 우는 사슴의 울음소리라는 청각적 이미지가 결합하면서 산 위에 홀로 서 있는 '나'의 외로움과 쓸쓸함이 더욱 고조된다.

4연에서는 '나'의 비애의 정서가 끝없는 절망으로 이어지고 있음을 표현한다. 사랑하던 사람의 이름을 설움에 겹도록 부르고 또 부르지만, 그 소리는 사랑하던 사람의 귀에 도달하지 못한다. 하늘과 땅 사이가 너무 넓기 때문이다. 여기서 '땅'은 현실적인 삶의 공간으로서의 이승을 의미하고 '하늘'은 죽음 또는 유명(幽冥)의 공간인 '저승'을 뜻한다. 삶과 죽음 사이의 공간적 거리가 너무 멀기 때문에 이제는 서로 다시 만날 수도 없고 부르는 소리도 전할 수 없다는 것을 깨닫는다. 시적 화자는 스스로 절망감에 빠져버린다.

하지만 5연에서 '나'의 영원한 사랑을 다시 한번 강조한다. '선 채로 이 자리에 돌이 되어도'라는 구절은 '나'의 사랑이 변함없음을 강조하기 위해 끌어들인 비유적 표현이다. 우리나라 여러 지방에 널리 분포되어 있는 '망부석(望夫石)' 전설을 시적으로 인유한 것이다. 사랑하던 남편이 멀리 떠난 후 그 아내가 남편이 오기를 기다리다가 죽어서 돌이 되었다는 이야기가 바로 그것이다. 죽어서 돌로 변한다는 것 자체는 자신의 사랑이 영원히 변함없을 것임을 암시하는 것이다. 시적 화자는 슬픔 속에서도 자신의 사랑이 영원할 것임을 다짐한다.

이 작품은 민간에 전해오는 장례 풍속의 '초혼 의식'을 시상의 발단으로 삼고 '망부석'의 전설적 모티프를 시상의 결말로 변용한다. 시적 의미 자체가 토속적 정서에 기반하고 있음을 알 수 있다. 사랑하던 사람의 죽음을 서러워하면서도 자기 사랑이 변함없이 영원할 것임을 노래하고 있다.

옷과 밥과 자유

공중에 떠다니는
저기 저 새요
네 몸에는 털 있고 깃이 있지.
밭에는 밭곡식
논에는 물벼
눌하게 익어서 수그러졌네!
초산(楚山) 지나 적유령(狄踰嶺)
넘어선다
짐 실은 저 나귀는 너 왜 넘니?

「옷과 밥과 자유」는 1925년 1월 1일 『동아일보』에 발표했고, 1928년 7월 다시 잡지 『백치(白雉)』 2호에 게재했지만, 시집 『진달래꽃』이나 『소월시초』에 수록되지 못했다. 여기서는 발표 시기가 늦은 『백치』의 원문대로 연의 구분을 없이 하여 수록했지만 『동아일보』에 발표된 시의 텍스트는 아래와 같이 3연으로 구분했다.

공중에 써다니는
저기저새요
네몸에는 털이고 것치잇지

밧테는 밧곡석
논에 물베
눌하게 닉어서 숙으러젓네!

楚山지나 狄踰嶺

넘어선다
짐실은 저나귀는 너왜넘늬?

　이 시에서 시상의 전개 양상을 앞의 3연 구분에 따라 살펴보면, 각 연마다 서로 다른 시적 대상이 제시되어 있다. 1연에는 공중에 떠다니는 '새'가 시적 대상으로 제시된다. 그런데 '새'에서 주목되고 있는 것은 몸에 '털'이 있고 '깃(날개)'이 달려 있다는 점이다. 새의 몸에 붙어 있는 '털'은 저절로 몸둥이를 가려주는 옷의 역할을 한다. 옷에 대한 걱정이 필요 없다는 사실이 암시된다. 더구나 제 몸에 날개가 달려 있으니 어디든지 마음대로 날아갈 수 있다. 한곳에 얽매이지 않고 자유롭게 날아다닐 수 있으니 집 걱정을 안 해도 된다. '새'는 마음대로 날아다니면서 자유를 누릴 수가 있다.

　2연은 누렇게 익어 수그러져 있는 들판의 곡식과 논의 벼를 묘사한다. 풍요로운 들녘을 보여주는 것 같지만 사실은 그런 의미를 표현하고 있지는 않다. 들판에 익어가는 곡식은 공중에 떠다니는 '새'에게는 마음껏 쪼아 먹을 수 있는 '식량'이 된다. '새'는 입고 다닐 옷 걱정도 필요 없고, 집 걱정도 밥 걱정도 없이 얼마든지 자유롭게 날아다닐 수가 있기 때문이다.

　3연에서는 짐을 싣고 고개를 넘어가는 '나귀'의 모습을 제시한다. 공중을 날며 자유롭게 생활하는 '새'와는 달리, 적유령 높은 산 고개를 넘어가는 짐 실은 '나귀'의 행색은 처량하다. '짐 실은 나귀'는 자유로운 새와 극단적인 대조를 이루고 있는 시적 표상이며, 궁핍과 부자유와 고통의 삶을 의미한다. 여기서 언급하고 있는 초산(楚山)과 적유령(狄踰嶺)은 평안북도 중북부에 위치한 지명이다. 초산을 지나 강계(江界)로 가는 길에 가로놓인 큰 고개인 적유령을 넘어야 압록강을 건너 만주로 갈 수 있다. 적유령을 넘어가는 '나귀'는 무거운 짐을 실어 날라야 하는 고통스러운 삶을 말하기 위한 것이지만 고향을 잃어버리고 만주로 떠나가는 유이민의 행렬을 연상하게 하기도 한다.

　이 시에서 고된 노동에 시달리고 있는 나귀의 모습은 식민지 시대를 살았던 민족의 모습과 다를 바가 없다. 시적 화자는 자유롭게 공중을 날아다니는 '새'의 모습을 동경하고 있지만 실제로는 그 처지가 '나귀'의 행색과 동일시되는 것은 자연스러운 결과이다. 시적 화자가 던지는 '짐 실은 저 나귀는 너 왜 넘니?'라는 질문 역시 자기 자신에게 묻고 싶은 질문일 수밖에 없다는 생각이 든다. 궁핍한 처지에서 고된 삶을 살아야 하는 고통의 현실이 시적 화자의 앞에 가로놓여 있기 때문이다.

한용운

韓龍雲 1879~1944

한용운은 한국 불교의 근대화를 위해 앞장섰던 승려였으며 민족의 독립을 위해 투쟁하였던 저항적인 지식인이었다. 1879년 7월 12일 충남 홍성군 결성에서 출생했으며 서당에서 한학을 수학하던 중 동학농민운동에 가담했던 것으로 알려져 있다. 1896년 설악산 백담사 오세암에 은거하면서 불경을 공부하다가 1905년 수계(受戒)를 받고 스님이 되었다.

1908년 일본에 건너가 도쿄, 교토 등지의 사찰을 순례하고 일본 불교의 중심이었던 조동종(曹洞宗) 대학림에서 6개월간 일본 불교를 두루 살폈다. 1910년 일제 강점 직후 이회광 등 일부 승려가 원종 종무원을 설립하고 일본 조동종과 연합맹약을 체결하자, 1911년 박한영 등과 전국승려대회를 개최하여 그 흉계를 막아냈다. 그리고 당시

조선 불교의 침체를 통렬하게 비판 분석한 『조선불교유신론』(1913)을 발표하여 사상계에 큰 충격을 주었다. 이 책은 조선 불교의 현상을 타개하여 불교의 근대적 개혁을 추진하려는 실천적 의도에서 집필한 것이다. 1918년 불교를 중심으로 청년 계몽운동을 실천하기 위해 『유심(惟心)』지를 창간 주재했다.

1919년 3·1운동에 당시 불교계를 대표하여 참여했고 일본 경찰에 체포되어 3년간 옥고를 치렀다. 감옥 생활 중 일본인 검사의 취조에 대한 답변서로서 세칭 「조선독립이유서」를 통해 그의 독립사상을 집약적으로 표현했다. 그는 출옥한 후 1924년 불교청년회 총재에 취임했다. 1926년 시집 『님의 침묵(沈默)』을 간행하여 문단에 큰 파문을 던졌다. 1927년 민족운동 단체 신간회

의 발기인이 되어 경성지부장을 역임했고, 1931년 잡지 『불교』를 인수하여 불교 청년 운동 및 불교의 대중화 운동을 벌였다. 일제의 강요에 굴하지 않고 끝까지 창씨개명을 거부하면서 민족의 지조를 지켰다. 1944년 5월 9일 중풍으로 사망했다. 1930년대 신문에 연재했던 『흑풍』(1935) 『후회』(1936) 『박명』(1938) 등 장편소설과 상당수의 한시, 시조를 남겼다. 이 밖에도 불교 관련 저작으로 『십현담주해(十玄談註解)』『불교대전(佛敎大典)』 등이 있다.

한용운의 생애 가운데에서 가장 빛나는 업적으로 남아 있는 부분이 시집 『님의 침묵』(1926)을 통해 이루어낸 시의 위업이라는 점은 특기할 만하다. 한용운은 그의 시를 통해 '님'을 노래하고 있다. 그는 '기른 것은 모두 님'이며 '내가 사랑할 뿐만 아니라 나를 사랑하는' 존재가 바로 님이라고 말한다. 그의 시적 관심은 님의 존재에 집중되고 있으며, 시를 통해 님의 존재에 대한 인식을 구체적으로 형상화하고 있다. 그러나 님은 이미 현실을 떠나버린 존재이다. 시적 화자는 현실에 존재하지 않는 님이지만 그 님과 함께할 것임을 분명하게 밝힌다. 님은 떠났지만 '나'는 님을 보내지 않았기 때문이다. 현실 속에 부재하고 있지만 그 존재의 의미를 인정할 수밖에 없는 것이 바로 님이다.

한용운의 시는 시적 진술 자체가 말하듯이 이어지고 있어서 그만큼 읽기 쉽고 이해하기 쉽다. 하지만 이것은 의미의 단조로움이나 시 정신의 소박함을 뜻하는 것은 아니다. 그의 시는 일상적인 생활에 뿌리박고 있는 토착어의 자연스러움을 그대로 살려냄으

로써 생활 감정을 진솔하게 표현하여 시적 정서의 공감대를 확대할 수 있게 된다.

우리 시 깊이 읽기

님의 침묵

님은 갔습니다. 아아 사랑하는 나의 님은 갔습니다.

푸른 산빛을 깨치고 단풍나무숲을 향하여 난 적은 길을 걸어서 차마 떨치고 갔습니다.

황금의 꽃같이 굳고 빛나던 옛 맹서는 차디찬 티끌이 되어서 한숨의 미풍에 날아갔습니다.

날카로운 첫 키쓰의 추억은 나의 운명의 지침을 돌려놓고 뒷걸음쳐서 사라졌습니다.

나는 향기로운 님의 말소리에 귀먹고 꽃다운 님의 얼굴에 눈멀었습니다.

사랑도 사람의 일이라 만날 때에 미리 떠날 것을 염려하고 경계하지 아니한 것은 아니지만 이별은 뜻밖의 일이 되고 놀란 가슴은 새로운 슬픔에 터집니다.

그러나 이별을 쓸데없는 눈물의 원천을 만들고 마는 것은 스스로 사랑을 깨치는 것인 줄 아는 까닭에 걷잡을 수 없는 슬픔의 힘을 옮겨서 새 희망의 정수박이에 들어부었습니다.

우리는 만날 때에 떠날 것을 염려하는 것과 같이 떠날 때에 다시 만날 것을 믿습니다.

아아 님은 갔지마는 나는 님을 보내지 아니하였습니다.

제 곡조를 못 이기는 사랑의 노래는 님의 침묵을 휩싸고 돕니다.

「님의 침묵」은 시집 『님의 침묵』(1926)의 표제작으로 한용운이 추구하고 있는 시 정신을 조화롭게 형상화하고 있는 작품이다. 이 시의 시적 화자인 '나'는 님이 떠나버린 상황을 독백체의 어투로 설명한다. 전체 텍스트를 구성하는 문장은 모두 '-습니다'체의 존댓말로 이루어져 있는데, 시를 읽는 독자를 대상으로 하는 말투임을 알 수 있다. 그런데 시적 화자인 '나'의 어조가 여성적이다. 시인 자신이 이별의 슬픔을 노래하는 여인의 심정을 빌려서 시를 노래하도록 만들었다고 할 수 있다. 이러한 특징은 이별의 노래의 주인공을 여성으로 등장시켜놓는 한국적 정서와 그 맥락을 같이한다.

「님의 침묵」은 님이 떠나버린 상황을 말하고 있지만 이별의 슬픔이라든지 비애의 정서를 강조하는 것은 아니다. 시적 대상으로 제시되고 있는 님은 시적 의미의 핵심을 이루고 있는 시어로서 그 의미의 상징성 자체가 폭넓다. 님의 존재의 의미는 '침묵'이라는 말을 통해 역설적으로 제시된다. 시적 화자인 '나'는 님이 떠난 현실을 사실 그대로 받아들이고 있다. 객관적인 현실을 인정하고 있다는 뜻이다. 님은 떠나갔으므로, 님이 부재하는 현실은 비극적인 공간이 될 수밖에 없다. 하지만 이 시에서는 화자인 '나'는 님의 현실적 부재를 강조하면서도 그 부재의 비극적 공간 속으로 님을 다시 불러낸다. 그리고 님이 현실 속에 존재해야 한다는 당위성을 강조하고 있다. '님은 갔지마는 나는 님을 보내지 아니하였습니다.'라는 시적 진술에서처럼, '나'는 분명히 님을 떠나지 않고 있다. '나'와 님이 둘이 아니라 하나가 되어 언제나 함께 있기 때문이다.

이 시의 텍스트는 그 의미가 크게 세 부분으로 나누어진다. 1행부터 4행까지의 전반부는 사랑하는 님이 떠나버린 사실을 말해주고 있다. 님이 떠나버렸다는 사실을 반복적으로 서술함으로써 님이 부재하고 있다는 사실을 강조한다. 물론 여기에는 님이 떠나서는 안 된다는 것을 말하고 싶은 마음도 담겨 있다고 할 수 있다. 5행에서부터 7행까지의 중반부는 님이 떠난 후 이별의 슬픔에 괴로워하는 '나'의 상황을 그려낸다. 물론 '나'는 이별의 상황 속에서 비탄에만 빠져 있는 것은 아니다. 님이 떠나버린 것을 슬퍼하면서도 그 슬픔을 이겨내기 위해 '나'는 님에 대한 사랑과 그 기대를 내세우게 된다. 이별의 아픔 속에 빠져 있는 '나'의 정서적 파탄을 그리지 않고, 오히려 님의 존재와 그 사랑에 대한 기대 속에서 새로운 삶의 전망을 노래하고 있다. 이 시의 후반부에 해당하는 8행에서 10행까지는 시적 주제를 응축하여 표현한다. 여기서 시적 진술은 그 행위의 주체가 '우리'라는 대명사로 바뀐다. '우리'는 '나'와 님을 한데 아우르는 말이다. 시적 주체인 '나'와 그 대상인 님이 이미 하나

우리 시 깊이 읽기

로 합일화하고 있음을 말해주는 징표라고 할 수 있다. '우리는 만날 때에 떠날 것을 염려하는 것과 같이 떠날 때에 다시 만날 것을 믿습니다.'라는 진술 속에는 언제나 '나'의 곁에 님이 함께 있게 된다는 점을 강조하는 의지적인 강렬한 어조가 담겨 있다. 님이 떠나가버린 현실적 상황 속에서도 '나'의 마음속에는 언제나 님이 함께 있음을 강조한다. 그러므로 님이 부재하는 침묵의 공간 속에서도 님에 대한 사랑의 노래가 여전히 감돌 수 있게 되는 것이다.

이 시에서 님이라는 대상을 어떻게 한정할 것인지를 묻는 경우가 많다. 하지만 이 시 속의 님은 과연 누구인가를 묻는 것은 부질없다. 한용운 자신이 '기룬 것은 다 님이다.'라고 시집 『님의 침묵』의 서두에서 밝혀두고 있기 때문이다. 그러므로 님이 누구인가를 묻기보다는 님이라는 시적 대상을 어떤 방식으로 형상화하고 있는가를 따져보는 일이 중요하다. 시인이 님의 존재와 부재를 어떻게 인식하고 있는지를 밝히는 일이야말로 이 시의 시적 의미 구조를 이해할 수 있는 가장 중요한 방법이다.

이 작품의 시적 진술 내용을 보면 화자인 '나'는 님이 떠나버린 공간에 홀로 남아 있다. 다시 말하자면 님이 부재하는 상황 속에 혼자 남겨진 셈이다. 님이 떠나버린 부재의 공간은 '나'의 현재 상황에 해당한다고 할 수 있다. 님이 '나'의 곁에 함께 했던 행복했던 시절은 모두 과거에 속한다. 과거에는 님이 분명 '나'의 곁에 함께 존재했고 '나'는 모든 것을 걸고 님을 사랑했던 것이다. 그런데 시적 화자는 지금 떠나버린 님을 슬퍼하고 있는 것만은 아니다. 님이 갔지만 자신은 님을 보내지 않았다고 말하면서 스스로 마음을 다잡고 언제가 님을 다시 만날 것이라는 믿음을 분명하게 제시한다. 현재는 떠나버린 님의 부재 상황이 강조되고 있지만, '나'는 과거의 추억 속에서 님의 존재 의미를 확인하고 반드시 님이 다시 돌아올 것이라는 미래에 대한 긍정적 확신을 드러내고 있다. 그러므로 이 시는 이별을 노래하고 있지만 비탄과 정한의 노래는 아니다. 님이 떠나버린 데에서 오는 슬픔을 말하면서도, 그 슬픔을 스스로 극복하면서 님에 대한 새로운 기대와 신념을 강조하고 있다.

이 시에서 화자인 '나'는 님이 부재하는 현실을 노래하고 있지만 '나'의 믿음 속에 님은 여전히 함께 존재한다. '님'의 부재라는 현실 상황을 강조하면서 그 존재의 의미와 가능성을 암시하는 이 같은 역설적 표현 구조는 한용운의 시가 지닌 진술 방식의 특징이라고 할 수 있다. 시적 주체로서의 '나'와 시적 대상으로서의 님은 현실 속에서는 서로 격리되어 있지만 그 마음속에서 이루어지는 합일의 가능성을 표현하고 있기 때문이다. 이와 같은 님의 존재에 대한 인식 방법은 이 시가 발표되었던 일제강점기의 비극적 상황에 빗대어 역사적으로 설명할 수도 있고, 종교적 의미로 해석할 수도 있을 것이다.

우리 시 깊이 읽기

나룻배와 행인

나는 나룻배
당신은 행인.

당신은 흙발로 나를 짓밟습니다.
나는 당신을 안고 물을 건너갑니다.
나는 당신을 안으면 깊으나 옅으나 급한 여울이나 건너갑니다.

만일 당신이 아니 오시면 나는 바람을 쐬고 눈비를 맞으며 밤에서 낮까지
당신을 기다리고 있습니다.
당신은 물만 건너면 나를 돌아보지도 않고 가십니다그려.
그러나 당신이 언제든지 오실 줄만은 알아요.
나는 당신을 기다리면서 날마다 날마다 낡아갑니다.

나는 나룻배
당신은 행인.

「나룻배와 행인」은 형태상 4연으로 구성되어 있다. 이 시에는 화자인 '나'와 시적
대상이 되는 '당신'이 등장한다. 모든 시적 진술은 '나'를 통해 이루어지고 있는데,
'나'는 '나룻배'로, '당신'을 '행인'에 각각 비유하고 있다. '나는 나룻배/당신은 행인'
이라는 진술을 1연과 4연에 동일하게 반복함으로써 이 구절 속에 담긴 비유적 의미
가 결국은 시적 주제에 맞닿아 있음을 말해준다.
　　이 시의 2연은 나룻배가 행인을 싣고 물을 건너가는 상황을 그려낸다. '나'는 나
룻배가 되어 '당신'을 태우고 물을 건너간다. 일상적인 현실에서 흔히 볼 수 있는 이

장면은 '당신은 흙발로 나를 짓밟습니다.'라는 진술에서 볼 수 있듯이 사람들을 태우는 나룻배의 기능과 속성을 그대로 드러낸다. 그리고 '나는 당신을 안고 물을 건너갑니다./나는 당신을 안으면 깊으나 옅으나 급한 여울이나 건너갑니다.'라는 구절에서처럼 '당신'을 안고 물을 건너는 모습은 '당신'을 위한 나의 희생 또는 헌신적인 봉사로 비쳐진다. '당신'을 안으면 얕은 물이나 급한 여울물도 가리지 않고 건너간다는 것도 결국은 '당신'을 위한 '나'의 도움의 역할을 말해준다고 할 수 있다. 결국 '당신'은 '나'의 도움으로 물을 건너가게 되는 것이다.

3연의 경우는 '당신'에 대한 기다림을 노래한다. 물을 건너면 '당신'은 돌아보지도 않고 떠나버리지만 '나'는 다시 '당신'이 돌아오기를 기다린다. 여기서 말하는 '나'의 기다림은 '당신'이 반드시 올 것임을 알고 있다는 신념에 근거한다. 그러므로 그것은 어떤 원망이나 비탄과 같은 애상(哀傷)의 정조를 보여주는 것은 아니다. 이러한 의지적인 요소는 이미 「님의 침묵」에서도 떠나버린 '님'을 보내지 않았으며, '님'은 다시 돌아올 것을 믿는다는 역설적인 표현을 통해 형상화된 바 있다.

이 시에서 '나'와 '당신'이 함께 건너는 '물'의 의미는 인간이 살아가면서 거쳐야 하는 힘든 삶의 과정을 뜻한다. 인생은 '고해(苦海)'라는 말이 있다. 글자 그대로 한다면 고통의 바다라는 뜻인데, 이것은 괴로움의 끝이 없는 세상을 말한다. 하지만 이 고통의 삶을 견디면서 살아가야 하는 것이 인간이다. '나'는 그 고통의 삶을 살아가야 하는 '당신'을 태우고 물을 건너갈 수 있는 '나룻배'이다. '나룻배'는 물을 건널 때 그 존재 의미가 살아난다. '나룻배'는 빈 배로 물을 건너는 법이 없으며, '당신'을 태우고 물을 건너가는 것이다. '나룻배'는 '당신'과 하나가 되지 않으면 안 된다. '당신'을 안은 채로 물을 건너는 '나'의 모습에서 '당신'을 소중하게 여기는 인애(仁愛)의 정신을 엿볼 수 있으며, '나'와 '당신'이 하나가 되는 합일의 상태를 확인할 있다.

이 시의 내용과 연관되는 불교의 가르침 가운데 『금강경(金剛經)』에 나오는 '벌유(筏喩)'라는 말이 있다. 이 말이 나오는 경전의 내용을 옮겨보면 다음과 같다.

> 그러므로 마땅히 법(진리)에 집착해서도 안 되고 법이 아닌 것에도 집착해서는 안 되느니라. 이러한 까닭으로 여래가 항상 말하기를, 너희 비구들은 나의 설법을 '뗏목으로 비유함'과 같음을 알라고 하였느니라. 오히려 법도 응당 버려야 하

거늘 하물며 법이 아닌 것에 있어서랴?(是故 不應取法 不應取非法 以是義故 如來常設 汝等比丘 知我說法如筏喻者 法尚應捨 何況非法)

여기서 '벌유(筏喻)'는 부처님의 가르침을 뗏목에 비유한 말이다. 강을 건너려면 뗏목을 타고 가야만 한다. 그런데 강을 건너고 나서는 타고 온 뗏목을 강가에 버리지 않으면 안 된다. 강을 건널 때 타고 온 뗏목을 땅 위로 짊어지고 갈 수는 없는 일이다. 육지에서는 뗏목이 필요 없기 때문이다. 부처님의 가르침도 마찬가지다. 부처님의 가르침은 열반에 들기 위해 필요한 것이다. 해탈을 얻고 난 뒤에는 그 가르침이 오히려 번거로울 뿐이다. 그런데도 이를 버리지 못하면 그 가르침에 스스로 얽매게 된다. 이를 두고 '법박(法縛)'이라고 한다. 그러므로 강을 건너가기 위해 뗏목을 타야만 하듯이 부처님의 가르침을 받들어야 하지만, 강을 건너고 나서는 그 뗏목을 버리듯이 가르침의 틀에서 벗어나야 한다. 이와 같은 불교적 의미를 놓고 보면, 이 시에서 '나룻배'에 비유되고 있는 '나'는 부처님의 가르침에 해당하며 '행인'으로 비유되고 있는 '당신'은 중생을 뜻하는 셈이다. 『금강경』에 강을 건너갈 때 필요했던 뗏목은 강을 건너간 뒤에 버려야 한다고 했듯이, '당신'이 물을 건너면 다시 돌아보지도 않고 길을 간다고 말한 것이 당연하게 생각되기도 한다.

이러한 불교의 교리를 놓고 보면, 2연에서 진술하고 있는 '나룻배'의 속성이 곧 부처님의 가르침과 통한다는 것을 알 수 있다. 부처님의 가르침은 중생을 제도(濟度)하는 데에 그 의미가 있기 때문이다. 미혹한 세계에서 생사의 고통을 되풀이하는 중생을 건져내어 열반의 언덕에 이르게 하는 것이 곧 중생의 제도이다. '나룻배'를 타야만 물을 건너갈 수 있다는 이 시의 평범한 진술 내용이 심오한 불교의 가르침을 의미한다는 것을 확인할 수 있다. 그러므로 이 시에서 화자인 '나'와 대상인 '당신'의 관계가 '당신'을 절대적 존재로 내세웠던 「님의 침묵」과는 전혀 다른 양상을 드러내고 있다는 사실을 다시 주목해야 한다. 중생을 제도하는 것처럼 '행인'을 태우고 물을 건너는 '나룻배'를 '나'라는 시적 화자로 내세우고, 고해를 건너야 하는 중생으로서의 '행인'을 '당신'이라고 지칭하고 있기 때문이다.

당신을 보았습니다

당신이 가신 뒤로 나는 당신을 잊을 수가 없습니다.
까닭은 당신을 위하느니보다 나를 위함이 많습니다.

나는 갈고 심을 땅이 없으므로 추수가 없습니다.
저녁거리가 없어서 조나 감자를 꾸러 이웃집에 갔더니, 주인은 '거지는 인격이 없다. 인격이 없는 사람은 생명이 없다. 너를 도와주는 것은 죄악이다'라고 말하였습니다.
그 말을 듣고 돌아 나올 때에 쏟아지는 눈물 속에서 당신을 보았습니다.

나는 집도 없고 다른 까닭을 겸하여 민적(民籍)이 없습니다.
'민적이 없는 자는 인권이 없다. 인권이 없는 너에게 무슨 정조냐' 하고 능욕하려는 장군이 있었습니다.
그를 항거한 뒤에 남에게 대한 격분이 스스로의 슬픔으로 화(化)하는 찰나에 당신을 보았습니다.

아아 온갖 윤리 도덕 법률은 칼과 황금을 제사 지내는 연기인 줄을 알았습니다.
영원의 사랑을 받을까, 인간 역사의 첫 페이지에 잉크 칠을 할까, 술을 마실까 망설일 때에 당신을 보았습니다.

「당신을 보았습니다」는 한용운의 시편들 가운데 역사적 현실 상황의 모순에 대한 부정과 비판을 직접적으로 표현하고 있는 작품으로 손꼽힌다. 이 시에서 시적 화자인 '나'는 '당신'이 떠나버린 후 먹을 것이 없어 이웃에 구걸을 갔다가 주인으로부터

우리 시 깊이 읽기

모욕을 당하면서 쫓겨나기도 하고, 집도 없고 민적도 없이 떠돌다가 장군으로부터 능욕을 당할 뻔했던 비참한 처지의 여인으로 등장한다. 그런데 '나'는 모욕과 능멸 속에서도 거기에 굴하지 않고 '당신'의 부재 상황으로 인한 비참한 삶의 현실을 통해 역설적으로 '당신'의 존재를 떠올리면서 그 고통과 모멸의 순간을 이겨낸다. 물론 '나'는 가진 자와 힘센 자의 논리만을 따라 움직이는 현실 자체에 환멸을 느끼지만 '당신'의 존재에 대한 인식을 통해 새로운 삶의 의지를 불러일으킬 수가 있다.

전체 4연으로 구성된 이 시는 '나'라는 시적 화자가 등장하여 전체적인 대화조의 시적 진술을 이끌어간다. 시적 진술의 대상은 '당신'으로 지칭되지만, '나'의 곁을 떠난 상태로 그려진다. 시적 상황 자체는 '당신'이 부재하는 현실 공간이며 온갖 모욕과 수난을 겪고 있는 '나'의 고통을 보여주고 있다. 1연의 경우에는 '당신'이 떠나버린 부재의 상황을 그대로 설명하고 있다. '나'는 떠나간 '당신'을 잊지 못한다. 그 이유는 떠나버린 '당신'을 위해서가 아니라 혼자 남아 있는 '나' 자신의 처지를 생각하기 때문이다. '당신'에 대한 그리움과 사랑이 결국은 '자기애'에서 비롯된 것임을 밝혀놓고 있다. 그리고 그 구체적 사연을 2연과 3연을 통해 밝혀놓고 있다.

2연의 첫 행은 '당신'이 떠나버린 뒤의 '나'의 비참하고도 고통스러운 궁핍한 상황을 설명한다. '나'는 농사를 지을 땅을 모두 빼앗겨 아무것도 거두어들이지 못하는 궁핍한 상태에 놓여 있다. 둘째 행은 당장 끼니를 이어갈 수 없어서 이웃으로 '조와 감자'를 꾸러 갔다가 오히려 그 주인으로부터 거지에게는 인격이 없다는 타박을 당하며 쫓겨나오게 된 사연을 말해준다. 그리고 비통한 심정으로 돌아 나오면서 떠나버린 '당신'을 떠올리게 되었음을 고백하는 것으로 마지막 행을 꾸미고 있다. 이처럼 '당신'의 부재는 '나'의 경제적 궁핍 상황으로 이어진다. 이웃마저도 '나'를 무시하고 아무도 동정하지 않으려 함을 알 수 있다.

3연의 첫 행은 '당신'이 떠나버린 후 거주할 집도 잃고 자신의 존재를 증거할 수 있는 민적마저 없어졌음을 밝힌다. 둘째 행에서는 자기 권리를 주장할 수 있는 신분 증명이 없어지자 힘으로 '나'를 능욕하려는 장군이 나타난다. '나'는 그에게 항거하고 나서 자신의 비참한 처지를 깨닫고 눈물을 흘리면서 '당신'의 존재를 떠올리게 된다. 결국 '당신'의 부재 상황으로 인격체로서 '나'의 권리를 보장해줄 수 있는 정당한 권리와 장치가 사라지게 되었음을 의미한다.

4연은 2, 3연에서 설명한 바 있는 '당신'의 부재 상황과 '나'의 비참한 처지에 대한 자기 인식을 보여준다. 첫 행은 '온갖 윤리 도덕 법률은 칼과 황금을 제사 지내는 연기인 줄을 알았습니다.'라는 자포자기적 진술로 시작된다. 인간 사회에서 그럴듯하게 내세워지고 있는 삶의 윤리라든지 도덕이라든지 사회질서와 개인의 권익을 보장한다고 떠들어대는 법률 등이 모두 '칼'과 '황금'을 위해 바쳐지는 향불의 연기에 불과하다고 말하는 것이다. 여기서 '칼'은 무력을 의미한다. 강한 자가 약한 자를 억누를 수 있는 것이 바로 '칼'이 보여주는 힘의 논리 때문이다. 3연의 진술 내용을 그대로 지시한다고 할 수 있다. '황금'은 돈의 위력을 뜻하며, 가진 자의 오만과 횡포를 암시한다. '황금'은 인간의 생존 문제를 해결할 수 있는 근본적인 요건에 해당한다는 점에서 2연의 내용과 대응한다. '나'는 결국 윤리 도덕 법률이라는 것이 모두 강한 자와 가진 자를 위한 논리임을 깨닫는다. 약한 자와 아무것도 가지지 못한 자를 위해서는 아무런 역할도 하지 못하기 때문이다. 그러므로 이것들은 돈과 권력을 위해 바치는 제사의 연기(제사 지낼 때는 향로에 향불을 지펴 연기를 피운다)에 지나지 않는 것이다. '나'는 이러한 인식에 이르게 되자 고뇌에 빠져 자신의 처지를 비관하면서 이런저런 궁리를 하게 된다. '영원의 사랑을 받을까'라는 진술은 비참한 삶을 마감하고 신의 품으로 돌아간다는 뜻을 담고 있다. '인간 역사의 첫 페이지에 잉크 칠을 할까'라는 표현은 인간의 역사 자체에 대한 강한 부정을 의미한다. 그리고 새로운 역사에 대한 갈망도 여기에 담겨지게 된다. '술을 마실까'라는 말은 생에 대한 환멸과 포기 상태를 뜻한다. 이런 고뇌의 과정 속에서 '나'는 '당신'을 다시 떠올린다.

이 시에서 '당신'이라는 존재는 쉽게 '조국과 민족'이라는 말로 대체할 수 있다. 일제의 강점으로 인해 우리 민족은 일차적으로 경제적 권한을 모두 잃어버렸고, 민족의 주체를 내세울 수 있는 정치 군사적 권한도 모두 상실하고 말았다. 이 같은 일제의 식민지 지배 상황은 이 시에서 그려내고 있는 '나'의 비참한 삶의 모습을 통해 그대로 드러나고 있다. 그러나 이 시가 강조하고 있는 것은 고통의 현실 자체는 아니다. 오히려 시인은 현실의 고통을 이겨낼 수 있는 자기 의지와 그 표상으로서의 '당신'의 존재를 강조하고 있는 것이다.

꽃이 먼저 알아

옛집을 떠나서 다른 시골에 봄을 만났습니다.
꿈은 이따금 봄바람을 따라서 아득한 옛터에 이릅니다.
지팡이는 푸르고 푸른 풀빛에 묻혀서 그림자와 서로 따릅니다.

길가에서 이름도 모르는 꽃을 보고서 행여 근심을 잊을까 하고 앉았습니다.
꽃송이에는 아침 이슬이 아직 마르지 아니한가 하였더니 아아 나의 눈물이 떨어진 줄이야 꽃이 먼저 알았습니다.

「꽃이 먼저 알아」에는 시적 대상으로서의 '님'이 텍스트에 등장하지 않는다. 한용운의 시가 대부분 '나'와 '님'의 관계를 노래하지만, 이 시는 고향에 대한 그리움을 계절의 감각에 맞춰 서정적으로 그려내고 있다.

1연의 첫 행은 시적 화자의 현실 상황을 제시하고 있다. 화자는 지금 고향의 옛집을 떠나 낯선 시골에 와 있다. 그리고 객지에서 봄을 맞이하게 된다. 이러한 상황의 제시를 통해 돌아가지 못하고 있는 고향에 대한 그리움이 암시된다. 시적 화자는 꿈이라는 환상의 세계에서 이따금 봄바람을 따라 아득한 옛 고향에 이르기도 한다. 푸른 풀밭을 지팡이 짚고 한가로이 걷는 화자의 모습이 그려진다. 타향 객지에서 봄을 맞으면서 고향을 그리워하는 화자의 심정은 꿈속에서나 아득한 고향 옛터를 찾는다는 표현 속에 그대로 녹아들어 있다.

2연에는 1연의 시상이 그대로 이어진다. 시적 화자는 길가에 피어 있는 이름 모르는 꽃을 발견한다. 그리고 스스로 자신의 근심(고향 생각)을 달래보려고 그 자리에 앉아 꽃을 보게 된다. 이 시의 마지막 행에서 묘사하고 있는 꽃과 '나'의 모습은 섬세한 감각에 서정성의 깊이를 더함으로써 큰 감동을 불러일으킨다. '꽃송이에는 아침 이슬이 아직 마르지 아니한가 하였더니 아아 나의 눈물이 떨어진 줄이야 꽃이 먼저 알았습니다.'라는 구절은 그 묘사가 절묘하다. 꽃송이에 맺힌 이슬과 '나'의 눈물의 결합은 섬세한 이미지의 연결을 통해 빼어난 시적 감각의 경지를 보여준다.

한용운의 시는 대부분 시적 대상과 그 정황에 대한 설명적 서술을 중심으로 시상을 이끌어간다. 시적 주제 자체도 관념적인 속성을 드러내는 경우가 많다. 하지만 「꽃이 먼저 알아」는 감각적 묘사와 섬세한 이미지를 통해 시적 주제를 구체적으로 형상화하고 있다. 이 시에 그려지는 꿈속이라는 환상적 세계는 현실의 경험보다도 훨씬 절실하게 고향의 그리움을 표현할 수 있도록 하는 시적 장치에 해당한다. 꽃송이에 맺힌 아침 이슬을 시적 화자의 눈물과 연결하는 섬세하고도 감각적인 표현은 환상의 세계 속에서 빚어진 놀라운 시적 성취라고 할 수 있다.

오셔요

오셔요. 당신은 오실 때가 되었어요. 어서 오셔요.

당신은 당신의 오실 때가 언제인지 아십니까? 당신의 오실 때는 나의 기다리는 때입니다.

당신은 나의 꽃밭에로 오셔요. 나의 꽃밭에는 꽃들이 피어 있습니다.

만일 당신을 쫓아오는 사람이 있으면 당신은 꽃 속으로 들어가서 숨으십시오.

나는 나비가 되어서 당신 숨은 꽃 위에 가서 앉겠습니다.

그러면 쫓아오는 사람이 당신을 찾을 수는 없습니다.

오셔요. 당신은 오실 때가 되었습니다. 어서 오셔요.

당신은 나의 품에로 오셔요. 나의 품에는 보드라운 가슴이 있습니다.

만일 당신을 쫓아오는 사람이 있으면 당신은 머리를 숙여서 나의 가슴에 대십시오.

나의 가슴은 당신이 만질 때에는 물같이 보드라웁지마는 당신의 위험을 위하여는 황금의 칼도 되고 강철의 방패도 됩니다.

나의 가슴은 말굽에 밟힌 낙화(落花)가 될지언정 당신의 머리가 나의 가슴에서 떨어질 수는 없습니다.

그러면 쫓아오는 사람이 당신에게 손을 대일 수는 없습니다.

오셔요. 당신은 오실 때가 되었습니다. 어서 오셔요.

당신은 나의 죽음 속으로 오셔요. 죽음은 당신을 위하여의 준비가 언제든지 되어 있습니다.

만일 당신을 쫓아오는 사람이 있으면 당신은 나의 죽음의 뒤에 서십시오.

죽음은 허무와 만능(萬能)이 하나입니다.

죽음의 사랑은 무한인 동시에 무궁(無窮)입니다.

죽음의 앞에는 군함과 포대(砲臺)가 티끌이 됩니다.

죽음의 앞에는 강자(强者)와 약자(弱者)가 벗이 됩니다.

그러면 쫓아오는 사람이 당신을 잡을 수는 없습니다.

오셔요. 당신은 오실 때가 되었습니다. 어서 오셔요.

「오셔요」는 '님'이 돌아오기를 간절하게 소망하는 시적 화자의 심정을 노래하고 있는 작품이다. 시의 각 연에 '오셔요. 당신은 오실 때가 되었습니다. 어서 오셔요.'라는 구절을 반복적으로 배치함으로써 님의 귀환을 바라는 마음을 더욱 강조한다.

이 시는 전체 4연으로 구성되어 있으며, '님'을 향해 빨리 돌아올 것을 바라는 시적 화자인 '나'의 소망을 대화의 형식으로 표현하고 있다. 1연에서는 '님'이 돌아와야 할 때를 '나의 기다리는 때'라고 한정함으로써 귀환의 의미를 '나'의 소망으로 더욱 분명하게 제시한다. 그런데 뒤에 이어지는 시적 진술을 보면 여전히 '당신'은 누군가에게 쫓기고 있음을 알 수 있다.

2~4연은 '당신'이 돌아와야 하는 때를 시공간적 개념으로 제시한다. 2연의 경우 '당신'이 와야 하는 곳은 '나'의 꽃밭이다. 여기서 '꽃밭'은 '당신'에 대한 환호와 희망의 의미를 드러낸다. 3연에서는 '나의 품'으로 오라고 말한다. 여기서 '나의 가슴'은 사랑과 열정을 말한다. '나'는 자신의 사랑과 열정과 믿음으로 '당신'을 끝까지 지킬 것임을 다짐하고 있다. 4연은 2, 3연의 경우와 서로 다른 의미를 드러낸다. '나의 죽음' 속으로 오라고 말하고 있다. 여기서 '죽음'은 목숨을 걸고 지켜나가고자 하는 결의와 신념을 말해준다. 죽음을 각오한다면 아무것도 두렵지 않고 못할 일도 없다. 죽음은 삶과 대비하면 '허무'라고 할 수 있지만 그 자체로 '만능'이며, '무한'이면서 '무궁'이다.

이 시에서 노래하고 있는 것은 '당신'의 귀환에 대한 간절한 소망이며 거기에 덧붙여 '당신'을 맞이할 '나'의 자세를 분명히 제시한다. '당신'은 '나'의 환호와 희망 속으로 돌아와야 하고, '나'의 열정과 사랑 속으로 돌아와야 한다. 그리고 죽음을 각오하고 있는 '나'의 굳은 결의와 신념 속으로 돌아와야 한다는 것이다.

우리 시 깊이 읽기

이상화

李相和 1901~1943

이상화는 대구 출생으로 7세 때 아버지를 여의고 백부의 훈도를 받으면서 성장했다. 서울로 유학하여 중앙학교를 마쳤으며 1919년 3·1운동 때에는 친구인 백기만(白基萬) 등과 함께 대구 학생 봉기를 주도하였다가 사전에 발각되어 실패하였다.

1922년 현진건, 박종화, 홍사용, 나도향, 박영희 등과 함께 '백조(白潮)' 동인이 되어 본격적인 문단 활동을 시작하였다. 이 시기의 시는 백조 동인의 공통적인 특성이 되기도 하는 병적 관능과 퇴폐성을 주조로 하고 있는데, 이는 시적 대상으로서의 식민지 현실에 대한 인식에서 비롯된 것이다. 시적 주체로서의 서정적 자아는 무자비한 고통의 현실을 어둠의 동굴, 죽음의 공간으로 그려낸다. 어둠의 현실을 등지고 동굴과 밀실 속으로 도피하면서 격앙된 어조

로 삶의 구원을 희구하고 있다. 동인지 『백조(白潮)』에 발표한 초기 시 「말세의 희탄(欷歎)」 「이중의 사망」 「나의 침실로」 등을 보면, 퇴폐적 분위기와 감상 취향이 강한 낭만주의 경향을 확인할 수 있다. 이해에 일본 도쿄로 건너가 프랑스어를 공부했다.

1923년 도쿄 대지진으로 학업을 중단한 채 귀국하였으며, 1924년 김기진 등과 '파스큘라(PASKYULA)'라는 사회주의 문학예술단체 조직에 가담하였다. 1925년 8월 조선프롤레타리아예술동맹의 창립회원으로 참여하였고 1927년 의열단(義烈團) 사건에 연루되어 구금되기도 하였다. 이 시기에는 식민지 상황에 대한 비판적 인식과 함께 강한 민족의식을 표현하는 시들을 많이 발표했다. 민족적 저항의 의지를 서정적 정조로 기반으로 형상화하고 있는 「선구자(先驅者)

의 노래」「조선병(朝鮮病)」「빼앗긴 들에도 봄
은 오는가」「역천(逆天)」 등은 그의 시 세계의
본령에 해당하는 역작이라고 할 수 있다.

　1934년 계급문학 운동의 퇴조와 함께 대
구에서 조선일보 경상북도총국을 경영하였
다가 1년 만에 실패하였다. 1937년 독립군
활동을 주도하고 있던 백씨 이상정 장군을
만나기 위해 만주에 갔다가 돌아오자마자
일본 관헌에 붙잡혀 4개월 동안 옥고를 치
렀다. 그 후 대구 교남학교에서 교편을 잡
았으며, 1943년 4월 25일 위암으로 사망했
다.

나의 침실로

마돈나, 지금은 밤도 모든 목거지에 다니노라 피곤하여 돌아가련도다.

아, 너도 먼동이 트기 전으로 수밀도(水蜜桃)의 네 가슴에 이슬이 맺도록
달려오너라.

마돈나, 오려무나. 네 집에서 눈으로 유전(遺傳)하던 진주는 다 두고 몸만
오너라.

빨리 가자. 우리는 밝음이 오면 어딘지 모르게 숨는 두 별이어라.

마돈나, 구석지고도 어둔 마음의 거리에서 나는 두려워 떨며 기다리노라.

아, 어느덧 첫닭이 울고 - 뭇 개가 짖도다. 나의 아씨여 너도 듣느냐?

마돈나, 지난밤이 새도록 내 손수 닦아둔 침실로 가자 침실로!

낡은 달은 빠지려는데 내 귀가 듣는 발자국 - 오 너의 것이냐?

마돈나, 짧은 심지를 더우잡고 눈물도 없이 하소연하는 내 마음의 촛불을
봐라.

양털 같은 바람결에도 질식이 되어 얄푸른 연기로 꺼지려는도다.

마돈나, 오너라. 가자. 앞산 그르매가 도깨비처럼 발도 없이 가까이 오
도다.

아, 행여나 누가 볼는지 - 가슴이 뛰누나. 나의 아씨여. 너를 부른다.

마돈나, 날이 새련다. 빨리 오려무나. 사원(寺院)의 쇠북이 우리를 비웃기
전에

네 손이 내 목을 안아라. 우리도 이 밤과 같이 오랜 나라로 가고 말자.

마돈나, 뉘우침과 두려움의 외나무다리 건너 있는 내 침실, 열 이도 없느니
아, 바람이 불도다. 그와 같이 가볍게 오려무나. 나의 아씨여, 네가 오느냐?

마돈나, 가엾어라. 나는 미치고 말았는가. 없는 소리를 내 귀가 들음은―
내 몸에 피란 피― 가슴의 샘이 말라버린 듯 마음과 몸이 타려는도다.

마돈나, 언젠들 안 갈 수 있으랴. 갈 테면 우리가 가자. 끄을려 가지 말고
너는 내 말을 믿는 마리아― 내 침실이 부활의 동굴임을 네야 알련만....

마돈나, 밤이 주는 꿈, 우리가 얽는 꿈, 사람이 안고 궁그는 목숨의 꿈이
다르지 않느니.
아, 어린애 가슴처럼 세월 모르는 나의 침실로 가자. 아름답고 오랜 거기로.

마돈나, 별들의 웃음도 흐려지려 하고 어둔 밤물결도 잦아지려는도다.
아, 안개가 사라지기 전으로 네가 와야지. 나의 아씨여, 너를 부른다.

이상화의 초기 시작 활동을 대표하는 「나의 침실로」는 1923년 9월 동인지 『백조』 3호에 발표되었다. 이 작품은 이상화가 지니고 있던 문학적 열정과 퇴폐적 감성을 동시에 보여주고 있다. 전체 12연으로 구성된 이 작품은 각 연이 모두 2행 단위로 배열되어 있으며, 유장한 가락과 격렬한 호흡을 반복적으로 느끼게 하는 형태적 특성을 잘 드러낸다. '마돈나'라는 시적 대상을 향한 '나'의 애절한 정감과 간절한 절규가 반복적인 영탄과 청유의 진술 방법을 통해 표현되고 있다.

이 작품을 제대로 이해하기 위해서는 우선 작품의 텍스트에 그대로 사용하고 있는 토속어와 방언의 의미를 정확하게 이해해야 한다. 1연의 '목거지'는 '모꼬지'라는 말의 방언이다. 놀이나 잔치 또는 그 밖의 일로 여러 사람이 모이는 일을 뜻한다. '밤'을 의인화하여 이곳저곳 사람들이 모이는 곳에 돌아다니노라 피곤하여 돌아가려 한다고 표현하고 있다. 밤이 다 기고 새벽이 다가옴을 밀하는 대목이다. 5연의 '더우잡고(더우잡다)'는 '더위잡다'의 방언이다. 타들어가는 촛불의 짧은 심지를 더 이상 타지 않도록 끌어 잡는다는 뜻을 나타낸다. 6연의 '그르매'는 '그림자'의 방언이다. 11연의 '궁그는(궁글다)'는 '뒹굴다'의 방언이다. 12연의 '잦아지려는도다(잦아지다)'는 '거친 기운이 잠잠해지거나 가라앉다'는 뜻으로 풀이할 수 있다.

이 시에서 두드러지게 드러나고 있는 것은 각 연의 첫행에서 반복하여 부르고 있는 '마돈나'라는 이국적인 호칭이다. 마돈나는 시적 주체인 '나'의 간절한 사랑의 상대이다. 원래 마돈나는 종교적으로 가톨릭에서 '성모 마리아'를 달리 이르는 말이다. 이 시기의 김소월이나 한용운 같은 시인들이 시적 대상으로 내세웠던 '당신'이라든지 '님'이라든지 하는 말과 대비해본다면, 마돈나라는 대상을 중심으로 하는 이 작품의 시적 발상법은 다분히 서구적이라고 할 수 있다. 물론 시의 화자는 마돈나라는 구원의 대상을 향해 '마리아'라고 부르기도 하고 '아씨'라고 칭하기도 한다. '너는 내 말을 믿는 마리아— 내 침실이 부활의 동굴임을 네야 알련만….'이라는 구절에서는 '마리아'라고 했으며, '나의 아씨여'라는 구절은 3연, 6연, 8연, 12연에 각각 한 차례씩 등장한다. 이러한 변화는 마돈나라는 대상이 시적 주체인 '나'에 의해 인식되는 존재 의미의 폭을 말해주는 것이다.

여기서 한 가지 언급해야 하는 것은 '마돈나'를 호명하면서 거명한 '마리아'의 존재이다. 마리아는 예수 그리스도의 어머니인 성모 마리아를 가리키지만 이런 뜻은 시적 진술 내용에 어울리지 않는다. 사랑과 동경의 대상으로 성모 마리아를 호명하는 것이 아니기 때문이다. 여기 등장하는 마리아는 신약성서에 등장하는 막달라(Magdala) 출신의 성녀 마리아와 통한다. 유녀였던 마리아는 예수 그리스도가 일곱 귀신을 쫓아내자 자신의 죄업을 회개하고 예수를 헌신적으로 섬겼던 것으로 유명하다. 예수가 처형되는 것을 지켜보았고, 예수의 묘를 찾아와서 부활한 예수를 접했다. 예수는 부활 후 최초로 그녀 앞에 나타났던 것이다. 이런 내용은 '너는 내 말을 믿는 마리아— 내 침실이 부활의 동굴임을 네야 알련만….'이라는 표현에서 암시적으로 드러나 있다. 결국 이 시에서 '마돈나'는 신성의 존재였던 마리아가 되기도 하고 세속의 여인으로서 '아씨'가 되기도 하지만 모두 '나'를 중심으로 하는 동경의 대상으로 구체화되고 있다. 이 시에서 감지되는 시적 긴장은 마리아를 통해 구현되는 정결함과 아씨를 통해 감각화되고 있는 관능성 사이의 거리에서 비롯되는 것이라고 할 수 있다.

이 시의 텍스트에서 '나'라는 시적 화자는 사랑과 동경의 대상인 '마돈나'가 밤이 다 가기 전에 자신에게 와달라고 간절하게 호소하며 기다린다. '마돈나'와 함께 '나'의 침실로 가기 위해서다. 이 같은 '나'의 욕망은 애욕의 의미로 해석되기 쉽다. '수밀도의 네 가슴에'와 같은 관능적 표현이 이러한 분위기를 돋운다. 그렇지만 이 시의 전체적인 내용은 어둠 속에 숨어서 사랑하는 이와 영원한 안식을 꿈꾸는 '나'의 간절한 소망으로 읽을 수 있다. 이 시에서 반복적으로 등장하는 '침실'은 '지난밤이 새도록 내 손수 닦아둔 침실'이며, '뉘우침과 두려움의 외나무다리 건너 있는 침실'이기도 하다. 그리고 '어린애 가슴처럼 세월 모르는 아름답고 오랜 나라'로 바뀌어 등장한다. 어둠과 침실이 드러내주는 퇴폐적인 분위기에도 불구하고 이 시의 '침실'은 누구의 방해도 받지 않고 사랑하는 사람과 함께 있고 싶은 비밀의 공간이며 영원한 안식처에 해당한다. 그리고 삶의 새로운 활력을 심어줄 수 있는 재생과 부활의 장소로 그려지고 있다.

이 시는 1연에서부터 마지막 12연에 이르기까지 자유분방하고 변화 있는 산문적 진술로 이어진다. 하지만 시적 의미와 시상의 전개 과정은 크게 네 개의 단락으로 나누어볼 수 있다. 각 단락은 '나의 아씨여'라는 구절을 반복함으로써 자연스럽게 구분되고 있다.

1연에서 3연까지의 첫 단락은 밤이 다 가고 날이 새기 전에 '마돈나'가 자신을 찾아오기를 간절하게 기다리는 심정을 그려낸다. '오다'와 '기다리다'라는 동사가 대상과 주체를 서술하는 가운데 자신들의 처지를 밝음이 오면 어딘지 모르게 숨는 두 별'에 비유하고 있다. 날이 밝으면 하늘의 별들이 모두 사라지듯이 두 사람이 서로 어딘지 모르게 숨어버릴 운명에 놓여 있음을 말해준다. 밤의 시간이 다 흘러가는 것에 대한 초조감이 이 같은 비유적 표현을 통해 암시되고 있다.

둘째 단락에 해당하는 4~6연에서는 '나'의 초조한 심정이 더욱 극적으로 묘사되고 있다. '나'는 자신이 지난밤이 새도록 닦아놓은 침실로 가자고 한다. '낡은 달은 빠지려는데'라든지 '앞산 그르매가 도깨비처럼 발도 없이 이곳 가까이 오도다.'와 같은 구절은 모두 시간의 흐름을 시각적 이미지로 표현한 부분이다. 새벽이 가까이 오고 있다는 사실에 대한 초조한 심정은 밤새도록 켜놓은 촛불이 다 타들어가면서 희미해지고 있는 상태를 묘사하고 있는 '짧은 심지를 더우잡는'이라든지 '얄푸른 연기로 꺼지려는' 등의 구절을 통해 암시된다.

셋째 단락은 7~8연으로 이루어진다. 마치 바람처럼 '나'에게 와서 '나'의 목을 끌어안아주기를 바라는 심정을 그려낸다. 두 사람의 몸과 몸이 서로 하나가 되는 교합의 경지를 환상적으로 구현하고 있는 대목이다. 물론 둘이 서로 만나게 되는 '침실'은 '뉘우침과 두려움의 외나무다리 건너'에 있으며, 아무도 문을 열 수 없는 은밀한 곳이다.

마지막 단락인 9~12연에서 시상이 종결된다. '나'는 바깥의 바람소리를 '마돈나'가 오는 소리라고 여길 정도로 혼미한 상태에서 그녀를 기다리지만 끝나 '마돈나'는 '나'에게로 오지 않는다. '나'는 '침실'을 '부활의 동굴'이라고 설명한다. 그곳은 '어린애 가슴처럼 세월 모르는' 영원의 순수 공간이다. 밤하늘의 별빛이 가물거리며 거칠었던 밤물결이 잦아들기 시작한다. '나'는 밤안개가 흩어지기 전에 '마돈나'가 나타나기를 여전히 소망하고 있다.

이 시에서 그려지고 있는 '마돈나'에 대한 기다림의 정서는 안타까울 정도로 애절하지만 '나'와의 만남이 가능할 것인지에 대해서는 어떤 확신도 찾아보기 어렵다. 밝고 환한 태양이 나오는 낮의 공간 대신에 어둠 속의 동굴을 지향하는 퇴폐적 정서가 현실 자체에 대한 비극적 전망을 담아내고 있다는 것도 부인할 수 없다. 이 시는 결말에 해당하는 넷째 단락에서 어두운 밤의 세계를 긍정하면서 '밤이 주는 꿈'이야말로 인간의 삶의 지향점과 같다는 것을 강조한다. 이 시의 부제(副題)로 내세운 '가장 아름답고 오랜 것은 오직 꿈속에만 있어라'라는 진술과 그대로 부합된다. 결국 「나의 침실로」는 현실에서 가능하지 않은 꿈을 실현하고자 하는 기대와 욕망을 표현하고 있다. 자기만의 공간으로서 '침실'을 설정하고 그 공간 속으로 시적 대상을 끌어들이고자 하는 욕망은 대상에 대한 관능적 묘사를 통해 구체적 형상성을 획득하고 있다. 물론 이 시의 관능적 요소가 육체에 대한 탐닉이나 애욕에만 한정되는 것이 아니다. 오히려 삶에 대한 부활의 의지나 재생의 소망을 폭넓게 보여주고 있기 때문이다.

이 시에서 확인할 수 있는 것처럼 개인의 내적 감정의 격렬성을 시의 형식을 통해 자유롭게 구현할 수 있다는 것은 특이한 시적 경험에 해당한다. 시적 화자의 병적인 자기감정과 그 집착, 그리고 자제할 수 없는 격렬한 충동과 욕망을 시의 언어를 통해 이처럼 적나라하게 표현한 경우는 찾아보기 힘들다. 한국 근대시의 형성 과정에서 감정의 충일 상태를 곧바로 하나의 시적 표현으로 연결하는 이러한 낭만주의적 시의 경향은 이상화의 초기 시에서 볼 수 있는 중요한 특징이라고 할 수 있다.

빼앗긴 들에도 봄은 오는가

지금은 남의 땅 – 빼앗긴 들에도 봄은 오는가?

나는 온몸에 햇살을 받고
푸른 하늘 푸른 들이 맞붙은 곳으로
가르마 같은 논길을 따라 꿈속을 가듯 걸어만 간다.

입술을 다문 하늘아 들아
내 맘에는 나 혼자 온 것 같지를 않구나
네가 끌었느냐 누가 부르더냐 답답워라 말을 해다오.

바람은 내 귀에 속삭이며
한 자욱도 섰지 마라 옷자락을 흔들고
종조리는 울타리 너머 아씨같이 구름 뒤에서 반갑다 웃네.

고맙게 잘 자란 보리밭아
간밤 자정이 넘어 내리던 고운 비로
너는 삼단 같은 머리를 감았구나 내 머리조차 가뿐하다.

혼자라도 가쁘게나 가자
마른 논을 안고 도는 착한 도랑이
젖먹이 달래는 노래를 하고 제 혼자 어깨춤을 추고 가네.

나비 제비야 깝치지 마라.
맨드라미 들마꽃에도 인사를 해야지

아주까리기름을 바른 이가 지심 매던 그 들이라 다 보고 싶다.

내 손에 호미를 쥐어다오.
살진 젖가슴과 같은 부드러운 이 흙을
발목이 시리도록 밟아보고, 좋은 땀조차 흘리고 싶다.

강가에 나온 아이와 같이,
짬도 모르고 끝도 없이 닿은 내 혼아,
무엇을 찾느냐, 어디로 가느냐, 웃어웁다, 답을 하려무나.

나는 온몸에 풋내를 띠고
푸른 웃음, 푸른 설움이 어우러진 사이로
다리를 절며 하루를 걷는다 아마도 봄 신령이 지폈나 보다.

그러나 지금은 – 들을 빼앗겨 봄조차 빼앗기겠네

　　이상화의 「빼앗긴 들에도 봄은 오는가」는 1926년 6월 종합지 『개벽』에 발표했다.
시의 텍스트는 모두 11연으로 구성되어 있으며 2연에서 10연까지 각 연은 모두 3
행씩 규칙적으로 배열된다. 이 시의 전체적인 내용은 시적 화자인 '나'를 중심으로
이루어지고 있지만, '지금은 남의 땅 – 빼앗긴 들에도 봄은 오는가?'라는 첫 행의
질문과 '그러나 지금은 들을 빼앗겨 봄조차 빼앗기겠네'라는 마지막 행의 대답에서
드러나는 대조적인 진술을 먼저 주목할 필요가 있다. 이 두 개의 구절은 시적 의미
의 대응 관계 자체가 이미 국토의 상실이라는 현실적 조건을 문제삼고 있음을 보여
준다. 시적 소재 내용이 식민지 상황에 밀착되어 있는 것이다. 이 시에서 시적 화자
인 '나'는 대자연의 생명이 새롭게 소생하는 '봄'을 맞으면서 '빼앗긴 들'이라는 식민
지 지배 상황의 모순된 역사적 현실을 대비시켜놓고 있다. '빼앗긴 들'이라는 현실
적 삶의 공간에 생명의 탄생을 의미하는 다시 찾아온 '봄'이라는 자연적 시간을 덧

씌운 셈이지만, 자칫 봄조차 빼앗길 수 있다는 우려를 드러내지 않는 것은 아니다. 하지만 남의 땅이 되어버린 들에 여전히 새로운 생명을 탄생시키는 봄이 오는 것을 보면서 그 대자연의 순리처럼 결코 봄을 빼앗길 수는 없다는 강한 신념을 말해준다고 할 수 있다.

이 시의 텍스트에는 요즘 보기 어려운 토속어와 경상도 지역의 방언이 뒤섞여 쓰인 구절이 많다. 예컨대, '가르마 같은'(2연, 머리카락을 이마에서 정수리까지의 양쪽으로 갈랐을 때 생기는 금), '답답워라'(3연, 답답해라), '종조리'(4연, 종다리의 방언, '종지리새'라는 말도 있다), '삼단 같은'(5연, 삼베를 짜기 위해 대마의 껍질을 벗겨 가느다랗게 이어놓은 실 줄기를 겹겹이 쌓아 묶어놓은 것처럼 풍성한 머리 모습), '깝치지 마라'(7연, 깝죽거리지 마라. 까불어대지 말라), '지심 매던'(7연, 김매다의 방언), '짬도 모르고'(9연, '짬'은 어떤 일에서 손을 떼거나 다른 일에 손을 댈 수 있는 겨를 또는 틈), '봄 신령이 지폈나 보다'(10연, 봄의 신령이 사람에게 내려서 신통하고 묘한 힘이 생기다)와 같은 시 구절은 그 의미를 분명하게 파악해야만 전체 내용을 이해할 수 있다.

1연은 '지금은 남의 땅—빼앗긴 들에도 봄은 오는가?'라는 한 개의 행으로 이루어져 있는데, '그러나 지금은 들을 빼앗겨 봄조차 빼앗기겠네'라는 11연의 마지막한 행과 서로 호응하면서 시의 주제의식을 고조시켜놓고 있다. 이 시에서 2연부터 10연까지의 내용을 보면 '빼앗긴 들'이라는 공간적 배경과 '봄'이라는 시간적 배경이 시적 화자인 '나'의 시점을 통해 묘사되기도 하고 설명되기도 한다. 2~3연에서는 시적 화자가 봄이 오는 푸른 하늘 아래 넓은 들판에 나와 걸어가는 모습을 그려낸다. 그러나 하늘과 들이 모두 입을 다물고 있다고 설명한다. 시적 화자는 혼자서 답답할 뿐이다. 주인이 바뀐 세상을 이런 식으로 암시한다. 4~6연에서는 싱그러운 들판의 봄 풍경을 묘사하고 있다. 불어오는 봄바람은 옷자락을 날리고 하늘에 종달새가 높이 떠서 지저귄다. 밭에는 푸른 보리가 간밤의 비를 맞고 마치 삼단같이 가지런하게 자라고 있다. 마른 논을 안고 도는 도랑으로 물이 흐르는 소리도 들린다. 7~8연은 시적 화자인 '나'의 심정을 노래한 부분이다. 싱그러운 들판에서 '나'는 모든 것들을 하나도 빼놓지 않고 모두 소중하게 찾아보고 싶은 들뜬 심정을 드러낸다. 이러저리 까불대듯 날아다니는 제비와 나비가 이런 심정을 그대로 보여준다. 시적 화자는 맨드라미(민들레), 들마꽃 같은 것에도 봄 인사를 하고 싶다. 그 이유는 아주까리기름을 머리에 바르고 있던 이(어머니와 같은 여인)가 김을 매면서 애써 곡식을 가꾸었던 정든 들판이기 때문이다. 그리고 자기 자신이 직접 호미를 들고 들판에서 땀을 흘리면서 일을 해보고 싶은 심정이다. 9~10연에서 시적 화자는 자신의 들뜬 심정과 소망이 모두 헛된 것임을 깨닫는다. 마음은 갈피를 잡지 못한 채, 어디로 무엇을 찾아가는지 알 수가 없다. '나'는 온몸에 봄기운을 느끼면서도 땅을 빼앗긴 서러움에 빠져들어 다리를 절면서 마치 봄의 신령이 지핀 듯 정신없이 들판을 걸어가고 있다. 들판의 봄마저 빼앗길지 모른다는 절망적 상황의 인식이 암시된다.

이처럼 「빼앗긴 들에도 봄은 오는가」에서 확인할 수 있는 시의 내용은 빼앗긴 땅에 찾아온 봄 들판의 풍경을 보면서 그 공간과 시간의 모순적인 결합에서 느끼는 내적 갈등을 주축으로 전개된다. 그리고 그 시적 긴장이 땅을 빼앗기고 그 땅에 찾아오는 봄마저 빼앗길지 모른다는 절망적 인식에까지 도달한다. 하지만 이 시는 '지금'이라는 현실적인 공간(빼앗긴 들)과 시간(봄)이 빚어내는 역설적 의미 구조를 통해 비록 땅을 빼앗겼지만 그 땅 위에도 회생의 봄이 찾아온다는 사실을 강조한다. 땅을 빼앗겼다 하더라도 그 땅 위에 찾아오는 새 생명의 봄조차 빼앗길 수 없다는 강한 저항 의식을 담아낸다.

시인 이상화는 「빼앗긴 들에도 봄은 오는가」에서 확인할 수 있는 것처럼, 등단 초기의 시에서 볼 수 있었던 자기 내면의 정서에 대한 탐닉에 머물러 있지 않고, 자신의 시적 관심을 역사와 현실의 영역으로 확대한다. 이것은 그의 시적 지향이 낭만적 열정에 사로잡혀 있는 개인적인 정서의 세계에서 현실적 상황에 대한 비판적 인식과 그 시적 형상화를 향해 열려 있음을 보여주는 중요한 근거가 된다. 자연의 질서를 중심으로 놓고 볼 때 봄은 생명의 소생을 의미한다. 하지만 시인은 자연의 질서와는 정반대로 흘러가버린 식민지 현실의 공간을 비판적으로 인식하지 않을 수 없게 된다. 그러므로 빼앗긴 들에 찾아온 생명의 봄을 노래할 수밖에 없었던 것이다. 이러한 표현 방법은 그 자체가 하나의 시적 역설에 해당한다고 할 수 있다. 결국 이상화의 시는 식민지 현실의 모순 구조를 시적 진술을 통해 비판적으로 제시함으로써 새로운 역사의식과 함께 민족의 삶에 대한 전망을 함께 담아낼 수 있게 된 것이다.

이상화의 시에서 볼 수 있는 이러한 변화는 1920년대 문단에서 새롭게 일어나기 시작한 문학의 현실 지향적 변화와 무관하지 않다. 그의 시에는 식민지 현실에 대한 민족적인 비판 의식이 더 분명하게 자리하고 있다. 그는 일본의 식민지 지배에 따른 민족의 고통을 자신의 시적 상상력으로 끌어안음으로써, 그 비판적 상황 인식을 주제로 하여 응결된 저항 정신을 표출할 수 있게 된다. 실제로 그의 시는 초기의 작품에서 흔히 볼 수 있었던 비탄과 허무에서 벗어나 저항 의식의 시적 표현에 집중하고 있다.

김동환

金東煥 1901~?

김동환의 호는 파인(巴人)이며, 1901년 9월 21일 함경북도 경성(鏡城)에서 태어났다. 고향에서 경성보통학교를 마친 후 서울 중동중학교를 졸업했다. 1921년 일본 도요대학(東洋大學) 문화학과에 진학했으며, 1922년 조선 유학생이 주도했던 재일조선노동총동맹의 중앙집행위원으로 활동했다. 그러나 1923년 관동대지진으로 학업을 중단하고 귀국했다.

1924년 5월 시 동인지 『금성(金星)』에 시 「적성(赤星)을 손가락질하며」로 등단했다. 이해 10월 『동아일보』 사회부 기자가 되어 1925년 5월까지 근무했다. 1925년 3월 첫 시집으로 장편서사시 『국경의 밤』을 발간했다. 1925년 6월 『시대일보』 기자로 활동하던 중에 조선프롤레타리아예술동맹의 창립 맹원으로 가담했으나 1927년 계급문학의 방향 전환 과정을 거치면서 조직으로부터 축출되었다. 1929년 6월 삼천리사를 운영하며 대중 종합지 『삼천리』를 간행했다. 1938년에는 『삼천리』의 자매지로 종합 문예지 『삼천리문학』을 발간했다.

일제 말기 '황민화운동'이 적극화될 때 1939년 3월 '북지황군 위문 문단사절'의 실행위원으로 활동했으며, 같은 해 10월 조선문인협회 결성에 참여하면서 친일적인 문필 활동을 펼쳤다. 1941년 국민총력조선연맹 문화부 문화위원으로 일했고 조선임전보국단 상무이사가 되었다. 1942년 5월 일본 조선총독부의 국어 말살 정책에 따라 순국문으로 발행했던 잡지 『삼천리』를 일본어 기사를 싣는 『대동아(大東亞)』로 개제하여 계속 발행하면서 친일적 문필 활동에 적극 참여했다.

1945년 해방이 되자 1946년 2월 조만식이 이끈 조선민주당의 간부로 활동했으며, 같은 해 8월 여러 기행문을 엮은 『삼천리강산』을 편찬해 발간했다. 1948년 5월 삼천리사를 다시 설립하고 편집 겸 발행인으로 활동했지만, 1949년 2월 반민족행위특별조사위원회(반민특위)에서 친일문학자로 지목되어 공민권 정지 5년을 선고받았다. 1950년 한국전쟁 당시 인민군에게 납북된 후의 행적은 알려진 바가 없다.

　　김동환의 문단 활동의 전반기는 1925년에 잇달아 발표한 서사적 장시 『국경의 밤』과 『승천(昇天)하는 청춘(靑春)』으로 요약할 수 있다. 근대시의 형성 과정에서 장시라는 새로운 시 형식을 추구했던 시인의 상상력은 평가할 만하다. 김동환의 후기 작품은 1929년 주요한 · 이광수와 함께 펴낸 제3시집 『삼인시가집(三人詩歌集)』에 이어 1942년 발행한 『해당화(海棠花)』에 대부분 수록되어 있다. 이 시기의 시는 향토색 짙은 소재들을 찾아내어 민요적 시풍으로 노래함으로써 풍부한 낭만적 감성을 잘 표현하고 있다. 특히 시적 소재 자체에서 드러나는 향토성이 식민지 시대 잃어버린 국토와 고통 속의 민족에 대한 사랑을 표출하는 데에도 효과적으로 작용하고 있다.

국경의 밤

제 1 부

1

'아하 무사히 건넜을까,
이 한밤에 남편은
두만강을 탈없이 건넜을까?

저리 국경 강안(江岸)을 경비하는
외투 쓴 검은 순사가
왔다 – 갔다 –
오르명내리명 분주히 하는데
발각도 안 되고 무사히 건넜을까?'

소금실이 밀수출 마차를 띄워놓고
밤새가며 속 태우는 젊은 아낙네
물레 젓는 손도 맥이 풀어져
파! 하고 붙는 어유(魚油) 등잔만 바라본다,
북국의 겨울밤은 차차 깊어가는데.

2

어디서 불시에 땅 밑으로 울려 나오는 듯
'어 – 이' 하는 날카로운 소리 들린다.
저 서쪽으로 무엇이 오는 군호라고

촌민들이 넋을 잃고 우두두 떨 적에
처녀(妻女)만은 잡히우는 남편의 소리라고
가슴을 뜯으며 긴 한숨을 쉰다 —.
눈보라에 늦게 내리는
영림창(營林廠) 산재(山材) 실이 벌부(筏夫)[1] 떼 소리언만.

3

마지막 가는 병자의 부르짖음 같은
애처러운 바람소리에 싸이어
어디서 '땅' 하는 소리 밤하늘을 짼다.
뒤대어 요란한 발자취 소리에
백성들은 또 무슨 변이 났다고 실색하여 숨죽일 때,
이 처녀만은 강도 채 못 건넌 채 얻어맞은 사내 일이라고
문비탈[2]을 쓸어안고 흑흑 느껴가며 운다 —.
겨울에도 한 삼동, 별빛에 따라
고기잡이 얼음장 긋는 소리언만.

4

불이 보인다 새빨간 불빛이
저리 강 건너
대안(對岸) 벌에서는 순경들의 파수막(把守幕)에서
옥서(玉黍)장 태우는 빨—간 불빛이 보인다.
까—맣게 타오르는 모닥불 속에
호주(胡酒)에 취한 순경들이

---

1 벌부(筏夫) : 뗏목에 물건을 실어나르는 인부. '산촌(山村) 실이 화부(花夫)'라고 표기되어 있어서 이를 바로 잡음.
2 문턱.

월월월 이태백을 부르면서.

5

아하, 밤이 점점 어두워간다.
국경의 밤이 저 혼자 시름없이 어두워간다.
함박눈조차 다 내뿜은 맑은 하늘엔
별 두어 개 파래져
어미 잃은 소녀의 눈동자같이 감박거리고
눈보라 심한 강벌에는
외아지[3] 백양(白楊)이
혼자 서서 바람을 걸어 안고 춤을 춘다.
가지 부러지는 소리조차
이 처녀의 마음을 핫! 핫! 놀래놓으면서 - .

6

전선이 운다, 잉 – 잉 – 하고
국교(國交)하러 가는 전신줄이 몹시도 운다.
집도 백양도 산곡(山谷)도 외양간 '당나귀'도 따라서 운다,
이렇게 춥길래
오늘따라 간도(間島) 이사꾼도 별로 없지.
얼음장 깔린 강바닥을
바가지 달아매고 건너는
밤마다 밤마다 외로이 건너는
함경도 이사꾼도 별로 없지.
얼음장 갈린 강바닥을

---

3 외아지 : 외가지. 홀로 서 있는 가지.

바가지 달아매고 건너는

함경도 이사꾼도 별로 안 보이지.

회령(會寧)서는 벌써 마지막 차 고동이 텄는데.

7

봄이 와도 꽃 한 폭 필 줄 모르는

강 건너 산천으로서는

바람에 눈보라가 쏠려서

강 한판에

진시왕릉(秦始王陵) 같은 무덤을 쌓아놓고는

이내 안압지(雁鴨池)를 파고 달아난다.

하늘 땅 모두 회명(晦冥)[4]한 속에 백금 같은 달빛만이

백설로 오백 리, 월광으로 삼천 리,

두만강의 겨울밤은 춥고도 고요하더라. (이하 생략)

「국경의 밤」은 김동환이 발표한 서사적 장시이며 1925년 3월 한성도서주식회사에서 간행한 김동환 시집 『국경의 밤』에 수록된 표제작이다. 잡지나 신문에 발표하지 않고 직접 시집에 수록했다. 이 작품은 1920년대 근대시의 정착 과정에서 등장한 새로운 장시 형태로 주목된다. 이 시기에 자유시 형태의 실험, 시조라는 전통시 형식의 재창조 운동 등과 함께 서사적 장시에 대한 도전이 동시에 이루어지고 있다는 사실은 1920년대가 한국 근대시의 형성 과정에서 가장 의미 있는 형태적 모색의 시기였음을 말해주는 요소가 되기도 한다. 「국경의 밤」과 같은 서사적 장시의 등장은 시적 형식에 대한 다양한 관심과 그 창작적 실천 가운데 특이한 의미를 지니는 것이라고 할 수 있다.

　「국경의 밤」은 자유시의 형태를 기반으로 시의 율격과 그 형식의 개방성을 유지

4　회명 : 해나 달의 빛이 가리어져 우두컴컴함.

하면서 다채로운 시상의 서사적 전개와 그 확대를 시도하고 있다. 물론 전체적인 시상의 전개 과정 자체를 놓고 볼 때 서사적 장시로서의 성격을 분명하게 드러낸다. 이 작품은 김동환이 『금성』에 발표했던 시 「적성을 손가락질하며」에서 다루었던 여러 가지 중요한 시적 모티프를 서사적으로 확장하여 새로운 형태의 서사적 장시로 만들었다.

「국경의 밤」은 전체 3부 72장으로 이루어져 있으며, 국경지대인 두만강변의 작은 마을을 시적 배경으로 설정하고 있다. 이 작품의 서사 구조는 여주인공을 중심으로 현재-과거-현재의 서사 공간에 펼쳐지는 사랑과 그 갈등을 주조로 하고 있다. 그러나 이 사랑 이야기의 배경에는 북국의 겨울밤이 주는 암울한 분위기가 강조됨으로써 각박한 현실을 살아가던 당대 민중의 고통과 불안이 잘 암시되고 있다. 이 작품에서 지목할 수 있는 중요한 특징 중의 하나는 전편에 흐르는 서사적인 긴장이다. 그것은 인물의 설정에서 알 수 있듯이 여주인공과 그녀를 중심으로 대립적인 위치에 놓이는 두 사람의 남성을 통해 구체화된다. 여주인공이 두 사내의 중간에서 겪게 되는 삶의 고된 역정이 서사의 골격을 형성하고 있기 때문이다.

「국경의 밤」의 1부(1장~27장)는 추운 겨울 눈 속에서 소금 밀수꾼 남편이 두만강을 건너간 후, 남편의 안전을 걱정하며 불안해하는 여주인공의 심리적 갈등을 보여준다. 이 같은 시적 정황은 빛과 소리로 구체화된 감각적인 이미지의 결합을 통해 더욱 뚜렷한 시적 효과를 거두고 있다. 그런데 이 여주인공에게 한 사내가 찾아온다. 오랫동안 고향을 떠났던 이 청년의 등장으로 인하여 이 시에서 노래하고자 하는 이야기의 서사적 구조가 분명하게 제시된다. 2부(28장~57장)는 회상적인 과거의 사실들이 시적 서사의 내용을 장식한다. 여주인공과 그녀의 남편, 그리고 첫사랑이었던 청년 등의 과거 이야기가 회상의 형식을 빌려 펼쳐지고 있는 것이다. 이 부분에서 여주인공의 신분과 내력이 밝혀진다. 여진족의 후예이면서 재가승(在家僧)의 딸이었던 여주인공이 청년과 만나 서로 사랑하였던 옛 추억도 살아난다. 그리고 두 사람이 서로 헤어져야 했던 가슴 아픈 사연도 펼쳐진다. 이러한 시적 진술을 통해 사랑의 기쁨과 그 아름다움이 이별의 고통으로 바뀌는 과정 자체가 밀도 있게 그려지고 있으며, 정서적 균형도 유지되고 있다. 「국경의 밤」에서 가장 격렬한 정서적 충동이 드러나고 있는 대목이 바로 3부(58장~72장)이다. 이 부분에 이르러 긴장은 고조되고 격렬한 사랑의 감정이 시적 정서의 충일 상태로 뒤바뀐다. 여주인공을 찾아온 청년은 그녀에게 사랑의 결합을 호소하지만, 여주인공은 끝내 이 청년의 사랑을 거절한다. 그러나 이 작품이 강을 건넜던 남편이 마적의 총에 희생되어 주검으로 돌아오는 것으로 결말에 이르기 때문에, 비극적 사랑의 이야기가 새로운 가능성의 세계를 향해 열리고 있음을 짐작할 수 있게 된다. 여주인공에게 있어서 남편의 죽음은 인습에 얽혀 있던 결혼 생활의 종말을 의미하는 것이기 때문이다.

「국경의 밤」에서 볼 수 있는 서사적 풍경은 시적 진술 자체에서 볼 수 있는 언어 표현의 변화, 언어의 반복과 도치 등을 통한 활달한 수사적 기교, 전체적인 시적 어조를 통제하며 시적 형식에 통일성을 부여하고 있는 리듬 의식 등이 모두 서사적 장시로서의 양식적 속성을 유지하는 데에 적절하게 기능한다고 할 수 있다. 그러나 서사 구조 자체가 남녀의 애정 갈등과 그 삼각 구도의 형상을 벗어나지 못함으로써 시의 초반부에서 제시하고 있는 장중한 서사적 화폭을 변화 있게 이끌어가지는 못하였다.

김동환 자신이 식민지 현실과 민족의 삶을 전체적으로 조망하는 「국경의 밤」에 뒤이어 「승천하는 청춘」과 같은 서사적 장시를 지속적으로 창작함으로써 새로운 장시의 시적 가능성을 확보한 점은 문학사적으로 높이 평가될 수 있는 일이다. 김동환이 스스로 '장편 서사시'라고 부제를 붙여 발표한 「승천하는 청춘」은 자신이 일본 유학 시절 체험했던 관동대지진과 당시 일본이 만들었던 조선인 이재민 수용소를 배경으로 삼고 있는 점이 주목된다. 이 시는 전체 7부 61장으로 구성되어 있으며, 작품 전체의 서사적 흐름에서 주동적 역할을 하는 것은 오빠를 따라 일본으로 유학 온 한국인 여성이다. 이재민 수용소에서 오빠가 폐병으로 세상을 떠난 뒤 이 여성은 오빠의 친구인 청년과 서로 사랑에 빠져든다. 하지만 오래지 않아 그 청년이 불온분자로 일본 경찰에 잡혀가버리자 혼자 남은 여성은 유학을 포기하고 고국으로 돌아와서 소학교 교사로 일한다. 그녀는 헤어진 청년이 죽은 줄로 알고 동료 교사와 결혼한다. 그런데 청년은 일본에서 탈출하여 귀국 후 여성을 찾아 각지를 떠돌게 된다. 그리고 두 사람은 운명적으로 마주친다.

북청(北靑) 물장수

새벽마다 고요히 꿈길을 밟고 와서
머리맡에 찬물을 쏴 퍼붓고는
그만 가슴을 드디면서 멀리 사라지는
북청 물장수.

물에 젖은 꿈이
북청 물장수를 부르면
그는 삐걱삐걱 소리를 치며
온 자취도 없이 다시 사라진다.

날마다 아침마다 기다려지는
북청 물장수.

　　김동환의 초기 시 가운데 「북청 물장수」는 1924년 10월 13일 『동아일보』에 발표
했고, 뒤에 시집 『국경의 밤』에 수록되었다. 전체 3연으로 구성되어 있고, 1, 2연이
4행, 3연은 2행으로 이루어진 작품이다.

　　이 시의 내용을 이해하기 위해서는 먼저 시적 제재로 등장하고 있는 '북청 물장
수'에 대해 알아둘 필요가 있다. 물장수란 글자 그대로 물을 파는 사람이다. 개화
기 이후 서울이 근대적인 도시로 발전하여 크게 번성하자 많은 사람들이 서울로
몰려들었다. 자연히 도시의 주택, 교통 등과 같은 주거 환경이 문제가 되었다. 그
중에 가장 중요한 것이 상수도였다. 근대적인 상수도 시설을 갖추지 못한 상태로
인구가 폭증하면서 식수로 사용할 물을 구하기가 어려워졌다. 이로 인해 등장하게
된 것이 바로 물장수다. 물장수는 새벽마다 물지게로 각 가정에 먹을 물을 배달해

주고 그 대가로 돈을 받았다. 그런데 서울의 물장수 가운데에는 함경도 북청(北靑) 출신들이 많았다고 한다. 부지런하고 신용도 잘 지켜서 '북청 물장수'라는 말이 생길 정도였다. 해방 이후 1960년대 초반까지도 서울의 변두리에서는 물장수가 물을 배달하는 경우가 많았다. 물장수가 고된 직업인 데다가 큰돈을 벌 수도 없었으므로, '물장수 삼 년에 궁둥잇짓만 남았다.'라든지 '물장수 삼 년에 남은 것은 물 고리뿐.'이라는 속담이 생길 정도였다. 김동환은 함경도 북청에서 서울로 올라와 고된 물장수로 살아가는 고향 사람들의 삶의 애환을 타자의 시선으로 소박하게 그려내고 있다.

이 시의 1연은 전체 4행이 하나의 명사구문으로 이어져 있는데, 시적 진술 내용의 주어에 해당하는 '북청 물장수'를 1연의 마지막 행에 배치하고 있다. 이 같은 통사적 배열을 통해 만들어내는 시적 여운이 어떤 효과를 거두고 있는지 주목할 필요가 있다. 북청 물장수는 매일같이 모든 사람들이 아직 잠들어 있는 이른 새벽에 물을 날라다 준다. 그리고 주인이 잠에서 깨어나기도 전에 길어온 물을 정해진 물통에 부어놓고는 가버린다. '머리맡에 찬물을 쏴 퍼붓고는'이라는 구절은 새로운 아침이 왔음을 알리는 청량한 신호에 해당한다. '찬물'의 느낌과 '쏴'라는 물소리의 감각이 일종의 공감각적 심상을 빚어내면서 잠을 깨우고 상쾌한 아침이 오고 있음을 알려주는 것이다. 그런데 북청 물장수는 물을 부어놓고는 아무 말도 없이 '그만 가슴을 드디면서 멀리 사라지는' 것이다. 여기에 쓰인 '가슴을 디디다'라는 표현은 '무언가 형언하기 어려운 무게'를 느끼게 됨을 말해준다. 이른 새벽에 물지게를 지고 다니면서 고되게 일하고 있는 북청 물장수의 모습에서 느끼는 화자의 미안하고 안쓰러운 심정이 담겨 있는 셈이다.

2연에서는 시적 진술 전체가 하나의 문장으로 이뤄지고 있다. 1연의 명사구문과는 다른 서술적 문장으로 바뀐 것이다. 물장수의 물소리를 화자는 잠결에 듣게 되었음을 말해준다. 여전히 잠결에서 깨어나지 못한 채 물장수에게 무언가 말을 해주고 싶었던 모양이다. '물에 젖은 꿈이/북청 물장수를 부르면'이라는 구절에서 이를 확인할 수 있다. 이 시절의 물장수들은 물을 길어다 주는 집에서 간단하게 차려주는 요깃거리로 아침식사를 때우곤 했다는 것이다. 시적 화자는 물장수가 와서 물을 붓고 가는 소리를 잠결에 듣고 그를 불러들여 '고생했다' 또는 '고맙다'는 치사라도 전하거나 아침식사라도 대접하고 싶었던 것인지도 모른다. 그러나 물장수는 자기 일을 마치고는 물지게 소리를 내면서 바로 나가버린다. 주인댁에서 무어라 하든지 자신이 맡은 일을 묵묵히 해내고 있는 북청 물장수의 모습을 여기서 상상해볼 수 있다.

3연은 전체 두 행으로 구분되어 있는데, '날마다 아침마다 기다려지는/북청 물장수.'라는 짧막한 명사구문으로 끝난다. 1연과 마찬가지로 '북청 물장수'라는 구절을 마지막 행에 배치하고 있다. 북청 물장수를 기다리는 시적 화자의 심정을 드러낸다. 북청 물장수에 대한 친근감이나 신뢰감을 보여주는 대목이기도 하다.

「북청 물장수」는 서울에서 살아가는 서민층의 고된 삶의 한 장면을 인정미가 넘치게 그려낸다. 시적 대상이 되고 있는 '북청 물장수'의 모습에는 고된 일상에 찌들어 있는 서민층의 궁핍한 삶의 모습이 뒤에 감춰져 있다. 오히려 말없이 성실하게 자신의 일을 감당해나가는 '북청 물장수'의 건실한 삶의 자세가 부각된다. 그러므로 이 시는 부정적 현실에 대한 비판적 인식을 노래하는 데에 초점을 맞추고 있지 않다. 고된 노동의 삶을 묵묵히 견디면서 살아가는 '북청 물장수'의 건실한 자세와 그 생명력을 긍정하고 있기 때문이다.

송화강(松花江) 뱃노래

새벽하늘에 구름짱 날린다
에잇, 에잇, 어서 노 저어라 이 배야 가자
구름만 날리나
내 맘도 날린다.

돌아다보면은 고국이 천리런가
에잇, 에잇, 어서 노 저어라 이 배야 가자
온 길이 천리나
갈 길은 만리다.

산을 버렸지 정이야 버렸나
에잇, 에잇, 어서 노 저어라 이 배야 가자
몸은 흘러도
넋이야 가겠지

여기는 송화강, 강물이 운다야
에잇, 에잇, 어서 노 저어라 이 배야 가자
강물만 울더냐
장부도 따라 운다.

이 시는 김동환이 자신이 직접 발행하던 대중 잡지 『삼천리』(1935.3)에 발표되었다. 김동환의 후기 시를 대표할 만한 작품 중의 하나이다. 전체 4연으로 구성되어 있으며, 각 연에는 규칙적으로 4행씩 배열하고 있다. '에잇, 에잇, 어서 노 저어라 이 배야 가자'라는 뱃사공들의 매김 소리 구절이 각 연마다 두 번째 행에 배치되어 있다. 이러한 구성적 특징은 이 시가 실제 구전했던 민요조를 현대적으로 변용한 것임을 말해준다. 김동환이 주장했던 '민요시' 또는 '가요시'의 형태에 속한다고 할 수 있다. 고향 산천을 떠나 먼 북만주 땅에서 고된 삶을 살아야 하는 시적 화자의 심정을 송화강 뱃노래의 민요조 가락에 따라 표현했다.

이 시의 제목에 등장하는 송화강(松花江, 쏭화쟝)은 중국 동북 지역의 지린성(吉林省)과 헤이룽장성(黑龍江省)을 관류하는 큰 강이다. 북만주 지역을 가르는 헤이룽강(黑龍江)의 최대 지류로서 백두산의 천지(天池)에서 물줄기가 시작된다. 이 강물은 중국 동북 지역의 지린성을 통과하여 하얼빈(哈爾濱)을 거쳐 무단강(牧丹江)과 합류하고, 다시 북동으로 흘러서 본류인 헤이룽강과 만나 동해로 흘러 들어간다. 송화강이 흐르는 중국 동북 지역은 한국인 유이민들이 대거 이주하였던 곳이다. 한국인 유이민은 주로 19세기 중반 이후 증가하였는데 1910년 일제 강점이 시작되면서 한반도 각지에서 수많은 한국인들이 이곳으로 이주하면서 토지를 개간하고 농업에 진력하면서 커다란 공동체를 형성하게 되었다. 1920년대 이후 치열한 항일투쟁을 전개했던 곳도 이 지역이다. 한국인 유이민들은 중국인 지주들의 차별과 일본의 감시 속에서도 높은 민족적 자부심을 갖고 한국어를 사용하면서 민족문화의 전통을 유지하였다. 이와 같은 배경을 놓고 본다면 「송화강 뱃노래」의 시적 의미를 좀 더 깊이 있게 이해할 수 있을 것이다.

이 시의 시적 의미는 전체 4연을 전반부와 후반부로 나누어 검토할 수 있다. 1, 2연은 고향을 떠나 만나게 되는 낯선 하늘과 땅을 노래하고 있으며, 3, 4연은 시적 화자의 한스러운 자기 심정을 그대로 표현하고 있다. 다시 말하자면, 전반부에서 외적 공간으로서의 낯선 하늘과 땅을 그려내고 있는 데에 반해, 후반부는 내적 공간으로서의 시적 화자의 주관적인 심정을 한스러운 탄식 속에 표출하고 있다.

전반부의 1연에서는 구름 날리는 낯선 하늘을 보면서 갈피를 잡지 못한 채 흔들리는 자신의 심정을 노래한다. 유랑민으로서의 자신의 처지가 이른 새벽하늘에 날리는 뜬구름처럼 느껴진다. 2연은 고향을 떠나온 먼 거리를 돌아보는 심정을 그려놓고 있다. 천리 타관에 와 있지만 앞으로 살아야 할 길은 만리처럼 아득하게 느껴진다. 고국산천과의 거리감 또는 단절감과 함께 막막한 앞날의 삶에 대한 근심이 숨겨져 있다.

후반부에 해당하는 3연은 고향 땅을 떠나왔지만 결코 그곳을 잊을 수 없는 자신의 심정을 그대로 드러낸다. 몸은 비록 타관을 떠돌지만 넋은 반드시 고향으로 다시 돌아갈 것이라고 믿고 있다. 떠나온 고국산천을 언제나 마음속에 담아두고 있음을 알 수 있다. 4연의 경우에는 시적 화자의 회한의 울음이 강물 소리에 함께 뒤섞여 있음을 밝힌다. 시적 화자는 사내대장부임에도 지나온 세월 속의 고국산천을 돌아보면서 울음을 참을 수가 없다. 이 울음은 고국에 대한 그리움의 눈물일 뿐만 아니라 타관에서 고된 삶을 살아야 하는 시적 화자의 시련과 고통의 눈물이라고 할 수 있다.

주요한

朱耀翰 1900~1979

시인 주요한의 호는 송아(頌兒)이다. 1900년 10월 14일 평양에서 태어났다. 부친이 도쿄에서 조선인 유학생 선교 목사로 주재하게 되자 가족과 함께 일본으로 건너갔다. 도쿄 메이지학원(明治學院) 중학부를 졸업한 후 도쿄제일고교(도쿄제국대학 예과)에서 수학했다. 고교 재학 시절부터 시 동인지 『현대시가(現代詩歌)』 『서(曙)』 등에 일본어로 시를 발표했다. 1919년 『학우(學友)』 창간호에 시 「에튜우드」를 발표했고, 곧이어 『창조(創造)』 창간호에 「불놀이」 등 3편의 시를 발표하면서 본격적인 창작 활동을 시작했다.

주요한은 1919년 2월 도쿄 재일 한국인 유학생 중심으로 거행되었던 2·8독립선언에 연루되어 일본 경찰의 검거령이 내려지자 이를 피해 상하이로 망명하였다. 그는 상하이에서 임시정부 기관지 『독립신문』 기자로 활동했다. 상하이 망명 당시 중국 후장대학(滬江大學) 화학과에서 수학하면서 국내의 신문 잡지에 시를 발표하였으며, 1924년 12월 처녀시집 『아름다운 새벽』을 간행하였다. 1925년 귀국하여 『동아일보』 편집국장, 논설위원 등을 지낸 데 이어 『조선일보』 편집국장을 역임하는 등 언론인으로도 활약했다. 1926년 5월 발간된 수양동우회(修養同友會)의 기관지 『동광(東光)』의 편집인 겸 발행인이었으며, 1927년 7월 동아일보사 학예부장, 편집국장 등을 역임한 후 1932년 11월 퇴사했다. 1932년 9월 조선일보사 편집국장과 전무취체역(專務取締役)을 역임했다. 1934년 6월 수양동우회 이사장이 되었는데, 1937년 6월 수양동우회사건으로 검거되어 투옥당하기도 했다.

우리 시 깊이 읽기

일제 말기 이른바 '황민화운동'이 강요되던 시기에 1939년 10월 조선문인협회가 창립되자 이 단체의 간사를 맡으면서 친일적인 문필 활동을 벌이기 시작했다. 1941년 9월 조선임전보국단 발족 때 경성지부 발기인으로 활동했으며 여러 차례 징병을 독려하는 연설회에도 앞장섰다. 친일문학 단체 조선문인보국회가 1943년 설립되자 이사 겸 시부(詩部) 회장을 맡기도 했고 1944년 4월 조선문인보국회 평의원, 9월 국민동원 총진회 발기인 및 상무이사를 맡았다. 이와 같은 친일 행적이 문제가 되어 해방 직후 1949년 4월 반민특위에 체포됐다가 풀려났으며 이후 실질적으로 문단 활동에서 멀어졌다.

주요한의 시 세계는 상하이 망명 시대까지의 초기 시와 귀국 이후의 후기 시로 대별해볼 수 있다. 초기에는 일본에 체류하면서 시작 활동을 하여 서구 및 일본의 근대시 영향을 받은 작품들을 남기고 있다. 산문적 시적 진술을 통해 감각적 인상을 표현하는 기법은 대표작인 「불놀이」에 잘 나타난다. 또한 밝음과 의지의 에너지가 분출하는 이상주의적 지향의 시도 선보이는데, 「해의 시절」「아침 처녀」 등이 이를 대표하는 작품이다. 시집 『아름다운 새벽』(1924)은 그의 이 같은 시적 작업의 성과에 해당한다. 1925년 귀국 후에는 민요조의 형식과 그 리듬 그리고 시조 형식에 대한 관심 등을 통해 전통 지향적 경향을 드러낸다. 한국 초기 시단의 개척자였던 그가 서구 모방의 시풍에서 다시 전통 지향의 시풍으로 회귀하는 과정을 보여주고 있었다는 것은 주목할

만한 일이다. 시집으로는 첫 시집 『아름다운 새벽』 이외에 1929년 10월 이광수 · 김동환과 함께 『삼인시가집』을 냈으며, 1930년 10월 시조집 『봉사꽃』을 발간했다.

불놀이

아아 날이 저문다, 서편 하늘에, 외로운 강물 우에 스러져가는 분홍빛 놀…… 아아 해가 저물면 날마다 살구나무 그늘에 혼자 우는 밤이 또 오건마는, 오늘은 사월(四月)이라 파일날¹ 큰 길을 물밀어 가는 사람 소리는 듣기만 하여도 흥성스러운² 것을 왜 나만 혼자 가슴에 눈물을 참을 수 없는고?

아아 춤을 춘다, 춤을 춘다, 시뻘건 불덩이가, 춤을 춘다. 잠잠한 성문 우에서 나려다보니, 물 냄새, 모래 냄새, 밤을 깨물고 하늘을 깨무는 횃불이 그래도 무엇이 부족하여 제 몸까지 물고 뜯을 때, 혼자서 어두운 가슴 품은 젊은 사람은 과거의 퍼런 꿈을 찬 강물 우에 내어던지나 무정한 물결이 그 그림자를 멈출 리가 있으랴?…… 아아 꺾어서 시들지 않는 꽃도 없건마는, 가신 님 생각에 살아도 죽은 이 마음이야, 에라 모르겠다, 저 불길로 이 가슴 태워버릴까, 이 설움 살라버릴까, 어제도 아픈 발 끌면서 무덤에 가보았더니 겨울에는 말랐던 꽃이 어느덧 피었더라마는 사랑의 봄은 또다시 안 돌아오는가, 차라리 속 시원히 오늘밤 이 물속에…… 그러면 행여나 불쌍히 여겨줄 이나 있을까…… 할 적에 퉁 탕, 불티를 날리면서 튀어나는 매화포³, 펄떡 정신을 차리니 우구우구 떠드는 구경꾼의 소리가 저를 비웃는 듯, 꾸짖는 듯 아아 좀 더 강렬한 열정에 살고 싶다, 저기 저 횃불처럼 엉기는 연기, 숨 막히는 불꽃의 고통 속에서라도 더욱 뜨거운 삶을 살고 싶다고 뜻밖에 가슴 두근거리는 것은 나의 마음…….

---

1 파일 : 초파일. 석가모니의 탄신일인 음력 4월 8일.
2 흥성스럽다 : 흥성거리다. 여러 사람이 활기차게 떠들며 흥겨운 분위기를 이루다.
3 매화포(梅花砲) : 종이로 만든 딱총의 하나인데, 불똥 튀는 모양이 매화꽃이 떨어지는 것과 비슷하다고 하여 붙여진 이름.

우리 시 깊이 읽기

사월달 따스한 바람이 강을 넘으면, 청류벽(淸流碧), 모란봉 높은 언덕 우에 허어옇게 흐늑이는 사람 떼, 바람이 와서 불 적마다 불빛에 물든 물결이 미친 웃음을 웃으니, 겁 많은 물고기는 모래 밑에 들어박히고, 물결치는 뱃슭[4]에는 졸음 오는 '니즘[5]'의 형상이 오락가락 – 일렁거리는 그림자 일어나는 웃음소리, 달아논 등불 밑에서 목청껏 길게 빼는 어린 기생의 노래, 뜻밖에 정욕을 이끄는 불구경도 이제는 겹고, 한 잔 한 잔 또 한 잔 끝없는 술도 이제는 싫어, 지저분한 배 밑창에 맥없이 누우며 까닭 모르는 눈물은 눈을 데우며, 간단없는 장고 소리에 겨운 남자들은 때때로 불리는 욕심에 못 견디어 번뜩이는 눈으로 뱃가에 뛰어나가면, 뒤에 남은 죽어가는 촛불은 우그러진 치마깃 우에 조을 때, 뜻있는 듯이 찌걱거리는 배젓개[6] 소리는 더욱 가슴을 누른다…….

아아 강물이 웃는다, 웃는다, 괴상한, 웃음이다, 차디찬 강물이 껌껌한 하늘을 보고 웃는 웃음이다. 아아 배가 올라온다. 배가 오른다, 바람이 불 적마다 슬프게 슬프게 삐걱거리는 배가 오른다.

저어라, 배를. 멀리서 잠자는 능라도(綾羅島)까지, 물살 빠른 대동강(大同江)을 저어 오르라. 거기 너의 애인이 맨발로 서서 기다리는 언덕으로 곧추[7] 너의 뱃머리를 돌리라 물결 끝에서 일어나는 추운 바람도 무엇이리오, 괴이(怪異)한 웃음소리도 무엇이리오, 사랑 잃은 청년의 어두운 가슴속도 너에게야 무엇이리오, 그림자 없이는 '밝음'도 있을 수 없는 것을 –. 오오 다만 네 확실한 오늘을 놓치지 말라. 오오 사르라, 사르라! 오늘밤! 너의 빨간 횃불을, 빨간 입술을, 눈동자를, 또한 너의 빨간 눈물을…….

---

4 뱃슭 : 배의 양쪽 가장자리 부분.
5 니즘 : 영어의 '리듬(rhythm)'
6 배젓개 : 노(櫓). 물을 헤쳐 배를 나아가게 하는 기구.
7 곧추 : 굽히거나 구부리지 아니하고 곧게.

주요한의 「불놀이」에서 '불놀이'는 전통 민속놀이인 '불꽃놀이'를 말한다. '화희(火戲)'라고도 하는 불놀이는 화약이 터질 때 나는 큰 소리와 함께 뒤따라 꽃잎처럼 휘황하게 퍼지는 불꽃을 즐기는 민속놀이였다. 국가적 행사에서 대규모로 설행한 화산대(火山臺)가 있었고 민간에서는 흔히 줄불, 딱총놀이라는 불꽃놀이를 즐겼다. 옛 기록에 따르면 13세기 무렵부터 불꽃놀이를 즐겼다고 하는데 대개 사월 초파일 연등놀이 때나 단오절 놀이에 불꽃놀이가 함께 행해졌다. 『동국세시기(東國歲時記)』에는 화약을 싸서 줄에 매달고 공중으로 솟구쳐 오르게 하는 모양은 마치 불화살이 활을 떠나는 모양처럼 불꽃이 비 오듯 솟아진다는 기록도 있다.

「불놀이」에는 '나'라는 화자가 시적 진술의 주체로 등장하여 평양 모란봉과 대동강 일대에서 음력 사월 초파일 연등놀이와 함께 즐겼던 '불놀이'를 시적 대상으로 묘사한다. '나'는 '사랑 잃은 청년'으로 표상되고 있는데, 세상을 떠난 사랑을 그리워하며 회한에 젖어 있는 '나'의 비애와 탄식이 휘황한 불꽃과 뒤엉켜 강렬한 어조로 표출되고 있다.

1연은 사월 초파일 밤을 배경으로 화려하게 펼쳐지는 불꽃놀이를 바라보는 시적 화자의 외롭고 애처로운 심경이 제시된다. 불꽃놀이의 휘황한 정경을 즐기기 위해 거리로 몰려나온 사람들과 일정한 거리를 두고 혼자 서 있는 '나'의 고독한 심경이 암시된다. 2연에서 시적 화자는 혼자 '잠잠한 성문 위에' 서 있다. 거리에 넘쳐나는 사람들과 불꽃놀이의 흥성스러운 풍경이 묘사된다. 거리에는 시뻘건 불덩이가 넘실댄다. 시적 화자는 고독과 비애에 휩싸여 괴로워하며 자신도 강물에 몸을 던져 먼저 떠나간 사랑을 따라가고 싶다는 절망적인 생각에 젖어든다. 그런데 그때 마침 '퉁 탕, 불티를 날리면서 튀어나는 매화포'에 그만 놀라 정신을 가다듬는다. '아아 좀 더 강렬한 열정에 살고 싶다, 저기 저 횃불처럼 엉기는 연기, 숨 막히는 불꽃의 고통 속에서라도 더욱 뜨거운 삶을 살고 싶다고 뜻밖에 가슴 두근거리는 것은 나의 마음'이라는 대목에 이르면 시상의 극적 전환이 가능해진다. 절망의 감정 대신에 불꽃처럼 더 뜨겁고 강렬하게 살아보고 싶은 화자의 욕망이 드러나게 되는 것이다.

3연에서 시적 화자의 시선은 멀리 내려다보이는 강물을 향하고 있다. 대동강 뱃놀이의 정경이 눈에 들어오게 된다. 강물 위에서는 기생들과 어울려 술판을 벌이고 있는 사내들의 흥겨운 뱃놀이가 한창이다. 물론 시적 화자의 심경과는 너무나 거리

우리 시 깊이 읽기

가 먼 장면이다. 4연에서 시적 화자는 강물을 거슬러 올라오는 배들을 내려다보며 전체적으로 시상의 전환을 시도한다. 그리고 5연에서 시적 어조도 완전히 바뀐다. '나'의 심경을 중심으로 거리의 불꽃놀이와 강물 위의 뱃놀이 정경을 그려냈던 1~4연의 경우와는 달리, '너'라는 대상을 향한 명령조의 진술이 중심을 이룬다. 여기서 '너'에게 하는 말은 타오르는 불꽃을 향해 던지는 말이지만 사실은 자신을 향한 다짐이기도 하다. 고통과 괴로움을 모두 잊고 붉게 타오르는 불꽃처럼 오늘을 모두 불살라버리겠다는 다짐이다. 비탄과 절망을 스스로 이겨내고자 하는 격렬한 의지를 강조하고 있다.

이와 같은 각 연의 의미를 놓고 본다면 이 작품의 텍스트는 1, 2연에서 거리의 불꽃놀이 정경을 바라보는 화자의 심정을 그려내고 있으며, 3, 4연은 멀리 바라보이는 대동강에서의 뱃놀이의 장면을 그려놓는다. 그리고 5연에서 시적 어조의 전환을 통해 강물을 거슬러 오르는 배와 붉게 불타오른 불꽃을 보면서 열정적인 삶에 대한 새로운 욕망을 강렬하게 표출시켜놓고 있다.

「불놀이」는 고정적인 율격을 과감히 파괴하면서 자유분방한 정서와 그 정서의 표현에 어울리는 형태의 자유로움을 추구하고 있다. 계몽이라든지 신지식이라든지 하는 관념과는 거리를 둔 채 내적 정서의 격정적인 표출에 주력하고 있는 점은 이전의 시가 경험하지 못했던 새로운 세계라고 할 수 있다. 시행의 구분도 외형적인 율격의 규칙성에 얽매이지 않고 진술 내용에 따라 자유로운 산문적 표현 형태를 유지한다. 자유로운 시행의 구분과 함께 어구의 반복적 표현, 유사한 구절의 대응과 접속, 영탄적 수사의 활용 등을 통해서 시적 의미의 전개 과정에서 자연스럽게 우러나오는 리듬감을 포착하고 있다. 이 시에서 확인되는 형식의 개방성은 근대적인 자유시의 개념과 일치한다.

「불놀이」는 1919년 2월 동인지 『창조』 창간호에 발표한 작품이다. 그의 첫 시집 『아름다운 새벽』(1924)에 실려 있다.

심훈

沈熏 1901~1936

시인 심훈이라면 당연히 그의 시 「그날이 오면」이 떠오른다. 그리고 영국 옥스퍼드대학 교수였던 바우라(C. M. Bowra)의 『시와 정치(Poetry and Politics)』(1966)를 생각하게 된다. 이 책은 바우라 교수가 세계 각국의 시인들이 발표했던 저항시의 특성을 그 역사를 배경으로 상세하게 분석한 비평서이다. 바우라 교수는 한국의 시인 가운데 심훈을 주목하면서 그의 시 「그날이 오면」을 상세하게 분석하고 있다. 그는 이 시에서 중요한 것은 먼 훗날의 일일지라도 감격적인 미래가 일깨우는 격렬하고도 숭고한 그 느낌일 것이라고 지적한 바 있다. 그리고 이 시에서 그려낸 감격의 장면을 놓고 사람과 자연이 한 덩어리가 되어 환희를 함께하는 것이라고 말한다. 특히 이것은 서구의 저항시인들에게서는 느낄 수 없는 경이로

운 감동이라는 점도 높이 평가하고 있다.

심훈의 본명은 심대섭(沈大燮)이다. 1901년 서울에서 태어났다. 경성제일고등보통학교에 재학 중이던 1919년 3·1운동에 가담하였다가 투옥된 후 학교를 퇴학당하였다. 1920년 중국으로 망명하여 항저우(杭州)의 치장대학(之江大學)에서 수학하였다. 1923년 귀국한 뒤 이호, 이적효, 윤기정, 송영, 김영팔 등과 사회주의 문화운동 조직인 염군사(焰群社)에 참가하였고, 고한승, 김영보, 이경손, 최승일, 김영팔, 안석주 등과 함께 극문회(劇文會)를 조직하였다. 1924년 동아일보사에 입사하였지만 이듬해 철필구락부 사건으로 해직되었다. 1925년 조선프롤레타리아예술동맹에 가담하였고, 영화 〈장한몽〉의 대역 출연을 계기로 영화소설 「탈춤」(1926)을 발표하고 영화각본 「먼동

우리 시 깊이 읽기

이 틀 때」(1926)를 써서 각색 감독을 맡는 등 영화계에서 적극적으로 활동하기도 하였다. 1928년 『조선일보』 기자로 입사하였으며, 영화예술의 순수성을 둘러싼 논쟁을 벌였다.

1930년대 들어서면서 소설 창작에 주력하면서 장편소설 『동방의 애인』(1930) 『불사조』(1931)를 신문에 연재하여 문단의 주목을 받았다. 이 작품들은 남녀 간의 애정 갈등을 주축으로 하면서도 민족적 저항 의지를 표출한 낭만적 경향을 보여주고 있는데, 일제의 검열로 인해 완결되지 못한 경우가 많았다. 1932년 충남 당진으로 내려가 창작에 전념하면서 시집 『그날이 오면』을 출간하려 했으나 일본 경찰의 검열을 통과하지 못했다. 장편소설 『영원의 미소』(1933) 『직녀성』(1934)을 잇달아 발표했다.

1935년 『동아일보』 창간 15주년 현상소설 당선작인 장편소설 『상록수』는 농촌계몽운동에 투신한 남녀의 사랑과 봉사를 소재로 한 농촌계몽 소설이다. 1936년 9월 16일 『상록수』의 출판을 준비하던 중 사망하였다. 광복 후 한성도서에서 『그날이 오면』(1949)이 발간되었으며, 1966년 탐구당에서 『심훈전집』이 발간되었다.

그날이 오면

그날이 오면 그날이 오며는
삼각산(三角山)이 일어나 더덩실 춤이라도 추고
한강(漢江)물이 뒤집혀 용솟음칠 그날이,
이 목숨이 끊지기 전에 와주기만 하량이면,
나는 밤하늘에 날으는 까마귀와 같이
종로(鍾路)의 인경(人磬)을 머리로 들이받아 울리오리다,
두개골은 깨어져 산산조각이 나도
기뻐서 죽사오매 오히려 무슨 한(恨)이 남으오리까

그날이 와서 오오 그날이 와서
육조(六曹) 앞 넓은 길을 울며 뛰며 딩굴어도
그래도 넘치는 기쁨에 가슴이 미어질 듯하거든
드는 칼로 이 몸의 가죽이라도 벗겨서
커다란 북[鼓] 만들어 들쳐 메고는
여러분의 행렬에 앞장을 서오리다.
우렁찬 그 소리를 한번이라도 듣기만 하면
그 자리에 꺼꾸러져도 눈을 감겠소이다.

영국 옥스퍼드대학의 시학 교수였던 바우라(C. M. Bowra)는 『시와 정치(*Poetry and Politics*)』(1966)에서 개인적 열정과 그 저항 의지가 시를 통해 얼마나 커다란 효과를 불러일으키는지를 설명하기 위해 심훈의 시 「그날이 오면」을 상세하게 분석한 바 있다. 바우라 교수는 이렇게 말한다.

일본의 한국 통치는 잔인하고 가혹하였지만 민족의 시를 압살할 수 없었고 이러한 사정에도 불구하고 한국 시는 전성시대에 필적할 만한 부활을 이룰 수가 있었다. 1919년 문인과 지식인들이 선포한 '독립 선언'이 현실 속에서 가능해지기까지는 25년이 더 지나야 했지만 시인들은 결코 희망을 버리지 않고 투옥과 고문과 중압을 견뎌내면서 민족의 의기를 지키는 데에 힘썼다. 그들이 어느 정도 험난한 상황에 직면해 있었는지는 심훈(1904~1937)의 한 시에서 엿볼 수 있다. 그는 살아서 희망의 실현을 볼 수 없었지만 그 실현이 무엇을 뜻하는지 뚜렷하게 인식하였다. (중략)

장래에 다가올 대규모의 그러나 아직 명확하지 않은 해방에의 기대는 현재의 혼돈된 상황을 표현하는 것과 달라서 정밀해야 할 필요는 없다. 한국의 시인은 독일 시인처럼 잔혹한 상황에 구속되지 않는다. 그에게 있어서 중요한 것은 설령 멀다 해도 감격적인 미래가 환기하는 격렬하고도 숭고한 분위기이다. 한국의 산, 강, 서울의 중심인 종로의 종과 같은 눈에 익은 환경 속에서 그의 비전은 설정된다. 그는 자연이 그와 환희를 같이하여 함께 일어나 춤을 추리라고 주장하면서 다비드의 시편에 그 유형을 찾아볼 수 있는 고전적 환상을 이용하고 있는데, '정서적 오류'를 기분 좋게 변형하여 고양된 경우에는 인간의 물리적 환경이 그 기쁨을 반드시 나누어 갖는다는 생각을 구체적으로 형상화하고 있다.

이것은 그가 본래 목표로 삼고 있던 일이다. 그가 예견하고 있는 것은 한국의 해방이며 국토와 국민 모두가 쇠사슬에서 풀려나는 일이다. 그는 이것은 계급이나 사회적 배경과는 상관없이 모든 동포가 이해할 수 있는 이미지로 형상화하고 있다. 미래를 예견하는 일은 격렬한 기쁨에 그를 빠져들게 하고 그는 이것을 육체의 구속을 깨뜨리고 나올 만큼 강렬한 환희로 표현한다. 그가 말하고자 하는 것은 우리 모두가 주지하다시피 견디게 어려울 정도로 숨 막히는 격정과 환희와 감격의 순간이 있을 것이라는 그 사실이다. 그것을 그는 여러 형태로 표현하고 있는데 여기에 약간의 과장이 있기는 하지만 그 믿기지 않을 정도의 기쁨을 암시하는 데에는 전혀 영향을 미치지 않는다. 그는 자신을 주체로 하여 쓰고 있지만 그 영감의 연원은 오랫동안 기다려온 무자비한 압제로부터의 해방이 멀지 않았다는 인식에 있다.

바우라 교수가 설명하고 있는 내용 가운데 특히 주목되는 것은 '한국의 시인은 포악한 현실에 구속되지 않는다. 그에게 중요한 것은 먼 훗날의 일일지라도 감격적인 미래가 일깨우는 격렬하고도 숭고한 그 느낌일 것이다.'라는 말이다. 여기서 '감격적인 미래'를 향한 시인의 장엄한 자기희생에 대한 결의는 숭고함 그 자체가 된다. 바우라 교수는 이 시에서 그려낸 감격의 순간을 놓고 사람과 자연이 한 덩어리가 되어 환희를 함께하는 것이라고 적었다. 이것은 서구의 저항시인들에게서는 느낄 수 없는 경이로운 감동이라는 점도 높이 평가했다. 한국의 문학작품이 서구인들에게 이렇게 수준 높은 안목을 통해 소개된 적은 없다.

　시 「그날이 오면」은 심훈 자신이 정리해놓은 시집 『그날이 오면』(1949)의 원고에서 제1부 〈봄의 서곡〉 가운데에 포함되어 있다. 시인이 시집 발간을 시도하다가 일본 경찰의 검열로 발간이 불가능해졌는데, 시인의 사후에 해방이 되면서 비로소 빛을 보게 된 것이다. 이 시는 '그날'을 맞이하는 순간의 기쁨이라면 죽음과도 바꿀 수 있음을 처절하게 노래한다. 여기서 '그날'은 우리 민족의 광복임은 두말할 필요도 없다.

　시의 텍스트는 2연으로 구성되어 있으며, '그날이 오면'이라는 미래에 대한 예측을 전제로 시적 화자의 심경을 감격적으로 그려내면서 자기 의지를 분명하게 제시한다. 1연에서 그려진 '그날'은 '삼각산이 일어나 더덩실 춤이라도 추고/한강물이 뒤집혀 용솟음칠 그날'이다. 산과 강이 함께 살아 일어나는 장엄한 장면은 새로운 세상이 열리는 감격을 말해준다. 그런 감격을 맞는 순간 시적 화자는 밤하늘을 나는 까마귀가 되어 그 머리로 종로의 인경을 들이받아 울리겠다고 말한다. 그 감격을 널리 알리기 위해 스스로 죽음도 불사하겠다는 뜻을 말하고 있는 것이다. '두개골은 깨어져 산산조각이 나도/기뻐서 죽사오매 오히려 무슨 한(恨)이 남으오리까'라는 표현은 '그날'을 맞는 기쁨과 감격이 목숨보다도 더 크고 소중하다는 것을 뜻한다. 여기서 인경을 머리로 들이받아 울리게 하는 까마귀는 한국 전통 설화의 모티프를 시적으로 변용한 일종의 우의적 표현, 또는 패러디에 해당한다. 2연에서 '그날'의 감격은 '육조(六曹) 앞 넓은 길을 울며 뛰며 뒹굴어도/그래도 넘치는 기쁨에 가슴이 미어질 듯하거든'이라는 구절을 통해 묘사된다. 여기서는 '그날'의 감격을 맞는 사람들의 모습이 그려진다. '울며 뛰며 뒹굴어도' 그 감격을 이루 다 표현하기 어렵다. 넘치는 기쁨에 가슴이 미어진다. 그런 감격을 맞을 수 있다면 시적 화자는 자신의 가죽을 벗겨 북을 만들어 감격의 행렬에 앞장서서 그 북을 두드리겠다고 말한다. 온몸으로 감격과 기쁨을 전해주고 싶다는 강렬한 의지를 표현하고 있는 셈이다.

우리 전래의 설화 가운데 은혜를 갚고 죽은 까치의 이야기가 유명하다. 옛날 어느 선비가 길을 가던 중 숲속에서 요란하게 짖어대는 까치 소리를 듣게 된다. 소리가 나는 곳을 살펴보니 큰 뱀이 둥지 안의 까치 새끼들을 잡아 삼키려 하고 있다. 어미 까치가 이를 두고 어찌할 바를 모른 채 울부짖었던 것이다. 선비는 활을 겨냥하여 뱀을 쏘아 까치들을 구해준다. 선비는 산속에서 날이 어두워져 인가를 찾아 헤매다가 마침 불빛 있는 곳을 찾아갔더니 예쁜 여인이 그를 맞아준다. 한밤중에 잠을 자던 선비가 몸이 갑갑하여 눈을 떴더니 커다란 뱀이 자신의 목을 감고는 "네가 낮에 죽인 남편의 원수를 갚아야겠다. 만약 절 뒤에 있는 종이 세 번 울리면 살려줄 것이고 그렇지 않으면 죽이겠다."고 했다. 선비는 '이제 죽었구나.' 하고 눈을 감는다. 그때 갑자기 절 뒤에서 종소리가 세 번 울린다. 그러자 뱀은 곧 용으로 변하여 승천한다. 날이 밝자마자 선비가 절 뒤에 있는 종각으로 가보았더니 까치 세 마리가 머리에 피를 흘린 채 땅에 떨어져 죽어 있다. 까치들이 은혜를 갚기 위해 머리로 종을 들이받아 종소리를 울리게 했던 것이다. 이 설화 속에서 까치는 자신의 생명을 바쳐 은혜를 갚는다는 '보은담(報恩譚)'의 주인공이 된다. 그리고 종소리는 구원(救援)의 상징으로 그려진다. 그런데 시 「그날이 오면」에서는 '까치'가 아니라 '까마귀'로 바뀌었다. 까마귀가 머리로 인경을 들이받고 죽음을 맞는 것은 광복의 날을 맞이하는 기쁨이 죽음의 고통보다도 더 절실하고 크다는 것을 말해준다. 자기희생의 비극성을 강조하기 위한 것으로 해석할 수 있다.

잘 있거라 나의 서울이여

오오 잘 있거라! 저주(詛呪)받은 도시여,
폼페이같이 폭삭 파묻히지도 못하고,
지진(地震) 때 동경(東京)처럼 활활 타보지도 못하는
꺼풀만 남은 도시여, 나의 서울이여!

성벽은 토막이 나고 문루(門樓)는 헐려
해태조차 주인 잃은 궁전을 지키지 못하며
반(半) 천년이나 네 품속에 자라난 백성들은
산으로 기어오르고 두더지처럼 토막(土幕) 속을 파고들거니
이제 젊은 사람까지 등을 밀려 너를 버리고 가는구나!

남산(南山)아 잘 있거라. 한강아 너도 잘 있거라
너희만은 옛 모양을 길이길이 지켜다오!
그러나 이 길이 영원히 돌아오지 못하는 길이겠느냐
내 눈물이 마지막 너를 조상(弔喪)하는 눈물이겠느냐
오오 빈사(瀕死)의 도시, 나의 서울이여!

심훈은 서울에서 성장하던 소년 시절에 국권 상실의 고통을 체험했다. 그리고
1919년 3·1운동에 가담했다가 체포되어 투옥당하기도 했다. 한때 중국으로 망명
하여 거기서 대학 과정을 수학했지만 귀국 후에도 여전히 서울에서 활동했다. 심훈
이 서울을 떠나게 된 것은 1932년이다. 충남 당진으로 내려온 그는 그곳에 '필경사'
라는 작은 초가집을 짓고 글을 쓰면서 세월을 보냈다.

이 시는 전체 3연으로 구성되어 있다. 1연에서 서울은 저주받은 도시, 껍데기만

우리 시 깊이 읽기

남은 도시로 그려진다. 시적 화자는 일제의 식민지로 전락해버린 채 조선의 도읍으로서 그 역사적 전통과 문화적 위상을 제대로 지키지 못한 서울을 떠나간다. 서울은 이탈리아의 폼페이나 일본의 도쿄처럼 지진으로 폭삭 무너지지도 못했으면서도 이미 흉물처럼 껍데기만 남았다. 시적 화자의 눈으로는 서울이 식민지 조선의 중심지로 왜곡된 근대화의 과정을 거치면서 변화해가는 모습이 견디기 어려웠던 셈이다. 옛날 도성으로서의 위용을 잃어버린 서울의 모습은 2연에서 더욱 구체적으로 그려진다. '성벽은 토막이 나고 문루(門樓)는 헐려' 있으며, '해태조차 주인 잃은 궁전을 지키지 못'한 상태로 놓여 있다. 일제 총독부가 주도했던 근대적 도시로의 서울의 변화 과정은 조선의 도성으로서의 서울의 파괴를 의미한다. 근대적인 건축물이 들어서고 일본식 이름의 도로망이 구축되고 그 위를 전차가 달리게 되었지만 그것은 껍데기에 불과하다. 오히려 거기에 살았던 백성들은 그 변화의 물결에 휩쓸려 삶의 터전을 잃고 등을 떠밀려 산으로 올라가고 두더지처럼 토막 속으로 숨어든다. 이 같은 비참한 현실을 바라보면서 서울을 떠나가야 하는 시적 화자의 참담한 심경이 그대로 드러나 있다.

그러나 3연에서 시상의 전환이 이루어진다. 시적 화자는 모든 것들이 다 바뀌고 변해도 남산과 한강만은 그 모습을 그대로 지켜줄 것을 당부하고 있다. 변함이 없는 자연을 통해 자기 존재의 의미를 다시 확인하고 싶은 심정을 그대로 드러낸다. 비록 껍데기만 남은 도시이지만 서울의 모습은 남산과 한강을 통해 영원하리라는 것을 믿고 있기 때문이다.

박세영

朴世永 1902~1989

경기도 고양 태생으로 1922년 배재고보를 졸업한 후 중국 상하이로 유학하여 1924년까지 상하이 혜령영문전문학교에서 수학하였다. 귀국 후 송영(宋影) 등과 무산계급 문화운동을 목표로 내세운 염군사 동인으로 활동하면서 시를 발표하기 시작하였으며, 1925년 조선프롤레타리아예술동맹의 맹원으로 가입했다. 1931년 조선프로예맹에서 발간한 사화집 『카프시인집』에 「누나」를 발표하기도 하였다.

조선프로예맹이 강제 해체된 후 1938년 간행된 첫 시집 『산제비』에는 표제작인 「산제비」를 비롯하여 「오후의 마천령」 「화문보로 가린 이층」 「각서」 「최후에 온 소식」 등 38편이 수록되어 있다. 이 시들은 대체로 설명적 서술이 많아 긴장이 다소 이완되어 있지만 현실 경험과 투쟁 의지를 결합시켜 서

정적 어조로 노래함으로써 시적 형상성을 살려내고 있다.

1945년 해방 직후 조선프롤레타리아문학동맹에 가담하였고, 그 뒤에 조선문학가동맹에도 참여하였다. 좌익 계열의 시인들이 주로 참여하여 발간한 광복 기념 시집 『햇불』(1946)에 투쟁 의식을 강조하고 이념의 선명성을 강조하는 「위원회에 가는 길」 「날러라 붉은 기」 등을 수록하였다. 1946년 평양에서 북조선문예총동맹이 결성되자 곧 월북하여 활동 무대를 평양으로 옮겼고 북조선문예총 출판국의 책임자로 일했다.

1950년 한국전쟁에 안룡만, 김우철, 조기천 등과 함께 종군작가로 활약했으며, 휴전 후 다시 시 창작 활동을 지속하면서 시집 『박세영 시선』(1956)을 내놓았고 1959년 '공훈작가' 칭호를 얻었다. 이 시기의 대표

작인 서사시 『밀림의 력사』(1962)는 간삼봉 전투에서 항일무장투쟁을 승리로 이끈 김일성의 혁명 투쟁을 중심으로 하여 그 용맹스러운 전략과 고매한 인품을 찬양하고 있는 작품이다. 박세영의 창작 활동은 1970년대 이후 주체사상의 시대에도 이어졌다. 김일성에 대한 우상화를 주제로 한 「수령님은 우리를 승리로 부르셨네」 「영원히 주체의 태양을 우러러」 등과 같은 작품을 발표했다. 북한 최고인민회의 대의원, 작가동맹 중앙위원, 조국평화통일위원회 중앙위원 등으로 일하다가 1989년 2월 28일 사망했다.

박세영

화문보(花紋褓)로 가린 이층

으스름 달밤 호젓한 길을 나는 홀로 걷는다.
야트막한 장담을 끼고 이 밤중에 나는 여우 냄새를 맡으며
옛 보금자리가 그리운지 단잠을 깨는 물새 소리를 들으며 궤도를 가로지른다.

차도 그치고 사람의 자취 없건만 홀로 깨어 껌벅이는 담배 광고
너 붉은 네온은 지난날과 같구나!
그러나 맞은편 이층 젊은이들의 소식은 모르리라.
나는 한밤중 이 길을 지날 때마다 한 번씩 안 서곤 못 견디겠구나.

그 전날 내가 이 길을 지날 때는 이층의 젊은이들의 우렁찬 소리가 하늘을
쩡쩡 울렸더니라.
헬메트가 비스듬히 창에 비치고 파초잎 같은 창이 저쪽 벽에 비쳤더니라.
그러면 나는 용감한 병사 짜덴을 그려보면서,
먹물을 풀어 휘정거린 듯 저 하늘로 휘파람을 날렸다.

그 번화스러웠던 때를 누가 다 앗아갔느냐?
지금은 바람만 지동치듯 문 앞엔 바리케이드와 같이 겻섬이 둘리었고,
깨어진 창문으론 바람만이 기어드는데.

바람 찬 꽃무늬 보(褓)가 들먹일 때마다 보이는 건 장롱,
어느새 살림이 이곳을 차지했는가?
늬들의 단잠은 여기라 깨어질 리 없건만.

지친 나의 걸음은 여기서 이 밤을 새우고 싶다.

나의 동무여! 늬들은 탈주병은 아니언만
한번들 가선 소식이 없구나,
아, 무너진 참호를 보는 나의 마음이여!

나는 다만 부상병같이 다리를 끌며
지금은 폐허가 된 터를 헤매이며 전우를 찾기나 하듯
그리하여 허물어진 터를 쌓으며
나는 늬들이 돌아오기를 기다리겠다.
늬들이 올 때까지 지키고야 말겠다.

박세영의 「화문보로 가린 이층」은 회고적 진술 방식으로 일정한 거리를 두고 지난날 치열했던 계급투쟁 현장의 변화된 모습을 그려내고 있다. 이 작품에서 시적 자아의 형상은 '나'라는 시적 화자의 태도를 통해 극적으로 묘사된다.

시적 텍스트는 전체적인 시상의 전개 과정에 따라 1~5연까지의 전반부와 6~8연의 후반부로 크게 구분된다. 전반부에서 시적 화자인 '나'는 어두운 밤거리를 혼자 걷고 있다. 어두운 밤에 '야트막한 담장을 끼고' 있는 길을 걸으면서 '나'는 길 건너편에 자리 잡고 있는 건물의 '화문보로 가린 이층'을 올려다본다. '화문보로 가린 이층'과 '야트막한 담장을 끼고' 있는 길에 서 있는 '나' 사이에는 일정한 거리가 생겨난다. 이러한 공간 배치를 통해 과거의 장면과 현재의 상황이 대조적으로 제시된다. 그 전날 유리창을 통해 비쳤던 열띤 젊은이들의 모습과 그 헬멧이 모두 자취를 감추었고 그 대신 지금은 유리창을 가리는 꽃무늬 커튼 사이로 내비치는 장롱을 통해 그 현장이 전혀 다른 모습으로 바뀌고 있음을 대조적인 이미지로 제시한다. 계급투쟁의 열기에 가득 차 있던 과거의 이념적 공간이 현재는 화문보로 가려진 채 일상적 삶의 공간으로 변해버린 것이다.

작품의 후반부는 시적 화자의 내면세계를 중심으로 시적 의미의 전환을 이룬다.

'지친 나의 걸음은 여기서 이 밤을 새우고 싶다.'라는 진술을 통해 '나'는 참담하게 짓밟힌 투쟁의 현장과 그 현장에서 다시는 만나볼 수 없게 된 동무들을 혼자서 호명해본다. 그러면서 '탈주병'이 아닌데도 한 번 끌려간 후 소식을 알 수가 없는 동무들의 소식이 궁금하다. 이제는 그 열기조차 느낄 수 없게 되어버린 운동의 근거지가 '무너진 참호'처럼 변해버린 사실에 절망한다. 하지만 시적 화자는 자신의 절망을 떨쳐버리고 울분과 격정을 억제하면서 '나는 다만 부상병같이 다리를 끌며/지금은 폐허가 된 터를 헤매이며 전우를 찾거나 하듯/그리하여 허물어진 터를 쌓으며/나는 늬들이 돌아오기를 기다리겠다./늬들이 올 때까지 지키고야 말겠다.'라고 다짐한다.

이 시의 진술 내용은 1930년대 계급문학 운동에 대한 일제의 혹독한 탄압의 현장을 그대로 재현한다. 계급문학 운동의 초창기에 볼 수 있었던 이념적 열정보다는 내성적(內省的) 어조를 바탕으로 하고 있다. 투쟁적 열기를 직설적으로 그려내지 않고 오히려 그것을 내밀한 언어로 서술하고 있다는 점이 특히 주목된다. 계급문학 운동이 추구했던 투쟁 의식과 그 이념을 개인적 정서의 영역으로 끌어들여 보다 높은 시 정신으로 고양시켜 형상화하고 있다.

「화문보로 가린 이층」은 첫 시집 『산제비』에 수록되어 있다.

우리 시 깊이 읽기

산제비

남국에서 왔나,
북국에서 왔나,
산상에도 상상봉(上上峰)
더 오를 수 없는 곳에 깃들인 제비.

너희야말로 자유의 화신 같구나,
너희 몸을 붙들 자 누구냐,
너희 몸에 알은 체 할 자 누구냐,
너희야말로 하늘이 네 것이요 대지가 네 것 같구나.

녹두만 한 눈알로 천하를 내려다보고,
주먹만 한 네 몸으로 화살같이 하늘을 꿰어
마술사의 채찍같이 가로세로 휘도는 산꼭대기 제비야
너희는 장하구나.

하루아침 하루 낮을 허덕이고 올라와
천하를 내려다보고 느끼는 나를 웃어다오,
나는 차라리 너희들같이 나래라도 펴보고 싶구나,
한숨에 내닫고 한숨에 솟치어
더 날을 수 없이 신비한 너희같이 돼보고 싶구나.

창들을 꽂은 듯 희디흰 바위에 아침 붉은 햇발이 비칠 제
너희는 그 꼭대기에 앉아 깃을 가다듬을 것이요,
산의 정기가 뭉게뭉게 피어오를 제,

너희는 마음껏 마시고 마음껏 휘정거리며 씻을 것이요,
원시림에서 흘러나오는 세상의 비밀을 모조리 들을 것이다.

멧돼지가 붉은 흙을 파헤칠 제
너희는 별에 날아볼 생각을 할 것이요,
갈범이 배를 채우려 약한 짐승을 노리며 어슬렁거릴 제,
너희는 인간의 서글픈 소식을 전하는,
이 나라에서 저 나라로 알려주는
천리마일 것이다.

산제비야 날아라,
화살같이 날아라,
구름을 휘정거리고 안개를 헤쳐라.

땅이 거북등같이 갈라졌다.
날아라 너희들은 날아라,
그리하여 가난한 농민을 위하여
구름을 모아는 못 올까,
날아라 빙빙 가로 세로 솟치고 내닫고,
구름을 꼬리에 달고 오라.

산제비야 날아라,
화살같이 날아라,
구름을 헤치고 안개를 헤쳐라.

「산제비」는 박세영의 첫 시집 『산제비』의 표제작이다. 이 작품에서 산 정상에까지
날아오르는 산제비를 통해 드러내고자 하는 것은 자유로운 비상이다. 이것은 시적

화자인 '나'의 꿈과 이상을 말해주는 것이기도 하다. 그런데 여기서 한 가지 지적해야 할 것은 이 작품이 1935년 조선프로예맹의 강제 해산 직후에 발표되었다는 점이다. 일제의 사상 탄압이 더욱 가혹해졌던 식민지 현실에서 이같이 활달한 시적 정신을 구가할 수 있었다는 것은 특기할 만한 일이다.

이 시는 전체 9연으로 구성되어 있는데 시상의 전개 과정으로 볼 때 1~3연의 전반부, 4~6연의 중반부, 7~9연의 후반부로 나누어진다. 시의 전반부는 시적 대상인 산제비의 형상을 묘사한다. 산의 상상봉에까지 깃을 들이고 살아가는 산제비를 '자유의 화신'이라고 설명하고 있다. 거칠 것이 없이 하늘을 날며 대지를 내려다보고 살아가는 제비의 형상이 동적 이미지로 그려진다. 누구도 제비를 따를 수 없고 그 몸에 손을 댈 수도 없다.

시의 중반부를 이루고 있는 4연에서는 산제비를 바라보고 있는 시적 화자인 '나'의 심경이 그려진다. 한숨에 산꼭대기에 이르는 산제비의 날랜 모습에 비해 '나'는 한나절을 허덕이며 산 정상에 올라 아래를 내려다보고 있다. 산제비처럼 날개를 펴고 하늘 높이 날아보고 싶은 심정을 '나는 차라리 너희들같이 나래라도 펴보고 싶구나'라고 표현하고 있다. 5연부터 6연까지는 모두 산제비의 날쌘 움직임을 보고 있는 시적 화자인 '나'의 생각을 드러내어 보여준다. 5연에서는 산제비가 대자연의 힘을 그대로 받아 더욱 힘차고 더욱 높이 날아오를 것이라고 생각한다. 그리고 6연에서는 산제비의 눈을 통해 인간의 삶의 현실의 모순과 비리를 고발한다. '멧돼지가 붉은 흙을 파헤칠 제/너희는 별에 날아볼 생각을 할 것이요/갈범이 배를 채우려 약한 짐승을 노리며 어슬렁거릴 제/너희는 인간의 서글픈 소식을 전하는,/이 나라에서 저 나라로 알려주는/천리마일 것이다.'라고 단언하고 있다.

후반부에서는 '산제비야 날아라,/화살같이 날아라,/구름을 휘정거리고 안개를 헤쳐라.'라는 구절을 7연과 9연에 반복적으로 배치한다. 시적 화자의 산제비에 대한 소망을 노래하고 있는 부분이다. 가뭄으로 고생하는 농민들의 고통을 헤아려 산제비가 비구름 자락을 끌고 올 것을 기대한다는 내용도 담겨 있다.

이 시에서 볼 수 있는 시적 표현의 특징은 언어 구사의 활달함이다. 산제비라는 대상을 놓고 그것을 구체적으로 형상화하기 위해 철저히 관념을 배제하고, '빙빙 가로 세로 솟치고 내닫고'와 같은 구체적인 역동적 묘사를 동원한다. 그리고 이 같은 묘사의 적절성이 시적 대상의 형상화에 성공함으로써 보다 진취적이면서도 적극적인 의지와 행동을 정신적으로 추구하는 데에까지 이르고 있다. 시적 자아의 내적 욕구를 표출하는 데에서 그치지 않고, 당대의 정신사적 과제이자 열망이기도 한 불안한 현실에 대한 정신적 극복을 강렬하게 주창한 것이라고 할 수 있다.

박팔양

朴八陽 1905~1988

박팔양은 여수(麗水)라는 호를 즐겨 썼다. 경기도 수원 태생으로 1920년 배재고등보통학교를, 1923년 경성법학전문학교를 졸업했다. 경성법전에 재학하던 중 정지용, 박제찬 등과 함께 동인지 『요람(搖籃)』을 간행하기도 했다. 1923년 『동아일보』 신춘문예에 시 「신의 주(酒)」가 당선되어 등단했다.

1925년 서울청년회 일원으로 활동하던 중에 조선프롤레타리아예술동맹에 가담하였지만 계급문학 운동의 방향 전환 단계에서 조직으로부터 이탈했다. 박팔양이 초창기 계급 문단에 관여하면서 발표한 시 가운데에는 식민지 조선의 현실을 예리하게 관찰하면서 그 비극적 상황을 진단하고 있는 「밤차」 「태양을 등진 거리 위에서」와 같은 작품들도 적지 않다. 물론 그는 계급의식의 고취를 위해 투쟁적 구호를 전면에 내세우거나 무산대중의 삶의 문제를 계급적 시각에서 분석하고 있지는 않다. 그의 시들은 주로 궁핍한 현실의 고통이거나 왜곡된 근대 도시 문명의 어두운 그림자들이다. 그는 어두운 조선의 현실 앞에 무기력한 지식인으로서의 시인의 형상을 그려냄으로써 시적 자아의 내면을 치밀하게 표출하고 있다. 이러한 시적 경향은 진취적인 계급의식이나 투쟁적인 자세와는 일정한 거리가 있는 것이다. 계급 문단에서 이탈하면서 발표한 「1929년의 어느 도시의 풍경」 「점경(點景)」 「하루의 과정」과 같은 시에서 보여주고 있는 도회의 일상과 권태와 우울은 매우 특이한 성과라고 할 수 있다.

1934년 정지용, 이태준, 김기림 등이 주도하던 문학단체 '구인회'의 일원으로 참여하면서 자연 속에서 소재를 구하여 전원을 예찬하는 시를 쓰기도 했다. 이 무렵 『중외일보』 기자로 활동했고, 1940년 시집 『여수시초(麗水詩抄)』를 간행했다. 이 시집은 그가 지향했던 현실주의적 관심과 도시 문명에 대한 비판 의식 그리고 자연에 대한 동경 등 다양한 시적 경향을 잘 보여주고 있다. 1930년대 후반 이후 박팔양은 도시적 체험에서 벗어나 삶의 의미를 자연 속에서 구하며 전원을 예찬하는 시를 주로 발표했다. 일제 말기에는 중국 만주로 건너가 만주에서 발간되던 『만선일보』 기자를 역임했다.

1945년 광복 후 좌익 문단 조직인 조선문학가동맹에 가담하여 활동했으며, 1946년 월북 후에 북조선문학예술총동맹에 가담했다. 북한에서 『박팔양 시선집』(1946)과 서사시 『황해의 노래』(1958) 『눈보라 만리』(1961) 등을 간행하였다. 1966년 반당종파분자로 숙청된 후 1988년 사망한 것으로 알려져 있다.

우리 시 깊이 읽기

태양을 등진 거리 위에서

나는 오늘도
단 하나밖에 없는 나의 단벌 루바시카를 입고
황혼의 거리 위로 걸어간다.
굵은 줄로 매인 나의 허리띠가
퍽도 우악스러워 보이는지
불덕 독일종 강아지가
나를 보고 쫓아오며 짖는다.
'짖어다오! 짖어다오!'
내 가슴의 피가 너 짖는 소리에
조금이라도 더 뛰놀 것이다.

나는 또 걷는다.
다 떨어진 병정구두를 끌고
태양을 등진 이 거리 위를
휘파람을 불며 걸어간다.
내가 쓸쓸한 가을 하늘을 치어다보고
말없이 휘파람만 불고 가는 것은
이 도성의 황혼이
몹시도 적적한 까닭이라.

그리하되 몇 시간 후에
우리가 친구들로 더불어 모여앉아
기나긴 가을밤을 우리 일의 토론으로 밝힐 것을 생각하매
나의 가슴은 젊은 피로 인하여 두근거린다.

'나는 젊은 사나이다!'
하고 주먹이 쥐어진다.

조락의 가을이 오동나무 잎에
쓸쓸한 바람을 불어 보낸다.
'오오! 옛 도시 서울의 적요한 저녁 거리여!'
그러나 이는
감상적 시인의 글투!
우리는 센티멘탈하게 울지 않기로 작정한 사람이다.

그렇기는 하나 역시 우리 눈에도
시멘트로 깔린 인도 위에
소리 없이 지는 버드나무 낙엽이 보인다.
울기 잘하는 우리 친구가 보았던들
그는 부르짖었으리라,
'오오! 낯 모르는 사람 발밑에 짓밟힌
이 거리의 낙엽이여!' 하고 –
그러나 지금은 이 고장 시인들이 넋이 빠져
붓대를 던지고 앉았으니
울 사람도 없다. 노래할 사람도 없다.
(아아, 나는 모른다.)
이 땅이 피로한 잠에 깊이 잠겨 있음이라

나는 고개를 숙이고 생각한다.
그저 걸어가자
설움과 희망이 뒤범벅된
알지 못하게 뻐근한 이 가슴을 안고
가는 데까지 가보자고……

숭례문 - 가을의 숭례문이여,

　그대는 무엇을 묵묵히 생각만 하고 있느뇨?

　박팔양의 「태양을 등진 거리 위에서」는 계급문학 운동에 가담하면서 발표한 작품 가운데 하나이다. 시집 『여수시초(麗水詩抄)』에 수록되어 있는 이 시는 전체 6연으로 구성되어 있으며 시적 화자인 '나'의 독백적 진술을 중심으로 시적 텍스트가 짜여 있다. 설명적 서술이 많으며 '태양을 등진 거리 위에서'라는 제목 자체가 이미 이 시의 부정적 현실인식을 말해주고 있으며, 시상의 전체적 흐름도 암울한 분위기로 채워져 있다.

　시적 화자인 '나'는 어느 날 황혼 무렵에 혼자서 서울 도심을 거닐고 있다. 계절적 배경은 가을이며 거리에 버드나무 낙엽이 지고 있다. 그런데 시적 화자의 행색이 흥미롭다. 단벌 루바시카에 다 떨어진 병정구두 차림이다. 1920년대 후반의 경성 거리에 내세운 젊은 지식인 청년의 모습으로는 이색적인 면이 없지 않다. 여기서 말하는 루바시카는 러시아 남성들이 입었던 루바시카(rubashka)를 말한다. 복식 사전을 찾아보면, 두꺼운 리넨으로 만든 겉옷 상의이며 깃을 세우고 왼쪽 앞가슴에서 단추를 여며 허리를 끈으로 매도록 되어 있다. 네크라인을 비롯하여 앞섶이나 소맷부리 등에는 러시아 전통의 자수로 장식하는 것이 특징이다. 이 옷은 원래 러시아 농민들이 입었던 작업복이었는데 러시아 혁명 이후 전 세계의 젊은이들이 즐겨 입었던 것으로 알려져 있다. 정지용의 초기 시에도 루바시카를 입은 젊은 대학생의 모습이 등장한다.

　1연은 시상의 발단에 해당한다. 단벌 루바시카를 입고 굵은 줄로 허리를 동여맨 채 거리에 나선 시적 화자의 모습은 무언가 단호한 결심이 필요하다는 느낌이 들기도 한다. 그런데 시적 화자의 모습에 대응하고 있는 것은 '나'의 행색을 보고 짖어대는 독일종 불도그 강아지이다. 이 장면 자체로만 본다면 해학적이라고 할 수 있지만 시적 화자는 용기를 잃은 채 좌절감에 빠져 있는 자신을 향한 외적 자극 또는 채찍처럼 강아지의 짖는 소리를 받아들이고자 한다. 가슴의 피가 조금이라도 더 뛰놀 수 있도록 해달라는 표현이 이를 말해준다. 2연에서도 시적 화자의 모습이 이어진다. 적막한 거리를 걸어가는 시적 화자의 모습에서 강조되는 것은 다 떨어진 병정 구두이다. 가난한 청년의 행색이 그대로 드러난다. 이러한 자기 행색과는 상관없이 시적 화자는 '휘파람'을 불면서 걸어가고 있다. 도심의 황혼이 점점 적막감을 더해 주는 것으로 묘사하고 있다.

3연에 이르면 시적 화자의 행선지가 암시된다. 그리고 황혼 무렵 거리에 나선 것이 단순한 도심의 산책이 아니라는 것도 분명하게 드러난다. 거리는 적막하지만 시적 화자는 몇 시간 후에 만나게 될 친구들과의 모임을 생각하면서 스스로를 다잡아 본다. 그 친구들과 함께 할 '우리 일의 토론'이 당대 현실의 암울을 타개해나가기 위한 투쟁과 그 실천 방안임을 암시한다. 시적 화자의 가슴이 젊은 피로 끓어오르고 '나는 젊은 사나이다!'라는 자기 각성과 함께 결의에 찬 모습을 보여준다. 2연에서 드러났던 적막감의 분위기가 여기서 반전을 이루고 있음을 알 수 있다.

4, 5연은 다시 쓸쓸한 도회의 거리를 묘사한다. 여전히 가을 저녁의 거리는 적막하다. 하지만 그 분위기마저 슬프게 노래할 사람이 아무도 없다. '지금은 이 고장 시인들이 넋이 빠져/붓대를 던지고 앉았으니/울 사람도 없다. 노래할 사람도 없다.'라는 진술을 통해 침체된 문단의 분위기를 확인할 수 있다.

이 시의 결말에 해당하는 6연은 시적 화자인 '나'의 결의를 다시 확인하는 내용으로 마감된다. 물론 역사에 대한 긍정적인 전망이 있는 것은 아니다. 지금 이 자리에서 좌절하지 않고 앞으로 나아가겠다는 결심을 해보지만 그것은 그저 걸어가 보는 것에 불과하다. 시적 화자는 현실의 암울한 상황에 대한 서러움을 느끼면서도 그 고통의 현실을 극복하고자 하는 희망을 버리지는 않는다. 알 수 없이 뻐근한 가슴을 안고 갈 수 있는 데까지 가보자는 것은 달리 나아갈 수 있는 길이 없기 때문이다. 시의 마지막 구절에서 시적 화자는 '숭례문'과 대면한다. 그리고 무엇을 그렇게 묵묵히 생각만 하고 있느냐고 묻는다. 이 장면은 시적 화자가 민족의 역사를 상징하는 '숭례문'을 향해 던지는 절규이면서 동시에 자신을 향해 던지는 질문이라고 할 수 있다.

이 시에서 시적 화자는 쫓아오며 짖는 '독일종 강아지'라든지 '낯모르는 사람 발밑에 짓밟힌 이 거리의 낙엽'이라는 대상의 설정을 통해 그 존재가 분명하게 드러나고 있다. 현실을 외면하고 있는 일체의 낭만적 감상을 거부하고 스스로 더욱

우리 시 깊이 읽기

강인한 의지를 가질 것을 요구하는 이 시의 주제 의식은 단순한 이념적 열정만은 아니다. 그 이유는 '지금은 이 고장 시인들이 넋이 빠져/붓대를 던지고 앉았으니/울 사람도 없다. 노래할 사람도 없다'라고 진술하고 있는 현실 상황의 문제성에 대한 인식과도 관련된다. 특히 '숭례문'을 향해 묵묵히 생각만 하고 있느냐고 힐난하듯 던지는 질문을 통해 적극적인 행동과 실천이 요구되고 있음을 암시하고 있다.

너무도 슬픈 사실
— 봄의 선구자 진달래를 노래함

날더러 진달래꽃을 노래하라 하십니까?
이 가난한 시인더러 그 적막하고도 가냘픈 꽃을,
이른 봄 산골짜기에 소문도 없이 피었다가
하루아침 비바람에 속절없이 떨어지는 꽃을,
무슨 말로 노래하라 하십니까?

노래하기에는 너무도 슬픈 사실이외다.
백일홍같이 붉게붉게 피지도 못하는 꽃을,
국화같이 오래오래 피지도 못하는 꽃을,
모진 비바람 만나 흩어지는 가엾은 꽃을,
노래하느니 차라리 붙들고 울 것이외다.

친구께서도 이미 그 꽃을 보셨으리다.
화려한 꽃들이 하나도 피기도 전에
찬바람 오고 가는 산허리에 쓸쓸하게 피어 있는
봄의 선구자! 연분홍 진달래꽃을 보셨으리다.

진달래꽃은 봄의 선구자외다.
그는 봄의 소식을 먼저 전하는 예언자이며
봄의 모양을 먼저 그리는 선구자외다.
비바람에 속절없이 지는 그 엷은 꽃잎은
선구자의 불행한 수난이외다.

어찌하여 이 가난한 시인이

이같이도 그 꽃을 붙들고 우는지 아십니까?
그것은 우리의 선구자들 수난의 모양이
너무도 많이 나의 머릿속에 있는 까닭이외다.

노래하기에는 너무도 슬픈 사실이외다.
백일홍같이 붉게 붉게 피지도 못하는 꽃을
국화같이 오래오래 피지도 못하는 꽃을
모진 비바람 만나 흩어지는 가엾은 꽃을
노래하느니 차라리 붙들고 울 것이외다.

그러나 진달래꽃은 오려는 봄의 모양을 그 머릿속에 그리면서
찬바람 오고 가는 산허리에서 오히려 웃으며 말할 것이외다.
'오래 오래 피는 것이 꽃이 아니라,
봄철을 먼저 아는 것이 정말 꽃이라'고 –

박팔양의 경향시 가운데 대표작으로 널리 알려진 이 작품은 전체 7연으로 구성되어 있다. 시상의 흐름으로 볼 때 1~4연의 전반부와 5~7연의 후반부로 크게 나누어진다. 이 시에는 시적 화자인 '나'와 시적 대상인 '진달래꽃'이 함께 등장한다. '나'는 '진달래꽃'이라는 대상을 통해 정서적으로 고양된 시적 의지를 표현하고자 한다. 경어체의 대화적 진술로 이루어졌지만 반복적이며 설명적인 표현이 많다.

　시의 전반부에서는 시적 대상인 '진달래꽃'을 노래할 수 없는 이유가 무엇인지를 설명적으로 제시하고 있다. 시적 화자는 '진달래꽃'을 가냘프게 피었다가 속절없이 떨어져버리는 꽃이라고 묘사한다. 그러면서 이처럼 적막하고 가냘픈 꽃을 어찌 무슨 말로 노래할 수 있을 것인가를 묻고 있다. 이른바 설의법의 수사적 표현이 가지는 변화와 강조를 활용하면서 전반부가 시작된다. 그리고 '진달래꽃'이 백일홍처럼 붉지 못하고 국화꽃처럼 오래오래 피어 있지 못하다는 사실을 비교의 방식으로 제시한다. 하지만 시적 화자는 찬바람 오고 가는 산허리에 일찍 피어나는 '진달래꽃'

이 봄을 알리는 선구자라는 점을 놓치지 않는다. 이러한 시적 의미의 흐름으로 본다면 1연에서 무슨 말로 '진달래꽃'을 노래하겠느냐는 질문은 결코 노래할 수 없다는 부정적 진술을 의도하는 것임을 알 수 있다. 시적 화자는 '진달래꽃'이 '봄의 소식을 먼저 전하는 예언자'라는 사실을 주목하면서도 '비바람에 속절없이 저버리는 그 엷은 꽃잎은/선구자의 불행한 수난'을 표상하고 있다는 사실을 강조한다. 시적 화자가 '진달래꽃'을 즐겨 환호하면서 노래할 수 없는 이유가 바로 여기 있다.

시의 후반부를 이루는 5∼7연에서도 시적 진술 방법이 전반부와 비슷하게 드러난다. 여기서는 '진달래꽃'을 붙잡고 우는 이유가 무엇인지를 설명하고 있다. 5연에서 시적 화자는 '진달래꽃'을 붙들고 왜 우는지 아느냐고 질문한다. 그러고는 '진달래꽃'이 비바람에 속절없이 져버리는 모습을 보고 선구자의 수난을 연상하면서 이 가엾은 꽃을 노래하느니 차라리 붙들고 울겠노라고 말한다. 스스로 묻고 스스로 그 답을 제시한 셈이다. 여기서 '진달래꽃'은 가장 먼저 봄소식을 전하는 희망의 전도사이면서 그 예언자라는 상징성과 함께 하루아침에 비바람에 속절없이 떨어지는 꽃잎에서 선구자의 희생과 수난의 의미를 함축하는 의미의 이중성을 드러내게 된다. 이 같은 의미 구조를 설득력 있게 제시하기 위해 시인은 '모진 비바람 만나 흩어지는 가엾은 꽃을,/노래하느니 차라리 붙들고 울 것이외다.'라고 말함으로써 진달래꽃의 이미지를 다시 통곡의 의미로까지 변용하고 있다. 물론 7연에서 가장 먼저 봄을 알리는 '진달래꽃'의 예언자적 존재 의미에 무게를 줌으로써 시인이 '진달래꽃'을 통해 기다리는 것이 시대의 봄이라는 것을 암시해주고 있다.

이 작품은 『학생』(1930.4)에 발표한 후 시집 『여수시초(麗水詩抄)』에 수록했다.

우리 시 깊이 읽기

임화

林和 1908~1953

임화의 본명은 임인식(林仁植)이다. 성아(星兒), 쌍수대인(雙樹台人)이라는 필명으로도 활동했다. 1908년 10월 13일 서울에서 출생했다. 보성고등보통학교 중퇴 후 1926년부터 다다이즘을 표방하는 시, 수필 등을 발표했지만 문단의 주목을 받지 못하였다. 1927년 조선프롤레타리아예술동맹이 계급문학의 방향 전환을 시도하던 무렵에 조직에 가담했다. 1920년대 말에 일본 도쿄로 건너가 조선프롤레타리아예술동맹 도쿄지부에 가담했고 신간회 해산과 조선공산당 재건운동 등에 연결되면서 귀국했다. 1929년 「네거리의 순이」「우리 오빠와 화로」등을 발표하면서 대표적인 계급시인으로 부상했다. 임화의 등장 이전에 계급 문단에는 계급의식과 투쟁 의지를 노래한 계급시가 많았으나 대부분 이념적 구호를 그대로 노출

하여 시적 형상성을 제대로 구현하지 못했다. 그러나 임화의 시에는 계급적 현실과 그 경험적 구체성을 드러내는 여러 가지 정황이 사실적으로 그려짐으로써 시적 주제의 관념성을 넘어설 수 있게 된다.

카프 1차 검거 사건 직후 와해의 위기에 처한 계급 문단의 재건에 앞장서면서 1931년경부터 조선프로예맹 서기장으로 조직의 주도권을 장악했으며 극단 '신건설'을 조직하여 대중의 계급의식 각성을 위한 프로연극운동을 전개하였다. 1935년 조선프로예맹의 강제 해체 직후부터 리얼리즘론, 소설론 등 문제적인 평론을 남겼으며, 근대문학 발전 과정의 합법칙성을 규명하려는 목적으로 신문학사 연구에도 힘을 기울여 『개설 신문학사』(1939~1941)를 발표했다. '이식을 통한 새로운 전통의 창조'라는 개념으로

임화

근대문학의 특수성을 규정한 그의 '이식문학사론'은 한국 근대문학 연구에 큰 영향을 미쳤다.

임화가 조선프로예맹이 해체된 이후에 쓴 1930년대 후반의 시들은 『현해탄』(1938)에 수록되어 있는데, 이 시집의 작품들은 앞의 계급시와는 달리 민족의 운명과 식민지 현실에 대한 초극의 의지를 노래한 서정적 경향을 드러내고 있다. 그의 비평 활동의 성과는 평론집 『문학의 논리』(1940)로 모아졌다.

1945년 광복 직후 조선문학건설본부의 결성을 주도했고, 이를 기반으로 1946년 2월 문학운동의 통일전선 조직인 조선문학가동맹을 결성했다. 그리고 박헌영의 남조선노동당 계열의 문화 부문 통일전선체인 조선문화단체총연맹을 조직하는 데 주도적으로 참여하고 그 부위원장을 맡는 등 활발한 정치활동을 벌였다. 이 시기에는 반제반봉건을 중요 이념으로 하는 민족문학론을 새롭게 제기했다. 1947년 제2시집 『찬가(讚歌)』를 간행하고, 같은 해 4월 『현해탄』의 재판인 『회상시집』을 냈다. 그러나 좌익 활동에 대한 탄압이 강화되자 월북함으로써 남한에서의 활동은 마감했다. 1950년 한국전쟁 때는 인민군을 따라 서울에 와서 조선문화총동맹을 조직하고 그 부위원장을 맡았으며, 전선문고로 제3시집 『너 어디 있느냐』를 출간했다. 1953년 전쟁이 끝난 후 북한에서 남로당 숙청에 휘말려 처형되었다.

우리 오빠와 화로

사랑하는 우리 오빠 어저께 그만 그렇게 위하시던 오빠의 거북무늬 질화로가 깨어졌어요.

언제나 오빠가 우리들의 '피오닐'[1] 조그만 기수라 부르는 영남이가

지구에 해가 비친 하루의 모든 시간을 담배의 독기 속에다

어린 몸을 잠그고 사온 그 거북무늬 화로가 깨어졌어요.

그리하여 지금은 화젓가락만이 불쌍한 영남이하구 저하구처럼

똑 우리 사랑하는 오빠를 잃은 남매와 같이 외롭게 벽에 가 나란히 걸렸어요.

오빠……

저는요 저는요 잘 알았어요.

왜 그날 오빠가 우리 두 동생을 떠나 그리고 들어가신 그날 밤에

연거푸 말은 권련을 세 개씩이나 피우시고 계셨는지

저는요 잘 알았어요. 오빠

언제나 철없는 제가 오빠가 공장에서 돌아와서 고단한 저녁을 잡수실 때 오빠 몸에서 신문지 냄새가 난다고 하면

오빠는 파란 얼굴에 피곤한 웃음을 웃으시며

……네 몸에선 누에 똥내가 나지 않니 하시던 세상에 위대하고 용감한 우리 오빠가 왜 그날만

말 한마디 없이 담배 연기로 방 속을 메워버리시는 우리 우리 용감한 오빠

---

1 파이어니어(pioneer).

의 마음을 저는 잘 알았어요.

천정을 향하여 기어 올라가던 외줄기 담배 연기 속에서 오빠의 강철 가슴 속에 박힌 위대한 결정과 성스러운 각오를 저는 분명히 보았어요.

그리하여 제가 영남이의 버선 하나도 채 못 기웠을 동안에

문지방을 때리는 쇳소리 마루를 밟는 거칠은 구둣소리와 함께 가버리지 않으셨어요.

그러면서도 사랑하는 우리 위대한 오빠는 불쌍한 저희 남매의 근심을 담배 연기에 싸두고 가지 않으셨어요.

오빠! 그래서 저도 영남이도

오빠와 또 가장 위대한 용감한 오빠 친구들의 이야기가 세상을 뒤집을 때

저는 제사기(製絲機)를 떠나서 백 장에 일전짜리 봉통에 손톱을 부러뜨리고

영남이도 담배 냄새 구렁을 내쫓겨 봉통 꽁무니를 뭅니다.

지금 만국지도 같은 누더기 밑에서 코를 고을고 있습니다.

오빠! 그러나 염려는 마세요.

저는 용감한 이 나라 청년인 우리 오빠와 핏줄을 같이한 계집애이고

영남이도 오빠도 늘 칭찬하던 쇠 같은 거북무늬 화로를 사온 오빠의 동생이 아니예요.

그리고 참 오빠 아까 그 젊은 나머지 오빠의 친구들이 왔다 갔습니다.

눈물 나는 우리 오빠 동무의 소식을 전해주고 갔어요.

사랑스런 용감한 청년들이었습니다.

세상에 가장 위대한 청년들이었습니다.

화로는 깨어져도 화젓갈은 깃대처럼 남지 않았어요.

우리 오빠는 가셨어도 귀여운 '피오닐' 영남이가 있고 그리고 모든 어린 '피오닐'의 따뜻한 누이 품 제 가슴이 아직도 더웁습니다.

그리고 오빠……

저뿐이 사랑하는 오빠를 잃고 영남이뿐이 굳세인 형님을 보낸 것이겠습니까.

슬프지도 않고 외롭지도 않습니다.

세상에 고마운 청년 오빠의 무수한 위대한 친구가 있고 오빠와 형님을 잃은 수 없는 계집아이와 동생

저희들의 귀한 동무가 있습니다.

그리하여 이 다음 일은 지금 섭섭한 분한 사건을 안고 있는

우리 동무 손에서 싸워질 것입니다.

오빠 오늘 밤을 새워 이만 장을 붙이면 사흘 뒤엔 새 솜옷이 오빠의 떨리는 몸에 입혀질 것입니다.

이렇게 세상의 누이동생과 아우는 건강히 오늘 날마다를 싸움에서 보냅니다.

영남이는 여태 잡니다. 밤이 늦었어요.
　　　　　　　　　　　　　　누이동생

임화의 대표작으로 손꼽는 시 「우리 오빠와 화로」는 일제 강점기에 노동 일가의 남매가 겪고 있는 수난을 여동생의 목소리를 통해 시적으로 형상화하고 있다. 이 시는 전체 텍스트가 누이동생이 오빠에게 보내는 편지투로 이루어진다. '저'라는 대명사로 표시되고 있는 누이동생과 경찰에 잡혀간 오빠와 집에 남은 어린 남동생 영남이가 시 속에 등장하는 핵심 인물들이다.

시의 전반부에 해당하는 1~5연에서는 누이동생이 노동운동을 하다가 경찰에 잡혀간 오빠를 걱정하면서 집에 남겨진 어린 두 남매의 처지를 그려내고 있다. 시의 서두에서 설명하고 있는 깨어진 '질화로'는 단란했던 세 남매의 초라하지만 다사로

웠던 삶이 파괴되었음을 말해주는 시적 상징으로 등장한다. 집에 남겨진 어린 남매의 모습은 질화로가 깨어져 쓸모없이 벽에 걸어둔 '화젓가락'으로 표상하고 있다. 이 같은 시적 정황은 그 내용이 곧바로 노동계급이 직면하고 있는 계급적 현실 모순과 직결된다는 점에서 호소력을 더하고 있다. 누이동생은 오빠가 끌려가던 날 밤의 상황을 다시 떠올리면서 초조하게 담배를 피우던 오빠의 마지막 모습을 그려낸다. 그때 요란스럽게 거친 구둣발 소리가 마룻바닥을 때린다. 발길에 채어 질화로가 깨어지고 오빠가 끌려간 후 누이동생도 제사 공장에서 쫓겨나고 어린 영남이도 담배 공장에서 쫓겨나게 된다. 어린 두 남매는 공장에서 쫓겨난 후 집에서 밤새도록 봉투 만드는 일을 하고 있다. 감방에 갇혀 있는 오빠를 위해 따뜻한 솜옷을 사서 보내기 위해서다.

6연부터 끝까지가 시적 텍스트의 후반부를 이룬다. 여기서는 압제와 모순의 현실에 굴하지 않고 오빠를 기다린다는 누이동생의 굳은 다짐을 보여주고 있다. 오빠가 잡혀간 다음 날 오빠의 친구들이 어린 남매를 찾아와 위로했고, 공장에서 쫓겨난 어린 남매는 그들을 보면서 힘을 얻는다. 앞으로 남은 일들은 남아 있는 사람들의 몫이라는 것을 밝히면서 더욱 강건하게 투쟁의 대열에 나아갈 것을 다짐한다. '오늘 밤을 새워 이만 장을 붙이면 사흘 뒤엔 새 솜옷이 오빠의 떨리는 몸에 입혀질 것입니다.'라고 말하는 누이동생의 당찬 모습이 이 시의 전반부에서 그려낸 비참한 현실과 그 분노를 이겨낼 수 있는 진정한 힘이 되고 있음은 물론이다.

김기진은 임화의 시가 지니는 서사적 성격을 주목하여 '단편 서사시'라고 명명한 바 있다. 그러나 이 명칭은 일종의 문단적 명칭일 뿐이며, 시의 형태나 유형을 지칭한다고 보기는 어렵다. 오히려 짧은 서술시(narrative poem) 또는 '이야기 시'라고 하는 편이 좋을 듯하다. 근래에는 시적 리얼리즘의 가능성에 대한 논의가 그의 시에 관심을 가진 몇몇 연구자들에 의해 제기되기도 하였다. 그러나 리얼리즘 시라는 말도 임화 시의 수사적인 특성을 지나치게 과장적으로 해석한 데에서 비롯된 것이다. 임화의 시는 넓은 의미의 서정시의 범주를 벗어나지 않는다. 다만, 식민지 시대의 계급적 상황에 대한 시적 인식을 강조하기 위해 구체적인 계급적 조건을 서사적으로 제시하거나 그 정황 자체를 묘사하고 있는 것이 특징이다. 이 같은 특징으로 인하여 '단편 서사시'라는 전혀 엉뚱한 명칭이 시의 장르에 대한 특별한 인식이 없이 제기되었으며, 시에 있어서의 리얼리즘이라는 기법과 정신의 변화로 오해되기도 하였다. 임화의 시는 시적 기법의 면에서 반복적인 표현과 시적 정서의 과잉 노출이 문제가 되기는 하지만, 계급적 이념과 투쟁에 대한 낭만적인 열정을 강조하고 있다고 할 수 있다.

「우리 오빠와 화로」가 지닌 중요한 특징은 그 시적 진술 방법과 형태적 특성에서 찾아볼 수 있다. 이것은 주관적 이념의 직설적 표현에 매달려 있던 초기의 경향시 또는 계급시와는 서로 다르다. 이 시에서는 노동운동을 하다가 경찰에게 체포되어 감옥에 들어가 있는 오빠에게 누이동생이 보내는 편지투의 서술을 통해 매우 특징적인 대화적 공간이 형성되고 있다. 그리고 이 대화적 공간 속에서 오빠를 향해 말하는 누이동생의 자기 고백적 진술 내용이 시적 의미의 근간을 형성하면서 노동 일가의 남매들이 처해 있는 고통의 현실에 대한 시적 공감을 살려내고 있다. 이 시에서 관심의 대상이 되는 것은 핍박받는 가난한 노동 일가의 오빠와 누이동생이다. 이들을 구체적인 계급적 조건과 억압 관계로 얽어놓음으로써, 이 작품은 계급적 현실에 드러난 억압과 저항의 문제에 자연스럽게 접근할 수 있게 되는 것이다.

1929년 『조선지광』에 발표되었으며, 조선프롤레타리아예술동맹에서 사화집 형태로 출간한 『카프시인집』(1931)에 수록되어 있다.

네거리의 순이

네가 지금 간다면, 어디를 간단 말이냐?
그러면, 내 사랑하는 젊은 동무,
너, 내 사랑하는 오직 하나뿐인 누이동생 순이,
너의 사랑하는 그 귀중한 사내,
근로하는 모든 여자의 연인…….
그 청년인 용감한 사내가 어디서 온단 말이냐?

눈바람 찬 불쌍한 도시 종로 복판에 순이야!
너와 나는 지나간 꽃 피는 봄에 사랑하는 한 어머니를
눈물 나는 가난 속에서 여의었지!
그리하여 이 믿지 못할 얼굴 하얀 오빠를 염려하고,
오빠는 가냘픈 너를 근심하는,
서글프고 가난한 그 날 속에서도,
순이야, 너는 마음을 맡길 믿음성 있는 이곳 청년을 가졌었고,
내 사랑하는 동무는…….
청년의 연인 근로하는 여자, 너를 가졌었다.

겨울날 찬 눈보라가 유리창에 우는 아픈 그 시절,
기계 소리에 말려 흩어지는 우리들의 참새 너희들의 콧노래와
언 눈길을 걷는 발자욱 소리와 더불어 가슴속으로 스며드는
청년과 너의 따뜻한 귓속 다정한 웃음으로
우리들의 청춘은 참말로 꽃다웠고,
언 밤이 주림보다도 쓰리게
가난한 청춘을 울리는 날,

어머니가 되어 우리를 따뜻한 품속에서 안아주던 것은
오직 하나 거리에서 만나, 거리에서 헤어지며,
골목 뒤에서 중얼대고 일터에서 충성되던
꺼질 줄 모르는 청춘의 정열 그것이었다.
비할 데 없는 괴로움 가운데서도
얼마나 큰 즐거움이 우리의 머리 위에 빛났더냐?

그러나 이 가장 귀중한 너 나의 사이에서
한 청년은 대체 어디로 갔느냐?
어찌 된 일이냐?
순이야, 이것은…….
너도 잘 알고 나도 잘 아는 멀쩡한 사실이 아니냐?
보아라! 어느 누가 참말로 도적놈이냐?
이 눈물 나는 가난한 젊은 날이 가진
불쌍한 즐거움을 노리는 마음하고,
그 조그만, 참말로 풍선보다 엷은 숨을 안 깨치려는 간지런 마음하고,
말하여보아라, 이곳에 가득 찬 고마운 젊은이들아!

순이야, 누이야!
근로하는 청년, 용감한 사내의 연인아!
생각해보아라, 오늘은 네 귀중한 청년인 용감한 사내가
젊은 날을 부지런한 일에 보내던 그 여윈 손가락으로
지금은 굳은 벽돌담에다 달력을 그리겠구나!
또 이거 봐라, 어서.
이 사내도 네 커다란 오빠를…….
남은 것이라고는 때 묻은 넥타이 하나뿐이 아니냐!
오오, 눈보라는 트럭처럼 길거리를 휘몰아간다.

자 좋다, 바로 종로 네거리가 예 아니냐!
어서 너와 나는 번개처럼 두 손을 잡고,
내일을 위하여 저 골목으로 들어가자.
네 사내를 위하여,
또 근로하는 모든 여자의 연인을 위하여…….

이것이 너와 나의 행복된 청춘이 아니냐?

　이 시는 「우리 오빠와 화로」와는 달리 오빠가 여동생 순이를 향해 하는 말로 꾸며져 있다. 오빠의 남성적이면서도 격정적인 목소리를 통해 여동생을 위로하고 달래며 그녀를 투쟁의 대열로 이끌어가고자 하는 오빠의 열정을 보여주고 있다. 물론 이 작품도 어머니를 잃고 노동에 종사하면서 살아가고 있는 남매의 삶의 모습을 사실적으로 그려내고 있기 때문에 「우리 오빠와 화로」의 경우와 비슷하게 가족이라는 혈연 의식을 바탕으로 서로 단단히 결속하며 투쟁 의식을 고조시키고자 하는 시인의 의도를 확인할 수 있다.
　이 작품의 텍스트는 전체 7연으로 구성되어 있는데, 시상의 종결을 이루는 7연은 '이것이 너와 나의 행복된 청춘이 아니냐?'라는 한 행으로 표시되고 있다. 시적 의미의 전개 과정은 크게 네 부분으로 구분된다. 1연에서 시적 화자인 '나'는 종로 네거리의 찬바람 속에서 방황하고 있는 여동생 순이를 부르며 그녀를 만류한다. 순이는 어디로 가야 할지 방황하면서 네거리의 한복판에 서 있고, 오빠인 '나'는 순이를 잡고 어디로 가려 하느냐고 물으면서 그녀를 가로막고 있다. 이 대목에서 전체적인 시적 정황이 제시되는 셈이다.
　2, 3연은 '나'와 순이가 함께 했던 지난날의 추억을 회상하는 장면이다. 가난 속에서 어머니를 잃고 서로를 위로하면서 슬픔을 이겨냈던 일과 함께 오빠의 친구인 한 젊은이가 순이 곁에 있었음을 말해준다. 그리고 이들은 모두 기계 소리에 몸을 담그며 일하던 노동자였음을 밝힌다. 가난 속에서도 서로 의지하고 마음을 주고받으면서 열정으로 모든 것을 이겨냈던 노동 청년들이다. 가난하지만 일하면서 보람

을 느끼던 청춘의 열정을 감동적으로 그려내고 있다.

4, 5연에서는 서로 함께 의지했던 청년이 '나'와 순이의 곁을 떠났다는 사실을 강조하기 위해 그 동무가 어디로 갔느냐고 되묻는다. 그 청년이 감옥에 들어가 고통의 시간을 보내고 있다는 것은 '그 여윈 손가락으로/지금은 굳은 벽돌담에다 달력을 그리겠구나!'라는 진술을 통해 간접적으로 암시한다. 출감 날짜를 따지면서 감방 생활을 하고 있을 그 동무가 남겨둔 것은 때 묻은 넥타이 하나가 있을 뿐이다.

6, 7연에서 시적 화자는 순이에게 다시 손을 잡고 옛날처럼 일터가 있던 골목으로 돌아가자고 권하고 있다. 방황을 끝내고 다시 일터로 돌아가 그 동무가 돌아올 때를 기다리자는 것이다. 시상의 종결 부분인 '이것이 너와 나의 행복된 청춘이 아니냐?'에서는 노동하는 젊은이의 일하는 보람과 기쁨이야말로 행복된 청춘이라는 사실을 강조하고 있다. 여기에는 고통 속에서도 서로 힘을 합쳐 함께 일했던 지난날을 상기하면서 구속된 청년 동지를 위해 다시 힘을 모아야 한다는 시적 화자의 절규가 담겨 있다고 할 것이다.

이 시는 계급적 조건으로 얽힌 모순된 현실 상황에 대한 서사적 설명과 묘사가 시적 진술 내용의 핵심을 차지한다. 그리고 계급적 정황에 대한 독자들의 관심을 촉발하기 위해 격정적인 표현 문구들을 많이 활용한다. 시적 화자는 강렬한 호소력이 담긴 시적 어조를 활용하여 대중 독자들에게 투쟁 의지와 행동적 실천에 동참할 것을 호소하고 있다. 그러므로 그의 시에서 느낄 수 있는 감정의 과잉과 과장적 수사법은 시적 감응력을 높이기 위한 기획이지만 동시에 그 압축된 표현을 이루지 못하는 한계를 드러낸다고 할 수 있을 것이다.

「네거리의 순이」는 1929년 『조선지광』에 발표했고 『카프시인집』(1931)에 수록되었다.

최남선

崔南善 1890~1957

호는 육당(六堂). 한때 대몽최(大夢崔), 공육(公六), 일람각주인(一覽閣主人), 한샘 등의 필명을 사용하기도 했다. 1890년 4월 26일 서울에서 태어났다. 1902년 경성학당에 입학하여 일본어를 익혔고, 1904년 유학생으로 선발되어 일본에 건너가 도쿄부립제일중학에 입학했지만 중도에 학업을 포기하고 귀국했다. 1906년 다시 일본으로 건너가 와세다대학(早稻田大學) 고등사범부 지리역사과에 입학하였다. 재학 중 유학생 활동에 참여하면서 회보를 편집했고, 1907년 모의국회 사건으로 학업을 중단했다. 1908년 귀국하면서 인쇄 출판에 뜻을 두고 서울에 신문관(新文館)을 세웠으며, 청년 계몽을 위한 종합 월간지 『소년(少年)』(1908.11.1)을 창간하면서 신문화운동에 앞장섰다. 1910년 조선광문회(朝鮮光文會)를 창립하여 고문헌 보존

과 재간행에도 힘썼으며, 1914년 종합 월간지 『청춘(靑春)』을 창간하는 등 신문화 운동에 주도적으로 나섰다. 1919년 3·1운동 민족 대표로 참가하여 독립선언서를 기초했으며, 일본 경찰에 체포되어 2년이 넘게 복역했다. 출옥 후 1922년 서울에 동명사를 세우고 잡지 『동명(東明)』을 발간하면서 신문화 운동을 이어갔으며, 1924년 『시대일보』의 창간도 주도했다.

그러나 1927년 총독부 조선사편수위원회의 촉탁으로 위촉된 후 위원에 선임되면서 훼절의 길을 걷기 시작했다. 1933년 12월 조선총독부 보물고적명승천연기념물보존회 위원, 1935년 2월 조선총독부 임시역사교과용도서조사위원회 위원을 지냈다. 1930년대 중반부터는 한국과 일본의 '문화동원론(文化同源論)'을 주장하면서 노골적으

우리 시 깊이 읽기

로 친일적 태도를 드러냈다. 1936년 6월부터 1938년 3월까지 3년간 조선총독부 중추원 참의를 지냈고, 1937년 2월 조선총독부 박물관건설위원회 위원을 맡았으며, 중일전쟁 발발 후 1938년 4월 만주로 건너가 『시대일보』『만몽일보(滿蒙日報)』의 고문이 되었다. 1939년 5월 만주 건국대학(建國大學) 교수로 취임한 후 일본의 전쟁을 지지하는 논설, 시국 선전을 위한 강연 등에 적극 나섰다. 1943년 11월 조선인 유학생 학병 지원을 권유하는 격려단에 참여하여 도쿄에서 강연하였다. 광복 후 1949년 2월 반민특위에 체포되어 서대문 형무소에 수감되었으나 곧 보석으로 풀려났다. 1950년 한국전쟁 이후 다시 집필 활동을 계속하다가 1957년 10월 10일 사망하였다.

최남선의 문필 활동은 1908년 2월 도쿄에서 간행되었던 조선인 유학생 잡지 『대한학회월보(大韓學會月報)』에 「모르네 나는」 「막은 물」「생각한 대로」 등의 시를 발표하며 시작되었다. 그는 「해에게서 소년에게」(1908)로 대표되는 초기의 신시 실험과 시조의 창작을 통해 근대문학 성립에 크게 기여했으며, 한국의 역사 문화 등에 대한 폭넓은 연구 활동과 다채로운 집필 활동을 통해 신문화 운동을 주도했다. 그의 초기 신시 실험은 전통 시가 형식의 근대적 변혁을 통한 시 형태와 율격의 다양한 변화를 시도하면서 새로운 시대정신을 표현하고자 했다는 점에서 근대적 자유시의 성립을 위한 중요한 기반을 마련했다고 평가할 수 있다.

1920년대 이후에는 문학 창작만이 아니라 집필 활동에 관심을 기울이면서 1922년 『동명』에 「조선역사통속강화개제(朝鮮歷史通俗講話開題)」를 연재하였고, 1926년 「불함문화론(不咸文化論)」을 내놓았다. 근대문학 최초의 창작 시조집 『백팔번뇌(百八煩惱)』(1926)와 옛 백제 지역 탐방기인 『심춘순례(尋春巡禮)』(1926)에 이어 1927년 『백두산근참기(白頭山觀參記)』, 1928년 『금강예찬(金剛禮讚)』 등을 펴냈다.

해(海)에게서 소년(少年)에게

1

텨……ㄹ썩, 텨……ㄹ썩, 텨ㄱ, 쏴……아.
때린다, 부순다, 무너 버린다.
태산 같은 높은 뫼, 집채 같은 바윗돌이나,
요것이 무어야, 요게 무어야,
나의 큰 힘, 아느냐, 모르느냐, 호통까지 하면서,
때린다, 부순다, 무너 버린다.
텨……ㄹ썩, 텨……ㄹ썩, 텨ㄱ, 튜르릉, 콱.

2

텨……ㄹ썩, 텨……ㄹ썩, 텨ㄱ, 쏴……아.
내게는 아무것 두려움 없어,
육상에서 아무런 힘과 권(權)을 부리던 자라도,
내 앞에 와서는 꼼짝 못하고,
아무리 큰 물건도 내게는 행세하지 못하네.
내게는 내게는 나의 앞에는
텨……ㄹ썩, 텨……ㄹ썩, 텨ㄱ, 튜르릉, 콱.

3

텨……ㄹ썩, 텨……ㄹ썩, 텨ㄱ, 쏴……아.
나에게 절하지 아니한 자가
지금까지 없거든, 통지하고 나서 보아라.

진시황(秦始皇), 나팔륜[1], 너희들이냐,
누구 누구 누구냐, 너의 역시 내게는 굽히도다.
나하고 겨룰 이 있건 오너라.
텨……ㄹ썩, 텨……ㄹ썩, 텨ㄱ, 튜르릉, 콱.

4

텨……ㄹ썩, 텨……ㄹ썩, 텨ㄱ, 쏴……아.
조고만 산모를 의지하거나,
좁쌀같은 작은 섬, 손뼉만한 땅을 가지고,
고 속에 있어서 영악한 체를
부리면서 나 혼자 거룩하다 하는 자,
이리 좀 오너라, 나를 보아라.
텨……ㄹ썩, 텨……ㄹ썩, 텨ㄱ, 튜르릉, 콱.

5

텨……ㄹ썩, 텨……ㄹ썩, 텨ㄱ, 쏴……아.
나의 짝될 이는 하나 있도다,
크고 길고, 너르게 뒤덮은 바 저 푸른 하늘.
적은 시비 적은 쌈 온갖 모든 더러운 것 없도다.
조 따위 세상에 조 사람처럼,
텨……ㄹ썩, 텨……ㄹ썩, 텨ㄱ, 튜르릉, 콱.

6

텨……ㄹ썩, 텨……ㄹ썩, 텨ㄱ, 쏴……아.

---

1 나폴레옹.

저 세상 저 사람 모두 미우나
그중에서 똑 하나 사랑하는 일이 있으니
담(膽) 크고 순정한 소년배(少年輩)들이,
재롱처럼, 귀엽게 나의 품에 와서 안김이로다.
오너라 소년배 입 맞춰주마
텨……ㄹ썩, 텨……ㄹ썩, 텨ㄱ, 튜르릉, 콱.

최남선의 「해에게서 소년에게」는 최초의 '신체시'로 손꼽힌다. 이 작품은 기존의 가사, 시조와 같은 시가 형식에 볼 수 있는 고정적인 형태의 틀에 얽매이지 않고 작품 자체 내에서 일정한 행과 연을 구분 배치함으로써 그 자체가 지향하는 새롭고 자유로운 시 형식을 창조해내고 있다. 전체 6연으로 이루어져 있으며, 각 연이 7행으로 구성되는 형태적인 균형을 취하고 있다. 각 연의 첫 행은 '텨……ㄹ썩, 텨……ㄹ썩, 텨ㄱ, 쏴……아.'라는 파도 소리를 그대로 옮겨놓았으며 마지막 행도 '텨……ㄹ썩, 텨……ㄹ썩, 텨ㄱ, 튜르릉, 콱.'이라는 의성어로 표시되어 있다. 이 작품에서 볼 수 있는 각 연의 구분은 당시에 일반화되어 있던 가사의 분장 형태와 달리 고정된 율격의 규칙성을 벗어남으로써 시적 형식의 자유로움을 어느 정도 획득하고 있다.

「해에게서 소년에게」에서 시적 진술을 이끌어가는 것은 '나'라는 일인칭의 시적 화자이다. 여기서 '나'는 시인 자신이 아니다. '해'를 의인화하여 인격을 부여한 것이다. 그러므로 이 작품 속에서 '해'는 시적 화자인 '나'로 등장하여 사람처럼 말을 한다. 이때 그 말의 상대역이 바로 '소년'이다. 시의 제목 그대로 '해(바다)'가 '소년'에게 말을 하는 셈이다.

이 작품의 전체 내용을 보면, '나'라는 시적 화자는 '소년'을 향하여 바다의 위력과 용맹스러움을 과시한다. 바다처럼 광대한 꿈을 가지도록 격려하는 말이다. 바다의 위력이 인간의 경우와는 비교할 수 없을 정도로 크기 때문이다. 1연에서는 화자의 입을 통하여 파도치는 바다의 위력을 과시한다. 2연, 3연, 4연에서는 땅 위에서 아무리 권세를 휘두르는 자라도 바다의 위세를 당할 수 없으며, 진시황이나 나폴레

옹과 같은 영웅도 바다의 힘과 견줄 수 없음을 갈파한다. 인간 세계에서 큰 부자를 자처하고 힘 있는 척하는 것들이 모두 바다에 비할 때 왜소한 존재에 불과하므로 비웃기도 한다. 5연에서는 바다의 위력에 대응할 수 있는 것은 오직 세상의 시비와 더러움이 없는 맑고 높은 하늘뿐임을 밝힌다. 바다의 진정한 짝은 하늘이 된다. 그런데 6연에서는 세상 사람들이 모두 밉지만 단 하나 '담 크고 순정한 소년'을 사랑한다고 말한다. 그리고 '오너라 소년배 입 맞춰주마'라고 소년을 부르고 있다. 이 작품의 제목이 암시하는 바와 같이 바다가 소년에게 들려주는 말로 시의 내용이 이루어지고 있는 셈이다.

이 시에서 거대한 힘과 드넓은 가슴을 자랑하는 '바다'는 높고 맑은 '하늘'이라는 시적 공간과 서로 짝을 이루고 있다. 그리고 새로운 세계를 이끌어갈 '소년'의 활달한 기상과 높은 꿈을 이에 견주어놓는다. '소년'들이 바다와 같이 넓고 힘찬 포부와 기상을 가져야 한다는 사실을 강조하고 있는 것만으로도 이 시가 드러내고 있는 계몽성을 짐작할 수 있다. 여기서 '바다'는 열린 세계로의 지향을 의미하며, 그 이미지 자체가 시적 상상력의 공간적 확대를 말해주는 것이다.

「해에게서 소년에게」에서 시도하고 있는 새로운 시 형태에서 한 가지 주목해야 할 것은 시적 언어의 문제이다. 개화가사나 시조가 여전히 한문투의 관념적인 한자어를 많이 동원하고 있었던 것과는 달리 이 작품에는 일상어의 시적 활용이 눈에 띄게 드러나고 있다. 의성·의태어의 대담한 구사가 시적 대상에 대한 표현의 구체성을 살리고 있는가 하면, 구어체를 활용함으로써 경험적 구체성을 실감 있게 표출하고 있는 것도 특기할 만한 일이다. 그렇지만 「해에게서 소년에게」에서 볼 수 있는 시적 형식의 새로운 실험에도 불구하고 계몽적 주제에 집착하고 있는 것은 이 시기의 시가들이 지니고 있던 공통적인 특징이라고 할 것이다. 말하자면, 새로운 시적 형식의 실험을 시도하면서도 시를 통한 계몽 의식의 구현에 매달렸던 것이다. 개인적인 정감의 심미적 재구성이라는 근대시의 요건을 놓고 볼 때, 이 작품이 보여주는 시 정신의 결여는 초기 근대시의 성립 과정에서 드러나고 있는 과도기적인 특징이라고 할 수 있다.

1908년 11월 잡지 『소년(少年)』 창간호에 발표했다.

한강(漢江)을 흘리저어

1

사앗대 슬그머니
바로질러 널 제마다,

삼각산(三角山) 잠긴 그림
하마 꿰어 나올 것을,

맞초아 뱃머리 돌아
헛일 만드시노나.

2

황금(黃金) 푼 일대장강(一帶長江)
석양(夕陽) 아래 누웠는데,

풍류(風流) 오백년(五百年)이
으스름한 모래톱을,

긴 여울 군데군데서
울어 쉬지 아녀라.

우리 시 깊이 읽기

3

깜작여 불 뵈는 곳
게가 아니 노돌인가,

화룡(火龍)이 굼틀하며
뇌성(雷聲)조차 니옵거늘,

혼(魂)마저 편안 못 하는
육신(六臣) 생각 새뤄라.

　최남선의 시조 「한강을 흘리저어」는 전형적인 연시조다. 최남선은 전통적인 시조가 지켜온 3장 분장의 형태적인 정형성을 지키면서 평시조라는 단형시조의 특성보다는 연시조를 널리 창작하고 있다. 이것은 단형시조가 추구해온 시적 주제의 압축과 긴장보다는 시적 의미의 확대에 더 큰 관심을 두고 있음을 말하는 것이다. 그리고 이러한 연작시조가 반복적인 시적 율격의 실현에도 형태적으로 더욱 용이했던 것을 알 수 있다. 연시조는 단형의 평시조를 중첩시켜 시적 의미를 확대시켜놓는 특징을 지닌다. 이것은 시조의 단형적 형태가 지니는 한계를 극복하고자 하는 시도와 상통한다. 최남선이 연시조에 관심을 가지게 된 것은 시적 형식에 대한 배려보다는 그 형식에 담아내고자 하는 내용의 풍부성을 감당할 수 있는 시적 형식의 추구에 더 큰 관심이 있었던 때문으로 이해된다. 이것은 시조의 형식적인 확대를 의미하는 것으로서 시조가 담아야 하는 시적 의미 내용이 그만큼 다양하고 포괄적인 것이 되었음을 말하는 것이다.
　「한강을 흘리저어」는 전체 3연으로 이루어진 연시조다. 한강에 배를 띄워 강물을 따라 내려가면서 그 주변의 경관을 노래하고 있다. 1연에서는 한강과 대조를 이루는 원경(遠景)으로서의 삼각산을 대비시켜놓고 있다. 물 위로 어린 삼각산의 그림자가 노를 젓는 동안 생기는 물결에 흩어지는 모습을 그려낸다. 2연은 한강의 굽이치

는 긴 강물과 강변의 하얀 백사장을 대조하면서 지나간 조선 오백년의 역사를 회고
한다. 3연은 '노들'(노량진) 근처에서 만나게 되는 근대적인 풍경을 보여준다. 그것
은 요란한 소리를 내면서 한강철교를 건너 달리는 기차(여기서는 '화룡'이라고 비유함)
이다. 이를 보던 시적 화자는 문득 노들 언덕에 자리하고 있는 '사육신묘'를 떠올리
면서 요란스러운 기차 소리에 혼마저 편치 않을 것임을 걱정한다. 이 연시조는 전
반적으로 회고적인 느낌이 강하다. 지난 조선의 긴 역사라든지 사육신 등을 끌어들
인 점이 그 중요한 요소이다.

　　창작시조집 『백팔번뇌(百八煩惱)』(1926)에 수록되어 있다.

이병기

李秉岐 1891~1968

이병기는 가람(嘉藍, 柯南)이라는 호를 즐겨 썼다. 1891년 3월 5일 전북 익산에서 태어났다. 전주공립보통학교를 졸업한 후 서울로 올라가 1913년 한성사범학교를 졸업했다. 이 무렵부터 한국의 고문헌 수집과 그 해독에 관심을 기울였다. 1919년 중국을 여행한 후 3·1운동을 맞고, 1921년 권덕규, 임경재 등과 조선어연구회를 조직하여 우리말 연구 운동의 선봉이 되었다.

이병기는 1925년 10월 『조선문단』에 시골로 내려가는 모친을 전송하며 그 애틋한 정을 노래한 「한강을 지나며」를 발표하면서 시조를 창작하기 시작했다. 1926년 『동아일보』에 연재한 「시조란 무엇인가」라는 글은 시조의 본질을 깊이 있게 밝힌 시조론이다. 이후 그는 최남선이 주장한 시조 부흥 운동에 동참하여 시조 연구와 시조 창작에 앞장

섰다. 1939년 자신의 창작시조 72편을 모아 엮은 『가람시조집』을 300부 한정판으로 발간했다. 이 무렵에 연희전문학교에서 한국 고전을 강의하였으며 1939년 종합문예지 『문장(文章)』 창간호부터 「한중록주해(閑中錄註解)」를 발표했으며, 시조 추천위원으로서 김상옥, 조운 등을 추천했다. 1940년 『역대시조선(歷代時調選)』과 『인현왕후전(仁顯王后傳)』을 간행하였다. 1942년 10월 22일 조선어학회(朝鮮語學會) 사건으로 피검, 홍원경찰서를 거쳐 함흥형무소 미결수 감방에 수감되어 1년 가까이 복역하고, 1943년 9월 18일 기소유예로 출감하자 낙향하여 농사를 지으면서 고문헌 연구에 몰두했다.

1945년 광복 직후 다시 상경하여 이태준, 정지용 등과 조선문학가동맹에 가담했다. 1946년 군정청 편찬과장으로 활동하다

가 서울대학교 문리과대학 교수로 한국 고전을 강의했다. 1948년 『의유당일기(意幽堂日記)』 『근조내간집(近朝內簡集)』 등을 의역 간행했다. 한국전쟁 직후 서울대학교를 사직하고 고향으로 내려갔다가 다시 전북대학교에서 강의했다. 『국문학전사』를 백철과 공저로 발간하였다. 1966년 초기작품을 포함하여 시조 93편과 시조론, 고전 연구, 일기 등을 수록한 『가람문선』을 발간했다. 『가람시조집』과 『가람문선』에 수록된 시조와 미발표 작품, 일기문 속에 들어 있는 작품을 모두 합치면 천여 수가 넘는 것으로 추측되고 있다. 특히 그의 일기는 1909년부터 작고하기 전날까지 씌어졌는데, 그 일부가 『가람문선』에 소개되었다.

"시조의 형식은 정형인 것과 고전적인 것이다. 하나 고전도 고전 나름이요 정형도 정형 나름이지 반드시 정형이라고 하여 고전을 덮어놓고 다 버려야 할 것은 아니다. 시조는 정형이며 고전적이면서도 꼭 있어야 할 까닭은, 도리어 그 정형과 그 '고전적'에 있다." 시조의 현대화를 주장했던 이병기가 한 말이다.

우리 시 깊이 읽기

파초(芭蕉)

다시 옮겨 심어 분에 두고 보는 파초
설레는 눈보라는 창문을 치건마는
제 먼저 봄인 양하고 새움 돋아 나온다

청동 화로 하나 앞에다 놓아두고
파초를 돌아보다 가만히 누웠더니
꿈에도 따뜻한 내 고향을 헤매이고 말았다

「파초」는 전형적인 연시조다. 1939년 발간된 『가람시조집』에 수록되어 있다. 형태적으로는 두 편의 평시조를 연결시켜놓은 것처럼 보이지만 시상의 흐름이 내적으로 긴밀하게 이어진다. 이 작품은 시조의 형식에서 느낄 수 있는 특유의 균제미를 자랑한다. 텍스트의 전체적인 짜임새를 연작의 기법이라는 차원에서 좀 더 세밀하게 분석해보면, 시적 주제의 형상화 과정이 예사롭지 않은 긴장을 내포하고 있음을 확인할 수 있다. 이 작품은 외형적으로 각각 독립된 두 편의 평시조를 병렬적으로 연결하고 있는 것처럼 보이지만, 텍스트의 구조 자체가 통합된 하나의 작품을 위해 견고하게 짜여 있음을 알 수 있다. 그러므로 이 시조에서 연작을 통한 형식적인 확장에 전체적인 균형을 부여하며 시적 긴장을 이끌어가는 것은 형식적 고안에 의해서만 이루어진 것이 아니다. 시적 주제의 응축과 그 확산의 과정을 전체적으로 통제하고 있는 내적인 질서에 의해 가능해지고 있다. 그리고 이 같은 형식적인 실험을 통해 개방적이면서도 유기적인 연시조 형식의 창조에 이르고 있는 것이다.

1연의 초장인 '다시 옮겨 심어 분에 두고 보는 파초'는 파초의 겨울나기를 요약적으로 제시한다. 늦가을까지 넓고 푸른 잎을 자랑하던 파초가 아니라는 점을 주목해야 한다. 줄기와 잎이 모든 잘린 채 화분에 옮겨 심은 상태로 실내에 놓여 있다. 중장에서는 바깥의 눈보라를 그려낸다. 시각적 이미지와 청각적 이미지를 활용하여 찬 겨울의 험한 날씨를 암시하고 있다. 그런데 마지막 종장에서 시적 분위기가 전환된다. '제 먼저 봄인 양하고 새움 돋아 나온다.' 시조의 격식을 지키면서 표현의 변화를 살린다. 놀랍게도 실내에 들여다 놓은 파초의 대궁에서 새 움이 돋아 나오고 있는 것이다. 파초의 넓은 잎이 자랑하는 기품과는 어울리지 않지만 이 작은 새싹을 통해 생명이 움트고 있는 순간을 보여준다. 소재를 발견하고 거기에 새로운 감각을 부여하는 솜씨가 놀랍다. 2연으로 이어지는 시상의 흐름도 흥미롭다. 바깥의 추운 날씨를 다시 강조하는 뜻으로 청동 화로가 등장한다. 시적 화자는 파초 화분을 살피다가 화로 옆에 누워 잠이 든다. 그리고 마지막 종장에서 파초와 시적 화자가 그대로 하나가 되어 따뜻한 고향을 헤매게 된다. 물아일체(物我一體)의 경지를 그대로 드러내고 있다.

우리 현대시에서 '파초'를 소재로 하고 있는 작품은 수도 없이 많다. 파초는 푸른 잎이 타원형으로 크게 자란다. 그 잎의 싱그러움을 사랑하여 예전부터 관상용으로 키우는데, 옛 그림에도 '파초도(芭蕉圖)'가 많다. 파초는 원래 중국 남방 지역 온난한 땅에서 자라는 다년초로 우리나라로 옮겨진 '귀화식물(歸化植物)'이다. 겨울 추위를 지낼 수 없기 때문에 밖에 그대로 두면 뿌리가 얼어 죽는다. 그러므로 늦가을에 이를 캐내어 화분에 심어 실내로 옮겨놓아야 한다. 이병기의 시조 「파초」는 바로 이러한 파초 가꾸기의 일상을 소재로 삼고 있다. 특이하게 이 작품에서는 파초의 널따란 잎을 볼 수 없다. 겨울나기를 위해 잎과 줄기를 잘라내고 대궁만 남겨 뿌리를 화분에 심어두었기 때문이다.

「파초」는 고정적 형식의 균형을 잘 살려내고 있다. 그리고 이 형식적 특징은 이병기의 시조가 추구하고 있는 시정신과 밀접한 연관성을 지닌다. 시조가 추구하고 있는 시적 기품과 격조가 거기서 비롯되고 있기 때문이다. 하지만 시조가 하나의 문학적 형식으로 다시 창조되기 위해서는 그것이 지녀온 외형의 균제라는 형식적 특성만을 고집하면서 시인의 개인적인 시 의식이라든지 새로운 시대 감각을 외면할 수가 없다. 시조는 이러한 두 가지의 조건이 조화를 이루는 곳에서 그 시적 가능성을 확고히 할 수 있는 것이다. 이병기의 시조에서 주목되는 점도 바로 여기 있다.

이병기는 시조를 창작하면서 「파초」의 경우와 같이 연작 형식을 양식적으로 정착시키는 데에 주력했다. 그의 연시조는 단형의 평시조를 중첩시켜 시적 의미를 확대하는 방식을 취하고 있다. 이것은 단시조의 형식적 한계를 극복하고자 하는 시도에 해당한다. 최남선도 개화계몽 시대에 새로운 시 형태를 실험하면서 연시조에 관심을 가졌던 것이 사실이다. 시조의 시적 형식에 담아내고자 하는 내용의 풍부성을 감당하기 위해서는 연작 형태를 꾀하지 않을 수 없었던 것이다. 연시조의 재등장은 시조가 담아야 하는 시적 의미 내용이 그만큼 다양하고 포괄적인 것이 되고 있음을 말하는 것이다.

풀벌레

해만 설핏하면 우는 풀벌레 그 밤을 다하도록 울고 운다

가까이 멀리 예서 제서 쌍져 울다 외로 울다 연달아 울다 뚝 그쳤다 다시
운다 그 소리 단조하고 같은 양해도 자세 들으면 이놈의 소리 저놈의 소리
다 다르구나

남몰래 겨우는 시름 누워도 잠 아니 올 때 이런 소리도 없었은들 내 또한
어이하리

이병기의 시조에서 발견하게 되는 중요한 특징은 사설시조에 대한 실험을 통해
시조의 형태적 고정성에서 파격을 추구한 점이다. 전통적인 사설시조는 그 형태적
인 균형과 해체 사이의 긴장을 기반으로 성립된다. 우선 시조 3장의 근간은 반드시
지켜야 한다. 3장의 틀이 무너지면 시조라고 할 수가 없다. 그리고 시적 의미의 전
환을 표시하는 하나의 표지로서 종장의 앞 구절은 반드시 3음절과 5음절로 이어져
야 한다. 이 같은 형태적인 틀 속에서 시상을 드러내고(초장), 풀어헤쳐 흥을 돋우고
(중장), 어조의 전환을 통해 시상의 결말(종장)에 이른다. 조선 후기 사설시조의 등장
은 서민 계급의 성장과 새로운 미의식을 기반으로 한다. 사설시조에서 볼 수 있는
고정적인 율격 파괴와 산문화 경향은 조선 후기 사회 서민층의 미의식을 대변하고
있는 것으로 이해되고 있는 게 보통이다. 그러므로 시조의 장르 변화 과정에서 볼
때, 평시조의 극복 양식으로 이해되고 있는 사설시조의 형태적 특성이 이병기의 현
대시조에 와서도 발전적으로 계승되고 있다는 것은 주목되는 현상이다. 모든 예술
의 형태는 그 독자적인 생명력을 아무리 강조한다 하더라도 언제나 그것이 존재할
수 있는 시대적 위상에 조응하기 때문이다.

이병기의 「풀벌레」는 전형적인 사설시조다. 『가람시조집』(1939)에 수록되어 있다. 이 작품은 시의 텍스트에서 이미 초장, 중장, 종장을 명확하게 구분해놓고 있다. 초장은 날이 저물고 울기 시작하는 풀벌레 소리를 시상의 발단으로 제시한다. '해만 설핏하면'이라는 말은 해가 저물녘에 사방이 어둑해지는 상황을 말한다. 풀벌레 소리가 들리기 시작하더니 밤이 다하도록 그치지 않는다. 사방이 소란스럽다면 풀벌레 우는 소리가 들렸을 리 없다. 고요하고 적막한 밤이 이어지는 가운데 시상의 흐름을 도와주는 시간적 배경과 분위기를 묘사하고 있는 셈이다.

중장은 '가까이 멀리'에서부터 '다 다르구나'까지에 해당한다. 중장에서 사설시조의 서술성의 묘미를 최대한 살려낸다. 시적 진술에는 대조, 열거, 반복, 지속, 영탄의 방법이 모두 동원된다. 풀벌레 소리를 때로는 설명하고 때로는 묘사하면서 의 그 특징적 인상을 잡아내어 다채롭게 들려준다. 풀벌레 소리가 들려오는 거리와 방향을 '가까이 멀리 예서 제서'라고 대조하여 나열한다. 풀벌레 소리가 서로 쌍을 이루어 들리기도 하고 혼자서 우는 것은 '쌍져 울다 외로 울다'라고 묘사한다. 벌레 소리가 잇달아 들리다가 뚝 그치기도 하고 다시 이어 들리는 것은 '연달아 울다 뚝 그쳤다 다시 운다'라고 묘사한다. 반복과 지속의 특징을 묘사적으로 설명하는 가운데 절로 음악적 가락이 살아난다. 이 과정에서 밤의 고요와 적막이 깨진다. 풀벌레들이 들려주는 합창의 한가운데에 시적 화자가 들어서 있다.

이 작품의 시적 주제가 암시되는 부분은 종장이다. '남몰래 겨우는 시름'에서 3음절과 5음절의 음수를 지킴으로써 시상의 전환이 이 부분에서부터 이루어진다는 사실을 알려준다. 시적 화자는 밤에 홀로 자리에 누워 있다. 자세히 밝히지 않았지만 고달픈 세상살이에 혼자서 시름이 없지 않다. 이런저런 생각에 잠에 들지 못한다. 밤의 적막 속에서 들려오는 것이 바로 풀벌레 소리다. 화자의 마음속의 시름도 그 소리만큼 많을 것인데 바깥에서 들려오는 풀벌레 소리가 화자의 시름에 더해지고 어지러운 머리에 가득해진다. 세상의 온갖 잡사(雜事)의 시름이 풀벌레 소리로 바뀌는 것이다. 이 특이한 마음의 소리를 통해 화자는 이 밤을 평안할 수 있을지?

이병기 _ 풀벌레

야시(夜市)

날마다 날마다 해만 어슬어슬 지면 종로 판에서 싸구려 싸구려 소리 나누나

사람들이 쏟아져 나온다 이 골목 저 골목으로 갓 쓴 이 벙거지 쓴 이 쪽 찐 이 깎은 이 어중이 떠중이 앞서거니 뒤서거니 엉기정기 흥성스럽게 오락가락 한다 높드란 간판 달은 납작한 기와집 퀘퀘히 쌓인 먼지 속에 묵은 갓망건 족두리 청홍실붙이 어릿가게 여중가리 양화 왜화붙이 썩은 비웃 쩌른 굴비 무른 굴비 무른 과일 시든 푸성귀붙이 십전 이십 전 싸구려싸구려 부르나니 밤이 깊도록 목이 메이도록

저 남산 골목에 우뚝 우뚝 솟은 새 집들을 보라 몇 해 전 조고마한 가게들 아니더냐 어찌하여 밤마다 싸구려 소리만 외치느냐 그나마 찬바람만 나면 군밤 장사로 옮기려 하느냐

이병기는 「야시(夜市)」에서 전형적인 사설시조 형태를 보여준다. 1927년 9월 잡지 『신민(新民)』에 발표했으며, 『가람시조집』(1939)에 수록되어 있다. 이 작품은 종로 판에 벌어진 야시장의 풍경을 그대로 그려내고 있다. 이 작품의 소재가 되고 있는 '야시'는 특정 지역에 밤에만 장사할 수 있도록 열리는 시장터라고 할 수 있다. 주로 노점상이 모여든다. 종로의 야시는 1926년 6월에 처음 열게 된 서울의 야시장이다. 당시 『조선일보』 기사를 찾아보니 종로 야시는 중앙번영회라는 상인단체가 주도한 것이란다. 일제 식민지 시대에는 지금의 명동 일대에 주로 일본인 중심의 상권이 형성되어 있었고 종로 일대는 조선인 상업 지역으로 자연스럽게 구획되어 있었다. 여름철에 들어서면 조선인 상인들이 장사가 제대로 되지 않아 늘 걱정이었는데, 그

어려움을 타개하기 위해 밤에 장사를 할 수 있는 시장터를 열어준 것이다. 종로 야시를 개장할 때만 해도 6월부터 10월까지 저녁 7시부터 10시까지로 시간 제약을 두었지만 새로운 명물로 널리 알려지자 1927년에는 4월부터 개장했고, 그 뒤에는 계절에 상관없이 밤마다 야시를 열었다. 다른 지방 도시에서도 이를 따르는 곳이 많았다.

「야시」는 서울 장안의 명물이 된 야시장을 구경나온 사람들, 좌판에 벌여놓은 물건들, 그리고 장사치들의 '싸구려' 소리를 한데 모아 사설조로 묘사하고 있다. 이 파격의 사설이 하나의 시적 풍경을 만들어내고 실감의 정서를 자아낸다. 특히 전통적인 사설시조가 보여주었던 형태적 개방성을 통해 생생한 일상적 경험과 생활 감정을 그대로 살려내고 있다는 점이 주목된다. 일제 강점기의 삶의 현실과 그 모순에 대한 풍자와 조소까지 곁들여놓고 있는 것은 이병기가 아니고는 흉내 내기 어려운 시적 실험이 아닐까 생각한다.

초장은 '날마다 날마다 해만 어슬어슬 지면 종로 판에서 싸구려 싸구려 소리 나누나'가 된다. 평시조의 초장에 요구되는 3.4.3.4라는 음수율의 고정된 격식에 약간의 파격을 가하고 있다. 야시장의 시공간적 배경을 그려내면서 '싸구려'라는 장사치들의 목청을 그대로 옮겨놓고 있다. 이 시조의 중장은 시장에 구경나온 사람들과 장사꾼들의 행색, 그리고 가게에 늘어놓은 물건들을 흥미롭게 묘사한다. 사설시조에서 사설을 개방적으로 확장할 수 있는 부분이 중장이다. 여기서 사설시조의 열거와 반복, 대조와 비교, 해학과 비판이 살아나야 한다. 먼저 시장거리의 사람들의 행색이다. 갓 쓴 사람과 벙거지를 쓴 사람, 머리에 쪽을 찐 아녀자와 머리를 단발한 사람, 이런저런 사람들이 부산스럽게 오고 간다. 앞뒤 구절을 서로 짝 짓고 맞세워 자연스럽게 리듬이 생기도 가락이 살아난다. 야시장에서 물건을 가게는 궁색하기 그지없다. 납작한 기와집에 간판만 높다랗게 달았다. 진열해놓은 물건이라고는 먼지 쌓인 '묵은 갓망건 족두리'처럼 이제 한 시절 지나버린 것들이거나 '청홍실붙이 어릿가게 여중가리 양화 왜화붙이'처럼 싸구려 잡화들이다. '청홍실붙이 어릿가게'는 여성들이 바느질이나 수놓기에 필요한 색실이나 바느질 도구들을 파는 가게이다. '여중가리 양화 왜화붙이'는 별로 중요하지 않은 잡동사니들인데, 물 건너온 양화(洋貨), 서양 물건들과 일본에서 들어온 자잘한 왜화(倭貨)붙이가 대부분이다. 식료품들도 진열되어 있다. '썩은 비웃 쩌른 굴비 무른 굴비 무른 과일 시든 푸성귀붙이'가 대부분이다. 생선이라고는 다 상해가는 청어와 절인 굴비뿐이고 과일과 풍성귀는 이미 무르고 시들었다. 그래도 장사꾼들은 싸구려를 외친다.

이 시조의 종장은 '저 남산 골목에 우뚝 우뚝 솟은 새 집들을 보라 몇 해 전 조고마한 가게들 아니더냐 어찌하여 밤마다 싸구려 소리만 외치느냐 그나마 찬바람만 나면 군밤 장사로 옮기려 하느냐'라는 시적 화자의 말로 끝맺는다. 여기서 지적하고 있는 '남산 골목에 우뚝우뚝 솟은 새 집'은 1920년대 서울의 주거 지역과 상권의 형성을 알아보면 더욱 흥미로운 사실을 확인할 수 있다. 일제 강점 후 서울의 남산 기슭은 모두 일본인들이 차지한다. 남산에 신사(神社)를 짓고 후암동 일대는 일본 군대의 주둔지(지금의 미군기지)로 삼았으며, 남산 북쪽 기슭은 일본인 거주 지역으로 단장했다. 일본 총독이 사는 관저도 거기에 세웠으며 현재의 명동 충무로 일대를 일본인 상업 지역으로 만들었다. 그러니 이 골짜기에 '우뚝 우뚝 솟은 새 집'이 꼴사납게 보였을 것은 분명하다. '어찌하여 밤마다 싸구려 소리만 외치느냐'라는 시적 화자의 말 속에는 같은 서울 장안이면서 번창하는 일본인들 구역과 여전히 가난에 찌들어 있는 우리네의 모습을 대조하면서 이 모순의 현실을 비아냥대는 조소(嘲笑)의 목소리를 담고 있다. 그런데 이제 찬바람이 나면 이 초라하고도 궁색스러운 야시장도 문을 닫는다. 4월부터 10월까지만 야시장을 허가했기 때문이다. 가난한 장사꾼들이 일터를 잃게 된다. 그러니 '찬바람만 나면 군밤 장사로 옮기려 하느냐'라고 물을 수밖에 없다. 찬바람 부는 길거리로 내몰려 군밤 장사로 살아야 하는 궁핍한 삶의 현실을 확인하는 셈이다. 종장의 첫 구절 '저 남산/골목에 우뚝'은 3.5의 음수를 고정하는 사설시조의 형식적 틀을 그대로 지켜내고 있는 부분이다. 이 첫 구절에서 시상의 전환이 가능해지고 시적 주제의 결말에 이르게 된다.

「야시」는 일제 강점기 서울 종로에 개설된 야시장의 새로운 풍물을 그려내고 있지만 그러나 야시장의 풍경은 결코 흥성스러운 시장거리처럼 느껴지지 않는다. 시적 화자가 야시장의 초라한 행인들과 보잘것없고 궁색스러운 가게의 물건들에 초점을 맞추고 있기 때문이다. 화자는 이것을 장사꾼의 목이 메도록 외치는 소리 그대로 '싸구려'라고 옮겨놓는다. 실제로 이 작품 속에 그려진 야시장에는 생동감이 없고 삶의 활력이 보이지는 않는다. 값나가는 물건이 있을 턱 없는 허름한 가게에는 보잘것없는 잡화들만 너절하게 늘어놓고 있다. 썩은 청어, 무른 굴비는 전혀 신선할 리가 없고, 무른 과일, 시든 푸성귀는 초라한 삶의 모습과 그대로 일치한다. 이 초라한 야시장의 풍경을 더욱 초라하게 하는 것이 남산 골짝의 높이 솟은 새 집들이다. 서울 장안에서 남산골과 종로통이 부자와 빈자의 공간으로 구획되는 것은 우리네가 선택한 것은 아니다. 식민지 현실이 만들어낸 삶의 모순 구조가 서울 장안을 그런 식으로 편 갈랐던 것이다. 이 시에서 시적 화자가 노리고 있는 것은 그런 현실의 음울(陰鬱)이 아닐까 생각된다.

난초

1

한 손에 책을 들고 조오다 선뜻 깨니
드는 볕 비껴가고 서늘바람 일어오고
난초는 두어 봉오리 바야흐로 벌어라

2

새로 난 난초 잎을 바람이 휘젓는다.
깊이 잠이나 들어 모르면 모르려니와
눈뜨고 꺾이는 양을 차마 어찌 보리아

산듯한 아침볕이 발 틈에 비쳐들고
난초 향기는 물밀 듯 밀어오다
잠신들 이 곁에 두고 차마 어찌 뜨리아.

3

오늘은 온종일 두고 비는 줄줄 나린다.
꽃이 지던 난초 다시 한 대 피어나며
고적한 나의 마음을 적이 위로하여라.

나도 저를 못 잊거니 저도 나를 따르는지
외로 돌아 앉아 책을 앞에 놓아두고

장장(張張)이 넘길 때마다 향을 또한 일어라.

4

빼어난 가는 잎새 굳은 듯 보드랍고
자짓빛 굵은 대공 하얀 꽃이 벌고,
이슬은 구슬이 되어 마디마디 달렸다.

본디 그 마음은 깨끗함을 즐겨하여,
정한 모래 틈에 뿌리를 서려두고,
미진(微塵)도 가까이 않고 우로(雨露) 받아 사느니라.

'난초'의 시인이라면 누구나 이병기를 손꼽는다. 평생을 시조 사랑으로 살았던 이병기는 그 곁에 늘 난초를 두고 아꼈던 것이다. 주변 사람들에게 했다는 '고서 몇 권과 술 한 병, 그리고 난초 두서너 분이면 삼공(三公)이 부럽지 않다.'는 말에서 그가 얼마나 난초를 좋아했는지를 짐작할 수 있다. 난초는 흔히 '사군자(四君子)'의 하나로 일컫는다. 그 고결한 자태와 향취가 빼어난 학식과 인품을 갖추고 있는 군자에 비유된다는 뜻이다. 그러므로 옛날부터 시인들은 난초를 대상으로 많은 시를 짓곤 했다. 현대 시인도 마찬가지다. 정지용이나 김영랑도 난초를 노래했고, 신석정의 시에도 난초가 등장하는 것이 많다. 이병기가 난초를 좋아했던 이유도 옛날의 선비와 똑같았을 것이다. 난초가 '사군자'의 으뜸이었으니 달리 무얼 말할 수 있겠는가?

그런데 이병기의 시조 「난초」를 보면 그가 난초의 고절한 기품에만 만족한 것이 아님을 알 수 있다. 그는 난초에 섬세한 감각을 불어넣는다. 「난초 1」부터 「난초 4」까지 연작의 형태로 발표된 이 작품은 난초의 새로 꽃이 피어나고 새잎이 자라다가 바람에 꺾이기도 하고 그윽한 향기를 흩어내는 모습 난초를 곁에 두고 아끼는 시적 화자의 심경을 함께 감각적으로 그려낸다. 그가 그리는 난초는 군자니 고절이니 하여 관념화되어버린 난초가 아니다. 이병기는 자연 속에서 호흡하고 꽃을 피우고 바람에 꺾이고 꽃이 떨어지는 살아 있는 난초를 찾아낸다. 그의 시조 속에서 난초는 살아 움직인다.

「난초 1」은 평시조의 형태로 난초의 개화를 간략하게 그려낸다. '드는 볕 비껴가고 서늘바람 일어오고'라는 짤막한 구절에서 난초가 자라나 꽃을 피우는 과정을 그대로 보여준다. 적당한 그늘과 바람이 난초를 키우는 것이다. 「난초 2」는 전체 2연으로 구성되어 있다. 1연에서는 난초의 새 잎이 바람에 꺾이는 모습을 그려낸다. 차마 눈을 뜨고는 그 모습을 보기 힘들 정도로 난초의 모습이 애잔하다. 여기서 난초는 고결함이라든지 지조라든지 하는 관념과는 아무 상관 없는 하나의 힘없는 풀꽃에 불과하다. 그러나 시적 화자는 난초에 깃들인 작은 생명의 움직임을 알고 있다. 그러나 바람이 그 연한 새 잎을 그대로 두지 않는다. 시적 화자는 바람에 연한 새잎이 꺾이는 모양에서 인생을 발견하다. 모진 바람과 힘없는 난초는 세파(世波)와 인생을 그대로 보여주고 있기 때문이다. 그러므로 시적 화자는 그 모습이 한없이 안쓰럽다. 눈을 뜨고 볼 수 없다고 말할 정도로 마음이 아프다. 2연에서는 난초의 향기를 그려낸다. 난초는 새 잎이 꺾인 채 꽃을 피우고 향기를 뿜는다. 그 향기에 취하여 잠시도 그 곁을 떠나기 어렵다.

「난초 3」은 비가 오는 날 다시 한 대 꽃이 피어나면서 향기를 전하여 우울한 시적 화자의 마음을 달래준다. 난초와 친화하는 자세를 그대로 보여준다. 여기서 주목되는 것은 난초를 향하는 시적 화자의 태도이다. '나도 저를 못 잊거니 저도 나를 따르는지'라는 구절은 이미 시적 화자와 난초가 서로 하나로 동화되고 있음을 보여준다. '물아일체(物我一體)'의 경지에 이르고 있음을 알 수 있다. 「난초 4」의 1연에서 '빼어난 가는 잎새 굳은 듯 보드랍고/자짓빛 굵은 대공 하얀 꽃이 벌고/이슬은 구슬이 되어 마디마디 달렸다.'라는 표현은 섬세한 언어 감각이 이루어낸 절묘한 묘사가 두드러진다. 초장에서는 시각적 요소와 촉각적 요소를 결합했고, 중장은 '자짓빛 대공'과 '하얀 꽃'의 색채 감각이 선명하게 대조된다. 종장에서 '이슬'과 '구슬'의 비유는 더욱 정교하게 이미지를 배치하고 있다. 이와 같은 감각적 묘사를 통해 난초는 그 섬세하게 피어나는 꽃임에도 전통적으로 덧씌워져 있던 가치와 이념의 외피를 완전히 벗어난다. 난초는 이렇게 연약하고 부드럽고 아름답고 향기롭은 기품있는 꽃으로 다시 태어난다. 2연에서는 바로 이러한 난초의 아름다움에 더하여 그 정결한 모습을 그려놓고 있다.

　현대시조의 시적 형식에 감각성이라는 고도의 미의식을 부여한 것이 이병기의 시조인데 연시조 「난초」가 바로 그 구체적인 예에 해당한다고 할 수 있다. 이병기는 현대시조의 연작성을 강조하면서도 연작의 형태가 시적 형식의 압축미를 얻지 못하고 기교와 수사에 얽매인 산문이 되는 것을 경계한다. 그러면서 그는 시조의 '격조'를 강조했다. 여기서 말하는 격조는 추상적 관념이 아니다. 시조라는 짧은 시 형식에 동원되는 모든 시어에 생기를 넣어주며 사고와 감정의 기저에까지 침투하게 되는 감각을 말한다. 이러한 상상력은 물론 언어와 그 의미를 통해서 작용하는 것이지만 전통 의식과 현대 정신의 조화가 그만큼 중시된다.

　이병기의 시조에서 확인되는 시적 형식과 그 감각은 일상어의 시적 활용이라는 점에서 현대시조의 새로운 탄생과 직결된다는 점을 주목할 필요가 있다. 그는 고정된 시조의 시적 형식과 그 진술 방법에 특유의 감각성을 부여한다. 관념어를 배제하고 감각적인 일상어만으로 이루어진 이병기의 시조는 시적 언어의 감각적 구현에 있어서 현대시조가 도달할 수 있는 어떤 궁극의 지점에 도달한 셈이다. 특히 우리말의 음절량과 그 이음새에서 나타나는 말의 마디를 자연스럽게 변형시키면서 율격을 살려내고 있다. 이것은 시조의 시적 형식이 어떤 틀로 고정되어 있는 것이 아니라, 그렇게 형성되는 것임을 말해주는 요건이 된다. 「난초」에서 확인할 수 있는 절제된 감정과 언어의 감각을 이병기 시조의 미학이라고 규정하는 것은 당연하다.

제2부

정지용

김영랑

김기림

이 상

김광균

정지용

鄭芝溶 1902~1950?

정지용은 1902년 5월 15일(음력) 충북 옥천에서 출생했으며 고향에서 소학교를 다닌 후 서울로 올라와 휘문고보를 졸업했다. 휘문고보 재학 중 1919년 창간된 월간종합지 『서광(曙光)』에 「3인」이라는 소설을 투고 발표한 바 있다. 1923년 일본 교토 도시샤대학(同志社大學) 예과에 입학했으며 뒤에 영문과를 졸업하였다.

정지용의 창작 활동은 도시샤대학 재학생들이 주도했던 시 동인지 『가(街)』에 일본어 시 「新羅の柘榴(신라의 석류)」「草の上(풀밭 위)」 등을 발표하면서 시작된다. 1926년 일본인 시 동인지 『근대풍경(近代風景)』에 「かつふえ·ふらんす(카페 프란스)」를 비롯한 많은 작품을 투고했다. 유학생 잡지인 『학조(學潮)』 창간호에 「카페·프란스」 등 9편의 시를 발표한 후 국내 잡지에도 적극적으로

시를 발표하기 시작했다. 그는 일본어와 한국어로 시를 쓰는 이른바 이중언어적 글쓰기로 본격적인 창작 활동에 임했다.

1929년 3월 도시샤대학 영문과를 졸업한 후 일본어 시를 중단하고 한국어 시 창작에 집중했다. 귀국과 함께 모교인 휘문고보의 영어 교사가 되었으며, 1930년 3월 박용철, 김영랑, 이하윤 등과 함께 시 동인지 『시문학(詩文學)』을 발간하면서 국내에서 활발한 문단 활동을 시작하게 되어 시문학파의 일원으로 불렸다. 1933년 이태준, 이효석, 김유영, 이무영, 김기림, 박태원 등과 구인회를 조직하고 순수문학을 주장하기도 했다. 가톨릭에 입문하여 프란시스코라는 세례명을 받았으며, 1933년 새로 창간된 『가톨릭청년』의 편집고문으로 이 잡지에 많은 시와 산문을 발표하였다. 시인 이상(李

箱)의 시를 소개하여 그를 문단에 등단시키기도 하였다. 1939년 종합문예지 『문장』이 창간되자 이태준, 이병기 등과 함께 편집에 참여하면서 시 부문 추천위원이 되어 조지훈, 박두진, 박목월, 이한직, 박남수 등을 추천했다.

1945년 해방 직후 이화여자대학교 교수로 활동했으며, 『경향신문』 주간을 겸하기도 했다. 1946년 2월 조선문학가동맹에 가담하여 중앙집행위원을 역임하였다. 이 시기에 시선집 『지용시선』(1946), 산문집 『문학독본』(1948) 『산문(散文)』(1949)을 잇달아 간행하였다. 1950년 한국전쟁 당시 인민군 정치보위부에 구금되었다가 북한으로 이송 중 사망한 것으로 알려졌다.

정지용의 시는 모더니즘이라는 커다란 문학적 조류 안에서 설명되기도 하고 이미지즘의 특징으로 그 경향이 규정되기도 한다. 첫 시집 『정지용 시집』(1935)에 수록된 초기 시 가운데에는 「카페 · 프란스」 「유리창」 「바다」 「말」 「향수」 등이 대표적인 작품으로 손꼽힌다. 이 작품들은 시적 대상에 대한 다양한 감각적 경험을 선명한 심상과 절제된 언어로 포착해내고 있는 것이 특징이다. 이 같은 시 창작의 방법은 시적 언어에 대한 그의 남다른 관심과 자각에 의해 가능했던 것으로 보인다. 그는 시의 언어를 통해 음악적인 가락의 아름다움보다는 시적 이미지의 공간적 조형미를 창조하고 있다. 두 번째 시집 『백록담』(1941)에는 「옥류동」 「구성동」 「장수산」 「백록담」 「비」 「인동차」 등 후기의 시들이 실려 있는데, 대체로 시적 대상으로서의 자연을 노래하고 있는 작품들이 많다. 특히 그는 자연을 통해 자신의 주관적인 정서와 감정의 세계를 토로하고 있는 것이 아니라 오히려 자신의 감정을 억제하면서 자연에 대한 자신의 인식 그 자체를 감각적 언어를 통해 새롭게 질서화하고 있다.

카페 · 프란스

옮겨다 심은 종려(棕櫚)나무 밑에
비뚜로 선 장명등,
카페 · 프란스에 가자.

이놈은 루바시카
또 한 놈은 보헤미안 넥타이
뻣적 마른 놈이 앞장을 섰다.

밤비는 뱀눈처럼 가는데
페이브먼트에 흐늑이는 불빛
카페 · 프란스에 가자.

이놈의 머리는 빛 두른 능금
또 한 놈의 심장은 벌레 먹은 장미
제비처럼 젖은 놈이 뛰어간다.

*

「오오 패롯(鸚鵡) 서방! 꾿 이브닝!」

「꾿 이브닝!」(이 친구 어떠하시오?)

울금향(鬱金香) 아가씨는 이 밤에도
경사(更紗) 커튼 밑에서 조시는구려!

나는 자작(子爵)의 아들도 아무것도 아니란다.
남달리 손이 희어서 슬프구나!

나는 나라도 집도 없단다.
대리석 테이블에 닿는 내 뺨이 슬프구나!

오오, 이국종(異國種) 강아지야
내 발을 빨아다오.
내 발을 빨아다오.

「카페·프란스」는 조선인 유학생 잡지 『학조(學潮)』 1호(1926.6)에 발표된 작품이다. 이 시는 원래 『도시샤대학 예과 학생회지』 4호(1925.11)에 일본어로 발표했다. 일본 교토에서의 학창생활의 한 단면을 소재로 하고 있다. 정지용 자신이 자주 드나들었던 '카페 프란스'의 인상을 자신의 내면 풍경과 대조하여 그려내고 있는 점이 특징이다. 작품의 전체적인 분위기는 퇴폐적이긴 하지만 유학 시절 느껴야 했던 조선인으로서의 내적 갈등이 섬세한 시적 표현을 통해 구체적으로 형상화되고 있다. 『정지용 시집』(1935)에 수록하면서 일부 내용을 원작과 다르게 고쳤다.

「카페·프란스」의 텍스트는 크게 전반부와 후반부로 구분되어 있다. 시간과 공간의 구획에 따라 시상의 흐름이 바뀌고 그 내용도 분할된다. 전반부는 시적 화자가 친구와 둘이서 비가 내리는 저녁에 '카페 프란스'를 찾아가는 장면을 그려낸다. 후반부는 '카페 프란스'의 내부 공간을 보여주면서 시적 화자의 내면 의식의 변화를 드러낸다. 시점을 하나의 지점에 고정하지 않는 이른바 정적(靜的) 관점(觀點)을 지양하고 동적(動的) 관점을 기반으로 화자가 공간을 이동하면서 전체적인 시적 정황을 묘사함으로써 이국적 취향의 시적 공간의 분위기를 잘 살려내고 있다.

이 시의 내용에 깊이 들어가려면 시에 동원하고 있는 특징적인 시어의 의미를 정확하게 파악해야 한다. 먼저 주목되는 것이 '카페 프란스'라는 제목이다. 이 시가 처음 일본어로 발표된 것이 1925년이고 다음 해에 한국어로 고쳐 발표되었는데,

당시 한국의 독자들에게 '카페'라는 말은 익숙하지 않은 외래어다. 끽다점(喫茶店)이나 다방(茶房)이라는 말조차도 낯설 정도로 당시 서울에서는 한국인이 운영하는 카페를 구경하기 어려웠던 것이 사실이다. 카페에서는 주로 커피와 음료를 팔았지만 간단한 식사를 할 수 있고 술도 곁들일 수 있었다. 시 속에서 '카페 프란스'는 유학생 신분이었던 정지용에게는 호기심을 자극하기에 충분한 이국적인 공간으로 그려진다. 카페의 외부 분위기를 살려주는 것이 종려나무와 장명등이다. 종려나무는 상록성의 관엽식물로 동남아와 중국 일본 등지가 원산지이며 높이는 2~4미터 정도로 줄기 정상에서 많은 잎이 잎자루와 함께 난다. 일본 규슈를 원산지로 하는 일본 종려나무는 혼슈 지역에서도 흔히 볼 수 있는 관상수이다. 카페의 이국적 풍경을 돋보이게 한다. 장명등은 건물의 입구나 집의 처마 끝에 달아두고 밤에 불을 밝히는 등이다. 한국에서는 절간의 뜰이나 무덤 앞에 돌로 만들어 세우는 등도 장명등이라고 불렀지만 여기서는 이런 의미와는 상관없다. 카페의 입구에 간판을 겸하여 달아맨 등이라고 보면 된다. 시 속의 등장인물이 차려입은 옷차림도 흥미롭다. 시의 화자는 루바시카(rubashka)를 입고 있다. 이 옷은 러시아 남자가 입는 블라우스풍의 상의로 원래는 농민의 작업복이었지만 러시아의 민속의상을 대표한다. 두꺼운 리넨으로 만들며 깃을 세우고, 왼쪽 앞가슴에서 단추를 여며 허리를 끈으로 맨다. 러시아 혁명 이후 이 복장이 널리 퍼져 각국의 젊은이들 사이에 한때 유행하기도 했는데 시 속의 주인공이 이 옷을 입은 것이 특이하다. 화자와 동행한 친구는 보헤미안 넥타이로 한껏 멋을 부렸다. 보헤미안(Bohemian)이라는 말은 원래 체코 보헤미아 지방의 유랑 민족인 집시들을 지칭한다. 그런데 이 말이 사회적 관습에서 벗어나 자유분방하게 생활하는 예술가를 가리키는 뜻으로 널리 사용되었다. 이 시에서 보헤미안 넥타이는 스카프식으로 매는 넓은 넥타이다. 시의 후반부에서는 시어의 선택 자체가 이채롭다. 앵무새라는 말 대신에 패럿(parrot)이라는 영어를 그대로 사용하기도 하고 널리 쓰이는 튤립 대신에 울금향이라는 한자어를 사용하기도 한다. 자작은 귀족의 위계 중의 하나이다. 한국 사회는 삼국시대부터 고려시대까지 골품제, 문벌귀족이 있었지만 조선시대에 들어와서는 양반이 귀족을 대신했다. 일제 강점기에는 핵심 권력층의 친일파들이 일본으로부터 조선 귀족 작위(공을 제외한 후작, 백작, 자작, 남작)를 받고 행세했다.

시의 전반부를 보면, 비가 내리는 저녁의 이국적인 거리 풍경과 함께 '카페 프란스'를 찾아가는 시적 화자와 친구의 모습이 4연으로 나뉘어 그려진다. 1연은 종려나무 아래 장명등이 비스듬하게 서 있는 카페 프란스의 이국적 외관을 그대로 묘사하고 있다. 2연은 카페를 찾아 나선 시적 화자와 친구의 외모를 특징적으로 그려낸다. 여기서 시적 화자는 스스로를 '이놈'이라고 지칭하면서 당시 젊은이들에게 유행했던 러시아풍의 '루바시카' 차림임을 밝힌다. 그리고 함께 나선 친구는 '보헤미안 넥타이'라면서 '삐쩍 마른 몸매'를 소개하고 있다. 이 두 사람의 옷차림과 외모를 통해 당시 젊은 학생들의 생활과 삶의 풍조가 어느 정도 암시된다. 3연에서는 불빛에 흐느적이며 가늘게 내리는 비와 밤거리의 풍경을 그린다. '뱀눈처럼 가는'이라는 감각적인 비유를 통해 가는 빗줄기를 묘사하고 있다. 4연에서 시적 묘사의 초점이 다시 두 사람에게로 이동한다. 이 대목에서는 두 사람의 외모보다 그 내면의 특성에 대한 설명에 무게를 두고 있다. 시적 화자는 자신을 '빛 두른 능금'이라고 말한다. 여기서 '빛 두른'이라는 말이 문제다. 『학조』 1호에 발표했던 원문을 보면 이 말이 '갓 익은'으로 표시되어 있다. 발표 당시의 뜻을 염두에 두고 개작했을 가능성을 생각한다면, 이 말은 '모양이 둥글지 않고 비뚤어진 능금'이라고 읽기보다는 '속이 익지 않은 채 겉에만 약간 붉은색이 둘러 있는 능금' 또는 '설익은 능금'으로 보는 것이 타당할 듯싶다. 첫 연에 '비뚜로 선 장명등'이라는 말이 나오는 것을 보더라도 유사한 시어를 반복하여 썼다고 하기는 어렵다. 아무래도 자신이 아직 설익은 지식뿐임을 자조적으로 표현한 것으로 이해하는 편이 자연스럽다. '보헤미안 넥타이'의 친구는 그 가슴이 벌레 먹은 장미로 비유된다. 상심한 열정의 소유자임을 암시한다. 그 친구가 '제비처럼 젖은 채' 뛰어가고 있다. 동작이 재바르지만 경박스러워 보인다. 이들 두 사람의 카페 행차는 이렇게 무드를 중시하는 시적 묘사를 통해 구체적으로 형상화되고 있다.

이 시의 후반부는 전반부와 그 내용이 사뭇 다르다. 열려 있는 공간으로서의 밤거리를 그리는 것이 아니라, 닫혀 있는 카페의 내부로 들어선 모습을 그린다. 시적 묘사의 관점과 어조가 바뀐다. 후반부는 시적 화자와 친구가 함께 카페에 들어서는 장면부터 시작된다. 첫 대목부터 해석상의 문제가 따른다. 여기서 '「오오 패롯 서방! 꾿 이브닝!」/「꾿 이브닝!」(이 친구 어떠하시오?)'은 두 사람이 카페에 들어서는 장면에서 오고 간 인사를 그대로 옮겨놓은 대목이다. 두 사람이 카페 안에 들어서면서 입구에 있던 앵무새에게 '오오 패롯 서방! 꾿 이브닝!'이라고 인사를 던진다. 그러자 앵무새가 '꾿 이브닝!'이라고 응대한다. 그런데 문제는 ( ) 속의 '이 친구 어떠하시오?'라는 말이다. 이 말은 인용부호 속에 넣지 않고 '꾿 이브닝'이라는 인사말 뒤의 ( ) 안에 적혀 있다. 이렇게 표시한 것은 '꾿 이브닝'에 '이 친구 어떠하시오?'라는 말이 함축되어 있음을 뜻한다고 볼 수 있다. 그런데 이렇게 읽고 보면, 앵무새의 인사 장면이 부자연스럽게 느껴진다. 앵무새가 '꾿 이브닝'이라고 흉내를 내면서 인사를 받았는데, 그 흉내 내는 인삿말 속에 '이 친구 어떠하시오?'라는 뜻이 포함되어 있다고 설명해야 하기 때문이다.

이 장면을 보다 합리적으로 설명하기 위해 다음과 같이 그 내용을 재구성해보기로 한다. 두 사람이 카페의 문을 열고 홀 안으로 들어선다. 홀 안에 들어서자 입구 카운터 쪽에 있던 카페 여급 하나가 이들을 맞이하며 '오오 패롯 서방! 꾿 이브닝!' 하고 인사를 하면서 반긴다. 카페를 찾아온 두 사람 가운데 이 카페에 자주 드나든 인물이 있었던 것이 아닌가 생각된다. 카페 여급들이 단골손님인 이 조선인 유학생에게 '앵무새 서방님(패롯 서방)'이라는 호칭을 붙여주었을 법하다. 두 사람은 카페 여급이 반갑게 맞이하며 인사를 하자, 함께 한 목소리로 '꾿 이브닝!'이라고 답한다. 이 부분을 고딕체로 처리한 것은 두 사람이 호기 있게 큰 소리로 인사를 받는 모습을 강조하기 위해서라고 할 수 있다. 그러면서 이 둘 가운데 새로 온 친구를 은근히 여급에게 소개하고 싶은 마음을 표시한다. ( ) 속에 들어 있는 '이 친구 어떠하시오?'라는 말은 이 같은 의미를 함축하고 있다고 본다. 여기 새로 데려온 '이 친구'가 바로 시적 화자가 아닐까 생각된다.

이와 같은 설명은 뒤로 이어지는 시의 진술 내용으로 보아 크게 무리가 없어 보인다. 두 사람이 떠들썩하게 카페 안으로 들어섰지만, 카페 안에는 다른 손님이 없다. 울금향(鬱金香, 튤립)이라는 별명을 가진 여급이 늘어진 커튼 아래에서 졸고 있을 뿐이다. 두 사람이 관심을 두고 있는 여급이 바로 이 아가씨일지 모른다. 그런데 이 '울금향 아가씨'는 손님들을 본 체도 하지 않고 졸고 있을 뿐이다. 이들의 내방에 별 관심을 주지 않는 셈이다. 시적 화자는 친구와 함께 호기 있게 '꾿 이브닝(이 친구 어떠시오?)'이라고 인사를 하지만, 이들에게 아무런 관심도 표시하지 않은 채 졸고 있는 울금향 아가씨의 무심한 표정에 이내 주눅이 든다. 그리고 초라한 자신의 모습을 돌아보게 된다. 시적 화자의 내적 진술로 이루어져 있는 다음 대목에 이르러서 이 시는 그 주제에 도달한다.

나는 자작의 아들도 아무것도 아니란다.
남달리 손이 히여서 슬프구나!

나는 나라도 집도 없단다.
대리석 테이블에 닿는 내 뺨이 슬프구나!

오오, 이국종 강아지야
내 발을 빨아다오.
내 발을 빨아다오.

시적 화자는 친구와 호기 있게 카페에 들어섰지만, '울금향 아가씨'의 무관심에 그만 기가 꺾인다. 그리고 스스로 자신이 가난한 농가의 태생으로 아무것도 가진 것이 없고, 어떤 사회적 지위도 누리지 못하고 있으며, 돈 많은 한량도 아님을 속으로 되뇌인다. '남달리 손이 히여서 슬프구나'라는 구절은 가난한 유학생의 처지를 그대로 그려낸다. 그리고 이 같은 개인적 비탄만이 아니라 나라를 잃은 망국 민족이라는 인식에 이르러서는 현실의 냉혹함에 더욱 슬퍼지지 않을 수 없게 된다. 하지만 이 시의 마지막 구절에서 시적 화자는 자신의 서러움을 달래기 위해 일시적이나마 육체적인 위무(慰撫)를 갈구한다. 마지막 구절인 '오오, 이국종 강아지야/내 발을 빨아다오./내 발을 빨아다오.'는 이 같은 육체적 위무를 갈망하는 심정을 직접적으로 표출한 것이라고 할 수 있다. 여기서 말하는 '이국종 강아지'는 졸고 있던 카페의 여급 '울금향' 아가씨를 지칭하는 것임은 물론이다. '이국종 강아지'를 카페 안에서 기르고 있는 강아지라고 해석하는 사람도 있지만, 이것은 받아들이기 어려운 산문적 해석이다. 이 시와 함께 『학조』 1호에 발표한 정지용의 시 「파충류동물(爬虫類動物)」에는 '그년에게/내 동정(童貞)의 결혼(結婚) 반지를 찾으러 갔더니만/그 큰 궁둥이로 떼밀어'와 같은 과격한 표현도 있고, '저 기ー드란 쌍골라는 대장(大腸)/뒤쳐

졌는 왜놈은 소장(小腸)'이라는 다소 인종적 차별을 드러내는 진술도 나타나 있다. 그러므로 당시 정지용이 일본인 카페의 여급을 '이국종 강아지'라고 시에서 지칭하고 있는 것이 별로 이상하지 않다.

「카페·프란스」는 나라 잃은 가난한 유학생들이 이국 땅에서 겪어야 하는 모멸과 비애를 보여주면서 그들의 우울한 객기를 유학 생활의 한 단면을 통해 표현하고 있다. 이 작품은 시적 공간의 이원성을 바탕으로 전체적인 시적 진술이 이루어지고 있는데, 전반부의 비가 내리는 밤거리(외부)와 후반부의 스산한 카페의 실내(내부)가 서로 대조되면서 서로 다른 시적 정조를 통해 구체적인 형상성을 획득한다. 가벼움 또는 경박함의 정조와 무거움 또는 착잡함의 정조가 시의 전반부와 후반부에서 서로 대응하고 있다. 이 같은 양가적인 정서를 하나로 통합하는 힘을 시적 상상력이라고 한다면, 이 시는 시적 상상력의 어떤 성취를 보여주는 셈이다. 시적 묘사의 방법에 있어서도 마찬가지의 설명이 가능하다. 전반부에서는 서정적 주체를 대상화하여 묘사한다. 그리고 묘사된 장면 자체를 극적으로 제시하기도 한다. 후반부에서는 서정적 주체가 다시 시적 진술과 묘사의 주체로 바로 선다. 시적 묘사의 관점을 이렇게 자유롭게 이동하면서 긴장을 유지하는 것은 정지용의 경우를 빼놓고는 달리 찾아보기 어렵다.

바다 2

바다는 뿔뿔이
달아나려고 했다.

푸른 도마뱀 떼같이
재재발랐다.

꼬리가 이루
잡히지 않았다.

흰 발톱에 찢긴
산호보다 붉고 슬픈 생채기!

가까스로 몰아다 붙이고
변죽을 둘러 손질하여 물기를 시쳤다.

이 앨 쓴 해도(海圖)에
손을 싯고 떼었다.

찰찰 넘치도록
돌돌 구르도록

회동그라니 받쳐 들었다!
지구는 연잎인 양 오므라들고…… 펴고……

정지용의 초기 시 가운데에는 '바다'를 소재로 한 작품들이 많다. 그의 시에서 바다가 시적 상상력의 원천을 이룬다는 사실은 기왕의 연구에서 주목한 바 있다. 그는 바다를 노래하면서 자연을 인식하고 자연에 대한 감각을 익힌다. 이것은 정지용이 발견한 최초의 자연이면서 동시에 정지용이 창조한 새로운 시적 공간이다. 이 공간은 정지용의 후기 시에서 볼 수 있는 산의 이미지들과 좋은 대조를 이룬다. 정지용은 바다의 다채로운 변화와 그 역동성에 주목하고 열린 공간으로서의 바다의 이미지를 극대화하면서 거기에 새로운 생명을 부여하고 있다.

　　「바다 2」에서 주목되는 것은 섬세한 언어 감각과 특이한 비유적 표현이다. 이 작품에서는 절제된 감정을 기반으로 대상인 바다를 소묘적으로 그려내기 위해 사물의 상태와 동작을 동시에 드러내는 형용동사를 많이 활용한다. 그리고 시적 화자가 바다의 움직임에 따라 스스로 위치와 관점을 바꾸면서 대상에 대한 지배적 인상을 포착하고 있다. 이러한 새로운 묘사 방법을 '동적 관점형(動的 觀點型)'이라고 한다. 이 작품은 이 새로운 묘사법을 통해 동시적으로 표현하기 불가능한 바다의 움직임을 적절한 거리를 유지하면서 섬세하게 묘사하고 있다. 그러므로 전체적인 시적 공간의 변화를 주목해야만 시상의 전개 과정을 제대로 이해할 수 있다.

　　이 시의 전체적인 구성을 살피면서 시적 화자가 어떤 위치에서 어떠한 관점에 따라 바다라는 대상을 묘사하고 있는가를 확인하기로 하자. 시적 화자는 바닷가 모래 위에 앉아 밀려오는 바닷물을 지켜보고 있다. 잔잔하게 바닷물이 밀려든다. 바닷물이 모래 위로 밀려와 사방으로 흩어진다. 마치 푸른 도마뱀 떼가 몰려드는 모양이다. 이리저리 몰리는 작은 물결이 손에 잡히지 않는다. 1연부터 3연까지의 시적 진술에서는 '바다(바닷물)'가 모든 동작과 상태의 주체가 된다. 시적 화자는 바닷가 모래 위로 몰려오는 바닷물의 작은 움직임을 선명한 이미지로 그려낸다. '바다는 뿔뿔이/달아나려고 했다//푸른 도마뱀 떼같이/재재발렀다'라고 표현되는 순간 '바다'는 하나의 작은 생명체로 살아난다. 정지용은 커다란 파도가 밀려드는 모습을 '은회색의 거인'(「풍랑몽」)이 덮쳐온다고 표현한 적도 있는데 이 작품에서는 아주 조그맣지만 재바르게 움직이는 '바닷물'의 모양을 섬세하게 그려내고 있다. 그리고 끝없이 모래 위로 밀려오는 바다의 작은 물결을 보고 '푸른 도마뱀 떼'라는 선명한 이미지로 바꾸어놓는다. 이 시적 이미지는 물결의 색감과 움직임을 동시에 형상화한다. '꼬리가 이루/잡히지 않았다'는 표현은 물론 '푸른 도마뱀 떼'에서부터 연상된 것이지만, 물결이 끊이지 않고 밀려오는 모습을 순간적으로 포착한 말이다. 푸른 도마뱀 떼처럼 바다가 살아 움직인다! 파란 바닷물이 모래 위로 밀려와 퍼져 나가는 모습을 감각적인 동적 이미지로 형상화하고 있는 이 대목은 간결한 소묘적 언어의 표현 기교가 돋보인다.

이 시에서 시상의 전환을 이루는 부분은 시의 중반부를 이루는 4연이다. '흰 발톱에 찢긴/산호보다 붉은 생채기!'라는 시적 진술은 전반부와는 달리 명사 구문으로 이루어져 있다. 전반부에 섬세하게 배치되었던 동적 이미지들과는 달리 정적 이미지를 통해 시적 정황을 비유적으로 표현하고 있다. 바다에서 밀려오던 작은 물결의 재바른 움직임이 없어지고 대신 그 자리에 남은 것은 '흰 발톱에 찢긴/산호보다 붉고 슬픈 생채기!'뿐이다. 이 짤막한 진술에는 비유적 표현의 원관념을 숨겨놓고 있기 때문에 그 해석에 문제가 일어난다. 이 대목이 어떤 주체와 대상을 묘사하기 위해 비유적 표현을 동원하고 있는지를 확인하기 위해 '(1) 흰 발톱에 찢기다. (2) 생채기가 산호보다 붉고 슬프다.'라는 두 개의 문장으로 재구성해볼 필요가 있다. (1)의 경우 그 의미를 분명히 하기 위해서는 '( )이 ( )의 흰 발톱에 찢기다.'라는 문장이 되어야 한다. 여기서 주체와 대상의 관계를 밝히기 위해 '흰 발톱'과 '생채기'라는 대조적인 이미지를 주목할 필요가 있다. '흰 발톱'은 하얗게 밀려오는 작은 물결을 비유적으로 표현한 말이다. 바로 앞의 연에서 비유의 보조관념으로 활용했던 '도마뱀'의 이미지를 확장하여 도마뱀의 '흰 발톱'이라는 관념을 만들어낸 것이다. 그러므로 이 구절에서 시적 진술에 나타난 동작의 주체가 바다(물결)라는 사실이 숨겨져 있음을 알게 된다. (2)는 '( )의 생채기가 산호보다 붉고 슬프다.'라는 서술적 문장으로 재구성되어야 한다. 여기서 '산호보다 붉고 슬픈 생채기'는 시적 이미지의 공간적 확장을 의미한다. '산호'라는 새로운 이미지에 의해 심원한 바닷속까지 상상력이 확대되고, 거기에 '슬픈'이라는 정의적인 요소까지 덧붙여져 있다. 아마도 바닷속의 산호가 부서져 바닷가의 모래가 된 것인지 모른다. 그렇지만, 이 대목에서는 이러한 상상력의 공간적 확대보다는 '흰 발톱'과 '붉고 슬픈 생채기'라는 이미지의 시각적인 대조가 더 중요하다. 바닷가에서 하얀 물결에 의해 찢긴 '생채기'가 무엇인지를 알아내기 위해서는 실제의 체험에 근거한 구체적 감각을 요구한다. 바닷물이 모래 위로 밀려오면서 하얗게 부서진다. 모래 위에는 부서지는 물결에 자국이 남는다. 모래톱이다. 하 얗게 부서지는 물결과 '흰 발톱'의 이미지가 결합하고, 그 물결에 의해 만들어지는 모래 위의 자국이 '생채기'라는 이미지로 떠오른다. 하얀 물결이 부서지면서 모래 위로 밀려오면, 붉은빛의 모래가 물결에 밀려 모래톱을 이룬다. 이것이 산호의 붉은빛에서부터 연상된 색채의 감각을 통해 다시 '생채기'로까지 변용된다. 시적 화자가 모래 위에 그려진 모래톱을 하얀 바다 물결이 남겨놓은 상처라고 인식하는 순간, 바다뿐만 아니라 모래(땅)까지도 모두가 살아 있는 대상이 된다.

이 시는 중반부를 넘어서면서 '생채기'를 남겨놓고 밀려가는 바다를 다음과 같이 그려놓는다. '가까스로 몰아다 붙이고/변죽을 둘러 손질하여 물기를 시쳤다.//이 앨 쓴 해도에/손을 싯고 떼었다.' 시의 후반부를 이루는 5연과 6연은 각각 동사 구문으로 짜여진 하나의 독립된 문장으로 이루어져 있다. 그런데 시적 진술의 표면에는 동작의 주체가 드러나 있지 않다. 5연에는 '몰아다 붙이다' '변죽을 두르다' '손질하다' '물기를 시치다'와 같은 여러 개의 동사 어휘들이 사용되고 있으며, 6연에는 '애쓰다' '손을 싯다' '떼다'와 같은 동사 어휘가 쓰이고 있다. 두 개의 짤막한 문장에 이렇게 많은 동사 어휘가 동원되고 있다는 것이 특이하다. 이 구절에서 등장하는 동작의 주체가 시적 화자라고 파악한 연구자가 많다.[1] 이러한 해석을 그대로 따른다면, 5, 6연의 '몰아다 붙이고', '변죽을 둘러', '시쳤다', '손을 싯고 떼었다'는 동작의 주체가 모두 시적 화자가 되어야 한다. 이렇게 되면 시적 화자가 시적 대상으로서의 바다와 일정하게 유지해온 묘사적 간격이 사라진다. 정지용의 언어 감각과 그 시적 변용의 섬세함을 제대로 읽어내지 못하고 있는 것이 아닌가 생각된다.

이 시의 텍스트에 드러나 있는 시상의 전개 양상을 놓고 볼 때, 5연, 6연의 시적 진술에 숨겨진 동작의 주체 역시 바다라고 보는 것이 적절하다고 생각된다. 4연에서는 바다 물결이 하얗게 부서지면서 만들어내는 모래톱이 '생채기'처럼 남아 있는 모습을 그려낸 바 있다. 이러한 상황은 바닷물의 움직임을 계속하여 놓치지 않고 있는 5연으로 이어진다. 바다의 물결은 끝없이 모래 위로 밀려오는 것 같지만

---

1 정지용 시에 대해 포괄적으로 연구했던 양왕용 교수는 이 시에서 '다섯째 연부터 의미가 앞부분과 연결 되지 않는다.'고 지적하면서 '해안선을 둘러 물기를 씻어내리는 당사자가 화자'라고 규정한다. 화자가 '해도의 제작자로 등장한다.'(『정지용시연구』, 삼지원, 1988, 145쪽)라고 설명한다.

우리 시 깊이 읽기

모래 위에 '생채기'를 남기고는 다시 밀려 나간다. '가까스로 몰아다 붙이고/변죽을 둘러 손질하여 물기를 시쳤다.'는 표현은 바로 뒤에 오는 6연의 '이 앨 쓴 해도에/손을 싯고 떼었다.'와 마찬가지로 모래톱을 남긴 채 바닷물이 밀려나가고 있음을 말한다. 바닷물이 몰려왔다가 밀려나가면, 삽시간에 모래 속으로 물기가 스며들어 버린다. 바다는 가까스로 물결을 밀어 올리다가 모래톱의 주변(변죽)을 돌려 마치 물로 씻은 듯이 자국만 남기고 밀려 나가는 것이다. 물기가 모래 속으로 스며들어 없어지면, 모래 위에 남은 것은 그 물결에 의해 그려진 모래톱뿐이다. 여기서 시적 화자는 바다가 남겨둔 자취인 모래톱을 보고 그것을 바다가 애를 써서 그려낸 '해도'라고 명명한다. 모든 사물이 자신의 자취와 흔적을 가지듯이, 바다는 물결로써 자신의 모습인 모래톱을 마치 '해도'처럼 모래 위에 그려낸 것이다. 바닷물이 밀려 나간 뒤에 모래 위에는 바다 물결의 자취, 바다가 애를 써서 그려낸 '해도'만 남는다. 이렇게 읽고 보면, 결국 하얗게 부서지는 물결이 붉은 '생채기'처럼 만들어낸 모래톱이 곧 바다가 만들어낸 '앨쓴 해도'로 이어짐을 알 수 있다.

　이 시의 마지막 연은 정지용의 시적 상상력의 극치를 보여준다. 이미 앞에서 확인한 대로 시적 화자는 바로 눈앞에서 하얗게 물결을 이루며 모래톱을 만들어내고 밀려간 바닷물을 지켜본다. 그리고 바다의 하얀 물결이 만들어낸 모래톱을 보면서, 바다가 애를 써서 그려낸 해도라는 생각을 떠올린다. 바다의 해도를 떠올리는 순간 그 시적 상상력의 폭이 공간적으로 확대된다. 그리고 이 상상력의 확대 과정에서 묘사적 관점의 이동이 이루어진다. 고정적 관점을 유지하던 시적 묘사에서 그 초점의 변화를 유도한 것이다. 시 텍스트의 7연, 8연의 '찰찰 넘치도록/돌돌 구르도록//회동그라니 받쳐 들었다!/지구는 연잎인 양 오므라들고……펴고……'에서도 문제가 되는 것은 시적 진술에서 나타나는 동작의 주체를 확인하는 일이다. 이 대목에 이르기 전까지 모든 동작의 주체가 바다였음을 주목하자. '찰찰 넘치도록/돌돌 구르도록'이라는 동작은 주체가 바다임에 틀림없다. 바닷물이 찰찰 넘치고 돌돌 구른다는 말이 성립된다. 그러나 '받쳐 들었다'는 말의 주어를 바다라고 할 수 없다. 이 대목에서 동작의 주체는 바다가 아니다. 누가 무엇을 '회동그라니 받쳐 들었다'는 것인가? 이 대목에는 '(1) 찰찰 넘치다 (2) 돌돌 구르다 (3) 회동그라니 받쳐 들다. (4) 지구는 연잎인 양 오므라들고 펴다'라는 네 가지의 진술 내용이 포함되어 있다. (1)과 (2)의 경우는 바닷물이 주체가 된다는 것을 쉽게 알 수 있다. (3)은 동작의 주체와 대상을 모두 알아보기 어렵다. (4)의 경우에는 '지구'가 동작의 주체임이 그대로 드러나 있다. 이 네 가지 진술이 텍스트 안에서 통사적으로 결합되는 양상을 보면, (1)과 (2)는 상황 또는 정도를 나타내는 부사절을 이루어 (3)에 연결된다. '바닷물이 찰찰 넘치도록 돌돌 구르도록 (바닷물을) 회동그라니 받쳐 들었다'는 진술 내용을 드러낸다. 여기에 (4)의 진술이 어떻게 결합되느냐가 문제다. 그러나 이것은 실로 간단하게 해결할 수 있다. 이 구절은 시적 텍스트에서 이른바 도치에 의한 주어절의 위치 변동이라는 아주 단순한 변화를 보여주고 있기 때문이다. (4)를 시의 마지막 구절로 두지 말고 맨 앞으로 끌어올리면, '지구는 연잎인 양 오므라들고 펴며, 찰찰 넘치도록 돌돌 구르도록 바닷물을 회동그라니 받쳐 들었다'라는 평범한 서술적 진술로 환원될 수 있기 때문이다.

이 시의 결말 부분에서 시적 진술 속의 동작의 주체를 '바다'에서 '지구'로 바꾸어놓고 있다. 시의 전반부에서부터 시적 진술의 동작의 주체를 '바다'로 하여 그 움직임을 섬세하게 묘사했던 시적 화자는 이 마지막 구절에서 동작의 주체를 지구로 바꾼다. 이것은 시적 묘사에 있어서 동적 관점형의 패턴을 극적으로 변용하고 있는 정지용 시의 기법적 특징을 말해주는 것이기도 하다. 시적 화자는 바다의 작은 물결을 보다가 그 시각을 넓게 확대한다. 바닷가에서 수평선 멀리 바다를 바라보면, 바닷물이 둥긋이 펼쳐져 보인다. 정지용은 그 장면을 '회동그라니'라는 부사로 묘사한다. 바닷물이 회동그라니 땅 위에 받쳐져 있는 것처럼 보인다. 바다를 지구가 받치고 있다! 땅 위로 찰찰 넘치도록 돌돌 구르도록 그렇게 바닷물을 휘동그라니 받쳐 들었다! 이러한 진술에 이르기 위해 시적 화자가 떠올린 것이 연꽃 잎새이다. 비가 온 뒤에 연꽃 잎새 위에 돌돌 구르고 찰찰 넘치는 물방울을 연상해보라. 땅(지구) 위에서 찰찰 넘치고 돌돌 구르는 바닷물이 마치 연잎 위의 물방울처럼 생각된 것이다. 이와 비슷한 표현은 시「아침」에도 등장한다. '수련이 화판(花瓣)을 폈다.//오므라졌던 잎새. 잎새. 잎새./방울 방울 수은(水銀)을 바쳤다.'는 대목이 바로 그것이다. 이 같은 비유적 표현이 시적 텍스트의 구성에 서로 간여하고 있는 것이다. 지구는 넓은 연잎이고, 바다는 그 잎 위에 돌돌 구르는 물방울이다! 바다의 생명력을 소묘적 언어로 그려내던 시적 화자가 그 묘사적 관점을 지구적 차원으로 확대하면서 대상을 조그맣게 축소하여 표현한 것이 아닌가? 시적 화자는 바다의 모든 움직임을 땅의 이치로 풀이한다. '연잎인 양 오므라들고… 펴고…' 하는 지구의 움직임을 바닷물의 모습을 통해 연상해낸 셈이다.

「바다 2」는 바다의 물결이 하얗게 부딪치면서 모래톱을 이뤄놓고 밀려나가는 모습을 섬세한 감각으로 그려낸다. 그런데 묘사가 단순한 설명적 묘사로 그치지 않는다. 이 시의 마지막 구절에서 볼 수 있는 시적 묘사에서처럼 하나의 새로운 시적 공간을 창조해내고 있기 때문이다. 시적 화자는 모래톱을 만들어놓고 밀려가는 바다 물결을 그려내다가, '연잎' 위의 물방울을 떠올리면서 묘사의 초점을 이동한다. 지구 위에 펼쳐진 넓고 깊은 바다가 '연잎' 위에서 구르는 작은 물방울로 변화한다. 연잎 위에서 찰찰 넘치고 돌돌 구르는 물방울과 바닷가 모래 위에서 재바르게 밀려오고 밀려가는 물결이 시인의 상상력을 통해 서로 일치된다. 시적 화자가 바다를 '연잎' 위에서 찰찰 넘치고 돌돌 구르는 물방울처럼 인식하는 순간, 바다는 단순한 소묘적 대상에서 벗어나 새롭게 살아 있는 공간으로 형상화된다. 바다의 작은 물결도 단순한 물결이 아니라 땅과 바다의 조화 속에서 이루어지는 더 큰 움직임의 질서를 보여준다. 지구가 바다를 받쳐 들고 '연잎'처럼 오므라들고 펴지고 하는 순간에 땅 위의 바다는 찰찰 넘치고 돌돌 구르는 것이다. 이 바다의 새로운 시적 형상은 시인 정지용이 창조해낸 시적 공간에서만 가능하다. 송욱 교수는 이 시를 놓고 '바다가 주는 시각적 인상의 단편을 모아놓은 것'(『시학평전』, 196쪽)이라고 혹평한 바 있다. 그러나 이것은 바다의 단편적 인상을 시인의 내면으로 긴장감 있게 끌어 모아 하나의 새로운 미적 공간으로 창조하는 상상력의 힘을 간과한 데에서 비롯된 편견일 뿐이다. 시 전문지 『시원(詩苑)』(1935.12)에 발표되었고 『정지용 시집』(1935)에 수록했다.

유리창 1

유리에 차고 슬픈 것이 어른거린다.
열없이 붙어서서 입김을 흐리우니
길들은 양 언 날개를 파다거린다.
지우고 보고 지우고 보아도
새까만 밤이 밀려나가고 밀려와 부딪히고,
물 먹은 별이, 반짝, 보석처럼 박힌다.
밤에 홀로 유리를 닦는 것은
외로운 황홀한 심사이어니,
고운 폐혈관이 찢어진 채로
아아, 너는 산새처럼 날아갔구나!

「유리창 1」은 잡지에 발표할 당시에는 '유리창'이라는 제목에 번호를 표시하지 않았는데, 시집에 수록하면서 동명의 다른 작품과 구분하기 위해 번호를 달아 표시했다. 이 시의 텍스트는 전체 10행으로 구성되어 있지만, 시적 화자인 '나'를 중심으로 시상의 전개 과정을 보면 1행부터 6행까지의 전반부와 7행부터 10행까지의 후반부로 구분된다. 시의 전반부는 '새까만 밤'으로 표상되는 창밖의 어둠과 그 무한의 세계를 그려낸다. 그리고 후반부에서는 유리창을 경계로 방 안에 서서 어두운 하늘을 내다보고 있는 시적 화자의 내면세계를 암시적으로 드러낸다. 이 작품은 사물과 현상을 순수관념으로 포착하여 이것을 시를 통해 표현하고자 하는 시인의 태도를 잘 보여주고 있다. 어린 딸을 잃은 슬픔을 노래한 것으로 알려진 이 작품에서 주목되는 것은 개인적 감정의 절제된 표현이다. 주관적 감정의 절제와 정서의 균제를 기반으로 유리창 바깥의 세계와 그 내부의 세계를 분리하여 하나의 시적 공간 속에 담아내는 특이한 시적 상상력이 돋보인다.

우리 시 깊이 읽기

이 시의 전반부에서 '유리창'은 어둠이 밀려오는 밤하늘과 그 무한의 세계를 끌어와 보여주는 하나의 신비로운 매개체로 등장한다. 어둠이 짙어지면서 유리창에 무언가가 어른거린다. 시적 화자는 그 어른거리는 것이 무엇인가를 확인하기 위해 유리창에 입을 대고 입김을 불었다가 그것을 지우고 보고 또 지우고 본다. 시적 화자의 이 같은 반복적인 행위는 유리창에 어른거리는 것의 정체를 확인하고 싶은 심정을 암시한다. 그런데 여기서 유리창은 시적 화자가 서 있는 '지금 이곳'의 방 안과 유리창 바깥의 '저기' 밤하늘의 세계를 연결해주는 보이지 않는 통로가 된다. '열없이 붙어 서서 입김을 흐리우니'에서 느껴지던 시적 화자의 어색함과 거리감은 바로 뒤에 이어지는 '길들은 양 언 날개를 파다거린다.'에서 점차 극복된다. 입김으로 흐린 창을 닦고 보니 창밖에는 새까만 어둠이 밀려올 뿐이다. 유리창 밖의 어두운 미지의 공간은 방 안에 서 있는 시적 화자의 경우와는 맞닿기 어려운 거리를 두고 있는 서로 다른 세계이다. 그런데 그 어둠 속의 하늘에 '물 먹은 별이, 반짝, 보석처럼 박힌다'. 시적 화자가 유리창을 통해 어둠 속에 발견하게 된 것은 밤하늘에 빛나는 별이다. 밤하늘에 반짝 보석같이 박힌 별! — 그 별을 발견하는 순간 시적 화자는 유리창 밖의 어둠으로부터 벗어나 자신의 처지를 돌아본다.

이 시의 후반부에서 시적 화자는 자신의 감정 표현을 절제하면서 그것을 간접적으로 드러내고자 한다. 시적 화자는 불을 밝히지 않은 어두운 방 안에 서 있다. 방 안을 환하게 밝혔다면 유리창 밖의 밤하늘의 별을 내다볼 수 없다. 시적 화자는 방 안에 홀로 서서 유리창을 닦는다. 유리창에 어른거리는 것을 확인하려고 하는 행동이지만 그 이유를 밝히지 않은 채 그저 '외로운 황홀한 심사'라고 말하고 있을 뿐이다. 시적 화자와 밤하늘과의 심정적 거리 역시 유리창이라는 보이지 않는 경계를 통해 섬세하게 통어되고 있다. 그리고 이 심정적 거리는 폐혈관이 찢어진 채로 멀리 날아가버린 '산새'라는 시적 표상을 통해 구체적으로 감지되기 시작한다. 시적 화자와 밤하늘의 별 사이의 거리는 도달하기 불가능하지만, 산새처럼 날아가버린 '너'라는 대상을 통해 심정적으로 헤아려질 수 있게 되는 것이다. 이 시의 전반부에서 '어른거린다' '파다거린다'라는 동사어를 통해 빚어냈던 특이한 이미지는 후반부에 등장하는 '멀리 날아간' '산새'의 이미지와 자연스럽게 연결 통합된다. 그리고 그 '산새'처럼 날아가버린 '너'의 실체가 곧 밤하늘에 보석처럼 반짝이는 별이라는 사실이 밝혀진다.

　이 시에서 유리창을 사이에 두고 이루어지는 시적 공간의 분리 구조는 매우 의미심장하다. 시적 화자는 방 안에 자리하고 있다. 창밖 세계에서 본다면 시적 화자는 닫힌 세계에 놓인 셈이다. 살아 있는 현실의 공간은 이렇게 비좁다. 그러나 창밖의 세계는 무한의 공간이며 우주로 통한다. 우주로 열려 있지만 어둠에 휩싸여 있는 이 공간은 환상적이다. 여기서 방 안과 창밖의 두 개의 공간은 유리창이라는 매개체를 통해 연결되고 두 공간의 연결 속에서 시적 화자는 밤하늘에 반짝 보석처럼 빛나는 별과 마주하게 되는 것이다. 별은 새까만 어둠 속에 자리하고 있으면서도 유리창을 통해 볼 수 있다. 밤하늘에 반짝 빛나는 이 별은 바로 산새처럼 날아가버린 '너'라는 상대적 존재를 구체적으로 형상화하여 그려낸 상징적 이미지이다. 이렇게 본다면, '밤에 홀로 유리를 닦는 것은/외로운 황홀한 심사이어니'라는 구절이 암시하는 이중적 정서의 충동을 이해할 만하다. 방 안에 혼자 서서 유리창을 통해 밤하늘을 내다보면서 별이 되어 빛나는 '너'를 그려보는 시적 화자의 처지로 본다면, 그가 느낄 수밖에 없는 외로움은 당연한 감정이다. 그럼에도 불구하고, 유리창을 통해 별이 빛나는 영원의 공간을 내다본다는 것은 황홀한 일이다. 유리창 밖의 세계는 방 안의 세계와는 다른, 삶의 현실을 초월한 무한의 세계에 해당한다. 그러므로 유리창은 시적 화자의 현실적인 삶의 공간과 환상적인 우주의 무한 공간을 구획하기도 하고, 생(生)과 사(死)의 세계를 나누어주기도 하고 이를 다시 시각적으로 이어주기도 한다. 이 시에서 느낄 수 있는 새로운 시적 발견이 바로 여기에 있음을 알 수 있다.

　『조선지광』 89호(1930.1)에 발표한 작품으로, 시집 『정지용 시집』(1935)에 수록되어 있다.

유선애상(流線哀傷)

생김생김이 피아노보담 낫다.
얼마나 뛰어난 연미복 맵시냐.

산뜻한 이 신사를 아스팔트 위로 꼰돌라인 듯
몰고들 다니길래 하도 딱하길래 하로 청해왔다.

손에 맞는 품이 길이 아주 들었다.
열고 보니 허술히도 반음 키-가 하나 남았더라.

줄창 연습을 시켜도 이건 철로판에서 밴 소리로구나.
무대로 내보낼 생각을 아예 아니했다.

애초 달랑거리는 버릇 때문에 궂은 날 막 잡아 부렸다.
함초롬 젖어 새초롬하기는새레 회회 떨어 다듬고 나선다.

대체 슬퍼하는 때는 언제길래
아장아장 꽥꽥거리기가 위주냐.

허리가 모조리 가느래지도록 슬픈 행렬에 끼어
아주 천연스레 굴던 게 옆으로 솔쳐나자-

춘천(春川) 삼백 리 벼룻길을 냅다 뽑는데
그런 상장(喪章)을 두른 표정은 그만하겠다고 꽥- 꽥-

몇 킬로 휘달리고 나서 거북처럼 흥분한다.
징징거리는 신경 방석 위에 소스듬 이대로 견딜밖에.

쌍쌍이 날러오는 풍경들을 뺨으로 헤치며
내처 살폿 엉긴 꿈을 깨어 진저리를 쳤다.

어느 화원으로 꾀어내어 바늘로 찔렀더니만
그만 호접(蝴蝶)같이 죽드라.

정지용의 「유선애상」은 '구인회'의 기관지였던 『시와 소설』(1936.3)에 발표한 작품이다. 박태원의 단편소설 「방란장 주인」을 비롯하여 이상의 시 「가외가전」 등이 여기에 함께 수록되어 있다. 이 작품들은 모두 새로운 기법을 통해 문학적 모더니티의 문제에 대한 도전과 극복을 실험하고 있는 것으로 유명하다. 이 작품들이 한국 근대문학 가운데 가장 난해한 것으로 손꼽히고 있는 이유도 여기에 있다.

정지용은 「유선애상」에서 시적 대상에 대한 묘사에 생략(ellipsis)이라는 수사적 기법을 대담하게 수용하고 있다. 그리고 시적 진술 자체에도 다양한 비유적 표현을 동원한다. 전체 11연에 등장하는 시적 화자와 묘사되는 대상 사이의 간격도 일정하지 않다. 그렇기 때문에 시상의 전개 과정은 물론이고 시적 대상의 실체조차 파악하기 어렵다. 더구나 시적 진술에서 나타나는 묘사의 장면과 초점의 이동 과정을 몽타주 방식으로 연결하고 있어서 각 연의 진술 내용이 무엇을 말하고 있으며 어떻게 연결되는지 분명하지 않다. 이러한 문제 때문에 이 시는 그 의미 해석의 요체에 도달하지 못한 채 여전히 논란거리가 되고 있다. 이 작품의 특이한 기법과 시상의 전개 방법을 정확하게 이해하기 위해서는 시적 대상을 암시하는 단서를 시상의 발단에서부터 각별히 주목하여 찾아내지 않으면 안 된다.

이 시에서 그려내고 있는 시적 대상에 대해서는 여러 가지 의견들이 분분하다.[2]

---

2 이숭원 교수의 『정지용시의 심층적 탐구』(태학사, 1999)에서는 이 시가 '오리'를 대상으로 하는 것임을 분석해보인 바 있다. 그런데 황현산 교수의 글 「정지용의 '누뤼'와 '연미복의 신사'」(현대시학, 2000.4)에

나는 기존의 연구자들과는 다르게 『정지용시 127편 다시 읽기』(민음사, 2003)에서 이 작품의 생략 기법에 주목하여 새로운 해석을 제기한 바 있다. 이 작품의 시적 화자가 서술적 묘사를 통해 그려내는 대상의 실체를 '자전거'라고 추론해냈는데, 그 내용을 정리해보면 다음과 같다.

이 시의 텍스트는 1~6연까지의 전반부와 7~11연까지의 후반부로 크게 나누어 볼 수 있다. 1연은 시상의 발단 부분에 해당하고 11연은 시상의 종결 부분에 해당한다. 이 시의 첫 연은 '생김생김이 피아노보담 낫다./얼마나 뛰어난 연미복 맵시냐.'라는 두 개의 문장으로 구성되어 있다. 그러나 두 문장은 통사적으로 보아 주어부가 생략된 채 서술부만 드러나 있다. 각각의 서술부에 호응하는 주체가 무엇인지 알 수 없다. 시적 화자는 비유적 표현을 위해 동원하고 있는 보조관념들 속에 시적 대상을 숨겨두고 있을 뿐이다. 다만 시적 대상의 생김생김과 모양새를 '피아노'와 비교하여보기도 하고 '연미복'의 맵시와 비교하기도 한다. 그러므로 '피아노'와 '연미복'이라는 보조관념들을 통해 연상할 수 있고 유추해낼 수 있는 모든 요소들을 생각해보면서 뒤에 이어지는 시적 진술을 검토해야 한다. 이 시상의 발단 부분에서 시적 대상을 제대로 골라내지 못하면 전체적인 시상의 전개 과정이나 그 의미를 이해하기 어렵게 된다.

이 시에서 2~6연까지는 시적 화자가 '연미복 신사' '피아노' '꼰돌라' 등의 보조관념으로만 표현된 대상을 스스로 청하여 와서 실제로 연습하는 과정을 보여준다. 2연에서는 '산뜻한 이 신사를 아스팔트 위로 꼰돌라인 듯/몰고들 다니길래 하도 딱하길래 하로 청해왔다.'라는 복문 구조의 긴 문장을 두 개의 행으로 구분해놓고 있다. 여기서는 1연에 동원했던 '연미복'이라는 보조관념으로부터 연상된 '신사'라는 새로운 보조관념으로 바꾸어 시적 대상을 지시한다. 그리고 아스팔트 위로 그 '신사'를 '꼰돌라'인 듯 몰고 다닌다고 비유한다. 여기서 '꼰돌라'라는 보조관념은 '몰고들 다니길래'라는 동사구와 결합됨으로써 이 시에서 묘사하고 있는 시적 대상이 '몰고 다니는 것'이라는 이동 수단으로서의 기능성을 지닌 것임을 암시한다. 사람들이

서 이 시의 시적 대상을 '자동차'로 규정하자 연구자들이 대체로 이 의견에 동조하는 듯하다. 물론 이근화 교수는 '담배 파이프와 흡연의 경험'(「어느 낭만주의자의 외출」, 최동호 외, 『다시 읽는 정지용 시』, 월인, 2003)이라는 전혀 새로운 해석도 제기했고, '바이올린'이라든지 '안경'을 내세운 연구자도 있다.

마치 꼰돌라처럼 아스팔트 위로 몰고 다닌다는 것만 놓고 본다면, '몰고들 다니길래'라는 말은 타고 다닌다는 말로 바꾸어도 될 것이다.

시적 텍스트의 3, 4연에서는 '신사'(피아노)를 청해 와서 그것을 살피고 만져본 시적 화자의 경험을 설명하고 있다. 여전히 시적 진술을 구성하는 문장들이 주어부 생략이라는 통사적 결함을 보여준다. 3연의 첫 행 '손에 맞는 품이 길이 아주 들었다.'는 시적 화자의 주관적 진술에 해당한다. '손에 맞다' '길이 들다'와 같은 서술부에 호응하는 주어부가 생략된 채 드러나 있지 않다. '손에 맞다'라는 말은 손에 들어올 정도로 크기가 적절할 때 쓰는 표현이다. '길이 들다'는 말은 여러 번 사용하여 손때가 묻고 익숙하여 제대로 잘 작동이 된다는 뜻이다. 이러한 표현은 시적 화자와 대상과의 관계가 일반적인 의미에서 인간과 도구의 관계로 연결될 수 있다는 사실을 암시한다. 사람들이 직접 가지고 부리는 것, 어떤 도구나 물건이 아니고서는 이런 식의 표현을 하기 어렵다. 그러므로 3연의 둘째 행에서는 시의 서두에 동원한 '피아노'라는 보조관념을 비유적으로 활용하여 대상화하고 있다. '열고 보니 허술히도 반음 키-가 하나 남았더라.'라는 진술은 '반음 키'가 남았다든지 '연습'이라든지 '무대'라든지 하는 시어가 모두 '피아노'를 비유적으로 끌어들인 것임을 말해준다. 그런데 '피아노'처럼 여러 개의 키가 붙어 있을 것으로 여겼지만, 겉모양과는 다르게 '반음 키' 하나만 남아 있다고 설명하고 있는 것이다. 4연은 시적 화자가 '신사'(피아노)를 하루 청해 와서 연습을 시작하는 장면을 그린다. 그러나 아무리 해도 '반음 키 하나'만 가지고서는 피아노처럼 아름다운 소리를 내지 못한다. '철로판에서 밴' 소리만 낸다. '무대로 내보낼 생각을 아예 아니했다.'는 것은 아무리 연습해도 신통하지 않음을 말한다. 여기서 암시되고 있는 '철로판에서 밴 소리'는 시적 텍스트의 중반부에서 구체적인 의성어로 나타난다. 물론 이 비유적 표현만 보아서는 실제로 무엇을 가지고 어떤 소리를 내는 연습을 했는지 알 수 없다. 이 부분에서 주목해야 할 것은 '철로판에서 밴 소리'를 내는 '반음 키'라는 보조 개념이다. 이미 밝혀진 대로 시적 대상은 피아노와 외양이 비슷하지만, 피아노와는 달리 '반음 키'가 하나뿐이라는 구조적인 특성을 지니고 있다. 그러므로 '피아노'는 생략된 주어부를 직접 지시하는 대상이 될 수 없음이 분명해진다. '꼰돌라'처럼 아스팔트 위로 몰고 다닐 수 없고 키도 반음 키 하나만 남아 있기 때문이다. 여기서 생략된 주어부에 해당하는 것은 '피아노처럼 생겼지만 반음 키가 하나만 남아 있고 사람들이 아스팔트 위를 몰고 다니는 것'으로 그 범위가 좁혀진다.

5, 6연에 이르면 시적 화자 자신이 동작의 주체로 등장하는데, 이 부분에서는 문장의 목적어부가 생략된다. 시상의 전환이 이루어지고 있어서 시적 배경도 바뀌고 있으며, 앞부분에서 비유적으로 끌어왔던 '피아노'라는 보조관념도 더 이상 시적 진술 속에 등장하지 않는다. 시적 화자는 궂은 날에도 불구하고, 자신의 달랑거리는 버릇 때문에 무엇인가를 '막 잡아 부렸다'고 진술한다. '피아노'라는 보조관념을 더 이상 시적 진술에 동원하지 않는 대신에 '꼰돌라'라는 보조관념을 다시 활용하고 있는 것이 아닌가 생각된다. 시적 화자는 그 '꼰돌라' 같은 것을 밖으로 끌고 나와 막 잡아 부린다. 비를 맞아 새초롬하기는커녕 빗방울을 떨어버리며 밖으로 나선다. 생략된 목적어부에 해당하는 것은 마치 '꼰돌라'처럼 비가 오는 가운데에도 부릴 수가 있는 것임을 알 수 있다. 6연에서 '대체 슬퍼하는 때는 언제길래/아장아장 꽥꽥 거리기가 위주냐.'는 표현은 시적 대상에 하나의 생명체와 같은 정의적 요소를 부여함으로써 가능해진다. 시의 결말에 이르기까지 이러한 의인화의 기법이 유지된다. '아장아장'이라는 의태어와 '꽥꽥'이라는 의성어는 모두 비유적으로 끌어들인 '꼰돌라'의 움직이는 모습과 그것이 내는 소리를 암시한다. '아장아장'은 뒤뚱거리며 움직이는 모습을 비유적으로 표현한 것이며, '꽥꽥'이라는 소리는 사실 앞서 말한 바 있는 '반음 키'에서 나는 소리라는 점을 놓쳐서는 안 된다.

이 시의 후반부를 이루는 7~11연에서는 시적 화자가 모든 진술의 주체로 등장하는데, 시적 대상의 이동에 따라 묘사 자체가 동적 관점형으로 바뀌면서 역동적인 느낌이 강조된다. 물론 여기서도 시적 진술 속에는 '꼰돌라'라는 보조관념이 활용된다고 할 수 있다. '꼰돌라'와 같은 것을 몰고 춘천 벼룻길 3백 리를 달리는 장면을 그려내고 있기 때문이다. 7연에서 '허리가 모조리 가느래지도록'이라는 표현은 몸의 균형을 잡기 위해 긴장하며 허리에 힘을 주는 모습을 말해준다. 이 구절은 통사적으로 볼 때, 둘째 행의 '솔쳐나자'를 한정하는 것으로 보는 것이 적절하다. '슬픈 행렬에 끼어 아조 천연스레 굴던 게, 허리가 가느래지도록 솔쳐나자'와 같이 부사절의 위치를 변동시켜 보면 그 통사적 결합 관계가 분명하게 드러난다. 사람들이 오가는 속에 끼어서 자연스럽게 굴다가, 허리를 낮추고 힘을 주어(허리가 모조리 가느래지도록) 그 무리에서 빠져나와 앞서가는 모습이 그려진다. 8연은 춘천으로 가는 벼랑길로 달리는 모습이다. 사람들과 같은 슬픈 표정을 짓지 않겠다고 꽥꽥거리면서 속력을 내어 달린다. 그러나 9연에서는 금방 힘이 빠진 모습이다. 몇 킬로를 휘달리니 힘에 지친다. '거북처럼 흥분한다.'는 진술에 이르면 '꼰돌라'에 '거북'이라는 또 다른 보조관념을 덧붙여 비유적으로 활용한다. 거북이는 아무리 빨리 달려가려고 해도 빠르게 나가기 어렵다. 발을 굴러도 앞으로 나가지 못하는 것을 두고, 거북이가 흥분하고 있다고 비유한 것이다. 더구나 길이 험하다. 방석 위에 앉아 있는 시적 화자의 몸이 덜그럭거리면서 소스뜨기 일쑤다. 그러니 자칫 쓰러질까 조바심하며 참는다. 10연에서는 두 뺨으로 스치는 바람 속에 펼쳐지는 풍경들이 상쾌하다. 그 바람에 몸을 추스리고 다시 정신을 차린다. 이쯤에 이르게 되면 시적 진술에서 의도적으로 생략했던 '주어부' 또는 '목적어부'에 들어가야 할 시적 대상이 무엇인가를 생각할 수 있어야 한다. 개인이 몰고 다닐 수 있는 이동의 기능성을 가진 것, 춘천 벼룻길로 몰고 나갈 수는 있지만 험한 길에 그만 바로 거북이처럼 허덕거리면서 지쳐버리게 만드는 것, 허리에 힘을 주고 몸이 가지런해지는 모습으로 몰아가는 것, 두 뺨으로 스쳐 지나는 바람을 맞을 수 있는 것…… 이런 특성을 지닌 것은 자전거뿐이다!

이 시의 마지막 연은 시상의 종결 부분이다. '어느 화원으로 꾀어내어 바늘로 찔렀더니만/그만 호접(蝴蝶)같이 죽드라.'는 대목은 10연에 등장했던 '살풋 엉긴 꿈'과 의미상으로 연결되는 표현이다. 이 마지막 연은 두 가지로 해석이 가능하다. 시적 화자가 더 이상 자전거를 달리지 못하고 풀밭 위에서 쉬고 있다. '화원'이라는 말이나 '호접(나비)'이라는 말은 모두 쉬고 있는 시적 대상을 묘사하기 위해 비유적으로 동원된 보조 개념이라고 할 수 있다. 화자는 풀밭에 뉘어놓은 자전거를 놓고, 채집하여 바늘로 찔러놓은 죽은 나비의 형상을 떠올린다. 마치 나비가 바늘에 찔린 채 두 날개를 펼치고 죽은 것처럼 그렇게 풀밭에 누운 것이다. 춘천 길의 힘든 달리기를 잠시 멈추고 죽음처럼 평화로운 휴식을 누리고 있는 셈이다. 이와는 달리 자전거의 타이어가 펑크 난 것으로 생각할 수 있다. '바늘'로 찌른다는 것이 뾰족한 것에 찔려 자전거 타이어에 바람이 빠져버린 상태를 암시하는 것으로 볼 수 있다. 더 이상 달릴 수 없으니 그 자전거를 풀밭에 뉘어놓는 것은 앞의 설명과 마찬가지다.

이와 같이 시의 텍스트를 자세히 읽고 보면, 시인이 의도적으로 생략한 주어부와 목적어부를 복원할 수 있다. 물론 이 과정에서 비유적 표현에 동원하고 있는 여러 가지 보조관념들 가운데 '피아노', '연미복', '꼰돌라', '거북', '호접(胡蝶)' 등이 시적 진술의 핵심적인 내용을 구성한다는 점을 확인할 수 있다. '꼰돌라'는 사람이 타거나 몰고 다닐 수 있는 것이라는 기능성을 암시하는 보조관념이다. '꼰돌라'처럼 사람이 타고 다니는 것이라면, 더구나 그것이 땅 위로 다니는 것이라면, 그 범위가 별로 넓지 않다. 가장 손쉽게 생각할 수 있는 것이 자동차이다. 그리고 수레나 인력거, 자전거와 오토바이 등을 추가할 수 있다. 이러한 것들을 놓고 나머지 보조관념들과 관련지어 보면, 어느 정도 대상의 윤곽이 드러난다. 더구나 '피아노', '연미복', '호접'과 같은 보조관념들이 암시하는 형상적 특징을 찾아내고 이를 다시 '꼰돌라'의 기능성과 결부시킨다면, 시적 대상이 저절로 드러나게 될 것이다. 이 시에서 그려내고 있는 시적 대상은 자전거다. 시적 화자는 사람들이 거리를 몰고 다니는 자전거를 보고는 스스로 자전거 타는 방법을 익힌 후 자전거를 몰고 춘천 길로 한번 나들이를 나간다. 이러한 특별한 경험 내용은 서사적 성격이 강하지만 시인은 생략과 비유를 동원하여 시적 텍스트 안에 그 과정을 숨겨놓고 있는 것이다.

이러한 결론이 과연 가능한가는 시적 진술의 특징을 통해 확인할 수 있다. 1연에서 '피아노'니 '연미복'이니 하는 것은 예전에 사용하던 자전거의 검은 색깔과 특정 부위의 모양에서 연상된 이미지들이다. 자전거 앞뒤 바퀴의 바로 위에 바퀴를 덮는 덮개가 붙어 있다. 흙탕물이 튀어오르지 못하도록 막기 위해 흙받침이 그 덮개의 끝에 매달려 있다. 이 흙받침의 모양에서 연미복의 꼬리 모양을 연상할 수 있다. 그런데 왜 하필 피아노일까? 여기에 대해서는 3연의 시적 진술을 보아야만 구체적인 해명이 가능하다. 2연에서 시적 화자는 자전거를 숨긴 채 '꼰돌라'를 끌어들여 사람이 타고 다니는 것이라는 기능성을 부각시킨다. 여기서 아스팔트 위로 몰고들 다닌다는 표현 때문에 이내 '자동차'라고 생각할 수 있다. 그러나 1930년대에 자동차를 하루 몰고 와 연습하고 끌고 다닐 수 있는 사람이 얼마나 가능했을까를 판단했어야 한다. 우리의 생활에서 자동차가 일반화된 것은 1970년대 이후의 일이다. 1960년대 이전에는 집안에 자전거 한 대를 가지는 것만으로도 여유롭게 생각했던 것이 사실이다. 3, 4연에서 처음 자전거를 만져보고 타보는 모습이 '피아노'를 만지는 것처럼 비유적으로 표현된다. 그리고 '열고 보니 허술히도 반음 키—가 하나 남았더라.'라는 진술을 통해 시적 대상의 특징적인 형상을 하나 암시해놓고 있다. 피아노의 뚜껑을 열어보면 부챗살 모양으로 배치되어 있는 피아노의 현(絃)이 금방 눈에 들어온다. 자전거에도 두 바퀴의 휠을 제대로 지탱하기 위해 강철 철사로 된 수많은 살을 부챗살 모양으로 고정시켜놓고 있다. 이 자전거 바퀴의 살이 마치 피아노의 현처럼 보인다. 피아노에 붙어 있는 수많은 현들은 모두 건반 위의 키와 연결되어 있어서 건반 위의 키를 두드리면 여러 가지 소리가 난다. 그러나 자전거 바퀴에서 볼 수 있는 현은 소리를 내기 위한 것이 아니다. 그러므로 시적 화자는 '열고 보니 허술히도 반음 키만 하나 남았더라.'라고 진술한다. 자전거에는 손잡이 부분에 오직 한 가지 소리(반음)만을 내는 경적과 연결된 키가 하나 달려 있을 뿐이다. 이 자전거의 경적 소리는 뒤에 '꽥꽥'과 '꿱꿱'이라는 의성어로 두 차례 시적 진술 속에 등장한다. 자동차에도 비슷한 경적(클랙슨)이 있지만, 피아노의 모습을 연상할 수 있는 특징은 찾기 어렵다. 자동차에는 피아노에서 소리를 내는 강철 철사로 된 현은 어디에도 없다. 이러한 사실에 착안한다면, 자동차가 이 시의 시적 대상이 되기 어려움을 일찍부터 짐작할 수 있다. 이 대목에서 시적 화자는 피아노와 자전거의 특정 부분에서 얻어낸 공통적인 이미지를 지배적 인상으로 확대시켜놓고 있는 셈이다. 아주 작은 부분에서 느낀 강한 인상을 보고 그것을 전체 사물의 형상으로 대체시키는 일종의 환유적 기법을 변용하고 있는 것이다. 시의 5, 6연에서는 드디어 자전거 타기를 연습하고 몰아보는 장면을 그린다. 처음 자전거를 타고 뒤뚱거리면서 달리는 모습이 그려진다. 자전거를 배우기 시작한 사람은 잠시도 참지 못하고 자전거를 타려고 한다. 비가 오는 날에도 밖에 자전거를 끌고 나와 연습을 한다. 서툴게 자전거를 타는 뒷모습이 마치 오리걸음 하듯 엉덩이가 뒤뚱거린다. 오리는 빗속에서도 몸에 젖은 빗물을 휘 떨어버리고 꽥꽥거리면서 뒤뚱뒤뚱 걸어간다.

이 시의 후반부에 해당하는 7연부터 자전거 타기에 점차 익숙해진다. 자전거를 타고 거리를 달리면서 사람들 사이를 지날 때는 천천히 조심한다. 그러다가 사람들 틈에서 벗어나려고 '허리가 모조리 가느래지도록' 윗몸을 약간 앞으로 빼면서 내닫는다. 8연에서는 자전거를 타고 야외로 나선다. 춘천 가는 벼룻길로 자전거를 몰고 나간다. 사람들 틈에서 천천히 조심스럽게 타는 그런 모양새가 아니다. 이제는 몸을 흔들며 힘을 주고 빠르게 달린다. 경적 소리도 '꽥꽥'이 아니라 '꿱꿱' 힘을 준다. 9, 10연은 자전거를 타고 춘천 가는 길을 달리는 것이 출발은 즐거웠지만 몹시 힘들다는 사실을 보여준다. 포장도 되지 않은 길이라 불과 몇 킬로를 달리자 지쳐버린다. 자전거 위에 앉아 있기도 힘들다. 작은 돌부리에 걸려도 몸이 소스튼다. 그러나 이 모든 고통을 견딜 수밖에 없다. 두 뺨으로 바람이 스쳐가고 산과 강의 경치가 함께 스친다. 시상의 종결부에 해당하는 11연에서 시적 화자는 자전거를 풀밭에 눕힌다. 표본 채집을 위해 바늘로 찔러놓은 나비처럼 자전거가 죽은 듯이 풀밭에 눕혀져 있다. 자전거가 나비처럼 죽었다! '꼰돌라'처럼 몰고 다니는 자전거, '피아노'처럼 연습을 했던 자전거, '오리'처럼 뒤뚱거리면서 타기 시작한 자전거, 춘천 가는 길을 '거북'처럼 힘들게 달린 자전거가 바늘에 찔려 죽은 나비가 되어 풀밭에 눕혀져 있는 것이다! 죽은 나비가 된 자전거라는 이 놀라운 시적 비유는 정지용만이 지니는 상상력의 소산이다. 이 대목에서 '나비'는 시적 대상인 자전거의 전체적인 모습을 그대로 보여주는 보조 개념으로 활용된다. 풀밭의 자전거가 죽은 나비의 형상과 흡사하다. 자전거의 두 바퀴와 손잡이의 형상이 나비의 두 날개와 더듬이를 연상하게 한다. 그리고 시적 대상을 비유적으로 그리기 위해 동원한 '피아노' '연미복' '꼰돌라' 등의 보조관념들을 통해 부분적으로 인상지었던 이미지들이 모두 여기서 '나비'라는 보조관념과 결합되면서 자전거라는 시적 대상의 실체를 드러낸다.

그런데 이 같은 비유적 표현에서 주목해야 할 것은 자전거라는 것이 가지는 속성이다. 자전거는 달릴 때만 유선형을 이룬다. 그러므로 자전거는 언제나 바퀴를 돌리면서 땅 위로 굴러다녀야 한다. 자전거가 땅 위를 달리지 못하고 풀 위에 눕혀지면, 자전거로서의 가치와 기능을 잃는 것이다. 그것은 마치 바늘에 찔려 죽은 나비와 같다고 할 수 있다. 「유선애상(流線哀傷)」이라는 이 시의 제목이 바로 이 같은 자전거의 숙명을 암시한다. 길 위로 달릴 때에만 자신의 존재 의미와 가치를 드러낼 수 있다는 것은 얼마나 힘들고 고된 운명인가? 어쩌면 이것은 '유선형'이라는 형상적 특질로 규정되었던 현대적 문명의 속도와 움직임 자체가 안고 있는 슬픈 운명일지도 모른다.

춘설(春雪)

문 열자 선뜻!
먼 산이 이마에 차라.

우수절(雨水節) 들어
바로 초하루 아침.

새삼스레 눈이 덮인 뫼뿌리와
서늘옵고 빛난 이마받이하다.

얼음 금 가고 바람 새로 따르거니
흰 옷고름 절로 향기로워라.

옹숭거리고 살아난 양이
아아 꿈같기에 설워라.

미나리 파릇한 새순 돋고
옴짓 아니 기던 고기 입이 오물거리는,

꽃 피기 전 철 아닌 눈에
핫옷 벗고 도로 칩고 싶어라.

정지용의 시 「춘설」은 계절적 감각의 묘사가 빼어난 작품 중의 하나이다. 이 시에서 그려내고 있는 시적 정황은 '우수절(雨水節)'이라는 구체적인 절기를 통해 어느 정도 암시된다. '우수 경칩 지나면 대동강도 풀린다.'는 말이 있는 것처럼 우수절은 겨울이 물러나고 봄이 시작됨을 알리는 시기이다. 입춘을 지난 후 보름쯤 뒤에 오는 우수절은 대개 양력 2월 18일 전후가 되는데 이 시기에 추위가 풀리는 것은 예나 지금이나 마찬가지이다.

시의 텍스트에서 1~3연은 시상의 발단에 해당한다. 우수가 지난 뒤 어느날 아침에 일어나 보니 먼 산에 하얗게 눈이 쌓였다. 이 순간의 느낌을 '문 열자 선뜻!/먼 산이 이마에 차라.'라고 표현하고 있다. 이 구절은 3연의 '눈이 덮인 뫼뿌리와/서늘옵고 빛난 이마받이하다.'를 통해 구체적으로 그 정황이 다시 묘사적으로 설명되고 있다. 제1연에서 제시되고 있는 것은 눈 쌓인 먼 산을 보면서 이마로 느끼는 차가운 감촉이다. 이 감촉을 다시 구체적인 형상을 통해 그려낸 것이 바로 제3연의 내용이다. 눈이 덮인 산마루를 이마로 부딪친 것과 같이 서늘하다는 것이다. 말하자면 제1연의 감촉을 다시 시각적 감각을 통해 구체적 형상으로 그려내고 있는 셈이다. 이 대목에 등장하는 재미있는 시어가 하나 있다. '서늘옵고 빛난 이마받이하다.'에서 볼 수 있는 '이마받이하다'라는 말이다. 이 시어는 정지용의 다른 작품에서는 찾아볼 수 없다. 이 말은 '이마로 부딪치다'는 의미를 가진다. 왜 이 같은 시어를 골랐을까? 아마도 그것은 산봉우리의 높이와 관련될 것이다. 눈이 하얗게 쌓인 산봉우리가 그것을 바라보는 시적 주체의 이마와 마주 선 듯한 느낌을 주고 있기 때문이다.

이 시의 후반부는 전반부의 서늘한 감촉과는 다르게 봄의 느낌을 그린다. 4연의 경우 '얼음 금 가고 바람 새로 따르거니/흰 옷고름 절로 향기로워라.'는 표현 그대로 겨울 동안 얼어붙었던 강물의 얼음장이 풀리기 시작하고 바람도 매서운 찬 기운을 벗어던지고 있음을 말해준다. 그리고 곧바로 5연에서 겨우내 추위에 몸을 움츠리고 살아온 것이 꿈같다고 술회한다. 주관적인 정서가 과장 없이 진술되고 있는 것이다. 6연의 '미나리 파릇한 새순 돋고/옴짓 아니 기던 고기 입이 오물거리는,'은 봄이 오고 있는 모양을 매우 섬세한 감각으로 묘사한다. 이 대목은 '웅숭거리고 살아난' 겨울의 모습과 선명하게 대조를 보인다. '파릇한 미나리의 새순'과 미동도 없던 물고기의 입이 오물거리는 모양은 봄이라는 계절에 대한 감각적 인식이 얼마나 예리하게 감촉되고 있는가를 보여준다.

이 시의 마지막 연은 다시 첫번째 연에서 그려낸 서늘한 느낌으로 돌아간다. '꽃

피기 전 철 아닌 눈에/핫옷 벗고 도로 칩고 싶어라.'는 때늦은 눈을 보면서 다시 한 번 겨울에 대한 감각을 떠올린다. 때늦게 내린 먼 산마루의 하얀 눈을 바라보며 서늘한 아침 기운을 이마로 느끼는 동안 지나온 겨울을 다시 돌아보는 시적 자아의 형상도 이 대목에서 다시 구체화된다. 이 마지막 구절에도 요즘에는 들어보기 힘든 '핫옷'이라는 시어가 하나 등장한다. '핫옷'에서 '핫-'은 일종의 접두사이다. 흔히 옷이나 이불과 같은 말의 앞에 붙어서 솜을 둔 것이라는 의미를 나타낸다. '핫옷'은 솜을 두어 지은 옷이다. 요즘은 한복을 별로 입지 않으니 이런 옷을 보기 힘들다. 저고리나 바지에 두둑하게 솜을 두어 겨울 추위를 이길 수 있도록 지은 옷을 말한다. 겉옷으로 입는 두루마기에도 얇게 솜을 두기도 한다. 솜을 두어 지은 두툼한 옷이나 이불 등을 모두 통틀어서 '핫것'이라고 한다. '핫바지'라는 말은 솜을 두툼하게 두어 지은 바지이다. 이렇게 솜을 두어 지은 바지를 입으면 몸을 움직이기가 둔하다. 어리숙하고 바보스러운 사람들을 '핫바지'라고 부르게 된 연유가 여기 있다. '핫것'과 달리 한 겹으로 안을 두지 않은 이불이나 옷가지 등을 '홑것'이라고 한다. 그러나 '홑것'이라는 말은 '핫것'의 반대말은 아니다. '홑-'과 대립되는 것은 '겹-'이라는 말이 따로 있다.

『문장』(1939.4)에 발표한 작품으로 시집 『백록담』(1941)에 수록되어 있다.

우리 시 깊이 읽기

백록담(白鹿潭)

1

　절정에 가까울수록 뻐꾹채 꽃 키가 점점 소모된다. 한 마루 오르면 허리가 슬어지고 다시 한 마루 우에서 모가지가 없고 나중에는 얼굴만 갸웃 내다본다. 화문(花紋)처럼 판 박힌다. 바람이 차기가 함경도 끝과 맞서는 데서 뻐꾹채 키는 아주 없어지고도 팔월 한철엔 흩어진 성신(星辰)처럼 난만하다. 산 그림자 어둑어둑하면 그러지 않아도 뻐꾹채 꽃밭에서 별들이 켜든다. 제자리에서 별이 옮긴다. 나는 여기서 기진했다.

2

　암고란(巖古蘭), 환약같이 어여쁜 열매로 목을 축이고 살아 일어섰다.

3

　백화(白樺) 옆에서 백화가 촉루(髑髏)가 되기까지 산다. 내가 죽어 백화처럼 흴 것이 승없지 않다.

4

　귀신도 쓸쓸하여 살지 않는 한 모롱이, 도체비꽃이 낮에도 혼자 무서워 파랗게 질린다.

5

　바야흐로 해발 6천 척 우에서 마소가 사람을 대수롭게 아니 여기고 산다. 말이 말끼리 소가 소끼리, 망아지가 어미 소를 송아지가 어미 말을 따르다가 이내 헤어진다.

6

　첫 새끼를 낳노라고 암소가 몹시 혼이 났다. 얼결에 산길 백 리를 돌아 서귀포(西歸浦)로 달아났다. 물도 마르기 전에 어미를 여읜 송아지는 움매 - 움매 - 울었다. 말을 보고도 등산객을 보고도 마구 매어달렸다. 우리 새끼들도 모색(毛色)이 다른 어미한테 맡길 것을 나는 울었다.

7

　풍란(風蘭)이 풍기는 향기, 꾀꼬리 서로 부르는 소리, 제주(濟州) 휘파람새 휘파람 부는 소리, 돌에 물이 따로 구르는 소리, 먼 데서 바다가 구길 때 쇄 - 쇄 - 솔소리, 물푸레 동백 떡갈나무 속에서 나는 길을 잘못 들었다가 다시 칡넝쿨 기어간 흰돌박이 고부랑길로 나섰다. 문득 마주친 아롱점말이 피하지 않는다.

8

　고비, 고사리, 더덕순, 도라지꽃, 취, 삿갓나물, 대풀, 석이, 별과 같은 방울을 달은 고산식물을 색이며 취하며 자며 한다. 백록담 조찰한 물을 그리어 산맥 우에서 짓는 행렬이 구름보다 장엄하다. 소나기 놋낫 맞으며 무지개에 말리우며 궁둥이에 꽃물 이겨 붙인 채로 살이 붓는다.

9

가재도 기지 않는 백록담 푸른 물에 하늘이 돈다. 불구(不具)에 가깝도록 고단한 나의 다리를 돌아 소가 갔다. 쫓겨온 실구름 일말(一抹)에도 백록담은 흐리운다. 나의 얼굴에 한나절 포긴 백록담은 쓸쓸하다. 나는 깨다 졸다 기도조차 잊었더니라.

「백록담」은 제주도 한라산의 등정 과정과 한라산 정상에서 만나는 백록담의 인상을 산문적 진술로 그려내고 있다. 전체 9연으로 구분되어 있는 이 시의 텍스트에서 시적 대상을 중심으로 공간의 이동과 시간의 흐름을 감각적으로 통합 구성하는 방식은 '묘사적 서사'라는 산문적 진술의 시적 가능성을 그대로 보여준다. 전체적인 시상의 전개 과정 자체는 산에 오르는 과정이라는 서사성에 따르고 있지만 다양한 시적 대상의 지배적 인상을 공간적으로 배치함으로써 시적 공간을 입체적으로 제시하는 데에 성공하고 있다.

이 시의 텍스트 1연에서 8연까지 각 연마다 한라산 정상에 오르는 과정에서 발견했던 가장 인상적인 자연의 풍경들을 한 장면씩 묘사하고 있다. 1연에서는 한라산에 이르는 등산길에서 여기저기 피어 있는 뻑국채 꽃의 모습을 그려놓는다. 산에 오를수록 뻑국채 꽃의 키가 점점 작아지는 모습을 인상적으로 포착하고 있다. 뻑국채 꽃의 키가 점점 작아지더니 차가운 바람이 부는 곳에는 아예 땅바닥에 꽃무늬가 박힌 것처럼 꽃들이 여기저기 얼굴만 내밀고 있다. 산의 높이와 뻑꾹채 꽃의 키를 반비례시켜 가는 놀라운 시적 관찰력이 돋보인다. '산 그림자 어둑어둑하면 그러지 않아도 뻐꾹채 꽃밭에서 별들이 켜든다.'라는 표현은 산의 정상 언저리에 피어 있는 뻑꾹채 꽃이 하늘의 별과 동일시됨으로써 시적 공간의 아름다움을 새롭게 창조한다. 시적 화자는 이 같은 현란한 풍경을 만나게 되는 산 높이에서 기진하고 만다. 2연에서 시적 화자는 제주 한라산의 불로초로 알려진 암고란(시로미나무) 열매로 몸을 추스르고 일어선다. 3연은 산에 늘어선 백화(자작나무) 숲의 인상을 그려놓고 있다. 하얀 껍질의 자작나무가 하얗게 고사하는 모습을 보고 자신의 주검도 그렇게 촉루(髑髏)가 되는 모습을 상상한다. 4연은 깊은 골짜기에 핀 도체비꽃을 그려놓고 있다. 보랏빛 꽃을 보고 낮에도 혼자 무서워 파랗게 질렸다고 묘사한다. 3연의 백화나무(흰색)와 4연의 도체비꽃(보랏빛)이 시각적 대조를 이루고 있다.

이 시의 텍스트에서 중반부를 이루고 있는 부분이 5~8연이다. 5, 6연은 정상 부근의 고원에 살고 있는 말과 소들이 서로 어울려 살고 있는 모습을 그려놓고 있다. 어미 잃은 송아지의 모습을 보고 시적 화자는 '우리 새끼들도 모색이 다른 어미한테 맡길 것을 나는 울었다.'고 적는다. 송아지가 어미를 찾아 이리저리 헤매는 모습이 애처롭다. 시적 화자는 우리 새끼들도 어미와 떨어지면 저렇게 애타게 어미를 찾겠구나 하고 생각하니 눈물이 난다. 7연은 한라산 정상에 오르면서 감각적으로 느끼는 풍란의 향기와 함께 온갖 자연의 소리들이 귀에 들린다. 꾀꼬리 소리, 회파람새 소리가 물소리와 솔바람 소리에 섞여 들리는 것은 인적이 드문 산중의 고요를 암시해준다. '돌에 물이 따로 구르는 소리, 먼 데서 바다가 구길 때 솨― 솨― 솔소리'는 청각적 감각과 시각적 감각이 한데 어우러져 빚어내는 공감각적 이미지의 극치를 보여준다. 8연에서는 정상 부근에서 보는 '고비, 고사리, 더덕순, 도라지꽃, 취, 삿갓나물, 대풀, 석이, 별과 같은 방울을 달은 고산식물'들의 자잘한 모습을 열거하면서 구름보다 장엄하게 늘어선 등산객의 행렬을 이들과 대비시켜놓고 있다.

이 시의 결말에 해당하는 부분이 9연이다. 한라산의 정상에 위치한 백록담의 전경을 그려놓고 있다. 이 부분에서 시상이 고조되고 있음은 '백록담 푸른 물에 하늘이 돈다.'라는 감각적 묘사를 통해 암시된다. 하늘에 맞닿은 백록담의 정적인 느낌과 동적인 느낌을 동시에 드러내고 있다. 시적 화자는 그 자리에 지쳐 쓰러져 있다. '쫓겨온 실구름 일말에도 백록담은 흐리운다. 나의 얼굴에 한나절 포긴 백록담은 쓸쓸하다.'는 구절은 백록담이 너무나 맑고 깨끗하다는 것을 보여준다. 실구름 한 자락에 흐려 보일 정도로 물이 맑고 푸르다. 한나절 동안 백록담을 내려다보고 있노라니 정상에서만 느낄 수 있는 적막감이 쓸쓸하게 감돈다.

『문장』3호(1939.4)에 발표했으며, 정지용의 둘째 시집 『백록담』(1941)의 표제작으로 수록되었다.

비

돌에
그늘이 차고,

따로 몰리는
소소리바람.

앞섰거니 하여
꼬리 치날리어 세우고,

종종 다리 까칠한
산새 걸음걸이.

여울 지어
수척한 흰 물살,

갈가리
손가락 펴고.

멎은 듯
새삼 듣는 빗낱

붉은 잎 잎
소란히 밟고 간다.

정지용의 시 「비」는 늦가을 산골짜기에 비가 떨어지기 시작하는 순간을 섬세하게 포착해낸 작품이다. 전체 8연으로 구성된 시적 텍스트의 전체적인 짜임새를 보면, 1연부터 6연까지 비가 쏟아지기 직전 갑작스럽게 바뀌는 가을 산골짜기의 분위기를 묘사하고 있다. 7연과 8연에서 빗방울이 떨어지는 장면은 간결한 언어 표현, 감각적인 이미지의 구성을 통해 섬세하게 그려낸다.

1, 2연에서 시적 발단을 이루고 있는 것은 산골짜기에 어리는 그늘과 몰려오는 바람이다. 구름이 밀려와 햇빛을 가리자 그늘이 드리워지고 뒤이어 바람이 몰려온다. 1연 첫 행의 '돌에/그늘이 차고'라는 진술 속에 담겨진 감각적 이미지가 인상적이다. 이 대목을 산문적으로 풀이한다면, 실상은 하늘에 구름이 끼어 흐려지고 있음을 말한다. 하늘이 흐려지고 있다는 사실을 직설적으로 서술하지 않고 오히려 바위 위로 드리우는 그늘과 거기서 느껴지는 촉감을 통해 날씨의 변화를 암시한다. 그리고 곧바로 음산하고도 찬 기운을 담고 있는 소소리바람이 골짜기로 밀려온다. '돌에/그늘이 차고,//따로 몰리는/소소리바람.'이라는 시적 진술에서 1연 부분이 정적 이미지가 강하다고 한다면 뒤의 2연은 동적인 이미지를 주축으로 하고 있다. 그리고 여기에 촉감을 중심으로 하는 묘사적 설명과 시각적 감각을 중심으로 하는 묘사가 한데 어울려 있다고 할 수 있다.

시의 서두에서 어수선해지기 시작한 산골짜기의 분위기를 깨치는 것이 어딘가에서 날아온 산새 한 마리이다. 3, 4연을 보면, 바람이 스치는 골짜기의 바위 위에서 산새 한 마리가 꼬리를 세우고 이리저리 움직인다. 산새의 가느다란 다리가 까칠하게 느껴지는 것은 아마도 바람의 차가운 기운 탓일 것이다. 이 대목을 두고 빗방울이 떨어지는 장면을 직접적으로 표현하지 않고 '산새 걸음걸이'에 유추시켜 표현했다고 설명한 평문도 있다. '산새 걸음걸이'라는 시각적 심상에 겉으로 표현되지 않은 빗방울이 떨어지는 장면을 투영시켰다고 풀이한 셈이다. 하지만 이러한 설명은 시의 서두에서 '그늘'과 '바람'이라는 이미지를 통해 산골짜기의 날씨 변화를 암시했던 시적 진술과 제대로 호응하지 않는다. 나는 시적 화자가 '산새'라는 시적 대상을 통해 어떠한 지배적 인상을 포착하고 있는지를 확인하는 것이 중요하다고 생각한다. 여기서 우선 주목할 것은 '앞섰거니 하여/꼬리 치날리어 세우고,//종종 다리 까칠한/산새 걸음걸이.'에서 첫 행에 나오는 '앞섰거니 하여'라는 서술어이다. 전체 진술 내용을 통해 이 서술어의 주체가 산새라는 것은 쉽게 알 수 있다. 그런데 무엇을 앞섰다는 것일까? 이것은 바로 앞의 2연에서 묘사한 '따로 몰리는/소소리바람'을 두고 하는 말이다. 바람의 뒤에 따라올 비를 염두에 두고 있는 것이라고 생각할 수도 있다. '꼬리 치날리어 세우고'라는 말에서 볼 수 있듯이, 바람결에 꼬리가 위로 치날리어 세워진 산새의 모습을 떠올릴 수 있다면, 산새가 불어오는 바람에 앞섰다는 것은 누구나 쉽게 이해할 수 있다. 이 장면을 놓고 빗방울이 떨어지는 모습이라고 설명한 것은 시적 표현에 대한 잘못된 해석이다.

시적 텍스트의 5, 6연에서는 물이 흐르는 골짜기로 시적 화자의 시선이 옮겨지고 있음을 보여준다. '여울 지어/수척한 흰 물살,//갈라리/손가락 펴고.'에서 산골짜기 개울에 흐르는 물을 그린다. 앞의 3, 4연에서 까칠한 다리로 종종걸음을 치는 산새와 대조를 이루는 이미지이다. '수척한 흰 물살'은 개울에 흐르는 물이 많지 않음을 말해준다. 비가 많이 내리는 여름철과는 달리 가을 산골짜기의 개울에는 물이 줄어들어 있다. 개울로 흐르는 물줄기가 돌 틈을 돌아나갈 때는 하얗게 이리저리 갈라진다. 작은 물줄기가 하얗게 갈래갈래 갈라지는 모습을 마치 손가락을 편 것처럼 보인다고 말하고 있다. 특히 '까칠한'이라는 형용사를 동원하여 산새의 다리를 묘사한 것과 함께 물이 줄어들어서 손가락처럼 작은 물줄기가 갈라지는 것을 놓고 '수척한'이라는 형용사로 묘사하고 있는 것이 서로 좋은 대조를 이룬다. 그런데 이 대목을 두고 비가 쏟아져 내려 빗물이 모여 여울이 되어 골짜기로 흘러가는 장면이라고 해석한 경우도 있다. 이러한 해석 역시 전체적인 시적 의미와 부합하지 않는다. 비가 많이 내려 골짜기로 흘러간다면 수척한 흰 물살이 이리저리 갈라질 리가 없다.

이 시의 7, 8연은 시상의 절정에 해당하는 부분이다. 이 대목에 이르러서야 빗방울이 떨어지기 시작한다. 1연에서부터 6연까지는 비가 내리기 직전, 늦가을 산골짜기의 음산하고도 어수선한 분위기를 감각적으로 그려낸 부분이다. 골짜기로 드리운 구름의 그림자, 갑자기 몰아드는 음산하고도 차가운 기운을 담고 있는 바람, 바람에 몰리듯 바람을 앞서듯 돌 위로 날아와 종종걸음 하는 산새 한 마리, 그리고 물이 줄어들어 손가락처럼 작은 물줄기가 이리저리 갈라지면서 여울져 흐르는 골짜기 개울물이 서로 어울리면서 하나의 시적 공간을 만들어낸다. 구름과 바람이 짝을 이루고, 산새와 물이 한데 어울린다. 물론 이들이 만들어낸 시적 공간은 이 시의 마지막 장면 — 빗방울이 마치 멎은 듯하다가 갑자기 후두둑 떨어지는 모습을 그려내기 위한 무대 장치에 해당한다. 이 시의 시적 주제에 온전하게 다가서기 위해서는 7, 8연까지 기다려야 한다. 이 대목에 이르러서야 빗방울이 떨어진다.

> 멎은 듯
> 새삼 듣는 빗날
>
> 붉은 잎 잎
> 소란히 밟고 간다.

여기서 떨어지기 시작하는 빗방울은 하나의 시적 결정체이다. 어두운 그늘을 드리우는 구름, 음산한 소소리바람, 까칠한 다리로 종종걸음 치는 산새, 손가락처럼 갈라져서 하얗게 여울져 흐르는 가느다란 개울물 줄기로 이어지는 시적 심상의 결합에 의해 만들어진 것이기 때문이다. 특히 시의 마지막 구절인 '붉은 잎 잎/소란히 밟고 간다.'는 정지용이 아니고서는 이룰 수 없는 고도의 시적 성취에 해당한다고 할 수 있다. 이 대목을 봄날 피어나는 꽃잎 위로 빗방울이 떨어지는 장면이라고 풀이하기도 하지만 '붉은 잎 잎'을 꽃잎이라고 설명해야 할 아무런 근거가 없다. 더구나 봄비가 꽃잎 위로 소란스럽게 떨어진다는 것은 시적 감각으로 보아도 받아들이기 어렵다. 봄비는 대개 보슬비로 소리 없이 내리기 때문이다. 이 마지막 구절에서는 가을날 붉게 물든 나뭇잎 위로 소란스럽게 떨어지기 시작하는 빗방울을 감각적이면서도 사실적으로 묘사하고 있는 것으로 보는 것이 자연스럽다. 이 구절에서 떨어지는 빗방울에 대한 감각적 묘사와 그 동적 이미지는 시적 대상에 새로운 생명을 불어넣는 놀라운 언어적 기법을 보여준다. 빗방울이 나뭇잎을 소란스럽게 밟고 간다! 이것을 단순한 의인화의 표현으로만 규정한다면, 이 섬세한 시적 감각의 깊이를 제대로 이해하지 못한 것에 불과하다. 빗방울이 소란스럽게 붉은 나뭇잎 위로 떨어지는 것을 보고 나뭇잎을 밟고 간다고 표현한 것은 시적 상상력을 통해 시각과 청각이 함께 작용하면서 발견해낸 하나의 새로운 세계라고 할 수 있다. 물론 앞서 그려낸 까칠한 다리의 산새의 종종걸음을 함께 연상하도록 고안된 구절이라는 점도 주목해야 한다. 산새가 앞섰던 것이 결국은 바람이 지난 후 떨어지기 시작한 이 빗방울이 아니었던가?

이 시를 놓고 송욱은 '자연의 묘사만으로 이루어진 시', '여운을 맛볼 수 없는 메마른 시'(『시학평전』, 204면)라고 혹평한 바 있다. 일체의 주관적 진술을 제거한 채, 시적 심상의 공간적 구성을 통해 도달하고 있는 이 새로운 시의 경지를 송욱은 내면성의 표현에 이르지 못한 것으로 판단한다. 그러나 이것은 이 시가 이루어내고 있는 시적 공간의 폭과 깊이를 평면적으로 이해하고 있는 데에서 기인한 잘못된 판단이라고 생각한다. 이 시는 '빗방울'이라는 시적 이미지의 결정(結晶)을 위해 수많은 다른 이미지들을 통합한다. 구름이 이는 하늘, 골짜기로 몰아오는 바람, 두 다리가 까칠한 산새, 작은 흰 물살 여울진 개울물 ― 이러한 이미지들은 그대로 평면 위에 펼쳐진 것이 아니다. 이것들은 서로가 서로를 따르고 감싸면서 특이한 공간적 질서를 형성한다. 이 공간적 질서는 그대로 자연의 질서로 통하는 것이다. 떨어진 빗방울은 다시 산골짜기 개울로 흘러들 것이다. 그리고 언젠가는 구름이 되고 바람이 일고 또 산새를 몰아대면서 빗방울로 떨어질 것이다. 이 대자연의 조화로운 순환과 그 질서가 이 시의 시적 공간에 그대로 담겨진 셈이다. 『문장』(1941.1)에 발표한 작품으로 시집 『백록담』(1941)에 수록되어 있다.

김영랑

金永郎 1903~1950

본명은 김윤식(允植)이며, 1903년 전라 남도 강진에서 출생했다. 지금도 강진에는 잘 보존된 김영랑의 생가가 아담하게 자리 잡고 있다. 김영랑은 강진보통학교를 졸업한 후 서울로 유학하여 1917년 휘문의숙(徽文義塾)에 입학하면서 문학에 뜻을 두기 시작하였다. 당시 휘문의숙에는 홍사용, 안석주, 박종화 등이 선배였고, 정지용, 이태준 등이 후배로 함께 어울렸다. 1919년 휘문의숙 3학년 재학 중 3·1운동이 일어나자 고향 강진으로 내려와 만세운동을 주도하려다가 일본 경찰에 체포되어 6개월 옥고를 치르기도 했다. 1920년 일본으로 건너가 아오야마학원(靑山學院) 중학부를 거쳐 아오야마학원대학 영문학과에 진학했다. 1923년 관동대지진으로 학업을 중단하고 돌아와 향리에 머물렀다.

김영랑의 시 창작 활동은 1930년 박용철, 정지용, 이하윤 등과 함께 『시문학』 동인으로 가담하면서 본격적으로 시작된다. 그는 동인지 『시문학』에 시 「동백잎에 빛나는 마음」 「언덕에 바로 누워」 등 6편과 「사행소곡(四行小曲)」 7수를 발표하였고, 여러 신문과 잡지에 많은 작품을 활발하게 기고하였다. 1935년 첫 시집 『영랑시집』을 발간했다. 이 시집에 수록된 초기 시에는 '눈물'이니 '슬픔'이니 하는 시어가 많이 등장하지만 그 비애의식이 감상(感傷)에 기울지 않고 절제된 정감의 시 세계를 보여주고 있다.

김영랑의 시의 섬세한 언어와 아름다운 리듬은 정지용의 시가 보여주는 날카로운 언어 감각과 선명한 이미지와 함께 '시문학파'가 도달한 당대 순수시의 극치를 보여주는 것으로 평가된다. 그가 1940년을 전후

한 일제 말기에 발표한 「거문고」 「독을 차고」 「묘비명」 등을 보면 반복적인 리듬 대신에 언어의 절약과 시적 형태의 새로운 변모를 보여주면서 어두운 현실과 비루한 삶에 대한 깊은 회의를 표현하고 있다.

1945년 광복 후 고향에 머물러 있으면서 대한독립촉성회 등의 민족단체에 가담했으며, 1948년 제헌국회 의원 선거에 출마했지만 낙선했다. 이 시기에 발표한 「바다로 가자」 「천리(千里)를 올라온다」 등은 새로운 민족국가 건설의 대열에 참여하려는 강한 의욕으로 충만되어 있다. 서울로 올라와 공보처 출판국장을 지냈으며, 1949년 두 번째 시집 『영랑시선』을 내었다. 1950년 한국전쟁 당시 서울에 머물러 있다가 유탄에 맞아 사망하였다.

모란이 피기까지는

모란이 피기까지는
나는 아직 나의 봄을 기둘리고 있을 테요
모란이 뚝뚝 떨어져버린 날
나는 비로소 봄을 여읜 설움에 잠길 테요
오월 어느 날 그 하루 무덥던 날
떨어져 누운 꽃잎마저 시들어버리고는
천지에 모란은 자취도 없어지고
뻗쳐오르던 내 보람 서운케 무너졌느니
모란이 지고 말면 그뿐 내 한 해는 다 가고 말아
삼백 예순 날 하냥 섭섭해 우옵내다
모란이 피기까지는
나는 아직 기둘리고 있을 테요 찬란한 슬픔의 봄을

　　나는 김영랑의 시 「모란이 피기까지는」을 좋아한다. 모란은 늦은 봄에 꽃이 핀
다. 온갖 꽃들이 서로 다투어 피어나는 봄을 생각한다면, 모란은 봄의 막바지 장면
을 가장 화려하게 장식하는 꽃이라고 할 만하다. 모란꽃이 피어날 때면 벌써 신록
의 아름다움이 시작된다. 그리고 이제 계절은 여름의 문턱에 들어서는 것이다. 그
러므로 모란꽃이 떨어지면 그 싱그러운 봄의 아름다움도 끝난다. 「모란이 피기까지
는」에서 시인이 노래하고 있는 것은 화려하게 피어나는 모란의 아름다움은 아니다.
오히려 모란이 속절없이 떨어지는 모습을 보면서 화려한 봄을 잃어버리는 순간의
안타까움을 모란 꽃잎에 포개어 얹혀놓는다. 이 시에서 볼 수 있는 시적 진술은 상
실과 소멸의 순간에 느끼는 비애를 시의 아름다움으로 승화시키는 데에 바쳐진다.
　　김영랑은 시적 형태의 긴장과 균형에 상당한 관심을 기울이면서 4행을 단위

로 연을 구성하는 방식을 특히 선호했다. 그러나 「모란이 피기까지는」에서는 이러한 형식적인 틀에 매여 시의 언어를 희생시키지 않는다. 오히려 시적 언어와 리듬을 보다 개방적으로 변형시킬 수 있는 형태적 자유로움을 추구함으로써 진정한 시적 율조의 아름다움을 발견하고 있다. 이 시에서 시적 화자인 '나'는 아름답게 피어나는 모란꽃을 보는 기쁨을 애써 감추고 오히려 그 꽃이 피었다가 떨어지는 순간의 애처로움과 안타까움을 노래한다. 이를 두고 '소멸의 미학'이라고 말한 평론가도 있다. 실제로 '모란이 뚝뚝 떨어져버린 날/나는 비로소 봄을 여읜 설움에 잠길 테요'라든지 '나는 아직 기둘리고 있을 테요 찬란한 슬픔의 봄을'이라고 표현한 대목에서 바로 이 같은 내용을 실감할 수 있다.

「모란이 피기까지는」의 시적 텍스트를 자세히 검토해보면, 시적 주체로서의 '나'와 대상으로서 '모란'의 상호관계는 몇 개의 특징적인 동사의 활용에 따라 그 상태와 동작이 서로 연결되면서 구체적 형상을 드러낸다. 이 시에는 시적 주체를 서술하고 있는 세 개의 동사 '기둘리고(기둘리다)', '잠길 테요(잠기다)', '우옵내다(울다)'가 등장한다. 이 가운데에서 '기둘리다'와 '잠기다'는 모두 그 주체가 '나'라는 것을 쉽게 알 수 있다. 여기서 시적 의미를 형성하는 데에 중심이 되는 것은 '기둘리고 있을 테요'라는 말이다. 시의 서두와 결말에 쓰이고 있는 이 말은 모두가 봄을 대상으로 하고 있다. 여기서 봄은 모란이 피어나는 것과 동격에 해당한다. '나'의 기다림의 대상이 봄이라고 말하고 있지만, 봄이 바로 모란이 피는 때이기 때문이다. 그러나 모란이 피어 있는 순간은 매우 짧고 마찬가지로 화려한 봄도 길지 않다. 모란은 곧 떨어지고 '나'는 봄을 잃어버린 설움에 잠겨 있을 수밖에 없다. 그 짧고도 화려한 봄을 잃어버린 채 다시 기다려야 하는 오랜 세월은 이 시 속에서 모란이 피었다가 떨어지는 짧은 순간을 통해 구체적으로 대비되어 나타난다.

그런데 또 하나의 동사인 '우옵내다(울다)'의 경우는 그 동작의 주체가 분명하게 드러나 있지 않다. 이 대목을 다시 옮겨보자.

> 오월 어느 날 그 하루 무덥던 날
> 떨어져 누운 꽃잎마저 시들어버리고는
> 천지에 모란은 자취도 없어지고

뻗쳐오르던 내 보람 서운케 무너졌느니
모란이 지고 말면 그뿐 내 한 해는 다 가고 말아
삼백 예순 날 하냥 섭섭해 우옵내다

앞의 인용 부분은 통사론적 차원에서 볼 때 여러 개의 짧은 문장들이 결합되어 하나의 큰 문장으로 이어진다. 말하자면 매우 복잡한 구조를 지닌 복합문에 해당한다. 여기서 주목해야 할 것이 바로 마지막 구절에 등장하는 '우옵내다'의 주어가 무엇인가 하는 점이다. 문장에 드러나 있지는 않지만 생략된 상태의 '나'라는 주어를 떠올리기 쉽다. 그러나 이 대목의 해석이 매우 중요하다. 결론부터 말한다면, 나는 이 대목은 시적 주체인 '나'와 시적 대상인 '모란' 사이에 간격이 사라지고 주체와 대상이 합일화되는 상태를 말해주고 있다고 생각한다. 여기서 '우옵내다'라는 동사가 표시해주는 울음의 주체를 '나'만으로 한정해서는 안 된다. 모란도 꽃잎을 떨구면서 봄을 여읜 설움에 젖어 울고 있기 때문이다. 시적 주체로서의 '나'는 떨어지는 모란을 보면서 그 모란과 함께 울며 다시 봄을 기다릴 수밖에 없다고 말하는 것이다.

이 같은 해석을 놓고 다시 '삼백 예순 날 하냥 섭섭해 우옵내다'라는 구절을 면밀하게 살펴보자. 이 구절에 '우옵내다'의 주어가 무엇인가를 해결해줄 수 있는 징표가 하나 있다. 그것은 '우옵내다'를 한정하고 있는 '하냥'이라는 부사이다. 이 말은 한글학회의 『우리말 큰사전』에 '늘'이라는 뜻으로 풀이되어 있고, 그 용례로 들고 있는 것도 바로 「모란이 피기까지는」의 이 구절이다. 금성출판사 판 『국어대사전』에도 '한결같이 줄곧'이라는 의미로 풀이하고 있으며, 역시 그 용례로 이 구절을 들고 있다. 대부분의 교과서도 모두 이 같은 풀이를 따르고 있다. 그러나 이것은 잘못된 풀이라고 생각한다. '하냥'이라는 말이 일상적인 용법에서 '늘'과 같이 시간을 표시하는 말로 쓰이는 예는 찾을 수가 없다. 충청도 지방과 호남 지방에서 '하냥'이라는 말이 쓰이는 예로 '(1) 나하고 하냥 가자. (2) 온 식구들이 모두 하냥 사는 것이 소원이다.' 등과 같은 말을 들 수 있다. 이러한 예로 본다면 '하냥'은 '함께 더불어' 또는 '같이 함께'와 같은 의미를 지닌다. 다행히도 이희승 편 『국어대사전』에는 '하냥'이라는 말을 이같이 정확하게 풀이하고 있다. 이 사전에서는 '하냥'을 방언으로 표시하였고 '함께 같이'라는 뜻으로 풀이하고 있다. 이것이 바른 해석이다. 여기서

'같이'는 '처럼'이라는 뜻이 아님을 알아야 한다. 결국 이 구절은 '삼백 여순 날 함께 섭섭해 우옵내다'로 읽어야만 한다. '하냥'을 '늘'이라는 부사와 같은 의미로 해석할 경우는 '삼백 예순 날'이라는 말과 서로 겹쳐져서 불필요한 의미의 중복이 생겨난다. 이런 불필요한 의미의 중복은 시적 표현으로는 적절하지 않다. 앞서 '우옵내다'의 주어가 무엇인가를 해결해줄 수 있는 징표가 '하냥'이라고 지적한 바 있다. '하냥'이라는 말을 '함께'라고 풀이한다면 주어의 윤곽이 상당히 분명해진다. 문맥에 숨어 있는 '나'와 누군가가 '함께' 섭섭해 울고 있다고 풀이할 수 있기 때문이다.

「모란이 피기까지는」의 전체 텍스트의 짜임새를 보면 시의 첫 구절에서부터 시적 대상으로서의 모란과 주체로서의 시적 자아가 봄이라는 주제를 중심으로 조건과 이행의 관계로 연결되어 있음을 알 수 있다. 이때 시적 주체인 '나'는 '모란'과 일정한 간격을 둔다. 그러나 시적 진술에서 흔히 볼 수 있는 주체와 대상 사이의 거리는 바로 이 열째 구절인 '삼백 여순 날 하냥 섭섭해 우옵내다'에 이르러 그 간격이 사라진다. 모란이 뚝뚝 떨어지는 것을 보고 나는 봄을 여읜 슬픔에 잠긴다. 잃어버린 봄을 슬퍼하는 것은 나의 경우나 모란꽃의 경우가 모두 마찬가지다. 그러므로 모란 꽃잎이 지는 것마저도 나에게는 눈물처럼 보인다. 모란도 나도 함께 울며 봄을 잃은 슬픔에 잠겨 있는 것이다. 여기서 '삼백 예순 날'은 모란꽃이 피어 있는 네댓새를 제외하고 남은 기간이다. 모란의 화려한 모습이 모두 사라져버린 부재의 시간을 삼백 예순 날이라는 구체적인 숫자로 표시하여 강조하고 있는 것이 아닌가? 짧은 기간의 화려한 존재와 거기서 느끼는 안타까움, 그리고 기나긴 부재의 세월 속에서 다시 봄을 기다리는 심사를 시인은 이렇게 애달프도록 노래하고 있는 셈이다. 이렇게 본다면 사실은 「모란이 피기까지는」에서 노래하고 있는 봄이 곧 모란이며 모란이 곧 봄에 해당한다. 그러므로 '기다림의 정서'와 '잃어버린 설움'을 대응시키고 있는 이 시에서 '모란'은 시인 자신의 정신적 거점으로 자리하게 되는 것이다.

이 시는 1934년 4월 잡지 『문학』 3호에 발표되었으며, 시문학사에서 간행된 『영랑시집』(1935)에 수록했다.

달

사개 틀린 고풍(古風)의 툇마루에 엎는 듯이 앉아
아직 떠오르는 기척도 없는 달을 기다린다
아무런 생각 없이
아무런 뜻 없이

이제 저 감나무 그림자가
사뿐 한 치씩 옮아오고
이 마루 위에 빛깔의 방석이
보시시 깔리우면

나는 내 하나인 외론 벗
가냘픈 내 그림자와
말없이 몸짓 없이 서로 맞대고 있으려니
이 밤 옮기는 발짓이나 들려오리라

　　김영랑의 시 「달」은 널리 알려진 작품은 아니지만, 전체적인 시적 진술에서 드러
나는 감각적 표현이 놀랄 만큼 섬세하다. 첫 시집 『영랑시집』(1935)에 49라는 연번
으로 수록되었다. 이 첫 시집은 수록 작품의 제목이 붙어 있지 않다. 작품의 배열
순서대로 일련번호를 달고 있을 뿐이다. 해방 직후에 나온 자선 시집 『영랑시선』(중
앙문화사, 1949)에서는 각 작품의 제목을 표시하고 있다. 이 작품은 달이 떠오르는
밤의 정경을 그려놓고 있다. 시의 화자는 툇마루에 엎드리듯 쭈그리고 앉아서 달이
떠오르기를 기다린다. 하지만 실제의 텍스트에는 기다리는 '달'의 형상과 그 이미지
를 전혀 보여주지 않는다. '달'에 의해 만들어지는 그림자를 통해 시적 대상을 감각

우리 시 깊이 읽기

적으로 표현하고 있을 뿐이다.

이 시의 텍스트는 전체 3연으로 구분되어 있는데, 각 연은 4행으로 구성된다. 1연에서 시적 화자인 '나'는 툇마루에서 엎드리듯 쭈그리고 앉아 달이 떠오르기를 기다린다. '사개가 틀린 고풍의 툇마루'라는 표현에서 보듯이 마루판이 서로 어긋나 있는 오래된 집의 분위기를 느낄 수 있다. 사방은 고요하고 시적 화자인 '나'도 아무 생각 없이 달이 떠오르기를 기다린다. 여기서 한 가지 짚고 넘어가야 할 중요한 문제가 있다. 근래에 발간된 김영랑 시집들 가운데 시 「달」의 첫 행인 '사개 틀린 고풍의 툇마루에 엎는 듯이 앉아'를 잘못 표기하고 있는 것들이 많다. 시의 원문을 제대로 대조하지 않고 제멋대로 표기를 바꾸어 '사개를 인 고풍의 툇마루에 없는 듯이 앉아'라고 적고 있는 것이다. 첫 구절인 '사개 틀린'을 잘못 읽고 있으며 그 뒷부분도 '없는 듯이 앉아'라고 고친 것은 시적 정황과 제대로 어울리지 않는다. 이것은 툇마루 바닥에 어리는 감나무 그림자와 달빛을 감지하고 있는 시적 주체의 위치를 생각하면 쉽게 풀린다. 시어의 뜻을 제대로 확인하지 않고, 단어를 마음대로 고쳐놓는 잘못을 저지른 셈이다.

이 시에 등장하는 '사개 틀린'이라는 말은 '사개가 틀리다'라고 풀어쓰면 그 의미가 더욱 분명해진다. '사개 틀린'이라는 구절은 낡고 헐어진 툇마루의 마룻바닥을 묘사하는 말이다. 여기서 '사개'라는 것이 무엇인가를 먼저 알아야만 한다. '사개 틀린'이라는 말은 원래 목공(木工)에서 자주 쓰고 있는 '사개'라는 말에서 비롯된 것이다. 집을 짓거나 가구를 만들 때, 목재의 이음새 부분이 서로 맞물려 움직이지 않도록 요철형으로 나무를 깎아낸다. 바로 이 요철형으로 깎아낸 이음새 부분을 '사개'라고 한다. 나무 기둥을 세우고 서까래를 얹으면서 그 연결 부위가 뒤틀리지 않도록 '사개'를 물리는 것이다. 요즘 주택 공사장에서는 벽돌과 시멘트를 쓰니까 이런 장면을 보기 어렵다. 목공소에서 책장이나 상자를 만들 때도 사개를 맞춰야 튼튼하다. 그런데 요즘 목공소에서는 대개 합판을 써서 간단히 귀퉁이에 못을 박아 판을 고정시키거나 강력한 접착제로 붙여버리기 때문에 '사개'를 물려 모서리를 고정시키는 경우가 흔하지 않다. 예전 어른들이 하던 말씀 가운데 '사개가 맞다'는 말이 자주 등장했다. 일의 이치가 제대로 맞거나 말의 앞뒤가 들어맞을 때 '사개가 딱 들어맞았다'고 표현했다. 목공 작업을 할 때 목재의 '사개가 제대로 딱 물려야' 모서리가 단단하게 고정되는 것을 보고 만들어낸 비유적 표현이다. 하지만 오늘날에는 '사개 가 딱 들어맞게' 말을 하는 사람도 많지 않고, '사개 틀린'이라는 말을 제대로 아는 사람이 드물다. 「달」의 1연에 등장하는 '사개 틀린'이라는 말은 '사개가 맞다'는 표현 과 상반되는 의미를 나타낸다. 툇마루가 너무 오래되어 낡고 헐어서 마루판의 이음 새가 서로 어긋나 있음을 말한다. '사개가 딱 들어맞지 않고 뒤틀린' 툇마루라고 풀 이하는 것이 옳다.

2연은 시적 대상이 '달'이 떠오르는 과정과 그 형상을 섬세한 언어 감각을 통해 묘사하고 있다. 그러나 여기서 정작 시 속에 그려지는 것은 달이 아니다. 툇마루에 엎드리듯 쭈그리고 앉아 있는 시적 화자에게 감지되는 것은 떠오르는 달이 아니라 마룻바닥에 얼비치는 감나무 그림자이다. 시적 화자는 달을 직접 바라보지 못한다. 달이 떠오르는 황홀한 순간에 대한 배려가 돋보인다. '나'는 툇마루 위에 엎드려 달 빛에 따라 조금씩 마루 위로 비치기 시작하는 '감나무 그림자'를 보고 있다. 달이 떠 오르는 모습을 그 빛에 따라 옮겨지는 그림자를 통해 감지하는 이 놀라운 감각은 '이제 저 감나무 그림자가/사뿐 한 치씩 옮아오고/이 마루 위에 빛깔의 방석이/보시 시 깔리우면'에서 그 표현의 극치를 이룬다. 달이 떠오른 것이 아니라 감나무 그림 자가 한 치씩 옮아온다. 그리고 마룻바닥 위로 빛의 방석이 깔리듯 달빛이 감나무 그림자와 함께 들기 시작한다. 시인은 결코 떠오르는 달을 직접 바라보지 않는다. 달빛이 빚어내는 감나무 그림자의 모습과 마루 위로 비치는 달빛을 묶어 떠오르는 달의 아름다움과 그 고요한 움직임을 한 폭의 그림으로 엮어내고 있는 것이다. 정 (靜)함 가운데 동(動)이라고 했던가. 달이 떠오르는 모습은 일정한 시간의 경과를 드 러내는 것인데, 고요 속에서 이루어지는 빛의 움직임을 이처럼 섬세하게 시각적으 로 포착해낸 경우를 우리는 달리 찾아보기 힘들다.

3연에서 시적 화자는 '나' 자신의 모습을 '가냘픈 내 그림자'를 통해 보여준다. 밤 하늘에 떠오르는 달과 대면하고 있는 것이 아니라 달빛에 비친 '나' 자신의 그림자 와 대면하게 되는 것이다. 여기서 마지막 행의 표현도 그 감각이 놀랍다. '이 밤 옮 기는 발짓이나 들려오리라'라는 대목에서 우리는 시간의 흐름을 청각적으로 간취 하는 놀라운 시적 감각을 다시 발견하게 된다. 이제 밤은 깊어가고 달은 중천으로 떠오르는데, 사방이 고요하다. '밤이 옮기는 발짓'이란 밤을 의인화하여 깊어가는 밤과 그 시간의 흐름을 시각적으로 표현한 대목이다. 밤이 깊어가는 소리마저 감지할 수 있을 정도로 사방이 더욱 고요해졌음을 암시하고 있다. 이 시의 결말에서 시적 화자인 '나'는 감나무 그림자가 드리운 툇마루에 홀로 앉아 '나' 자신의 그림자와 대면하고 있는 것이다. 시적 화자인 '나'는 대상으로서의 '달'을 만나는 것이 아니라 결국 '나' 자신을 만나게 된다. 이 서늘하고도 단아한 자기 관조의 경지가 이 시의 참 주제에 해당한다고 할 수 있다.

연 1

내 어린 날!
아슬한 하늘에 뜬 연같이
바람에 깜박이는 연실같이
내 어린 날! 아슴풀하다.

하늘은 파랗고 끝없고
편편한 연실은 조매롭고
오! 흰 연 그 새에 높이
아실아실 떠놀다 내 어린 날!

바람 일어 끊어지던 날
엄마 아빠 부르고 울다
히끗히끗한 실낱이 서러워
아침저녁 나무 밑에 울다

오! 내 어린 날 하얀 옷 입고
외로이 자랐다 하얀 넋 담고
조마조마 길가에 붉은 발자욱
자욱마다 눈물이 고이였었다.

김영랑의 시 「연 1」은 1939년 『여성』지에 발표된 것으로 해방 직후에 나온 『영랑 시선』(1949)에 수록되어 있다. 파란 하늘 높이 연을 날리던 가난한 어린 시절의 아 련한 추억을 이처럼 밀도 있게 그려낸 작품도 드물다. 시인은 이 작품에서 자신이 추구해온 시적 형태의 균제미를 바탕으로 특유의 정감을 섬세한 감각으로 형상화하고 있다.

이 시는 전체 4연으로 구성되어 있으며 각 연은 4행으로 연결되어 있다. 1연에서 시적 화자인 '나'는 어린 시절의 어렴풋한 추억을 이렇게 떠올린다. '내 어린 날!/아슬한 하늘에 뜬 연같이/바람에 깜박이는 연실같이/내 어린 날! 아슴풀하다.' 하늘 높이 떠 있어서 눈에 잘 보이지 않던 연의 모습을 통해 머릿속에 남아 있는 어린 시절의 기억을 불러내고 있다. '아슬한 하늘에 뜬 연같이'라든지 '내 어린 날! 아슴풀하다'와 같은 표현에서 바로 그 추억의 자취를 따라가는 섬세한 언어 감각을 느낄 수 있다.

시적 화자가 아스라한 기억을 통해 불러낸 연 날리기의 추억은 2연에 등장하는 '파란 하늘'과 '흰 연'이라는 시적 심상의 대조를 통해 점차 뚜렷한 형상으로 떠오른다. 이 같은 감각적인 이미지의 대조는 아스라한 어린 시절의 추억을 시적 정황 속으로 끌어들이면서 그 내면의 공간을 확대하는 역할을 하고 있다. 부풀어 오르던 꿈처럼 연이 파란 하늘 높이 날아오른다. 하늘 멀리 아슬하게 떠도는 '흰 연'과 '편편한 연실'이 끊어질까 봐 조바심치던 그 긴장감이 섬세한 언어 감각을 통해 그대로 살아난다. 그리고 그것은 '아실아실 떠놀다 내 어린 날'이라는 구절에서 곧바로 시적 자아와 정서적 일체감을 형성한다. 3연에서는 시상의 극적 전환을 보여준다. 바람이 일자 팽팽하던 연실이 그만 끊어진다. 하늘 높이 날던 연이 멀리 바람에 날려가고 연실이 희끗하게 나뭇가지에 얽힌다. 그 엄청난 상실감에 엄마 아빠를 부르면서 울었던 옛날이 함께 떠오른다.

4연은 시적 화자인 '나'의 어린 시절의 모습을 보여준다. 3연에서 연실이 끊어져 연을 멀리 날려버렸던 안타까움과 슬픔은 어린 시절에 겪었던 더 큰 고통과 괴로움으로 자연스럽게 이어진다. 시적 화자인 '나'는 '하얀 옷'을 입고 '하얀 넋'을 키우면서 자라났다. 그러나 '조마조마 길가의 붉은 발자국'처럼 그 성장의 과정이 순탄치 않았음을 암시한다. '하얀 옷'과 '하얀 넋'과 '붉은 발자국'이라는 선명한 이미지의 대조를 통해 가난하던 어린 시절의 꿈과 그 성장 과정의 고통이 함께 드러나게 된다.

이 시에서 '파란 하늘'이 무한한 꿈과 동경의 세계를 의미한다면, '흰 연'은 아슬하게 하늘로 떠오르던 어린 가슴과 그 소망을 의미한다. 그리고 '붉은 발자욱'은 꿈을 접은 후에 현실 속에서 살아온 힘들었던 삶의 자취를 뜻하는 것으로 볼 수 있다. 연실에 매달려 하늘 높이 떠돌던 '흰 연'이 더욱 아쉽게 느껴지는 것은 그것이 이미 사라져버린 꿈과 동경을 향한 발돋움으로 자리하고 있기 때문이다.

이 작품에서 2연의 '하늘은 파랗고 끝없고/팽팽한 연실은 조매롭고/오! 흰 연 그 새에 높이/아실아실 떠놀다 내 어린 날!'은 하늘 높이 떠오른 연을 쳐다보며 팽팽하게 느껴지는 연실의 감촉을 동심의 떨림으로 예리하게 포착해낸 부분으로 주목된다. 여기서 '팽팽한 연실은 조매롭고'의 '조매롭다'라는 말은 사전에 등재되어 있지 않다. '조매롭다'는 아마도 '조마롭다'의 방언일 가능성이 높다. '매우 조마조마하거나 조마조마한 데가 있다'라고 풀이한다. 이 말은 팽팽하게 드리운 연실이 바람에 끊어질까 봐 조바심치던 초조한 어린 가슴을 그대로 드러낸다. 그런데 이 말은 다시 '오! 내 어린 날 하얀 옷 입고/외로이 자랐다 하얀 넋 담고/조마조마 길가에 붉은 발자욱/자욱마다 눈물이 고이었었다'에서 두드러지게 사용된 '조마조마'와 그 의미가 연결되어 있다. 참으로 그 표현이 흥미롭다. '조매롭다'가 '조마조마'에서 파생된 것인지 그 반대의 경우에 해당하는지 여기서 따질 문제는 아니다. 이 말들을 시인이 하나의 작품 안에서 이렇듯 유별나게 구별하여 사용하고 있다는 것은 참으로 흥미롭다고 할 수 있다. 시인의 언어적 감각이 얼마나 섬세한가를 말해주고 있기 때문이다.

시 「연 1」은 지금도 사람들이 즐기는 연 날리기를 어린 시절 추억의 한 자락으로 끌어내고 있다. 연 날리기는 겨울철이 제격이다. 바람이 세차게 불어야 하고 날씨는 콧날이 시큰하게 차가워야 한다. 햇살이 마당에까지 내리 비칠 때, 대청 마루구석에 조심스럽게 모셔둔 연과 자새(연 줄을 감는 기구. 얼레라고도 한다.)를 들고 밖으로 뛰어 나간다. 어머니가 토끼털 목도리를 들고 대문간까지 좇아 나오시지만 뒤돌아 볼 겨를이 없다. 그렇게 언제나 숨가쁘게 내달아 동네 어귀까지 나와야 한다. 동네 어귀까지 나와야만 집 근처의 대추나무나 감나무 가지에 연 줄이 감길 위험이 없기 때문이다. 검불을 한 움큼 쥐어 바람에 높이 날려본다. 바람의 방향을 감 잡기 위해서이다. 연을 매단 목줄들이 제대로 묶여 있는지 챙겨보고는 바람을 맞대고 내달으면서 연을 날린다. 연 줄을 조금씩 풀어주면 연이 하늘로 오르기 시작한다. 얼레로 얼르면서 연 줄을 풀어주고 잡아당긴다. 연은 바람을 타고 팽팽하게 줄을 당기면서 하늘 높이 오른다.

파란 하늘에 높이 떠오른 연은 아련하게 눈에 들어온다. 하늘 끝에 닿는 것처럼 높이 연이 떠오를수록 어린 가슴을 조바심치게 만든 것은 팽팽하게 느껴지는 연 줄의 감촉이다. 얼레에 감겨 있던 연 줄이 절반 이상 풀려나가면 줄을 얼마나 더 풀어줄까 망설인다. 할머니를 졸라서 명주실을 두 겹으로 꼬아 만든 연 줄이다. 조심스럽게 연 줄을 더 풀어준다. 이제는 더 이상 줄을 당길 필요도 없다. 높이 오른 연이 스스로 바람을 타고 아실아실 떠 있기 때문이다. 연 줄이 더 풀리지 않게 얽어놓고는 옆구리에 얼레를 꼭 끼고 언 손을 호주머니에 넣고 한껏 여유를 부린다. 저 정도면 아마 당산 꼭대기까지 올라갔겠지. 부푼 마음은 바람을 타고 하늘 높이 오르고 먼 산을 넘어가기도 한다.

그런데 갑자기 바람이 세게 일어난다. 얼레에 얽어놓은 연 줄이 세찬 바람을 견디지 못하고 툭— 끊어진다. 팽팽하던 긴장이 갑자기 허망하게 풀린다. 바람에 날리면서 연 줄이 가뭇없이 사라진다. 멀리 하늘로 작은 거울 조각이 반짝거리며 떠간다. 밭고랑을 따라 달려가지만 연줄을 다시 잡지 못한다. 울음이 터진다. 높이 날았던 연이 어디론가 사라져버리고 어린 마음 한 자락도 그 연을 따라간다. 하늘까지 날고 싶던 어린 마음의 설렘 대신에 얼레에 감긴 얼마 남지 않은 연 줄처럼 서러움이 남는다.

김영랑은 해방이 된 후 1949년 『백민(白民)』에 「연 2」라는 시를 또 한 편 남겼다. 이 작품은 앞의 「연 1」과는 10년의 간격을 두고 있다. 이 연륜의 거리만큼 시의 정조도 상당히 다르다. 그러나 어린 시절 하늘 높이 날리던 '연'이 바로 서정적 자아의 꿈과 희망의 징표였던 것만은 이 시에서도 변함이 없다.

> 좀평나무 높은 가지 끝에 얽힌 다 해진
> 흰 실낱을 남은 몰라도
> 보름 전에 산을 넘어 멀리 가버린 내 연의
> 한 알 남긴 설움의 첫 씨
> 태어난 뒤 처음 높이 띄운 보람 맛본 보람
> 안 끊어졌드면 그럴 수 없지

찬바람 쐬며 콧물 흘리며 그 겨울내
　그 실낱 치어다보러 다녔으리
내 인생이란 그때버텀 벌써 시든 상 싶어
철든 어른을 뽐내다가도 그 실낱같은 병의 실마리
마음 한 구석에 도사리고 있어 얼씬거리면
아이고! 모르지
불다 자는 바람 타다 꺼진 불똥
아! 인생도 겨레도 다아 멀어지는구나

우리 시 깊이 읽기

거문고

검은 벽에 기대 선 채로
해가 스무 번 바뀌었는디
내 기린(麒麟)은 영영 울지를 못한다

그 가슴을 통 흔들고 간 노인의 손
지금 어느 끝없는 향연에 높이 앉았으려니
땅 우의 외론 기린이야 하마 잊어졌을라

바깥은 거친 들 이리 떼만 몰려다니고
사람인 양 꾸민 잔나비 떼들 쏘다니어
내 기린은 맘 둘 곳 몸 둘 곳 없어지다

문 아주 굳이 닫고 벽에 기대선 채
해가 또 한 번 바뀌거늘
이 밤도 내 기린은 맘 놓고 울들 못한다

김영랑의 시 「거문고」는 전체 4연으로 구성되어 있는데 각 연에 3행씩 배열하고 있다. 이 시에서 묘사하고 있는 시적 대상은 '거문고'이다. 이 '거문고'를 시적 화자는 '기린(麒麟)'이라고 지칭하고 있다. 여기서 말하는 기린은 실제의 동물이 아니라 상상 속의 동물이다. 오색 찬란 화려한 빛깔의 털을 가지고 이마에는 기다란 뿔이 하나 있는데, 흔히 사슴의 몸에 소의 꼬리, 말발굽과 갈기를 갖고 있다고 한다. 예로부터 용, 거북, 봉황과 함께 신성시되었고, 성품이 온화하고 어질어 태평성대의 도래를 예고하는 길상의 동물로 알려졌다. 이 시에서 시적 화자가 거문고를 기린에 비유한 의인화의 방법은 거문고라는 악기에 상서로운 생명의 의미를 불어넣기 위한 기법적 고안에 해당한다. 그런데 이 상서로운 기린에 비유되고 있는 거문고가 스무 해가 넘도록 울지 못하고 있다는 어두운 현실이 시적 상황 속에 암시된다. 일제 강점과 그 혹독한 탄압이 거문고를 켜며 즐길 수 있는 삶의 여유를 모두 거두어 가고 말았기 때문이다.

시적 텍스트의 1연에서 시적 화자인 '나'는 검은 벽에 기대선 채 스무 해가 넘도록 영영 울지 못하고 있는 기린의 모습을 그려놓는다. '검은 벽'은 어둠의 현실을 암시하고 있다. 스무 해가 넘도록 거문고를 벽에 기대어 세워둔 채 켜지 못했음이 드러난다. 시적 화자는 닫혀 있는 현실의 억압적 상황이 스무 해 동안이나 지속되었으며, 그 사이에 거문고의 상서로운 소리를 들을 수 없었음을 밝히고 있는 것이다.

2, 3연에서는 기린이 울지 못하게 된 연유를 서술하고 있다. 2연의 시적 화자는 한 노인이 이전에 거문고를 켰던 일을 회고한다. '가슴을 퉁 흔들고 간'이라는 표현에서 청각적 감각에 의해 감지된 기린의 소리가 심정의 떨림으로 변용되고 있음을 알 수 있다. 그 노인은 이미 세상을 떠나버렸지만, 어쩌면 땅 위에 혼자 남겨진 기린만은 잊지 않았을 것이 아닌가 하고 스스로 질문한다. 지금 현실 속에는 기린의 가슴을 퉁 흔들 수 있는 노인이 존재하지 않는다. 이것은 기린이 자신을 알아주는 주인을 잃었음을 뜻한다. 과거에 기린이 상서로운 울음을 울 수 있었던 것은 기린의 존재를 알아보는 노인이 있었던 때문이다. 3연에서는 사납게 거칠어진 바깥세상의 현실을 보여준다. 여기서 '기린'과 대비되는 동물로 '이리 떼'와 '잔나비 떼'가 등장한다. '기린'의 어질고 온화한 성품과는 달리 '이리 떼'는 포악하고 잔인함을 상징하며 '잔나비떼'는 사악하고 간교함을 상징한다. 세상이 온통 폭력과 사기와 부정으로 넘쳐난다. '기린'은 '이리 떼'와 '잔나비 떼' 속에 함께 끼어들어 어울릴 수가 없다. 그렇기 때문에 '기린'은 몸도 마음도 어디 편한 구석이 없고 기댈 만한 곳도 없다.

이러한 부정적 현실이 지속되고 있기 때문에 4연에서 '기린'은 외부세계와 단절한 채 벽에 기대어 일절 소리를 내지 않는다. '해가 또 한 번 바뀌거늘'이라는 구절은 고통스러운 현실이 반복되고 또 그것이 지속됨을 의미하며, 어두운 현실에 대한 절망감을 그대로 표현하고 있다. 1연의 마지막 행에 등장하는 '내 기린은 영영 울지를 못한다'라는 진술도 '이 밤도 내 기린은 맘 놓고 울들 못한다'라는 4연의 마지막 행에서처럼 비슷하게 반복되고 있다. 이러한 반복적 표현을 통해 기린의 상서로운 울음소리를 듣지 못하게 된 현실의 암울한 상황을 강조한다고 할 수 있다. 일제강점기의 고통스러운 현실을 외면한 채 은거하고 있는 시인 자신의 입장을 비유적으로 표현하고 있는 것이 아닌가 생각된다.

이 시에서 기린(거문고)이 그 상서로운 울음소리를 내지 못하는 상황이 이어지고 있다는 것은 고통스러운 현실과 그 억압의 아픔이 여전히 지속됨을 의미한다. 하지만 기린의 가슴을 퉁 하고 울렸던 노인이 지금은 비록 어느 높은 향연에 자리하고 있더라도 땅 위에 외로운 기린을 잊지는 않았을 것이라는 믿음이 남아 있다. 그리고 거기에는 언젠가 다시 누군가가 기린의 가슴을 울릴 수 있기를 기다리는 간절한 심정도 포함되어 있다. 이것은 절망의 현실 속에서도 미래를 긍정할 수 있는 힘이며, 어두운 시대를 뚫고 나아가고자 하는 시인의 의지를 암시한다. 이 시 정신은 떠나간 님이 돌아오기를 기대하며 님의 존재를 노래했던 한용운의 경우와도 일맥상통하는 것이며, 매화 향기를 기리며 초인을 기다리던 이육사의 경우와도 연결된다고 할 수 있다.

1939년 『조광』지에 발표된 것으로 해방 직후에 나온 자선 시집 『영랑시선』(1949)에 수록되어 있다.

북

자네 소리하게 내 북을 잡지

진양조 중머리 중중머리
엇머리 잦아지다 휘몰아보아

이렇게 숨결이 꼭 맞어사만 이룬 일이란
인생에 흔치 않아 어려운 일 시원한 일

소리를 떠나서야 북은 오직 가죽일 뿐
헛 때리면 만갑이도 숨을 고쳐 쉴밖에

장단을 친다는 말이 모자라오
연창(演唱)을 살리는 반주쯤은 지나고
북은 오히려 컨덕터요

떠받는 명고(名鼓)인디 잔가락을 온통 잊으오
떡 궁! 동중정(動中靜)이요 소란 속에 고요 있어
인생이 가을같이 익어가오

자네 소리하게 내 북을 치지

김영랑의 시 「북」을 보면 '자네 소리하게 내 북을 치지'라는 청유형 어투로 이루
어진 문장을 서두와 결말에 반복 배치하고 있다. '수미일관'이라고 할 수 있는 수사

우리 시 깊이 읽기

적 기법을 통해 시적 화자인 '나'와 그 상대방인 '자네(너)'의 '북'과 '소리'가 함께 어울려야 함을 강조한다. 여기서 말하는 북과 소리는 판소리의 연희를 구성하는 북 장단과 창(소리)을 의미한다. 실제로 이 시의 텍스트는 전체 8연으로 구성되어 있지만, 1, 8연을 제외하고 보면 북 장단에 맞춰 진행되는 판소리의 소리판을 그대로 연출하여 보여준다.

2연의 '진양조 중머리 중중머리/엇머리 잦아지다 휘몰아보아'는 모두가 판소리의 장단 박자를 지시하는 말이다. 판소리의 장단은 박자가 가장 느린 진양조부터 중머리, 중중머리를 거쳐, 박자가 서로 엇물리면서 변화하는 엇머리, 그리고 아주 빠른 박자로 진행되는 자진머리, 휘모리 등으로 이어진다.

2연에서는 변화 있는 북장단에 맞춰 소리를 할 때 느끼는 혼연일체의 감흥을 서술하고 있다. 인간의 삶의 과정에서 너와 내가 하나가 되어 서로 호흡과 숨결을 맞춰 일해 나아가기란 쉽지 않다. 어려운 일이든 시원한 일이든. 하지만 북 장단과 소리는 한데 어울려야만 제대로 소리판을 이룰 수 있다. 소리판에서 이루어지는 북장단과 소리의 조화를 강조한다. 4연의 '소리를 떠나서야 북은 오직 가죽일 뿐/헛 때리면 만갑이도 숨을 고쳐 쉴밖에'라는 구절은 설명을 필요로 한다. 이 대목에 등장하는 '만갑이'는 실제로 생존했던 판소리의 명창 송만갑(宋萬甲, 1865~1939)이다. 그의 집안은 부친이 명창 송우룡(宋雨龍)이고 할아버지는 조선 최고의 명창으로 알려진 송흥록(宋興祿)이다. 어릴 때부터 아버지에게 판소리를 배웠는데, 웅장하고 호탕한 동편 소리의 특성에다 새로운 창법을 더하여 동편제의 명창이 되었다. 1902년 고종의 명으로 협률사(協律社)를 만들 때 가장 먼저 참가하였으며 어전에서 판소리를 불러 고종의 총애를 받았던 것으로 알려졌다. 1908년 조선 최초의 사설극장인 원각사(圓覺社)가 설립되자 이곳에서 공연하였으며, 1910년 일제의 강점 이후 낙향하여 전라남도 구례에 거주하며 주변의 소리꾼들을 가르쳤다. 그의 빼어난 소리가 너무도 널리 알려졌기 때문에 판소리를 아주 잘하는 것을 보면 '만갑이 같다'라든지 '만갑이보다 더 낫다'라고 하여 언제나 판소리의 최고를 가리키는 기준이 되었다. 이 시에서 '헛 때리면 만갑이도 숨을 고쳐 쉴밖에'라는 구절은 북을 잡은 '나'와 '명창 송만갑'이 함께 소리를 하는 장면을 서술한 것이 아니다. 이 구절은 '아무리 소리를 잘하는 송만갑이라도 북을 치는 사람이 장단을 헛 때리면 소리를 하다가

숨을 고쳐 쉬고 그 북장단에 따를 수밖에 없음을 말하고 있다. 북을 치는 고수와 소리를 하는 창자 사이의 관계에서 고수의 역할이 지니는 중요성을 강조하는 부분이다. 판소리에서 흔히 들을 수 있는 '일고수 이명창(一鼓手 二名唱)'이라는 말은 북을 치는 고수가 첫째로 중요하며, 명창은 그다음이라는 의미를 나타낸다.

4연에서는 3연을 통해 설명한 바 있는 판소리에서의 북을 치는 고수의 역할을 다시 강조한다. 시적 화자는 북을 치는 것을 장단을 치는 것이라고 간단히 규정해서는 안 된다고 말한다. 그리고 소리의 퍼포먼스를 돕는 반주라고 해서도 안 된다는 것이다. 그리고 '북은 오히려 컨덕터요'라고 하여 소리를 조화롭게 이끌어가는 지휘자라고 설명한다. 시적 화자는 결국 판소리에서 북장단은 소리의 극적 효과를 극대화시키는 것임을 강조한다. 판소리의 창이 제대로 진행되려면 고수의 장단이 불가결한 요소이므로 고수의 역할이 중요하다는 것이다. 실제로 판소리 공연을 보면 북을 치면서 장단을 맞추어가는 고수가 여러 가지 역할을 담당한다. 단순한 반주자로서의 구실만이 아니라 소리판의 전체적인 지휘자로서 소리꾼의 상대역도 담당하고 공연의 분위기를 띄우면서 청중과 함께 소리에 대한 흥취를 대변하는 구실도 담당한다. 5연은 북장단의 그윽한 흥취와 그 묘미를 감각적으로 묘사 설명하고 있다. 북소리의 장단을 들려주는 '떡 궁!'과 같은 의성어를 직접 동원하여 북장단이 표현하는 '동중정(動中靜)'의 그윽한 아취(雅趣)를 그려낸다. '떡 궁!'이라는 북소리는 장단의 기본음이다. 이 속에 울림과 멎음이 있고, 움직임과 멈춤이 함께 느껴진다. 판소리의 아름다움과 그 감흥이 이 같은 북장단과 소리 가락의 조화 속에서 이루어지는 것처럼 가을이 깊어가듯 인간의 삶도 더욱 진중해지는 느낌이다.

이 시에서 그려내고 있는 판소리의 장면 가운데 '북'은 이미 설명했듯이 '일고수 이명창'이라는 속설을 떠올리게 만든다. 하지만 이 시는 단순히 북이 명창의 소리보다 더 중요하다든가, 그 역할이 더 크다고 말하는 것은 아니다. 북과 소리는 모두 판소리에서 필수적인 요소이다. 명창의 소리와 고수의 북장단이 서로 어우러져 조화를 이룰 때 비로소 판소리의 높은 예술성에 도달하게 된다.

시인 김영랑은 일제 말기에 고향인 강진에 은거하면서 우리의 전통적인 소리에 마음을 의지하고 살았던 것으로 알려져 있다. 실제로 그의 북장단은 상당한 수준이었다는 것이다. 해방 직후에 발표한 시 「북」은 전통 음악이 불러일으키는 흥취를 바

우리 시 깊이 읽기

탕으로 광복의 감격을 담아낼 수 있는 소리판의 조화로운 화합을 노래하고 있다. 일제 말기에 그가 발표했던 「거문고」 「두견」 같은 시가 암울한 현실에 대해 느끼는 절망과 고통스러운 삶에 대한 환멸을 드러내고 있었던 점과는 달리, 「북」은 활기찬 분위기 속에서 함께 더불어 새로운 조국을 건설하고자 하는 참여의 의욕을 엿볼 수 있다. 특히 주목되는 것은 이 시가 판소리의 북과 소리가 서로 조화를 이루어 신명 나는 소리판을 만들어가는 것처럼 새로운 삶의 세계를 열어가기 위해 '나'와 '너'가 서로 화합하고 합심 협력해야 함을 암시하고 있다는 점이다.

1946년 『동아일보』에 발표된 것으로 해방 직후에 나온 자선 시집 『영랑시선』 (1949)에 수록되어 있다.

김기림

金起林 1908~?

김기림의 호는 편석촌(片石村)이다. 1908년 5월 11일 함경북도 성진에서 출생했다. 1921년 상경하여 보성고등보통학교에서 수학한 후 일본으로 유학하여 1926년 니혼대학(日本大學) 문학예술과에 입학했다. 1930년 니혼대학을 졸업하고 귀국하여 조선일보사 학예부 기자로 생활하면서 시와 시론을 발표하였다. 이 시기에 『조선일보』에 발표한 그의 시는 「가거라 새로운 생활로」(1930) 「가을의 태양은 푸라티나의 연미복을 입고」(1930) 「얼마나 훌륭한 아침이냐」(1931) 「옥상 정원(屋上庭園)」(1931) 등이 있으며, 「시의 기술, 인식, 현실 등 제문제」(1931) 「현대시의 전망」(1931) 등의 평문도 발표한 바 있다. 1933년 이태준, 정지용, 김유영, 이무영, 박태원 등과 구인회를 결성하고 동인으로 활동하면서 이상(李箱)의 시를 새로운 초

현실주의 시로 자신의 평론에 소개했다. 서구 모더니즘 문학론을 소개하는 데 앞장섰으며, 이를 바탕으로 「현대시의 기술」(1935) 「현대시의 육체」(1935) 등을 비롯하여 「오전의 시론」(1935)을 완성했다.

1936년 조선일보사 장학금으로 다시 일본으로 유학하여 도호쿠제국대학(東北帝國大學) 영문학과에 입학했다. 장시 「기상도(氣象圖)」(1936)는 서구 문명의 동양 진출에 대한 비판적 인식을 시적으로 형상화하고 있다. 일본 유학 중 당대 영문학의 중추적인 이론가였던 I. A. 리처즈를 본격적으로 연구하였으며 「PSYCHOLOGY AND I. A. RICHARDS(심리학과 I. A. 리처즈)」라는 졸업 논문을 제출했다. 이 논문은 뒤에 그가 펴낸 『시의 이해』(1950)로 확대되었다. 1939년 도호쿠제대를 졸업한 후 김기림은 다시 조선

일보사로 복귀하였고 평론 「모더니즘의 역사적 위치」(1939) 「과학으로서의 시학」(1940) 등을 발표했다. 그의 시를 총망라한 시집 『태양의 풍속』(1939)은 한국 모더니즘 시 운동의 실천적 성과로 손꼽힌다. 일제의 탄압으로 『조선일보』가 폐간되자 그는 고향으로 돌아가서 함경북도 경성중학교 영어 교사로 활동했다.

1945년 광복 직후 이태준, 임화, 이원조 등과 조선문학가동맹(1946)의 조직을 주도했으며, 조선문학가동맹 시부위원장으로 활동하면서 새로운 국가 건설을 위해 문학인의 정치 참여를 주장했다. 서울대학교, 중앙대학교 등지에서 문학을 강의했으며, 시집 『바다와 나비』(1946) 『새노래』(1948) 등을 잇달아 발간했다. 자신의 시론을 모아 한국 현대시 최초의 시론집인 『시론』(1947)을 발간했고, 『문학개론』(1946) 『시의 이해』(1949) 『문장론신강』(1950) 등을 펴냈다. 1950년 한국전쟁 당시 피난하지 못한 채 서울에 머물러 있다가 북한 인민군에게 피랍된 후 그의 행방은 제대로 알려진 바 없다.

김기림의 문단 활동은 시의 창작과 비평 작업으로 크게 나누어진다. 그는 과거의 시들이 감상벽(感傷癖)에 빠져들어 허무주의로 흐르고 있다고 지적하고, 이에서 벗어나기 위해 건강하고 명랑한 '오전의 시론'을 가져야 한다고 주장한 바 있다. 실제로 그의 시는 밝은 시각적 이미지들이 중심을 이루지만 회화성만을 추구하는 데에 만족하지 않고 시대정신을 담아내기 위한 다양한 방법을 모색하고자 한다. 그가 발표한 장시 「기상도」는 근대문명에 대한 비판적 인식과 새로운 역사의 실현을 태풍의 경로를 따라 그려낸 문제작이다. 해방 후 조선문학가동맹에 참여하면서 자신의 비평 활동을 정리한 『시론』 『시의 이해』 등은 한국 모더니즘 문학론의 비평사적 성과에 해당하는 중요한 업적이라고 할 수 있다.

김기림

기상도(氣象圖)

세계의 아침

비늘
돋친
해협은
배암의 잔등
처럼 살아났고
아롱진 아라비아의 의상을 두른 젊은 산맥들.

바람은 바닷가에 사라센의 비단 폭처럼 미끄러웁고
오만한 풍경은 바로 오전 7시의 절정에 가로누웠다.

헐떡이는 들 위에
늙은 향수를 뿌리는
교당의 녹슨 종소리
송아지들은 들로 돌아가려므나.
아가씨는 바다에 밀려가는 윤선(輪船)을 오늘도 바래보냈다.

국경 가까운 정거장.
차장의 신호를 재촉하며
발을 구르는 국제열차.
차창마다
'잘 있거라'를 삼키고 느껴서 우는

마님들의 이즈러진 얼굴들.
여객기들은 대륙의 공중에서 티끌처럼 흩어졌다.

본국에서 오는 장거리 라디오의 효과를 실험하기 위하여
쥬네브로 여행하는 신사의 가족들.
샴판 갑판. '안녕히 가세요.' '다녀오리다.'
선부들은 그들의 탄식을 기적에게 맡기고
자리로 돌아간다.

부두에 달려 팔락이는 오색의 테이프.
그 여자의 머리의 오색의 리본.

전서구(傳書鳩)들은
선실의 지붕에서
수도로 향하여 떠난다.
⋯⋯스마트라의 동쪽.⋯⋯ 5킬로의 해상⋯⋯ 일행 감기도 없다.
적도 가까웁다.⋯⋯ 20일 오전 열시.⋯⋯

(중략)

쇠바퀴의 노래

허나
이윽고
태풍이 짓밟고 간 깨어진 메트로폴리스에
어린 태양이 병아리처럼
홰를 치며 일어날게다.

하룻밤 그 꿈을 건너다니던
수없는 놀램과 소름을 떨어버리고
이슬에 젖은 날개를 하늘로 펼게다.
탄탄한 대로가 희망처럼
저 머언 지평선에 뻗히면
우리도 사륜마차에 내일을 싣고
유량한 말발굽 소리를 울리면서
처음 맞는 새길을 떠나갈게다.
밤인 까닭에 더욱 마음달리는
저 머언 태양의 고향.

끝없는 들 언덕 위에서
나는 데모스테네스보다도 더 수다스러울게다.
나는 거기서 채찍을 꺾어버리고
망아지처럼 사랑하고 망아지처럼 뛰놀게다.
미움에 타는 일이 없을 나의 눈동자는
진주보다도 더 맑은 샛별
나는 내 속에 엎드린 산양을 몰아내고
여우와 같이 깨끗하게
누이들과 친할게다.

나의 생활은 나의 장미.
어디서 시작한 줄도
언제 끝날 줄도 모르는 나는
꺼질 줄이 없이 불타는 태양.
대지의 뿌리에서 지열을 마시고
떨치고 일어날 나는 불사조.
예지의 날개를 등에 붙인 나의 날음은

우리 시 깊이 읽기

태양처럼 우주를 덮을게다.
아름다운 행동에서 빛처럼 스스로
피어나는 법칙에 인도되어
나의 날음은 즐거운 궤도 위에
끝없이 달리는 쇠바퀼게다.

벗아
태양처럼 우리는 사나웁고
태양처럼 제빛 속에 그늘을 감추고
태양처럼 슬픔을 삼켜버리자.
태양처럼 어둠을 살워버리자.

다음날
기상대의 마스트엔
구름조각 같은 흰 기폭이 휘날릴게다.

(폭풍경보해제)

쾌청.
저기압은 저 머언
시베리아의 근방에 사라졌고
태평양의 연안서도
고기압은 흩어졌다.
흐림도 소낙비도
폭풍도 장마도 지나갔고
내일도 모레도
날세는 좋을게다.

(부(府)의 게시판)

시민은
우울과 질투와 분노와
끝없는 탄식과
원한의 장마에 곰팡이 낀
추근한 우기(雨器)일랑 벗어버리고
날개와 같이 가벼운
태양의 옷을 갈아입어도 좋을게다.

　김기림의 장시 「기상도」는 1930년대 중반 불안한 국제 정세의 급격한 변화 과정을 '태풍'의 발생과 그 소멸을 추적하는 과정에 빗대어 비판적으로 그려내고 있다. 그러므로 이 작품에서 시인이 급변하는 국제 질서와 문명의 충돌과 그 붕괴를 예견하는 하나의 '기상도'를 상상하고 있다는 점은 주목을 요한다. '기상도'라는 제목은 이름 그대로 일기의 변화를 예측하여 지도상에 그려 보이는 상상의 지도를 말한다. 이 지도는 기압골의 배치를 표시하는 몇 개의 기호와 등고선으로 전체적인 기후 변화를 알려준다. 그러나 실제의 인간이 자리 잡고 있는 삶의 현실은 지도 위에 예측하여 표시하는 기상의 변화처럼 그렇게 단순하게 지역별 특징을 그려낼 수는 없다. 그런데 김기림은 태풍이 발생하여 그것이 이동하는 경로를 예상해두고, 그 태풍이 육지로 상륙하여 도시를 휩쓰는 장면을 시적 상상력을 동원하여 구체적으로 그려보고자 한다.
　「기상도」에서 설정해놓은 태풍의 발생 지점은 필리핀 루손 섬 북서쪽에 자리한 바기오(Baguio)의 동쪽 해상이다. 시적 텍스트에는 그 위도가 적도 근처인 북위 15도로 표시되고 있다. 시의 진술 내용을 따라가 보면 바기오의 동쪽 남태평양 해상에서 발생한 태풍은 엄청난 바람과 폭우를 동반한 채 바시해협을 통과한 후 중국대륙으로 북진한다. 이 상륙 지점을 특정하고 있지 않지만, 시에서는 '아시아의 연안'으로 표시하고 있으며 거대한 항구도시로 그려낸다. 대륙의 해안선을 따라 번성한

　　　　　　　　　　　　　　　　　　　　　　　　　우리 시 깊이 읽기

국제적인 항구도시로는 마카오, 홍콩, 그리고 상하이 등을 상정해볼 수가 있다. 태풍은 중국의 해안에 상륙하여 내륙으로 올라가면서 엄청난 위력으로 '세기의 밤중에 버티고 일어섰던/오만한 도시를 함부로 뒤져놓고' 있다. 이 상상적 그림은 사실 '기상도'라는 가상의 일기도 위에서만 가능한 것이다. 하지만 서구 제국의 식민지 지배를 받고 있던 대륙의 연안 도시가 태풍에 휩쓸려버리는 모습을 그려낸다는 것은 식민지 조선의 시인만이 가질 수 있는 일종의 비판적 역사의식의 투영이라고 할 만하다.

김기림은 「기상도」를 1935년 5월부터 12월까지 모두 네 차례에 걸쳐 잡지 『중앙(中央)』에 연재하였다. 이 새로운 시적 구상에 대해 김기림은 '한 개의 현대의 교향악을 계획한다. 현대문명의 모든 면과 능각(稜角)은 여기서 발언의 권리와 기회를 거절당하는 일이 없을 것이다. 무모 대신에 다만 그러한 관대만을 준비하였다.'라고 짤막하게 언급한 바 있다. 여기서 밝히고 있는 '현대의 교향악'이라는 비유적인 표현은 그 의미가 분명하지는 않다. 하지만 '현대문명의 모든 면'에 대한 발언의 권리와 기회를 주장하고 있는 것을 보면 이 말 속에 현대문명에 대한 시인의 인식이 담길 수 있다는 것을 어느 정도 짐작할 수 있다. 「기상도 1」은 1935년 5월에 발표되었는데, 1부는 '아침의 표정'과 '시민 행렬'로 이루어져 있으며, 2부는 '태풍의 기침(起寢)'과 '손'으로 구분되어 있다. 「기상도 2」는 같은 해 7월에 발표되었다. 여기에는 3부 '만조(滿潮)로 향하여' 4부 '병든 풍경'이 포함된다. 같은 해 11월에 발표한 「기상도 종편」은 5부 '올배미의 노래'로 이루어졌으며, 12월에 6부에 해당하는 '차륜(車輪)은 듣는다'를 발표하면서 그 대단원을 마감했다. 이와 같은 발표 당시의 작품 구성은 1936년 장시 「기상도」를 단행본 시집으로 발간하면서 부분적인 변화를 보여준다. 작품의 전체 내용을 7부로 구분하여 재배열하였고 각 부별 소제목도 '세계의 아침', '시민 행렬', '태풍의 기침시간', '자최', '병든 풍경', '올배미의 주문', '쇠바퀴의 노래' 등으로 바꾸어 총 420여 행의 텍스트로 고정시켰다.

「기상도」의 시적 텍스트에서 1~2부는 태풍이 내습하기 이전의 상황, 3~5부는 태풍이 발생하여 이동하면서 항구와 도시를 강타하는 과정과 그 파괴적 위력, 6~7부에서는 태풍이 휩쓸고 지나간 이후의 상황을 그려놓고 있다. 여기서 태풍이 발생하기 직전부터 태풍의 발생과 이동, 대륙으로의 진출과 그 소멸에 이르는 짧은 기간이 긴박한 상황 변화를 드러내는 시간적 배경으로 작용한다. 그리고 태풍의 발생에서 그 소멸에 이르는 이동 경로를 통해 공간적 배경의 변화를 보여주면서 거대한 자연의 위력과 그 작동의 범위를 실감 있게 그려내고 있다.

「기상도」에 드러나 있는 식민주의에 대한 시인의 비판 의식을 제대로 파악하기 위해서는 이 작품에서 설정하고 있는 태풍의 이동 경로와 그 공간에 대한 역사적 이해가 전제되어야 한다. 이 작품에서 태풍의 내습으로 파괴되는 아시아의 연안은 서구 제국주의의 동양 진출을 상징하는 공간이다. 마카오는 1557년 포르투갈 정부가 실질적인 사용권을 인정받고 도시를 건설한 후 포르투갈의 동양 진출을 위한 거점이 되었으며, 오랫동안 포르투갈 정부가 임명하는 총독의 통치 아래에서 '아시아의 작은 유럽'이라는 별칭을 얻을 정도로 서구화되었다. 홍콩의 경우는 아편전쟁(1840~1842) 후 청국과 영국 사이에 체결된 난징조약에 따라 홍콩 섬이 영구 할양되면서 영국의 지배를 받아왔다. 상하이는 난징조약에 따라 1843년 정식 개항된 후 조계(租界)라고 지칭되는 외국인 조차지(租借地)가 들어섰다. 상하이의 조계는 서구 자본주의가 중국에 진출하는 창구가 되었다. 이처럼 홍콩이나 마카오는 말할 필요도 없거니와 상하이 조계 역시 중국의 권력과는 상관없이 격리된 외국인들의 독점 공간으로서 서구 제국의 동양 지배를 말해주는 상징적 거점이 되었다. 이 지역은 식민지 지배라는 정치 사회적 조건 속에서 서구 자본주의의 체제가 최초로 자리 잡은, 동양 속의 작지만 거대한 유럽으로 성장했던 것이다.

장시 「기상도」에서 태풍의 발생과 이동, 그리고 그 소멸의 과정은 거대한 자연의 힘의 원리를 그대로 따르고 있다. 태풍은 스스로의 힘으로 일어나서 엄청난 위력으로 내달아 서구 제국의 식민지로 전락한 도시를 붕괴시킨다. 그리고 스스로 힘을 잃고 소멸한다. 대지 위에는 다시 밝은 '태양'이 떠오른다. 이러한 현상은 대자연의 생명력과 그 질서라는 거대한 원리 위에서 작동하는 것이다. 이 자연의 힘 앞에서 인간이 만들어낸 문명이라는 것은 속수무책이며 보잘 것이 없다. 동시대의 시인 이상이 연작시 「오감도」를 통해 상상적으로 펼쳐보였던 현대문명에 대한 공포 역시 이와 비슷한 구도를 보여준 바 있다. 「기상도」는 제국주의 탈을 쓰고 있는 냉혹한 자본주의 체제에 대한 시인의 비판 의식을 '기상도'라는 상상의 그림 위에 펼쳐 보이고 있는 셈이다. 이것은 일본의 식민지 지배 현실의 한국적 특수성을 문명사적인 차원으로 끌어올려 보편적 시각에서 그 문제성을 규명하고자 했던 모더니스트의 발상과 기획이라는 점에서 그 의미를 소홀히 다룰 수 없는 일이다. 장시「기상도」에 숨겨진 탈식민주의적 관점이 새롭게 강조되어야 하는 이유가 여기 있다.

시인 송욱은 그의 『시학평전』(1970)에서 김기림의 모더니즘 인식과 장시「기상도」가 모두 실패한 시도였다고 부정적으로 평가한 바 있다. 「기상도」에서 작중 화자는 세계지도를 따라 여행을 하면서 신문의 외신에 나타나는 정도의 사건을 아무런 원칙이 없이 마구 등장시켜 이에 대한 풍자를 늘어놓고 있다는 것이다. 그리고 이 시에서 시도하고 있는 문명 비판이라는 것도 아주 천박하기 때문에 시라는 예술품이 아니라고 혹독하게 비판한다. 이러한 비판을 그대로 수긍할 수가 없는 이유는 시적 텍스트에 대한 정밀한 분석도 없이 시상의 전체적인 흐름을 제대로 이해하지 못한 채 부분적인 인상만을 늘어놓고 있기 때문이다.

옥상 정원(屋上庭園)

　백화점의 옥상정원의 우리 속의 날개를 드리운 카나리아는 니힐리스트처럼 눈을 감는다. 그는 사람들의 부르짖음과 그러고 그들의 일기(日氣)에 대한 주식에 대한 서반아의 혁명에 대한 온갖 지껄임에서 귀를 틀어막고 잠속으로 피난하는 것이 좋다고 생각한다. 그렇지만 그의 꿈이 대체 어데가 방황하고 있는가에 대하여는 아무도 생각해보려고 한 일이 없다.

　기둥시계의 시침(時針)은 바로 12시를 출발했는데 농(籠) 안의 호닭은 돌연 삼림의 습관을 생각해내고 홰를 치면서 울어보았다. 노랗고 가는 울음이 햇볕이 풀어져 빽빽한 공기의 주위에 길게 그어졌다. 어둠의 밑층에서 바다의 저편에서 땅의 한끝에서 새벽의 날개의 떨림을 누구보다도 먼저 느끼던 흰 털에 감긴 붉은 심장은 인제는 '때의 전령(傳令)'의 명예를 잊어버렸다. 사람들은 무슈 루소의 유언(遺言)은 설합 속에 꾸겨서 넣어두고 옥상의 분수에 메말라버린 심장을 축이러 온다.

　건물회사는 병아리와 같이 민첩하고 튤립과 같이 신선한 공기를 방어하기 위하여 대도시의 골목골목에 75센티의 벽돌을 쌓는다. 놀라운 전쟁의 때다. 사람의 선조는 맨 첨에 별들과 구름을 거절하였고 다음에 대지를 그러고 최후로 그 자손들은 공기에 향하여 선전(宣戰)한다.

　거리에서는 티끌이 소리친다. '도시계획국장 각하 무슨 까닭에 당신은 우리들을 콘크리트와 포석(鋪石)의 네모진 옥사(獄舍) 속에서 질식시키고 푸른 네온사인으로 표박하려 합니까? 이렇게 호기적(好奇的)인 세탁의 실험에는 아주 진저리가 났습니다. 당신은 무슨 까닭에 우리들의 비약과 성장과 연애를 질투하십니까?' 그러나 부(府)의 살수차는 때없이 태양에게 선동되어 아스팔트 우에서 반란하는 티끌의 밀물을 잠재우기 위하여 오늘도 쉬일 새 없이 네거리를 기어 다닌다. 사람들은 이윽고 익사한 그들의 혼을 분수지(噴水池) 속에서 건져가지고 분주히 분주히 승강기를 타고 제비와 같이 떨어질게다. 여안내인(女案內人)은 그의 빵을 낳는 시를 암탉처럼 수없이 낳겠지.

　'여기는 지하실이올시다.'

　'여기는 지하실이올시다.'

「옥상 정원」은 산문시의 형태를 드러내고 있으며 행과 연의 구분도 없다. 시상의 전체적인 흐름으로 본다면 네 개의 단락으로 내용을 구분해볼 수 있다. 이 시의 첫 단락에서 시적 화자는 현대식 건축물인 백화점 옥상에 올라서 있다. 백화점이란 모든 산업 생산품이 한곳으로 집결되어 상품으로 소비되는 현대적인 소비문화의 상징 공간이다. 특히 백화점 옥상이란 특이한 공간은 근대적 건축물이 아니고서는 체험할 수 없다는 사실을 주목해야 한다. 전통적인 초가집이나 기와집의 경우 사람이 올라가 활동할 수 있는 옥상은 존재하지 않지만 근대적인 서양식 건축에는 사람이 올라갈 수 있는 옥상이라는 새로운 공간이 생겨난다. 이 공간은 건축물의 상층부로 허공을 향해 열려 있다. 여기서는 모든 방향으로 시야가 열리고 모든 사물이 그 시야 안에 펼쳐진다. 하늘을 올려다볼 수도 있고, 눈 아래 펼쳐지는 모든 사물을 내려다볼 수 있다. 그러므로 건축물의 옥상이라는 공간은 일상적인 생활 공간의 위치와 높이에 관한 감각과는 전혀 다른 시각을 제공한다. 높은 곳에서 아래를 내려다볼 수 있는 위치에 선다는 것, 그것은 일상적인 생활 감각으로는 상상할 수 없는 일이다. 그러나 이 공간은 인공적인 것일 뿐 자연 그대로의 공간은 아니다.

　시적 화자가 한낮의 대도시에서 백화점 옥상에 올라 가장 먼저 발견한 것은 옥상 정원 새장 안에 갇혀 있는 '카나리아'다. 사방으로 탁 트인 옥상의 공간적 개방성과는 전혀 반대로 카나리아는 좁은 새장 안에 갇혀 있다. '니힐리스트처럼' 눈을 감고 있는 카나리아는 도시의 일상에 지친 시적 화자의 모습과 그대로 일치한다. 옥상 아래에서 일어나고 있는 온갖 소란스러움들 — 자잘한 일상에서 경제적 혼란과 국제 정치의 긴장 국면에 이르기까지 — 로부터 카나리아는 귀를 막고 눈을 감은 채 잠이 든 모양이다. 그러나 이 카나리아가 꾸고 있는 '꿈'은 이런 일상사와는 상관없다. 카나리아는 어쩌면 탁 트인 허공으로 날아가고 싶은 꿈을 꾸고 있을지 모르지만 아무도 그 꿈에는 관심이 없다.

둘째 단락에서도 시적 화자가 주목한 것은 농(籠) 안에 갇혀 있는 호닭이다. 기둥 시계가 12시를 가리키는 한낮이다. 그런데 갑자기 닭장 안에서 호닭이 날갯짓을 하면서 울어댄다. 이 장면을 시적 화자는 이렇게 그려놓는다. "노랗고 가는 울음이 햇볕이 풀어져 빽빽한 공기의 주위에 길게 그어졌다. 어둠의 밑층에서 바다의 저편에서 땅의 한끝에서 새벽의 날개의 떨림을 누구보다도 먼저 느끼던 흰 털에 감긴 붉은 심장은 인제는 '때의 전령(傳令)'의 명예를 잊어버렸다." 관상용으로 종자가 개량되어 닭장 안에 갇혀 사람들의 구경거리로 전락한 호닭의 울음소리가 '노랗고 가는 울음이 햇볕에 풀어져'라고 묘사한 대목은 그 섬세한 감각이 놀랍다. 청각으로 인지되는 닭의 울음소리를 시각적 감각으로 포착하여 이미지로 구현하는 솜씨가 뛰어나다. 야생의 본능을 모두 잃어버린 호닭의 모습도 카나리아와 마찬가지로 시적 화자와 동일시되고 있음은 물론이다.

이 시에서 시상의 흐름은 셋째 단락부터 새로운 방향으로 전환된다. 백화점 옥상에 올라서 있는 시적 화자의 시선이 옥상에서 내려다본 거리의 풍경으로 바뀌고 있기 때문이다. 셋째 단락에서 그려놓고 있는 거리의 풍경은 건축 회사들이 벌이고 있는 공사장의 모습이다. 건축 공사를 하면서 이웃과 간격을 표시하기 위해 벽을 쌓고 있다. 이 인위적인 구획이 결국은 자연과 담을 쌓고 여기저기 땅을 가르고 외부의 공기마저 차단하게 된다는 사실을 지적한다. 근대문명의 발전이 결국은 인간과 자연의 단절을 가져오고 인간을 자연으로부터 고립시킨다는 점을 은연중에 비판적으로 지적하고 있다. 넷째 단락은 아스팔트로 포장된 거리 위로 살수차가 지나가는 모습이다. 흙을 볼 수 없는 도시의 거리의 비자연적 속성을 말하기 위해 흙먼지를 의인화하고 있다. 도시의 거리가 자연 그대로의 모습을 완전히 잃어버린 채 이제는 인위적으로 살수차가 물을 뿌리는 상태에 이르게 되었음을 말해준다. 이 시의 결말 부분은 시적 화자가 어느새 백화점의 지하실로 이동했음을 보여준다. 아마도 엘리베이터를 이용했을 가능성이 크다. 여성 안내인이 지하실에 도달했다고 안내하는 모습이 시의 마지막 장면으로 제시되고 있다. 결국 이 시는 백화점 옥상에서 시작되어 백화점 지하실로 내려오면서 끝이 나는데 교묘하게도 이 두 개의 공간이 모두 인공적인 것임을 알 수 있다.

이 시의 화자가 그려낸 백화점 옥상은 이 작품에서 새롭게 발견한 시적 공간이다. 이 공간은 사방으로 탁 트인 전망을 가지고 있지만 인공적으로 만들어낸 것이다. 현대문명이라는 괴물이 만들어낸 이 인공의 공간에 모든 꿈을 잃고 있는 카나리아가 새장 안에 갇혀 있다. 야생의 본능을 잃어버린 호닭도 우리에 갇힌 채 사람들의 구경거리가 되었다. 시적 화자는 백화점 옥상에 올라서 공사 중인 건물과 도시의 아스팔트 거리를 내려다본다. 자연을 모조리 차단하고 있는 도회 공간을 바라보면서 시적 화자는 문명이라는 이름으로 강요되고 있는 단조로운 도시의 삶이 인간을 자연과 단절시키고 있음을 발견하게 되는 것이다. 모더니스트로서 현대문명의 비인간화 현상을 비판하고 있는 시인 김기림의 태도를 여기서 확인할 수 있다.

「옥상 정원」은 당시 서울에 개관한 5층의 미츠코시(三越) 백화점 경성 지점의 옥상에 올랐던 개인적 경험을 바탕으로 하고 있는 것이 아닌가 생각된다. 이상이 일본어로 쓴 「AU MAGASIN DE NOUVEAUTES」(『朝鮮と建築』, 1932.7)과 우연하게도 상호텍스트적 관계를 보여주는 작품이다. 1931년 5월 31일 『조선일보』에 발표했고, 시집 『태양의 풍속』(1939)에 수록되었다.

아스팔트

아스팔트 위에는
사월의 석양이 졸립고

잎사귀를 붙이지 아니한 가로수 밑에서는
오후가 손질한다.

소리 없는 고무바퀴를 신은 자동차의 아기들이
분주히 지나간 뒤

너의 마음은
우울한 해저(海底)

너의 가슴은
구름들의 피곤한 그림자들이 때때로 쉬러 오는 회색의 잔디밭

바다를 꿈꾸는 바람의 탄식을 들으러 나오는 침묵한 행인들을 위하여
작은 아스팔트의 거리는
지평선의 흉내를 낸다.

　

「아스팔트」는 도시의 거리를 상징하는 아스팔트 도로를 시적 대상으로 삼고 있다. 도시가 발전하면서 인구가 급증하고 교통량이 늘어나면서 가장 먼저 정비하게 된 것이 도로망이다. 일제 강점기에 서울은 1920년대 후반부터 도심의 일부 도로가 아스팔트로 포장되었고 그 위를 자동차들이 미끄러지듯이 달릴 수 있게 되었다.

하지만 이렇게 변화는 결국 자연 그대로의 땅과 인간을 서로 떼어놓고 흙을 만져볼 수 없게 만들었다. 이 시의 시적 화자는 도시 문명의 상징인 아스팔트를 '너'라고 지칭하고 의인화의 방법으로 묘사하면서 자신의 내면에 그대로 연결시키고 있다. 이렇게 시적 주체와 대상을 동일시하고 정서적으로 합일화한다.

시의 텍스트는 6연으로 구성되어 있지만 시상의 흐름으로 볼 때 1, 2연의 전반부와 3~5연의 중반부 그리고 6연의 시상의 결말로 구분된다. 1, 2연에서는 아스팔트를 중심으로 시적 배경을 구체적으로 제시하고 있다. 시간적으로 4월의 어느 날 석양 무렵이다. 봄철이지만 아직 가로수에 잎이 나오지 않고 있으며, 남은 햇살이 가로수 밑에 비치는 모습을 '오후가 손질한다.'라고 동적으로 묘사하고 있다. 중반부는 자동차들이 지나가고 난 뒤의 텅 빈 아스팔트 거리의 모습을 제시하고 있다. '너의 마음은/우울한 해저(海底)'는 아스팔트의 가라앉은 칙칙한 모습을 어두운 바닷속에 비유한 대목이다. 그리고 뒤이어 아스팔트의 가슴을 '회색의 잔디밭'이라고 묘사한다. 때때로 구름의 피곤한 그림자가 그곳에서 쉰다는 설명도 덧붙여놓고 있다. 아스팔트가 칙칙하고 어둡고 답답하게 묘사되고 우울한 느낌을 불러일으킨다. 6연에서는 아스팔트가 지니는 인공적인 요소를 자연적인 것과 대비시킨다. 아스팔트 위의 도시의 행인들은 모두 입을 다물고 있다. 이 인공적인 도시의 공간에서 바다처럼 탁 트인 시원한 바람을 맞을 수가 없다. 이 인공의 거리는 지평선의 흉내를 낼 수 있을 뿐이다. 도시인들의 피곤하고도 우울한 일상이 아스팔트 위에서 반복된다는 사실을 여기서 확인할 수 있다.

이 시는 시인 김기림이 지향하고 있던 모더니즘이라는 것이 근대문명에 대한 비판적인 인식에 맞닿아 있음을 보여주고 있다. 인간의 생활을 위해 발달한 문명이 자연으로부터 인간을 격리시키고 인공적인 공간 속에 인간을 고립시켜온 것은 이 시의 어두운 분위기와 거기서 느껴지는 우울함을 통해 쉽게 짐작할 수 있는 문제이다. 이러한 근대성에 대한 반성은 그의 시에서 발견되는 시적 모더니티의 하나의 특징이라고 할 수 있다.

1934년 5월 잡지 『중앙(中央)』(2권 5호)에 발표했다. 김기림의 첫 시집 『태양의 풍속』(1939)에 수록되어 있다.

굴뚝

건방진 자식이다.
그래도 고독을 이해한다나.

구름 속에 목을 빼들고
푸른 하늘에 검은 우울을 그리는 그 자식.

나는 본 일이 없다.
거리를 기어가는 전차개비와 우그러진 지붕들을
그 자식의 눈이 나려다 보는 것을……

건방진 자식이다.
그 자식의 가슴은 구름을 즐겨 마신다나.

「굴뚝」은 텍스트 자체가 4연으로 구성되어 있는데 전체적인 시적 진술을 이끌어
가는 독백체의 어조(語調)가 특이한 효과를 드러낸다. 첫 연과 마지막 연에 반복하
여 배치한 '건방진 자식이다.'라는 구절은 시적 화자가 '굴뚝'을 두고 내뱉듯이 하는
혼잣말이다. 굴뚝을 의인화한 표현인 셈이다. 상대를 약간 무시하거나 얕잡아보면
서도 비아냥대는 듯한 느낌을 준다. 그런데 이 특이한 어조가 시의 분위기를 전체
적으로 지배한다. 도시의 확대와 물질문명의 발달에서 느끼는 인간의 고독과 소외
를 굴뚝의 형상을 통해 표현하고 있기 때문이다.

　1, 2연은 굴뚝의 형상을 고독과 연결짓는다. 혼자서 길게 하늘로 향하여 연기를
내뿜고 서 있는 모습에서 유추한 것이다. 고독을 이해한다는 것이 건방지다고 평하
지만 사실은 그 반대의 의미로 해석이 가능하다. 그 이유는 2연에서 묘사하고 있는

굴뚝의 모습을 통해 그대로 드러난다. '구름 속에 목을 빼들고/푸른 하늘에 검은 우울을 그리는 그 자식'이라는 표현은 굴뚝의 고독한 모습을 묘사한 대목이다. '푸른 하늘에 검은 우울'은 굴뚝의 연기를 비유적으로 표현한 말이다. 시각적 묘사를 통해 드러나는 비유적 이미지가 고독의 의미를 살려내고 있다. 3연에서는 주변의 건물 가운데 가장 높이 의연하게 서 있는 굴뚝이 거리와 건물을 내려다보고 있는 장면을 그려낸다. 시적 화자는 그렇게 높이 올라가서 길거리를 다니는 전차와 우그러진 건물의 지붕을 내려다본 적이 없다. 4연은 시상의 결말에 해당한다. 굴뚝이 연기를 내뿜는 모습을 그 가슴에서 구름을 즐겨 마신다고 묘사하고 있다.

이 시에서 시적 대상으로 그려지고 있는 굴뚝은 근대화가 이루어지던 시대 도시의 활력을 상징했다. 지금은 연기를 내뿜는 도시의 공장 굴뚝을 찾아보기 어렵지만, 당시에 굴뚝은 산업의 발전과 도시의 번영의 표상이 되었던 것이다. 하지만 이 시의 화자는 높다랗게 서 있는 공장의 굴뚝을 통해 물질문명의 발전이 가져온 인간의 삶의 편의와 윤택함을 노래하기보다는 오히려 인간의 고독과 소외의 감정을 느끼고 있다. 이 시가 일제 식민지 시대 한국 사회의 모더니티에 대한 비판과 반성의 의미로 읽혀지는 이유가 여기 있다.

이 시의 3연에서 '거리를 기어가는 전차개비'라는 구절의 '전차개비'는 김기림이 만들어낸 신조어(新造語)에 해당한다. 잡지 『학등(學燈)』의 발표 당시 원문을 보면 이 구절은 '거리를 기여가는 성양개비 전차(電車)'라고 표현되어 있다. 시집에 수록하면서 표현을 바꾼 것이다. 굴뚝 꼭대기에서 아래를 내려다보았을 때 거리를 달리는 전차의 모습이 마치 성냥개비처럼 보일 것이라고 상상해본 것이다. '–개비'라는 말을 '전차'에 붙여서 '전차개비'라는 새로운 말을 만들었다.

1934년 3월 잡지 『학등』(2권 2호)에 발표했다. 잡지 발표 당시 「연돌(煙突)」이라는 제목이었는데, 김기림이 첫 시집 『태양의 풍속』(1939)에 수록하면서 몇 구절을 고치고 제목도 바꾸었다.

바다와 나비

아무도 그에게 수심(水深)을 일러준 일이 없기에
흰 나비는 도무지 바다가 무섭지 않다.

청(靑)무 밭인가 해서 내려갔다가는
어린 날개가 물결에 절어서
공주(公主)처럼 지쳐서 돌아온다.

삼월달 바다가 꽃이 피지 않아서 서거푼
나비 허리에 새파란 초생달이 시리다.

「바다와 나비」는 간결한 형식과 선명한 이미지가 돋보이는 작품이다. 이 시의 1연은 바다를 배경으로 흰 나비 한 마리가 등장한다. 모든 시적 진술은 나비의 입장에서 이루어진다. 나비가 바다를 두려워하지 않는 것은 아무도 바다의 깊이를 가르쳐주지 않았기 때문이다. 바다 위를 날고 있는 흰 나비의 날갯짓이 위태롭게 느껴진다. 2연에서 바다는 청무 밭으로 바뀐다. 파도치는 바다의 모습이 청무 밭에 하얗게 핀 장다리꽃처럼 펼쳐진다. 이 장면도 나비의 입장에서 본 바다의 모습이다. 흰 나비가 바다 위로 날아든 이유가 여기서 밝혀지는 셈이다. 하지만 나비는 이내 착각임을 깨닫고는 공중으로 떠오른다. 나비의 날갯짓이 마치 바다 물결에 전 것처럼 무거워 보인다. 나비의 곱고 연약한 모습이 지친 '공주'의 이미지로 바뀐다. 3연에서 시적 배경이 되는 계절이 표시된다. 이른 봄 3월의 바다임을 알 수 있다. 나비의 허리에 새파란 초승달이 비친다.

　이 시에서 시적 대상이 되고 있는 '바다'와 '나비'는 그 성격이 서로 다르다. 끝없이 펼쳐진 푸른 '바다'는 광대하고 변화무쌍하며, 그 역동적인 움직임은 예측 불가능하다. 그러므로 바다는 원대한 포부나 새로운 도전 등의 의미로 상징화되기도 하지만 인간 세계에서 거칠고 견디기 힘든 현실로 비유되기도 한다. '나비'는 섬세하고 연약한 작은 곤충에 불과하다. 그 움직임이 연약하면서도 곱고 아름다워서 이 시에서는 '공주'에 비유했지만 인간이 지닌 꿈 또는 환상의 세계 등을 상징하기도 한다. 그런데 작품 속의 시적 진술은 나비를 의인화(擬人化)하여 이루어진다. 특히 시적 화자가 나비를 초점화(焦點化)하고 있기 때문에 화자의 내면 의식이 그대로 나비에 투영된다. 시적 화자와 나비가 동일시되고 있는 셈이다. 여기서 나비가 시적 화자를 대변한다면 바다는 험난한 현실 세계로 바꾸어볼 수 있다. 냉혹한 삶의 현실에 겁이 없이 뛰어들었다가 자신의 잘못된 판단을 깨달으면서 뒷걸음치는 경우에 느낄 수 있는 좌절감이 암시되기도 한다.

이 작품의 시적 성취는 바다와 나비를 통해 형상화하고 있는 섬세한 시각적 이미지의 대조에서 찾을 수 있다. '바다'는 '청무 밭'의 푸른색으로 그려내고 '흰 나비'는 '새파란 초승달'과 연결되면서 이미지의 공간적 대조가 선명하게 드러난다. 절제된 감정 위에 펼쳐지는 '청'과 '백'의 시각적 이미지는 '새파란 초승달'과 겹쳐진다. 바다 위의 흰 나비와 하늘의 새파란 초승달이 서로 대응한다. 이 절묘한 이미지의 공간적 구성은 시적 대상을 바라보는 시인의 관점이 얼마나 감각적이며 그 상상력이 폭넓은가를 그대로 말해주는 것이다.

1939년 4월 잡지 『여성』(4권 4호)에 발표했다. 김기림의 일제 말기 작품으로 그의 시집 『바다와 나비』(1949)에 표제작으로 실렸다.

주피터 추방(追放)
— 이상(李箱)의 영전(靈前)에 바침

파초 이파리처럼 축 늘어진 중절모 아래서
빼어 문 파이프가 자주 거룩치 못한 원광(圓光)을 그려 올린다.
거리를 달려가는 밤의 폭행(暴行)을 엿듣는
추켜올린 어깨가 이 걸상 저 걸상에서 으쓱거린다.
주민들은 벌써 바다의 유혹도 말 다툴 흥미도 잃어버렸다.

간다라 벽화를 흉내 낸 아롱진 잔(盞)에서
주피터는 중화민국의 여린 피를 들이켜고 꼴을 찡그린다.
「주피터 술은 무엇을 드릴까요?」
「응 그 다락에 얹어 둔 등록한 사상일랑 그만둬.
빚은 지 하도 오래서 김이 다 빠졌을걸.
오늘밤 신선한 내 식탁에는 제발
구린 냄새는 피지 말어.」

주피터의 얼굴에 절망한 웃음이 장미처럼 희다.
주피터는 지금 실크해트를 쓴 영란은행(英蘭銀行) 노먼 씨가
글쎄 대영제국 아침거리가 없어서
장에 계란을 팔러 나온 것을 만났다나.
그래도 계란 속에서는
빅토리아 여왕 직속의 악대가 군악만 치드라나.

주피터는 록펠러 씨의 정원에 만발한
곰팡이 낀 절조(節操)들을 도무지 칭찬하지 않는다.
별처럼 무성한 온갖 사상(思想)의 화초들.

기름진 장미를 빨아 먹고 오만하게 머리 추어든 치욕들.

주피터는 구름을 믿지 않는다. 장미도 별도……
주피터의 품안에 자빠진 비둘기 같은 천사들의 시체.
검은 피 엉클인 날개가 경기구(輕氣球)처럼 쓰러졌다.
딱한 애인은 오늘도 주피터더러 정열을 말하라고 조르나
주피터의 얼굴에 장미 같은 웃음이 눈보다 차다.
땅을 밟고 하는 사랑은 언제고 흙이 묻었다.

아무리 때려보아야 스트라빈스키의 어느 졸작보다도
이쁘지 못한 도, 레, 미, 파……인생의 일주일.
은단과 조개껍질과 금화와 아가씨와
불란서 인형과 몇 개 부스러진 꿈 조각과……
주피터의 노름감은 하나도 재미가 없다.

몰려오는 안개가 겹겹이 둘러싼 네거리에서는
교통순경 롤랑 씨 루즈벨트 씨 기타 제씨가
저마다 그리스도 몸짓을 흉내 내나
함부로 돌아가는 붉은 불 푸른 불이 곳곳에서 사고만 일으킨다.
그중에서도 프랑코 씨의 직립부동의 자세에 더군다나 현기증이 났다.

주피터 너는 세기(世紀)의 아픈 상처였다.
악한 기류(氣流)가 스칠 적마다 오슬거렸다.
주피터는 병상(病床)을 차면서 소리쳤다.
「누덕이불로라도 신문지로라도 좋으니
저 태양을 가려다고.
눈먼 팔레스타인의 살육을 키질하는 이 건장한
대영제국의 태양을 보지 말게 해다고.」

주피터는 어느 날 아침 초라한 걸레조각처럼 때 묻고 해어진
수놓는 비단 형이상학과 체면과 거짓을 쓰레기통에 벗어 팽개쳤다.
실수 많은 인생을 탐내는 썩은 체중(體重)을 풀어버리고
파르테논으로 파르테논으로 날아갔다.

그러나 주피터는 아마도 오늘 세라시에 폐하처럼
해어진 망또를 두르고
무너진 신화가 파묻힌 폼페이 해안을
바람을 더불고 혼자서 소요(逍遙)하리라.

주피터 승천하는 날 예의(禮義) 없는 사막에는
마리아의 찬양대도 분향도 없었다.
길 잃은 별들이 유목민처럼
허망한 바람을 숨 쉬며 떠 댕겼다.
허나 노아의 홍수보다 더 진한 밤도
어둠을 뚫고 타는 두 눈동자를 끝내 감기지 못했다.

「주피터 추방」은 김기림이 이상의 죽음을 애도하면서 그의 영전에 바친 시다. 이 시는 시집 『바다와 나비』(1949)에 수록되어 있다. 시적 진술의 대상이 된 '주피터'는 세상을 떠난 이상을 비유적으로 지칭한 말이다. 그리스 로마 신화 속에서 최고의 신으로 떠받들어졌던 '주피터(제우스)'라는 호칭을 이상에게 붙였다는 것은 이상의 예술적 성취와 그 뛰어난 정신을 기리기 위한 최고의 찬사였다고 할 수 있다.

이 시는 텍스트 자체가 11연으로 구분되어 있다. 1~7연은 시상의 흐름으로 보아 전반부에 해당한다. 이상의 생전의 모습과 그 특이한 행동이 그가 살았던 시대의 역사와 문명 속에서 조명된다. 김기림은 친구인 이상의 쓸쓸한 죽음을 애도하면서 그는 삶과 태도를 그가 살았던 시대의 삭막한 상황에 빗대어 일종의 문명 비판의 관점에서 노래하고 있다. 이상이라는 한 개인의 삶과 죽음을 두고 새로운

시대정신의 탄생과 그 좌절이라는 정신사적 의미를 시를 통해 노래하고 있는 것이다.

1연은 이상의 풍모를 그려내고 있다. 중절모에 파이프를 물고 어깨를 들썩거렸던 모습을 그대로 묘사하고 있다. 구본웅이 이상을 모델로 1935년에 그린 〈우인의 초상〉이 연상된다. 2연부터 7연까지는 이상의 특이한 개성과 사고방식 그리고 행동을 그가 살았던 시대 상황에 빗대어 서술하고 있다. 2연에서는 기존의 제도와 가치를 일체 거부했던 이상의 태도를 김빠진 술을 거부하는 모습으로 바꾸어 그려낸다. 이 장면에서 낡은 기성적인 것을 표상하는 대상으로 '중국'을 거명한다. 3연은 시대적 상황에 절망하던 이상의 모습을 보여준다. 세계 경제의 대혼란과 대영제국의 시장의 불안 상태를 이 장면에 덧붙여놓고 있다. 4연은 이상이 지니고 있었던 자본주의 체제의 모순에 대한 불만을 미국의 부익부 빈익빈의 현실에 빗대어 설명한다. 5연은 삶에 대한 애착도 열정도 모두 잃어버린 채 무기력해진 이상의 모습을 보여주고, 6연에서는 이상이 가지고 있던 현대예술에 대한 불만을 드러낸다. 7연은 유럽의 정치적 불안과 스페인 혁명 이후의 혼란 등에 빗대어 이상의 사회적 무관심을 그려낸다.

후반부에 해당하는 8~11연은 이상의 병과 그의 죽음을 그려놓고 있다. 8연에서 이상은 '세기의 아픈 상처'에 비유된다. 전반부에서 보여준 시대에 대한 절망, 삶에 대한 회의, 기성적인 것에 대한 거부 등이 결국은 이상의 개인적 삶에 커다란 상처가 되었음을 말해주고 있다. 9연은 그가 죽어서 신들이 모여 산다는 '파르테논' 신전으로 날아갔음을 말해준다. '주피터'가 되어 신의 왕국을 주재하기 위해서 그는 파르테논 신전으로 옮겨 간 셈이다. 10연은 1936년 이탈리아의 침공으로 권좌에서 밀려난 에티오피아의 황제 세라시에가 예루살렘에서 망명 생활을 보내듯 이상도 가끔 폐허의 도시 폼페이의 해변을 거닐 것이라고 말해준다. 11연은 그의 쓸쓸한 죽음을 애도한다. 아무도 지켜주지 못한 그의 운명을 놓고 '주피터 승천하는 날 예의 없는 사막에는/마리아의 찬양대도 분향도 없었다.'라고 진술하고 있다.

이 시의 의미를 깊이 있게 이해하기 위해서는 김기림과 이상의 관계를 자세히 알아둘 필요가 있다. 김기림과 이상은 서울 보성고등보통학교의 동문이었고, 문단에서 구인회의 동인으로 활약하면서 가장 친한 친구가 되었다. 특히 김기림은 1936

년부터 1939년까지 일본 동북 지역의 센다이 소재 도호쿠제국대학으로 유학하여 영문학을 공부했는데, 이상의 도쿄 체류 기간이 그대로 이 시기와 겹쳐 있다. 당시 이상이 김기림에게 보냈던 편지는 『이상전집』에 그대로 소개되고 있다. 이상은 도쿄에서 몹시 외롭고 쓸쓸하였지만 김기림은 대학의 학기 중에 쉽게 센다이를 벗어날 수 없었다. 김기림은 학년 말 봄방학을 이용하여 한국으로 귀국하던 길에 도쿄에 들러 이상과 만났다. 1937년 3월 20일 밤이었다.

　김기림이 도쿄에서 이상을 만난 것은 이상이 도쿄의 경찰서 유치장에 구금되었다가 건강을 완전히 잃은 채 막 풀려나 도쿄대학 부속병원에 입원하기 직전이었다. 이상은 좁은 하숙방에서 '날개가 아주 부러져서 기거도 바로 못하고 이불을 둘러쓰고 앉아 있었다.' 김기림은 이상의 모습을 보고 '전등불에 가로 비친 그의 얼굴은 상아(象牙)보다도 더 창백하고 검은 수염이 코밑과 턱에 참혹하게 무성하다.'라고 적었다. 김기림은 제대로 기동조차 하지 못하는 이상을 만나 하룻밤을 지낸 후 그의 건강을 걱정하면서 바로 귀국길에 올랐다. 방학을 보내고 다시 일본으로 돌아오게 되는 4월에 도쿄에 들러서 서로 만나자는 약속을 하고 헤어졌던 것이다. 하지만 이상은 김기림을 끝내 기다려주지 않았다. 그는 1937년 4월 17일 병원에 눈을 감았다. 김기림은 이상의 도쿄 생활과 그 죽음을 이렇게 회고한 바 있다.

　　1936년 겨울에 그는 불현듯, 서울과 또 그의 지나간 생활 전부에 고별하고 그 대신 무슨 새 생활의 꿈을 품고 현해탄을 건너갔던 것이다. 좀 더 형편이 되었다면 물론 나와의 약속대로 파리로 갔을 것이다. 그의 이 탈주, 도망, 포기, 청산 —그러한 여러 가지 복잡한 동기를 가진 이 긴 여행은, 구태 찾는다면 '랭보'의 실종에라도 비길 것일까.
　　와 보았댔자 구주(歐洲) 문명의 천박한 식민지인 동경 거리의 추잡한 모양과, 그중에서도 부박한 목조 건축과, 철없는 '파시즘'의 탁류에 퍼붓는 욕만 잠뿍 쓴 편지를 무시로 날리고 있던, 행색이 초라하고 모습이 수상한 '조선인'은, 전쟁 음모와 후방 단속에 미쳐 날뛰던 일본 경찰에 그만 붙잡혀, 몇 달을 간다(神田)경찰서 유치장에 들어 있었다. 워낙 건강을 겨우 부지하던 그가 캄캄한 골방 속에서 먹을 것을 먹지 못하고 천대받는 동안에, 그 육체가 드디어 수습할 수 없이 되어서야, 경찰은 그를 그의 옛 하숙에 문자 그대로 담아다 팽개쳤던 것이다. 무명처럼 엷고 희어진 얼굴에 지저분한 검은 수염과 머리털, 뼈만 남은 몸뚱어리, 가쁜 숨결 ─ 그런 속에서도 온갖 지상의 지혜와 총명을 두 낱 초점에 모은 듯한 그 무적(無敵)한 눈만이, 사람에게는 물론 악마나 신에게조차 속을 리 없다는 듯이, 금강석처럼 차게 타고 있는 것이다. 그것은 인생과 조국과 시대와 그리고 인류의 거룩한 순교자의 모습이었다. '리베라'에 필적하는 또 하나 아름다운 '피에타'였다.

　　얼마 안 가 조국은 그가 낳은 이 한 사람의 슬픈 천재의 시체를 묵묵히 받아들이고 만 것이다. 그리하여 지상은 그릇 이리로 망명해 온 '주피터'를 다시 추방하고 만 것이다. 그의 짧은 생애는 그러나 그가 남긴 예술에 의해서 드디어 시간을 초월할 수가 있었다. 그 속에서 우리는 겨우, 말할 수가 있다고 하면 '영원한 이상'의 얼굴을 무시로 쳐다보면서 그의 목소리를 듣고 있는 것이다. 그러나 이것으로도, 그가 그의 요절로 하여 우리에게 남긴 너무나 큰 공허와 아까움의 천만분지의 일도 지워주지 못하는 것을 어찌하랴?

─ 『이상선집』 서문(백양당, 1949)

　　김기림은 이상의 죽음을 보고 애통해하지 않을 수 없었다. 그는 하늘을 향해 '주피터 추방'을 절규했다. 김기림이 이상을 향해 '주피터'를 호명한 까닭은 그리스 로마 신화 속에 감춰져 있다.

　　그리스 로마 신화 속의 크로노스는 '너는 너의 아들에 의해 망할 것이다.'라는 예언을 듣고 아내 레아와의 사이에 태어난 다섯 아이를 모두 삼켜버린다. 그리고 여섯째인 제우스마저 해치려 들자 레아는 꾀를 낸다. 크로노스는 아내에게 속아 제우스 대신에 돌덩이를 삼킨다. 제우스는 어머니의 도움으로 다른 곳에 숨겨져 자라난다. 그리고 그가 성장하여 아버지 크로노스를 능가할 수 있을 정도로 힘이 강해지자 집으로 돌아온다. 그는 아버지 크로노스의 배를 걷어찬다. 배 속에서 그가 삼켰던 자식들이 모두 튀어나온다. 결국 크로노스는 예언대로 아들인 제우스의 힘 앞에 무릎을 꿇게 된다. 이로써 제우스는 신들의 제왕으로 구름 속의 산 정상에 그의 왕국을 건설하게 된다. 주피터는 신들의 신이 된 것이다. 태양계의 모든 행성들은 그리스 로마 신화에 등장하는 신들의 이름으로 불린다. 목성을 올림포스 산의 최고의 신 주피터(혹은 Zeus)라고 명명한다. 수성은 전령의 신 머큐리(Mercury 혹은 Hermes)이고 금성은 사랑과 미의 여신인 비너스(venus 혹은 Aphrodite)다. 인간이 살고 있는 지구는 대지의 여신 가이아(Gaia 혹은 Earth)로 불린다. 화성은 전생의 신 마즈(Mars 혹은 Ares)……

　김기림은 이상을 '주피터'라고 호명한다. 이상에게 이 이름은 그 예술적 재능에 값한다. 모든 기성적 권위를 거부하고 현실의 제도와 이념과 가치를 넘어서고자 했던 이상을 달리 어떻게 호명할 수 있겠는가? 이상은 세상을 떠난 후에 김기림이 붙여준 '주피터'라는 또 하나의 이름으로 우리 문학사의 가장 크고 밝은 별이 된다.

이상

李箱 1910~1937

이상은 예술적 관심과 사물에 대한 감각적 인식을 둘러싼 문화적 조건에 일찍 눈을 떴던 예술가였다. 그는 어린 시절부터 화가를 꿈꾸면서 현대미술의 변화와 그 미학적 변주에 남다른 관심을 가졌다. 그리고 경성고등공업학교에서 건축학을 공부하는 동안 현대 기술문명을 주도해온 물리학과 기하학 등에 관한 수준 높은 지식을 터득했다. 그는 사물에 대한 보다 직접적이고 감각적인 접근법을 채택함으로써 사물에 대한 인식 방법과 주체의 시각 자체를 새롭게 변형할 수 있는 방법을 만들어냈다. 그리고 바로 그것이 그의 문학과 예술에서 가장 빛나는 부분이 되었다.

본명은 김해경(金海卿). 1910년 서울 태생으로 1926년 서울 보성고등보통학교를 졸업했다. 문인 가운데 비평가 이헌구, 시인 임화 등과 동기였으며, 김기림, 김환태 등은 1년 후배였다. 소학교 시절부터 화가를 꿈꾸었지만 가족들의 반대로 일본 유학을 포기하고 1926년 경성고등공업학교에 입학하여 건축과에서 수학했다.

이상은 1929년 건축과를 수석 졸업한 후 조선총독부 내무국 건축과 기수로 특채되어 근무했다. 그리고 일본 건축 전문가들로 구성된 조선건축회 정회원으로 가입했으며, 이 학회에서 발간하던 일본어 건축 전문지 『조선과 건축(朝鮮と建築)』의 표지 도안 현상 모집에 1등과 3등으로 당선되기도 했다. 1931년 제10회 조선미술전람회에 서양화 유화 〈자상(自像)〉을 출품하여 입선하여 독학으로 연마한 미술 실력을 인정받았다.

1930년 조선총독부 홍보지 『조선(朝鮮)』 국문판에 처녀작이며 유일한 장편소설인

『12월 12일(十二月 十二日)』을 '이상(李箱)'이란 필명으로 연재하였고, 1931년 『조선과 건축』에 일본어로 쓴 시 「이상한 가역반응(可逆反應)」을 비롯하여 연작시 「조감도」 「삼차각설계도」 등 20여 편을 발표하면서 문학적 글쓰기에 적극적으로 나섰다. 1932년에도 잇달아 『조선과 건축』에 「건축무한육면각체」라는 제목으로 일본어 시 「AU MAGASIN DE NOUVEAUTES」 「출판법」 등을 발표하였다. 이해에 『조선』에 단편소설 「지도의 암실」을 '비구(比久)'라는 필명으로 발표하고, 단편소설 「휴업과 사정」을 '보산(甫山)'이라는 필명으로 잇달아 발표하였다.

1933년 폐결핵으로 조선총독부를 사직한 후 황해도 배천 온천에서 요양 생활을 했고 서울로 돌아와서 종로 2가에 다방 제비를 개업 운영하면서 문인들과의 교유를 시작했다. 1934년 정지용, 이태준, 박태원 등의 도움으로 『조선중앙일보』에 연작시 「오감도(烏瞰圖)」를 연재하다가 독자들의 비난으로 중단했다. 「오감도」는 연재 중단으로 완결을 보지 못했지만 한국 현대시의 시적 감성을 새롭게 전환시켜놓은 화제작이 되었다. 이해 연말에 이태준, 정지용, 김기림, 박태원 등이 중심이었던 구인회에 입회하고, 1935년 친구 구본웅의 도움으로 그 부친이 경영하는 인쇄소 창문사에서 일하기 시작했다. 1936년 구인회 동인지 『시와 소설』을 편집 발간하였고, 시 「가외가전」 「위독」, 단편소설 「지주회시」 「날개」 「봉별기」 「동해」 등을 발표했다.

1936년 10월 자신의 문학에 대한 회의와 새로운 예술을 갈망하면서 일본으로 건너가 도쿄의 하숙방에서 소설 「종생기」 「실화」 등과 수필 「권태」 등을 썼다. 1937년 일경에 의해 불령선인(不逞鮮人)으로 검거되어 한 달 동안 경찰서 유치장에 구금되었다가 폐결핵이 악화되어 풀려나 도쿄제국대학 부속병원에 입원했으나 4월 17일 사망했다.

우리 시 깊이 읽기

오감도(烏瞰圖) 시 제1호

13인의아해가도로로질주하오.
(길은막다른골목이적당하오.)

제1의아해가무섭다고그리오.
제2의아해도무섭다고그리오.
제3의아해도무섭다고그리오.
제4의아해도무섭다고그리오.
제5의아해도무섭다고그리오.
제6의아해도무섭다고그리오.
제7의아해도무섭다고그리오.
제8의아해도무섭다고그리오.
제9의아해도무섭다고그리오.
제10의아해도무섭다고그리오.

제11의아해가무섭다고그리오.
제12의아해도무섭다고그리오.
제13의아해도무섭다고그리오.
13인의아해는무서운아해와무서워하는아해와그렇게뿐이모였소.(다른사
정은없는것이차라리나앗소)

그중에1인의아해가무서운아해라도좋소.
그중에2인의아해가무서운아해라도좋소.
그중에2인의아해가무서워하는아해라도좋소.
그중에1인의아해가무서워하는아해라도좋소.

(길은뚫린골목이라도적당하오.)

13인의아해가도로로질주하지아니하여도좋소.

　이상의 「오감도」는 1934년 『조선중앙일보』(7.24~8.8)에 발표한 연작시이며, 15편의 작품으로 구성되어 있다. 이 시는 특이한 시적 상상력과 사물을 보는 새로운 시각으로 인하여 시인으로서의 이상의 문단적 존재를 새롭게 각인시킨 화제작이 된다. 이상은 이 작품에서 다양한 언어적 진술 방식을 동원하고 새로운 기법을 실험하면서 사물을 보는 새로운 시각의 가능성을 보여주고 있다. 그렇지만 「오감도」는 그 실험적인 구상과 문제의식에도 불구하고 당시 문단에서 철저하게 외면당했고, 독자 대중 역시 「오감도」의 새로운 상상력과 그 창조적 정신을 이해하려 들지 않았다.

　「오감도」에서 그 제목인 '오감도'라는 말은 이상이 만들어낸 신조어(新造語)이다. 이 말의 의미는 '조감도(鳥瞰圖)'라는 말을 놓고 보면 어느 정도 이해가 가능하다. 조감도는 원래 미술 용어로서 공중에 떠 있는 새가 아래를 내려다본다는 것을 가정하여 넓은 범위의 지형, 건물과 거리 등의 형상을 상세하게 그려내는 그림을 말한다. 이상은 '조감도'라는 한자의 글자 모양을 변형시켜 '오감도'라는 새로운 단어를 만들어낸 것이다. 한자로 쓸 경우 '오감도(烏瞰圖)'는 '조감도(鳥瞰圖)'와 글자 모양이 아주 흡사하다. '조(鳥)'라는 한자에서 획(一) 하나를 제거하면 바로 '오(烏)' 자가 된다. 이 글자는 명사인 경우 '까마귀'라는 뜻을 지닌다. 이런 방식은 전통적으로 한자의 자획(字劃)을 나누거나 합쳐서 전혀 다른 글자를 만들어내는 '파자(破字)' 놀이를 패러디한 것이다. '오감도'는 '새가 공중에서 아래로 내려다본 모습'이 아니라 '까마귀가 공중을 날면서 땅을 내려다본 모습'이라는 뜻을 가지게 됨으로써, '까마귀'가 환기하는 독특한 분위기를 통해 암울한 현대인들의 삶의 모습을 전체적으로 암시할 수 있게 된다.

　「오감도」는 주제의 중첩과 병렬이라는 특이한 구조를 드러내고 있는 연작시의 형식을 유지하고 있다. 각각의 작품은 「시 제1호」에서부터 순번을 달고 이어진다. 새로운 작품이 추가되는 순간마다 새로운 정신과 기법과 무드가 전체 시적 정황을 조절한다. 물론「오감도」의 작품들이 소제목처럼 달고 있는 순번은 작품의 연재 방식이나 연작으로서의 결합에서 필연적으로 요구하는 순서 개념을 말해주는 것은 아니다. 이 연속적인 순번은 각 작품의 제목을 대신하면서 시적 주제의 병렬과 반복과 중첩을 말해준다. 그러므로「오감도」의 연작 형식은 이질적인 정서적 충동을 직접으로 드러낼 수 있도록 고안된 '병렬의 수사'와 그 미학을 추구하는 것이라고 할 수 있다. 실제로「오감도」는 모든 작품들이 그 전체적인 외형적 틀 속에 계기적으로 연결되고 있지 않다. 모든 작품은 시적 주제를 놓고 어떤 순서 개념에 따라 배열된 것이 아니라 테마의 반복을 실험한다. 「오감도」의 연작 형식은 시적 주제와 그 공간의 확대와도 연관된다. 연작의 형태로 묶여진 작품들이 각각의 독자성을 기반으로 하면서도 연작의 요건에 의해 더 큰 덩어리의 작품이 되고 있기 때문이다.

「오감도」에 연작의 형식으로 포함된 15편의 작품들은 다양한 시적 구성을 보여준다. 이 작품들이 대부분 난해시로 지목된 이유는 시적 진술 내용의 단순화 또는 추상화(抽象化) 기법에 기인한다. 이상은 시적 대상을 그려내면서 그 대상의 복잡한 형상과 구체적인 디테일을 과감하게 생략하거나 제거한다. 그리고 자신이 새로운 시각과 관점을 통해 착안해낸 한두 가지의 특징만을 중심으로 하는 단순화한 시적 진술을 이어간다. 이와 같은 특징 때문에 독자들이 쉽게 작품에서 그려내고 있는 시적 정황에 접근할 수가 없다. 그는 대상에 대한 주관적인 감정이나 정서적 반응을 철저하게 절제하고 시적 진술 내용에서 구체적 설명이나 감각적 묘사 대신에 한두 가지의 중심 명제를 찾아내어 이를 반복적으로 진술한다. 어떤 경우에는 언어적 진술 대신에 특징적인 기호나 도형과 같은 파격적인 이미지를 그대로 노출하여 사용하기도 한다. 이러한 방법은 눈에 보이는 것을 넘어서서 상상의 영역 속으로 독자를 끌어들여 새로운 세계와 그 법칙을 인식할 수 있도록 유도하는 것이다. 결국 이상은 사물에 대한 보다 직접적이고 감각적인 접근법을「오감도」를 통해 실험해 보임으로써 예술의 미적 자율성이라는 새로운 개념에 도달하게 된다.

「오감도」에서 주목되는 것은 시적 대상을 보는 시각의 전환과 그 시적 기법의 새로움이라고 할 수 있다. 시적 대상으로서의 사물에 대한 인식 혹은 지각은 무수한 원근법적 시선의 무한한 총합으로 가능해진다. 하나하나의 시선에 따라 대상이 지각되기는 하지만 그것은 항상 대상으로서 사물의 어떤 한 측면만 보이게 된다. 대상은 그것을 보는 관점이나 장소에 따라 다르게 보이기 때문이다. 여기서 특히 주목되는 것은 시인 이상이 「오감도」를 통해 '보는 시' 또는 '시각시(visual poetry)'라는 새로운 시적 양식에 대한 도전과 실험을 보여주고 있다는 사실이다. '보는 시'는 시적 텍스트를 시각적 형태로 구현하고자 하는 시도의 산물이다. 간단히 말하자면 시적 텍스트 자체가 무엇인가를 드러내어 보이도록 고안된다. 여기서 시적 텍스트 자체의 물질성을 드러내는 문자, 문장부호, 띄어쓰기, 행의 구분, 행의 배열, 여백 등의 시각적 요소들을 해체하기도 한다. 그리고 텍스트 자체가 무엇인가를 보여줄 수 있도록 문자 텍스트에 삽화, 사진, 도형 등과 같은 회화적 요소를 첨부하여 새로운 변형을 시도하기도 한다. 예컨대 「오감도 시 제4호」의 경우에는 시적 텍스트 자체가 특이한 형태를 드러낸다. 일반적으로 시적 텍스트는 언어의 통사적 배열에 그 구조가 결정된다. 그러나 이 작품은 언어 텍스트로만 구성되어 있지 않다. 아주 간단한 언어 텍스트 사이에 '1 2 3 4 5 6 7 8 9 0'이 뒤집힌 채 열한 줄로 반복 배열된 특이한 숫자의 도판을 하나 끼워놓고 있다. 다시 말하면 언어 텍스트 사이에 시각적 도판이 삽입되어 있다고 설명할 수 있다. 그러므로 언어적 진술과 시각적 도판의 결합에 의해 구조화된 시적 텍스트의 혼성적 특징을 이해하지 않으면 안 된다. 물론 '보는 시'에서 볼 수 있는 시각적인 요소로서의 영상과 언어 문자의 결합은 단순히 그림과 시가 결합되는 것을 의미하지 않는다. 두 가지 매체의 밑바닥에 깔려 있는 심미적 요소가 통합되는 것이기 때문이다. 이 새로운 방식의 결합은 문자 문명에서 오랫동안 지켜져 내려온 '보기'와 '읽기'라는 이항적 대립 자체를 폐기시킨다. 시적 텍스트에서 '읽기'와 '보기'라는 두 가지 차원의 접근법 사이에 지속적인 내적 대화가 이루어지면서 언어적 텍스트의 공간적 확대를 통해 새로운 미적 경험의 폭과 깊이를 증대시킨다. 그리고 궁극적으로는 시각적 요소가 시적 텍스트의 핵심적인 요건이 되는 것이다.

이상의 연작시 「오감도」는 시인 자신의 개인적인 삶을 텍스트 속에 직접적으로 투영하는 방식을 통해 시적 주체의 객관적 인식에 도달하게 된다. 자신이 창작하고 있는 작품 속에 시적 대상으로 자기 주체를 등장시키기도 하는 것이다. 물론 이러한 형식 자체는 전통적인 의미의 서정적 진술과는 전혀 다르기 때문에 존재론적인 차원에서 별도의 논의를 가능하게 한다. 그런데 시적 텍스트에 시적 대상으로 등장하는 경험적 주체로서의 시인 자신은 텍스트 속에 등장하는 순간 그 실재성의 의미를 상실한다. 그것은 텍스트의 언어에 의해 조작되는 것이기 때문이다. 이러한 현상은 시인 자신과 창작으로서의 텍스트 사이에 저자로서의 주체와 대상으로서의 작품이라는 입장이 서로 뒤바뀌면서 서로가 서로를 창조하고 서로가 서로의 입장을 파괴한다는 점을 통해 확인된다. 이것은 단지 텍스트의 인위성과 현실의 삶의 인위성을 강조하기 위해 활용하는 하나의 기법에 불과한 것이다.

「오감도」는 독자들의 항의로 신문 연재가 15편으로 중단되면서 새로운 시적 실험의 완결된 형태를 보여주지 못했다. 이상은 자신이 쓴 2천여 편의 작품에서 「오감도」를 위해 30여 편을 골랐다고 밝힌 적이 있다. 이 진술을 그대로 받아들일 경우 연작시 「오감도」는 신문에 연재된 15편 외에도 상당수의 작품이 발표되지 못한 채 폐기되었음을 알 수 있다. 나는 이상이 일본으로 건너가기 직전 1936년 두 편의 연작시 「역단(易斷)」과 「위독(危篤)」을 발표하면서 연작시 「오감도」의 시적 주제와 전체적인 형태의 완성을 보게 된다고 추정한 바 있다. 「오감도」를 이해하기 위해서는 연작시 「역단」의 5편과 연작시 「위독」의 12편을 모두 함께 연작의 특성에 근거하여 새롭게 음미할 필요가 있다고 생각한다.

이상의 연작시 「오감도」는 한국 모더니즘 문학운동의 중심축에 해당한다. 「오감도」는 새로운 언어적 감각과 기법의 파격성을 바탕으로 자의식의 시적 탐구, 이미지의 공간적인 구성에 의한 일상적 경험의 동시적 구현, 도시적 문명과 모더니티의 추구 등을 드러내는 모더니즘적 시의 경향을 그대로 드러낸다. 특히 이상은 현대 과학 문명의 비인간화의 경향에 반발하면서 인간 존재와 그 가치에 대한 시적 추구 작업에 몰두하기도 하였고, 개인적 주체의 붕괴에 도전하여 인간의 생명 의지를 시적으로 구현하고자 하였다. 그러므로 연작시 「오감도」는 그 텍스트의 표층에 그려진 경험적 자아의 병과 고통, 가족과의 갈등 문제를 인간의 존재와 삶, 생명과 죽음의 문제, 고독과 의지와 같은 본질적인 주제로 심화시켜 시적 형상성을 획득하고 있다.

이상의 「오감도 시 제1호」는 이 시의 텍스트의 원문을 보면 인쇄 활자의 모습 자체는 굵은 고딕체의 글자로 이루어져 있으며, 일반적인 띄어쓰기 방식을 무시한 채 각각의 시적 진술이 일정한 규칙에 따라 배열되어 있다. 작품의 텍스트 구조도 매우 단순하다. 전체 5연으로 구분된 시적 텍스트에서 전반부의 1, 2연은 각 행이 모두 13개의 글자로 이루어진 비슷한 문장을 반복한다. 시의 텍스트는 '도로'에서 '13인의 아해'가 '질주'하고 있는 상황을 보여주고 있다. 그런데 '13인의 아해'들은 모두가 자신들이 처해 있는 상황을 '무섭다'라고 말한다. 그리고 각각 스스로 무서운 존재로 변하기도 하고 무서워하는 존재가 되기도 한다. 여기서 '13인의 아해'가 누구이며 '13'이라는 숫자가 어떤 의미를 지니는 것인가를 먼저 따지는 것은 큰 의미가 없어 보인다. 왜냐하면 여기 등장하는 '아해'는 실제의 아이가 아니라 공중에서 내려다보이는 사람들에 불과하기 때문이다. 하늘에 떠서 지상을 내려다보면 모든 사물들은 실제의 크기보다 작게 보인다. 이러한 거리의 감각을 염두에 둔다면 '아해'는 아이들처럼 작게 보이는 사람들임에 틀림없다. '13'의 경우도 숫자 자체의 상징성이 문제가 되기도 하지만 지상에 있는 많은 사람들을 가리킨다고 보아도 크게 의미에서 벗어나지는 않는다. 이 작품에서 문제가 되는 것은 '아해'들이 도로를 질주하며 느끼게 되는 '무섭다'는 공포의 실체가 무엇인가를 확인하는 작업이다. 이 작품은 이러한 문제의식으로부터 다시 읽어가야만 그 시적 의미의 핵심에 도달할 수 있다.

1연의 첫 행에서는 '13인의 아해가 도로로 질주하오.'라는 진술을 통해 시적 정황을 제시하고 있다. 열세 명의 아이들이 도로를 질주하고 있다는 아주 단순한 내용이다. 그러나 둘째 행에서 ( ) 속에 담겨진 '길은 막다른 골목이 적당하오.'라는 말을 보면 그 내용 속에 긴장이 담겨지게 됨을 알 수 있다. 왜냐하면 '아해'가 '막다른 골목'을 달리고 있기 때문이다. 여기서 문제가 되는 '질주하다'라는 동사는 '빨리 달리다'라는 뜻을 지닌다. 주체의 행위로서의 '빨리 달리기'는 단순하게 규정한다면 누가 더 빨리 달리느냐 하는 상대방과의 경쟁을 말하는 것이 보통이다. 그러나 이 말은 단순한 경쟁만을 의미하는 것이 아니다. 어떤 상황이나 상대방의 위협으로부터 멀리 도피하기 위해 달리는 것으로도 해석이 가능하다. 붙잡히지 않으려면 빨리 달아나야 한다. 결국 '질주하다'라는 말은 끝없는 경쟁을 의미하기도 하고 어떤 상황으로부터의 도피를 의미하기도 한다.

그런데 1연에서 제시하고 있는 '13인의 아해의 질주'는 2, 3연에서 그 이유와 동기가 드러난다. '13인의 아해가 도로로 질주하오.'라는 진술을 놓고 다시 하나씩 '아해'들의 말과 행동을 설명해주고 있기 때문이다. '제1의 아해가 무섭다고 그리오.'라는 문장과 동일한 내용의 진술을 '제1의아해'부터 '제13의아해'에 이르기까지 열세 번이나 반복적으로 열거하고 있다. 여기서 시적 진술의 수사적 장치로서 활용되는 열거와 반복은 진술되는 내용 자체의 의미 공간을 내적으로 확장하고 그것을 강조하는 기능을 수행한다. 이 단순한 반복과 열거를 통해 시적 진술의 주체인 '아해'가 표명하고 있는 '무섭다'라는 서술 내용 자체가 불안감과 긴박감을 고조시키면서 공간적으로 확장되고 있는 것이다. 3연의 끝에 붙어 있는 '13인의아해는무서운아해와무서워하는아해와그렇게뿐이모였소.'라는 설명은 '13인의아해'가 각각 밝히고 있는 '무섭다'라는 진술의 의미를 다시 메타적으로 해명한다. '무섭다'라는 형용사는 서술 주체가 '두려움이나 놀라움을 느낄 만큼 성질이나 기세 따위가 몹시 사납다.'라는 뜻과 함께 '어떤 대상에 대하여 두려운 느낌이 있고 마음이 불안하다.'라는 뜻을 나타낸다. 이를 '무섭다'라는 말과 '무서워하다'라는 말로 각각 바꾸어 볼 수 있다. 결국 13인의 아해가 각각 '무서운 아해'와 '무서워하는 아해'로 구분되고 있는 것이다. 다시 말하면 13인의 아해 가운데 일부는 '무서운 아해'이고 나머지는 '무서워하는 아해'임을 알 수 있다. 4연은 다시 앞의 설명을 근거로 '13인의 아해' 가운데 하나둘씩 각각 무서운 아해와 무서워하는 아해로 구분하고 있다. '무섭다'라는 말이 결국 그 주체인 '아해'를 서술하기도 하고 대상화하기도 한다. 다시 말하자면 '13인의 아해' 가운데 무서운 '아해'가 있고, 그 무서운 '아해'를 다른 '아해'가 공포의 대상으로 여기며 두려워하고 있는 셈이다. 이 시의 마지막 연은 1연에서 제시한 시적 정황에 대한 '반대 진술의 가능성'을 열어놓고 있다. '막다른 골목'이 아니라 '뚫린 골목'이어도 좋고, '질주하지 아니하여도' 좋다고 설명하고 있기 때문이다. 이러한 반대 진술은 이 시에서 말하고자 하는 내용이 어떤 경우라도 실상은 마찬가지라는 점을 암시한다.

여기서 '무섭다'는 형용사의 의미에 관해 좀 더 깊이 있게 검토할 필요가 있다. '무섭다'는 말은 대상에 대한 두려움의 느낌을 표시하기도 하고 상대에게 공포감을 불러일으킬 수 있는 포악한 성질을 지니고 있는 주체의 상태 자체를 말해주기도 한다. 불안과 공포의 개념은 정신분석에서도 핵심적인 위치를 차지한다. 프로이트는 대부분의 신경증 증상들이 고통스러운 불안의 상태로부터 회피하려는 시도라고 보고 있다. 그는 불안을 어떤 위협에 대한 개인의 반응으로 이해하고 있다. 이때 외부적으로 이미 알려져 있는 위험과 거기서 비롯되는 위협은 현실적 불안을 야기하는데, 이를 공포라고 한다. 이와는 달리 내부적인 위험에서 기인하는 신경증적 불안도 존재한다. 불안은 어떤 위험의 결과로부터 생기는 것은 아니라 위험을 예상하는 데에서 생겨난다. 이와 같은 정신분석학적 개념을 놓고 보면 「오감도 시 제1호」에서 그려내고자 하는 불안과 공포가 무엇을 의미하는지 어느 정도 분명해진다. '무섭다'라는 말이 드러내고 있는 불안과 공포의 실체가 드러나기 때문이다. '아해'들이 무서워하는 것은 괴물이라든지 귀신이라든지 하는 다른 어떤 대상이 아니다. '13인의 아해' 가운데에는 아주 무서운 '아해'가 있다. 그러므로 다른 '아해'는 그 무서운 '아해'를 공포의 대상으로 여기며 두려워하고 있는 것이다. 이러한 의미를 확대 해석할 경우, '13인의 아해'는 서로가 서로를 공포의 대상으로 여기고 있다는 설명이 가능하며, '아해'들의 상호 대립과 갈등과 불신이 공포를 조장하고 있음을 알 수 있다.

　「오감도 시 제1호」의 시적 텍스트에서 '13인'이라는 숫자가 어떤 의미를 지니는 것인가를 따지는 것은 본질적인 문제는 아니다. '13'에 붙어 있는 '종말의 의미'를 아무리 강조한다고 해도 시적 의미의 깊이에 도달하기는 어렵다. '13'이라는 숫자를 '조선 13도'로 환원해보아도 상황은 마찬가지다. 그럼에도 불구하고 굳이 그 숨은 뜻에 대한 설명이 필요하다면, 나는 '13인의 아해'가 지구상에 살고 있는 인간의 존재를 상징하는 숫자라고 설명하고 싶다. 이 시가 '까마귀'처럼 공중에서 땅을 내려다보는 '오감도'의 관점에서 쓰여진 것이라는 점을 생각한다면, 땅 위에서 살아가는 인간의 왜소한 모습이 '아해'처럼 보인다는 것은 당연하다. '13'은 종말의 숫자이며 인간 존재의 위기를 암시한다. 이것은 현실 속에 살고 있는 인간의 실체를 '무섭다'라고 하는 하나의 형용사로 묘사한 것과도 그 성격이 일맥상통한다. 20세기 문명의 발전 과정에서 드러나는 휴머니즘의 붕괴를 생각한다면, 인간의 인간에 대한 공포는 현대문명이 만들어낸 죄악이다. 속도와 경쟁을 부추겨온 물질문명이 인간의 상호 불신과 대립, 적대감과 경쟁 의식, 공포와 저주 등의 문제를 초래하고 있기 때문이다. 「오감도 시 제1호」의 참주제는 인간이 인간을 공포의 대상으로 여길 수밖에 없게 된 현대 사회의 병리를 지적하고자 하는 비판적 문제 인식에 기초하고 있는 것이다.

이상의 「오감도 시 제1호」에서 보여주고 있는 사물에 대한 시각은 매우 특이하다. 그는 하늘을 나는 까마귀의 눈을 가장하여 세상을 내려다본 풍경을 상상한다. 이 특이한 발상은 사물을 보는 새로운 시각을 예비하고 있음을 말해준다. 먼저 하늘에 떠 있는 새의 위치에서 가질 수 있는 시선의 높이와 그 각도가 중요하다. 위에서 아래를 내려다보는 이 특이한 시각을 통해 인지되는 지상의 모든 사물은 그 높이와 거리로 인하여 개별적인 형태보다는 전체적인 공간적 구도와 질서를 드러내어준다. 다시 말하자면 조감도의 시선과 각도는 지상의 사물들이 드러내는 공간적 구도와 질서에 대한 전체적 인식을 가능하게 하고 있는 셈이다. 이 시는 연작시 「오감도」의 첫 작품으로 1934년 7월 24일 『조선중앙일보』에 발표되었다.

오감도 시 제5호

其後左右를除한唯一한痕迹이있어서

翼殷不逝　目大不覩

胖矮小形의神의眼前에我前落傷한故事를有함.

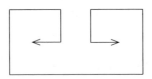

臟腑타는것은浸水된畜舍와區別될수잇슬른가.

「오감도 시 제5호」는 1934년 7월 28일 『조선중앙일보』에 「오감도 시 제4호」와 함께 발표되었다. 이상의 대표적인 난해시의 하나로 치부되어온 이 작품은 텍스트의 전체적인 짜임새 자체가 타이포그래피의 속성을 활용하여 외형상 시각적인 속성을 강조한다. 이 작품은 시적 진술 자체가 해독하기 힘든 한문 구절로 이루어져 있는데, 둘째 행은 그 글자 모양을 크고 진하게 표시했다. 더구나 독특한 기하학적 도형을 문자 텍스트 중간에 삽입해두고 있다. 말하자면 언어적 진술과 기하학적 도형이라는 이질적 요소가 서로 결합되어 하나의 시적 텍스트를 시각적으로 구성하고 있는 셈이다. 이 같은 시적 텍스트의 구성은 현대미술의 새로운 기법으로 각광을 받았던 콜라주(collage)의 방법을 원용하고 있는 것이라고 할 수 있다. 문자 텍스트와 기하학적 도형의 결합을 통해 새로운 시적 텍스트를 구성해냄으로써 '보는 시(시각시, visual poetry)'의 새로운 가능성에 도전한다. 특히 이상 자신이 폐결핵을 진단 받은 후에 겪어야 했던 병에 대한 공포와 죽음에 대한 두려움의 심경을 단순 추상화하여 시각적으로 제시하고 있는 점은 주목할 만하다.

「오감도 시 제5호」는 이상의 일본어 시 가운데 『무한건축육면각체(建築無限六面角體)』(『조선과 건축(朝鮮と建築)』, 1932.7)에 포함되어 있는 「二十二年」을 패러디한

우리 시 깊이 읽기

것이다. 일본어 시에서 '22년'은 시적 화자의 나이가 '22세' 되던 해를 가리킨다. 이 해에 시인 자신은 객혈을 한 후 폐결핵이 심각한 상태임을 진단을 통해 알게 된다. 이 시에서 시적 화자는 자신의 악화된 건강 상태를 놓고 절망감에 빠져들었던 심경을 『장자(莊子)』의 구절을 빌려 표현한다. 그리고 폐가 상해버린 상태를 촬영한 X선 사진을 추상화한 이미지를 시각적으로 제시하고 있다. 시적 텍스트에서 첫 행은 '그 뒤 좌우를 제거한 유일한 흔적이 있어서'라고 읽힌다. 이 구절은 폐결핵으로 인하여 훼손된 육체를 암시하는데, 바로 뒤에 이어지는 둘째 행의 '익은불서(翼殷不逝) 목대부도(目大不覩)'와 자연스럽게 이어지면서 그 진술 내용의 인과 관계를 이해할 수 있게 된다. 여기 등장하는 '익은불서(翼殷不逝) 목대부도(目大不覩)'라는 한문 구절은 중국의 대표적인 고전 『장자』의 '산목편'에 나오는 한 대목을 패러디한 것임은 널리 알려진 사실이다. 『장자』 원문의 전체 내용을 옮겨보면 다음과 같다.

장주(莊周)가 조릉의 밤나무밭 울타리 안을 거닐다가 이상한 까치 한 마리가 남쪽에서 날아오는 것을 본다. 그것은 날개 폭이 일곱 자요, 눈의 지름이 한 치나 되어 보인다. 그 새가 장주의 이마를 스치고 날아서 밤나무 숲에 내려앉으니 장주가 그걸 보고 중얼거린다. 저건 대체 무슨 새인고? 날개는 큰데도 제대로 날지 못하고 눈이 큰데도 제대로 보지를 못하는구나. 장주가 바지 자락을 걷고 빠른 걸음으로 다가가서 활을 겨누고 노리는데, 가만히 보니 매미 한 마리가 서늘한 나무 그늘에서 울면서 제 몸도 잊은 채로 있고, 사마귀가 잎에 몸을 숨기고는 매미를 잡으려고 거기에만 정신이 팔려 제 몸을 잊고 있다. 이상한 까치는 그 가운데에서 잇속을 챙기고자 눈앞의 먹이에 혹하여 제 몸을 잊고 있다. 장주는 이 꼴을 보고 놀라서 혼자 중얼거린다. 아 세상의 모든 사물은 본래 서로에게 해를 끼치고 서로의 이해를 불러들이고 있구나. 그는 활을 버리고 돌아서서 달려가는데, 밤나무 밭을 지키는 이가 쫓아오며(밤을 몰래 따낸 줄 알고) 심한 욕을 퍼붓는다.

앞의 이야기 가운데 '날개가 큰데도 멀리 날지 못하고 눈이 큰데도 제대로 보지 못한다.'라는 장주의 말이 그 원문에 '익은불서(翼殷不逝) 목대부도(目大不覩)'라고 표시되어 있다. 이상은 장주가 한 말을 시적 화자인 '나'의 말로 바꾸어놓고 있다. 시의 텍스트에서 이 한문 구절을 굵은 글씨로 크게 써놓은 것은 이 구절이 시적 문맥

속에서 패러디의 기법을 통해 새롭게 획득한 의미를 강조하기 위한 타이포그래피적 고안이라고 할 수 있다. 이 패러디의 과정에서 본래 『장자』의 문구에서 표현되었던 뜻이 변형된다. '익은불서(翼殷不逝)'라는 구절은 시적 문맥 속에서 '큰 뜻을 품었지만 그것을 펼치지 못하게 되었다.'라는 의미로 읽히며, '목대부도(目大不覩)'의 경우에도 '눈이 큰데도 제대로 살피지 못했다.'라는 뜻으로 읽게 되는 것이다. 결국 '익은불서(翼殷不逝) 목대부도(目大不覩)'는 폐결핵으로 인하여 건강을 상실함으로써 자신의 꿈을 이루지 못하게 되었음을 토로하면서 병의 진행 과정이나 몸의 상태를 자신이 전혀 알아채지 못했음을 탄식하는 말로 해석할 수 있는 것이다.

시적 텍스트의 셋째 행은 '胖矮小形의神의眼前에我前落傷한故事를有함.'이라는 한 문장이다. 여기에 '반왜소형의 신'이라는 어구가 등장한다. 글자 그대로 풀이할 경우 '살이 찌고 키가 작은 모습을 한 신'이라는 의미가 된다. 나는 '반왜소형의 신'을 시적 화자를 진찰했던 병원 의사의 모습을 묘사한 것으로 풀이한다. 이상은 수필 「병상 이후」의 서두에서 병원에 입원한 환자에게 의사의 존재가 얼마나 위대하게 생각되는지를 잘 그려내고 있다. 이 시에서 병들어 죽어가는 사람을 살려낼 수 있는 능력을 가진 의사를 '신(神)'이라는 말로 지칭하고 있는 것은 과장적인 표현이 아니다. '내가 낙상한 고사가 있어서'라는 구절은 시적 화자가 결핵 진단을 받은 후 그 충격으로 의사 앞에서 졸도했다는 뜻으로 읽는다. 이상이 폐결핵을 진단 받으면서 자신의 병이 심각한 상태임을 알게 된 후에 엄청난 충격을 받고 쓰러졌던 일을 요약적으로 진술하고 있다. 이상의 유작으로 발굴 소개된 바 있는 일본어 작품 「1931년 ― 작품 제1번」에도 이러한 사실이 암시되고 있다.

「오감도 시 제5호」의 셋째 행 뒤에는 추상적인 기하학적 도형 하나가 아무 설명 없이 삽입되어 있다. 이 도형이 어떤 의미를 지니는 것인지에 대해서도 그 해석이 구구하다. 어떤 연구자는 이것을 시적 주체의 성격, 또는 욕망과 연결시켜 해석하기도 하고, 어떤 연구자는 일종의 성적(性的) 상징물로 해석하기도 한다. 하지만 이러한 해석은 전체적인 텍스트의 연결 관계를 지나치게 확대하거나 시적 문맥을 초월해버린 결과라고 할 것이다. 이 도형이 상징하고 있는 의미는 시의 텍스트 내에서 재문맥화의 과정을 거쳐야만 분명하게 드러난다. 이 도형은 첫 행에서 설명하고 있는 대로 '그 후 좌우를 없앤 흔적' 그 자체에 해당한다. '익은불서 목대부도

우리 시 깊이 읽기

(翼殷不逝 目大不覩)'라는 구절과도 어떤 맥락을 지니며, '반왜소형의 신'과도 관련되어 있다. 이 시각적 도형은 병원에서 찍은 흉부 X선 사진을 평면 기하학적으로 추상화하여 도식화한 것이다. 도형을 이루고 있는 선은 X선 사진의 윤곽을 표시하며 안쪽으로 굽어 들어간 화살표는 폐부와 연결되는 혈관에 해당한다. 그러나 정작 이 혈관과 연결되어야 할 폐가 손상되어 그 흔적이 제대로 드러나지 않는다. 폐결핵이 중증 상태라는 것을 여기서 확인할 수 있다. X선 사진에 드러난 폐부의 상태로 보아 병은 상당히 심각한 정도로 진전되어 있다. 시적 화자는 이 사진을 보고는 한창 젊은 시기에 폐결핵 환자가 된 자신의 처지를 놓고 날개가 큰데도 멀리 날아갈 수 없다고 말한다. 더구나 폐부에서 진행된 병은 겉으로 드러나는 외상(外傷)이 전혀 없기 때문에 아무리 눈이 커도 어떤 상태에 이르고 있는지를 알아볼 수 없다고 탄식한다. 이러한 의미로 앞뒤의 문맥을 연결해보면 이 도형이 병에 의한 '신체 내부의 훼손과 결여 상태'를 보여주는 흉부 X선 사진의 영상을 기하학적 도표로 표상하여 시각적으로 제시한 것임을 알 수 있게 된다. 이 시의 마지막 행은 '臟腑타는 것은浸水된畜舍와區別될수잇슬른가.'라는 자문(自問)의 형식을 취하고 있다. X선 사진의 영상을 보면서 그 희끄무레한 모양이 마치 물속에 잠긴 축사(畜舍)의 모습처럼 엉성하다는 생각을 하고 있음을 보여준다. 병으로 인한 폐부의 손상상태를 사진을 통해 살펴보고 있는 시적 화자의 망연한 심경을 엿볼 수 있는 대목이다.

이와 같은 분석을 통해 보면, 「오감도 시 제5호」는 시적 화자가 자신의 질병인 폐결핵이 심각한 상태에 있음을 X선 검사를 통해 자신의 눈으로 직접 확인하게 되는 과정을 단순 추상화하여 압축적으로 제시한다. 여기서 자기 육체 내부에 자리하고 있는 장부(臟腑)가 병으로 인하여 훼손되어버렸다는 사실을 시각적으로 인식하는 순간 시적 화자가 느꼈을 병에 대한 공포와 삶에 대한 절망감이 어떤 것이었을까는 설명할 필요조차 없는 일이다. 시적 화자는 병으로 인한 육체의 훼손과 그 기능의 결여 상태를 『장자』의 한 대목을 패러디하여 간략하게 그려내고, X선 사진을 기하학적 도형으로 추상화하여 그 절망적인 상태를 묵언(黙言)으로 보여주고 있다. 이 추상화된 도형으로 그려내고자 하는 내적 감성은 언어적 등가물이 없다. 가슴 터지는 고통, 다시 일어서지 못할 것 같은 절망감, 죽음에 대한 엄청난 고통을 아무리 소리치고 목청껏 외친다 해도 그 아픔의 크기를 표현할 수 있는 말은 없는 셈이다. 시적 화자는 바로 이 장면에서 언어를 포기하고 도형으로 대체한다. 이 특이한 도형은 모든 것을 한꺼번에 다 보여준다. 육신의 저 깊은 곳을 추상화한 이 간략한 이미지 하나가 어떤 말보다도 감각적으로 앞서 있는 것이다.

오감도 시 제12호

때묻은빨래조각이한뭉텅이공중으로날아떨어진다. 그것은흰비둘기의떼
다. 이손바닥만한한조각하늘저편에전쟁이끝나고평화가왔다는선전이
다. 한무더기비둘기의떼가깃에묻은때를씻는다. 이손바닥만한하늘이편에
방망이로흰비둘기의떼를때려죽이는불결한전쟁이시작된다. 공기에숯검
정이가지저분하게묻으면흰비둘기의떼는또한번이손바닥만한하늘저편으
로날아간다.

「오감도 시 제12호」는 1934년 8월 4일 『조선중앙일보』에 발표되었다. 이 시의 텍스트는 모두 6개의 문장이 이어져 있는데, 띄어쓰기를 하지 않고 있다. 이 작품에서 그려내고 있는 시적 공간은 빨래터이다. 아낙네들이 빨래터에서 빨래하는 장면은 평화로운 일상적 삶을 암시한다. 그런데 이 시의 텍스트에는 빨래터라는 공간에 두 개의 장면이 포개진다. 하나는 평화의 장면이고 다른 하나는 전쟁의 장면이다. 이 두 개의 장면에 구체적으로 대응하고 있는 것이 텍스트의 전반부에 그려놓고 있는 비둘기 떼와 텍스트의 후반에 그려놓고 있는 빨래터에서 이루어지는 빨래 방망이질이다. 이것들은 표면상 아무런 관련성을 지니지 않고 있지만 시적 상상력에 의해 하나의 의미로 통합된다.

이 시에서 시적 소재로 등장하는 '빨래'는 일상생활 속에서 일어나는 일과(日課)의 하나이다. 옷을 입고 지내다가 그것이 더러워지면 빨래를 한다. 더러워진 옷을 깨끗하게 만든다는 의미에서 본다면 빨래는 일종의 '정화(淨化)' 과정에 해당한다. 이전에는 마을 어귀의 냇가에서 아낙네들이 빨래했다. 빨랫감을 머리에 이고 빨래터로 나와서는 흐르는 냇물에 빨았다. 더럽혀진 때가 잘 빠지도록 방망이로 빨랫감을 두드리기도 한다. 마치 전쟁이라도 치르는 것처럼 격렬하게 이루어지는 방망이질을 통해 빨래의 더럽혀진 때가 씻겨나간다. 빨래가 끝나면 이를 햇볕에 널어 말

린다. 그리고 다시 손질하여 입게 된다. 이렇게 되풀이되는 빨래의 과정 자체로 놓고 본다면 이는 반복적인 일상의 한 장면임에 틀림없다.

이 작품은 빨래라는 일상적인 장면을 시적인 것으로 변용시켜놓고 있다. 여기서 빨래터에 날아와 앉는 비둘기 떼의 모습을 통한 특이한 연상 작용을 활용한다. 도심의 하늘을 날아다니는 비둘기는 일상생활에서도 흔히 볼 수 있는 자연물에 불과하다. 이 시에서는 바로 이러한 자연물로서의 비둘기를 시적 대상으로 삼아 빨래터로 끌어들인다. 시적 텍스트의 첫 문장은 '때 묻은 빨래 조각이 한 뭉텅이 공중으로 날아 떨어진다.'라는 진술로 이루어져 있다. 그리고 바로 뒤에서 이 첫 문장의 의미를 '그것은 흰 비둘기의 떼다.'라는 문장을 통해 지시한다. 이 두 개의 문장을 연결시켜 보면, 흰 비둘기 떼가 마치 공중에서 때 묻은 빨래조각 한 뭉텅이가 떨어지는 것처럼 내려앉고 있음을 알 수 있다. 이 비둘기 떼가 내려앉은 곳이 바로 동네의 빨래터임은 물론이다. 일반적으로 비둘기는 '평화'를 뜻하는 하나의 상징으로 널리 활용된다. 시적 텍스트의 셋째 문장에서 '이 손바닥만 한 한 조각 하늘 저편에 전쟁이 끝나고 평화가 왔다는 선전이다.'라는 진술은 하늘을 날고 있는 비둘기를 통해 '평화로움의 상태'를 암시한다. '한 무더기 비둘기의 떼가 깃에 묻은 때를 씻는다.'라는 넷째 문장에서 이러한 의미가 더욱 구체적으로 드러나고 있다. '이 손바닥만 한 하늘 이편에 방망이로 흰 비둘기의 떼를 때려 죽이는 불결한 전쟁이 시작된다.'라는 다섯째 문장은 더럽혀진 빨래를 방망이로 두드리는 장면을 그려낸다. 더러운 빨래를 방망이로 두드리는 것이 마치 비둘기를 방망이로 때리는 무자비한 학살의 장면처럼 그려진다. 빨래터에 내려앉았던 비둘기 떼는 빨래 방망이 소리에 놀라 하늘 저편으로 다시 날아가버린다. 이러한 장면을 시적 텍스트의 마지막 문장에서는 '그 공기에 숯검정이 지저분하게 묻으면 흰 비둘기의 떼는 또 한 번 이 손바닥만 한 하늘 저편으로 날아간다.'라고 기술하고 있다. 이 시에서 그려내는 빨래하는 장면은 빨래터로 날아와 내려앉은 비둘기 떼의 모습과 겹쳐지면서 평화로운 일상을 그대로 보여주고 있지만, 이 겹쳐진 장면 속에는 놀랍게도 '전쟁'과 '평화'라는 새로운 의미의 긴장 관계가 형성된다. 그것은 바로 '빨래 방망이질'이라는 행위가 암시하는 외형적 폭력성 때문이다. 실제로 비둘기 떼는 방망이 소리에 놀라 하늘로 날아가버리고 만다. 이 방망이질은 위험스럽게도 비둘기를 때려 죽이는

우리 시 깊이 읽기

장면으로 느껴졌던 것이다. 여기서 비둘기를 통해 암시되는 '전쟁'과 '평화'의 대립적 의미는 빨래를 통해 드러나는 '더러운 것'과 '깨끗한 것'의 대응 관계와 서로 병치되면서 일상의 차원을 넘어서는 새로운 의미를 만들어낸다. 시적 화자는 평화롭게 일상적으로 되풀이되는 빨래의 장면을 놓고 거기서 일상에 잠재되어 있는 폭력과 전쟁의 의미를 들춰낸다. 이 과정에서 이루어지는 시적 이미지의 중첩과 환치의 기법이 이채롭다.

이 시에서 한 가지 주목해야 할 것은 사물에 대한 동시성의 감각이다. 시적 대상에 대한 인식과 그 언어적 진술 사이에는 반드시 시간적 격차의 문제가 생긴다. 하지만 인간의 눈은 시야에 들어오는 모든 대상들을 동시적으로 포착하기 때문에 한꺼번에 시야가 채워진다. 눈을 뜨는 순간 모든 것들이 한눈에 들어온다는 뜻이다. 영화의 모든 장면들도 이와 비슷하다. 이 동시성의 감각은 말을 하거나 그림을 직접 손으로 그려나가는 경우와는 근본적으로 구별된다. 화가가 그림을 그릴 때는 하나의 선 하나의 형체를 만들어가면서 어떤 순서에 따라 서서히 캔버스를 채워간다. 시인이 어떤 사물을 묘사하고자 할 때도 바로 이러한 과정을 거친다. 하나하나의 단어를 선택하고 이를 결합시켜 문장을 만들고 그 문장의 선후 관계를 고려하여 배열한다. 이렇게 화가나 시인은 자신이 그려내고자 하는 대상을 자신의 의식 속에서 스스로 통제하면서 순차적으로 시간적 선후 관계를 고려하여 그려나가는 것이다. 그런데 이 작품에서는 빨래터의 장면이 시야에 들어오는 순간 거기서 이루어지는 모든 것을 동시에 재현하고자 한다. 이러한 시적 진술법을 가능하도록 하기 위해 시인은 우연성에 의존하고 있다. 빨래터로 내려앉는 비둘기 떼의 모습과 빨래 방망이질을 하는 장면은 아주 우연하게 겹쳐진 것이다. 마치 사진을 찍을 때 일어나는 것처럼 의도하지 않은 장면들이 화면 속에 포착된다. 시적 맥락에서 벗어난 우연성의 개입은 크게 주목되지 않지만 현실 속에서 이루어지고 있는 일상적인 삶 자체가 언제나 우연적인 것들의 연속임을 생각한다면 이것을 그리 간단하게 넘겨버릴 수는 없는 일이다.

오감도 시 제15호

1

나는거울없는실내에있다. 거울속의나는역시외출중이다. 나는지금거울속
의나를무서워하며떨고있다. 거울속의나는어디가서나를어떻게하려는음모
를하는중일까.

2

죄를품고식은침상에서잤다. 확실한내꿈에나는결석하였고의족(義足)을담은
군용장화가내꿈의백지(白紙)를더럽혀놓았다.

3

나는거울있는실내로몰래들어간다. 나를거울에서해방하려고. 그러나거울
속의나는침울한얼굴로동시에꼭들어온다. 거울속의나는내게미안한뜻을전
한다. 내가그때문에영어(囹圄)되어있드키그도나때문에영어되어떨고있다.

4

내가결석한나의꿈. 내위조(僞造)가등장하지않는내거울. 무능이라도좋은나
의고독의갈망자다. 나는드디어거울속의나에게자살을권유하기로결심하였
다. 나는그에게시야도없는들창을가리키었다. 그들창은자살만을위한들창
이다. 그러나내가자살하지아니하면그가자살할수없음을그는내게가르친
다. 거울속의나는불사조에가깝다.

5

내왼편가슴심장의위치를방탄금속으로엄폐(掩蔽)하고나는거울속의내왼편 가슴을겨누어권총을발사하였다. 탄환은그의왼편가슴을관통하였으나그의 심장은바른편에있다.

6

모형심장(模型心臟)에서붉은잉크가엎질러졌다. 내가지각한내꿈에서나는극 형을받았다. 내꿈을지배하는자는내가아니다. 악수할수조차없는두사람을 봉쇄한거대한죄가있다.

「오감도 시 제15호」는 이상의 연작시 「오감도」의 맨 끝 자리에 있는 작품이다. 1934년 8월 8일 발표된 「시 제15호」를 끝으로 『조선중앙일보』 연재가 중단되었기 때문이다. 이 시에서 핵심적인 의미를 함축하고 있는 '거울'은 이상 문학에서 가장 중요한 상징의 하나로 자주 등장하고 있다. 시적 화자인 '나'는 '거울'을 들여다보면서 '거울 속의 나'와 마주한다. 이때 현실 속에 존재하고 있는 경험적 자아로서의 '나'와 '거울 속의 나' 사이에는 외형상 아무런 차이가 없음에도 불구하고 근접할 수 없는 거리감과 부조화가 드러난다. 이것은 시적 화자의 내면에서 비롯된 자기 정체성의 혼란을 뜻하지만 시인은 '거울'이라는 대칭면을 중심으로 일어나는 물리적 현상으로서의 반사 작용을 통해 이를 절묘하게 형상화하고 있다.

거울은 빛의 반사 작용을 이용하여 물체의 형상을 비추어 볼 수 있는 도구이다. 거울 속에 물체의 상이 만들어지는 원리는 빛의 반사 작용을 이용한 것이다. 빛은 어떤 물체의 표면에 닿으면 그 일부가 반사한다. 거울처럼 표면이 매끈하면 일정한 방향으로 반사되고 그 표면에 울퉁불퉁하면 사방으로 반사된다. 물체의 형상을 어떤 방향에서든지 볼 수 있는 것은 이 같은 반사 작용 때문이다. 평면거울에서는 유리 평면에 의한 반사를 이용하므로 물체의 위치에 관계없이 완전한 1:1의 배율로 거울 속에 상(像)이 생긴다. 이때 빛은 실제로 상점(像點)을 지나지 않고, 반사광선을 반대로 연장한 상점에서 교차하므로, 거울 뒤쪽의 대칭적인 위치에 물체의 상이 허상으로 맺어진다. 그러므로 거울을 마주 대하면 좌우가 바뀌어 보인다.

이상이 시적 상징으로 활용하고 있는 '거울'의 의미를 이해하기 위해서는 1933년 10월 『가톨릭청년』에 발표한 바 있는 시 「거울」을 먼저 살펴볼 필요가 있다.

거울속에는소리가업소
저럿케까지조용한세상은참업슬것이오

거울속에도 내게 귀가잇소
내말을못아라듯는싹한귀가두개나잇소

거울속의나는왼손잡이오
내握手를바들줄몰으는 — 握手를몰으는왼손잡이오

거울쌔문에나는거울속의나를만저보지를못하는구료만은
거울아니엿든들내가엇지거울속의나를맛나보기만이라도햇겟소

나는至今거울을안가젓소만은거울속에는늘거울속의내가잇소
잘은모르지만외로된事業에골몰할쎄요

거울속의나는참나와는反對요마는
쏘쌔닮앗소
나는거울속의나를근심하고診察할수업스니퍽섭々하오

이 작품에서 '거울'은 시적 화자가 자리 잡고 있는 현실 세계와는 다른 '거울 속'의 세계를 보여준다. '거울'은 현실을 그대로 비춰 보여주고 있지만 그것은 현실 그 자체가 아니다. 현실의 세계와는 다른 '거울 속'의 세계를 보여준다. 그러므로 현실의 실재 공간과 거울 속에 비친 새로운 세계, 즉 모사(模寫)의 공간은 서로 일치하지 않는다. 시인 이상은 거울 속의 세계를 '소리가 없는 세상'이라고 언명함으로써 감각이 살아 있지 않은 이 공간의 속성을 정확하게 지적해낸다. 그리고 현실 속의

'나'와 '거울 속의 나' 사이의 거리감과 부조화를 발견하게 되는 것이다. 그러므로 '나'는 '거울 속의 나'를 부정하고 거부한다. 진정한 '나'의 모습을 찾기 위해 '위조'된 '나'를 거부하고 그 존재를 부인하는 것이다. 여기서 드러나는 '나'의 이중성은 자아의 분열 또는 대립의 의미로 해석될 수 있다.

「오감도 시 제15호」는 앞서 검토한 시 「거울」에서 발견한 '나'와 '거울 속의 나' 사이의 불일치 상태를 더욱 내면화하여 그것을 시적 주제로 확대 발전시켜놓고 있다. 주체의 분열과 그 존재의 모순이라는 점에서 볼 때 이 시는 경험적 자아로서의 '나'와 '거울 속의 나'를 대립시켜놓고 그 내적인 갈등 상태를 증폭해낸다. 현실 속에 존재하고 있는 경험적 자아로서의 '나'는 '거울 속의 나(위조된 나)'와 대립된다. 이러한 내적 갈등은 현실에서 겪게 되는 병의 고통과 좌절의 삶에 의해 더욱 촉발된 것이라고 할 수 있다.

이 작품의 텍스트는 6연으로 구분되어 있다. 그러나 이 시의 의미 구조를 형성하는 시적 공간은 크게 두 가지로 나누어진다. 하나는 1연과 2연에서 펼쳐지는 '거울 없는 실내'이다. 이 공간에서는 '거울 속의 나'와 만날 수 없다. '나'는 '거울 속의 나'의 존재를 확인할 수 없는 상태에서 '부재에 대한 두려움'을 느끼게 된다. 그리고 침상에서 잠을 청하지만 '의족을 담은 군용장화'로 표상되고 있는 더 큰 공포에 질려 잠을 이루지 못한다. 결국 '거울 없는 실내'라는 시적 공간에는 자기 자신의 모습을 발견할 수 없는 것에 대한 두려움의 정서가 자리 잡는다. 3연부터 6연까지는 '거울 있는 실내'로 시적 공간이 바뀐다. '나'는 거울을 들여다보면서 '거울 속의 나'를 발견한다. 그러나 거울에 비치는 '나'는 하나의 영상에 불과하다. 이것은 실체로서의 '나'가 아니며 거울이라는 도구에 의해 위조된 것일 뿐이다. 시적 화자는 이러한 위조된 '나'가 아닌 진정한 '나'의 모습을 찾길 원한다. 결국 '거울 있는 실내'라는 시적 공간은 진정한 '나'의 모습이 아니라 위조된 '나'를 거울을 통해 보여준 셈이다. 그러므로 진정한 '나'의 모습을 찾기 위해 '위조'된 '나'를 거부하고 그 존재를 부인할 수밖에 없다.

이 작품에서 시적 화자인 '나'는 현실 속에 실제로 살아 움직이고 있는 경험적 자아로서의 '나'이며, 모든 사고와 행동의 주체로서의 '나'이다. '나'와 상대를 이루고 있는 '거울 속의 나'는 '거울'이라는 반사면에 나타나는 '나'의 '허상'에 불과하다. 현실 속의 '나'는 '거울'이 없이는 자신의 모습을 대상화하여 볼 수 없다. '거울'을 통해서만 '나'의 모습을 확인할 수 있는 것이다. 그러므로 '나'는 '거울' 속에 나타나는 '나'의 허상을 보고 그것이 바로 '나' 자신의 참모습이라고 생각하게 된다. 현실 속의 실재하는 '나'는 '거울' 속에 맺어지는 '허상'으로서의 '나'의 모습을 보고 그것을 자신의 참모습과 동일시하게 되는 것이다. 바로 여기서 시적 화자인 '나'와 '거울 속의 나' 사이에 야기되는 실재와 허상 사이의 본질적인 불일치가 드러난다. 이 시에서는 이러한 불일치가 일종의 자기 분열적 현상처럼 묘사되면서 더욱 증폭되고 내적인 갈등상태로 발전하고 있는 것이다.

1연에서 그려내고 있는 시적 공간은 '거울 없는 실내'이다. 시적 화자인 '나'는 '거울 없는 실내'에 있다. 그렇기 때문에 '나' 자신의 모습을 확인하여 볼 수가 없다. 다시 말하자면 이 공간에서 '나'는 '거울 속의 나'와 만날 수 없다. 시적 텍스트에서는 이러한 상황을 '거울 속의 나는 역시 외출 중이다.'라고 설명하고 있다. 그런데 여기서 '거울 속의 나'의 부재는 결국 실재하는 '나'의 모습과 그 존재를 확인 할 수 없는 상태를 암시한다. 그러므로 '거울 속의 나를 무서워하며 떨고 있다.'라는 진술은 결국 자기 존재를 확인할 수 없는 상태에 대한 불안과 공포를 의미하는 것이다. 제1연의 마지막 문장에서 '거울 속의 나는 어디 가서 나를 어떠케 하라는 음모를 하는 중일까.'라고 하는 질문은 자기 존재를 확인할 수 없는 상황에서 느끼게 되는 존재에 대한 두려움의 정서를 공간적으로 확장하고 있는 것이다.

이 시의 2연은 '죄를 품고 식은 침상에서 잤다. 확실한 내 꿈에 나는 결석하였고 의족을 담은 군용장화가 내 꿈의 백지를 더럽혀놓았다.'라는 두 문장으로 이어진다. 첫 문장은 시적 진술의 주체인 '나'라는 화자가 '죄(罪)를 품고' 식은 침상에서 잠을 잤다는 내용이다. 여기서 '죄를 품고'라는 구절의 해석이 문제다. '나'라는 화자가 어떤 형벌이나 재앙을 당한 채로 식은 침상에서 잤다고 풀이할 경우, 그 '형벌과 재앙'의 정체가 무엇인지를 알아야만 의미를 파악할 수 있다. 뒤로 이어지는 두 번째 문장은 '확실한 내 꿈에 나는 결석하였고'라는 어절과 '의족을 담은 군용장화가 내 꿈의 백지를 더럽혀놓았다.'라는 어절로 나누어진다. '확실한 내 꿈에 나는 결석하였고'라는 표현은 모순 어법을 이용한 진술이다. '내 꿈에 나는 결석하였고'라는 설명은 '나'에 대한 꿈을 꿀 수 없는 상태를 말하는 것으로 볼 수도 있고, 주체가 부재하는 꿈을 뜻하는 것으로 볼 수도 있다. '의족을 담은 군용장화가 내 꿈의 백지를 더럽혀놓았다.'에서 '의족을 담은 군용장화'는 고도의 비유적 의미와 상징성을 지닌다. 여기서 '의족'은 다리가 절단된 사람이 나무나 고무로 만들어 붙인 인공의 다리 또는 발을 말한다. '의족'을 붙였다면 발과 다리가 자연 상태로 온전하지 못함을 알 수 있다. 결국 '의족을 담은 군용장화'는 온전하지 못하여 나무나 고무로 만들어 붙인 인공의 발에 신겨진 커다란 군용장화를 의미한다고 할 수 있다. 물론 이러한 설명은 동어반복에 불과하여 이것만으로 그 속에 담겨진 비유적 의미나 상징성에 접근하기는 어렵다. 하지만 이 둘째 문장에서 시적 화자인 '나'는 꿈을 꿀 수 없게 되었으며, 온전하지 못한 인공의 발에 신겨진 군용장화로 인하여 '나'의 꿈이 모두 망가져버렸음을 말해주고 있다고 할 것이다. 여기서 '죄'라는 시어가 의미하는 '형벌 또는 재앙'을 어떻게 이해할 것인가 하는 문제는 '의족을 담은 군용장화'로 비유되고 있는 것이 대체 무엇인가 라는 질문과 함께 여전히 미궁에 갇혀 있다. '죄를 품고'라는 구절은 1연에서 '무서워하며 떨고'라는 말로 표현된 바 있는 시적 화자의 심리 상태를 암시한다. 무언가 두려움과 공포를 느끼면서 잠자리에 들고 있음을 말한다. 나는 여기서는 '죄'라는 말과 '의족을 담은 군용장화'라는 구절의 어떤 연관성을 상정하고 이에 대한 새로운 해석을 시도해보려고 한다. 우선 '군용장화'라는 말을 어떤 추상적인 개념이나 의미로 읽는 것보다는 구체적인 사물로서의 '군용장화'의 형상과 그 이미지로 보는 것이 좋겠다는 생각이다. 이와 유사한 이미지는 시「가외가전」의 '어디로 피해야 저 어른 구두와 어른 구두가 맞부딪는 꼴을 안 볼 수 있스랴.'라는 구절에 등장하는 '구두'에서도 발견된다. 이 대목은 그대로 인간 육체의 장기(臟器) 가운데 '폐(肺)'의 형상을 이미지화한 것이다. 그러므로 '의족을 담은 군용장화'도 온전하지 못한 '폐'의 형상을 구체적인 사물인 '군용장화'의 형상으로 이미지화한 것이 아닌가 생각된다. 이러한 해석을 놓고 보면 '죄를 품고'라는 구절에서 '죄'가 암시하는 형벌과 재앙의 의미가 곧바로 폐결핵이라는 육체의 질병을 뜻한다는 점도 이해할 수 있는 것이다. 결국 2연은 폐결핵이라는 질병에 시달리는 온전하지 못한 육체로 인하여 시의 화자는 자신의 꿈을 펼칠 수가 없게 되었고, 그 질병 자체가 꿈을 망쳐버렸다는 것을 말해준다고 해석할 수 있다.

3연부터 6연까지는 '거울 있는 실내'로 시적 공간이 바뀐다. '나'는 거울을 들여다보면서 '거울 속의 나'를 발견한다. 거울을 통해 자신의 모습을 확인하는 것이다. 3연에서는 이러한 자기 확인으로서의 '거울 보기'를 그대로 설명하고 있다. '나는 거울 있는 실내로 몰래 들어간다. 나를 거울에서 해방하려고. 그러나 거울 속의 나는 침울한 얼굴로 동시에 꼭 들어온다.'라는 구절에서 볼 수 있듯이 '나'는 자기 존재에 대한 두려움으로부터 벗어나기 위해 아무도 모르게 가만히 거울을 들여다본다. 그러나 거울을 보는 순간 '거울 속의 나'는 피곤한 모습으로 거울에 나타난다. 그리고 '나'를 향하여 미안하다는 뜻을 표시한다. 이같이 거울에서 '나'의 모습을 확인하게 되는 자기발견의 방식을 통해 '나'는 자신의 존재로부터 벗어날 수 없다는 사실을 인식하게 된다. '내가그때문에영어되어있듯키그도나때문에영어되어떨고있다.'라는 마지막 문장이 이를 설명하고 있다. 4연에서는 2, 3연에서 이루어진 진술 내용을 놓고 시적 의미의 전환을 시도한다. 이미 설명한 대로 '내가 결석한 나의 꿈'은 꿈속에 그 꿈의 주체인 '나'가 없음을 말한다. '꿈'이라는 것이 어떤 구체적인 목표에 대한 갈망을 의미하는 것이라면, 그 '꿈'을 향해 실현하고자 하는 주체로서의 '나'의 부재는 결국 꿈 자체의 실현이 불가능함을 뜻한다. 그러므로 '나'는 '내위조가등장하지않는내거울'을 생각한다. '나'의 참모습을 발견하고 싶은 것이다. 하지만 이것도 불가능하다. 여기서 시적 화자인 '나'는 새로운 방법을 찾아낸다. 그것이 바로 '거울 속의 나'의 자살이다. '나는 드디어 거울 속의 나에게 자살을 권유하기로 결심하였다.'라는 진술을 통해 이를 확인할 수 있다. '나는 그에게 시야도 없는 들창을 가리키었다. 그들 창은 자살만을 위한 들창이다.'라는 두 개의 문장은 자살의 방법을 행동으로 지시하는 대목이다. 여기서 '시야도 없는 들창'이란 '거울' 그 자체를 말한다. 거울은 속이 들여다보이는 것처럼 거울 바깥의 사물을 그대로 반사시켜 보여주지만 실상은 앞이 탁 트인 것은 아니다. '시야도 없는 들창'이라는 은유는 바로 이 같은 거울의 속성을 그대로 말해주는 셈이다. 이러한 설명을 그대로 따른다면 '나는 그에게 시야도 없는 들창을 가리키었다.'라는 구절은 거울을 행해 손가락질을 하는 행위를 그대로 설명한 것이라고 할 수 있다. 그런데 바로 그러한 행위 자체가 '거울 속의 나'를 향해 총을 겨냥하는 행동처럼 드러난다. 뒤에 이어지는 5연에서 총을 발사하는 장면을 묘사하고 있는 것은 바로 이 대목을 통한 연상(聯想) 작용으로 이해할 수 있다. 하지만 '거울 속의 나'의 자살은 가능하지 않다. '거울 속의

우리 시 깊이 읽기

나'는 현실 속의 '나'의 허상에 불과하기 때문이다.

5연과 6연에서는 시적 화자인 '나'의 '자살'을 시도하는 장면을 묘사한다. '나'는 '거울 속의 나'의 왼쪽 가슴을 겨누고 권총을 발사한다. 탄환이 '거울 속의 나'의 왼쪽 가슴을 관통한다. 그러나 '거울 속의 나'의 심장을 꿰뚫는 데에는 실패한다. 거울 속에 비친 '나'의 모습은 반사의 원리에 따라 좌우가 바뀌어 보이므로 오른편에 있는 심장을 겨냥할 수가 없기 때문이다. 그런데 6연의 첫 문장에서는 '모형 심장에서 붉은 잉크가 엎질러졌다.'라고 진술하고 있다. 이 대목은 총탄에 맞아 심장에서 피가 흘러나오는 장면을 선명하게 묘사한 것처럼 보이지만 실상은 그렇지 않다. 여기에 제시되고 있는 '모형 심장'은 '거울 속의 나'의 심장을 가리킨다. 거울에 비친 '허상'이기 때문에 '모형 심장'이라는 표현을 쓰고 있다. '붉은 잉크가 엎질러졌다.'라는 장면은 '기침'을 하는 순간 '객혈'이 일어나면서 피가 튀겨 '거울' 위로 흘러내리는 것을 은유적으로 표현한 것이다. 이 객혈의 순간을 넘기면서 시적 화자인 '나'는 '내가 지각한 내 꿈에서 나는 극형을 받았다. 내 꿈을 지배하는 자는 내가 아니다. 악수할 수조차 없는 두 사람을 봉쇄한 거대한 죄가 있다.'라고 진술하면서 시상의 전개 과정을 매듭짓는다. 결국 이 시의 마지막 대목은 거울을 보고 있는 순간 기침이 일어나고 객혈하게 되어 거울에 핏방울이 묻어 흐르는 장면을 보면서 느끼는 처절한 비애와 부정적인 자기인식을 보여준다. 시적 화자가 겪는 현실적 고통으로서의 기침과 객혈의 과정을 암시하는 대목으로 결말을 매듭짓고 있는 것은 현실 속의 '나'에게 가장 큰 '죄'가 바로 병이라는 재앙임을 암시한다고 할 수 있다.

「오감도 시 제15호」는 병든 육체의 고통을 견디면서 살아야 하는 '나'라는 시적 화자가 거울을 통해 자신의 모습을 확인하고 거기에 집착하는 일종의 '병적 나르시시즘'을 드러낸다. 현실 속의 '나'는 자신의 병을 커다란 죄업으로 여길 정도로 병든 자신의 모습을 견디기 어렵다. '나'의 모습을 반사하여 보여주는 '거울 속의 나'는 하나의 허상에 불과하지만 '나'는 자신의 존재를 이 거울 속의 허상을 통해서만 확인할 수 있다. 여기서 '거울'은 시적 화자인 '나' 자신을 응시하고 그 존재를 확인할 수 있는 자기 투시와 자기 인식의 존재론적 공간이 된다. 그런데 문제가 되는 것은 현실 속의 실재로서의 '나'와 거울을 통해서 볼 수 있는 '거울 속의 나' 사이의 불일치이다. '나'는 거울에 비친 '거울 속의 나'를 '나'라고 믿고 있지만 둘 사이에는 분명히 경험적 실재와 모사된 허상으로서의 차이가 존재하기 때문이다. 더구나 경험적 현실 속의 '나'는 거울을 통해 거듭 자신의 존재를 확인하는 동안 '거울 속의 나'를 실재의 나 자신으로 착각하게 된다. 현실적으로 병고에 시달리고 있는 '나'를 거부하는 대신에 '거울 속의 나'를 보면서 거기에 자신의 이상적인 모습을 투사하고 있기 때문이다. 그러므로 오히려 허상에 불과한 '거울 속의 나'는 거울 밖에 있는 현실적 존재로서의 나와 달리 본질적 자아의 모습으로 부각되는 것이다.

·소·영·위·제· (·素·榮·爲·題·)

1

달빛속에있는네얼굴앞에서내얼굴은한장얇은피부가되
어너를칭찬하는내말씀이발음하지아니하고미닫이를간
지르는한숨처럼동백꽃밭내음새지니고있는네머리털속
으로기어들면서모심드키내설움을하나하나심어가네나

2

진흙밭헤매일적에네구두뒤축이눌러놓은자욱에비내려
가득괴었으니이는온갖네거짓말네농담에한없이고단한
이설움을곡으로울기전에따에놓아하늘에부어놓는내억
울한술잔네발자욱이진흙밭을헤매이며헤뜨려놓음이냐

3

달빛이내등에묻은거적자욱에앉으면내그림자에는실고
추같은피가아물거리고대신혈관에는달빛에놀래인냉수
가방울방울젖기로니너는내벽돌을씹어삼킨원통하게배
고파이지러진헝겊깊심장을들여다보면서어항이라하느냐

　　이상의 시「·소·영·위·제·」는 1934년 9월 『조선중앙일보』의 자매지로 간
행되던 종합지 『중앙』에 발표되었다. 여인과의 사랑과 그 배반에 대한 비통한 심정

을 애절한 어조로 노래하고 있다. 이 작품에서 시적 화자인 '나'는 그 상대가 되는 여인을 '너'라고 지칭한다. 그러므로 자연스럽게 시적 진술 내용은 '너'에게 향하는 '나'의 말을 그대로 옮긴다. 여기서 '너'는 '나'의 사랑의 대상이었음을 쉽게 알 수 있다. 그러나 '나'의 사랑이 순탄하지는 않다. 아니 순탄하지 않은 것이 아니라 숨이 막힐 정도다. 사랑한다는 것, 그리고 그 사랑의 믿음을 잃어버린다는 것. 이 심경의 격동과 그 고통을 억제하며 내뱉은 말은 단 한 번의 호흡도 용납하지 않고 길게 한 개의 문장으로 이어지고 있는 것이다.

이 시의 '소영위제'라는 제목은 이상이 만들어낸 말이다. 한자 그대로 해석한다면 '소영(素榮)을 위한 글'이 된다. 여기서 '소영'은 다시 '헛된 꽃' 또는 '헛된 사랑'으로 풀이된다. 한 여인과의 이별을 노래하고 있는 이 시의 내용은 이상의 실제 생활 속에서 동거녀였던 금홍과의 이별과 겹쳐진다. 이상의 삶과 그 운명의 변전에서 금홍과의 만남과 사랑과 이별은 거의 치명적이었다고 말할 수 있다. 왜 그럴까? 라는 질문에 답하기 위해서는 소설 「봉별기(逢別記)」(『여성』, 1936.12)에서 그려낸 금홍이라는 여인상을 먼저 확인하는 작업이 필요하다. 소설의 주인공 '나'는 스물셋의 나이에 결핵 요양을 위해 온천지의 여관에 머물다가 그곳 술집에서 '금홍'이라는 여인과 만난다. 두 사람은 서로 가까워진다. '나'는 온천장으로 떠나 서울로 돌아온 후에 금홍을 서울로 불러 올린다. 그리고 함께 살게 된다. 그러나 두 사람의 생활은 서로 조화를 이루지 못한다. 금홍은 몇 차례의 출분을 거듭하다가 결국은 가출한다. 그리고 이들은 서로 헤어진다. 이 소설의 이야기에 등장하는 '나'와 '금홍'의 관계는 경험적 현실 속에서 이루어진 이상과 금홍이라는 두 남녀의 관계와 거의 그대로 일치한다. 그리고 부분적으로 희화화(戲畵化)된 여주인공 금홍의 행동을 통해 실제 인물 금홍의 성격이 암시되고 있다. 하지만 이 소설에서 작중화자를 겸하고 있는 남성 주인공은 결코 아내의 일탈과 부정을 원망하거나 증오하지 않는다. 모든 이야기는 절제된 감정으로 간략하게 서술되고 있을 뿐이다. 자신의 과거 행적을 한 여인과의 관계를 통해 보여주고 있는 것임에도 불구하고 서술적 주체이기도 한 '나'는 철저하게 자기 내면을 감춘다. 그리고 어떤 감정적 굴곡도 드러내지 않고 담담하게 그 정황을 간략하게 서술한다. 그러므로 소설 「봉별기」는 전형적인 고백체로 발전하지 않는다. 간결한 문장, 서술적 주체의 감정에 대한 절제, 담담하게 전개되는 사

우리 시 깊이 읽기

건 등은 모두 서사적 상황과의 거리두기를 위해 적절하게 고안된다. 인간의 인연으로 만났다가 서로 헤어지게 되는 여인과의 삶에 묻어나는 고통과 회한을 담백하게 서술하고 있을 뿐이다.

이 시의 텍스트는 전체 3연으로 구분된다. 통사적으로 각 연이 한 개의 문장으로 이루어져 있는데, 그 문장의 길이를 동일하게 맞춰놓고 있다. 더구나 각 연이 모두 똑같이 24음절씩 4행으로 구분되어 전체 '96' 음절로 그 길이를 고정시켜놓고 있다. 이것은 우연하게 이루어진 일이 아니다. 아주 세심하게 그리고 절묘하게 그 길이를 맞추고 의도적으로 글자 수를 따지지 않고서는 이런 일이 가능할 수 없다. 아흔여섯 개의 글자, 그 글자를 띄어쓰기 없이 조합하여 끊이지 않게 이어진 말, 그리고 그것이 연출하는 내면의 풍경 — 여기서 '96'이라는 숫자는 범상하지가 않다. 이 시의 텍스트에서 '96'이라는 숫자가 지시하는 기호적 의미는 이 시의 텍스트 공간을 벗어나면 별다른 의미를 갖기 어렵다. 96개의 글자들이 만들어낸 텍스트 공간 안에서 시인의 내면에 현존하는 복잡한 심정의 갈등을 기호적으로 엮어내고 있기 때문이다.

이 시의 텍스트가 조형적으로 꾸며내고 있는 3연의 구조, 각 연을 구성하는 24음절의 4행 배열, 그리고 각 연의 길이로 고정된 '96' 음절의 숨겨진 의미를 찾기 위해서는 시인 이상의 개인사(個人史)를 들춰보아야만 한다. 이상은 시「·소·영·위·제·」를 발표할 무렵인 1935년 초가을 이상은 다방 '제비'의 문을 닫는다. 그리고 '69'라는 숫자로 이름을 붙인 다방을 새로 연다. 그러나 다방 '69'는 그 옥호가 드러내는 기호적 의미의 '불순함'으로 인하여 소문만 풍성하게 남긴 채 더 이상 유지되지 못한다. 두 달 정도 운영되던 '69'도 문을 닫는다. 「·소·영·위·제·」는 바로 이 다방 '69'의 숫자를 새로운 형태로 패러디하면서 그 내용이 구성된다. 이 작품의 각 연을 구성하는 글자의 수(음절 수)에 해당하는 '96'이라는 숫자는 다방 '69'의 숫자와는 반대의 형상을 보여준다. '69'라는 숫자가 '남녀의 성적 교합'을 의미한다고 쑥덕거렸던 사실로 미루어 본다면 '96'이라는 숫자는 다방 '69'의 옥호에 사용했던 숫자를 서로 바꾸어놓은 것이다. 이 숫자의 기호적 형상은 '남녀의 성적 교합 상태'를 암시하는 것이 아니라 그 반대의 상황인 '남녀가 서로 등을 돌린 상태'를 암시한다. 정확하게 96개의 글자로 구성된 3연의 형태를 지적하면서 굳이 왜 '3연'인가를 또 묻는다면, 금홍이와의 인연으로 이어진 3년의 기간을 암시한다고 억지를 부릴 수 있다. 물론 이 숫자 놀이의 기호적 의미를 더 이상 물고 들어가는 것은 무의미하다. 그럼에도 이를 따지는 것은 이상의 시적 상상력이 고도의 기교를 자랑하는 '글자놀이'와 결합되어 있는 경우가 많다는 것을 보이기 위해서이다. 「·소·영·위·제·」는 결국 이 작품의 텍스트를 구성하고 있는 글자 수 '96'이라는 숫자가 기호화하고 있는 그대로 '결별'의 의미를 서정적으로 표출한다. 그리고 제목의 속뜻대로 '헛된 사랑을 위한 시'임을 알 수 있다.

1연에서 그려내고 있는 시적 정황을 보자. 달빛 아래 시적 화자인 '나'와 그 대상이 되고 있는 '너'의 형상이 드러난다. '너'의 아름다운 모습은 '동백꽃밭 내음새 지니고 있는 네 머리털'이라는 대목에서 감각의 극치를 보여준다. 그러나 '나'는 그 아름다움을 칭찬하는 말을 한 마디도 말하지 못한다. '나'에게는 그 사랑만큼 시름이 커진다. 첫 구절에서 '달빛에 비치는 너의 얼굴'의 희고 차가움이 '얇은 한 장의 피부가 된 나의 얼굴'을 통해 암시되는 부끄러움의 심정에 대응한다. '너'에 대하여 칭찬하는 말 대신에 '나'의 말 속에 한숨이 서려 있다. 이 한숨은 '나'와 '너' 사이에 놓인 미닫이를 사이에 둔 바로 그 거리감에서 비롯된다. 그러면서도 동백(冬柏) 기름 곱게 바르고 있는 '너'의 머리칼 하나하나를 마음속으로 헤면서 마치 모를 심듯이 그렇게 숱한 설움을 그 머리칼만큼 심어놓는다. '나'의 설움이 그렇게 쌓이고 쌓였음을 어찌하랴.

2연에서는 '너'의 방탕한 행동(진흙밭을 헤매는)과 거짓말과 헛소리에 지쳐버린 '나'의 서러움을 노래한다. 배반의 사랑을 앞에 둔 사내의 설움이라는 것. 그것은 '너'의 발자국에 고이는 빗물이 되고, 서러움을 곡으로 울기 전에 땅에 놓아 부어놓은 '나'의 억울한 술잔이 된다. 진흙밭을 헤매는 발자국 ─ 이 대목은 고시가 가운데 유명한 「정읍사(井邑詞)」의 한 구절을 연상케 한다. 현존하는 유일한 백제가요. 행상 떠난 남편이 돌아오지 않자 이를 염려하는 아내는 절창의 가락을 이렇게 노래한다. '달하 노피곰 도다샤/어긔야 머리곰 비취오시라/어긔야 어강됴리 아으 다롱디리/져재 녀러신고요/어긔야 즌대를 드디욜셰라/어긔야 어강됴리/어느이다 노코시라/어긔야 내 가논디 졈그랄셰라/어긔야 어강됴리 아으 다롱디리.'(『악학궤범(樂學軌範)』) 이 노래에서 '어긔야 즌대를 드디욜셰라'라는 구절이 그대로 '진흙밭 헤매일 적'이라

우리 시 깊이 읽기

는 대목과 일치한다. 다만 사내가 아니라 여인이라는 점이 다를 뿐.

3연은 '너'에 대한 '나'의 열정이 식어버렸음을 고백하는 것으로 끝난다. 사랑을 잃어버린 '나'의 초라한 형상이 여기서 섬세한 감각으로 묘사된다. 달빛을 향하여 서 있는 '너'와는 달리 '나'는 달빛을 등지고 서 있다. '거적자욱'이라는 말이 암시하는 초라한 뒷모습이라든지, '실고추 같은 피'라든지 '달빛에 놀래인 냉수' 등의 표현이 인상적이다. 그림자 속에 어리는 가느단 혈관, 그리고 차디찬 이슬방울이 그 혈관에 방울지고 있음을 말하고 있는 것은 '나'의 열정이 이미 식어졌음을 암시한다. 이러한 '나'의 심사를 전혀 이해하지 못하고 있는 '너'의 모습은 이 작품의 마지막 대목에서 '이지러진 헝겊 심장을 들여다보면서 어항이라 하느냐'라는 물음을 통해 더욱 분명하게 드러난다.

시 「·소·영·위·제·」에 드러나 있는 내면적 정서를 시인 이상의 자의식의 반영이라고 보는 것은 전혀 어색하지 않다. 사랑의 배반에 대한 한 사내의 회한과 통곡이라고 할 만하다. 그러나 떠나가는 여인을 향한 사내의 울음이므로, 소리 없이 고통스럽게 울어야 한다. 이러한 울음의 시가 아니고서는 그 사연이 그토록 아플 수가 없다. 과연 여자란 무엇인가? 이 천고의 의문을 놓고 이상은 끝없이 고뇌한다. 그가 써낸 여러 편의 소설은 사실 이 질문에 대한 나름대로의 해답을 서사의 문법으로 풀어내고자 한다. 하지만 그는 끝내 스스로 만족할 만한 대답에 이르지 못한 채 소설 「종생기」로 그 사연을 마감하고 말았다.

자상(自像)

여기는어느나라의데드마스크다. 데드마스크는도적맞았다는소문도있
다. 풀이극북(極北)에서파과(破瓜)하지않던이수염은절망을알아차리고생식
(生殖)하지않는다. 천고로창천이허방빠져있는함정에유언(遺言)이석비(石碑)
처럼은근히침몰되어있다. 그러면이곁을생소한손짓발짓의신호가지나가면
서무사히스스로워한다. 점잖던내용이이래저래구기기시작이다.

「자상(自像)」은 이상이 1936년 가을 도쿄행을 준비하는 동안 마지막으로 정리하
여 발표한 연작시 「위독」의 맨 끝자리에 놓인 작품이다. 1936년 10월 9일 『조선일
보』에 발표되었다. 연작시 「위독」에는 「금제(禁制)」 「추구(追求)」 「침몰(沈歿)」(이상 10
월 4일자 발표), 「절벽(絶壁)」 「백화(白畵)」 「문벌(門閥)」 「위치(位置)」 「매춘(買春)」
「생애(生涯)」 「내부(內部)」 「육친(肉親)」 「자상(自像)」 등 12편의 시가 이어져 있
다. 이 작품들은 자아의 형상 자체를 시적 대상으로 삼아 다양한 시각을 통해 이를
해체하고 있는 경우가 많으며, 시인 자신을 둘러싸고 있는 아내와 가족에 대한 자
기 생각과 내면 의식의 반응을 그려내는 경우도 있다. 특히 사물을 보는 시각과 판
단이 연작시 「오감도」의 특이한 자기 투사 방식과 상호연관성을 지니고 있다. 자신
의 병과 죽음에 대한 절박한 인식, 자기 가족에 대한 책임 의식과 갈등, 좌절의 삶
을 살아가는 자신에 대한 혐오 등을 말하고 있는 시적 진술 방법이 그대로 「오감도」
의 연장선상에 놓여 있기 때문이다. 이상은 연작시 「위독」의 연재를 마친 후 도쿄행
을 택한다. 1934년에 발표한 미완의 연작시 「오감도」는 1936년 『위독』을 통해 그 연
작 자체의 완성에 도달한 셈이다.
　이 작품에서 먼저 주목해야 할 것은 「자상」이라는 제목 자체이다. 이상이 화가
를 꿈꾸며 그렸던 그림 가운데 〈자상〉이라는 표제의 자화상이 남아 있기 때문이다.
자신의 붓끝으로 자기 얼굴을 그려내는 자화상(自畵像)이라는 특별한 형식의 그림

은 그리 단순하게 이루어지는 것은 아니다. 자신의 얼굴은 자기 눈으로 직접 들여다볼 수가 없다. 거울을 통하여 비춰진 영상을 통해서만 간접적으로 인지할 수 있을 뿐이다. 거울 속의 얼굴 모습은 사실적 형상의 입체성을 제대로 드러내지 못한다. 거울은 모든 것을 평면적 영상으로 재현하기 때문에, 거울을 통해 보이는 코의 높이도 눈의 깊이도 제대로 가늠하기 어렵다. 그러나 사람들은 누구나 거울을 보면서 자기 얼굴 모습에 관심을 기울이고 거기에 집착한다. 물론 다른 사람의 얼굴을 바로 눈앞에 대놓고 보듯이 그렇게 생생하게 거울을 통해 자기 얼굴 모습을 알아볼 수 없는 일이다. 자기 얼굴을 그리는 작업은 초상화(肖像畵)의 사실주의와는 상당한 거리가 있다. 자기가 특히 관심을 기울이고 있는 부분이 더욱 강조되고 관심을 두지 않고 있는 부분은 소홀하게 취급되기 일쑤다. 그러므로 자화상은 자기 집착을 드러내는 욕망의 기표로도 읽힌다.

이 시의 텍스트에서 첫 문장은 '여기는 어느 나라의 데드마스크다.'라고 진술되어 있다. 시적 화자는 자신의 얼굴을 '데드마스크'에 비유함으로써, 얼굴을 통해 표현되는 생의 이미지를 제거한다. 표정이 없는 얼굴은 살아 있는 느낌을 주지 못한다. '데드마스크'라는 말은 생기를 잃고 있는 무표정한 자기 모습에 대한 자조적인 느낌을 그대로 드러내고 있다. 하지만 '데드마스크는 도적맞았다는 소문도 있다.'라는 둘째 문장의 진술을 통해 첫 문장의 내용을 반어적으로 돌려버린다. 아직은 죽지 않고 살아 있는 얼굴이라는 것을 말하기 위해 '데드마스크'를 도적맞았다고 언급하게 된 것으로 보인다. 이 시에서 얼굴의 표정을 묘사하면서 관심을 집중하고 있는 부분은 바로 귀 밑과 입 언저리에 돋아나 있는 '수염'이다. 수염은 많아도 문제이고 적어도 문제인데, 늘 자라나는 것이기 때문에 이를 손질하여 모양을 낸다. 그러나 이 시에 그려진 얼굴의 수염은 '생식하지 않는다'. 새로 더 돋아나지 않는다는 말이다. 여기서 '풀'은 그대로 '수염'의 비유적 표현에 해당한다. 풀이 땅에 뿌리를 내리고 돋아나와 자라는 것처럼 수염도 피부에 뿌리를 박고 자라나기 때문이다.

시적 텍스트의 셋째 문장에서 '풀이 극북(極北)에서 파과(破瓜)하지 않던 이 수염'이라는 구절은 수염의 모양을 비유적으로 설명해준다. '극북'은 '수염의 끝' 부분을 말한다. 뒤에 이어지는 '파과(破瓜)하지 않다.'라는 말의 뜻에 유의할 필요가 있다. '파과(破瓜)'는 '파과지년(破瓜之年)'의 준말이다. '과(瓜)'라는 한자는 파자(破字)할 경우, 그 형태가 '팔(八)'과 '팔(八)'로 나누어진다. 그러므로 '파과지년'은 한자 '과(瓜)' 자를 파자하여 생기는 두 개의 '팔(八)' 자를 합친 나이 또는 곱한 나이를 의미한다. 여자를 두고 말할 경우에는 '16세'의 젊은 여자 또는 생리를 시작하는 여자의 나이를 지칭하는 말로 쓰이기도 하고, 남자의 경우는 '64세'의 나이를 뜻하기도 한다. 하지만 이 시에서 '파과'라는 말은 관용적으로 쓰이는 '16'이나 '64'라는 숫자의 의미와는 거리가 멀다. '파과'라는 말이 지시하고 있는 그대로 '과(瓜)' 자를 파자하여 생기는 '팔(八)'이라는 글자의 형태 자체를 시각적 기호로 제시하고 있기 때문이다. 그러므로 '파과하지 않다'라는 말은 달리 해석될 여지가 없다. '수염의 꼬리가 팔(八) 자의 모양을 이루지 못한다'는 뜻으로 자연스럽게 읽히게 되기 때문이다. 시적 화자는 근사한 '팔' 자 모양으로 갈라져 자라지 않고 덥수룩하기만 한 수염에 대해 스스럽다. 자신의 수염에서 어떤 위엄도 발견하지 못하며, 그저 점잖지 못한 인상에 불만을 털어놓고 있을 뿐이다.

이 시의 다섯째 문장은 덥수룩한 수염에 둘러싸여 있는 입의 모양을 암시한다. '천고로 창천이 허방 빠져 있는 함정'은 바로 움푹 들어간 입을 말한다. 그리고 '유언(遺言)이 석비(石碑)처럼 은근히 침몰되어 있다.'는 것은 말을 하지 않고 이를 악물고 있는 입의 모양을 그려놓은 것으로 볼 수 있다. 이 시의 마지막 구절은 입 언저리의 수염을 손으로 쓰다듬어보아도 도무지 위엄스러운 기품이나 점잖은 모습을 찾을 수 없는 자기 모습에 스스러워하는 화자의 심경을 드러낸다.

이처럼 시 「자상」은 언어로 그려낸 자화상에 해당한다. 시인이 그려내고 있는 그대로 자신의 얼굴 모습을 시적 대상으로 삼고 있는 것이다. 이상의 시에서 흔히 볼 수 있는 특이한 자기 탐구의 방식은 대체로 자기 부정의 의미를 드러낸다. 이러한 경향은 특이한 성장 과정이라든지 폐결핵으로 인한 고통스러운 투병 생활 등에서 영향 받은 것으로 짐작할 수 있다. 때로는 병적인 자기 몰입으로 나타나기도 하고 자기 혐오의 방식을 보여주기도 하는 이유가 여기 있는 것이 아닌가 생각된다.

김광균

金光均 1914~1993

김광균은 정지용, 김기림, 이상 등과 함께 1930년대 모더니즘 시운동을 실천했던 시인이다. 서정적 정조를 바탕으로 하면서도 섬세한 언어 기교와 감각적 이미지로 시적 대상을 형상화하고 있는 점이 그의 시의 특징이다. 다양한 이미지의 공간적 구성을 통해 확대하는 시의 내면 공간이라든지 감상적 분위기를 벗어나기 위해 동원하는 지적 언어 감각 등은 그의 시에서 확인할 수 있는 새로운 방법이라고 할 수 있다.

김광균은 1914년 1월 19일 경기도 개성에서 태어났고, 개성 송도상업학교를 졸업했다. 학창 시절부터 시 창작에 관심을 두면서 신문에 작품을 투고하여 학생 문단에 실리기도 하였다. 상업학교 졸업 후 한 동안 고무 공장에 취직하여 일했다. 본격적인 시 창작 활동은 1935년 『조선중앙일보』에 「황혼보」 「오후의 구도」 「외인촌」 「창백한 산보」 등을 발표하면서 시작되었다. 1936년 서정주, 오장환, 김동리, 김달진 등이 주도했던 『시인부락』에도 참여하였고, 1937년 박재륜, 서정주, 윤곤강, 오장환, 이육사, 신석초, 함형수 등과 시 동인지 『자오선(子午線)』 동인으로 참여하였다. 1938년 『조선일보』 신춘문예에 「설야(雪夜)」가 당선된 후 1939년 발간한 첫 시집 『와사등』에는 「오후의 구도」 「외인촌」 「설야」 등 1939년까지 창작된 초기 시들을 수록했다. 이 시집에는 대상을 보는 지적인 태도와 섬세한 언어 감각을 자랑하는 작품들을 많다.

1945년 해방 직후에는 좌우 문단의 분열 과정과 일정한 거리를 둔 채 '중간파'로서의 입장을 취하면서 「노신」(1947) 「황혼가」(1947) 등을 발표하였다. 1947년 둘째 시집 『기항지(寄港地)』(1947)를 간행하였는데, 여기 수록된 작품들도 첫 시집의 시와 마찬가지로 모더니스트로서의 특질을 잘 드러내고 있다. 정부 수립 이후 한동안 기업을 운영하면서 문단과 거리를 두기도 했지만 1986년 『추풍귀우(秋風鬼雨)』를 펴낸 것을 비롯하여 『임진화(壬辰花)』(1989) 등의 시집을 잇달아 펴내면서 시 창작에 대한 집념과 열성을 보여주었다.

우리 시 깊이 읽기

외인촌(外人村)

하이얀 모색(暮色) 속에 피어 있는
산협촌(山峽村)의 고독한 그림 속으로
파란 역등(驛燈)을 단 마차가 한 대 잠기어가고
바다를 향한 산마루 길에
우두커니 서 있는 전신주 위엔
지나가던 구름이 하나 새빨간 노을에 젖어 있었다

바람에 불리우는 작은 집들이 창을 나리고
갈대밭에 묻히인 돌다리 아래선
작은 시내가 물방울을 굴리고

안개 자욱한 화원지(花園地)의 벤치 위엔
한낮에 소녀들이 남기고 간
가벼운 웃음과 시들은 꽃다발이 흩어져 있다

외인(外人) 묘지(墓地)의 어두운 수풀 뒤엔
밤새도록 가느단 별빛이 나리고

공백(空白)한 하늘에 걸려 있는 촌락의 시계가
여윈 손길을 저어 열 시를 가리키면
날카로운 고탑(古塔)같이 언덕 위에 솟아 있는
퇴색한 성교당(聖教堂)의 지붕 위에선

분수처럼 흩어지는 푸른 종소리

김광균의 시 「외인촌」을 모르는 사람도 이 시의 마지막 구절 '분수처럼 흩어지는 푸른 종소리'는 들어보았을 것 같다. '종소리'는 귀로만 들을 수 있다. 그런데 이 구절에서는 '종소리'를 허공으로 흩어지는 분수와 같이 눈에 선하게 보이는 것처럼 그려낸다. 청각을 통해 감지되는 이미지를 시각적인 것으로 바꾼다. 이런 감각의 통합을 공감각(共感覺)이라고 한다.

이 시는 도시의 외인촌의 전경을 한 폭의 그림처럼 그려내고 있다. 시의 텍스트는 6연으로 구분되어 있는데, 각 연마다 선명한 시각적 이미지들을 중심으로 외인촌의 독특한 장면을 시적 공간에 배치하고 있다. 이국적 정조를 느끼게 하는 풍경들은 낯설고 적막하고 쓸쓸하다.

1연에서 황혼 무렵 산협촌의 먼 풍경을 보여준다. 산마루 길로 마차가 지나는 모습도 보이고 저녁노을에 붉게 물든 구름이 하늘에 걸려 있다. 이렇게 구성된 외인촌의 모습을 두고 시적 화자는 '고독한 그림'이라고 비유한다. 2, 3연에서는 저녁 무렵 주변에서 일어나고 있는 변화들을 가깝게 그려낸다. 날이 저물고 바람이 불어오자 창을 닫는 집들이 보이고 작은 시내에 물이 흘러가는 모습도 보인다. 화원지의 벤치에는 낮에 소녀들이 남기고 간 가벼운 웃음과 시든 꽃다발이 놓여 있다. 주변이 점차 적막해지고 공허감과 쓸쓸함을 더해간다. 4연은 외인 묘지의 어두운 수풀 뒤로 밤새도록 별빛이 비치는 모습을 보여준다. 1연의 시상의 발단에서부터 4연까지 시간적 배경의 변화가 공간적 사물의 변화를 통해 감각적으로 묘사되고 있다. 외롭고 쓸쓸한 분위기는 적막감으로 바뀌고 있다. 그런데 5연에서는 시간적 공간적 배경이 한꺼번에 전환을 보여준다. 밤이 지나고 아침으로 시간이 변한다. 여윈 손길을 저어 열 시를 가리키는 시계를 통해 아침이 왔음을 알려준다. 그리고 낡은 성교당의 꼭대기에서 종이 울린다. 분수처럼 흩어지는 푸른 종소리를 통해 밝고 상쾌한 느낌이 전달된다.

이 시에서 그려지는 시적 대상들은 밤으로의 시간을 따라 아래쪽 땅바닥에서 위쪽 하늘로 공간적인 질서를 유지하며 나열되고 있다고 할 수 있다. 시의 분위기는 전체적으로 어둡고 부정적인 이미지와 밝고 긍정적인 이미지가 서로 조화되면서 이국적 정서를 자아내는 외인촌의 회화적 풍경을 그려낸다. 특히 새빨간 노을에 젖은 구름, 물방울을 굴리는 작은 시내, 소녀들의 가벼운 웃음과 꽃다발, 분수처럼 흩어지는 푸른 종소리 등은 그 묘사의 감각성이 뛰어나다. 이 가운데 은유적 형상화가 탁월하게 이루어지고 있는 '분수처럼 흩어지는 푸른 종소리'는 청각을 시각과 결합시킨, 공감각적 이미지의 참신한 표현이다. 이 구절을 시의 마지막 행에 배치함으로써 모든 시적 대상들을 절묘하게 감각적으로 통합할 수 있도록 고안하고 있기 때문이다. 그렇지만 선명한 이미지와 감각적인 묘사에도 불구하고 전체적인 분위기를 지배하고 있는 이국적인 정조 때문에 시적 공간 자체가 작위적인 것으로 느껴지는 것이 사실이다. 이 작품의 지배적 분위기를 끌어가기 위해 이국적인 애상의 정조를 과장하고 있는 것이 아닌가 생각된다.

1935년 8월 6일 『조선중앙일보』에 발표된 작품이다. 신문 발표 당시에는 「외인촌의 기억」이라는 제목이었지만 시집 『와사등』(1939)에 수록하면서 「외인촌」으로 바꾸었다.

설야(雪夜)

어느 먼 곳의 그리운 소식이기에
이 한밤 소리 없이 흩날리느뇨

처마 끝에 호롱불 여위어가며
서글픈 옛 자췬 양 흰 눈이 나려

하이얀 입김 절로 가슴이 메어
마음 허공에 등불을 켜고
내 홀로 밤 깊어 뜰에 나리면

먼 곳에 여인의 옷 벗는 소리

희미한 눈발
이는 어느 잃어진 추억의 조각이기에
싸늘한 추회(追悔) 이리 가쁘게 설레이느뇨

한 줄기 빛도 향기도 없이
호올로 찬란한 의상을 하고
흰 눈은 나려 나려서 쌓여
내 슬픔 그 위에 고이 서리다

눈이 사락사락 내리는 소리를 들어본 적이 있는지? 서울과 같은 대도시에 살고 있는 사람들은 전혀 생각조차 하기 어려운 질문이다. 내리는 눈을 구경하기도 어려

　　　　　　　　　　　　　　　　　　　　우리 시 깊이 읽기

운 고장에서는 말할 필요도 없는 일이다. 눈이 내리는 소리 ― 이 소리는 아주 추운 밤에 내리는 싸락눈이어야 가능하다. 물론 바람도 없어야 한다. 깊은 밤 사방이 적요함에 잠겨 있을 때만 그 소리가 들린다. 시인 김광균은 그 소리를 두고 '먼 곳에 여인의 옷 벗는 소리'라고 했다. 시인의 섬세한 감각과 그 상상력이 신비롭고 아름답다.

「설야」는 한밤에 뜰에 내리는 눈을 시적 대상으로 삼고 있다. 시적 화자인 '나' 는 내리는 눈을 바라보며 뜰로 내려와 과거의 추억을 떠올린다. 시상의 흐름에 따르면, 1~3연은 눈이 내리는 모양을 감각으로 그려내고 있는 전반부에 해당한다. 5~6연은 눈이 내려 쌓이는 장면을 그려내고 있다 이 같은 전후반부의 구분에 따라 시적 화자의 정서적 변화도 그대로 드러난다. 이 시의 시간적 배경은 밤이다. 바깥에 눈이 내리기 시작한다. 시적 화자는 밤에 눈이 오는 것을 '그리운 소식'에 비유하면서 이를 시각적 이미지로 구체화하여 제시한다. 그리고 여기에 화자 자신의 그리움이라는 감정을 덧붙인다. 그리움의 대상은 먼 곳에 있으며 벌써 지나가버린 것이다. 그러므로 시적 화자는 스스로 외로움과 서글픔을 느낄 수밖에 없다. 시적 화자는 밤늦도록 '서글픈 옛 자취인 양' 내리는 눈 때문에 감상에 젖어 있다가 끝내 그 그리움을 이기지 못하고 허전한 마음으로 뜰을 밟는다.

이 시에서 절묘한 감각의 집중된 효과를 드러내는 것은 5연의 '먼 곳에 여인의 옷 벗는 소리'라는 대목이다. 밤중에 눈이 내리는 모습을 시각적 감각과 청각적 감각을 함께 동원하여 묘사하고 있다. 여기서 공감각적인 이미지로 그려진 눈은 낭만적이면서도 환상적인 아름다움을 그대로 드러낸다. 이 뛰어난 묘사는 눈이 내리는 한밤중에 느끼는 적요함과 짝을 이룬다. 사락사락 눈이 내리는 소리는 그만큼 사방이 고요하다는 것을 의미한다. 그리고 눈 내리는 소리를 통해서 시적 화자가 연상한 것이 '여인의 옷 벗는 소리'이다. 설백(雪白)의 이미지가 여인의 정갈한 옷을 상기시킨 셈이다.

시의 후반부는 눈이 내려 쌓이는 장면을 그려낸다. 그리고 그것은 '싸늘한 추회(追悔)'로 비유되면서 지난날에 대한 그리움과 후회와 뉘우침의 감정을 불러일으킨다. 6연에서 시적 화자는 내려 쌓인 눈 위에 '내 슬픔 그 위에 고이 서리다'라고 진술하고 있는데, 시적 화자의 내적 정서와 주관적 감정을 쌓이는 눈과 일치시켜놓고 있다. 눈이 내리고 쌓이고 그 쌓인 눈 위에 다시 덮이는 모습을 보면서 시적 화자는 자신의 가슴에 서리는 지난날의 추억과 후회 속으로 깊이 빠져들고 있다.

이 시에서 시인은 시적 언어의 감각 공간을 확대시켜주는 참신한 표현들을 많이 동원하고 있다. 하지만 감각적인 이미지의 제시와 함께 주관적 감정의 직설적 표현도 서슴지 않는다. '싸늘한 추회(追悔) 이리 가쁘게 설레이느뇨'와 같은 표현은 주관적 감정을 그대로 토로한 부분이다. 그리고 눈을 '찬란한 의상'이라는 비유적 이미지로 제시한 뒤에 '내 슬픔 그 위에 고이 서리다'라고 표현함으로써 결국은 주관적 심정의 표현으로 떨어지고 만다. 결국 이 시는 참신한 비유적 표현과 탁월한 이미지의 조형성을 자랑하고 있지만 그 지배적 정서 자체가 비애, 고독, 상실감 등의 낭만적 정서를 바탕으로 하고 있음을 알 수 있다.

「설야」는 1938년 『조선일보』 신춘문예 당선작이다. 김광균은 이미 시 동인지 『시인부락』과 『자오선』에 참여하여 활발하게 창작 활동을 이어온 시인이었기 때문에 그의 신춘문예 당선은 의외의 일로 평가되기도 한다. 하지만 시인의 자기 역량에 대한 객관적 검증과 함께 제2의 등단을 이루었다는 점은 이 시의 특징을 다시 한번 주목하게 한다. 첫 시집 『와사등』(1939)에 수록되어 있다.

우리 시 깊이 읽기

와사등(瓦斯燈)

차단한 등불이 하나 비인 하늘에 걸려 있다
내 호올로 어델 가라는 슬픈 신호냐

긴 여름 해 황망히 나래를 접고
늘어선 고층 창백한 묘석(墓石)같이 황혼에 젖어
찬란한 야경 무성한 잡초인 양 헝클어진 채
사념(思念) 벙어리 되어 입을 다물다

피부의 바깥에 스미는 어둠
낯설은 거리의 아우성 소리
까닭도 없이 눈물겹고나

공허한 군중의 행렬에 섞이어
내 어디서 그리 무거운 비애를 지니고 왔기에
길게 늘인 그림자 이다지 어두워

내 어디로 어떻게 가라는 슬픈 신호(信號)기
차단한 등불이 하나 비인 하늘에 걸리어 있다

와사등(瓦斯燈)을 본 적이 있는가? 나는 와사등을 실물로 본 적이 없다. 가스(gas)를 음차하여 표기한 한자어 '와사(瓦斯)'에 등(燈)을 합친 말이 '와사등'이다. 일본어에서 온 한자어다. 지금은 '가스등'이라고 고쳐 쓴다. 영국에서 처음 석탄가스를 도관(導管)에 흐르게 하여 불을 켰다는데, 이것이 상용화되면서 한때 가로등으로 널리 유행했다. 하지만 전등이 등장하면서 그 명맥을 이어가기 어렵게 되었다. 우리나라 서울 거리에 가스등을 켰다는 기록은 없다. 하지만 술집이나 음식점 등에서 밤에 입구에 세웠던 '장명등'은 대개가 가스등이었다고 한다.

나는 가스등을 영화 속에서 보았다. 잉그리드 버그만(Ingrid Bergman)이 아카데미 여우주연상을 받은 〈가스등(Caslight)〉이라는 영화다. 1944년 개봉된 흑백 필름이다. 안개 속의 런던을 무대로 펼쳐지는 이 영화에서 아내인 잉그리드 버그만을 정신병자로 만들어 막대한 상속 재산을 차지하려는 한 사내의 탐욕과 음모가 긴장감 있게 펼쳐진다. 잉그리드 버그만이 살고 있던 런던의 저택에서 매일 밤 집안을 밝히는 가스등이 흐려지곤 하던 장면이 지금도 생생하다.

「와사등」은 도시의 거리에 걸려 있는 가스등 아래에서 느끼는 시적 화자인 '나'의 고독과 우수의 정감을 어둡고 우울한 시적 분위기에 맞춰 표현하고 있다. 시의 텍스트는 전체 5연으로 구성되어 있으며, 시상의 흐름으로 보면 1~3연의 전반부에서 시적 화자는 날이 저물어가는 도시의 거리에서 혼자 고독에 휩싸여 있다. 4~5연의 후반부에서는 어둠이 짙어가면서 고독한 화자의 비애감이 더욱 두드러진다. 자신이 찾아가야 할 방향을 알지 못한 채 방황하는 화자의 고뇌가 엿보인다.

이 시의 텍스트는 1연의 첫머리와 5연의 말미에 '차단한 등불이 하나 비인 하늘에 걸려 있다'라는 시적 진술을 동일하게 배치하고 있다. 이 구절이 시상의 발단이면서 동시에 그 결말에 해당한다는 점을 말해준다. 여기 등장하는 '등불'이 바로 시의 제목으로 제시되어 있는 '와사등'이다. 다른 사람들의 손이 함부로 닿지 못하도록 떼어놓은 등불이 텅 빈 하늘에 걸려 있다는 것이다. 이 등불을 보는 순간 시적 화자는 혼자서 외롭게 도심의 거리를 걷고 있는 자신의 내면을 등불에 비춰보게 된다. 이미지로 제시된 등불이라는 사물에 슬픔이라는 내면적 정서가 덧씌워진다. 그리고 시적 화자는 '내 호올로 어델 가라는 슬픈 신호냐'고 반문한다. 허공에 걸린 등불을 신호등이라고 느끼는 순간 어디로 가야 하는지 판단할 수 없었기 때문이다. 여기서 '슬픈 신호'는 시적 화자의 주관적 감정이 그대로 투영된 것에 불과하다. 2연에서는 도시의 저녁 풍경이 그려진다. '묘석과 같은 고층 빌딩', '잡초와 같이 헝클어진 도시의 야경'이 비유적으로 묘사된다. 이 풍경 속에서 시적 화자는 어디로 가야 할지를 알지 못한 채 깊은 사념에 젖어든다. 시적 화자가 느끼는 쓸쓸함과 외로움이 시적 공간의 전체적인 분위기로 확대된다. 그리고 이러한 분위기는 3연으로 이어진다. 시적 화자는 도시의 거리에 혼자 서서 외로움에 젖어 눈물을 흘린다.

4연에서 5연까지 이어지는 후반부에서도 시적 화자는 '공허한 군중의 행렬'에 섞여 '무거운 비애'를 느끼면서 길게 늘어진 자기 그림자의 '어둠'을 지켜본다. 밀려오고 밀려 가는 사람들 사이에 끼어 있지만 자신은 가야 할 방향을 잃은 채 거리에 서 있다. 그리고 그 고독한 화자의 모습은 다시 그대로 등불에 투영되어 그려진다. 수미일관(首尾一貫)의 방법으로 강조하고 있는 '차단한 등불이 하나 비인 하늘에 걸리어 있다'라는 시적 진술은 결국 외롭고 쓸쓸한 시적 화자의 심경을 다시 한번 강조하고 있다.

이 시에서 느낄 수 있는 비애의 분위기는 1930년대 모더니즘 시가 추구하고자 했던 감상성(感傷性)의 배격과는 일정한 거리를 두고 있다. 이 작품은 밤거리에 내걸려 있는 가로등을 중심으로 도회의 밤 풍경을 보여준다. 여기서 그려지는 도회의 밤 풍경은 단순한 감각적 이미지로 구현되고 있는 것이 아니라 쓸쓸함과 공허감의 분위기로 착색된다. 실제로 '내 호올로 어델 가라는 슬픈 신호냐'와 같은 시구에서 이미 드러나고 있는 것처럼 시적 화자는 이미 도회의 밤 풍경을 보고 슬픔이라는 주관적 감정 상태를 노출하고 있다. 물론 시적 대상으로서의 도회의 풍경은 '묘석과 같은 고층 빌딩', '잡초와 같이 헝클어진 도시의 야경'에서처럼 회화적인 공간성을 얻고 있다. 이 도회는 공허한 군중의 행렬로 채워져 있으며, 서정적 자아는 군중의 행렬에서 벗어나 도시의 거리에서 낯섦을 발견하고 까닭도 없이 눈물을 흘려야 하는 감상에 떨어지고 있는 것이다. 이 시에서 볼 수 있는 도시 문명에 대한 시적 화자의 태도는 모더니티의 문제성에 대한 비판이나 그 극복의 의지로 발전하고 있는 것은 아니다. 슬픔과 비애와 눈물 등의 시어를 통해 노출하고 있는 감정이 작품의 전체적인 정조를 관류하고 있기 때문이다.

김광균의 시 「와사등」은 1938년 6월 3일 『조선일보』에 발표되었다. 첫 시집 『와사등』(1939)의 표제작으로 수록되면서 주목을 받았다.

추일서정(秋日抒情)

낙엽은 폴란드 망명정부의 지폐
포화에 이즈러진
도룬시의 가을 하늘을 생각케 한다

길은 한 줄기 구겨진 넥타이처럼 풀어져
일광의 폭포 속으로 사라지고
조그만 담배 연기를 내뿜으며
새로 두시의 급행차가 들을 달린다

포플러 나무의 근골(筋骨) 사이로
공장의 지붕은 흰 이빨을 드러내인 채
한 가닥 꾸부러진 철책이 바람에 나부끼고
그 위에 셀로판지로 만든 구름이 하나

자욱한 풀벌레 소리 발길로 차며
호올로 황량한 생각 버릴 곳 없어
허공에 띄우는 돌팔매 하나
기울어진 풍경의 장막 저쪽에
고독한 반원을 긋고 잠기어간다

　김광균의 시 「추일서정(秋日抒情)」을 처음 읽었을 때 나는 '낙엽은 폴란드 망명정부의 지폐'라는 첫 행의 비유적 표현에 관심을 두지 않을 수 없었다. '폴란드 망명정부'는 당대 국제 정치의 객관적 현실 문제에 속한다. 이 '망명정부의 지폐'를 '낙엽'

우리 시 깊이 읽기

이라는 계절적 감각과 교묘하게 대응시켜놓고 있는 시인의 상상력이 유별나다. 이 시의 첫 행에 등장하는 폴란드 망명정부는 1939년 가을 독일과 소련에게 거의 동시에 침공을 받게 되자 파리로 거처를 옮겼던 폴란드의 망명정부를 말한다. 독일의 프랑스 침공 때에는 다시 런던으로 옮겨가서 망명정부를 구성했다. 이 전란은 뒤에 제2차 세계대전으로 확대되었으며, 전란을 통해 폴란드가 누려온 문화 전통이 완전히 붕괴되었고 경제적인 부(富)도 모두 착취당했다. 이 시의 화자는 낙엽이 포도에 지천으로 떨어져 흩날리는 모습을 현대적 감성의 새로운 상상력으로 묘사한다. 길 위에 쌓인 낙엽을 전쟁에서 패망한 국가의 쓸모가 없게 된 지폐에 비유하고 있다. 풍성한 여름을 자랑하던 포플러 나무가 근골을 드러낸 채 서 있고, 떨어진 낙엽은 길 위에 쌓여 있다. 이 시가 종합문예지 『인문평론』에 발표되었던 1940년 7월은 독일과 소련의 침공으로 폴란드 정부가 프랑스로 패퇴하여 망명정부를 선언했던 때에 해당한다.

「추일서정」은 낙엽이 지는 가을날의 풍경을 여러 가지 이미지를 통해 그려내고 있지만, 실상은 시적 화자의 우울한 내면 의식을 강조한다. 이 시의 텍스트는 모두 16행으로 이어지고 있으며, 시상의 흐름에 따라 4연으로 나누어진다. 1연은 시상의 발단부로서 전체적인 시적 분위기를 결정한다. 가을날 길 위로 쌓이는 낙엽을 '폴란드 망명정부의 지폐'에 비유함으로써 암울한 분위기가 암시된다. 2연에서 멀리 햇빛 속에 비치는 길을 '구겨진 넥타이처럼' 풀어져 사라지고 연기를 내뿜는 급행열차도 아득히 그 모습을 감춘다. 햇빛이 쏟아지고 있지만 적막 속에 모든 것이 사라진다. 시적 화자의 상실감과 암울함이 그대로 드러나고 있다. 3연에서는 잎이 떨어져 앙상하게 줄기를 드러낸 포플러 나무, 허옇게 흉한 모습으로 뜯겨나간 공장의 지붕, 망가져 구부러진 철책이 섬세하게 묘사된다. 하늘에는 언제 바람에 날려 사라져버릴지도 모르는 엷은 구름 한 조각이 걸려 있다. 이 시각적 이미지들은 시적 공간을 더욱 황폐하고 쓸쓸한 느낌으로 채운다. 이 시의 4연은 시적 화자의 행동을 직접적으로 제시한다. 1연부터 3연에 이르기까지 대상에 대한 관찰과 묘사적 접근으로 일관했던 시적 화자의 태도가 바뀌어 구체적 행동을 보여준다. 물론 화자의 행동은 어떤 의지의 구현이나 실천적 의미를 보여주는 것은 아니다. 풀벌레 소리 들리는 풀섶을 공연히 발길로 차기도 하고 허전한 마음을 진정하지 못한 채 돌멩이를 집어 허공에 던진다. 황량하고도 적막한 시적 분위기와 시적 화자의 허전하고도 우울한 심정이 그대로 겹쳐지고 있음을 알 수 있다.

이 시에서 느낄 수 있는 황량한 시적 분위기는 시적 화자가 느끼는 쓸쓸한 계절적 감각처럼 표현되고 있다. 하지만 여기서 일제 말기의 암울한 시대 상황이 암시되고 있다는 점은 부인할 수 없다. 특히 강대국의 침략으로 국토를 상실했던 폴란드 망명정부를 시의 서두에 끌어들임으로써 당대의 정치 현실에 대한 시인의 암울한 전망을 보여주고 있는 점은 주목할 필요가 있다.

제3부

유치환

김광섭

신석정

서정주

오장환

백 석

이육사

이용학

노천명

모윤숙

윤동주

유치환

柳致環 1908~1967

유치환은 생명의 시인 또는 의지의 시인 이라고 불린다. 그의 시적 상상력은 당대적 현실 상황에 대한 인식을 전제하지 않고서는 쉽게 납득하기 어려운 면이 없지 않다. 그의 시에 등장하는 시적 대상이 곧바로 삶에 대한 시적 주체의 개인적 윤리 의식이나 가치 문제와 직결되어 있기 때문이다. 유치환의 시는 자기 의지를 남성적 어조를 통해 직설적으로 표현하는 경우가 많다. 이러한 특징을 두고 관념과 정서의 과잉 상태를 지적하기도 한다. 그렇지만 이러한 표현 방법이 진정한 자기의지의 구현에 도달하기 위한 준열한 자세를 표현하는 데에 효과를 발휘하고 있다는 사실을 간과해서는 안 된다.

유치환의 호는 청마(靑馬)이다. 1908년 7월 14일 경남 충무 출생으로 11세까지 한문을 수학했다. 일본 도요야마중학(豊山中學)을

거쳐 동래고등보통학교를 졸업했다. 1927년 연희전문학교 문과에 입학했다가 중퇴한 후 1931년 12월 『문예월간』에 시 「정적(靜寂)」을 발표하며 본격적인 시작 활동을 시작했다. 고향인 통영에서 상업학교 교사로 활동하면서 1937년에는 부산 지역 문인들과 동인지 『생리(生理)』를 주재하였다. 1939년 첫 시집 『청마시초(靑馬詩抄)』를 펴냈다. 이 시집에 수록된 시 「박쥐」「수선화」「깃발」등은 현실과 이상 또는 이념의 대립을 넘어서려는 데에서 오는 외롭고 괴로운 싸움을 표현하고 있다. 그의 시는 존재에 대해 고뇌하면서도 생명에 대한 열애에 바탕을 두고 허무의 본질을 추구하면서 동시에 이를 강인한 의지로 극복해보려고 하는 태도를 보여주고 있었기 때문에 초기부터 '생명파' 시인으로 지칭되었다.

우리 시 깊이 읽기

1940년 4월 가족을 거느리고 만주로 이주하여 농장 관리인으로 일하면서 일제 말기를 보냈다. 광복 직후인 1946년 6월 귀국하여 고향으로 돌아와 통영문화협회를 조직했고, 청년문학가협회, 대구의 『죽순(竹筍)』 동인 등으로 참가했다. 제2시집 『생명의 서(書)』(1947)에는 해방 직접 만주 벌판에서 겪었던 체험을 소재로 한 시 「절도(絶島)」 「절명지(絶命地)」 등이 수록되었다. 제3시집 『울릉도』(1948)에서는 울릉도를 시적 소재로 하여 광복 직후의 어지러운 현실에 대한 안타까움을 국토와 민족에 대한 애정으로 승화시키고 있다. 그리고 제4시집 『청령일기』(1949)를 발간하면서 인간 존재와 초월의 문제를 근원적으로 탐구, 이를 사변적 직관적으로 표현하는 시 세계를 보여주었다. 1950년 한국전쟁 중에 부산에서 문총구국대를 조직하고 육군에 종군했다. 1951년 전쟁 체험을 바탕으로 한 시집 『보병과 더불어』를 펴냈고, 1952년 대구의 『시와 시론』 동인에 참가했다.

　　한국전쟁 후 1953년부터 다시 고향으로 돌아가 줄곧 교직에 몸을 두고 있었으며 1955년에는 경남 문인들을 중심으로 한 동인지 『청맥』을 주재하기도 했다. 『예루살렘의 닭』(1953) 『청마시집』(1954) 『제9시집』(1957) 『유치환시선』(1958) 『뜨거운 노래는 땅에 묻는다』(1960) 『미루나무와 남풍』(1964) 『파도야 어쩌란 말이냐』(1965) 등을 잇달아 간행했다. 안의중학교 교장을 시작으로 하여 경주고등학교 등 여러 학교장을 지냈다. 1967년 2월 13일 교통사고로 사망했다.

깃발

이것은 소리 없는 아우성
저 푸른 해원(海原)을 향하여 흔드는
영원한 노스탤지어의 손수건
순정(純情)은 물결같이 바람에 나부끼고
오로지 맑고 곧은 이념의 푯대 끝에
애수(哀愁)는 백로(白鷺)처럼 날개를 펴다.
아아 누구던가
이렇게 슬프고도 애달픈 마음을
맨 처음 공중에 달 줄을 안 그는.

「깃발」은 시의 텍스트가 전체 9행으로 구성된 단조로운 형태를 보여준다. 시상의
흐름으로 볼 때 1~3행의 전반부, 4~6행의 중반부 그리고 7~9행의 후반부로 그
내용을 구분해볼 수 있다. 이 작품은 '깃발'을 시적 대상으로 하여 그 다양한 이미지
를 감각적으로 포착하고 있지만, 시의 텍스트에는 제목에 내세운 '깃발'이라는 시어
를 한 번도 사용하지 않고 그 비유적 이미지를 통해 시인이 표현하고자 하는 관념
에 도달한다.

시의 전반부에서 '깃발'은 '아우성'과 '손수건'이라는 두 개의 이미지를 통해 그
의미가 구체적으로 형상화된다. 시적 진술 자체는 명사 구문으로 이루어지고 있다.
1행에서 바람에 휘날리고 있는 '깃발'을 '아우성'이라고 말한 것은 청각적 이미지로
바꾸어 표현한 부분이다. 그리고 2, 3행에서는 곧바로 '손수건'이라는 시각적 이미
지로 바꾸어 표현한다. 이러한 은유적 표현에서 시적 이미지를 변용하는 시인의 상
상력이 돋보인다. '깃발'은 언제나 곧게 세워진 깃대 끝에 매달려 있다. 이를 두고
시인은 '깃발'이 맑고 곧은 이념의 푯대 끝에 매달려 그것이 추구하고자 하는 이상

우리 시 깊이 읽기

이나 이념을 실현하려는 열망을 드러낸다고 상상한다. 그리고 그 열망이 '소리 없는 아우성'이라는 청각적 이미지로 표상되고 있다. 하지만 '깃발'은 깃대를 벗어날 수는 없는 숙명을 지니고 있다. '저 푸른 해원'은 넓고 높고 푸른 하늘을 비유적으로 표현한 것인데, '깃발' 자체가 지향하는 세계이지만 그곳으로 날아갈 수 없는 이상의 공간이다. 여기서 '깃발'을 '노스탤지어의 손수건'이라고 표현한 것은 이상향을 끝없이 동경하지만 끝내 그곳에 도달할 수 없다는 사실을 암시한다.

시의 중반부에서 시적 진술이 동사 구문으로 바뀐다. '깃발'이 휘날리는 모습을 바람에 나부끼는 '순정', 백로처럼 날개를 편 '애수'라고 심정적 의미를 드러내는 시어로 다시 교체한다. 이 시는 '깃발'을 '순정'과 '애수'의 표상으로 그려냄으로써 실현될 수 없는 이상에 대해 갖는 존재의 허무와 고뇌를 순정과 애수의 정서로 제시하고 있는 셈이다. 후반부에서는 시적 진술이 도치의 방법을 활용한 의문문으로 나타난다. 이러한 진술 방법과 통사 구조의 변화는 짧은 시의 형태에 시각적 변화를 부여하게 된다. 시상의 종결 단계에서 시적 대상인 '깃발'은 다시 '슬프고도 애달픈 마음'으로 바뀐다. '소리 없는 아우성'과 '노스탤지어의 손수건'이라는 이미지로 표상되었던 '깃발'이 '순정'과 '애수' 그리고 '슬프고도 애달픈 마음'이라는 정감의 언어로 교체된 것이다.

이 시에서 '깃발'의 의미는 유치환의 시 세계에서 구현하고자 하는 이념이나 지표와 관련된다. 시적 진술에서는 '흔드는', '나부끼고', '날개를 펴다' 등에서 구체화되고 있는 동적 심상을 통해 시 정신의 방향을 암시하고 있다. '깃발'의 움직임을 통하여 구현되고 있는 상상의 세계는 '바람'의 이미지와 결합됨으로써 상황의 구체성을 획득한다. '바람'의 의미를 이 시인의 삶의 자세와 생의 과정에 빗대어 이해하고자 하는 견해도 없는 것은 아니지만, 그러한 직접적인 연결보다는 깃발의 움직임에 대한 촉발의 의미를 먼저 주목할 필요가 있다. '바람'은 '이념의 푯대 끝'에 매달린 '깃발'을 나부끼도록 해주는 원동력이 되고 있기 때문이다. 이상의 세계를 향해 떠나고자 하는 것과 그것을 매어놓고자 하는 것 사이의 팽팽한 긴장 관계는 '이념의 푯대 끝'에 매달린 '깃발'의 나부낌을 통해 감각적으로 형상화된다. 이 같은 시적 심상의 특징을 놓고 볼 때, 이 작품에서 '깃발'은 이상향에 대한 동경을 뜻한다. 이것은 맑고 곧은 이념의 푯대 끝에 매달려 더 높은 이상과 신념을 실현하고자 하지만 거기에 도달하기 어려운 안타까운 심정과도 통한다. 현실 속에서 실현되기 어려운 이상에 대해 갖는 존재의 고뇌와 열망을 순정과 애수의 정서로 제시하고 있는 것이 이 시의 특징이라고 할 수 있다.

「깃발」은 1936년 1월 『조선문단』에 발표한 작품이다. 유치환의 첫 시집 『청마시초』에 수록되어 있다.

바위

내 죽으면 한 개 바위가 되리라
아예 애련(愛憐)에 물들지 않고
희로(喜怒)에 움직이지 않고
비와 바람에 깎이는 대로
억년(億年) 비정(非情)의 함묵(緘黙)에
안으로 안으로만 채찍질하여
드디어 생명도 망각하고
흐르는 구름
머언 원뢰(遠雷)
꿈꾸어도 노래하지 않고
두 쪽으로 깨뜨려져도
소리하지 않는 바위가 되리라

「바위」는 전체 12행의 짤막한 형태를 보여준다. 이 시는 1행에 '내 죽으면 한 개 바위가 되리라'라는 시적 진술을 내세우고 마지막 12행에 '소리하지 않는 바위가 되리라'라는 진술을 다시 배치한다. 이른바 '수미쌍관(首尾雙關)'의 방법에 따라 시적 화자인 '나'의 강한 의지를 남성적 어조로 표현하고 있음을 확인할 수 있다. 2행에서 11행까지의 모든 진술 내용은 연결어미로 이어지면서 12행의 '소리하지 않는 바위가 되리라'라는 진술 내용을 한정한다. 현실 생활 속에서 부딪치고 느끼고 생각할 수 있는 모든 것에서 벗어나 초연하게 아무 움직임도 없이 입을 다물고 있겠다는 뜻이 담겨 있다.

　이 시에서 시적 대상인 바위는 시적 화자인 '나'의 의지를 표상한다. 이것은 어떤 감정과 외부의 변화에 미동도 하지 않고 안으로 자기 의지를 다져나가면서 '비정의 함묵'을 지닌 냉철함과 엄정함을 유지하겠다는 시인의 의지를 말해준다. 시인 유치환의 개인적 삶의 경험에 비춰볼 때 자신이 조선의 현실을 벗어나 북만주로 가게 된 것을 "진정 도망입니다"(『생명의 서』, '서')라고 말할 수밖에 없었던 일제 강점기의 극한적인 고통의 현실과 연결된다고 할 수 있다. 그러므로 이 시에서 '바위'는 곧 내적 의지의 자기 구현이라는 이상적 지향과 맞닿아 있다. '바위'가 보여주고 있는 침묵과 부동의 상태는 인간이 도달할 수 있는 어떤 절대적인 경지를 말해준다. 생활의 현실에서 자신을 다스리는 고통과 인내까지도 그 속에 담아내고 있다.

1941년 4월 종합지 『삼천리』에 발표되었다. 잡지 발표 당시에는 시적 텍스트가 2연 구성에 14행으로 이어져 있지만, 시집 『생명의 서』(1947)에 수록하면서 연의 구분 없이 12행으로 고정되었다.

우리 시 깊이 읽기

울릉도

동쪽 먼 심해선(深海線) 밖의
한 점 섬 울릉도로 갈거나.

금수(錦繡)로 굽이쳐 내리던
장백(長白)의 멧부리 방울 튀어,
애달픈 국토의 막내
너의 호젓한 모습이 되었으리니,

창망(滄茫)한 물굽이에
금시에 지워질 듯 근심스레 떠 있기에
동해 쪽빛 바람에
항시 사념의 머리 곱게 씻기우고,

지나 새나 뭍으로 뭍으로만
향하는 그리운 마음에,
쉴 새 없이 출렁이는 풍랑 따라
밀리어 오는 듯도 하건만,

멀리 조국의 사직의
어지러운 소식이 들려올 적마다
어린 마음 미칠 수 없음이
아아, 이렇게도 간절함이여!

동쪽 먼 심해선 밖의

한 점 섬 울릉도로 갈거나.

「울릉도」는 유치환이 1948년에 펴낸 세 번째 시집 『울릉도』의 표제작으로 광복 직후의 어지러운 정치 현실에 대한 안타까움을 국토와 민족에 대한 애정으로 승화시키고 있는 작품이다. 국토의 막내 격인 작은 섬에 대한 애정을 통해 민족공동체 의식을 강조하고 있다. 이 시에서 시적 대상인 '울릉도'는 '동쪽 먼 심해선 밖의/한 점 섬'으로 규정된다. 여기서 표상되는 육지와의 공간적 거리를 두고 시인은 시적 정황 속에서 빚어지는 긴장감에 그리움이라는 시적 정서를 덧붙인다.

시적 텍스트는 전체 6연으로 구성되어 있는데, '동쪽 먼 심해선(深海線) 밖의/한 점 섬 울릉도로 갈거나.'라는 구절을 1연과 6연에 배치하고 있다. 이러한 수미일관의 방법에 따라 시적 형태의 균형을 유지하면서 동시에 주제의 방향을 분명하게 제시한다. 특히 시적 화자와 대상으로서의 '울릉도'의 거리를 분명하게 드러내어주고 있다.

2연에서 '울릉도'는 '너'라는 대명사로 지칭되면서 의인화된다. 1연에서 제시된 '동쪽 먼 심해선 밖'이라는 공간적 거리가 '너'라는 대명사를 사용함으로써 가깝게 느껴진다. '국토의 막내'라는 비유를 통해 그 가까운 느낌을 더욱 강조할 수 있게 된다. 영토의 이미지를 혈연관계로 연결되는 형제라는 개념으로 바꾸어놓고 있기 때문이다.

3, 4연에서는 거센 바다의 한가운데 떠 있는 울릉도라는 섬의 형상을 바라보는 화자의 심정을 그려낸다. '금시에 지워질 듯 근심스레 떠 있기에'라는 구절에서는 '울릉도'가 물결에 휩쓸려 지워질 것 같은 느낌을 준다는 것을 말해준다. 하지만 '울릉도'는 오히려 육지가 그리워서 뭍으로 향한 간절함을 품고 있다. 쉴 새 없이 출렁이는 풍랑 따라 육지로 다가오는 느낌을 주기도 한다.

5연에서는 시적 화자와 대상으로서의 '울릉도'가 동일시된다. 뭍에서 이루어지고 있는 '어지러운 소식'이란 해방 직후의 정치 사회적 혼란을 암시한다. 격동의 현실을 눈앞에 두고 이를 안타깝게 여기는 시인의 심정이 그대로 시적 대상인 '울릉도'에 투영된다. 그리고 국토의 막내로서 어지러운 현실을 걱정하는 모습을 보여준다. '어린 마음 미칠 수 없음'이란 구절은 공간적 거리만이 아니라 심정적 간격까지 말해주고 있는 셈이다.

결국 이 시에서 시적 화자는 동해 먼 바다에 떠 있는 섬 '울릉도'로 가서 스스로 국토의 막내가 된 심정으로 혼란된 현실을 바라보고 있다. 이 특이한 심정적 거리 두기는 시인이 당면해 있던 해방 공간의 정치적 현실과 무관하지 않으며, 유치환의 시대 인식의 일단을 보여주고 있다고 생각된다. 그 이유는 좌우 이념의 대립과 문단의 파당적 갈등 속에서 '울릉도'의 공간적 표상을 시적 자아와 동일시하고 있기 때문이다.

행복(幸福)

- 사랑하는 것은
사랑을 받느니보다 행복하나니라.
오늘도 나는
에메랄드빛 하늘이 환히 내다뵈는
우체국 창문 앞에 와서 너에게 편지를 쓴다.

행길을 향한 문으로 숱한 사람들이
제각기 한 가지씩 생각에 족한 얼굴로 와선
총총히 우표를 사고 전보지를 받고
먼 고향으로 또는 그리운 사람께로
슬프고 즐겁고 다정한 사연들을 보내나니.

세상의 고달픈 바람결에 시달리고 나부끼어
더욱더 의지 삼고 피어 헝클어진 인정의 꽃밭에서
너와 나의 애틋한 연분도
한 망울 연연한 진홍빛 양귀비꽃인지도 모른다.

- 사랑하는 것은
사랑을 받느니보다 행복하나니라.
오늘도 나는 너에게 편지를 쓰나니
- 그리운 이여 그러면 안녕
설령 이것이 이 세상 마지막 인사가 될지라도
사랑하였으므로 나는 진정 행복하였네라.

「행복」은 1954년 출간된 유치환의 시집 『청마시집』에 수록되어 있다. 이 시는 '사랑하는 것은/사랑을 받느니보다 행복하나니라'라는 경구적인 진술을 통해 행복의 의미를 규정하고 있다. 이 구절은 시의 텍스트 안에서 1연과 4연에 반복적으로 배치되어 있으며, 시의 결말에서도 그 변형된 표현이 등장한다. 시적 화자인 '나'는 사랑을 받는 것보다 사랑을 주는 데에서 행복을 찾을 수 있다고 말해준다. 여기서 사랑을 준다는 것은 사랑하는 사람에게 사랑의 편지를 보내는 구체적인 행위로 그려진다. 1연에서 '나'는 우체국의 창문 앞에서 '너'에게 편지를 쓴다. 하늘이 에메랄드 빛으로 환하게 내다보인다. 편지의 사연이 그렇게 밝고 아름다운 사랑의 이야기를 담게 된다는 점을 암시한다.

　2연에서는 우체국에 와서 편지를 부치는 사람들의 모습이 그려진다. 그들은 각자 먼 고향으로 또는 그리운 사람에게로 편지를 보낸다. 그 편지에는 슬픈 이야기, 즐거운 소식, 다정한 사연들이 가득할 것이다. 3연에서는 다시 '나'의 생각으로 바뀐다. 세상의 험난한 현실 속에서 사람들은 서로 기대고 의지하면서 살아간다. '나'도 '너'에게 그렇게 의지하면서 그 소중한 연분을 이어가고 싶다. 아마도 그것은 '연연한 진홍빛 양귀비꽃'처럼 곱고 아름다운 사랑일 것이다. 이 시의 4연에서도 사랑받기보다 사랑하는 것이 더 소중하고 그것이 행복의 의미라는 점을 다시 반복적으로 강조하면서 그러므로 오늘도 사랑의 편지를 쓴다는 사실을 밝히고 있다. 그리고 '─그리운 이여 그러면 안녕/설령 이것이 이 세상 마지막 인사가 될지라도/사랑하였으므로 나는 진정 행복하였네라.'라는 마지막 구절로 매듭지어진다. 이 마지막 인사를 통해 시적 화자인 '나'의 편지 쓰기도 끝난다. 여기서 '사랑하였으므로 나는 진정 행복하였네라.'라는 구절의 시제가 모두 과거형으로 처리되고 있는 점이 특이하다. 물론 '설령 이것이 이 세상 마지막 인사가 될지라도'라는 가상적 조건을 주목해야 한다. 자신의 삶이 여기서 끝이 난다고 해도 언제나 사랑하는 마음을 살아왔기 때문에 행복했다고 말함으로써 사랑과 행복의 의미를 다시 강조하고 있는 셈이다.

　이 시는 시인 유치환이 세상을 떠난 후 밝혀진 이영도 시인과의 사랑 이야기로 더욱 유명해진 작품이다. 유치환은 1967년 교통사고로 세상을 떠나게 될 때까지 20여 년 동안 이영도 시인을 사랑했고 숱한 연서를 보냈다. 이 편지들은 『사랑하였으므로 행복하였네라』(1967)라는 제목으로 유치환 사후에 서간집 형태로 간행되었다.

김광섭

金珖燮 1905~1977

김광섭의 호는 이산(怡山). 1905년 9월 22일 함경북도 경성에서 출생했다. 1920년 중앙고등보통학교를 거쳐 1924년 중동학교를 졸업했다. 1926년 일본으로 유학하여 와세다대학(早稻田大學) 영문학과에 입학하였고, 이 대학을 1932년 졸업했다. 귀국 후에는 줄곧 모교인 중동학교에서 영어 교사로 교편을 잡았다. 도쿄 유학 시절 친구인 정인섭을 통해 1927년 창간한 순문학 동인지 『해외문학』에 참여하면서 '해외문학파'로 분류되기도 했고, 1931년 창간한 『문예월간』에도 글을 발표했다. 그의 본격적인 시작 활동은 1935년 시 동인지 『시원(詩苑)』에 참가하여 「고독(孤獨)」 등의 시편을 발표하면서부터라고 할 수 있다. 이 시기 발표한 「고독」을 비롯한 「푸른 하늘의 전략」 「고민의 풍토」 등의 시는 고요한 서정과 냉철한 지적

성격을 드러내고 있다. 1937년 극예술연구회에 참가하여 연극운동에 나서면서 유치진, 서항석, 함대훈, 모윤숙, 노천명 등과 교유했다.

1938년 첫 시집 『동경(憧憬)』을 간행했다. 이 시집의 발문에서 시인은 '지성과 감성이 융합하여 흐르는 논리를 놀라운 형상 속에 넣으려고 했다'고 자신의 시의 방향을 밝히고 있다. 그러나 이 시집의 작품들은 「고독」 「독백」 「소곡(小谷)에서」 「추상(追想)」 「동경」 등에서 볼 수 있듯이 고독과 우수, 비애 등 자신의 내면의 감정을 바탕으로 하고 있는 것들이 많다. 일제 말기인 1941년 중동학교에서 학생들에게 반일민족사상을 고취했다는 죄목으로 구속되어 3년 8개월간의 옥고를 치렀다.

1945년 해방 직후 민족 계열의 문인들을

우리 시 깊이 읽기

중심으로 변영로, 박종화, 이헌구 등과 중앙문화협회의 창립을 주도했고, 1946년 전조선문필가협회에도 적극 참여하면서 「민족문학을 위하여」(1948), 「민족주의 정신과 문화인의 건국 운동」(1949) 등의 글을 통해 민족문학의 건설을 강력히 주장하기도 했다. 한때 미군정청 공보국장을 지냈으며, 1948년 정부 수립과 더불어 이승만 대통령 공보비서관을 역임했다. 1952년 경희대학교 교수가 되었고, 1954년 펜클럽 한국본부 위원장을 지냈다. 1955년 이헌구, 이무영, 모윤숙, 백철 등과 함께 설립한 자유문학자협회는 1961년 해체될 때까지 민족문화 창달과 자유 진영의 문학 수호를 목표로 하여 많은 문학 활동을 전개해나갔다. 1956년 5월 순문예지 『자유문학』를 창간하였으며, 1963년 통권 71권까지 발간했다.

김광섭은 1960년대 중반 뇌출혈로 쓰러져 오랫동안 병고에 시달렸다. 그가 병마를 극복하고 다시 펜을 든 후 발간한 것이 시집 『성북동 비둘기』(1969)이다. 이 시집은 시인 김광섭의 부활을 의미한다. 그는 자신의 시 세계를 여기서 새롭게 전환하게 된다. 그가 병고를 견디면서 얻어낸 삶에 대한 긍정적 시선과 생명에 대한 경외감이 그의 시를 더욱 깊고 폭넓게 만들었다. 특히 삶의 현실 속에서 파괴되고 있는 자연의 섭리라든지 인간성의 상실 등과 같은 보다 본질적인 문제에 깊은 관심을 지니게 된다. 그의 이러한 시적 인식은 「산」「성북동 비둘기」「무제」 등에 깊이 용해되어 있다.

마음

나의 마음은 고요한 물결
바람이 불어도 흔들리고
구름이 지나도 그림자 지는 곳

돌을 던지는 사람
고기를 낚는 사람
노래를 부르는 사람

이 물가 외로운 밤이면
별은 고요히 물 위에 나리고
숲은 말없이 잠드나니

행여 백조가 오는 날
이 물가가 어지러울까
나는 밤마다 꿈을 덮노라

사람의 마음이란 무엇일까? 이 질문에 대한 답을 달리 구할 필요가 없을 듯하다. 시인 김광섭이 노래하고 있는 「마음」이라는 시가 있다. 전체 4연으로 구성된 시적 텍스트의 1연을 보면 시적 화자인 '나'는 자신의 마음을 '고요한 물결'에 비유하고 있다. 하지만 이 물결은 바람이 불어도 흔들릴 정도로 동요하기 쉽다. 그리고 구름이 지나가도 그림자가 지는 것처럼 외부의 영향으로 우울해지기도 한다. 작은 충격에도 영향을 받아서 결코 그 고요함을 지켜내기가 힘들다.

2연에서는 '나'의 마음을 흔들리게 하는 세 사람이 등장한다. 첫째는 '돌을 던지는 사람'이다. 마음을 물결이라고 했기 때문에 돌을 던지면 물결은 커다란 파문을 일으킨다. 돌을 던지는 것은 '나'에게 육체적 상처를 안겨줄 수 있는 행위로 볼 수 있다. 피해, 폭행, 상처, 충격 등의 의미가 포함된다. 둘째는 물에 와서 '고기를 낚는 사람'이다. 물속에 물고기들이 평화롭게 살아가는 것을 방해한다. 훼방, 착취 등의 의미를 생각할 수 있다. 셋째는 '노래를 부르는 사람'이다. 노래를 통해 '나'를 즐겁게 할 수 있다. 정신적 위로, 찬양 등의 의미가 있다. 육체적 정신적으로 '나'의 마음을 흔드는 외부적 자극이나 간섭을 나열한 셈이다. 3연은 2연의 경우와는 달리 일체의 외부적 자극이 없는 정적(靜的) 상황을 제시한다. 마음의 평정을 이룬 상태를 '별은 고요히 물 위에 나리고/숲은 말없이 잠드나니'라고 묘사하고 있다. '별이 물 위에 나리고'라는 구절은 물결이 잔잔하여 별빛이 물 위에 어리게 되는 것을 말한다. 섬세한 감각의 시각적 이미지가 돋보인다.

4연은 물 위에 백조가 날아오기를 기다리는 '화자'의 심경을 그려내고 있다. 여기서 '백조'는 사랑이면서 동시에 평화를 상징한다. 시적 화자인 '나'는 마음의 평화를 간절히 소망하고 있으며, '밤마다 꿈'을 덮을 정도로 스스로 조심하고 있다.

이 시에서 시적 화자는 맑고 고요한 물처럼 마음의 평화를 꿈꾸고 있다. 그러나 그것은 그리 쉬운 일은 아니다. 이 시를 읽으면서 생각하게 된 것이 중국의 고사에 나오는 '명경지수(明鏡止水)'라는 말이다. 이 말은 맑고 밝은 거울과 고요한 물을 뜻하지만 맑고 깨끗한 사람의 마음을 가리키는 말로 널리 쓰인다. 중국의 고전인 『장자(莊子)』 덕충부편(德充符篇)에 이 말에 얽힌 이야기가 나온다. 중국 춘추시대 노나라에 왕태(王駘)라는 선비가 죄를 짓고 한쪽 발이 잘리는 형벌을 받았다. 그런데 그를 따르는 제자들이 그의 곁을 떠나지 않고 많았다. 이를 본 공자(孔子)의 제자가 왕태는 형벌을 받고 다리가 잘린 외발이 병신인데 그를 따르는 제자가 많은 까닭이 무엇이냐고 스승에게 물었다. 공자는 제자에게 왕태라는 사람이 자신을 수양하고 그것을 변함없는 본심으로 가꾸어왔을 거라고 답했다. 그리고 이렇게 설명해주었다. '사람은 흘러가는 물에는 자신을 비춰 볼 수가 없다. 그러니 잔잔하고 고요한 물에 비춰 보아야 한다. 오직 고요한 것만이 고요하기를 바라는 모든 것을 고요하게 할 수 있다(人莫鑑於流水 而鑑於止水 唯止能止衆止).'

이 시는 첫 시집 『동경』(1938)에 수록되어 있다.

성북동 비둘기

성북동 산에 번지가 새로 생기면서
본래 살던 성북동 비둘기만이 번지가 없어졌다
새벽부터 돌 깨는 산울림에 떨다가
가슴에 금이 갔다
그래도 성북동 비둘기는
하느님의 광장 같은 새파란 아침 하늘에
성북동 주민에게 축복의 메시지나 전하듯
성북동 하늘을 한 바퀴 휘 돈다

성북동 메마른 골짜기에는
조용히 앉아 콩알 하나 찍어 먹을
널찍한 마당은커녕 가는 데마다
채석장 포성이 메아리쳐서
피난하듯 지붕에 올라앉아
아침 구공탄 굴뚝 연기에서 향수를 느끼다가
산 1번지 채석장에 도로 가서
금방 따낸 돌 온기에 입을 닦는다

예전에는 사람을 성자처럼 보고
사람 가까이
사람과 같이 사랑하고
사람과 같이 평화를 즐기던
사랑과 평화의 새 비둘기는
이제 산도 잃고 사람도 잃고

사랑과 평화의 사상까지
낳지 못하는 쫓기는 새가 되었다

　김광섭의 후기 시를 대표하는 「성북동 비둘기」는 전체 3연으로 구성되어 있으며
서울 성북동 산골짜기를 배경으로 그곳에 살고 있는 '비둘기'를 시적 대상으로 그려
내고 있다. 비둘기는 평화와 희망의 상징으로 널리 알려져 있다. 사람들과 가장 가
까이에서 볼 수 있는 새가 비둘기다. 공원은 말할 것도 없고 도심의 거리에서도 흔
하게 볼 수 있는 새다. 비둘기를 평화와 희망의 상징으로 생각하게 된 것은 멀리 구
약성서의 창세기까지 거슬러 올라간다. 인간 세계를 창조한 하느님이 사람들이 타
락한 생활에 빠져들자 홍수로 이를 심판하게 된다. 올바른 생활을 지켜온 노아는
하느님의 계시로 홍수가 올 것을 미리 알게 된다. 그는 엄청나게 큰 방주를 만들어
8명의 가족과 한 쌍씩의 여러 동물을 데리고 이 방주에 탄다. 대홍수가 계속되면서
지상의 모든 생물이 전멸하고 말았지만, 이 방주에 탔던 노아의 가족과 동물들이
살아남는다. 그런데 방주에 타고 있는 식구들이 홍수가 끝나자 방주에서 비둘기를
바깥으로 날려 보낸다. 비둘기는 귀소(歸巢) 본능이 있어서 바깥세상을 한 바퀴 돌
아본 후 방주로 돌아온다. 비둘기는 입에 감람나무의 새싹을 물고 온다. 이를 본 사
람들은 홍수가 끝났음을 알게 된다. 이 일이 있은 후 사람들은 비둘기가 새로운 삶
의 희망을 전해주었음을 알고 비둘기를 평화와 희망의 상징으로 여기게 된다.
　1연에서는 성북동 산골짜기에 사람들이 들어와 살게 되면서 산이 파괴되는 상
황을 배경으로 제시한다. 하지만 시적 대상인 비둘기는 여전히 평화를 전하듯이 성
북동 하늘을 맴돌고 있다. 산지가 개발되기 시작하면서 채석장에 돌을 캐는 소리에
놀라 비둘기의 '가슴에 금이 갔다'고 설명하고 있다. 자연의 파괴와 함께 생명에 대
한 위협이 가해지고 있음을 이 구절을 통해 그대로 제시한다.
　2연에서는 비둘기가 살고 있던 산골짜기 수풀이 모두 파괴되고 있는 상황을 그
려놓고 있다. 산을 파헤치고 거기서 돌을 캐내기 위해 채석장에서 바위를 폭파하는
소리가 요란하다. 성북동 골짜기에는 이제 비둘기가 안식을 찾을 만한 곳이 없다.
민가로 내려와 지붕에 앉았다가는 다시 날아가는 비둘기의 모습에서 보금자리를

빼앗긴 채 떠도는 신세임을 알아차릴 수 있다.

3연에서는 파괴된 자연으로부터 쫓겨난 비둘기를 바라보는 시적 화자의 씁쓸한 내면 의식을 보여준다. 예전에는 평화의 사절로 인식되었던 비둘기가 자연이 파괴되고 숲이 사라지자 자기 둥지를 잃어버린 채 떠돌게 된 것이 안타깝다. 사람들에게 사랑과 평화를 전해주지도 못한다. 여기서 비둘기가 사랑과 평화를 전해주는 역할을 잃게 되었다는 것은 비둘기 자체의 문제가 아니다. 인간이 추구하는 문명이라는 것이 개발이라는 이름으로 자연을 파괴하고 생명을 훼손하는 것을 지적하는 것이다. 자연과 생명의 파괴가 곧 인간성 자체의 파괴를 뜻한다는 것을 알 수 있다. 숲을 잃고 도심의 민가 지붕 위로 날아드는 비둘기의 모습은 결국 문명에 의해 파괴되고 있는 인간의 모습과 다를 바 없다. 자연과 인간이 서로 상생하는 길을 가지 못하고 있는 현실을 비판적 시선으로 바라보는 시인의 자세를 확인할 수 있다.

이 시는 시적 진술 자체가 복잡하지 않으며 그 주제의 무게에도 불구하고 소박한 느낌을 주기도 한다. 시적 대상인 '비둘기'를 의인화하고 있는 방식도 새로운 발견은 아니다. 하지만 '새벽부터 돌 깨는 산울림에 떨다가/가슴에 금이 갔다'라는 표현이라든지 '금방 따낸 돌 온기에 입을 닦는다'와 같은 구절에서 느낄 수 있는 섬세한 감각과 이미지는 높이 평가할 만하다. 특히 이 시가 1960년대 말기부터 개발이라는 이름으로 시작된 자연 파괴와 여기서 야기된 환경 공해 등을 비판적으로 지적하고 있는 점은 주목하지 않을 수 없다. '비둘기'라는 시적 대상을 통해 자연과 인간의 상생을 추구하고자 하는 시인의 생태주의적 상상력이 이 시에 잘 드러나고 있다.

「성북동 비둘기」는 1968년 11월 『창작과 비평』에 발표했으며, 시집 『성북동 비둘기』(1969)의 표제작으로 수록되었다.

산

이상하게도 내가 사는 데서는
새벽녘이면 산들이
학처럼 날개를 쭉 펴고 날아와서는
종일토록 먹도 않고 말도 않고 엎댔다가는
해 질 무렵이면 기러기처럼 날아서
틀만 남겨놓고 먼 산속으로 간다

산은 날아도 새둥지나 꽃잎 하나 다치지 않고
짐승들의 굴속에서도
흙 한줌 돌 한 개 들성거리지 않는다
새나 벌레나 짐승들이 놀랄까 봐
지구처럼 부동의 자세로 떠 간다
그럴 때면 새나 짐승들은
기분 좋게 엎대서
사람처럼 날아가는 꿈을 꾼다

산이 날 것을 미리 알고 사람들이 달아나면
언제나 사람보다 앞서 가다가도
고달프면 쉬란 듯이 정답게 서서
사람이 오기를 기다려 같이 간다

산은 양지바른 쪽에 사람을 묻고
높은 꼭대기에 신을 뫼신다

산은 사람들과 친하고 싶어서
기슭을 끌고 마을에 들어오다가도
사람 사는 꼴이 어수선하면
달팽이처럼 대가리를 들고 슬슬 기어서
도로 험한 봉우리로 올라간다

산은 나무를 기르는 법으로
벼랑에 오르지 못하는 법으로
사람을 다스린다

산은 울적하면 솟아서 봉우리가 되고
물소리를 듣고 싶으면 내려와 깊은 계곡이 된다

산은 한번 신경질을 되게 내야만
고산도 되고 명산도 된다

산은 언제나 기슭에 봄이 먼저 오지만
조금만 올라가면 여름이 머물고 있어서
한 기슭인데 두 계절을
사이좋게 지니고 산다

「산」은 전체 9연으로 구성되어 있다. 이 작품에서 중심 소재가 되고 있는 '산'은 그대로 자연을 상징한다. 의인법의 비유적 표현을 통해 인격화된 '산'의 형상을 통해 인간과 더불어 존재하는 자연의 이미지를 강조하고 있다.

시적 텍스트에서 1~4연은 '산'의 넓고 크고 높은 포용력을 그려낸다. 산은 아무 말이 없이 모든 살아 있는 것들을 그 속에 품고 살아간다. 그리고 거기서 새로운 생명이 커나갈 수 있도록 보듬어준다. 더구나 죽은 자들이 묻히는 곳이 되기도 한다.

그러므로 산은 인간적인 공간이면서도 신령한 모습을 지니게 된다. 5~8연의 경우는 산이 지니는 위용과 거기서 느끼게 되는 경외감을 그려낸다. 산은 언제나 말이 없이 모든 것을 품어주는 것은 아니다. '산은 나무를 기르는 법으로/벼랑에 오르지 못하는 법으로/사람을 다스린다'. 산은 자연의 순리에 따라 그 품 안에서 나무가 자라나는 법을 통해 사람들에게 자연과 더불어 살아가는 법을 가르친다. 가파른 벼랑에는 오를 수 없다는 사실을 통해 사람들의 만용을 꾸짖고 그 한계를 깨달을 수 있도록 가르친다. 산은 스스로 자신의 모습을 있는 그대로 보여줌으로써 그것이 삶의 순리라는 것을 알려주는 것이다.

이 시에서 산은 인간의 삶과 거리를 둔 동경의 대상이 아니다. 인간과 더불어 있고 인간의 삶과 함께한다. 인간과 산이 삶을 함께한다는 것은 인간 자체가 자연의 일부라는 사실을 말하는 것이며 자연과 인간이 조화를 이루어야 한다는 생태주의적 상상력의 원천이다. 이 시에서 볼 수 있는 언어의 소박성과 단순성은 구체적인 대상으로서의 산에 대한 깊이 있는 성찰을 통해 얻은 것이다. 그러므로 거기에는 경험의 진실성이 온전하게 자리 잡고 있다. 물론 시적 화자는 산을 보다 더 높은 경지에서 바라보고 있으며, 소박하고도 단순한 언어로서만이 감당할 수 있는 너그러움과 사랑을 위해 시가 바쳐진다.

이 시에서 시적 화자는 일상의 현실 속에서 자연과 인간, 인간과 현실의 화해를 꿈꾸고 있다. 그의 너그러움 뒤에는 비인간적인 것에 대한 준열한 비판이 숨겨져 있고, 그의 사랑 뒤에는 삶의 참된 길을 가로막는 모든 것들에 대한 거부가 암시된다. 그러나 이 시에는 치열한 시정신을 감싸고도는 무한한 감동이 깃들어 있기 때문에, 결코 어조의 격렬성이 느껴지지 않는다.

「산」은 1968년 11월 『창작과 비평』에 발표했으며 시집 『성북동 비둘기』(1969)에 수록되었다.

저녁에

저렇게 많은 중에서
별 하나가 나를 내려다본다
이렇게 많은 사람 중에서
그 별 하나를 쳐다본다

밤이 깊을수록
별은 밝음 속에 사라지고
나는 어둠 속에 사라진다

이렇게 정다운
너 하나 나 하나는
어디서 무엇이 되어
다시 만나랴

1969년 11월 『월간중앙』에 발표된 작품으로 시집 『겨울날』(1975)에 실려 있다. 인간의 존재와 그 의미에 대한 성찰을 보여주는 이 작품은 3연으로 구성되어 있다. 지상의 한 인간과 우주 공간의 작은 별을 연결하는 공간적 상상력을 통해 인간 존재의 의미를 새롭게 추구하고자 하는 시인의 태도를 엿볼 수 있다.

1연에서는 어둠 속에서 빛나기 시작하는 밝은 별 가운데 하나가 지상의 수많은 인간 가운데 하나인 나와 서로 눈이 마주친다. 여기서 주목되는 것은 그 무수한 존재 가운데 하나를 강조한 점이다. 하늘의 수많은 별처럼 '나'라는 존재 역시 무수한 인간들 가운데 하나라는 사실을 말해줌으로써 그 존재 자체가 우주론적 의미를 가지는 것임을 암시해준다. '나'라는 존재는 비록 수많은 사람들 중의 하나에 불과하지만 하늘의 이치에 따라 그 운명이 정해진 것임을 알 수 있다. 존재의 발견 또는 인식이라는 것이 가지는 의미는 2연에서 그 반대의 상황을 통해 설명된다. 2연은 밝음 속에 사라지는 별과 어둠 속에 사라지는 '나'를 통해 존재의 소멸을 말해준다. 모든 존재는 그 인식이 불가능하게 되면 사라지는 것이다.

3연에서는 모든 사물의 존재와 소멸의 과정을 반복적인 것으로 인식하고 있는 시인의 생에 대한 성찰의 자세가 드러난다. 밝음과 어둠이라는 정반대의 상황에서 사라지게 되는 존재에 대한 새로운 인식의 가능성을 보여주고 있기 때문이다. '어디서 무엇이 되어 다시 만나랴'라는 구절은 1연에서 보여주었던 별과 '나'의 만남이 어디에서 다른 무엇이 되어 다시 만날 수 있으리라는 기대를 암시해준다. 이러한 기대감은 불교적 윤회라든지 영원 회귀와 같은 뜻과도 이어진다. 이 시는 시적 진술 자체가 아주 간결하게 이루어져 있지만, 인간의 존재에 대한 인식과 그 무한한 가능성을 함축적으로 표현하고 있다.

신석정

辛夕汀 1907~1974

시인 신석정(辛夕汀)의 본명은 석정(錫正)이다. 1907년 7월 7일 전북 부안에서 출생했고, 보통학교 졸업 후 고향에서 한학을 공부하다가 상경하여 개운사(開運寺) 중앙불교전문강원에서 불전을 연구하기도 하였다. 1931년 김영랑, 박용철, 정지용, 이하윤 등과 함께 시 동인지 『시문학』에 참여하여 제3호에 시 「선물」을 발표하면서 시단에 등단하였다. 1939년 처녀 시집인 『촛불』에서는 하늘, 어머니, 먼 나라로 표상되는 동경의 나라를 향한 희구를 어린이의 천진스러운 시선으로 그려내고 있다. 이 시집을 통해 그는 전원시인, 목가시인이라는 평가를 받았다.

1945년 해방이 되자 한때 언론계에도 몸을 담았지만 1954년 전주고등학교 교사로 근무하였으며 이후 1972년까지 교단을 지키면서 많은 시 작품을 발표했다. 한때 전북대학교에서 시론을 강의하기도 하였다. 1947년 두 번째 시집인 『슬픈 목가』에서는 어머니라는 상징어에 기댄 유아적, 퇴영적 자아의 모습은 줄어들고 성숙한 현실의 눈으로 돌아온다. 이상향에 대한 천진난만한 시인의 희구는 상실감으로 바뀌고, 내적 체험의 결여로 인한 공허감이 나타난다. 그 후 『빙하』(1956) 『산의 서곡』(1967)에 이르면서 삶의 체험을 구체적으로 인식하기 시작하면서 역사와 현실에 대한 비판 의식이 예각화되어 나타나기도 한다. 마지막 시집이 된 『대바람 소리』(1970)에서 다시 초기 서정시의 세계로 복귀하고 있다.

신석정은 현대문명의 잡답(雜踏)을 멀리 피한 채 한 개의 유토피아를 흠모하는 목가적 시인이라는 평가를 받기도 했다. 그의 시에는 본질적으로 부조리의 현실에 대한 거부와 함께 초월적이고 본원적인 실재에 대한 강한 희구가 나타나고 있는 것이다. 이러한 경향이 전원적, 자연친화적 이상향에 대한 시적 열망으로 그려진다.

그의 대표작으로 손꼽는 「임께서 부르시면」 「그 먼 나라를 알으십니까」 「아직 촛불을 켤 때가 아닙니다」 등과 같은 작품들은 세속적 욕망이나 고통으로부터 벗어난 전원적 세계에 대한 갈망을 강하게 드러낸다. 암담한 현실에 대한 비판적 인식과 그 초월을 통해 시인이 추구하고 있는 것은 현실과는 거리가 전원적 세계이거나 환상적이면서도 정결한 이상의 공간이다. 그 공간은 지고한 사랑을 바탕으로 하는 모성이 실현되는 곳이기도 하고 인간의 영혼이 자연과 친화할 수 있는 곳이기도 하다. 이러한 시적 공간의 설정을 통해 시인은 어둡고 고통스러운 현실을 낯설게 함으로써 현실의 억압을 통찰할 수 있게 한다.

신석정

그 먼 나라를 알으십니까

어머니
당신은 그 먼 나라를 알으십니까?

깊은 삼림대(森林帶)를 끼고 돌면
고요한 호수에 흰 물새 날고
좁은 들길에 야장미(野薔薇) 열매 붉어
멀리 노루 새끼 마음 놓고 뛰어다니는
아무도 살지 않는 그 먼 나라를 알으십니까?

그 나라에 가실 때에는 부디 잊지 마서요.
나와 가치 그 나라에 가서 비둘기를 키웁시다.

어머니
당신은 그 먼 나라를 알으십니까?

산비탈 넌즈시 타고 나려오면
양지 밭에 흰염소 한가히 풀 뜯고
길 솟는 옥수수밭에 해는 저물어 저물어
먼 바다 물소리 구슬피 들려오는
아무도 살지 않는 그 먼 나라를 알으십니까?

어머니 부디 잊지 마서요.
그때 우리는 어린 양을 몰고 돌아옵시다.

어머니
당신은 그 먼 나라를 알으십니까?

오월 하늘에 비둘기 멀리 날고
오늘처럼 촐촐히 비가 나리면
꿩 소리도 유난히 한가롭게 들리리다.
서리가마귀 높이 날아 산국화 더욱 곱고
노란 은행잎이 한들한들 푸른 하늘에 날리는
가을이면 어머니! 그 나라에서

양지밭 과수원에 꿀벌이 잉잉거릴 때
나와 함께 고 새빨간 능금을 또옥똑 따지 않으렵니까?

신석정의 시 「그 먼 나라를 알으십니까」는 순수한 전원적 세계에 대한 이상과 갈망을 어린이의 천진난만한 시선과 어머니를 향한 순수한 마음을 통해 보여주는 작품이다. 먼저 주목되는 것은 그 특이한 시적 어조이다. 이 시에서 시적 화자인 '나'는 어머니를 향해 묻고 다짐하고 확인하며 청하는 어투로 시적 진술을 이끌어간다. 이 어투는 어머니에게 기대면서 졸라대는 유아적 심리를 바탕으로 하여 만들어낸 것이다. 시적 화자는 자신이 기댈 수 있는 유일한 상대가 어머니이며, 어머니만이 자신의 갈망을 채워줄 수 있을 것이라고 믿고 있다. 어머니를 통해서라면 모든 일을 이룰 수 있다는 유아적 환상의 세계에 의탁하여 시적 화자가 동경하는 이상의 세계를 그려내고 있다.

이 시의 텍스트에는 '그 먼 나라를 알으십니까?'라는 질문이 다섯 번이나 반복적으로 등장하고 있다. 이 질문은 '그 먼 나라'를 알고 있는지 모르는지 어머니에게 묻고 있는 것이지만 어머니가 이미 '그 먼 나라'를 알고 있을 것이라는 사실을 확인하는 것이라고 할 수 있다. 여기서 어머니에게 묻고 확인하는 '그 먼 나라'는 시적 진술의 내용에 따라 크게 세 가지 성격으로 규정된다. 첫째는 정결한 자연의 세계이다. 전체 9연으로 구성된 시의 텍스트에서 1, 2, 3연이 이에 해당한다. 이 세계는 삶의 현실 공간과는 멀리 떨어진 깊은 산속이며, 고요한 호수가 있고 노루 새끼가 뛰어놀고 있는 곳이다. 화자는 이런 자연의 공간 속에서 어머니와 함께 비둘기를 키우고자 한다. 평화롭게 살고 싶은 화자의 심경을 엿볼 수 있다. 둘째는 조용한 전원의 공간이다. 4, 5, 6연에서 그려내는 전원은 염소가 풀을 뜯고 옥수수가 자라나고 먼 바다의 물소리도 들리는 한적한 곳이다. 여기서 시적 화자는 어머니와 함께 양을 키우면서 한가롭게 지내고 싶어 한다. 셋째도 역시 과수원에서 꿀벌을 키우면서 가을에는 사과를 거두어들이는 꿈을 말해준다.

　이처럼 시인이 지향하는 공간은 고통스러운 삶의 현실과는 일정한 거리를 두고 있는 정결하고 평화로운 자연 속의 전원 공간임을 알 수 있다. 이 공간은 깊은 삼림을 끼고 돌거나 산비탈을 넌지시 타고 내려와야 하는 심원하고 문명의 손길이 닿지 않은 절대적 자연이다. 하지만 시인이 갈망하는 공간은 현실 속에서는 찾아내기 어려운 이상적 공간에 불과하다. 그러므로 무위의 자연을 꿈꾸는 시인의 의식과 그것을 용납하지 않는 현실과의 사이에는 내적 아이러니가 존재할 수밖에 없다. 이 시에서 시인이 꿈꾸는 이상향은 자연, 평화, 고요, 순결, 풍요 등을 상징하는 숲, 비둘기, 흰 염소, 어린 양, 산국화, 은행잎, 새빨간 능금 등의 이미저리를 통해 그려지고 있는 점도 주목해볼 필요가 있다.

　이 시는 1932년 『삼천리』에 발표했으며 1939년 간행한 첫 시집 『촛불』에 수록했다.

아직 촛불을 켤 때가 아닙니다

저 재를 넘어가는 저녁 해의 엷은 광선들이 섭섭해합니다.
어머니 아직 촛불을 켜지 말어요.
그리고 나의 작은 명상(冥想)의 새새끼들이
지금도 저 푸른 하늘에서 날고 있지 않습니까?
이윽고 하늘이 능금[林檎]처럼 붉어질 때
그 새새끼들은 어둠과 함께 돌아온다 합니다

언덕에서는 우리의 어린 양들이 낡은 녹색 침대에 누워서
남은 햇볕을 즐기느라고 돌아오지 않고
조용한 호수 위에는 인제야 저녁 안개가 자욱이 나려오기 시작하였습니다.
그러나 어머니 아직 촛불을 켤 때가 아닙니다.
늙은 산의 고요히 명상하는 얼굴이 멀어가지 않고
머언 숲에서는 밤이 끌고 오는 그 검은 치맛자락이
발길에 스치는 발자욱 소리도 들려오지 않습니다.

멀리 있는 기인 뚝을 거쳐서 들려오던 물결 소리도 차츰차츰 멀어갑니다.
그것은 늦은 가을부터 우리 전원(田園)을 방문하는 까마귀들이
바람을 데리고 멀리 가버린 까닭이겠습니다.
시방 어머니의 등에서는 어머니의 콧노래 섞인
자장가를 듣고 싶어 하는 애기의 잠덧[1]이 있습니다.
어머니 아직 촛불을 켜지 말어요.
인제야 저 숲 너머 하늘에 작은 별이 하나 나오지 않았습니까?

---

1 잠투정. 아기가 잠을 자려고 할 때 떼를 쓰거나 칭얼대며 우는 짓.

「아직 촛불을 켤 때가 아닙니다」는 1939년 간행된 시집 『촛불』에 수록된 작품이다. 전체 3연으로 구성되어 있는 시의 텍스트에는 '어머니 아직 촛불을 켜지 말으서요'라는 구절이 1연과 3연에 각각 등장한다. 이 말에는 두 가지 의미가 담겨 있다. 하나는 이 구절 자체가 지시적으로 말하고 있는 것처럼 촛불을 켜지 말라는 뜻이지만 또다른 의미는 아직 어두운 밤이 오지 않았다는 사실을 말해준다. 여기서 말하고자 하는 것은 '촛불'이 상징하는 밝음이라든지 희생이라든지 축복과 같은 의미와는 상관이 없어 보인다. 안식과 평안의 밤이 오는 것을 그대로 기다리자는 뜻으로 이 구절을 이해하는 것이 좋다.

1연의 배경이 되는 시간은 광선으로 상징되는 밝음과 저녁으로 상징되는 어두움이 애매모호하게 엉켜 있는 시간, 황혼의 시간이다. 이 시간은 하루의 고단한 삶을 마치고 존재의 근원, 세계의 가장 깊숙한 자리로 돌아가는 시간이다. 하지만 시적 화자인 '나'는 이런저런 생각에 휩싸여 있다. '나의 작은 명상(冥想)의 새새끼들이/ 지금도 저 푸른 하늘에서 날고 있지 않습니까?'라는 구절이 이를 의미한다. 밤이 되면 이런 고뇌와 사념으로부터 벗어나 안식을 취할 수 있지만 아직은 엷은 햇빛이 하늘에 남아 있다. 2연에서 그려지는 배경에는 여전히 햇볕 아래 놀고 있는 어린 양들이 등장한다. 높은 산의 그림자가 여전히 그 모습을 드러내고 있으며, 저녁 안개가 호수 위로 내려오기 시작한 때이다. 아직 밤이 오고 있지 않음을 다양한 비유적 심상을 통해 감각적으로 묘사하고 있다. 3연에서는 바람이 잠들고 물결 소리가 잠잠한데, 아직 잠에 들지 못한 아기는 어머니의 등에서 칭얼댄다.

결국 이 시에서 이루어지고 있는 시적 진술은 모두 아직 촛불을 켤 시간이 아니라는 점을 묘사적으로 설명한다. 하지만 1연에서부터 미미하긴 하지만 시간의 경과를 시각적으로 감지할 수 있도록 그려낸다. 1연의 '엷은 광선', 2연의 '남은 햇볕' 그리고 3연에서 '하늘에 작은 별 하나'까지 점점 햇빛이 사라졌음을 알 수 있다. 물론 시의 전체적 의미는 촛불을 밝히고 고단한 일상의 짐을 풀어놓는 밤이 아직 오지 않았음을 반어적으로 그려내고 있다.

이 시에서 '촛불'을 켠다는 것은 밤이 되어 모든 사물들이 안식을 누리면서 자기 존재의 내면으로 침잠할 수 있는 때를 알려주는 행위에 해당한다. 이 작품에서 제시하고 있는 시적 공간은 모든 사물과 그 존재의 기반을 낮이라는 시간 속의 활동

우리 시 깊이 읽기

적인 생활에 두고 있지 않다. 오히려 어둠 속의 밤이라는 시간을 통해 고단한 삶의 짐을 내려놓고 안식을 누리는 데에 큰 의미를 두고 있다. 물론 낮의 현실 자체를 부정적으로만 인식하고 있다는 뜻은 아니다. 밤이라는 시간을 순수하고도 정결하고 평화로우면서도 아늑함으로 안식할 때 그 밤을 비치기 위해 어머니가 켜는 '촛불'은 모성이 실현되는 더 큰 사랑과 안식을 의미한다.

이 시는 「그 먼 나라를 알으십니까」라는 작품에서와 마찬가지로 어머니를 향한 시적 화자의 목소리를 통해 깊은 정서적 공감을 불러일으키고 있다. 여기서 시적 화자의 목소리는 어머니에 의탁되어 있는 서정적 주체의 유아적 심리를 표출한다고 할 수 있다. 이 같은 특징은 신석정의 초기 시들이 보여주는 자연 친화적 세계와 이상향에 대한 갈망이 어머니라는 원형적인 상징을 통해 더욱 절실하게 형상화되고 있음을 말해주는 것이다.

가스통 바슐라르의 『촛불의 미학』을 보면 다음과 같은 구절이 나온다. '모든 이미지 중에서 불꽃의 이미지 ― 소박하기도 하고 더없이 면밀하기도 하며 슬기롭기도 하고 광적(狂的)이기도 한 ― 불꽃의 이미지는 시(詩)의 표시(signe)를 지니고 있다.' 기도의 불꽃, 찬양의 불꽃, 추도의 불꽃, 사랑의 불꽃…… 이런 모든 것들을 위해 촛불이 타오른다. 촛불은 언제나 무엇인가를 위해서 예비된다.

대숲에 서서

대숲으로 간다
대숲으로 간다
한사코 성근 대숲으로 간다

자욱한 밤안개에 벌레 소리 젖어 흐르고
벌레 소리에 푸른 달빛이 배어 흐르고

대숲은 좋더라
성글어 좋더라
한사코 서러워 대숲은 좋더라

꽃가루 날리듯 흥근히 드는 달빛에
기억없이 서서 나도 대같이 살거나

　　대나무라면 조선시대 선비 윤선도가 노래한 「오우가(五友歌)」를 떠올릴 수 있다. '나무도 아닌 것이 풀도 아닌 것이 곧기는 뉘 시기며 속은 어이 비었는다…'로 이어지는 이 노래에서 윤선도는 대나무를 두고 나무도 풀도 아니라고 하였지만 엄밀히 말해 대는 나무가 아니다. 여러해살이 풀이다. 대나무는 '사군자(四君子)'의 하나이다. 그 곧고 푸른 기상을 군자의 기품에 비유했던 것이다.

　　신석정의 대나무는 어떤가? 그가 쓴 「대숲에 서서」는 시집 『촛불』(1939)에 실려 있다. 이 시는 달밤의 대숲을 시적 배경으로 삼고 있다. 자욱한 밤안개와 고요 속에 들려오는 풀벌레 소리가 대숲의 정경을 더욱 고요 속으로 빠져들게 한다. 시적 화자는 대숲이 좋다. 그리고 대숲에 서서 함께 살아가고 싶은 마음이다. 대나무들이 드뭇드뭇 성글게 서로 간격을 두고 자라면서도 언제나 한데 어울려 살아가는 모습이 보기 좋다.

이 시는 전체 4연으로 구성되어 있지만 시상의 흐름으로 보면 1, 2연의 전반부와 3, 4연의 후반부로 나누어진다. 전반부의 1연에서는 '대숲으로 간다/대숲으로 간다/한사코 성근 대숲으로 간다'라는 반복적 구절을 통해 시적 화자가 대밭으로 가는 행동을 서술하고 있다. 여기서 주목되는 부분이 '성근 대숲'이다. 대숲이 성글다는 것은 후반부에도 또 반복되는 내용이다. '성글다'라는 말의 정확한 뜻부터 알아야 한다. '성글다'는 '성기다'와 같은 말이다. 어떤 물건이 여럿 함께 놓여 있을 때 서로 간격이 떨어진 채 드뭇드뭇하게 벌어져 놓인 상태를 말한다. 촘촘하지 않다는 뜻이다. 이 말이 함축하고 있는 뜻은 여럿이 함께 더불어 있지만 촘촘하지 않게 간격을 두어 드뭇드뭇 자리하는 것이다. 여럿이 함께 어울려 있지 않을 때는 성글다는 말을 쓸 수가 없다. 이 시에서 시인이 주목하게 된 것이 바로 이러한 의미다. 대나무는 어디서도 혼자 서 있는 경우가 없다. 항상 군락을 지어 크고 작은 대나무가 서로 어울린다. 큰 대나무가 서 있으면 간격을 적당히 두어 새순이 나오고 큰 대나무에 의지하여 그 연한 새순이 자라난다. 자신이 자라나기 편하게 적당한 간격을 두고 성글게 자라는 것이다. 그러므로 대나무는 함께 군락을 이루면서 다투는 법이 없이 서로 간격을 유지하면서도 의지하며 살아간다. '성근 대숲'이란 바로 이를 두고 하는 말이다. 2연에서는 대숲의 밤의 정경이 감각으로 묘사된다. 자욱한 밤안개와 벌레 소리 그리고 대나무 사이로 비치는 달빛이 완전히 하나가 된다. 대숲이 빛과 소리의 환상적인 조화를 이루어낸 셈이다.

후반부의 3연에서 시적 화자는 대숲을 좋아하는 이유를 두 가지로 나누어 설명한다. 하나는 대숲이 성글어서 좋다고 하고 다른 하나는 대숲이 서러워서 좋다고 한다. 전통적으로 옛 사람들이 대나무에 부여했던 변함없는 '지조'와 '절개' 대신에 시적 화자는 '성글다'와 '서럽다'라는 두 가지의 형용사로 대숲을 지목한다. 시적 화자가 부여한 대숲의 새로운 의미로서 '성글다'라는 말은 이미 앞에서 설명한 그대로이다. 함께 더불어 있되 다투지 않고 적당하게 간격을 두고 살아가는 모습이 성글다는 형용사에 함축된 의미이다. 여기서 상생(相生) 또는 공생(共生)의 지혜가 살아나고 서로 의지하되 자기 자리를 지키는 자존(自存)의 의미도 발견된다. 시적 화자가 대숲을 서럽다고 말하고 그 서러움이 좋다고 말한 것은 무슨 애상(哀傷)의 의미를 강조하고자 한 말은 아니다. 대숲에서는 언제나 대숲 소리가 난다. 댓잎이 서로 부딪치면서 내는 그 가볍고도 청량한 소리를 시적 화자는 '울음소리'으로 바꾸고 이를 다시 '서럽다'라는 형용사로 고친다. 그러므로 '한사코 서러워 대숲은 좋더라'라는 구절은 일종의 역설적 표현에 해당한다. 시적 화자는 귓가에 들리는 대숲 소리가 주는 소슬한 느낌이 좋아서 대숲을 찾는다고 말하는 것으로 이해할 수 있다. 이 시의 마지막 구절은 시적 화자가 달빛에 흥건히 젖은 채 대숲에 서서 자신도 그 속에서 살고 싶다는 희망을 피력하는 것으로 끝이 난다. 시적 화자가 이 대목에 이르러 물아일체(物我一體)의 경지에 도달하고 있음을 알 수 있다.

신석정의 「대숲에 서서」는 시인만이 발견한 대숲의 의미를 감각적인 언어로 표현하고 있다. 여기서 대숲이 가르치는 것은 함께하되 각자를 도모할 수 있는 공생과 자존의 세계이다. 서로 더불어 살아가면서도 각자 자기 위치와 역할을 맡아 행하는 삶의 자세가 바로 그것이다. 현대를 살아가는 사람들에게 꼭 필요한 참된 지혜가 바로 이런 자세가 아닌가 생각된다.

파도(波濤)

갈대에 숨어드는
소슬한 바람
구월도 깊었다.

철 그른
뻐꾸기 목멘 소리
애가 잦아 타는 노을

안쓰럽도록
어진 것과
어질지 않은 것을 남겨놓고

이대로
차마 이대로
눈감을 수도 없거늘

산을 닮아
입을 다물어도
자꾸만 가슴이 뜨거워오는 날은

소나무 성근 숲 너머
파도 소리가
유달리 달려드는 속을

부르르 떨리는 손은

주먹으로 달래놓고

파도 밖에 트여올 한 줄기 빛을 본다.

    내가 신석정의 시 「파도」를 처음 읽은 것은 1990년대 후반이다. 책을 통해서 본 것이 아니다. 변산반도에 갔다가 돌아보았던 '석정공원'에 이 시를 새긴 시비(詩碑)가 아담하게 세워져 있었다. 신석정이라는 시인의 이름으로 공원을 만든 것도 인상적이었는데, 넓지는 않지만 아늑한 공원의 분위기가 좋아서 한동안 거기 앉아 바람을 쐬며 노트에 시 전문을 그대로 베꼈다. 그때 시비에서 이 시를 처음 읽으면서 신석정 시인의 후기 작품의 변화를 직감했다. 그 후 군산에서 채만식문학상 심사를 맡게 되어 내려갔다가 혼자서 새만금 방조제를 따라 운전했다. 거기 쉼터에 세워진 시비에서 이 시를 또 발견했다. 나는 속으로 전에 보았던 석정공원의 시비와 너무도 닮았구나 했다. 나중에 알고 보니 방조제가 만들어진 후에 시비를 그곳으로 옮겼다는 것이다. 두 번이나 우연히 만났던 작품인데 강렬한 인상이 지금도 방조제로 몰려오는 파도 같다. 신석정 시인이 작고하기 직전인 1970년에 펴낸 시집 『대바람 소리』에 실려 있다.

    이 시는 전체 7연으로 구성되어 있으며, 시상의 흐름을 1, 2연의 전반부와 3~4연의 중반부, 그리고 5~7연의 후반부로 나누어볼 수 있다. 전반부에서 그려놓고 있는 시적 배경은 초가을로 접어든 바닷가 풍경이다. 갈대숲에 부는 바람이 소슬하고 철에 맞지 않게 울어대는 뻐꾸기 소리가 애처롭다. 저녁놀이 붉어진다. 바람결(촉각)과 뻐꾸기 울음소리(청각)와 저녁노을(시각)이 함께 어우러지면서 미묘한 감각의 조화를 만들어낸다. 신석정이 초기의 시에서부터 보여주었던 탁월한 언어 감각이 그대로 살아 있다.

    중반부와 후반부는 시적 화자의 내면세계로 초점이 맞춰진다. 경물(景物)에서 내면의 표현으로 시적 의미의 전환이 이루어진다. 그런데 이 변화가 예사롭지 않다. 중반부는 화자인 '나'의 심정을 말하고 있는 부분이다. 여기서 '어진 것과 어질지 않은 것'이라는 시적 진술의 의미가 머리를 복잡하게 만든다. 시적 화자는 '안쓰럽도록/어진 것과/어질지 않은 것'을 그대로 두고 갈 수 없는 일이라고 고백한다. 무엇이 그토록 안쓰럽게 어진 것이며, 어질지 않은 것이지를 헤아려야만 이 말의 깊은 뜻을 제대로 알아차릴 수 있게 된다. '어질다'라는 말은 대개 착하고 인자하다는 뜻으로 쓰인다. '어질지 않은 것'은 그 반대의 뜻으로 이해된다. 시적 화자가 생각하고 있는 세계는 착한 것과 악한 것이라는 커다란 두 개의 윤리적 범주로 나누어진다. 아주 단순해 보이지만 사실 세상은 결국 어진 것과 어질지 않은 것의 대결로 혼란스럽다. 여기서 착한 것은 악한 것의 무리 속에서 살아나기 힘들다. 그러므로 시적 화자는 착한 것들이 겪어야 하는 아픔을 생각하여 마음이 안쓰럽다. 이러한 시적 화자의 심정은 그대로 시인 자신의 마음을 말해주는 것이다. 시인 신석정이 평생을 자신의 시를 통해 그려온 이상의 세계는 여리지만 아름답고 순수하며 서로 보듬고 사랑할 수 있는 세계이다. 시인은 시 속에서만 그런 세상을 그렸던 것이 마음에 걸렸는지도 모른다. 그러므로 이제 삶의 막바지에 이르는 순간 그 어지러운 세계를 그대로 남겨두고 가기 힘들다.

이 시의 후반부에는 시적 화자의 내면 의식 속에 일어나는 격렬한 심경의 변화를 그려낸다. '산을 닮아/입을 다물어도/자꾸만 가슴이 뜨거워오는 날'에서 시적 화자는 말을 하지는 않지만 가슴에 치미는 어떤 것을 강하게 느낀다. 이 느낌을 정확하게 무어라고 말로 설명하는 것은 불가능하다. 그런데 시적 화자는 거기에 적절하게 대응할 수 있는 시적 소재를 바로 찾아낸다. 그것이 바로 '파도'이다. 여기서 드디어 '파도'가 등장한다. '파도'는 글자 그대로 바다에 밀려오는 거대한 물결이다. 그런데 여기서는 마음속에 일어나는 뜨거운 기운과도 서로 통한다. 소나무 숲 사이로 파도 소리가 들린다. 그것은 마음속에서 일어나는 격동의 파도 소리일 수도 있다. 객관적 대상으로서의 파도와 주관적 감정으로서의 마음의 파동이 하나의 이미지로 통합될 수 있기 때문이다. 이 시의 마지막 구절은 '부르르 떨리는 손은/주먹으로 달래놓고/파도 밖에 트여올 한 줄기 빛을 본다.'라고 끝이 난다. 시적 화자의 내면에서 이루어지는 결의 그리고 어떤 각오와 같은 것을 여기서 확인할 수 있다. '부르르 떨리는 손'은 견디기 힘들 정도로 참아내기 어려운 상태를 암시한다. '주먹으로 달래놓고'라는 표현이 절묘하다. 떨리는 마음을 다잡기 위해 단단하게 주먹을 움켜쥐고 결의를 다지는 모습이 드러난다. '파도 밖에 트여올 한 줄기 빛'은 시적 화자가 파도 너머의 세계에서 발견하게 될 새로운 계시와도 같다. 이것은 실제로 파도가 밀려오는 바다의 탁 트인 넓은 세계를 말할 수도 있지만 시적 화자의 심안(心眼)으로 헤아려 찾아낸 밝음의 세계를 의미하기도 한다. 이 대목에 시적 주제가 함축되어 있다고 할 수 있다.

신석정의 「파도」는 '파도' 자체를 그려내지 않는다. 초가을 저물녘에 갈대숲이 일렁이는 바닷가에서 시인이 그려낸 것은 바다 위로 밀려드는 파도가 아니다. 삶의 현실에서 발견하게 되는 어진 것과 어질지 않은 것 사이의 대립을 보며 시적 화자는 그대로 두고 떠날 수 없어서 스스로 괴로워한다. 이때 자신의 내면에서 일어나는 마음의 거대한 파동을 느낀다. 소나무 숲 사이로 들리는 파도 소리는 이 마음속의 일렁임을 두고 하는 하나의 이미지일 수 있다. 화자는 부르르 떨리는 손에 힘을 주어 주먹을 꼭 쥔다. 자기 내면에서 우러나오는 격정의 파도를 스스로 견디며 굳게 다짐을 보여준다. 그제서야 파도 밖에 트여올 한 줄기의 빛이 드러난다. 그것은 마음의 평온일까? 아니면 새로운 희망일까?

나랑 함께

비낀 햇빛 아래
문득 바라보는 나무

나무 옆에 서보면
나무가 되고,

꽃 옆에 서보면
꽃이 되어도,

두루미 흘러가는
저 하늘을 이고 보면,

너희들의 가슴 언저리에
그 뜨거운 가슴 언저리에 있고 싶어라.

흐드러진 웃음,
그 웃음소리에도

꽃은 피고
마냥 꽃은 피어나고,

빛나는 너희 눈망울이야
그대로 한 개 별빛이거늘,

흘러간 지난날이사
돌아볼 겨를도 없다.

너희들 내다보는 앞날을
나랑 함께 걷게 하여라.

　「나랑 함께」는 전체 10연으로 구성되어 있다. 시상의 흐름으로 보면 1~5연의 전반부와 6~10연의 후반부로 크게 나누어진다. 전반부에서 시적 화자는 혼자서 상념에 잠겨 있다. 나무 옆에 서서 마치 나무처럼 꽃처럼 자연과 더불어 하나가 된다. 그런데 하늘 높이 두루미가 떠가는 하늘을 머리에 이고 보니 생각이 달라진다. 화자는 '너희'라고 지칭하는 상대의 뜨거운 가슴 언저리에 있고 싶어지는 것이다. 여기서 그 의미가 분명하게 드러나지 않는 두 가지 시적 진술의 내용을 확인해야 한다. 하나는 '두루미 흘러가는/저 하늘을 이고 보면'이라는 구절이다. 이 구절을 이해하기 위해서는 2, 3연에서 시적 화자가 이미 나무 곁에서 나무가 되고 꽃 옆에서 꽃이 된다는 것을 말했다는 점을 상기할 필요가 있다. 하늘 높이 나는 두루미를 보면 당연히 그 두루미가 되는 것을 미루어 짐작할 수가 있다. 두루미가 된다는 것은 높은 이상과 의지를 가지게 된다는 것을 의미한다. 그런데 화자가 강조하는 높은 이상과 의지는 자신을 위한 것이 아니다. 여기서 또 다른 하나의 구절을 주목해야 한다. '너희들의 가슴 언저리에/그 뜨거운 가슴 언저리에'라는 구절이 의미하는 바를 알아야 한다. 여기서 '너희'는 이 시대를 살아가는 젊은이들을 말한다. 이 젊은이들은 뜨거운 열정을 품고 있다. 그런데 시적 화자는 젊은이들의 뜨거운 열정만을 사랑하는 것이 아니다. 그 뜨거운 열정과 함께 높은 이상과 의지를 가지도록 권하고 싶다. 화자는 스스로 그 높은 이상과 의미가 되어 젊은 가슴, 뜨거운 열정과 함께 하고자 하는 것이다.
　후반부에서도 시적 화자는 '너희들'에게 주고 싶은 말을 이어간다. 젊은이들은 언제나 즐겁고 희망에 부풀어 있다. 삶을 긍정하는 마음으로 언제나 웃고 서로를 사랑하는 마음으로 언제나 꽃이 피어난다. 하지만 젊은이들에게는 하늘의 별처럼 빛나는 예지의 눈이 있다. 이 눈으로 흘러간 지난날을 돌아보면서 연연할 필요가 없다. 오직 멀리 앞을 내다보아야만 한다. 시적 화자는 먼 앞을 내다보고 걷는 젊은 이들과 함께 미래를 향하여 걸어가고 싶은 것이다.

이 시는 제목 그대로 젊은이들에게 '나랑 함께' 하자고 말을 건넨다. 물론 이러한 요구는 시인 자신의 젊은이들에 대한 바람이라고 할 수 있다. 시인은 젊은이들이 열정만을 자랑하지 말고 높은 이상과 고고한 의지를 함께 키울 것을 말해주고 있다. 그리고 또 한 가지는 예지의 눈으로 미래를 향해 나아가야 한다고 강조한다. 과거를 돌아보지 말고 더 큰 세계 먼 미래를 향하여 나아갈 수 있는 슬기로운 눈을 가지라는 말이다. 젊은이들을 향한 귀한 충고라고 할 만하다.

이 시는 생전에 마지막으로 출간한 시집 『대바람 소리』(1970)에 실려 있다.

서정주

徐廷柱 1915~2000

서정주는 미당(未堂)이라는 호를 즐겨 썼다. 1915년 전라북도 고창에서 출생했으며, 1929년 중앙고등보통학교에 입학했으나 광주학생운동과 관련해 구속되었다가 퇴학당했다. 1931년 고창고등보통학교에 편입했으나 곧 자퇴한 후 방랑하다가 서울 중앙불교전문학교에서 수학했다. 1936년 『동아일보』 신춘문예에 「벽(壁)」이 당선되면서 등단했다. 이해에 김동리, 김달진, 김광균, 오장환 등과 함께 동인지 『시인부락』을 창간한 후 '시인부락파'라는 문단적 유파의 중심이 되었다. 1940년부터 만주 간도로 건너가 그곳 양곡주식회사 경리사원으로 일한 경험도 있다. 1941년 첫 시집 『화사집(花蛇集)』을 출간했는데, 자신도 밝혔듯이 프랑스 보들레르의 영향을 받아 악마적이며 원색적인 시풍을 보여주고 있다. 일제 말기에 다쓰시로 시즈오(達城靜雄)로 창씨개명한 후 친일문학지 『국민문학』 등에 일본어 시 「헌시(獻詩)」(1943), 「오장 마쓰이 송가」(1944) 등을 발표하면서 태평양전쟁을 성전(聖戰)으로 미화하고 일제의 식민정책을 적극 지지했다.

1945년 해방 후 김동리, 조연현, 조지훈, 이헌구 등과 조선청년문학가협회의 결성을 주도했으며 시분과위원장으로 활동하면서 민족문학 운동을 선도했다. 그의 두 번째 시집 『귀촉도(歸蜀途)』(1948)에는 토착적 소재를 통해 전통적인 정서와 고전적 격조를 살려낸 작품들이 많다. 1949년 한국문학가협회 창립과 함께 시분과위원장을 지냈고, 1950년 한국전쟁 때는 문총구국대에 참여했다. 전쟁이 끝난 후에는 줄곧 동국대학교에서 강의했으며 1954년 대한민국 예술원 종신회원으로 추대되었다. 1956년 간행

우리 시 깊이 읽기

된 『서정주시선』에서는 「국화 옆에서」 「무등을 보며」 「추천사」 「광화문」 「상리과원」 등을 통해 전통적인 한과 자연과의 화해를 읊었고, 「학」 「기도」 등의 작품에서 원숙한 자기 통찰과 달관을 보여주고 있다.

1960년 『신라초(新羅抄)』에 이르면서 서정주의 시는 새로운 정신적 경지에 도달하게 된다. 그의 시에서 상상력의 거점이 되고 있는 신라는 역사적인 실체라기보다는 인간과 자연이 완전히 하나가 된 환상의 세계에 해당한다. 그는 불교사상에 기초를 둔 신라의 설화를 제재로 하여 영원회귀의 이념과 선(禪)의 정서를 부활시켰다. 1969년에 나온 시집 『동천』에서는 불교의 상징 세계에 관심이 집중된다. 서정주의 후기 시는 『질마재 신화』(1975)에서 자신의 어린 시절 경험을 바탕으로 해서 고향 사람들의 삶에 얽힌 사연들을 이야기하듯이 풀어내었고, 『떠돌이의 시』(1976)에서는 인간의 삶의 고통과 슬픔에 공감하는 노래들을 싣고 있다. 1972년 『서정주 문학 전집』(전5권)을 간행한 후 1994년 민음사에서 『미당 시 전집』을 냈다.

서정주의 초기 시에는 인간의 본능과 생명의 근원을 탐미주의로 승화시키고자 하는 작품들이 많았다. 그러나 전통적인 토속 세계로 관심을 돌리면서 인간의 운명과 그 영원성으로 회귀하였다. 한국전쟁 이후 그는 '신라'라는 상상력의 거점을 발견하고 불교적인 영원회귀의 정신을 시적 주제로 내세우기도 했다. 서정주의 시는 전통적인 서정시의 폭과 깊이를 확장하면서 시 형태의 균형과 함께 토착적인 언어의 시적 세련을 달성하였다는 점을 높이 평가할 수 있다.

그의 탁월한 상상력과 뛰어난 언어적 감수성이 그의 시에서 문학적 완결성을 가능하게 했다는 점은 주목할 필요가 있다.

화사(花蛇)

　서정주의 초기 시를 대표하는 「화사」는 '화사(꽃뱀)'를 소재로 하여 인간의 내면에 자리 잡고 있는 원초적 생명력과 본능적인 욕망을 표현한 작품으로 널리 알려져 있다. '화사'는 토속어로 '율모기'라고 하는 흔한 뱀이다. 뱀의 표면에 전신에 걸쳐 꽃이 핀 모양의 무늬가 있기 때문에 '꽃뱀'이라고도 불렀다.

　시적 텍스트는 전체 8연으로 구성되어 있지만 시상의 흐름에 따라 크게 세 부분으로 나누어볼 수 있다. 시의 전반부에 해당하는 1, 2연에서는 뱀의 아름다운 색깔과 징그러운 모습을 동시에 그려낸다. 이 관능적 감각은 '꽃대님 같다'라는 직유법의 표현을 통해 구체적으로 나타난다. '대님'은 한복 바지를 남자들이 입을 때 가랑이 끝 쪽을 가지런하게 발목에 졸라매는 끈이다. 대개는 바지와 같은 천을 접어 만드는데, 다른 색깔의 천으로 모양을 드러내게 하는 경우도 있다. 뱀의 이미지가 꽃대님으로 바뀌면서 그 관능적인 아름다움이 더욱 강조된다. 꽃뱀이 그대로 발목에 감기는 것을 상상한다면 그 육체적 관능미를 구체적으로 느낄 수 있다.

　중반부는 3, 4, 5연으로 이어진다. 3연에서는 뱀에 얽힌 기독교의 신화를 끌어오고 있다. 구약성서에 따르면 하느님이 창조한 최초의 인간인 아담과 이브는 낙원에서 행복하게 살았다. 그런데 뱀의 유혹에 넘어가 신이 먹지 말라고 했던 지혜의 나무 열매를 따 먹었다. 그래서 아담과 이브는 낙원에서 쫓겨나 이 세상에서 살아가게 되었고 뱀은 그 형벌로 사탄이 되었다고 한다. '낙원 상실'의 모티프로 널리 퍼져 있는 이 이야기에서 뱀은 인간을 유혹하여 하느님의 가르침을 거역하는 죄를 짓는다. 그 벌로 인간은 에덴동산에서 쫓겨난 후 이 세상에서 삶과 죽음의 고통을 경험하게 된다. 물론 뱀도 땅을 기어 다니면서 살아야만 하는 형벌을 받게 된다. 그러므로 뱀은 원죄의 상징이 되기도 한다. 하지만 시적 화자는 이러한 신화적 유래를 그대로 받아들이지는 않는다. 3연 마지막 행의 '푸른 하늘이다…… 물어뜯어라, 원통히 물어뜯어'라는 구절은 '뱀'을 향해 하는 말이다. '푸른 하늘'을 물어뜯으라는 주문은 땅 위를 기어 다니도록 만든 하늘을 향한 '뱀'의 원망을 말한 것이다. 시적 화자는 '뱀'

에게 '원통히' 하늘을 물어뜯으라고 말해주고 있다. 하늘에 대한 저항을 사주하고 있는 셈이다. 4연과 5연으로 이어지는 시적 진술에서 화자는 뱀을 징그럽게 여겨 쫓아내려 하지는 않는다. 오히려 뱀을 따라간다. 그 이유는 '우리 할아버지의 아내가 이브라서 그러는 게 아니'라고 말해준다. 그러면서 석유 먹은 듯 숨이 가쁘게 '뱀'을 따라간다. 시적 화자의 가슴속에서 솟아오르는 본능적인 욕망이 뱀을 따르게 하고 있는 것이다. 결국 중반부는 시적 화자가 느끼는 뱀의 강렬한 유혹을 암시한다.

후반부에 해당하는 6, 7, 8연은 뱀의 아름다운 빛깔과 그 유혹이 결국은 '순네'라는 스무 살 된 색시로 이어짐을 보여준다. '바늘에 꼬여 두를까 부다. 꽃대님보다도 아름다운 빛'이라는 진술은 아름다운 뱀과의 일종의 육체적 접촉에 대한 욕망을 암시한다. 이 관능의 유혹은 '클레오파트라의 피 먹은 양 붉게 타오르는/고운 입술이다.'라는 비유를 통해 더욱 매혹적인 감각으로 구체화한다. 그리고 곧바로 순네의 '고양이같이 고운 입술'로 바뀐다. 시적 화자가 자신의 내적 욕망을 억제하면서 따라온 것이 결국 '순네'였음을 알 수 있다.

이 시는 '화사'라는 시적 상징물을 통해 화자의 내적 욕망을 관능적 감각으로 표현하면서 일종의 악마적 아름다움을 추구하고 있다. 서두의 '뱀'은 시적 결말에 이르러 '순네'라는 색시로 환치된다. 서구 신화 속의 '뱀'을 여자로 대체시켜 도덕적인 계율과 관습에 억눌려 있는 인간의 본능적인 욕구를 표현하고 있는 셈이다. 여기서 '뱀' 자체는 아름다움과 혐오감을 동시에 드러내는 이중적 의미의 시적 심상으로 작용한다. 그러므로 그 뱀을 돌팔매를 쏘면서 따라가는 것은 뱀에 대한 혐오와 관능적인 아름다움의 유혹을 동시에 상징한다고 할 수 있다. '석유 먹은 듯 가쁜 숨결'이 인간의 이면에 숨어 있는 육체적인 욕망을 상징하는 것이라면, 이러한 욕망을 억제하는 사회적 기제가 작용하고 있는 셈이다. 이 작품에서 뱀의 관능미는 '스물 난 색시' 순네의 등장과 '고양이같이 고운 입술'의 매혹적인 아름다움으로 변용되면서 더욱 고양되고 있다. 시의 텍스트에는 '아가리', '대가리' 등과 같은 비속어가 시어로 등장하고 있으며, '꽃대님'과 같은 전통적 소재도 등장한다. 이들을 활용한 원색적이고도 강렬한 표현이 토속적 원시성을 덧붙여놓고 있다는 점도 주목된다.

이 시는 1936년 『시인부락』 2호에 실렸으며, 첫 시집 『화사집』(1941)의 표제작으로도 쓰였다.

귀촉도(歸蜀途)

　　서정주의 시에서 볼 수 있는 신화적 상상력이 토속적인 세계와 만나 조화롭게 안착하게 되는 것은 해방 직후 두 번째 시집 『귀촉도』(1948)를 펴내면서부터이다. 첫 시집 『화사집』(1941)에서 볼 수 있었던 서정주는 허무주의적인 요소와 관능적 감각이 시의 세계 속에 공존해 있던 시인이었다. 그러나 해방 이후의 시들은 사변적인 것보다는 서정성이 균형을 찾고 있으며, 감각적인 것보다는 전통적인 정서를 폭넓게 깔고 있다. 그의 시는 이 시기부터 인간의 본능과 생명에 대한 강렬한 시적 지향보다는 토속적인 서정의 세계를 깊이 있게 천착하게 된다.

　　'귀촉도'는 한자의 뜻을 그대로 풀이할 경우 '촉(蜀)'나라로 돌아가는 길이라는 뜻을 갖는다. 그러나 시인 자신이 작품 말미에 부기한 것을 보면 '두견이라고도 하고 소쩍새라고도 하고 접동새라고도 하고 자규(子規)라고도 하는 새가 귀촉도… 귀촉도… 그런 발음으로써 우는 것을 말한다.'라고 밝혀놓고 있다. 그러니까 '귀촉도'라는 말은 소쩍새의 울음소리라고 할 수 있다. 소쩍새는 우리나라의 전역에 분포하는데, 봄부터 여름 사이에 밤마다 구슬프게 울어대기 때문에 지역마다 이 새의 구슬프게 들려오는 울음소리에 관한 전설이 많이 전해온다.

　　님과의 영원한 이별의 아픔을 노래하고 있는 시의 텍스트는 3연으로 구성되어 있는데, 각 연마다 시적 정황을 바꾸어 화자의 슬픔을 표현하고 있다. 1연에서는 시적 화자의 곁을 영원히 떠나게 된 님의 죽음과 그 슬픔을 노래하고 있다. 다시 돌아올 수 없는 길을 떠나게 된 님을 호사스럽게 보내는 모습이 그려진다. '피리 불고' 가는 길에 '진달래 꽃비'라고 묘사한 대목은 호사스러운 상여(喪輿)의 행렬을 떠올리게 한다. 슬픔을 억제하기 위한 시적 장치에 불과하다. '서역 삼만 리'라든지 '파촉 삼만 리'라는 거리는 시적 화자가 심정적으로 느끼는 죽은 님과의 아득한 거리를 강조한 말이다. 이제 님은 다시는 돌아올 수 없는 먼 곳으로 떠난 것이다.

　　2연은 님을 떠나보내면서 시적 화자가 느끼게 된 회한(悔恨)의 정을 드러내어 보여준다. 이제 자신의 긴 머리카락은 누구에게도 아름답게 보일 필요가 없다. 그 머리카락을 은장도로 베어내어 그것으로 메투리를 만들어 님이 신고 가도록 하지 못한 것을 후회한다. 님에게 모든 것을 다 드리지 못한 것에 대한 회한이 사무치고 있음을 확인할 수 있다. 머리카락을 잘라 신을 삼아준다는 것은 결국 시적 화자의 님에 대한 헌신적 사랑을 말해주는 것이라고 하겠다.

3연은 밤이 늦도록 울어내는 소쩍새의 울음을 그려낸다. 밤하늘에는 굽이굽이 은하수가 흐르는데 소쩍새는 목이 터지도록 울어댄다. 그런데 '그대 하늘 끝 호올로 가신 님아'라는 마지막 행에서 소쩍새의 실체가 드러난다. 바로 하늘 끝으로 홀로 가신 님이 소쩍새가 된 것이다. 이 대목에서 소쩍새는 시인 서정주의 상상력을 통해 새로운 전설로 태어난 셈이다. 죽은 님은 소쩍새로 환생하여 그 죽음을 스스로 슬퍼하여 밤새도록 울어대는 것이다.

이 시는 시인 서정주가 그려낸 전통적 정서 세계를 대표한다. 인간의 삶과 죽음의 문제를 동시에 아우르고 있는 이 시에서 은하에 맞닿는 시적 공간의 폭은 한의 정서의 깊이와 서로 조응한다. 죽음이 가지는 영결의 의미는 이 시에서 돋보이는 애절한 정조의 언어로만 형상화되고 있는 것이 아니다. 오히려 원형적 심상이라고 명명할 만한 요소들이 시적 긴장을 유지하면서 영원한 이별의 의미를 공간적으로 확장하고 있는 것이다. 소쩍새는 자신의 나라로 돌아가지 못하는 신세를 한탄하며 울었다는 촉나라 장수의 전설 혹은 자신의 나라로 돌아가지 못한 제왕의 전설을 담고 있다. 시인은 한이 서려 있는 소쩍새의 울음소리를 끌어들임으로써 여인의 한을 극대화시키고 있다. 님을 향한 여인의 마음은, 자신의 머리카락을 베어 '육날 메투리'를 삼아 보내고 싶을 만큼 간절하고 애달픈 것이다. 머리카락을 베는 것은 여인이 여인으로서의 희망을 상실함을 뜻하며, '은장도'는 여인의 님을 향한 변하지 않는 정절을 의미한다. 이 시에서 동원하고 있는 신화적 상상력이 한의 정서를 더욱 고양하고 있는 것은 주목할 만하다.

이 시는 잡지 『여성(女性)』(1940.5)에 처음 발표한 후 1943년 잡지 『춘추(春秋)』 2호에 개작하여 다시 수록했다. 해방 직후 시집 『귀촉도(歸蜀途)』(1948)의 표제작이 되었다. 그런데 이 시는 시인 서정주의 가장 가까운 친구였던 시인 오장환이 비슷한 33시기에 발표한 시 「귀촉도(歸蜀途)」와 상호텍스트적 관계를 지니는 것으로 생각된다. 오장환의 시에는 '정주(廷柱)에 주는 시'라는 부제가 달려 있으며, 시의 텍스트에 '파촉으로 가는 길은 서역 삼만 리'라는 구절이 반복된다. 참고로 이 시를 소개하면 다음과 같다.

파촉(巴蜀)으로 가는 길은
서역 삼만 리.
뜸부기 울음 우는 논두렁의 어둔 밤에서
길라래비 날려 보는 외방 젊은이,
가슴에 깃든 꿈은 나래 접고 기다리는가.

흙먼지 자욱히 이는 장거리에
허리끈 *끄르고*, 대님 *끄르고*, 끝끝내 옷고름 떼고,
어두컴컴한 방구석에 혼자 앉아서
창 넘에 뜨는 달, 상현달 바라다보면 물결은 이랑이랑
먼 바다의 향기를 품고,
파촉의 인주(印朱) 빛 노을은, 차차로, 더워지는 눈시울 안에 —

풀섶마다 소해자(小孩子)의 관들이 널려 있는 뙤의 땅에는
너를 기두리는 일금칠십원야(一金七十圓也)의 쌀러리와 쬐그만 STOOL이 하나
집을 떠나고 권속마저 뿌리이치고,
장안 술 하룻밤에 마시려 해도
그거사 안 되지라요, 그러사 안 되지라요.

파촉으로 가는 길은
서역 하늘 밑.
둘러보는 네 웃음은 용천병(病)의 꽃피는 울음
굳이 서서 웃는 검은 하늘에
상기도, 날지 않는 너의 꿈은 새벽 별 모양,
아 새벽 별 모양 빤작일 수 있는 것일까

— 오장환, 「귀촉도(歸蜀途) — 정주(廷柱)에 주는 시」(『춘추』, 1941.4)

국화 옆에서

　전통적으로 국화는 '사군자(四君子)'의 하나로 선비의 높은 지조를 상징하는 꽃이다. 그러나 「국화 옆에서」에서 시인은 '국화꽃'을 '내 누님같이 생긴 꽃'이라고 묘사함으로써 그러한 관습적 의미를 뒤집어놓고 있다. 물론 이러한 시적 의미의 새로운 전환은 화자의 진술을 통해 상당히 조심스럽게 피력된다. 1, 2연은 모두 '―울었나 보다'로 종결되고, 4연의 경우도 '잠도 오지 않았나 보다'로 끝을 맺고 있다. 여기서 공통적으로 사용하고 있는 '보다'라는 말은 그 앞의 진술 내용에서 드러나는 행동이나 상태를 어렴풋하게 짐작하거나 추측하고 있음을 말해주는 통사론적 징표에 해당한다. 결국 모든 시적 진술은 화자의 개인적인 추측인 것처럼 표현되는 셈이다. 이 조심스러운 진술을 통해 묘사되고 있는 늦가을에 피는 노란 국화꽃은 자연의 조화 속에서 이루어진 새로운 아름다움의 탄생을 의미한다. 인고의 세월과 시련의 과정이 없었다면 그 아름다움의 탄생은 가능하지 않았을 것이라고 시적 화자는 혼자서 생각하고 있다.

　시의 전체 텍스트는 4연으로 구성되고 있지만, 시상의 흐름은 크게 1, 2연의 전반부와 3, 4연의 후반부로 나누어볼 수 있다. 전반부에 해당하는 1, 2연은 각각 봄부터 울어대는 소쩍새의 울음소리, 그리고 여름철 먹구름 속에서 울어대던 천둥소리가 모두 국화꽃을 피우려는 자연의 징조였음을 지적하고 있다. 여기서는 봄을 맞이하고 긴 여름을 겪으면서 인고의 세월을 보낸 뒤에야 비로소 국화꽃의 개화가 가능하게 되었음을 설명해주고 있다. 이러한 접근법은 국화꽃의 개화라는 사소한 일조차도 대자연의 원리와 그 조화 속에서 이루어지는 것임을 말해준다. 비록 하나의 작은 꽃에 지나지 않지만 국화를 피우기 위해 이 모든 것들의 인연과 기다림이 있었다는 사실을 말해줌으로써 생명의 신비로움에 대한 감탄과 경외감을 드러낼 수 있게 된다. 시인은 이처럼 세상에 존재하는 모든 것들이 서로 긴밀한 인연을 맺고 우주의 현상 속에 자리하고 있다는 것을 믿는다. 이러한 태도는 인연설을 강조하는 불교사상과도 서로 맥이 통한다.

시의 3, 4연에서는 대상인 국화꽃을 그대로 묘사한다. 시적 화자의 눈앞에 노란 국화꽃이 피어 있다. 1, 2연에서 봄을 보내고 여름을 견뎌낸 후 늦가을의 한복판에서 바로 지금 화자가 국화꽃과 대면한 셈이다. 4연의 진술 내용 속에 '간밤'이라는 시간적 배경을 제시한 것을 보면 국화꽃과 화자가 서로 마주 보고 있는 순간은 시간적으로 '오늘'에 해당한다. 그리고 꽃이 피어나기 직전까지도 무서리가 내리는 진통을 겪게 되었음을 설명하고 있다. 그런데 이 시에서 화자는 자신의 눈앞에 피어 있는 국화꽃을 '그립고 아쉬움에 가슴 조이던/머언 먼 젊음의 뒤안길에서/인제는 돌아와 거울 앞에 선/내 누님같이 생긴 꽃이여'라고 묘사하고 있다. 오랜 기다림 속에서 온갖 시련을 이겨내고 드디어 피어난 국화꽃을 '누님'에 비유하고 있는 것이다. '누님'은 열정과 애욕에 휩싸여 방황하던 처녀가 아니라 젊은 날을 보내고 인생을 관조하는 중년의 원숙한 여인의 이미지가 강하다. 이러한 누님의 모습은 초기의 시 「화사」에서 보여주었던 관능과 욕망의 세계에서 한 걸음 물러선 시인의 내면세계의 변화를 암시한다. 이 시에서 지난날을 돌아보며 자신의 모습을 확인하는 누님의 이미지를 국화꽃에서 발견한 것은 시적 상상력의 극치를 보여주는 것이라고 평가할 만하다. 이것은 국화꽃에 붙여오던 오랜 관습적 의미를 무너뜨리면서 그윽한 서정의 깊이를 보여주고 있기 때문이다.

시에 그려진 '국화꽃'의 이미지를 개인적 정서와 연결시켜 읽지 않고 정치적으로 해석하고자 하는 사람도 있다. 시의 해석이라는 것은 본래 주관적일 수밖에 없다. 그렇지만 이 시에서 국화꽃을 일본 황실을 상징하는 문장(紋章)이라고 해석하는 것은 장미를 노래한 시가 모두 영국 왕실을 찬양하는 것이라고 고집하는 것과 크게 다르지 않다. 시인 서정주의 친일적 글쓰기에서 느낄 수 있는 치욕의 감정을 부정할 수는 없다. 자기 언어와 그 정신을 지켜나간다는 것이 글을 쓰는 사람에게 얼마나 힘든 일인가를 시인 서정주의 훼절(毁節)을 통해 배운다는 것은 참기 어려운 고통이다.

「국화 옆에서」는 1947년 11월 9일자 『경향신문』에 발표했다. 이 작품은 『서정주시선』(1956)에 수록된 후 일반 독자들에게 널리 알려졌다.

추천사(鞦韆詞)
― 춘향의 말 1

우리 고전 가운데 대표적인 작품을 하나만 고른다면? 이런 질문에 대부분 「춘향전」이라고 답할 가능성이 크다. 춘향 이야기는 설화로 전해오던 것이 판소리 〈춘향가〉로 불려지고 소설 「춘향전」으로 정착되면서 많은 사랑을 받았다. 「춘향전」은 여러 차례 영화로 만들어지고 연극 무대에 올려지면서 조금씩 변형되기도 하였지만 그 핵심에 해당하는 사랑 이야기는 여전히 모든 사람의 관심사다.

시를 통해 춘향 이야기를 노래한 것은 헤아릴 수도 없이 많다. 일찍이 김소월이 발표한 「춘향과 이도령」이라는 시가 있는데, 춘향 이야기의 유래를 민요조의 가락에 실어 노래하고 있다. 고전의 시적 변용이라는 점에서 주목해야 한다면 서정주의 「추천사」가 아닐까 생각한다. 춘향이라는 인물의 내적 욕망까지도 패러디하고 있는 이 작품에는 '춘향의 말'이라는 부제가 붙어 있다. 일종의 연작시 형태로 발표한 세 편의 시는 「추천사」, 「다시 밝은 날에」, 「춘향 유문(遺文)」 등으로 이어진다.

시의 제목인 '추천사'라는 말의 뜻을 먼저 알아보는 것이 좋겠다. 말 그대로 한다면 '그네 노래'라고 바꿀 수 있다. 여기서 '추천(鞦韆)'은 '그네'를 뜻한다. 이 시에 그려지는 내용도 그네뛰기에 해당한다. 시 속의 춘향이는 그네에 올라타 있고 향단이는 그녀를 뒤에서 밀어준다. 이러한 장면 설정은 그대로 고전소설 「춘향전」 속의 극적 장면을 그대로 옮겨놓은 것임을 알 수 있다. 남원 광한루(廣寒樓)에서 이루어진 춘향이의 그네뛰기는 소설 속에서 이도령과 만나는 첫 번째 장면이며 사랑의 시작을 알려준다.

시의 텍스트에는 '춘향'이라는 이름이 등장하지 않는다. 하지만 부제에서 제시하고 있듯이 춘향이가 자신의 몸종인 향단에게 하는 말로 텍스트가 꾸며지고 있다는 사실을 쉽게 알 수 있다. 춘향이가 향단에게 하는 말투를 그대로 살려낸 대화체로 시적 진술이 이루어진 셈이다. '춘향'이라는 소설 속의 인물을 시에 끌어들여 시적 화자의 역할을 부여한다. 전체 5연으로 구성된 시의 텍스트에 반복적으로 등장하는 것은 '밀어 올려라'라고 하는 춘향의 말이다. 그네를 멀리 높이 밀어달라고 향단에게 요구하는 말이다. 먼저 먼 바다로 나갈 수 있을 정도로 멀리 밀어달라고 말한다. 그네를 타면서 내려다보이는 주변의 풍경(현실)으로부터 멀리 벗어날 수 있도록 힘껏 밀어달라는 것이다. 그리고 저 하늘 높이 떠 있는 구름처럼 멀리 밀어 올려달라고 한다. 이와 같은 반복적인 요청은 새롭게 열린 넓고 높은 세계(이상)를 향한 욕망을 표현한다고 할 수 있다. 그러나 이러한 욕망은 실현이 불가능하다. 춘향이가 현실적으로 처해 있는 계급적 신분적 제약으로 본다면 이러한 욕망은 전혀 용납되기 어려운 것이다. 여기서 이 같은 한계성은 그네뛰기라는 구체적인 행위가 지니는 특이한 조건과도 연결된다. 그네는 두 줄을 나무에 묶어두는 것이기 때문에 아무리 위로 밀어 올려도 결국은 그네줄의 길이보다 더 멀리 높게 올라갈 수는 없다. 하늘로 밀어 올라가면서도 다시 뒤로 밀려 내려오는 그네는 그 자체로서 이미 나무에 매여 있다는 숙명적인 조건을 벗어날 수 없는 것이다. 드높은 이상을 향한 욕망이 간절하지만 결코 현실적 조건을 벗어날 수 없는 갈등이 그네뛰기에 감춰져 있는 것이다. 이 시의 4연을 보면 춘향 자신도 '서(西)으로 가는 달같이는/나는 아무래도 갈 수가 없다.'라고 하면서 그 한계를 인정하고 있다. 하지만 춘향은 자신의 꿈을 포기하지 않는다.

시에 등장하는 춘향은 고전소설 속의 인물이기는 하지만 시인 서정주에 의해 시적으로 재창조된 새로운 개성이라고 할 수 있다. 그러므로 시에 등장하는 춘향을 정절의 표상이라든지 신분적 질서를 벗어나고 하는 저항적 성격으로 고정시켜 읽을 필요는 없다. 춘향은 바다와 하늘이 상징하는 멀리 높은 이상의 세계를 향한 끝없는 욕망을 상징하는 인물이다. 하지만 춘향의 욕망은 현실적으로 실현되기 어렵다. 이미 그것은 그넷줄을 밀어 올리는 향단의 힘으로는 가능하지 않다. 그네 자체가 암시하는 한계와 그 도전이라는 점을 생각한다면 그 실현 불가능으로 인하여 이상에 도달하고자 하는 욕망이 더욱 간절하게 느껴지는 것이 아닌가 생각된다.

「추천사」는 1947년 10월 『문화』에 발표했으며 1956년에 출간된 서정주의 세 번째 시집 『서정주시선』에 수록했다.

꽃밭의 독백―사소단장(娑蘇斷章)

　　서정주의 시는 전후 현실을 거친 후 일상에 침잠하지 않고 시집 『신라초(新羅抄)』 (1961)에서부터 또 하나의 자기 변화를 준비하고 있다. 이 시집의 작품들은 서정주의 시적 세계가 전통적인 것과 동양적인 불교의 세계에 대한 탐구에 매달리고 있음을 보여준다. 여기서 시인이 가장 전통적이고 이상적인 시적 세계로서 하나의 '이데아'로 상정하고 있는 것이 바로 우리 역사 속의 '신라(新羅)'이다.

　　「꽃밭의 독백 ― 사소단장」은 시집 『신라초』에 수록되어 있다. 이 시의 진술 내용은 신라의 시조인 박혁거세(朴赫居世)의 어머니로 알려진 '사소(娑蘇)'라는 여인에 관련된 설화를 바탕으로 하고 있다. 박혁거세의 어머니가 결혼 전에 아이를 잉태하여 집을 떠나게 되었는데 길을 떠나기 전 자기 집 꽃밭에서 마지막 남겼던 이야기를 시적 상상력을 통해 재구성하고 있다. 이 시의 텍스트에 등장하는 시적 화자 '나'는 설화 속의 여인 '사소'이다.

　　전반부에서는 시적 화자가 자신이 추구하는 이상의 세계로 나아가지 못하는 상황을 비유적으로 제시하고 있다. '노래'를 불러도 그것은 구름 아래에서의 일이 된다. 구름 위의 세계로 더 올라갈 수가 없다. 말을 달려가봐도 바다가 가로막혀 더 앞으로 나아가지 못한다. 시적 화자를 둘러싼 여러 가지 제약으로 인하여 자신이 꿈꾸는 세계로 나아갈 수 없는 상황을 설명적으로 진술하고 있는 셈이다. 일상적 삶의 제약된 공간을 수직적으로는 '구름'으로 표시하고 수평적으로는 '바닷가'로 표시하여 구체화하고 있다.

　　후반부에서 시적 화자는 피어나는 꽃과 대면하고 있다. 아침마다 새로 피어나는 꽃의 개화를 화자는 '개벽'이라고 지칭한다. 여기서 개벽은 세상의 새로운 창조 또는 탄생을 의미한다. 작은 꽃봉오리가 피어나는 순간에 맛볼 수 있는 생명의 신비를 느끼고 있는 것이다. 설화 속의 주인공인 '사소'가 임신 중이었다는 사실을 생각한다면 이러한 화자의 느낌이 얼마나 소중했을까를 충분히 짐작할 만하다. 시적 화자가 지켜보고 서 있는 '네 닫힌 문'은 다물어 있는 꽃봉오리를 비유적으로 표현한 부분이다. 꽃의 '닫힌 문'이 열리는 순간은 새로운 세계가 열리는 순간에 해당한다. 그리고 그 세계는 궁극적인 생명의 원천에 해당한다고 할 수 있다. '아침마다 개벽하는 꽃'의 문을 통해 시인은 세속의 삶에서 영원의 세계로 들어가는 길을 찾는다. 여인의 소망을 통해 열리는 꽃의 세계, 그 이상의 공간을 열어가는 설렘과 기대를 꽃 앞에서 서성이는 화자의 모습을 통해 형상화하고 있다.

서정주는 현실의 삶을 초월하는 심연의 세계를 '신라'라는 역사 속에서 흩어져버린 이야기들 속에서 찾고자 한다. 역사 속의 '신라'는 이미 시대의 흔적으로만 남아 있는 화석화된 공간이지만 서정주는 이 공간에 잠들어 있던 이야기 속의 주인공들에게 새로운 생명의 입김을 불어넣고 스스로 그 시공간의 영역을 넘나든다. 그러므로 서정주에게 '신라'는 역사도 아니고 특정 시대의 공간도 아니다. '신라'는 시인의 상상력 속에서 살아난 영원의 신화이다.

서정주가 빠져들었던 '신라'라는 세계를 두고, 그의 시적 관심이 반(反)역사적 지향을 드러내게 되었다고 지적된 경우도 없지 않다. 하지만 나는 그런 비판에 대해 동의하고 싶지 않다. 그 이유는 '신라'는 시인 서정주가 새롭게 발견해낸 상상력의 원천이기 때문이다. 서정주의 '신라'는 역사도 아니고 그렇다고 신화도 아니다. 그가 찾아낸 신라 이야기는 역사 인식의 폭에 의해서가 아니라 정서의 깊이에 의해서 시적 의미를 부여받는다. 그리고 불교적 성격을 다분히 내포하고 있는 신라에 대한 이야기의 세계는 윤회적인 삶과 그 내밀한 의미를 통하여 하나의 조화로운 영원의 공간으로 표상된다. 더구나 설화적 세계의 시적 수용이라는 점에서 보자면, 서정주의 상상력으로 재구되고 있는 '신라'는 신화적 원형이라는 개념을 통해서만 이해될 수 있다. 다만 서정주가 추구하고 있는 신라의 이야기가 초월적 신비감에 빠져든 경우 자기 소멸의 허무주의를 낳고 있다는 점은 지적될 필요가 있다.

동천(冬天)

나는 서정주의 수많은 작품 가운데 「동천」을 그의 대표작으로 손꼽는다. 이 작품은 그리움의 긴 시간과 먼 공간을 천일의 밤과 밤하늘의 초승달을 통해 형상화하고 있다. 이 시에서 겨울밤 하늘에 떠 있는 초승달은 님의 고운 눈썹이 된다. 화자의 심정을 헤아려 공중의 새도 그 눈썹 모양을 흉내내며 비껴 날아간다. 초승달과 님의 고운 눈썹과 새의 날갯짓이 모두 그대로 똑같은 모양이다. 인간의 마음과 자연의 현상이 서로 다른 것이 아니라 간절한 그리움 속에서 하나가 될 수 있다는 점을 말해준다. 이 시의 제목인 '동천'은 글자 그대로 '겨울 하늘'이라는 뜻을 가진다. 시의 4행에 쓰인 '동지섣달'이라는 말이 겨울이라는 계절을 표시해주고 있다. 그런데 이 시가 그려내고 있는 시적 대상은 '겨울 하늘' 자체가 아니다. 차가운 겨울 하늘을 쳐다보면서 시적 화자가 그려내고 있는 대상이 무엇인가를 찾아가는 데에 이 시를 읽는 묘미가 있다.

전체 5행으로 짤막하게 구성된 이 작품은 1행부터 5행까지 전체가 하나의 문장으로 이어져 있다. 시적 화자인 '나'를 진술의 주체로 내세운 1~3행과 '새'가 동작의 주체가 되고 있는 4~5행이 각각 서로 다른 시적 정황을 보여준다. 이 시의 짧은 형식은 시적 진술의 압축미를 잘 드러낸다. 그런데 이러한 형식적 특징에서 더 주목해야 할 것은 자연스럽게 실현되는 시적 리듬이다. 각 행을 하나의 호흡 속에서 세 마디로 끊어 읽도록 하는 3음보의 리듬이 단순 추상화된 시적 진술 속에서 실현된다. 이 리듬은 전통적인 민요의 가락에서 비롯된 것이기 때문에 전체적인 시의 분위기를 현대적 감각보다는 고전적인 것으로 바꾸어놓고 있다.

1, 2행에서 '내 마음 속 우리 님의 고운 눈썹을/즈믄 밤의 꿈으로 맑게 씻어서'라는 구절을 보면 시적 화자가 마음속에 두고 그리워하는 것은 '님'이라는 사실을 알수 있다. 그런데 님의 모습 가운데 고운 눈썹이 가장 인상적으로 마음속에 남아 있다. 화자는 님의 고운 눈썹을 밤마다 그리워한다. 즈믄 밤이란 무려 천(千) 날 밤이라는 긴 시간을 말한다. 그렇게 오랫동안 님을 생각하고 고운 눈썹을 잊지 못하는

화자의 심경이 여기에 잘 드러나 있다. 3행의 '하늘에다 옮기어 심어놨더니'라는 구절은 님의 눈썹을 하늘에 옮겨 심었다는 말이다. 이것은 시적 상상력에 의해서만 가능한 일이다. 어떻게 님의 눈썹을 하늘에 심어놓을 수 있겠는가?

여기 시적 화자가 하늘에 심어놓은 님의 고운 눈썹은 하늘에 걸린 작은 초승달을 말한다. 맑고 차가운 겨울 하늘에 작은 초승달이 떠 있다. 그걸 보는 순간 님의 고운 눈썹이 초승달과 그대로 겹쳐져 동일시된다. 초승달이 님의 눈썹 같다. 민간에서 초승달을 '눈썹달'이라고도 부른다는 사실을 생각해도 좋다. 물론 시적 진술 내용에는 초승달이라는 말을 끝까지 쓰지 않고 있다는 점도 주목해야 한다. 겨울 밤하늘에 떠 있는 작은 초승달을 보고 시적 화자가 떠올린 것이 천 일 밤을 그렸던 님의 얼굴과 그 고운 눈썹이었던 것이다.

그런데 4, 5행은 '동지섣달 날으는 매서운 새가/그걸 알고 시늉하며 비끼어 가네'라고 끝이 난다. 차가운 겨울 밤 하늘에 님의 고운 눈썹 모양으로 초승달이 떠 있다. 그때 하늘에 새 한 마리가 초승달을 비켜 날아가는 모습이 보인다. 여백을 많이 두고 있는 동양화 한 폭을 펼쳐놓은 것처럼 느껴진다. 밤하늘의 풍경에서 단순하면서도 섬세하고 감각적이면서도 기품이 느껴지는 그림이다. '그걸 알고 시늉하며'라는 표현도 놀랍다. 새가 시적 화자의 심정을 알고 있다는 뜻이다. 님의 고운 눈썹을 허공에 심어놓은 사실을 날아가는 새가 알아차릴 리가 없다. 하지만 화자는 그렇게 믿는다. 그 이유는 새가 날아가는 모습이 바로 그 눈썹의 모양을 그대로 시늉하고 있었기 때문이다.

이 작품은 1966년 5월 문예지 『현대문학』에 발표했으며, 1968년에 출간한 시집 『동천(冬天)』의 표제작으로 수록되었다.

연꽃 만나고 가는 바람같이

서정주의 시 「연꽃 만나고 가는 바람같이」는 이별의 장면을 노래한 시 가운데 절창(絶唱)의 하나로 손꼽힌다. 이별은 슬픔이고 고통이며 눈물로 표현된다. 그러나 이 시는 이별의 안타까움을 '연꽃 만나고 가는 바람'에 비유한다. 정의적 요소를 일체 배제한 채 '바람'이라는 시적 대상을 섬세한 감각을 동원하여 그려내고 있다.

여기서 특히 주목해야 할 것은 생략(ellipsis)이라는 수사의 기법을 시적으로 활용하고 있는 점이다. 전체 4연으로 구성된 시의 텍스트를 보면 각 연이 통사적으로 불완전한 문장 형태로 이루어져 있음을 확인할 수 있다. 1연의 경우 '섬섬하게,/그러나/아주 섬섬치는 말고/좀 섬섬한 듯만 하게'라는 구절은 복문(複文)의 형태에서 볼 수 있는 종속절(從屬節)에 불과하다. 이 구절의 뒤에 진술 내용의 중심을 이루는 주절(主節)이 배치되어야만 완성된 하나의 문장을 볼 수 있다. 하지만 1연은 물론이고 각 연이 모두 주절을 생략하고 있다. 그러므로 시의 의미가 모호하게 느껴진다. 이 시에서 시상의 흐름과 그 의미를 제대로 이해하기 위해서는 바로 이 생략된 주절을 모두 복원해야 한다. 이 시를 읽는 묘미도 이 생략된 주절의 복원 과정을 통하여 느낄 수 있는 것이다.

1, 2연의 경우는 시적 진술 자체가 관념적이기 때문에 생략된 주절의 내용에 대한 복원이 쉽지는 않다. 화자가 '섬섬한 듯만 하게' 어떤 일을 하고 싶다는 생각을 하고 있다. 그리고 2연에서도 '다시 만나기로 하는 이별이게' 어떤 일이 이루어지길 바라고 있음을 알 수 있다. 여기서 생략된 주절의 서술 내용은 3, 4연의 비유적 설명을 통해 구체적으로 암시된다. '만나고 가는 바람같이……'라는 구절이 한정하게 되는 서술 내용은 '바람'의 성질과 관련된다. 바람은 언제나 움직이면서 어떤 방향으로 불어간다. 그러므로 시적 화자가 '연꽃 만나고 가는 바람같이'라고 말하면서 생략하고 있는 내용은 '연꽃 만나고 가는 바람같이 떠나가기를 바란다'라는 뜻을 함축하고 있다고 생각된다.

시적 화자가 이별의 장면에서 떠올리고 있는 것은 섬섬하고 슬픈 이별이 아니다. 아주 영원히 다시 만나지 못하는 그런 이별이 아니라 내생(來生)에라도 인연이 되어 다시 만날 수 있는 그런 이별이기를 바란다. 그런데 사실은 그런 아름다운 이별이란 그리 쉽지는 않다. 시적 화자는 구체적인 이미지를 동원하여 감각적으로 이별의 장면을 다시 그려본다. 여기서 생각해낸 것이 연꽃을 스치고 지나가는 바람이다. 그윽한 향기를 머금은 채로 바람은 연꽃을 스치면서 지나간다. 꽃잎을 살짝 흔들고 연꽃의 향기를 흩어버리기는 하지만 아픈 상처를 남기지 않는다. 바람도 그 품안에 연꽃의 향기를 안은 채 지나간다. 바람은 연꽃과의 만남을 그윽한 향기로움으로만 기억하게 될 것이다. 이 시에서 연꽃과 바람은 시각적 감각과 후각적 감각을 교묘하게 통합시켜놓고 있는 절묘한 공감각의 이미지를 구성하고 있다. 이별의 아름다움을 이토록 향기롭게 그려낸 장면을 달리 어디서 찾아볼 수 있을까?

오 장 환

吳章煥 1918~ ?

1918년 5월 15일 충북 보은에서 출생했다. 어린 시절에 경기도 안성으로 이주하여 1930년 안성보통학교를 졸업하였고, 서울 휘문고등보통학교에서 수학하면서 시인 정지용의 지도를 받았다. 1933년 휘문고등보통학교 재학 중 교지 『휘문』에 「아침」「화염」과 같은 시를 발표하였고 『조선문학』에 「목욕간」을 발표하면서 시에 대한 관심을 보였다. 이후 일본에 유학하여 도쿄 메이지대학 (明治大學) 전문부를 중퇴하였다.

1936년 서정주, 김동리, 김달진, 여상현, 함형수 등과 『시인부락』 동인으로 참여하면서 창간호에 시 「성벽(城壁)」「정문(旌門)」 등을 발표했고, 같은 해에 동인지 『낭만』에 「고향」「어두운 방」 등을 발표했다. 이듬해 『자오선』 동인으로 참여하여 「황무지(荒蕪地)」「선부(船夫)의 노래」를 발표했다. 이 시

기의 시는 고향에 대한 그리움을 노래하거나 낡은 전통과 제도와 윤리를 부정하면서 서정적 감성과 지적 성찰을 동시에 드러내고 있다. 1937년 첫 시집 『성벽』을 발간했다. 이 시집에 수록된 「월향구천곡(月香九天曲)」「여수(旅愁)」「매음부(賣淫婦)」「병실(病室)」「성씨보(姓氏譜)」 등은 때 묻은 구시대의 유물과 병든 도시의 뒷골목 인생에 대한 부정과 비판을 노래하고 있는데, 시인의 진보적 현실 인식이 자리 잡고 있다.

1939년 발간한 둘째 시집 『헌사(獻詞)』에는 「나의 노래」「석양」「체온표」「The Last Train」「무인도」「헌사」「적야(寂夜)」 등이 수록되어 있다. 이 시집은 오장환 자신이 1938년부터 설립 운영한 소규모 출판사 남만서방(南蠻書房)에서 출판한 것이다. 이 출판사에서는 김광균 시집 『와사등』, 서정주

첫 시집 『화사집』을 출판하기도 했다. 1940
년 『인문평론』에 발표한 시 「신생의 노래」에
서부터 초기 시의 경향을 극복하고, 당대
현실을 직시하는 시편들을 발표하기 시작
했다.

　1945년 광복 후에는 좌익 문단 조직인
조선문학가동맹에 가담하여 활동했다. 광
복 후에는 일제 말까지 썼던 시를 모은 『나
사는 곳』(1947)과 해방된 조국의 현실 문제
에 민감하게 대응하는 시들을 묶어 『병든
서울』(1946)을 간행하였다. 이 시기에 발표
한 「병든 서울」이나 「승리의 날」과 같은 작품
은 새로운 조국 건설이라는 목표를 앞두고
있는 현실의 열악한 상황을 비판하면서 민
중의 승리를 열망하는 목소리가 잘 드러나
있다. 1947년 무렵 월북했으며 남한에서 당
한 테러로 생긴 부상 치료를 위해 모스크바
까지 갔다가 그곳에서 1951년 사망한 것으
로 알려져 있다.

　오장환의 시의 세계는 시적 주체로서 그
존재를 가능하게 했던 고향으로부터 출발
한다. 오장환에게 있어 고향은 단순한 회고
취향의 산물이 아니며, 감상적인 동경의 대
상도 아니다. 그것은 삶의 근원을 다스리는
영역에 속한다. 오장환은 지나치게 완고한
유교적 전통과 관습을 고향을 내걸고 부정
하기도 하며, 부박한 도시의 인정과 항구의
문물을 비판적으로 바라보며 고향을 통해
그릴 수 있는 공동체의 세계를 꿈꾸기도 한
다. 물론 고향에 대한 동경과 부모에 대한
사랑이 간절한 그리움 그 자체로 표현하기
도 한다. 고향은 그의 시의 가장 근원적인
공간이었던 것이다.

우리 시 깊이 읽기

정문(旌門)

　　열녀를 모셨다는 정문(旌門)은 슬픈 울 창살로는 음산한 바람이 스미어들고 붉고 푸르게 칠한 황토 내음새 진하게 난다. 소저(小姐)는 고운 얼굴 방 안에만 숨어 앉아서 색시의 한 시절 삼강오륜 주송지훈(朱宋之訓)을 본받아왔다. 오, 물레 잣는 할멈의 진기한 이야기 중놈의 과객의 화적의 초립동이의 꿈보다 선명한 그림을 보여줌이여. 시꺼먼 사나이 힘세인 팔뚝 무서운 힘으로 으스러지게 안아준다는 이야기 소저에게는 몹시는 떨리는 식욕이었다. 소저의 신랑은 여섯 해 아래 소저는 시집을 가도 자위하였다. 쑤군쑤군 지껄이는 시집의 소문 소저는 겁이 나 병든 시에미의 똥맛을 핥아보았다. 오, 효부라는 소문의 펼쳐짐이여! 양반은 조금이라도 상놈을 속여야 하고 자랑으로 누르려 한다. 소저는 열아홉. 신랑은 열네 살. 소저는 참지 못하여 목매이던 날 양반의 집은 삼엄하게 교통을 끊고 젊은 새댁이 독사에 물리려는 낭군을 구하려다 대신으로 죽었다는 슬픈 전설을 쏟아내었다. 이래서 생겨난 효부 열녀의 정문 그들의 종친은 가문이나 번화하게 만들어보자고 정문의 광영을 붉게 푸르게 채색하였다.

　　이 시의 제목인 '정문'이란 조선시대 국가에서 충신, 효자, 열녀 등 도덕과 행실에 모범이 되는 사람을 널리 표창하고자 그 사람이 사는 마을 입구나 집 문 앞에 세우던 붉은 문을 말한다. 시의 부제로 '廉洛 烈女不更二夫 忠臣不事二君'이라는 한문구가 붙어 있다. 여기에 쓰인 '염락(廉洛)'이란 말은 송(宋)나라 때 학자인 주돈이(周敦頤)와 정호(程顥)·정이(程頤)를 대표하여 부르는 말인데 이들이 살던 지역 명칭이 각각 염계(廉溪)와 낙양(洛陽)인 데서 유래했다고 한다. 보통은 성리학에 밝은 학자들이 많은 지역을 가리키기도 한다. 열녀불경이부(烈女不更二夫)는 열녀란 두 남편을 따르지 않는다는 말이며, 충신불사이군(忠臣不事二君)은 충신은 두 임금을 섬기지 않는다는 뜻이다.

이 시는 마을의 어느 집 앞에 세워진 정문(旌門)의 유래를 설명적 서사의 방식으로 간략하게 진술하고 있다. 첫 문장부터 정문에 얽힌 사연을 암시하는 색채와 창살 모양을 시각적 이미지를 통해 그려낸다. 전반부에서는 소저(小姐)의 어린 시절을 보여준다. '한 시절 삼강오륜 주송지훈(朱宋之訓)을' 본받아야 한다는 엄격한 훈도를 따랐던 것을 설명한다. 여기서 '주송지훈'이란 주자학을 말한다. 하지만 소저는 물레 잣는 할멈의 이야기를 통해 삶의 색다른 경험을 배운다. '중놈의 과객의 화적의 초립동이'의 이야기라든지, '시꺼먼 사나이 힘세인 팔뚝 무서운 힘으로 으스러지게 안아준다는 이야기'를 통해 규방의 닫힌 공간에서는 전혀 알 수 없는 민중들의 생생한 삶의 현장을 알게 된다. 그리고 여성으로서의 자신의 정체성도 키우게 된다.

이 시의 후반부는 소저의 결혼 이후의 이야기가 펼쳐진다. 소저는 여섯 살이나 아래인 신랑에게 시집을 간다. 아무것도 모르는 어린 남편과 살면서 소저는 혼자서 자위를 한다. 이런저런 소문이 수상하게 나돌자 소저는 시에미의 똥을 핥는 시늉도 하면서 자신의 본능을 억제하고자 한다. 소저는 혼자 괴로워하다가 끝내 목을 매달아 자살한다. '양반의 집은 삼엄하게 교통을 끊고 젊은 새댁이 독사에 물리려는 낭군을 구하려다 대신으로 죽었다는 슬픈 전설을 쏟아내었다.' 열녀의 행실로 위장된 소저의 죽음 뒤에 정문이 세워진다.

이 시는 명분만을 내세우면서 위선과 허세를 감추고 있는 '정문'의 사연을 그대로 파헤치고 있다는 점에서 조소와 비판의 어조가 강하게 드러난다. 동시대의 모더니스트 시인들이 도시 문명이 드러내는 모더니티의 문제성을 그려내고자 했던 점과는 달리 오장환은 낡은 전통이라든지 도덕이나 인습이라는 것에 대한 비판과 해체의 방법을 시적으로 형상화하고 있다.

1936년 『시인부락』 창간호에 발표했는데 시인 오장환의 시적 지향과 그 특징을 말해주는 초기 시의 대표작 가운데 하나이다. 첫 시집 『성벽(城壁)』에 수록되어 있다.

성씨보(姓氏譜)

　　내 성(姓)은 오씨(吳氏). 어째서 오가(吳哥)인지 나는 모른다. 가급적으로 알
리워주는 것은 해주(海州)로 이사 온 일 청인(一淸人)이 조상이라는 가계보(家
系譜)의 검은 먹글씨. 옛날은 대국 숭배를 유심히는 하고 싶어서, 우리 할아
버지는 진실 이가(李哥)였는지 상놈이었는지 알 수도 없다. 똑똑한 사람들은
항상 가계보를 창작하였고 매매하였다. 나는 역사를, 내 성을 믿지 않아도
좋다. 해변가로 밀려온 소라 속처럼 나도 껍데기가 무척은 무거웁고나. 수
통하고나. 이기적인, 너무나 이기적인 애욕을 잊을랴면은 나는 성씨보(姓氏
譜)가 필요치 않다. 성씨보와 같은 관습이 필요치 않다.

　　오장환은 '나는 성씨보가 필요치 않다. 성씨보와 같은 관습이 필요치 않다.'라고
선언함으로써 스스로 자신을 억누르고 있는 유교적 관습과 전통을 부정한다. 이런
부정은 자기 존재에 대한 근원적인 회의를 바탕으로 하는 것이지만, 그는 결코 절
망적이거나 퇴폐적인 감정에 빠져들지는 않는다. 오히려 그는 이 같은 인습을 벗어
던지고 고향을 벗어나 홀로 떠돌면서 비애의 현실을 새롭게 발견하는 것이다.
　「성씨보」에는 '오래된 관습 그것은 전통을 말함이다.'라는 부제가 붙어 있다. 낡
은 제도와 인습을 거부하는 시인 오장환이 가장 먼저 떨쳐버리고자 한 것은 자신의
존재를 혈족의 역사를 통해 규정해주던 '성씨보'였다. 여기서 '성씨보'는 시적 텍스
트에서 진술하고 있는 그대로 해주(海州) 오씨(吳氏)의 유래를 보여준다. 중국에서
해주로 들어온 청인(淸人)이 조상이라고 적은 것부터 대국을 섬기던 조상들의 태도
를 비판적으로 인식하고 있음을 엿볼 수 있는 대목이다. 하지만 시의 화자는 '우리
할아버지는 진실 이가(李哥)였는지 상놈이었는지 알 수도 없다.'라고 밝힌다. 그리
고 겉으로 번지르르한 가문이니 족보니 성씨니 하는 것들을 모두 벗어던져 버리게
된다.

전통적으로 성(姓)은 그 사람이 태어난 부계 혈통의 표지(標識)이다. 신분의 변화가 생겨도 성은 바꾸지 못하는 것이 하나의 관습법이다. 하지만 오장환은 이 시에서 자기 혈통의 근본에 해당하는 성씨가 필요치 않다고 말한다. 물론 이것은 실질적인 삶의 현실이나 조건과는 관계없이 혈족의 전통이나 권위만 내세우려고 하는 태도에 대한 비판이라고 할 수 있다. 이 특이한 자기 존재에 대한 부정은 오장환이 가지고 있던 현실 자체 대한 비판적 인식의 출발점에 해당한다. 그는 철저하게 자신을 부정하면서 '이기적인 애욕'으로부터 벗어나 식민지 현실의 모순에 적극적으로 대응하고자 했던 것이다.

이 시는 1936년 『시인부락』에 발표했으며, 첫 시집 『성벽』에 수록되어 있다.

우리 시 깊이 읽기

고향 앞에서

흙이 풀리는 내음새
강바람은
산짐승의 우는 소릴 불러
다 녹지 않은 얼음장 울멍울멍 떠나려 간다.

진종일
나룻가에 서성거리다
행인의 손을 쥐면 따듯하리라.

고향 가차운 주막에 들러
누구와 함께 지난날의 꿈을 이야기하랴.
양귀비 끓여다 놓고
주인집 늙은이는 공연히 눈물지운다

간간히 잿내비 우는 산기슭에는
아직도 무덤 속에 조상이 잠자고
설레는 바람이 가랑잎을 휩쓸어간다.

예제로 떠도는 장꾼들이여!
상고(商賈)하며 오가는 길에
혹여나 보셨나이까.

전나무 우거진 마을
집집마다 누룩을 디디는 소리, 누룩이 뜨는 내음새……

오장환의 시 「고향 앞에서」는 고향에 대한 간절한 그리움을 노래한다. 시적 주체가 되는 '나'는 고향을 벗어나 먼 타관을 떠돌고 있다. 고향과의 거리만큼 고향에 대한 그리움의 감정이 늘어나고, 그리움의 정서가 언어에 대한 절제 없이 시를 통해 표현되고 있다. 이 같은 시적 정황의 설정을 텍스트의 외부로 확장하면 쉽게 당대의 현실 문제와 직결되어 그 특징이 설명될 수 있다.

이 작품은 전체 6연으로 구성되어 있는데, 1연은 긴 겨울이 지나고 해동이 되기 시작한 이른 봄 강가를 시적 배경으로 내세우고 있다. 여기서 '강'은 시적 화자인 '나'와 그리운 고향을 공간적으로 구획하는 경계가 된다. 화자는 강을 건너 고향으로 돌아가지 못하고 강가 나루터에 서서 강을 건너오는 행인 가운데 고향 소식을 전해들을 수 있을지 기대하고 있다. 추운 겨울이 지나고 해동하면서 강물이 풀리는 정황과 함께 고향 소식을 기대하는 화자의 심정이 어울린다. 여기서 봄이 오는 느낌은 후각적 이미지(흙냄새), 시각적 이미지(얼음장), 청각적 이미지(산짐승의 우는 소리)의 공간적 배치를 통해 감각적으로 그려지고 있다. 2연은 시적 화자인 '나'의 쓸쓸한 모습을 보여준다. '나'는 강가 나루터에서 진종일 서성거리면서 혹시 고향 소식을 전해들을 수 있는 행인을 만날 수 있을까 기대한다. 그러나 아무도 만나지 못한 채 발길을 돌릴 수밖에 없다.

3, 4연에서 시적 배경을 이루는 공간이 바뀐다. 나루터에서 서성대던 화자는 고향 근처의 주막에 머물게 된다. 주인집 늙은이는 양귀비 끓인 물을 앞에 두고 '나'의 고향 이야기를 들으면서 눈물을 흘린다. 이어지는 4연은 쓸쓸하고 황량한 산골의 정경을 그려놓고 있다. 산기슭에 조상의 무덤이 지금도 그대로 있지만 바람이 가랑잎을 휩쓸어갈 뿐이다.

5, 6연은 고향 소식을 듣지 못하는 화자의 안타까운 심경을 그려놓고 있다. 이곳 저곳을 떠돌며 장사하는 장사꾼들이 혹시나 자기 고향을 가보았는지 묻고 있다. 전나무가 늘어선 고향 마을, 집집마다 누룩을 디디고 누룩이 뜨는 냄새가 풍겼던 정겨운 고향 마을이다. 그러나 이 마을은 지금 어디에도 찾을 수 없다. 고향은 시적 화자에게 누룩 디디는 소리와 누룩 뜨는 냄새의 구수함을 통해 감각적으로 기억되고 있을 뿐이다.

이 시에서 그려내고 있는 잃어버린 고향에 대한 사무친 그리움은 시적 화자의 고향 상실이라는 개인적 체험과 관련된다. 그러나 이 상실의 아픔은 일제강점기에 삶의 터전을 빼앗기고 타관 객지를 떠돌던 유랑민의 고통과 연결된다는 점도 주목할 필요가 있다. 이 시에서 시인이 노래하고자 한 것은 고향으로의 귀환 자체를 의미하는 것은 아니다. 그는 고향을 찾듯이 자기 존재의 근원 자체가 조화롭게 회복될 수 있기를 소망하고 있다. 이것은 시인으로서의 자기 위치와 그 현실적 조건을 민족의 처지와 동일한 차원에서 인식하고 있음을 말해주는 것이다.

이 시는 『인문평론』(1940.4)에 발표했을 때 원제가 「향토망경시(鄕土望景詩)」였다. 해방 직후 시집 『나 사는 곳』(헌문사, 1947)에서 수록하면서 「고향 앞에서」로 개제했다.

다시 미당리(美堂里)

돌아온 탕아(蕩兒)라 할까
여기에 비하긴
늙으신 홀어머니 너무나 가난하시어

돌아온 자식의 상머리에는
지나치게 큰 냄비에
닭이 한 마리

아직도 어머니 가슴에
또 내 가슴에
남은 것은 무엇이냐.

서슴없이 고깃점을 베어 물다가
여기에 다만 헛되이 울렁이는 내 가슴
여기 그냥 뉘우침에 앞을 서는 내 눈물

조용한 슬픔은 아련만
아 내게 있는 모든 것은
당신에게 받히었음을……

크나큰 사랑이여
어머니 같으신
받히옴이여!

우리 시 깊이 읽기

그러나 당신은
언제든 괴로움에 못 이기는 내 말을 막고
이냥 넋이 없는 눈물로 싸주시어라.

　　오장환의 「다시 미당리」는 고향과 어머니를 소재로 삼고 있다. 시적 화자인 '나'
는 고향집에서 늙으신 홀어머니의 가난한 모습과 마주하고 있다. 오장환의 시에서
자주 볼 수 있었던 고향 상실이라든지 유랑의 모티프와는 달리 고향으로의 회귀를
보여주고 있다. 여기서 존재의 근원이라고 할 수 있는 '고향'으로의 회귀는 시적 주
체의 재발견이라는 적극적인 의미로 평가할 만하다. 이 시에서 '고향'과 '어머니'는
단순한 그리움의 대상이 아니라 존재의 근원에 해당하기 때문이다.
　　이 시의 텍스트는 전체 7연으로 구성되어 있으며, 각 연은 3행씩 이어진다. 시
의 제목에 표시된 '미당리'가 시인의 고향임을 짐작할 수 있다. 1연에서는 고향에
돌아온 아들과 가난한 홀어머니가 대면하고 있다. 시적 화자는 자신을 '탕아(蕩兒)'
라고 규정하면서 어머니의 늙으신 모습이 안타깝다. 2, 3, 4연은 아들을 위해 어머
니가 차리신 밥상이 그려진다. 어머니는 아들을 위해 닭 한 마리를 잡아 큰 냄비에
담아 상머리에 올려놓고 있다. 이것은 아들을 위한 어머니의 사랑과 정성의 표시이
다. 시적 화자는 서슴없이 고기 한 점을 베어 물다가 가슴에 울컥 무언가 치밀어 오
르는 것을 느낀다. 고향을 떠나 객지를 떠돌던 서러움도 있었겠지만 어머니를 제대
로 모시지 못한 자식의 불효됨에 대한 후회의 마음이 가슴을 메이게 했던 것이다.
어머니의 가슴에는 여전히 아들이 안쓰럽고 사랑스럽지만 아들은 어머니 앞에 죄
스러울 뿐이다.
　　이 시의 후반부에 해당하는 5~7연은 어머니의 끝없는 사랑을 받고 있는 아들의
심정을 그려낸다. '아 내게 있는 모든 것은/당신에게 받히었음을……'은 시적 화자
가 어머니로부터 받은 육신과 사랑을 모두 일러두는 대목이다. 여기서 '받히었음'
이라는 말을 새로 만든 시선집에서 대부분 '바치었음'으로 고친 것은 잘못이라고 생
각한다. '바치다'로 고칠 경우에는 시적 화자인 '나'를 주체로 하여 모든 것을 어머
니께 드린다는 뜻이 되고 만다. 이 말은 '받다'에 '피동형'을 표시하는 '히'를 붙인 셈

인데 현대국어의 표기법에서는 어긋난다. 하지만 '받게 되다'의 뜻을 강조하기 위해 만든 말이라고 할 수 있다. 6연의 '크나큰 사랑이여/어머니 같으신/받히옴이여!'에서도 마찬가지다. 어머니와 같은 큰 사랑을 받게 되었음을 강조하여 말하고 있는 대목이다.

이 시에서 시상의 결말에 해당하는 7연은 어머니가 '나'의 괴로움에 못 이겨 하는 말을 눈물로 가로막는 장면이 그려진다. 어머니는 아들 앞에서 눈물을 하염없이 흘리신다. 그 눈물 때문에 아들은 자신의 후회스러운 이야기를 더 늘어놓을 수가 없다. 어머니는 '언제든 괴로움에 못 이기는 내 말을 막고/이냥 넓이 없는 눈물로 싸주시어라.'라는 표현은 이 시에서 그려낸 장면 가운데 가장 감동적인 부분이다. '넓이 없는 눈물'이라는 표현 속에는 여러 가지 복잡한 정서가 함축되고 있다. '눈물은 넓이가 없다'라고 고쳐놓고 보더라도 그 함의를 밝혀내기가 쉽지 않다. 눈물은 많고 적음을 따지는 부피가 있을지 모르지만 시인은 오히려 그 넓이를 생각해 낸다. 괴로움에 못 이기는 아들을 감싸주는 것이 어머니의 눈물이기 때문이다. 오장환의 빼어난 시적 감각을 말해주는 표현이다. 이 한 구절로서 「다시 미당리」는 오장환이라는 시인의 이름에 값한다. 어머니가 아들을 위로하면서 '넓이 없는 눈물'로 감싸주고 있다. 이것은 아들에 대한 어머니의 무한히도 넓은 사랑의 시적 표현이기도 하다. 여기서 어머니는 감동적으로 묘사되고 있는 시적 정황을 통해 그 존재의 의미가 더욱 크고 분명하게 드러나고 있는 셈이다.

이 시는 해방 직후 종합지 『대조(大潮)』(1947.7)에 발표했으며 시집 『나 사는 곳』(현문사, 1947)에서 수록했다.

백 석

白石 1912~1995

　백석의 본명은 기행(夔行)이다. 평북 정주 태생으로 1929년 정주 오산고등보통학교를 졸업하였다. 1930년 『조선일보』 신년 현상 문예에 단편소설 「그 모(母)와 아들」이 당선된 후 조선일보사가 후원하는 장학금을 받아 일본으로 유학하여 도쿄 아오야마학원 대학 영어사범과에서 수학했다. 1934년 대학을 졸업한 후 귀국하여 조선일보사 출판부에 입사하였으며 1935년 조선일보사 출판부에서 발간하게 된 월간 종합잡지 『조광』의 창간 작업에 참여하였다.

　1935년 8월 30일 『조선일보』에 시 「정주성(定州城)」을 발표한 후 본격적인 시 창작 활동을 시작하면서 「주막」 「여우난골족」 등을 잇달아 발표하였다. 1936년 자가본으로 시집 『사슴』을 한정판으로 간행하였다. 이 시집에 수록한 작품들은 대체로 시인의 고

향인 평안도 지역의 풍습을 소재로 하여 소박한 민중의 삶과 거기에 깃들여 있는 토속적 정서를 표현하고 있다. 이해에 조선일보사를 사직하고 함흥 영생고보의 영어 교사로 부임하였다. 1938년까지 함흥에서 생활하는 동안 「고야」 「남행시초(연작)」 「함주시초」 「바다」 등을 발표하였으며, 교직을 사임하고 경성으로 돌아온 뒤 「산중음(연작)」 「석양」 「고향」 「나와 나타샤와 흰 당나귀」 등을 남겼다. 1940년 만주로 옮겨가서 만주국 국무원 경제부의 말단 직원으로 근무하다가 창씨개명의 압박이 계속되자 자리에서 물러났으며 1942년 만주 안둥(安東) 세관에서 일하기도 했다. 이 시기에 「목구」 「북방에서」 「귀농」 「국수」 「흰 바람벽이 있어」 등을 발표하였다.

　1945년 해방이 되자 고향인 정주로 돌아

왔다. 1947년 북조선문학예술총동맹 외국
문학 분과위원으로 러시아 문학을 번역하
는 일에도 참여하였다. 이 무렵 시 「적막강
산」 「남신의주 유동 박시봉방」 등이 친구인
소설가 허준의 주선으로 서울 잡지에 실렸
다. 1949년 솔로호프의 『고요한 돈강』을 번
역 출간한 후부터 소련 문학의 번역 작업에
몰두하였다. 1956년 조선작가동맹 기관지
『문학신문』의 편집위원으로 위촉되었고 『아
동문학』 편집위원을 맡았으며, 1957년 동시
집 『집게네 네 형제』를 정현웅의 삽화를 넣
어 간행하였다. 1959년 양강도 삼수군의 국
영협동조합에서 일하면서 시를 발표하기도
하였지만 1960년대 중반 이후부터 창작 활
동을 중단 당한 후 1996년 사망한 것으로
알려졌다.

백석의 시에서 볼 수 있는 시적 공간은
대체로 고향의 토속적인 풍물로 채워져 있
다. 이것은 고향이라는 공간과 갖가지 풍
물에 대한 체험이 그만큼 시인의 의식 속에
강렬하게 작용하고 있음을 뜻한다. 시적 공
간으로서의 고향은 어린 시절의 체험을 바
탕으로 재구성되어 있다는 점에서 과거 지
향적이라고 할 수 있다. 하지만 이것은 단
순한 회고 취향에 머물러 있는 것이 아니
다. 그 이유는 현실 속에서 절실하게 추구
되고 있는 삶의 의미가 그 속에 담겨 있기
때문이다. 백석은 고향의 풍물과 토속적인
인간미를 그의 시를 통해 구체적으로 형상
화하면서 현실의 삶 가운데 훼손된 인간적
가치와 그 회복에 대한 의지를 보여주고 있
다.

멧새 소리

처마 끝에 명태를 말린다
명태는 꽁꽁 얼었다
명태는 길다랗고 파리한 물고긴데
꼬리에 길다란 고드름이 달렸다
해는 저물고 날은 다 가고 별은 서러웁게 차갑다
나도 길다랗고 파리한 명태다
문턱에 꽁꽁 얼어서
가슴에 길다란 고드름이 달렸다

나는 이 시를 학생들과 읽으면서 시의 제목을 왜 '멧새 소리'라고 했는지 생각하면서 텍스트를 음미하라고 당부하곤 한다. 이 시의 텍스트는 전체 8행으로 이어지는데, 시상의 흐름은 1~4행의 전반부와 5~8행의 후반부로 크게 나누어진다. 시의 텍스트를 좀 더 자세히 검토해보면 전반부에서는 감각적인 언어를 바탕으로 선명한 이미지를 통해 대상인 '명태'를 시적으로 형상화하고 있다. 시적 화자의 주관적 감정을 일절 드러내지 않은 채 대상을 감각적이면서도 사실적으로 제시한다. 후반부에서는 시적 화자인 '나'의 심경을 서술함으로써 화자의 시선이 주관적 세계로 고정되고 있다. 다시 말하자면 시적 화자의 시선이 객관적 외부 세계에서 주관적인 내면세계로 그 방향을 바꾸고 있다고 할 수 있다. 처마 끝에 매달아 말리고 있는 명태는 추운 날씨 때문에 꽁꽁 얼어 있다. 길다란 모양에 파리한 빛깔이 나돈다. 명태 꼬리에 고드름이 맺혀 있다. 그런데 5행의 '해는 저물고 날은 다 가고 별은 서러웁게 차갑다'라는 구절에서부터 시적 진술의 방법이 바뀐다. 시적 화자가 주체와 대상의 거리를 허물어버린다. 이 구절을 통해 표현된 시적 감각과 정서가 주체와 대상의 합일을 매개하는 셈이다. 그리고 바로 뒤에서 '나도 길다랗고 파리한 명태다'라고 진술함으로써 주제로서의 '나'와 대상으로서의 '명태'를 서로 동일시한다. 시의 후반부에서는 '명태'라는 시적 대상을 통해 구체적으로 형상화되었던 외부 세계가 내면화한다. 시적 주체인 '나'의 모습에 '명태'의 형상을 겹치면서 주체와 대상의 정서적 합일의 경지에 이르게 되는 것이다.

이 시에서 시적 화자가 왜 자신을 '명태'라고 규정하고 있는가에 대해서는 시를 읽는 독자마다 다른 생각을 가질 수가 있다. 명태처럼 마르고 파리하게 생겼다는 자신의 외양만을 생각했을 수도 있고, 처마 끝에 매달린 '명태'처럼 꽁꽁 언 채로 문턱에 매달려 있는 자신을 빗댄 것일 수도 있다. 물론 이 두 가지 사실이 모두 '명태'라는 비유에 부합된다. 나는 시적 화자가 문턱에 매달려 있는 까닭은 누군가를 기다리고 있기 때문이라고 생각한다. 추운 겨울날에 누군가의 소식을 기다리면서 매일 문턱에 매달려 있으니 명태처럼 꽁꽁 얼어버릴 것은 당연하다. 누구를 기다리고 있는 것일까?

여기서 이 시의 제목이 왜 '멧새 소리'인가라는 질문에 대해서도 다시 함께 생각해볼 수 있다. 이 시의 텍스트에는 '멧새'라는 대상이 나타나 있지 않다. 하지만 시적 화자가 문턱에 매달려 추운 날씨에 꽁꽁 언 채로 누군가를 기다리고 있다고 생각해보자. '해는 저물고 날은 다 가고 볕은 서러웁게 차갑다'. 기다리는 사람은 오지 않고 아무런 소식도 없다. 그런데 차가운 겨울날 저물녘에 적막 속에 들려오는 것이 작은 멧새 소리다. 멧새 소리는 누군가를 기다리는 시적 화자의 간절한 심정이 만들어낸 일종의 환청일지도 모른다. 이 멧새 소리를 시적 텍스트의 행간 안으로 끌어들였다면 아마도 모든 관심이 여기에 집중되었을 것이다. 시인은 멧새 소리를 텍스트의 바깥으로 밀어낸 채 시적 관심이 '나'에게 집중되도록 만든다. 기다림에 지쳐 있는 화자의 모습이 더욱 애처롭게 느껴지는 까닭이 여기 있다. 이 '멧새 소리'는 사랑하는 사람이 멀리에서 보내온 반가운 소식일까?

칠월 백중

마을에서는 세 벌 김을 다 매고 들에서

개장 취념[1]을 서너 번 하고 나면

백중 좋은 날이 슬그머니 오는데

백중날에는 새악시들이

생모시치마 천진푀치마[2]의 물팩치기[3] 껑추렁한 치마에

쇠주푀적삼[4] 항라적삼의 자지고름이 기드렁한[5] 적삼에

한끝나게[6] 상나들이옷[7]을 있는 대로 다 내 입고

머리는 다리[8]를 서너 켜레씩 들어서

시뻘건 꼬둘채댕기[9]를 삐뚜룩하니 해 꽂고

네날백이[10] 따배기신을 맨발에 바꿔 신고

고개를 몇이라도 넘어서 약물터로 가는데

무썩무썩 더운 날에도 벌 길에는

건들건들 시원한 바람이 불어오고

허리에 찬 남갑사 주머니에는 오랜만에 돈푼이 들어 즈벅이고

---

1 개장 취념 : 개장국을 끓여 먹기 위해 몇몇이 개장국을 끓여 먹는 비용을 나누어 내는 일을 말함. 여기서
  '취념'은 추렴(出斂)에서 온 말이다.

2 천진푀치마 : 중국 천진(天津)에서 생산된 고급 베(천진포)로 만든 치마.

3 물팩치기 : 무릎에 닿을 정도로 짧은 옷. '물팩'은 무릎을 말함.

4 쇠주푀적삼 : 중국 소주(蘇州)에서 생산된 고급 베(소주포)로 만든 적삼.

5 기드렁하다 : 아래로 늘어져 길쭉하다.

6 한끝나게 : 한껏 할 수 있는 데까지.

7 상나들이옷 : 가장 좋은 나들이옷.

8 다리 : 숱이 적은 여자들이 덧대는 꼭지를 맨 딴 머리털. '월자(月子)' 또는 '월이(月伊)'라고도 하는 가발의
  일종이다.

9 꼬둘채댕기 : 가늘고 길게 만든 빳빳하게 꼬드러진 댕기.

10 네날백이 : 세로줄을 네 가닥 날로 짠 짚신.

광지보[11]에서 나온 은장도에 바늘집에 원앙에 바둑에

번들번들하는 노리개는 스르럭스르럭 소리가 나고

고개를 몇이라도 넘어서 약물터로 오면

약물터엔 사람들이 백재일치듯[12] 하였는데

봉가집[13]에서 온 사람들도 만나 반가워하고

깨죽이며 문주며 섶가락 앞에 송구떡을 사서 권하거니 먹거니 하고

그러다는 백중물을 내는 소내기를 함뿍 맞고

호주를 하니[14] 젖어서 달아나는데

이번에는 꿈에도 못 잊는 봉가집에 가는 것이다

봉가집을 가면서도 칠월 그믐 초가을을 할 때까지

평안하니 집살이를 할 것을 생각하고

애끼는 옷을 다 적시어도 비는 시원만 하다고 생각한다

백석의 시 「칠월 백중」은 소박하면서도 생명력이 넘쳐 흐르는 농민들의 삶의 모습을 토속적 어휘를 통해 감각적으로 형상화하고 있다. 이 시는 다채로운 시적 심상을 활용하여 시적 공간을 감각적으로 확장하면서 그 속에 고향이라는 원초적인 체험의 공간을 새롭게 구성해놓는다. 이러한 시의 방법은 한국의 근대시가 감각적으로 섬세해지고 정서적으로 깊이를 가지게 하는 데에 크게 기여한 것으로 생각된다.

시의 제목인 '칠월 백중(七月 百中)'은 음력 7월 보름 명절을 말한다. 백종(百種) 혹은 백중(百衆)이라고도 했고 중원(中元)이라고도 칭했다. 백중은 불가(佛家)의 우란분회(盂蘭盆會), 또는 우란분재(盂蘭盆齋)라고 하는 의식에서 비롯되었다고 한다. 불경 가운데 『우란분경(盂蘭盆經)』이라는 경전이 있다. 이 경전은 부처님의 수제자인 목건련(目犍連), 즉 목련존자의 덕을 기리는 내용으로 이루어져 있다. 목련존자

---

11 광지보 : 광주리 보자기.
12 백재일치듯 : '백차일(白遮日) 치듯'. 햇빛을 가리기 위해 하얀 휘장을 친 것처럼 흰옷 입은 사람들이 많이 모인 모양을 비유한 말.
13 봉가집 : 친정집.
14 호주를하니 : 물기에 촉촉히 젖어 옷이 후줄근하게 되어.

는 부처님의 믿음으로 열린 혜안(慧眼)을 얻게 되었다. 그는 돌아가신 자기 어머니가 극락으로 가지 못하고 아귀보(餓鬼報)를 받아 심한 고통을 겪고 있는 모습을 발견했다. 목련은 자신의 신통력을 발휘하여 어머니를 아귀의 고통으로부터 구원하려고 하였다. 하지만 어머니의 업(業)이 두터워 자신의 힘으로는 구원할 수가 없었다. 목련은 부처님께 어머니를 구원할 수 있는 방법을 일러줄 것을 간청하였다. 부처님은 수행승들이 하안거를 마치는 자자일(自恣日)에 해당하는 음력 7월 15일에 부처님과 승려에게 백 가지의 음식과 다섯 가지의 과일 등을 정성스럽게 공양을 올리면 비원(悲願)을 이루는 것은 물론 돌아가신 어머니도 천계(天界)의 복락을 누리게 된다고 하였다. 이 가르침을 받은 목련은 부처님의 말씀을 그대로 받들어 실천함으로써 아귀도에 떨어진 어머니를 구원하였다. 이것이 우란분재의 시초다. 이 특이한 불교 의식은 중국을 거쳐 우리나라에도 삼국시대부터 전래하였고 고려시대의 경우에는 실제의 의례 내용을 소개하는 문헌 자료도 많이 남아 있다. 오늘날에도 불가의 우란분회는 음력 7월 15일에 갖은 음식과 과일을 마련하고 많은 사람들이 모여 조상의 영혼을 천도하기 위한 의식으로 거행된다. 4월 초파일 '부처님 오신 날'에 연등을 공양하여 부처의 탄생을 축하하는 것과 비슷하게 우란분절에는 백등(白燈)을 밝혀 죽은 조상을 추모한다. 이러한 의식이 민가에도 전해져 칠월 보름날을 '망혼일(亡魂日)'이라고 하여 조상 차례를 지내기도 했다.

그렇지만 우리네가 알고 있는 칠월 백중은 불가의 의식과는 거리가 멀다. 백중은 세시풍속으로 반복되면서 널리 세속화되었기 때문이다. 예전의 세시풍속을 보면 음력에 따라 24절기로 나뉘어 해마다 반복되는 것이 특징인데 그 가운데 백중은 아주 중요한 세시풍속의 하나였다. 농촌 생활에서는 봄에 모내기를 끝낸 후에는 여름철이 되기까지 밭과 논의 김매기에 가장 바쁘게 지낸다. 그런데 음력 7월 보름 무렵이면 세 벌 김매기가 다 끝나고 지독한 무더위가 시작된다. 농사꾼들이 허리를 펼 수 있는 시기에 해당한다. 더위를 피하면서 곧 돌아올 가을을 기다리는 여유를 즐기는 짧은 휴식기이다. 이때를 맞춰 생겨난 것이 '백중'이라는 속절(俗節)이다. 농사꾼들은 이날을 '호미씻이'라고 부르기도 한다. 고된 농사일을 잠시 멈추고 잔치와 놀이판을 벌여 즐기면서 더위에 시달린 심신을 달래고 힘을 회복하고자 했던 것이다. 농사를 크게 짓는 집에서는 백중날이 되면 일꾼들에게 용돈(백중돈)을 주고 즐겁게 쉴 수 있도록 하였다. 머슴들과 일꾼들은 이날 특별히 장만한 아침상을 받고 새 옷에 돈까지 얻게 되었다. 심지어는 머슴을 소에 태우거나 가마를 태워 흥겨운 하루를 보내도록 했다. 주인댁으로부터 받은 백중돈을 가지고 일꾼들은 장터에 나가 물건을 사거나 놀이를 즐겼다. 이날에 맞춰 사람들이 많이 사는 마을 한복판에는 특별히 '백중장'이 열려 장사꾼들이 몰려들었다. 장터에는 풍악이 울리고 씨름판이 벌어지기도 하였고 여러 놀이판이 열렸다. 농경 생활을 중심으로 하는 마을 공동체에서 관습적으로 이어온 의식과 놀이 가운데 하나가 '백중놀이'이다. 하지만 지금은 '백중'이라는 말조차 들어보기 어렵다. 백중장터니 백중놀이니 하는 것도 모두 사라져버린 옛 풍속이 되고 말았다.

백석의 「칠월 백중」은 칠월 백중날에 볼 수 있는 고향의 풍속을 몇 개의 인상적인 장면을 통해 그대로 재현하고 있다. 그러므로 이 시를 일종의 '풍속시' 또는 '풍물시'라고 할 수 있다. 시의 내용을 보면 백중날 약물터에 크게 장이 열린 것을 알 수 있다. 이 시의 언어적 표현 가운데에는 생소한 평안도 방언이 다수 활용되고 있다. 자기 지역의 방언을 그대로 시적 언어로 활용하고 있다는 것은 시인 자신이 토착적인 방언에 대한 애착과 관심을 갖고 있다는 것을 의미한다. 그리고 이러한 방언의 활용을 통해 시의 내용에서 일상적 경험을 더욱 실감 나게 표현할 수 있게 된 것으로 평가할 수 있다.

이 시는 전체 26행으로 이어지면서 연의 구분을 하지 않고 있다. 시적 화자가 전체적인 시상의 흐름 속에서 초점을 맞추고 있는 대상은 '새악시들'이다. 여기서 말하는 '새악시'는 동네 처녀들이 아니다. 마을에 시집 온 지 얼마 되지 않는 새색시들을 말한다. 칠월 백중날 새악시들이 한껏 모양을 내고는 약물터로 나가는 모습과 장터를 이루며 모여든 사람들의 모습이 흥겹게 그려진다. 시의 텍스트는 시적 의미의 전개 과정으로 볼 때 모두 다섯 단락으로 나누어진다. 시적 진술 자체를 자세히 검토해보면 '……하는데'라는 연결어미로 이어진 부분이 각 단락을 경계를 자연스럽게 표시한다.

첫 단락은 1행에서부터 3행까지로 이어진다. 힘든 농사일을 견디기 위해 '개장 취념'을 서너 번 하고 나면 칠월 백중, 음력 7월 보름날이 된다. 여기서 '개장 취념'이란 개장국(지금은 보신탕이라는 말을 더 많이 쓴다)을 끓여 먹기 위해 몇몇이 그 비

우리 시 깊이 읽기

용을 나누어 내는 일을 말한다. '취념'은 추렴(出斂)에서 온 말이다.마을에서 논에 모내기를 한 후 세 벌 김을 다 매고 나면 백중날이 된다. 지방에 따라 풍습이 다르지만 바쁜 농사일을 하루 쉬면서 사람들이 함께 여러 가지 음식을 해 나누어 먹으면서 즐기는 것이 보통이다. 머슴을 두고 농사를 짓는 집에서는 머슴들에게 새 옷을 해 입히고 용돈을 나누어주고 하루 잘 쉬며 놀도록 해준다. 시의 텍스트에서는 '백중 좋은 날이 슬그머니 오는데'라고 서술하고 있다.

둘째 단락은 4행부터 11행까지 백중날 새악시들이 한껏 멋을 내어 나들이옷을 차려 입고 약물터로 놀러 가는 모습을 그려내고 있다. 여기서도 11행은 '약물터로 가는데'라고 끝이 난다. 시에 등장하는 '새악시'는 처녀애가 아니라 갓 시집 온 새아씨를 말한다. 백중날 약물터에 놀이를 나가는 새악시들의 옷치레부터 수선스럽게 묘사한다. 칠월 백중이라는 세시풍속의 내용과 함께 여성들의 복식까지도 자연스럽게 드러난다. 무릎 아래에 닿을 정도로 껑충하게 짧은 치마에 자줏빛 옷고름이 길게 늘어진 적삼을 입고 있다. 그런데 그 치마는 '천진푀치마'라고 한다. 중국 천진(天津)에서 생산된 고급 베(천진포)로 만든 치마를 말한다. 새악시들이 입고 있는 적삼은 '쇠주푀 적삼'이다. 이것도 중국 소주(蘇州) 지방에서 생산된 고급 베(소주포)로 만든 적삼을 가리킨다. 중국과 물산 교류가 많았음을 알 수 있다. 머리에는 새로 댕기를 드렸고 발에는 네날백이 따배기신(짚신)을 새로 내어 맨발에 신고 있다. 치마와 적삼, 댕기 머리에 따배기신을 묘사한 부분은 서로 대구(對句) 형식으로 이어진다. 새악시들이 평상시에 입는 치마는 그 길이가 짧은 '물팩치기'이다. 한여름 나들이옷이니 치마의 길이가 짧다. 버선도 신지 않은 맨발에 따배기신을 신은 모습이 더욱 가볍게 느껴진다. 당시 농촌의 젊은 여성들 차림새를 그대로 보여주고 있다.

셋째 단락은 12행부터 18행까지로 이어진다. 약물터로 가는 과정을 묘사한 대목이다. 무더운 날씨이지만 들길에 가끔 시원한 바람도 불어온다. 노리개를 붙이고 허리에는 주머니를 찼는데, 그 속에 돈이 들어 있다. 고개를 넘어 약물터에 도달한다. 넷째 단락은 19행부터 22행까지 이어진다. 수많은 사람이 모여든 약물터의 광경을 묘사한 대목이다. 오랜만에 친정집 식구들도 만난다. 여기 등장하는 '붕가집'이라는 말은 평안도 방언이다. 흔히 '가까운 친척집'을 가리키는 말로 알려져 있으나 문맥상으로 보면 이 말은 친척집이 아니라 '친정집'을 뜻한다. 시집 온 후 오랜만의 나들이에서 친정집 식구들을 만났으니 서로 반가울 뿐이다. 함께 음식도 사 먹으면서 즐겁게 시간을 보내는 중에 갑작스러운 소나기가 내린다. 소나기에 옷이 후줄근하게 젖지만 마음은 즐겁다. '호주를 하니'라는 말은 비에 젖어 옷이 후줄근하게 되어버린 상태를 묘사하는 말이다. 이 시는 '새악시'가 친정집에 가는 장면으로 시상을 마감하고 있다. 농사일이 좀 한가로워졌기 때문에 시집살이에서 벗어난 새악시는 친정에 갈 수 있게 된다. 친정에서 보름 가까이 지내게 될 것을 생각하면서 비에 젖은 옷이 오히려 시원하다고 여긴다.

이 시에서는 시적 대상에 대한 묘사의 감각성과 사실성이 잘 드러나고 있다. 이같은 특징은 다양하게 선택된 제재 속에서 민중의 진솔한 생활 모습을 보여주는 데에 기능적이라고 할 수 있다. 특히 이 시에서는 각각의 시행들이 하나의 이야기를 들려주는 듯한 서술적 효과를 드러내도록 이어진다. 이 시에서 볼 수 있는 시적 진술의 묘사적 설명 방법은 시적 이미지들을 공간적으로 병치시키면서 동시에 그 공간 자체를 한 폭의 이야기로 꾸며낸다. 이와 같은 이야기조의 서술적 특징은 공간의 이동과 시간의 경과를 절묘하게 결합하여 시적 대상을 그려놓고 있는 데에서 비롯된다.

이 작품은 해방 직후 1948년 잡지 『문장』에 발표했다. 당시 백석은 고향인 평안북도 정주에 정착해 있었다. 그가 서울의 친구들에게 보낸 편지에 이 작품이 포함되어 있었던 것으로 알려져 있다.

우리 시 깊이 읽기

박각시 오는 저녁

당콩밥에 가지냉국의 저녁을 먹고 나서
바가지꽃 하이얀 지붕에 박각시 주락시 붕붕 날아오면
집은 안팎 문을 횅하니 열젖기고
인간들은 모두 뒷등성으로 올라 멍석자리를 하고 바람을 쐬이는데
풀밭에는 어느새 하이얀 대림질감들이 한불 널리고
돌우래며 팟중이 산 옆이 들썩하니 울어댄다
이리하여 하늘에 별이 잔콩 마당 같고
강낭밭에 이슬이 비 오듯 하는 밤이 된다

「박각시 오는 저녁」에는 산골 마을의 여름날 저녁 풍경이 등장한다. 더위를 식히기 위해 뒷등성에 멍석자리를 펴두고 앉아 있는 산골 마을 사람들의 평화로운 모습이 섬세하게 그려져 있다. 지붕 위의 하얀 박꽃, 풀밭에 널어놓은 하얀 다림질감, 그리고 잔콩 마당처럼 별들이 총총한 밤하늘이 모두 섬세한 시각적 감각을 통해 묘사된다. 여기에 나방들의 붕붕대는 소리, 산 옆이 들썩하게 울려대는 매미 풀벌레 소리가 청각적 이미지로 배치된다. 자연과 함께 어울려 살고 있는 산골 사람들의 모습이 소박하지만 아름답게 느껴진다.

전체 8행으로 이어진 이 시에서 그려내는 계절적 배경은 한여름이다. 1~4행은 산골 마을 사람들이 저녁 밥상을 물린 후 시원한 바람을 쐬러 뒷등성으로 올라가 멍석자리를 펴고 앉아 있는 모습을 그려놓고 있다. 강낭콩밥에 가지냉국이 올라온 소박한 저녁 밥상을 물리고 나면 하얀 박꽃이 피어 있는 지붕 위로 나방 떼가 몰린다. '하얀 바가지 꽃'이라는 시각적 이미지가 선명하게 드러난다. 박각시나방과 줄각시나방들이 붕붕대는 소리도 감각적으로 묘사하고 있다. 한여름 더운 기운을 식히기 위해 집안의 문을 안팎으로 열어젖혀놓고 사람들은 모두 바람을 쐬러 뒷등성

으로 오른다. 화평스러운 시골 사람들의 모습이 떠오른다.

5, 6행에는 풀밭 위에 다림질을 할 하얀 옷가지들이 여기저기 널려 있는 모습을 보여준다. 여름나기로 입는 하얀 모시옷은 빨아서 풀을 먹여 가지런히 말린다. 그리고 다림질을 하기 위해 적당하게 눅눅해지도록 저녁에 풀밭에 널어둔다. 지붕 위의 하얀 박꽃과 풀밭 위의 하얀 다림질감이 시각적으로 절묘하게 어울린다. '산 옆이 들썩하니 울어'대는 것들은 돌우래며 팟중이다. 여기서 '돌우래'는 기존의 연구자들이 '땅강아지'라고 했지만 나는 동의하지 않는다. 땅강아지는 흙속에서 구멍을 파고 살기 때문에 날개가 퇴화하여 소리를 내지 못한다. 돌우래는 팟중이(팥중이)와 함께 저녁에 소리를 내며 '산 옆이 들썩하니 울어'대는 곤충이어야 한다. 나는 이것을 저녁에도 울어대는 왕매미의 일종이 아닐까 생각하지만 다른 용례를 확인할 수가 없다. 시각적 이미지인 하얀 다림질감과 청각적 이미지인 매미와 풀벌레 소리가 함께 어울려 시적 공간을 더욱 풍성하게 만들어주고 있다.

7, 8행은 밤하늘과 옥수수밭을 묘사하고 있다. 하늘에 별들이 '잔콩 마당'같이 깔려 있다. 별들이 총총한 것을 마당에 널린 잔콩에 비유했다. 옥수수밭에 이슬이 비가 온 것처럼 맺히는 밤이라는 표현을 통해 서늘해진 기운을 느낄 수가 있다. 시적 공간을 구성하는 요소들이 박꽃 핀 지붕에서부터 별들이 총총한 밤하늘로 넓게 펼쳐진 옥수수밭으로 확대되고 있음을 보게 된다.

이 시는 점차적인 시간의 경과와 공간의 확대를 통해 한여름 산골 마을의 저녁 풍경을 감각적으로 묘사하고 있다. 인간과 자연이 한데 어울려 살아가는 평화로움이 시적 공간에 가득하다. 산골 마을 사람들의 소박한 저녁상을 묘사한 대목에서 시작되는 이 시가 밤하늘에 총총한 별들을 묘사하는 대목으로 끝맺고 있다.

국수

눈이 많이 와서

산엣새가 벌로 나려 멕이고[15]

눈구덩이에 토끼가 더러 빠지기도 하면

마을에는 그 무슨 반가운 것이 오는가 보다

한가한 애동[16]들은 어둡도록 꿩사냥을 하고

가난한 엄매는 밤중에 김치가재미[17]로 가고

마을을 구수한 즐거움에 싸서 은근하니 흥성흥성 들뜨게 하며

이것은 오는 것이다

이것은 어느 양지귀[18] 혹은 능달[19]쪽 외따른 산옆 은댕이[20] 예데가리밭[21]에서

하로밤 뽀오햔 흰김 속에 접시귀 소기름불이 뿌우현 부엌에

산멍에[22] 같은 분틀[23]을 타고 오는 것이다

이것은 아득한 녯날 한가하고 즐겁든 세월로부터

실 같은 봄비 속을 타는 듯한 녀름볕 속을 지나서 들쿠레한[24] 구시월 갈바람 속을 지나서

대대로 나며 죽으며 죽으며 나며 하는 이 마을 사람들의 으젓한 마음을 자

---

15 멕이다 : '먹이다'의 방언. '소리를 지르다', '움직임이 활발하다'라는 뜻도 있음.

16 애동 : 아동. 어린아이.

17 김치가재미 : 북쪽 지역에서 김치를 넣어두는 움막.

18 양지귀 : 양지바른 곳의 모퉁이.

19 능달 : 응달.

20 은댕이 : 언저리. 가장자리.

21 예데가리밭 : 산의 맨꼭대기에 있는 비탈밭.

22 산멍에 : 산속에 산다는 전설의 커다란 뱀. '이무기'의 평안도 방언.

23 분틀 : 국수를 뽑아내는 국수틀.

24 들쿠레한 : 들큼하면서도 구수한.

나서 텁텁한 꿈을 지나서

　집웅에 마당에 우물 든덩에 함박눈이 푹푹 쌓이는 여늬 하룻밤

　아배 앞에 그 어린 아들 앞에 아배 앞에는 왕사발에 아들 앞에는 새끼사발

에 그득히 살이워 오는 것이다

　이것은 그 곰의 잔등에 업혀서 길여났다는 먼 넷적 큰마니가

　또 그 집등색이에 서서 자채기를 하면 산넘엣 마을까지 들렸다는 먼 넷적

큰 아바지가 오는 것같이 오는 것이다

　아, 이 반가운 것은 무엇인가

　이 히수무레하고 부드럽고 수수하고 습습한[25] 것은 무엇인가

　겨울밤 쩡하니 닉은 동치미국을 좋아하고 얼얼한 댕추가루를 좋아하고

싱싱한 산꿩의 고기를 좋아하고

　그리고 담배 내음새 탄수 내음새[26] 또 수육을 삶는 육수국 내음새 자욱한

더북한[27] 삿방[28] 쩔쩔 끓는 아르궅[29]을 좋아하는 이것은 무엇인가

　이 조용한 마을과 이 마을의 으젓한 사람들과 살틀하니[30] 친한 것은 무엇

인가

　이 그지없이 고담(枯淡)하고 소박(素朴)한 것은 무엇인가

　향토적 풍물을 노래한 시 가운데 백석의 「국수」가 유명하다. 여기서 말하는 '국
수'는 밀가루로 만든 것이 아니라 겨울철에 메밀가루로 만들어 먹는 메밀국수다.
요즘은 냉면이라는 말이 더 널리 쓰이고 있지만 '국수'라는 말이 훨씬 더 토속적이

---

25 습습한 : 심심한. 자극을 크게 느끼지 않을 정도로 싱거운.

26 탄수 내음새 : 목탄이 타면서 나는 냄새.

27 더북한 : 풀이나 나무 따위가 아주 거칠어 수북한. 더부룩한.

28 삿방 : 갈대를 엮어 만든 자리를 깔아놓은 방.

29 아르궅 : 아랫목.

30 살틀하니 : 살뜰하니. 사랑하고 위하는 마음이 자상하고 지극하니.

고 소박한 느낌을 준다. 백석의 고향은 평안북도 정주의 산골 마을이다. 이 지역은 땅이 토박하여 주로 메밀이나 옥수수 등을 가꾸었으므로, 메밀로 만드는 국수가 자연스럽게 토속적인 음식을 대표하게 된 것이다.

1941년 4월 종합문예지 『문장』의 종간호에 이 작품이 실려 있다. 이 시의 텍스트는 시상의 흐름에 따라 크게 3연으로 구분하고 있다. 시적 진술 내용 속에서는 '국수'라는 시어를 모두 숨긴 채 '이것'이라는 대명사로 표시하기도 했고, '무엇'이라는 의문대명사로 지시하기도 한다. 물론 이것을 만드는 과정과 고담한 맛과 구수한 향기에 대한 묘사를 통해 '국수'임을 쉽게 알아낼 수가 있다.

시의 첫째 연은 산골 마을의 겨울을 시적 배경으로 펼쳐놓고 있다. 눈이 많이 내리는 겨울철이 되어야 국수 맛이 제격이라는 점을 암시한다. 뒤이어 국수 만들기의 준비 작업을 말해준다. 아이들이 꿩사냥을 나가고 어머니는 김치를 보관해둔 움막에서 동치미를 꺼낸다. 마을이 흥성해지고 구수한 즐거움에 싸여간다. 그리고 국수가 만들어지는 과정에 대한 묘사적 설명과 함께 식구들 앞에 알맞게 담아낸 국수 그릇을 그려놓는다. 먼저 '국수'가 만들어지는 과정을 간단하게 제시한다. 산골짜기 응달쪽, 또는 산꼭대기의 가파른 밭은 메밀을 가꾸는 땅이다. 이 척박한 땅에서 힘들게 수확한 메밀을 가루를 만들어 반죽을 하고 어둑한 부엌에서 국수틀을 이용하여 국수를 내린다는 사실을 알 수 있다. 국수가 자연의 산물이면서 노동의 산물이라는 것을 말해준다. 그런데 뒤로 이어지는 대북에서도 국수라는 것이 단순한 자연의 산물일 뿐만 아니라 오랜 세월과 그 세월을 살아온 사람들의 삶 속에서 빚어진 것임을 밝히고 있다. 그리고 눈이 쌓이는 밤에 가족들이 모여 앉아 나누어 먹는 사랑의 산물이라는 것을 강조한다. 여기서 덧붙여 국수를 보면 생각나는 할머니와 할아버지 모습도 그려놓고 있다. 마치 돌아가신 어른들이 다시 찾아오는 것 같은 푸근한 느낌을 국수를 통해 담아내고 있어서 온 가족의 단란한 삶의 모습을 엿볼 수가 있다.

둘째 연에서는 모든 시적 진술이 '무엇인가'라는 의문형으로 제시된다. 실제로 국수가 다 만들어져서 식구들이 밥상에 둘러앉은 모습이 연상된다. 눈이 내리는 겨울밤 오랜만에 맛을 보게 되는 국수를 보고 시적 화자는 '아 이 반가운 것은 무엇인가' 하고 반색을 하면서 달려든다. 그릇에 수북하게 사려 담긴 국수는 그 색깔이 히

스무레하고 그 맛 자체는 수수하고 심심하다. 하지만 한겨울밤 쩡하는 동치미 김치 국물에 말아야 제격이다. 얼얼하게 매운 고춧가루 양념장과 어울리고 싱싱한 꿩고기가 곁들여지면 그만이다. 담배 냄새에 목탄 태운 냄새 등에 육수 냄새까지 섞인 갈대로 엮은 자리 깔아놓은 방 안 아랫목에 앉아서 먹어야 더 어울리는 것이 국수다.

셋째 연에서 시상이 종결된다. 여기서도 '무엇인가'라는 의문형 종결법이 반복된다. 국수에 담긴 수수하고 담백한 맛과 그것을 즐기는 마을 사람들의 심성을 설명한다. 마을 사람들이 모두 좋아하는 그 순수하게 꾸밈이 없고 소박한 맛이야말로 국수의 참맛이다.

이 시에서 그려내는 국수는 단순한 향토 음식이 아니다. 자연과 인간이 함께 빚어내는 소중한 양식이며 가족이 서로 의지하고 마을 공동체를 유지할 수 있도록 하는 정신적인 자산이다. 그 맛과 그 향취를 중심으로 모두가 하나가 되어 자신들의 삶에 활기를 불어넣는다. 이 시에는 눈이 쌓인 겨울밤에 가족들이 모여 앉아 국수를 삶고 꿩고기 육수를 내어 동치미를 곁들이는 모습이 한 폭의 소박한 풍경화처럼 펼쳐진다. 시적 화자는 국수를 앞에 놓고 너무나 감격하여 '이것이 무엇인가'를 거듭 묻고 있다. 국수의 빛깔, 맛, 향미 등을 강조하기 위한 방법이라고 할 수 있다. 시적 텍스트에 동원하는 토속어와 그것을 통해 그려내는 소박한 삶의 모습이 그대로 국수의 순수하고 소박한 맛과 일치한다. 토속적 풍물의 재현만이 아니라 그 속에 우러나는 구수한 인정과 소박한 세태까지도 놓치지 않고 그려내고 있다. 이 시를 발표한 시기가 일제 말기의 암흑기였다는 사실을 놓고 본다면 '국수'라는 시적 대상을 통해 시인이 그려내고자 했던 것이 우리 민족의 소탈한 삶 그 자체였다는 것은 다시 한번 음미해볼 필요가 있다.

나와 나타샤와 흰 당나귀

가난한 내가
아름다운 나타샤를 사랑해
오늘 밤은 푹푹 눈이 나린다.

나타샤를 사랑은 하고
눈은 푹푹 나리고
나는 혼자 쓸쓸히 앉아 소주를 마신다.
소주를 마시며 나는 생각한다.
나타샤와 나는
눈이 푹푹 쌓이는 밤 흰 당나귀를 타고
산골로 가자 출출이 우는 깊은 산골로 가 마가리에 살자.

눈은 푹푹 나리고
나는 나타샤를 생각하고
나타샤가 아니 올 리 없다.
언제 벌써 내 속에 고조곤히 와 이야기한다.
산골로 가는 것은 세상한테 지는 것이 아니다.
세상 같은 건 더러워 내가 버리는 것이다.

눈은 푹푹 나리고
아름다운 나타샤는 나를 사랑하고
어데서 흰 당나귀도 오늘밤이 좋아서 응앙응앙 울 것이다.

「나와 나타샤와 흰 당나귀」는 1938년 백석이 함흥 영생고보 영어 교사로 재직하던 시기에 쓴 작품이다. 대표적인 연시(戀詩)의 하나로 손꼽는다. 이 시는 전체 4연으로 구분되어 있는데 시상의 흐름으로 본다면 1, 2연의 전반부와 3, 4연의 후반부로 나누어진다. 하얗게 눈이 내리는 밤을 시적 배경으로 삼고 있으며, 사랑하는 '나타샤'에 대한 시적 화자인 '나'의 그리움을 서정적으로 그려내고 있다. 여기서 '나타샤'라는 이국적인 인물은 시적 상상력을 통해 형상화한 구원(久遠)의 여인상이라고 보는 것이 좋다. 시인 백석이 사랑했던 특정의 여인을 이 시의 공간 속으로 끌어들일 경우 그만큼 시의 감응력의 폭이 좁아지기 때문이다.

전반부의 1연은 눈이 푹푹 내리는 밤이라는 시적 배경이 제시된다. 그리고 시적 화자인 '나'는 사랑하는 '나타샤'에 대한 그리움에 빠져든다. 오늘 밤 눈이 푹푹 내리는 까닭은 '가난한 내가/아름다운 나타샤를 사랑해'서라고 말하고 있다. 눈이 내리는 자연의 현상을 개인의 정서 영역으로 끌어들이면서 '눈'은 곧 '나'의 그리움이 되고 사랑이 된다. 2연에서 눈이 내리는 것을 보고 '나'는 혼자 외로움에 젖어 소주를 마신다. 그리고 '나타샤'를 생각하면서 새로운 삶을 향한 탈출을 꿈꾼다. '나타샤'와 함께 흰 당나귀를 타고 출출이(뱁새)가 우는 깊은 산골 마가리(오막살이)로 들어가고 싶은 심정이다. 여기서 '흰 당나귀'는 푹푹 내리는 하얀 '눈'에 의해 연상된 이국적인 이미지이지만 순결의 의미를 함축한다. 산속 오막살이는 '나'와 '나타샤'만을 위한 사랑의 장소이며 현실로부터의 도피처라고 할 수 있다.

후반부에서 그려내고 있는 것은 전반부와는 달리 시적 화자인 '나'의 상상에 의해 이루어진 꿈의 세계에 해당한다. 현실 속에서 꿈꾸는 환상의 세계라고 할 수 있다. 3연에서는 드디어 사랑하는 '나타샤'가 등장한다. 아마도 '나'는 어지간히 술에 취했을 가능성이 크다. '나타샤'는 눈 속에서 '나'를 찾아와 고조곤히(가만가만) '나'에게 이야기를 들려준다. '나'는 둘이서 함께 산속 오막살이로 들어가고 싶다. '나'는 산속으로 들어가는 이유가 '세상한테 지는 것이 아니다.'라고 말한다. 그리고 오히려 더러운 세상을 버리는 것이라고 취중이지만 자기 심경을 밝힌다. 시적 화자가 가지고 있는 부정적 현실 인식과 함께 모순된 현실의 삶을 거부하고자 하는 내면세계를 그대로 드러내고 있다.

이 시에서 시상의 결말에 해당하는 4연에서도 눈이 푹푹 내리는 밤이 시적 배경으로 이어진다. 여기서 시상은 절정에 이른다. 시적 화자인 '나'의 외로움이 사라지고 사랑의 기쁨이 충만함을 엿볼 수 있다. 눈이 푹푹 내리는 밤에 '아름다운 나타샤'가 '나'를 사랑하고 있으며, 흰 당나귀도 오늘밤이 좋아서 울어준다. '나타샤'의 사랑을 그리워하는 '나'의 내적 욕망이 환상 속에서 실현되고 있는 장면이다. 내가 '나타샤'를 사랑하듯이 '나타샤'도 '나'를 그렇게 사랑하고 있다는 것은 '나'의 사랑에 대한 확인이면서 동시에 그 아름다운 성취라고 할 수 있다.

　이 시에서는 눈이 푹푹 내리는 모습을 각 연마다 반복하여 묘사하고 있다. 이러한 시적 배경에 대한 강조는 화자인 '나'의 외로움과 사랑하는 사람에 대한 그리움의 감정을 고조하기 위한 방법이라고 할 수 있다. 눈이 푹푹 내리는 밤에 시적 화자인 '나'는 외부 세계와 차단된 채 혼자서 술을 마시며 외로움에 빠져든다. '눈이 푹푹 내리는' 동안 그 외로움은 더 깊어가고 '나타샤'를 그리워하는 마음만 간절하다. 외로움이 커질수록 그리움과 사랑도 더 커지는 것이다. 그리고 드디어 하얀 눈 속에 흰 당나귀가 나타나고 '나타샤'도 '나'에게 찾아온다. 그리고 '나타샤'도 '나'를 사랑하게 된다. 이 만남의 장면은 '눈'이라는 이미지에 의해 만들어진 환상에 불과하다. 하지만 '나'의 외로움만큼 '나타샤'에 대한 사랑이 깊고, 그 사랑은 푹푹 쌓이는 눈처럼 순수하고 아름답게 느껴진다.

남신의주 유동 박시봉방(南新義州 柳洞 朴時逢方)

어느 사이에 나는 아내도 없고, 또,

아내와 같이 살던 집도 없어지고,

그리고 살뜰한 부모며 동생들과도 멀리 떨어져서,

그 어느 바람 세인 쓸쓸한 거리 끝에 헤매이었다.

바로 날도 저물어서,

바람은 더욱 세게 불고, 추위는 점점 더해오는데,

나는 어느 목수네 집 헌 삿을 깐,

한 방에 들어서 쥔을 붙이었다.

이리하여 나는 이 습내 나는 춥고 누긋한 방에서,

낮이나 밤이나 나는 나 혼자도 너무 많은 것같이 생각하며,

질옹배기에 북덕불[31]이라도 담겨 오면,

이것을 안고 손을 쬐며 재 우에 뜻없이 글자를 쓰기도 하며,

또 문밖에 나가지두 않구 자리에 누워서,

머리에 손깍지 베개를 하고 굴기도 하면서,

나는 내 슬픔이며 어리석음이며를 소처럼 연하여 쌔김질하는 것이었다.

내 가슴이 꽉 메어 올 적이며,

내 눈에 뜨거운 것이 핑 괴일 적이며,

또 내 스스로 화끈 낯이 붉도록 부끄러울 적이며,

나는 내 슬픔과 어리석음에 눌리어 죽을 수밖에 없는 것을 느끼는 것이었다.

그러나 잠시 뒤에 나는 고개를 들어,

허연 문창을 바라보든가 또 눈을 떠서 높은 천정을 쳐다보는 것인데,

---

31 북덕불 : 가랑잎이나 덤불 등을 태운 불.

우리 시 깊이 읽기

이때 나는 내 뜻이며 힘으로 나를 이끌어 가는 것이 힘든 일인 것을 생각하고,

　이것들보다 더 크고 높은 것이 있어서 나를 마음대로 굴려가는 것을 생각하는 것인데,

　이렇게 하여 여러 날이 지나는 동안에,

　내 어지러운 마음에는 슬픔이며, 한탄이며, 가라앉을 것은 차츰 앙금이 되어 가라앉고,

　외로운 생각만이 드는 때쯤 해서는,

　더러 나줏손[32]에 쌀랑쌀랑 싸락눈이 와서 문창을 치기도 하는 때도 있는데,

　나는 이런 저녁에는 화로를 더욱 다가 끼며, 무릎을 꿇어 보며,

　어니 먼 산 뒷옆에 바우섶에 따로 외로이 서서,

　어두워 오는데 하이야니 눈을 맞을, 그 마른 잎새에는,

　쌀랑쌀랑 소리도 나며 눈을 맞을,

　그 드물다는 굳고 정한 갈매나무라는 나무를 생각하는 것이었다.

　백석의 시 「남신의주 유동 박시봉방」은 제목 자체가 특이하다. 특정 장소의 주소와 사람의 이름을 적고 끝에 '방'이라고 표시하는 것은 대개 편지 봉투에 발신(또는 수신)인을 적는 일종의 격식에 해당한다. 편지 봉투에서는 당연히 이 투어의 뒤에 글을 쓴 '백석'이라는 이름을 적어 넣게 되어 있다. 하지만 이름 대신에 써놓은 것이 바로 이 작품이다. 시적 화자는 자신이 처해 있는 현실을 가장 구체적으로 드러내기 위해 자기 거처의 주소를 시의 제목으로 내세우고 있다. 다시 말하자면 '남신의주 유동 박시봉방'은 시적 배경으로서 시인이 위치해 있는 구체적 장소에 해당한다. 시인 자신의 '주소'를 제목으로 내세우면서 그곳에서 자신이 처했던 암울하고도 쓸쓸한 상황과 힘든 삶의 현실을 있는 그대로 그려내고 있다. 이 시를 서간체 형식

---

32 나줏손 : '저녁때. 저물녘'의 방언.

이라고 말하는 사람도 있지만 시의 텍스트 자체가 서간체로 이루어져 있는 것은 아니다. 편지투의 글이 되기 위해서는 기본적으로 편지투의 글에서 요구되는 발신자, 수신자 등을 드러내는 문체상의 징표가 있어야 하는데 이 시에는 그런 표시가 하나도 없다. 오히려 회상적 진술과 자기 고백적인 내용으로 채워져 있다.

이 시는 해방 후 1948년 10월 종합지 『학풍』 창간호에 발표된 작품이다. 백석은 해방 직후 만주에서 귀환하여 고향인 평북 정주에 머물러 있었는데, 그의 친구인 소설가 허준(許俊)이 서울에서 자신이 보관하고 있던 시의 원고를 잡지사에 보냈던 것으로 알려져 있다. 시의 텍스트는 모두 32행으로 이어지고 있는데, 연의 구분이 없지만 시상의 흐름은 1~19행의 전반부와 20~32행의 후반부로 크게 나누어볼 수 있다. 20행의 첫머리에 배치한 '그러나'라는 접속어가 시상의 전환을 표시해준다.

시의 전반부는 시적 화자가 이곳저곳을 떠돌다 '남신의주 유동 박시봉방'에 누추한 거처를 정하게 된 사연과 함께 그곳에서 자신이 느껴야 했던 절망과 고독과 비애와 고통을 반추하면서 그 회한의 감정을 그대로 드러내고 있다. 이러한 시적 진술 내용은 모두 네 개의 문장으로 서술되고 있기 때문에 자연스럽게 의미상 네 개의 단락을 이루고 있다고 할 수 있다. 첫 단락에서부터 시적 화자는 자기 감정의 절제와는 상관없이 고향을 떠나 아내와 헤어지고 부모 형제와 떨어진 채 혼자서 쓸쓸하게 방랑했음을 밝힌다. '쓸쓸한'이라는 형용사를 직접 사용하여 자신의 외로운 처지를 강조하고 있다. 둘째 단락에서는 추위가 더해지자 어느 목수네 집의 헌 갈대자리를 깔아놓은 누추한 방에 세 들어 살 수 있게 되었음을 말하고 있다. 여기서 밝힌 목수네가 바로 '남신의주 유동 박시봉방'이라는 사실을 알 수 있다. 시적 화자는 이렇게 거처를 정하게 되었지만 외로움과 슬픔에 싸여 방구석에 들어박혀서 온갖 생각에 빠져들어 회한의 삶을 이어간다. '낮이나 밤이나 나는 나 혼자도 너무 많은 것같이 생각하며'라는 구절은 스스로 자신을 감당하기 어려울 정도로 고뇌가 크다는 것을 말해준다. '질옹배기에 북덕불이라도 담겨 오면,/이것을 안고 손을 쬐며 재우에 뜻없이 글자를 쓰기도 하며'라는 구절은 아무런 대책도 없이 고뇌에 빠져들어 있는 시적 화자의 자의식을 그대로 드러낸다. 추위를 견디기 위해 질그릇으로 만든 화로에 '북덕불'을 담아 방 안에 놓고 화로 속의 재를 끄적이는 초라한 행색에서 그 내면의 고뇌를 엿볼 수 있다. 그리고 '나는 내 슬픔이며 어리석음이며를 소처럼 연하여 쌔김질하는 것이었다.'에서와 같이 자신의 비애를 뉘우치는 회한의 감정도 보여준다. 전반부는 시적 화자가 절망감에서 벗어나지 못하고 결국 죽음까지도 생각하게 되었음을 밝히는 것으로 끝난다.

이 시의 20행은 '그러나'라는 접속어로 시작된다. 시적 화자의 내면에서 이루어진 의식의 변화와 함께 시상의 전환이 이루어진다. 이 후반부는 전체 13개의 시행이 여러 형태의 연결어미로 서로 이어지면서 하나의 문장을 이루고 있다. 시상의 흐름과 그 호흡에서 일체의 단절을 용납하지 않는다. 말하자면 단숨에 시적 진술 내용 전체를 그대로 이어서 말해준다. 그만큼 화자의 심정이 절실하다는 것을 암시한다. 여기서 시적 화자는 자기 뜻대로 자신을 이끌어 갈 수 없음을 깨닫게 된다. 슬픔과 절망감이 점차 가라앉고 마음도 평정심을 찾게 된다. 다만 외로움에 빠져들 때마다 굳고 정갈한 '갈매나무'를 생각하면서 그 외로움을 이겨나가는 것이다. 시적 화자가 슬픔과 외로움을 딛고 진지한 자기 성찰에 이르는 과정을 보여주기 위해 제시한 '갈매나무'는 흔하게 볼 수 있는 나무는 아니지만 추위에 강한 것으로 알려져 있다.

이 시에서 시적 화자는 혼자서 가족들과 떨어진 채로 '남신의주 유동 박시봉방'이라는 곳에 칩거하고 있다. '나'는 아내와 헤어진 아픈 상처와 그 괴로움을 떨치지 못한 채 외로움에 지쳐버린다. 하지만 그곳에서 머물면서 과거의 슬픔에만 매달려 있었던 것은 아니다. 자신의 삶과 그 운명이 자신의 뜻대로 움직일 수 있는 것이 아니라 '더 높은 것'에 의해 정해진다는 사실을 깨닫게 된 것이다. '나'는 외로움 속에서도 '갈매나무'의 굳고 정갈한 모습을 통해 자기 존재와 그 위상을 새롭게 인식할 수 있게 된다. 그러므로 '남신의주 유동 박시봉방'은 시적 화자에게 고립과 유폐의 공간만은 아니다. 여기서 시적 화자는 그 극단적인 외로움 속에서도 비애와 절망을 극복하고 자신을 찾으면서 이상적인 자아의 형상을 발견하는 것이다. 말하자면 이곳은 새로운 삶을 위해 고통 속에서 자기 극복을 이룰 수 있게 된 의미 있는 장소가 된다. '남신의주 유동 박시봉방'이라는 구체적 장소를 강조하여 시의 제목으로 내세운 이유도 여기에 있다고 생각된다.

이 시의 진술 방법은 백석이 즐겨 사용하던 묘사적 설명 방법과는 거리가 멀다. 시적 대상에 대한 사실적 묘사도 보이지 않고 객관적 서술 방법도 찾아보기 어렵다. 시적 화자의 주관적 감정을 직접적으로 표출하고 있기 때문이다. 자기 감정을 절제하던 방식을 버리고 오히려 있는 그대로 자신의 감정으로 표현하고 있다. 그만큼 감상성(感傷性)이 강하다고 할 수 있다. 이러한 특징은 이 시가 회고적 진술 방식을 취하고 있고, 그 진술 자체가 고백적이라는 점과도 연관된다. 실제로 시적 진술 가운데 '―것이었다.'로 끝맺은 경우가 많다. 특히 자신의 지내온 삶의 과정에 대해 솔직하게 고백하고 있는 점도 쉽게 확인할 수 있다. 그런데 이 시에서 이루어지는 자기 고백은 절망적이거나 퇴영적인 것은 아니다. 솔직한 자기반성을 통해 새로운 자기 각성에 도달하고 있는 것이다.

우리 시 깊이 읽기

이육사

李陸史 1904~1944

이육사의 본명은 원록(源祿)이며 집안에서는 원삼(源三)이라는 이름을 썼다고 한다. 뒤에 이활(李活)이라고 개명했다. 1904년 4월 4일 경북 안동 출생. 집안에서 가학으로 한문을 공부하면서 보문의숙에서 신학문을 배우고, 대구 교남학교에서 잠시 수학했다. 1925년 독립운동단체 의열단에 가입한 후 일본과 중국 베이징을 오가면서 활동했다. 1926년 베이징에서 베이징사관학교에 입학하였으며 이듬해 가을에 귀국했다가 장진홍(張鎭弘)의 조선은행 대구지점 폭파사건에 연좌, 3년형을 받고 투옥되었다. 이때 그의 수인(囚人) 번호가 64번이어서 호를 육사(陸史)로 택했다고 전한다. 1929년 출옥하자 이듬해 다시 중국으로 건너갔으며 한때 베이징대학 사회학과에서 수학하였다. 만주와 중국의 여러 곳에서 의열단 등 독립운

동 단체에 가담하여 항일독립투쟁을 벌였으며, 중국 작가 루쉰(魯迅)과도 이 무렵부터 교유하였다.

1933년 9월 귀국하여 잡지 『신조선(新朝鮮)』에 '육사'라는 필명으로 「춘수삼제(春愁三題)」「황혼」 등을 발표하면서 시작(詩作)에 전념하였다. 그는 한때 중외일보사를 비롯하여 조광사, 인문사 등 잡지사에도 근무하면서 시와 시조, 논문, 평론, 번역, 한시 등의 창작에도 재능을 나타냈다. 1937년 신석초, 윤곤강, 김광균 등과 시 동인지 『자오선』의 발간에 참여하여 「청포도」「교목」「파초」 등의 상징적이면서도 서정이 풍부한 시를 발표했다. 그의 대표작이라 할 수 있는 「광야」와 「절정」 등도 이 시기에 발표한 작품이다.

이육사의 시는 대체로 시적 주체의 확립과 식민지 현실의 비판적 인식이라는 하나

의 커다란 주제에 얽혀 있다. 1930년대에 접어들면서 일본 군국주의의 확대 과정을 거치면서 만주사변이 발발하게 되자 민족의 현실은 이루 말할 수 없는 참혹함에 빠져들게 되었다.

이육사는 고통의 현실 속에서도 시를 통해 민족 주체의 정립과 자기 확인을 수행하였으며, 투철한 저항 의식을 실천적 행동으로 표출했다. 그러므로 그는 시작 활동뿐만 아니라 항일 독립투쟁에 헌신하여 전 생애에 열일곱 번이나 투옥되었다. 이 같은 활동을 그대로 대변하듯 그의 시는 식민지하의 민족적 비운을 소재로 삼아 강렬한 저항 의지를 나타내고, 꺼지지 않는 민족정신을 장엄하게 노래한 것이 특징이다. 1941년 암흑기에 접어들면서 일제의 강압으로 국어 국문이 폐지되자 집필 활동을 중단했다. 이 무렵 폐병으로 한때 성모병원에 입원하여 잠시 요양했지만 그는 항일 독립투쟁을 위해 1943년 초봄에 다시 베이징을 다녀오기도 했다. 그의 행적을 추적하던 일본 경찰에 의해 이해 6월에 피검되었는데, 베이징으로 압송된 후 수감 중이던 베이징 감옥에서 옥사했다. 1945년 해방이 되자 신석초를 비롯한 문학인들에 의해 유고 시집 『육사시집(陸史詩集)』(1946)이 간행되었고, 1968년 고향인 경상북도 안동에 육사시비(陸史詩碑)가 세워졌다.

우리 시 깊이 읽기

노정기(路程記)

목숨이란 마치 깨어진 뱃조각
여기저기 흩어져 마을이 구죽죽한 어촌보담 어설프고
삶의 티끌만 오래 묵은 포범(布帆)처럼 달아매었다

남들은 기뻤다는 젊은 날이었건만
밤마다 내 꿈은 서해(西海)를 밀항하는 정크와 같애
소금에 절고 조수에 부풀어 올랐다

항상 흐릿한 밤 암초를 벗어나면 태풍과 싸워가고
전설에 읽어본 산호도(珊瑚島)는 구경도 못 하는
그곳은 남십자성(南十字星)이 비춰주도 않았다

쫓기는 마음 지친 몸이길래
그리운 지평선을 한숨에 기어오르면
시궁치는 열대식물처럼 발목을 오여쌌다

새벽 밀물에 밀려온 거미이냐
다 삭아빠진 소라껍질에 나는 붙어 왔다
먼 항구의 노정에 흘러간 생활을 들여다보며

「노정기」는 전체 5연 구성으로 각 행은 3행씩 이어진다. 이 시는 '나'라는 시적 화자가 척박한 현실 속에 살아온 삶의 유전을 되돌아보는 형식으로 진행되고 있지만, 실제 현실과 연관 지어보면 일제 강점기에 조국을 빼앗기고 쫓기듯 살아온 시인 이육사의 고통스러운 여정을 압축적으로 보여준다. 시적 진술 속에 등장하는 대립적 의미의 시어들이 시적 화자의 삶의 현실과 그가 꿈꾸는 이상과의 괴리 상태를 비유적으로 암시한다. 각 연의 마지막 행을 과거형으로 종결하고 있는데, 마지막 5연에서는 2행과 3행을 도치시켜 형태상의 변화를 꾀하면서 회고적 의미를 강조하고 있다.

이 시는 '노정기'라는 제목에서 알 수 있듯 시적 화자인 '나'의 험난한 바다를 건너온 것처럼 고통스러웠던 지나온 과거의 삶을 전체적으로 되돌아보는 내용으로 구성되어 있다. 1연에서 시적 화자는 자신의 목숨을 '깨어진 뱃조각'에 비유한다. 그리고 여기저기 흩어져 그 전체적인 형상을 알아보기도 어려워서 구중중한 어촌의 모습보다 더 어설프다고 묘사하고 있다. 그리고 자신의 고통스러운 삶에서 떨쳐버리지 못한 티끌만이 마치 돛대처럼 매달려 있을 뿐이라고 말하고 있다. 난파선의 뱃조각을 자신의 삶의 모습에 비유한 것이다.

2, 3연에서 '나'는 자신의 고통스럽던 젊은 시절을 돌아본다. 1연에서 제시한 시적 정황을 그대로 따라서 '나'는 모두가 행복했다고 하는 젊은 시절에도 서해를 밀항하는 정크선처럼 불안에 떨고 침잠해 살아왔음을 서술한다. '소금에 절고'라는 표현은 고통스럽고 힘들었던 삶의 체험을 말해주고 있으며, '조수에 부풀었다'는 것은 바닷물에 이리저리 밀려다니면서 찌들어졌음을 말한다. 이런 고통은 3연으로 이어진다. 한 번 위기를 넘기고 나면 다시 더 큰 고비를 견뎌야 했기 때문에 '산호도'라는 섬을 구경할 겨를도 없었고, 꿈과 희망을 말해주는 '남십자성'도 보지 못한다. 벗어나려 해도 끝없이 되풀이되는 시련과 고난으로 한숨을 돌릴 수도 없고 작은 희망도 찾기 힘들었음을 말해준다.

4, 5연은 고통스러운 항해를 마치고 난 후에도 가까스로 목숨을 부지하면서 지내기 어려웠음을 회상한다. 4연에서 지평선을 기어오르려는 의욕과 자신의 발목을 잡아매는 현실이 대비된다. 힘든 삶에 지쳐서 밝은 미래를 꿈꾸었으나 언제나 암울한 삶이 자신의 발목을 끌어당겼다. 여기서 '시궁치'는 '시궁발치'를 말하며, 더러운 물이 고이는 '시궁창'과 같은 뜻으로 본다. 5연에서는 초라한 자신의 모습을 '거미'에 비유하여 표현하고 있으며 겨우 목숨만을 부지한 채 괴롭게 살아온 삶이었음을 되돌아보고 있다.

이 시에서 그려내고 있는 시적 화자인 '나'의 모습은 '흐릿한 밤'의 험난한 바다를 겨우 통과해온 난파선의 조각으로 묘사된다. 어두운 시대 현실을 의지적이고 독백적인 어조로 읊조리는 가운데 난파선의 '뱃조각'에 비유되었던 '나'의 모습은 시의 결말에서 겨우 살아남아 목숨을 부지한 한 마리의 '거미'로 환치되고 있다. '뱃조각', '어촌', '밤', '암초', '태풍', '포범(布帆)', '시궁치' 같은 시어들이 시인의 부정적 현실을 보여준다면, '산호도', '남십자성', '지평선' 같은 단어들은 힘든 삶 가운데서도 한 줄기 빛으로서 희망의 의미를 담고 있다. 이렇듯 대립되는 시어들의 상징성을 통해 삶의 역경과 희망을 병치시키면서, 어떠한 절망적인 상황에서도 포기하지 않았던 조국 광복에 대한 의지를 드러내고 있는 것이다.

이육사가 신석초, 윤곤강, 김광균 등과 함께 참여하여 발간했던 시 동인지 『자오선(子午線)』 창간호에 1937년 11월에 발표한 작품이다.

절정(絶頂)

매운 계절의 채찍에 갈겨
마침내 북방으로 휩쓸려 오다

하늘도 그만 지쳐 끝난 고원
서릿발 칼날진 그 위에 서다

어데다 무릎을 꿇어야 하나
한 발 재겨 디딜 곳조차 없다.

이러매 눈 감아 생각해볼밖에
겨울은 강철로 된 무지갠가 보다

이육사의 「절정」은 전체 4연이며 각 연은 2행으로 이어진다. 이육사의 시에서 널리 확인할 수 있는 철저한 자기 인식과 그 고결한 정신은 그가 보여준 현실에서의 실천적 행동과는 대조적인 일면도 있다. 역사와 민족에 대한 고결한 신념과 가치를 바탕으로 이루어지고 있는 그의 시는 절제와 균형의 세계를 구축하고 있기 때문에 일상적인 현실 체험의 공간을 넘어서고 있는 것이 대부분이다.

1연에서는 '매운 계절의 채찍'에 쫓겨서 남쪽으로부터 밀려 결국은 북방으로 휩쓸리게 되었음을 말해준다. 억압의 현실에서 겪는 고통과 그것으로부터 밀려난 시적 화자의 모습을 겨울이라는 시간과 북녘이라는 공간으로 특정하여 그려낸다. 자기 의지와는 달리 밀리고 쫓겨왔음을 말하기 위해 '휩쓸려 오다'라는 피동형을 쓰고 있다. 2연의 경우는 앞서 설명했던 북방이라는 위치에 '하늘도 그만 지쳐 끝난 고원'이라는 설명을 통해 공간적 구체성을 입체적으로 더해준다. 더구나 '서릿발 칼날진' 험

준한 지역이라는 설명은 발을 딛기가 어려운 곳임을 암시한다. 1, 2연을 통해 결국 시적 화자가 극한의 상황에 밀려 있음을 알 수 있다. 3연은 바로 이 같은 위기의 상황을 '한 발 재겨 디딜 곳조차 없다'라는 설명을 통해 제시하고 있다. 더 이상 뒤로 물러설 수도 없고, 위로 올라갈 수도 없는 처지라는 점을 강조한다.

이 시의 4연에서 시적 화자는 더 이상 어떤 동작도 할 수 없는 상태에서 스스로 눈을 감고 생각에 잠긴다. '매운 계절의 채찍'에 휩쓸려 그 생존의 가능성조차도 가늠하기 어렵고, '한 발 재겨 디딜' 여유조차 용납되지 않는 극한 상태에 직면한 순간 시적 화자는 일체의 행위를 거부한 채 눈 감고 자기 존재에 대한 성찰과 인식에 빠져든다. 이 절대적 순간의 자기 확인이란 절박한 상황에 대한 자기 초월의 의미까지도 포함하고 있다. 그러므로 이 비극적인 절정의 순간에 과연, 눈 감아 생각한 것이 무엇이었을까를 질문한다는 것은 부질없는 일일 수밖에 없다. 이 시에서 드러나고 있는 그 정신의 초월성이 이미 모든 것을 넘어서고 있기 때문이다.

이 시의 마지막 구절인 '겨울은 강철로 된 무지갠가 보다'라는 말에는 외부적 상황과 주체의 존재에 대한 복잡한 자기 인식이 함축되어 있다. 이에 대한 해석은 신동욱 교수의 세밀한 분석이 설득적이다. "이 진술은 무엇을 뜻하는가. 겨울은 작품이 설정하고 있는 바 시인이 살고 있는 시대이고, 이 작품의 화자가 쫓김을 당하게 하는 원동력이다. 즉 대립적 적대 관계이다. 그런데 '강철'로 만들어진 '무지개'라는 인식은 거의 움직일 수 없이 견고한 적이라는 뜻이 담겨 있다고도 하겠다. 뜨거운 고열이 아니면 도저히 녹일 수 없는 '강철'로 인식되어 있는 데서 계절이 담고 있는 속뜻을 알 수 있다. 작품이 전개에서 나타난 대로 '채찍'은 계절의 채찍이므로 고열로도 녹일 수 없는 큰 것임을 짐작할 수 있다. 그것은 절망적으로 불가능하다는 인식이 밑바닥에 깔려 있다는 뜻으로도 해석된다. 작품의 화자가 대결하여 싸워야 할 대상은 단순한 '채찍'이 아니라 '계절'인 것이다. 이것은 우주의 운행 원리에 의하여 적어도 태양계의 운행 원리에 의하여 움직이고 있는 시간이다. 이렇게 풀이한다면 '채찍'으로 예각화된 제국주의 일본의 힘은 계절과 같이 어마어마한 것이고, 세계적으로 풍미했던 파시즘의 계절이라는 인식이 육사의 현실 인식의 윤곽으로 드러난다. 이렇게 거대한 제국주의의 계절적 풍미를 한 시인이 대적할 때 이렇게 결단할 수 있을 것인가. 여기에는 육사의 '강철로 된 무지개'가 뜻하는 의미가 풀릴 것 같다. 무지개는 흔히 우리에게 놀랍고도 아름다운 것으로 받아들여지는 기상 현상의 하나이다. 이 기적과 같은 아름다움의 인식은 목숨을 바쳐서 싸워야 할 대상을 이제까지는 쫓기기만 했지만, 그것을 절연히 정면으로 맞이하는 비상한 받아들임에서 일어나는 정신적 승리를 다짐하는 비약적 결단인 것이다. 이 비상한 결단 앞에서 적은 이제 무서운 존재도 아니다 이 과업은 또 시인 개인의 과업만이 아니라 온 민족의 과업이기도 하다. 이때 시적 자아의 신념에 찬 자세로 민족적 과업을 수행하려는 극한 상황에서의 결의가 황홀한 '무지개'로 인식된 것이다. 절망으로부터 솟아났고, 절망으로부터 불붙은 육사의 구국에의 사명 의식이 기쁨으로 융합된 것을 읽을 수 있다."[1] 신 교수의 해설에서 우리가 주목해야 할 대목은 겨울을 시인이 살고 있는 시대로 해석한 부분이다. 신 교수는 시적 화자와 겨울을 대립된 적대관계로 해석하면서, '강철'로 만들어진 '무지개'라는 것이 움직일 수 없이 견고한 '적'이라는 뜻을 담고 있다고 설명하고 있다. 그는 이러한 해석을 더욱 확대시켜서 일제 파시즘의 학대와 이에 대항하는 시인의 비상한 결단이 이 시구에 담겨 있다고 강조하고 있다.

나는 전에 이 구절의 의미를 색다르게 해석해본 적이 있다. '겨울은 강철로 된 무지갠가 보다'라는 구절에서 '-ㄴ가 보다'라는 말은 화자의 입장과 판단을 표시하는 통사적 징표이다. 그러므로 이 부분을 제거하고 보면, 이 시구의 진술 내용은 '겨울은 강철로 된 무지개' 속에 그 핵심이 담겨 있다고 할 수 있다. 여기서 '겨울은 강철로 된 무지개'라는 비유적 진술은 '겨울=무지개'라는 은유 관계를 드러낸다. 그리고 '무지개'를 강철로 만들어진 것으로 이해하고 있다. 이러한 내용을 바탕으로 '겨울은 강철로 된 무지개'라는 이 시구를 통사적으로 분석해보면, 다음과 같은 두 개의 문장이 서로 안고 안기는 관계에 있음을 알 수 있다. (1) 겨울은 무지개다. (2) 무지개는 강철로 되었다. 이 두 개의 문장에서 '겨울'과 '무지개'와 강철 사이의 은유 관계는 그 원관념과 보조관념의 관계를 파악하기가 쉽지 않다. 그러므로 이 구절의 의미 해석에 어려움을 겪는다. '겨울'과 '무지개'와 '강철' 사이에 어떤 의미상의 연관성을 찾기에는 그 비유 자체가 비약적이라는 것을 부인할 수 없다.

---

1   신동욱, 「한국 서정시에 있어서 현실의 이해」, 『우리시의 역사적 연구』, 1981.

우리 시 깊이 읽기

이 구절의 해석 방법을 달리 찾아보기 위해 우선 '강철'과 '무지개'라는 단어를 좀 더 조사해보기로 한다. 대부분의 국어사전을 보면, '강철'은 단단하고 굳은 쇠를 말한다. 한자로는 강철(鋼鐵)이라고 쓴다. 그런데 한자로 강철(强鐵)이라고 표기하면 이 말은 독룡(毒龍)을 의미한다. 용이 되어 승천하지 못한 큰 뱀을 강철이라고 일컫는다. '강철이 지나간 데에 봄가을이 없다'는 속담이 있다. 농사철에 알맞게 비가 내리지 않고 한발이 계속되면 사람들은 흔히 용이 되어 승천하지 못한 큰 뱀 강철이가 심술을 부려서 비를 오지 못하게 한다고 생각한다. 그래서 강철이 간 데에는 농사를 지을 수가 없고, 봄가을이 없는 것처럼 모두가 황폐해진다. 봄가을이 없다는 것은 결국 혹독한 시련의 계절이 지속되고 있다는 것으로 그 의미를 해석할 수 있다. 이 시에서 그려내고 있는 '겨울'이라는 원관념과의 바로 이 같은 의미와 서로 상통한다.

이제 문제가 되는 것은 '무지개'라는 말이다. '무지개'와 유사한 말 가운데 '무지기'라는 말이 있다. '무지기'는 대사(大蛇), 즉 큰 뱀을 일컫는 말이다. 지금은 이 단어를 거의 찾아보기 어렵지만, 고향에서 내가 어렸을 때 들었던 말이다. 구한말에 게일(H. Gale)이 펴낸 우리말 사전에도 분명히 '무지기(무직이)'라는 단어가 등재되어 있고, 그 뜻이 큰 뱀으로 풀이되어 있다. 이 단어와 유의적인 관계를 이루는 '이무기'라는 말은 누구나 알고 있을 것이다. 나는 이 시에서 '무지개'를 '무지기'의 오식으로 보고자 한다. 물론 이 시에서 '무지개'라는 표기는 1940년 1월 잡지 『문장』에 이 시를 발표한 때부터 나타난다. 그렇다면, '무지개'로 이미 처음부터 표기된 시어를 굳이 '무지기'로 바꾸어 읽어야 할 이유가 없다는 반론이 가능하다. 그런데 아주 재미있는 또 다른 증거가 있다. 경상도 지역 방언에서 '무지개'를 뜻하는 말이 '무지기'로 나타난다. 이희승 선생의 국어대사전에도 '무지기'는 경상도 지역 방언으로 무지개를 뜻한다고 표시되어 있다. 바로 이 점에 주목할 필요가 있다. 아마도 시인은 이 시구를 '무지기(큰 뱀)'로 표기하였을 가능성이 크다. 그러나 경상도 방언에서 '무지기'가 '무지개'를 뜻하기 때문에, 잡지 편집자가 '무지기'라는 말의 본래 뜻이 '큰 뱀'이라는 사실을 잘 모르고 이를 '무지개'로 고쳤을 가능성이 있다. 시인 이육사가 경상도 태생임은 누구나 알고 있는 일이다. 여기서 한 가지 더 생각할 문제가 있다. '강철로 된'에서의 '된'이라는 동사이다. 보조동사로도 쓰이지만 이 시에서는 해당되지 않는다. 이 말은 두 가지의 의미가 있다. (1) A를 B로 만들다(원료) (2) A가 B로 바뀌다(변화) (1)의 경우를 이 시구와 결합시켜 보면, '겨울은 강철로 만든 무지개'로 읽을 수 있다. 겨울=무지개라는 의미 관계를 인정하면, '무지개'가 '강철'로 만들어졌다고 생각하는 것은 당연한 일이다. 그런데 (2)의 경우를 이 시구에 연결시켜 보면, '겨울은 강철로 변한 무지개'라는 의미가 된다. 여기서는 겨울=무지개라는 은유적 관계가 성립하는 것이 아니라, 겨울=강철이라는 의미 관계가 성립된다.

이 같은 관계를 놓고 보면, 이 시구는 결국 '겨울은 강철(독룡)로 변해버린 큰 뱀'이라는 의미로 해석될 수 있는 가능성도 생긴다. 그리고 이것은 '강철이 지나간 데 봄가을이 없다'는 속담처럼 계절의 속성과 연관된 시대적 현실 인식의 시적 표현으로 볼 수 있는 것이다. 더구나 이 구절이 매서운 겨울을 '봄가을이 오지 못하게 가로막는 독룡의 혹독한 횡포와 폐해'에 비유한 것이라는 해석에까지 이를 경우, 우리는 시인이 느끼는 시대에 대한 참담한 절망의 극한을 이 구절에서 그대로 읽어낼 수도 있는 것이다.

「절정」은 1940년 1월 종합문예지 『문장』에 발표되었다.

우리 시 깊이 읽기

광야(曠野)

까마득한 날에
하늘이 처음 열리고
어데 닭 우는 소리 들렸으랴

모든 산맥들이
바다를 연모해 휘달릴 때도
차마 이곳을 범하던 못하였으리라

끊임없는 광음(光陰)을
부지런한 계절이 피어선 지고
큰 강물이 비로소 길을 열었다

지금 눈 나리고
매화 향기 홀로 아득하니
내 여기 가난한 노래의 씨를 뿌려라

다시 천고(千古)의 뒤에
백마 타고 오는 초인(超人)이 있어
이 광야에서 목놓아 부르게 하리라

「광야」는 이육사의 사후 1945년 12월 17일 『자유신문』에 공개된 유고작이다. 간고한 역사와 고통의 현실에 맞서고자 하는 시적 화자의 강한 의지를 형상화하고 있는 작품이다. 이 작품의 시적 구조는 전체 5연 구성, 각 연은 3행으로 연결되고 있다. 각 연에 배치된 행의 길이를 점층적으로 일정하게 맞춘 것은 텍스트 자체의 시각적 구성을 염두에 둔 것으로 볼 수 있다.

시의 텍스트에 드러나 있는 시상의 전개 과정을 보면, 1연부터 3연까지의 전반부와 4연부터 5연까지의 후반부로 크게 구분된다. 전반부에서는 '나'라는 시적 화자가 눈앞에 펼쳐져 있는 넓은 광야를 보면서 먼 옛날의 과거 사실을 회상하고 있다. 후반부에서는 시적 화자가 서 있는 현재의 위치에서 자기 역할을 강조하면서도 다시 더 먼 미래를 향해 자신의 강한 의지를 표출한다. 그러므로 시의 전반부는 '나'에 의해 추측되고 회상된 먼 과거의 시간과 공간의 변화들이 시적으로 진술되어 있으며, 후반부는 현실 속에서 더 먼 미래를 기약해보는 '나'의 강한 의지가 표출되어 있다.

이 시의 전반부는 천지의 창조가 이루어지던 태초의 순간에서부터 인간의 역사가 전개되는 과정을 '나'의 입장에서 추측하고 회상하는 내용이 주축을 이루는데, 각 연마다 그 표현 방식이 달라지고 있다. 제1연의 경우는 천지창조의 순간과 그 적막한 상황을 그려낸다. 하늘이 처음 열리는 '까마득한 날'은 천지개벽이 이루어진 태고의 날이다. 시적 화자는 이 순간을 아무 소리도 없는 적막의 순간이었을 것이라고 상상한다. '닭'의 울음소리(닭의 소리 그 자체라기보다는 인간의 흔적 또는 인적(人跡)을 의미한다고 볼 수도 있다)가 '들렸으랴'라고 하는 것은 전혀 그럴 가능성이 없다고 쉽게 결론을 내릴 수가 있다. 그렇지만 일종의 수사적 표현법인 의문형으로 어투를 바꾸어 독자들이 판단할 수 있도록 유도한다. 제2연에서는 천지개벽 이후 산과 바다가 생기고 광활한 대지가 열리게 됨으로써 자연의 형상이 갖춰지게 되었음을 요약적으로 제시한다. 이 대목은 '못하였으리라'라는 서술어의 서법상의 특성으로 볼 때, 지나버린 과거의 사실에 대한 일종의 추측에 해당한다. 제3연은 오랜 역사의 흐름 속에서 인간의 삶이 새롭게 전개되기 시작하였음을 말한다. '광음' '계절' '강물' 등의 시어는 모두 시간의 흐름, 역사의 변화를 암시한다. 아득하게 넓고 광활한 대지 위에서 태곳적부터 지금까지의 거대한 역사의 흐름을 생각하는 시적 화자의 넓은 시야가 두드러지게 드러난다.

대자연의 거대한 변화와 그 역사에 대한 회상이 중심을 이루고 있는 전반부가 끝나면, 시의 후반부는 현실 상황 속에 서 있는 '나'라는 화자의 시대적 역할이 제시

우리 시 깊이 읽기

된다. 4연의 경우에는 '지금 눈 나리고/매화 향기 홀로 아득하니'라는 말에서 당대적 현실의 조건이 비유적으로 표현된다. 광활한 대지 위에 '눈'이 내린다는 것은 혹독한 추위와 고난이 몰려오고 있음을 의미하지만, 그 눈을 이겨낼 수 있는 '매화'를 등장시킴으로써 봄이 올 수 있음을 암시한다. 혹독한 현실적 조건 속에서 그것을 이겨낼 수 있는 의지와 정신이 그만큼 강조되는 것이라고 할 수 있다. 그리고 '가난한 노래의 씨'를 뿌리는 일이 시인 자신의 시대적 소명임을 제시한다. 여기서 '가난한 노래의 씨'를 다른 어떤 의미를 가진 것으로 해석할 필요가 없을 것이다. 말 그대로 시인이 부르는 노래이며 시라고 해도 좋다. 5연에서 '다시 천고(千古)의 뒤에/백마 타고 오는 초인(超人)이 있어/이 광야에서 목놓아 부르게 하리라'라고 말하는 것은 5연의 내용과 연결시켜야 그 의미가 분명해진다. 시적 화자가 씨 뿌린 바 있는 '가난한 노래'를 먼 훗날 '백마 타고 오는 초인'에게 큰 소리로 부르게 하겠다고 다짐하고 있기 때문이다. 그러므로 이 마지막 연은 단순한 미래가 아니라 미래를 향한 현실 속의 기원임을 알 수 있다. 특히 '백마 타고 오는 초인'의 존재에 대해서는 여러 가지 해석이 가능하지만, 5연의 경우와 대조되는 시적 정황을 그려내기 위한 수사적 표현으로 보는 것이 좋을 듯하다. 눈이 내리는 황량한 광야에서 서서 홀로 가난한 노래의 씨를 뿌리는 시적 화자의 현재의 모습과 천고의 뒤에 백마를 타고 오는 초인이 큰 소리로 그 노래를 부르게 되는 미래의 환상적인 장면은 서로 극적인 대조를 이루고 있다.

이 시에서 '광야'라는 시적 공간은 '까마득한 날'에서부터 '다시 천고의 뒤'까지로 이어지는 무한한 시간을 배경으로 하고 있다. 그리고 태초의 천지 창조와 함께 인간의 역사가 열린 엄청난 변화를 담고 있다. 이 시적 공간의 광활함에 대응하는 시적 화자의 형상은 '가난한 노래의 씨'를 뿌리는 시인으로 그려진다. 그리고 '천고의 뒤에/백마 타고 오는 초인'이 그 노래를 다시 부를 수 있게 되길 기원하고 있다. 가난한 시인의 현실과 미래의 환상적인 초인이 모두 '광야'에 서 있게 되는 것이다.

이 시에서 첫 연의 '어데 닭 우는 소리 들렸으랴'라는 구절은 좀 더 세심하게 읽어볼 필요가 있는 대목이다. 이 구절을 의문문의 형태로 보느냐 추측 예단의 평서문으로 보느냐 하는 것이 여전히 쟁점으로 남아 있다. 이 문제를 명확히 하기 위해서는 '어데'라는 말의 속성을 제대로 이해해야 한다. 경상도 방언의 '어데' 또는 '어대'는 모두 '어디'라는 표준말로 바꿀 수 있다. '어디'는 장소를 말해주는 지시대명사로서 '어느 곳'이라는 미지칭으로 쓰이기도 하고 '아무 곳'이라는 부정칭으로 쓰이기도 한다. 그런데 이 말은 경상도 방언에서 '어느 곳'이라는 미지칭의 대명사로 쓰이기보다는 '아무 곳'이라는 부정칭의 대명사로 쓰이는 경우가 많으며 일상적인 대화문에서는 이 말의 뒤에 오는 진술 내용을 강하게 부정하는 기능을 더 두드러지게 나타낸다. '너, 시험 잘 봤어?' '어데, 모두 망쳤는기라.'와 같은 예처럼 '어데'라는 말은 상대방의 질문 내용을 강하게 부정하는 일종의 감탄사처럼 쓰이고 있다. 이 경우에 '아니'라는 부정의 의미가 강조된다. 그러므로 이 말이 어떤 환경에서 사용되고 있는지를 제대로 살펴보지 않고서는 이 말이 드러내는 미묘한 어감을 제대로 이해하기 어렵다.

이 시의 경우에도 '어데 닭 우는 소리 들렸으랴'라는 구절은 '어디 닭 우는 소리가 들렸겠는가'라고 읽어야 한다. 여기에는 '어디에도 닭 우는 소리가 들리지 않았을 것이다'라는 부정적 의미가 담겨지게 된다. 특히 경상도 방언에서 '어데'라는 말을 쓸 경우 시적 진술 자체의 내용에 대한 일종의 판단 유보와 같은 의미가 정의적으로 곁들여지고 있는 듯한 느낌을 준다는 점을 주목할 필요가 있다.

파초(芭蕉)

항상 앓는 나의 숨결이 오늘은
해월(海月)처럼 게을러 은빛 물결에 뜨나니

파초 너의 푸른 옷깃을 들어
이닷 타는 입술을 축여주렴

그 옛적 사라센의 마지막 날엔
기약 없이 흩어진 두 낯 넋이었어라

젊은 여인들의 잡아 못 논 소매 끝엔
고운 손금조차 아직 꿈을 짜는데

먼 성좌와 새로운 꽃들을 볼 때마다
잊었던 계절을 몇 번 눈 위에 그렸느뇨

차라리 천년 뒤 이 가을밤 나와 함께
빗소리는 얼마나 긴가 재어보자

그리고 새벽하늘에 어데 무지개 서면
무지개 밟고 다시 끝없이 헤어지세

　이육사의 시 「파초(芭蕉)」를 읽을 때면, 내가 목포를 여행하다가 '남농미술관'에서
본 〈파초도(芭蕉圖)〉가 생각난다. 굵은 선으로 처리된 크고 넓은 파초 잎이 인상적

이었다. 미산(米山) 허형(許澄)이 일제 강점기인 1930년대에 그린 파초 그림이다. 매(梅), 난(蘭), 국(菊), 죽(竹)이라면 당연하지만, 파초 그림은 좀 낯설었다.

파초는 우리나라 토종의 식물이 아니다. 중국 남방 지역의 따뜻한 땅에서 자라나는 다년초다. 언뜻 보면 바나나 나무와 비슷한데 종자가 다르다고 한다. 타원형으로 크게 자라는 푸른 잎의 싱그러움을 사랑하여 우리나라에서는 관상용으로 재배한다. 하지만 그대로 겨울을 지낼 수가 없다. 늦가을이 되면 잎을 모두 쳐내고 줄기를 잘라낸 후 짚이나 거적을 둘러 싸매고 뿌리가 얼지 않도록 덮어주어야 한다. 이듬해 봄에 싸맸던 짚과 거적을 풀어주면 새로운 잎과 줄기가 다시 자란다. 어렸을 때 교감선생님 댁에서 작은 간이 온실에 키우는 파초의 넓은 잎을 보고 신기해하였던 기억이 생생하다. 자기가 원래 자라났던 땅을 떠나서 남의 땅에 와 뿌리를 내리고 사노라고 애를 쓴다. '귀화식물(歸化植物)'이라는 말이 실감이 난다.

이 작품은 전체 7연으로 구성되어 있으며, 각 연은 2행씩 이어진다. 이 작품에서 시적 대상이 되는 '파초'는 한국에서 흔하게 볼 수 있는 식물이 아니라는 데에서 그 상징성이 주목된다. 1, 2연은 시적 주체로서의 '나'의 존재와 대상으로서의 '파초'의 관계를 암시적으로 그려낸다. '나'는 항상 고통스럽고 지친 모습이다. '항상 앓는 나의 숨결'이라는 직설적인 진술은 곧 하나의 시각적 이미지로 전환되어 바다 위로 비치는 달이라는 형상을 취한다. 2연에 등장하는 '파초'는 삶에 지친 '나'에게 활력을 넣어주는 상대다. 시적 화자와는 달리 파초는 싱그러운 푸른 잎을 자랑한다. '나'는 자신의 타는 입술을 축이고 싶어 한다. 언제나 싱그럽게 푸른 '파초'의 잎새처럼 되기를 갈망하고 있는 것이다.

3연부터 5연까지의 시적 진술은 모두 '파초'에게 집중된다. 시인의 상상력에 의해 귀화식물인 파초의 화려한 과거가 그려진다. 풍요와 부귀의 의미로 사랑받아 온 파초의 이야기를 '옛적 사라센의 마지막 날'로 거슬러 올라가면서 되새긴다. 그리고 낯선 땅으로 옮겨져 자라나면서도 변함없이 '젊은 여인들의 잡아 못 논 소매 끝'처럼 그렇게 넓고 아름다운 잎새를 자랑하는 모습에 빠져든다. 하지만 지나간 시절의 늘 푸르렀던 자신의 자태를 얼마나 그리워했는지를 되묻는다.

6, 7연은 이 시의 1, 2연의 내용과 서로 대조를 이룬다. 파초의 아름다움을 통해 잊었던 계절의 꿈을 다시 돌아보던 시적 화자는 파초와의 이별을 준비한다. 가을이

지나면 한국에서는 파초의 화려한 자태를 더 이상 볼 수가 없다. 파초는 여름 한철을 보내고 가을을 지내면 이제 그 넓고 푸른 잎을 접고 화려한 계절을 모두 잃게 되기 때문이다. 가을밤 빗소리를 재어본다는 시적 진술은 밤새도록 파초의 잎새에 부딪치는 빗방울 소리를 가늠해보면서 화려한 계절을 잃어가는 파초의 모습을 안타까워하는 시적 화자의 심정을 그대로 그려낸다. 그리고 밤이 지나고 나면 파초와 서로 헤어지게 됨을 밝히고 있다.

이 시에서 그려내고 있는 파초는 자기 고향을 잃어버린 채 타지에 뿌리를 내리고 서 있지만, 그 푸른 잎을 늘 자랑한다. 그럼에도 불구하고 시 속에서 파초는 계절의 호사스러움을 모두 잃은 존재로 그려지고 있으며, 과거의 풍요로움이 추억으로만 존재한다. 이 시에서 느낄 수 있는 시적 긴장은 바로 이 같은 시적 대상으로서의 파초를 삶의 현실에 지쳐 있는 시적 주체와 일치시켜놓고 있는 점에서 비롯된다.

이 작품에서 2연의 '파초 너의 푸른 옷깃을 들어/이닷 타는 입술을 축여주렴'이라는 구절에 나와 있는 '이닷'이라는 시어가 흥미롭다. 이 말은 일상어에서는 별로 사용하지 않는 낯선 단어이다. 이 구절에서 '이닷'은 바로 뒤에 이어지는 '타는'이라는 동사를 직접적으로 한정한다. 이 말과 유사한 성질을 가진 말이 '그닷'이다. '사십 리 길이라더니, 그닷 멀지 않구나.'와 같은 표현에서 흔히 쓰인다. 여기서 '그닷'은 비교 또는 상태를 말해주는 '그다지'의 준말이며 '그렇게'라는 뜻을 가진다. 일상적인 회화에서는 '그다지'보다는 '그닷'이라는 준말을 많이 쓴다. 이 말은 전제되는 상황 또는 조건에 반하는 부정적 진술을 반드시 수반하기 때문에, '그닷 ―하지 않다'라는 표현에 사용한다. '그닷'의 쓰임을 놓고 보면, '이닷'이라는 말도 '이다지'의 준말임을 추론할 수 있다. '이다지'는 '이렇게'의 뜻으로 사용되는 부사로서, 역시 비교 또는 상태의 제시를 말해준다. 그러나 '그닷'과는 달리 이 말은 강한 긍정 또는 강조의 의미를 가진다. 이 시의 2연은 '이렇게 타는 입술을 축여주렴'으로 풀이할 수 있다.

이육사가 시 「파초」를 발표한 것은 일본이 황민화 운동을 내세워 국문 말살을 본격화하기 시작한 때다. 1941년 12월 잡지 『춘추(春秋)』에 실렸다. 아마도 우리말로 쓴 시가 잡지에 발표된 것으로는 거의 마지막이 아니었나 생각된다.

청포도

내 고장 칠월은
청포도가 익어가는 시절

이 마을 전설이 주저리주저리 열리고
먼 데 하늘이 꿈꾸며 알알이 들어와 박혀

하늘 밑 푸른 바다가 가슴을 열고
흰 돛단배가 곱게 밀려오면

내가 바라는 손님은 고달픈 몸으로
청포를 입고 찾아온다고 했으니

내 그를 맞아 이 포도를 따 먹으면
두 손을 함뿍 적셔도 좋으련

아이야 우리 식탁엔 은쟁반에
하이얀 모시 수건을 마련해두렴

「청포도」는 전체 6연으로 구성되어 있으며, 각 연이 2행으로 이어진다. '청포도'
를 시적 소재로 하여 향토적 정서를 짙게 드러내면서도 풍요로운 삶을 꿈꾸는 시적
화자의 내면을 잘 표현하고 있다. 1, 2연에서는 청포도가 익어가는 고향 마을 7월
의 정경을 그려낸다. 인정이 흘러넘치는 고향 마을을 공간적 배경으로 하고 청포도
가 익는 한여름을 시간적 배경으로 삼고 있기 때문에 전체적으로 밝고 싱그러운 계

우리 시 깊이 읽기

절적 감각을 잘 살려내고 있다. 2연의 '이 마을 전설이 주저리주저리 열리고/먼 데 하늘이 꿈꾸며 알알이 들어와 박혀'는 청포도가 익어가는 과정을 그대로 묘사한 대목이다. 청포도는 저절로 익는 것이 아니라 '이 마을 전설이 주저리주저리 열리'듯이 그렇게 마을 사람들의 삶의 풍요로운 모습을 닮아간다. 그리고 하늘이 '알알이 들어와' 박히듯이 그렇게 자연과 조화를 이루면서 익어간다. 포도알이 주렁주렁 열려서 파랗게 익어가는 모습을 시각적으로 표현하고 있으며, 풍요로운 느낌이 강조된다.

3, 4연은 포도가 익어가는 마을의 정경에 대비되는 환상의 세계를 그려낸다. 이 환상의 세계는 푸른 바다와 흰 돛단배 그리고 청포를 입고 오는 손님 등으로 이루어져 있다. 여기서 '푸른 바다와 흰 돛단배'는 시적 화자가 현실 속에서 꿈꾸는 희망의 공간이며 '청포를 입고 오는 손님'은 시적 화자가 기다리고 있는 손님이다. 여기서 시적 묘사에 동원하고 있는 청색과 백색의 선명한 대비를 통해 그려지는 시적 이미지는 밝고 희망적인 느낌을 준다.

5, 6연은 다 익은 포도를 수확하여 차려두고 손님맞이 준비를 하는 모습을 그려낸다. 식탁 위에 준비하는 '은쟁반'과 '모시 수건'은 정성을 다하여 격식을 갖추어 손님을 맞는 자세를 암시한다. 이 부분에서도 포도의 청색과 은쟁반, 모시 수건의 백색이 선명한 색채의 대조를 이루면서 정갈한 손님맞이 식탁을 보여준다. 시적 화자가 넉넉하고도 평화롭고 따스한 삶의 모습을 꿈꾸고 있다는 사실을 암시하고 있다.

이 시의 두드러진 특징은 청포도, 하늘, 푸른 바다, 청포라는 시어가 모두 청색의 이미지로 이어지고 이에 대비되어 '흰 돛단배', '은쟁반', '하이얀 모시 수건' 등이 백색의 이미지로 통일된 점이라고 할 수 있다. 이러한 시적 이미지의 구성은 청포도가 익어가는 고향이라는 시적 공간을 밝고 선명하게 부각시켜놓고 있다. 그리고 그 공간 안에서 시적 화자가 꿈꾸는 평화롭고 풍요로운 삶, 모두가 한데 어울릴 수 있는 밝고 명랑한 삶에 대한 희망을 더욱 긍정적으로 표현하고 있다.

1939년 8월 종합문예지 『문장』에 발표된 이육사의 대표작이다. 이 작품은 고통스러운 시대와 현실에 맞서고자 했던 시인의 의지를 남성적이고 의지적인 어조로 노래했던 「절정」 「광야」 등과는 달리 밝고 서정적인 분위기를 드러내고 있다.

이용악

李庸岳 1914~1971

이용악은 1914년 11월 23일 함경북도 경성에서 출생했다. 고향에서 보통학교를 졸업한 후 상경하여 상급학교에서 수학한 것으로 알려져 있지만 확인된 바 없다. 1934년 일본으로 유학하여 조치대학(上智大學) 신문학과에서 수학했다. 대학 재학 중에 『신인문학』 1935년 3월호에 시 「패배자의 소원」을 발표하면서 문단에 나왔다. 도쿄 유학 시절 동향의 시인 김종한(金鍾漢)과 함께 동인지 『이인(二人)』을 발간하기도 했다.

1937년에 일본 도쿄의 삼문사(三文社)에서 첫 시집 『분수령(分水嶺)』을 발간했으며 그 이듬해에 잇달아 둘째 시집 『낡은 집』을 펴냈다. 첫 시집의 작품 가운데 「북쪽」, 「국경」 등을 보면 궁핍한 삶의 고난과 역경, 현실의 참담한 풍경을 사실적으로 묘사함으로써 식민지 시대 민중의 삶의 모습을 구체적으로 형상화하고 있다. 1939년 일본 유학을 마치고 귀국한 후 최재서(崔載瑞)가 주관하던 잡지 『인문평론』의 편집기자로 근무하였다. 1941년 4월 『인문평론』이 폐간되자 1942년 고향 경성으로 돌아가 칩거했다.

1945년 광복 직후 상경하여 좌익 문단 조직인 조선문학가동맹에 가담하였으며 『중앙신문』 기자로 활동하였다. 이 시기에 시집 『오랑캐꽃』(1947)을 발간하였는데, 여기에는 일제 말기의 작품들이 실려 있다. 표제작인 「오랑캐꽃」에서는 바로 일제의 강점으로 삶의 터전을 잃은 채 유랑하던 우리 민족을 오랑캐꽃에 비유하여 노래하였으며, 「두메산곬」에서는 일제의 강압적인 식민지 정책 아래 고뇌하는 지식인의 자의식을 담고 있다. 1949년에 펴낸 『이용악집』(동지사)이 네 번째 시집이다. 1948년부터 『농

림신문』 기자로 활동하다가 좌익 문화활동
에 연루되어 수감되었다가 한국전쟁 당시
출옥하여 월북했다. 북한의 『조선문학』지에
많은 작품을 발표했다. 1956년 『평남관개시
초』를 제작하고 1963년에는 김상훈과 함께
『역대 악부시가』를 번역 발간하기도 했다.
1971년 사망한 것으로 전해진다.

이용악

북쪽

북쪽은 고향
그 북쪽은 여인이 팔려간 나라
머언 산맥에 바람이 얼어붙을 때
다시 풀릴 때
시름 많은 북쪽 하늘에
마음은 눈 감을 줄 모르다

이용악의 시 「북쪽」은 전체 6행의 짤막한 시이지만 그 속에 담긴 이야기가 한스
럽다. 시인 자신의 고향에 대한 그리움과 서러움이 함께 담겨 있다. '북쪽은 고향'이
라는 첫 행은 시적 화자의 고향을 가리킨다. 구체적인 장소를 말하지 않고 '북쪽'이
라는 방향을 가리킨 것은 시적 화자가 멀리 고향을 떠나 남쪽지방에서 떠돌고 있음
을 암시한다.

둘째 행의 '그 북쪽'은 고향 마을에서 볼 때 다시 북쪽 지역을 뜻하는데, 함경북
도 경성이라는 시인의 고향을 생각한다면 북만주 지역을 가리키는 것으로 짐작할
수 있다. 북만주로 고향 마을의 처녀가 팔려갔다는 사연이 뒤이어 간략하게 소개
된다. 이 여인의 정체는 알 수 없지만 아마도 가난한 살림 때문에 만주의 어느 중
국인 지주에게 보내졌을지 모른다. 그러므로 북쪽은 그리우면서도 마음이 아픈 곳
이다.

'머언 산맥에 바람이 얼어붙을 때/다시 풀릴 때'는 계절의 변화를 말해준다. 겨울
이 되어 온통 세상이 얼어붙게 되어도, 그러다가 다시 봄이 와서 날씨가 풀려도 고
향 생각은 떨칠 수가 없다. 그러므로 '시름 많은 북쪽 하늘'이 될 수밖에 없다. 언제
나 마음속 근심 걱정으로 북녘의 하늘을 바라보기 때문이다. 마지막 행의 '마음은
눈 감을 줄 모르다'라는 구절이 이 짧은 시에서 단연 돋보이는 명구(名句)다. 언제나

우리 시 깊이 읽기

고향 북쪽을 생각한다는 뜻이다. 한문구의 '오매불망(寤寐不忘)'이라는 말보다 그 이미지가 신선하고 고향에 대한 그리움과 거기서 오는 근심이 더 깊게 느껴진다. 향수(鄕愁)라는 말에 잘 어울리는 작품이다.

첫 시집 『분수령(分水嶺)』(1937)에 수록되어 있다.

국경(國境)

새하얀 눈송이를 낳은 뒤 하늘은 은어의 향수처럼 푸르다 얼어 죽은 산토
끼처럼 지붕 지붕은 말이 없고 모진 바람이 굴뚝을 싸고 돈다 강 건너 소문
이 그 사람보다도 기다려지는 오늘 폭탄을 품은 젊은 사상이 피에로의 비가
에 숨어 와서 유령처럼 나타날 것 같고 눈 우에 크다아란 발자욱을 또렷이
남겨줄 것 같다 오늘

이용악의 시 「국경」은 한겨울 북녘 국경 지방의 풍경을 그려놓고 있다. 전체 네
개의 문장으로 이루어진 텍스트에서 첫 문장과 둘째 문장이 시적 배경을 보여준다.
시각적 이미지의 대조가 날카롭다. 흰 눈이 내린 뒤 하늘이 파랗게 갰다. 차디찬 푸
른 하늘을 '은어의 향수처럼 푸르다'라고 묘사하고 있다. 눈이 내리는 회색의 하늘
과 눈이 그친 후 갠 푸른 하늘이 감각적으로 대조를 이루며 그려진다. 눈이 쌓인 지
붕을 얼어 죽은 토끼의 모습에 비유한다. 추운 날씨에 아무도 밖으로 나오지 않고
인기척이 끊어졌다. 바람만이 모질게 불어댄다. 국경 지방에서 겪어야 하는 혹한의
시절이 간고한 삶의 현실을 그대로 암시한다.

후반부에서는 강 건너에서 돌아올 누군가를 기다리는 시적 화자의 심정을 그려
낸다. 오늘은 꼭 그 사람이 돌아올 것처럼 느껴진다. '폭탄을 품은 젊은 사상'이라든
지 '피에로의 비가'와 같은 비유적 표현이 함축하고 있는 의미가 예사롭지 않다. 시
적 화자가 기다리는 사람은 '폭탄을 품은 젊은 사상'에 비유되며 죽음의 현실을 거
부하고 얼어붙은 고통의 삶을 폭발시킬 힘이 필요하다는 것을 암시한다. 시적 화자
자신은 '피에로'와 같은 고되고 슬픈 삶을 살고 있다. 그런데 그 사람이 눈 속을 뚫
고 큰 발자국을 남기면서 시적 화자에게 꼭 돌아올 것 같은 느낌이다.

이 시의 마지막 구절은 '오늘'이라는 말로 끝맺고 있다. 이 말은 단순한 시간적
현재를 의미하지 않는다. 왜냐하면 고통의 현실 속에서 맞이하게 되는 지금 이 순

간의 절박한 상황을 강조한다. 이제 더 미룰 수 없는 결단의 순간이 바로 '오늘'이기 때문이다.

첫 시집 『분수령』(1937)에 수록되어 있다.

낡은 집

날로 밤으로
왕거미 줄치기에 분주한 집
마을서 흉집이라고 꺼리는 낡은 집
이 집에 살았다는 백성들은
대대손손에 물려줄
은동곳[1]도 산호관자[2]도 갖지 못했니라

재를 넘어 무곡[3]을 다니던 당나귀
항구로 가는 콩 실이에 늙은 둥글소
모두 없어진 지 오랜
외양간엔 아직 초라한 내음새 그윽하다만
털보네 간 곳은 아무도 모른다

찻길이 놓이기 전
노루 멧돼지 쪽제비 이런 것들이
앞뒤 산을 마음 놓고 뛰어다니던 시절
털보의 셋째 아들은
나의 싸리말 동무는
이 집 안방 짓두광주리 옆에서
첫울음을 울었다고 한다

---

1 은동곳 : 상투를 튼 후 풀어지지 않도록 위에 꽂는, 은으로 만든 장식.
2 산호관자 : 망건에 달아 상투에 동여매는 줄을 걸어넘기는, 산호로 만든 작은 고리.
3 무곡(貿穀) : 장사하기 위해 곡식을 사고 팖. 또는 그 곡식.

우리 시 깊이 읽기

'털보네는 또 아들을 봤다우
송아지래두 붙었으면 팔아나 먹지'
마을 아낙네들은 무심코
차거운 이야기를 가을 냇물에 실어보냈다는
그날 밤
저릎등이 시름시름 타들어가고
소주에 취한 털보의 눈도 일층 붉더란다

갓주지 이야기와
무서운 전설 가운데서 가난 속에서
나의 동무는 늘 마음 졸이며 자랐다
당나귀 몰고 간 애비 돌아오지 않는 밤
노랑고양이 울어울어
종시 잠 이루지 못하는 밤이면
어미 분주히 일하는 방앗간 한 구석에서
나의 동무는
도토리의 꿈을 키웠다

그가 아홉 살 되던 해
사냥개 꿩을 쫓아다니는 겨울
이 집에 살던 일곱 식솔이
어데론지 사라지고 이튿날 아침
북쪽을 향한 발자욱만 눈 우에 떨고 있었다

더러는 오랑캐령 쪽으로 갔으리라고
더러는 아라사로 갔으리라고
이웃 늙은이들은
모두 무서운 곳을 짚었다

지금은 아무도 살지 않는 집

마을서 흉집이라고 꺼리는 낡은 집

제철마다 먹음직한 열매

탐스럽게 열던 살구

살구나무도 글거리만 남았길래

꽃피는 철이 와도 가도 뒤울안에

꿀벌 하나 날아들지 않는다

이 시는 시집 『낡은 집』(1938)의 표제작이다. 어린 시절에 고향을 떠나간 동무의 집을 돌아보면서 살아온 과정을 회고하는 내용을 담고 있다. 전체 8연으로 구성된 이 작품은 시상의 흐름으로 보아 1, 2연의 전반부, 3~7연의 중반부, 8연의 후반부로 나누어진다.

전반부의 1, 2연에서는 시적 소재와 그 배경을 제시하고 있다. 시적 화자는 지금 고향 마을의 어떤 빈집 앞에 서 있다. 이 빈집은 동네 사람들조차 흉가라고 꺼리는 낡은 집이다. 양반네와는 상관없는 가난한 털보네 가족들이 살았던 집이다. 시적 화자의 시선이 머문 곳은 낡은 집의 외양간이다. 고개를 넘어 무곡하러 다니던 당나귀도 없어졌고, 항구로 콩을 실어 나르던 허리 굽은 늙은 소도 보이지 않는다. 털보네가 소, 당나귀를 몰고 다니던 마부였던 모양이다. 험한 고갯길을 소, 당나귀와 함께 짐을 싣고 나르는 일을 하면서 고달픈 삶을 살았던 것으로 보인다.

중반부는 털보네 가족 중에서 시적 화자의 동무였던 셋째가 태어나 아홉 살 때까지 자라던 이야기를 담고 있다. 3연에서 셋째가 태어나던 때는 '찻길'이 놓이기 전이다. 여기서 '찻길'이란 기차가 다니는 철로를 말한다. 그때는 자연 속에 파묻혀 노루, 멧돼지, 쪽제비가 모두가 평화롭게 지내던 시절이다. 털보네 가난한 살림 속에서 셋째 아들이 태어난다. 그 녀석이 화자의 어릴 적 가장 친했던 동무다. 여기 등장하는 '싸리말 동무'라는 말은 한자어 '죽마고우(竹馬故友)'에 해당한다. 어린 시절에 죽마놀이를 함께 하던 절친했던 동무를 말한다. 여기서는 '죽마' 대신에 '싸리말'이 등장한다. 함경도 북녘은 추위에 대나무가 살지 못한다. 그러니 대나무로 만

우리 시 깊이 읽기

든 '죽마'가 있을 리가 없다. 아마도 '싸리나무'로 죽마와 비슷한 놀이기구를 만들어 함께 놀았던 모양이다. 셋째가 태어나던 당시의 가난한 살림살이를 보여주는 것이 '짓두광주리'이다. 바느질 도구나 온갖 잡동사니를 담아두던 광주리 옆에서 셋째가 태어났다는 것이다.

4연은 셋째 태어난 소식을 동네 아낙네들이 개울가에서 전하는 장면이다. 송아지 새끼 같으면 내다 팔아먹을 수가 있는데 가난한 살림에 입이 하나 더 늘어난 것을 동네 아낙네들이 흉본다. 털보도 '그날 밤/저릎등이 시름시름 타들어가고/소주에 취한 털보의 눈도 일층 붉더란다'에서처럼 새로 태어난 아들을 보고 기뻐하기보다는 오히려 앞으로 아들을 키우며 함께 살아갈 일이 걱정이다. '저릎등'은 석유 등잔이나 전깃불이 등장하기 전에 산촌에서 사용하던 등잔 대용의 불이다. 함경도 산골에서는 뜨물의 앙금과 겨를 반죽한 것을 겨릎(삼베의 껍질을 벗겨낸 대)에 발라 말리어 불을 붙여 등잔 대신 사용했다고 한다.

5연은 털보네 셋째가 성장하던 과정을 보여준다. 어릴 때부터 셋째는 가난 속에서 늘 마음을 졸이면서 지낸다. 당나귀를 몰고 일을 나간 아버지가 밤이 늦도록 집에 돌아오지 않는 날은 잠도 이루지 못하고 엄마의 방앗간 옆에서 걱정 속에 싸여 있다. 여기 등장하는 '갓주지 이야기'는 갓을 쓰고 다니는 절의 주지 스님을 말한다. 예전에는 스님들이 갓을 쓰고 동네를 돌아다니면서 시주를 받았는데, 부모들이 가난에 찌들어 키우기 힘든 자식을 갓주지에게 넘기는 일들이 있었다는 것이다. 그래서 '갓주지가 애 잡아간다'는 이야기가 생겨났다. 어린아이가 떼를 쓰고 울며 고집을 부릴 때 '갓주지가 잡아간다'고 하면 울음을 그칠 정도로 어린아이들이 무서워했던 것이 갓주지이다. 아무것도 모르던 어린 시절에는 '갓주지'가 나타나 잡아갈까 두려워 떨며 지냈는데, 철이 나면서는 일을 나가서 돌아오지 않는 아버지가 걱정이다.

6, 7연은 털보네 일가족이 밤에 아무도 모르게 마을 떠난 사연을 소개한다. 셋째가 아홉 살이 되던 해 털보네 식구들은 눈이 쌓인 겨울밤 모두 마을을 떠났다. 눈길에 가족들의 발자국만 남아 있다. 동네 어른들은 아마도 털보네가 오랑캐령을 넘어 북쪽 만주 땅으로 갔을 것이라고 말하고 어떤 이는 러시아 땅으로 들어갔을 것이라고 추측한다. 가난한 마부였던 털보네는 시대가 몰고 온 가난을 이겨낼 수가 없다.

기찻길이 생기기 전에는 그래도 힘은 들었지만 당나귀 몰며 무곡 실어 나르고 항구로 콩을 싣고 소를 몰면서 지낼 수 있었다. 그러나 기찻길이 열리면서 털보네는 그 일로는 먹고살기가 힘들다. 그러니 어딘가 살길을 찾아 떠날 수밖에. 식민지 시대 문명의 상징이었던 기찻길이 놓이면서 털보네는 생계를 잃었던 것이다.

시의 결말에 해당하는 8연에서 시적 화자는 다시 현재 상황으로 돌아온다. 털보네 가족과 자신의 동무였던 셋째를 생각하다가 다시 텅 빈 낡은 집을 돌아본다. 살구가 열리던 커다란 살구나무도 잘린 채 '글거리(그루터기)'만 남았고 텅 빈 집은 적막하기 그지없다. 이 시에서 화자는 행적조차 알 수 없는 털보네 가족과 동무였던 셋째가 그립다. 하지만 그들은 궁핍한 삶에 쫓겨 고향을 버리고 어디론가 떠나버렸다. 이들이 살았던 낡은 집은 찌든 가난 속에 살았던 털보네 가족들의 삶의 모습을 그대로 간직한 채 휑하니 적막 속에 싸여 있다.

이 시는 회상적 진술 방식을 통해 시적 표현의 압축과 긴장보다는 일제 강점기에 가난한 삶을 살았던 우리네 민중의 모습을 시간적 순서에 따라 몇 개의 장면으로 나누어 설명하고 있다. 시의 중심에는 마부 노릇으로 생계를 이끌어가던 털보네가 기찻길이 놓이면서 더 이상 일을 해나갈 수 없게 되어 고향을 떠날 수밖에 없게 된 사연이 담겨진다. 털보네 식구들이 떠나버린 뒤에 텅 빈 낡은 집은 초라하고 쓸쓸하다. 그 속에서 살았던 사람들의 삶의 궁핍과 그 고통이 문제이지만 그것을 바라보고 있는 시적 화자 자신의 내적인 고뇌도 돋보인다.

우리 시 깊이 읽기

노천명

盧天命 1911~1957

황해도 장연군에서 출생했다. 부친 사망 후 1919년 경성으로 이주하여 진명여학교를 졸업하였고 1930년 이화여자전문학교 영문과에 입학했다. 이화여전 재학 중 1932년 6월 잡지 『신동아』에 시 「밤의 찬미」 「단상」 등을 발표하며 등단했다. 본격적인 문단 활동은 1935년 『시원(詩苑)』 동인으로 참여하여 시 「내 청춘의 배는」을 발표하면서부터 시작되었다. 이화여전 졸업 후 1934년 『조선중앙일보』 학예부 기자로 입사해 1937년까지 근무했으며, 1939년까지 잡지 『여성』의 편집을 맡으면서 활발한 시작 활동을 했다. 첫 시집 『산호림(珊瑚林)』(1938)에는 시인의 어린 시절을 회상하며 향수의 세계를 그려낸 작품들이 많으며, 시인 자신의 고독한 자신의 실존적 모습을 탐구하는 시들도 많다. 이 시집에 시인의 대표작으로 손꼽히

는 시 「사슴」 등이 있다. 일제 말기에 매일신보사 기자로 활동하였고, 친일 단체인 조선문인협회 간사를 맡기도 했다.

1945년 광복 후 서울신문사, 부녀신문사 등에서 일했고, 임화 등이 주도하던 좌익 문단의 조선문학가동맹에도 참여하였다. 해방 직후 출간한 두 번째 시집 『창변』(1945)에는 노천명의 시 세계를 대표할 만한 작품들이 많이 실려 있다. 「남사당」을 비롯한 「장날」 「연자간」 「잔치」 「돌잡이」 등은 토속적 풍물에 녹아들어 있는 삶의 애환을 풍부하게 형상화하고 있다. 물론 초기 시를 대표하는 「사슴」과 동궤에 있는 「자화상」 「창변」 「길」 등에서 확인되는 시적 자기 인식과 그 절제의 미학이라든지, 「푸른 오월」 「사월의 노래」 「보리」 등에서 드러나는 대상에 대한 감각적 묘사와 관능미는 자연을 통해 본

원적인 생명력을 추구하고자 하는 시인의
자세를 잘 보여준다.

　1950년 한국전쟁 당시 좌익 활동이 문
제가 되어 전쟁 직후 부역자 처벌 특별법
에 의해 20년 형을 선고받고 서대문형무소
에 수감되었으나 김광섭, 이헌구 등의 노력
으로 6개월 만에 출감하였다. 한국전쟁 직
후에 발간한 세 번째 시집 『별을 쳐다보며』
(1953)에서는 앞서 보여주었던 고독한 자아
의 모습이 한층 심화되는 경향을 확인할 수
있다. 일제 말기의 친일 훼절 행위와 한국
전쟁 중의 부역 혐의에 대한 자기 갈등과
옥중 체험을 바탕으로 하는 내성적인 주제
와 자기 관조의 세계가 중요하게 다루어지
고 있다. 이러한 시편들에서는 개인적 서정
의 세계를 기반으로 하는 노천명의 주된 시
적 경향과는 달리 민족의식과 역사의식이
강하게 드러난다는 점이 특징적이라고 할
수 있다. 이후 가톨릭에 입교하여 평생 결
혼하지 않고 독신으로 살면서 꾸준히 시작
활동에 임했으며, 서라벌예술대학에 강사
로 출강하기도 했다. 1957년 뇌빈혈로 사망
했다.

　노천명은 뛰어난 언어 감각과 서정적 감
수성을 바탕으로 아름다운 시 세계를 보여
준다. 자기 존재의 시적 탐구와 함께 감각
적인 서정시를 많이 남겼다. 하지만 역사의
격변기를 거치며 보여준 친일 행적, 좌익
활동 등에 대한 비판이 여전히 문제적인 상
태로 제기되고 있다. 1958년에는 노천명 사
후 1주기를 맞이하여 몇 편의 미발표 유작
시를 포함한 네 번째 시집 『사슴의 노래』가
발간된 바 있다.

사슴

모가지가 길어서 슬픈 짐승이여
언제나 점잖은 편 말이 없구나
관이 향기로운 너는
무척 높은 족속이었나 보다

물속의 제 그림자를 들여다보고
잃었던 전설을 생각해내고는
어찌할 수 없는 향수에
슬픈 모가지를 하고 먼 데 산을 쳐다본다

「사슴」의 시적 형식은 전체 2연으로 구분되어 있으며 각 연은 4행으로 이어진다. 이 시에서 시적 대상이 되고 있는 것은 '사슴'이다. '사슴'은 산속에서 살아가는 짐승에 불과하지만 자연 그대로의 동물은 아니다. '사슴'이라는 대상을 놓고 거기에 시적 자아를 그대로 투영하고 있기 때문이다.

1연에서는 시적 대상이 되는 '사슴'의 외양을 묘사하고 있다. '사슴'은 목이 길고 머리에 화려한 뿔을 달고 있다. 첫 행에서 '모가지가 길어서 슬픈 짐승이여'라는 구절은 '사슴'의 고고한 모습을 설명하고 있는 대목이다. 이 같은 사슴의 생김생김을 놓고 슬픈 짐승이라고 한다든지 점잖은 모습으로 말이 없다고 묘사하는 것은 모두 시적 화자의 주관적 정서를 이입시킨 결과이다. 사슴의 머리에 달린 뿔을 두고 '관이 향기로운 너'라고 지칭하고 있는 것도 마찬가지로 하나의 비유적 표현에 해당한다. 사슴의 외양에 대한 묘사와 이에 대한 시적 화자의 주관적 감정이 그대로 이어지면서 특이한 비유적 심상을 만들어내고 있는 것이다. 이러한 비유적 표현 속에 함축된 슬픔과 쓸쓸함, 자기 절제와 고고함, 세속과 타협하지 못하는 고결함 등은 그대로 시적 자아의 내면을 표상하는 것이기 때문에 '사슴'의 모습이 곧 시적 자아의 형상과 일치되고 있다. 이 특이한 동일시 현상은 대상에 대한 감각적 인식을 주체의 내면적 정서로 변용시키는 과정을 통해 성립되고 있다.

2연의 경우 '사슴'은 시적 진술 속에 등장하는 객관적으로 보이는 대상이면서 동시에 스스로 자기 존재를 보는 주체가 되기도 한다. 다시 말하면 물속의 제 그림자를 들여다보고 자기 모습을 확인한다. 이 특이한 자기 확인의 방법은 정신분석학의 용어로도 널리 알려져 있는 '나르시시즘(narcissism)'의 특성을 그대로 보여준다. 흔히 '자기애'라고 번역하는 이 정신적 성향은 자존감을 드러내기 위한 행위로 이해된다. 실제로 이 시 속의 '사슴'은 타자와 단절된 채 홀로 서 있다. 이러한 모습은 타자와의 관계를 중시하지 않는 자기중심적인 경향과 함께 자기 자신에 대한 기대와 함께 타자와는 비교할 수 없는 우월한 존재로서 자기를 과시하고 싶은 욕망을 동시에 드러내고 있다. 하지만 자기 스스로 자신을 완벽하고 전능하다고 이상적으로 대상화하는 것은 일종의 환상에 불과하다. 자기애는 정상적으로 발전할 경우 지속적이며 현실적인 자기 존중과 성숙한 포부와 이상으로 인도하게 되지만 이 자존감이 타자에 의해 인정받지 못하거나 그 자체에 어떤 손상이 생기면 곧바로 실망과 좌절, 고립감과 우울증에 빠져들게 되는 것이다. '잊었던 전설'이라든지 '어쩔 수 없는 향수'는 '사슴'이 스스로 느꼈던 대로 '관이 향기로운 높은 족속'으로서의 자존감을 말한다. 하지만 이 자존감을 현실 속에서 지켜나가기는 결코 쉽지 않다.

여기서 한 가지 알아두어야 할 것은 사슴의 머리에 자라나는 뿔이다. 이 시에서 시적 화자는 그것을 가리켜 '관이 향기로운'이라고 묘사했다. 그런데 사슴의 뿔은 소나 염소 등과는 달리 한 번 돋아나면 죽을 때까지 계속 머리 위에서 자라는 것이 아니다. 특이하게도 이 뿔은 해마다 봄이면 돋아난 자리에서 떨어져 나간다. 그리고 바로 그 자리에 새로운 뿔이 돋아난다. 이때 새로 돋아나는 뿔의 표피는 벨벳처럼 부드러운 털이 나 있는 피부로 덮여 있다. 이것을 녹용(鹿茸)이라 하여 예로부터 귀한 약재로 사용했다. 하지만 5, 6월이 지나면서 유연하던 뿔은 점차 굳어지고 부드러운 잔털로 덮여 있던 표피가 벗겨지면서 마침내 단단한 각질로 변해버린다. 흔히 녹각(鹿角)이라고 한다. 이것이 우리가 말하는 사슴뿔이다. 물론 이 각질의 뿔은 다음해 봄에 떨어지고 새로운 뿔이 돋게 된다.

사슴뿔의 이러한 특성을 생각한다면, 노천명의 시 「사슴」의 2연은 뿔이 떨어져 나간 사슴을 그린 것으로 볼 수도 있다. 사슴의 뿔은 봄에 새로 돋아나서 여름부터 화려한 모습으로 머리 위의 관처럼 위품을 드러낸다. 그런데 가을이 지나고 겨울을 보낸 후 새봄이 되면 그 화려하던 뿔이 그대로 머리에서 떨어져 나간다. 뿔이 떨어져 나간 사슴의 초라한 모습이 연못의 물가에 비친다. '물속의 제 그림자를 들여다 보고/잃었던 전설을 생각해내고는/어찌할 수 없는 향수에/슬픈 모가지를 하고 먼 데 산을 쳐다본다'라는 시적 진술은 바로 잃어버린 뿔에 대한 상실감을 그려낸 것 이라고 해도 큰 무리가 없어 보인다.

시인 노천명은 「사슴」을 통해 시적 자아로서의 자기 인식의 과정을 비유적으로 형상화하고 있다. '사슴'이라는 대상을 통해 객관화하고 있는 자아의 형상은 외적 현실과의 단절과 자기 고립의 상태로 노출된다. 하지만 시인은 주관적 감정에 함몰 되지 않고 '사슴'의 고결한 모습과 고독한 내면을 통해 시적 자아의 내면을 그려내 는 데에 성공하고 있다. 노천명의 시는 「사슴」과 동궤에 있는 「자화상」 「창변」 「길」 등 에서도 시적 자기 인식과 그 절제의 미학을 잘 보여준다. 이러한 특성은 동시대의 김명순, 김원주 등 여성 시인들이 보여주었던 감상성을 시적으로 극복하고 있음을 말해주는 것이다.

노천명의 대표적인 초기 시로 첫 시집 『산호림(珊瑚林)』(1938)에 수록되어 있다.

남(男)사당

나는 얼굴에 분을 하고
삼단같이 머리를 따 내리는 사나이

초립에 쾌자¹를 걸친 조라치²들이
날나리를 부는 저녁이면
다홍치마를 두르고 나는 향단(香丹)이가 된다

이리하여 장터 어느 넓은 마당을 빌려
램프 불을 돋운 포장(布帳) 속에선
내 남성(男聲)이 십분 굴욕되다

산 너머 지나온 저 촌엔
은반지를 사주고 싶은
고운 처녀도 있었건만

다음 날이면 떠남을 짓는
처녀야
나는 집시의 피였다
내일은 또 어느 동리로 들어간다냐

우리들의 도구를 실은
노새의 뒤를 따라

---

1   쾌자 : 겉옷 위에 덧입는 의복의 일종으로 조선시대 군복이나 무복으로 널리 입었던 옷.
2   조라치 : 악대에서 날나리 등을 부는 취타수(吹打手).

산딸기의 이슬을 털며
길에 오르는 새벽은

구경꾼을 모으는 날나리 소리처럼
슬픔과 기쁨이 섞여 핀다

「남사당」은 전통적인 민속 공연에 해당하는 '남사당' 놀이의 흥취와 유랑 공연의
비애감을 동시에 그려낸다. 원래 '남사당'은 말 그대로 남성으로만 구성된 유랑 광
대패이다. 작품의 원제를 '男사당'이라고 표기한 것도 이러한 특성을 드러내려는 의
도라고 할 수 있다. 남사당놀이는 수십 명의 광대패가 한데 어울려 농악, 탈춤, 줄
타기, 꼭두각시놀음, 사발 돌리기 등을 공연하며 각지를 떠돈다. 이 시가 보여주는
토속적인 풍물에 대한 묘사의 사실성은 1930년대 후반 시단에서 하나의 유행처럼
자리잡은 이른바 '풍물시'의 특성과 일맥상통한다고 할 수 있다.

이 시에서 시적 화자인 '나'는 '삐리'라고 불렸던 초입이다. 원래 남사당패 안에서
는 초입자들이 각자의 특기에 따라 연기를 익히면서 잔심부름까지 도맡아 한다. 그
런데 이들은 특기를 연마하여 연행자로 나설 때까지 대개 여장(女裝)을 한다. 여기
서 주목해야 할 것은 남자로만 이루어진 남사당패가 내부적으로 일종의 남색(男色)
조직을 이루고 있었다는 점인데, 나이 어린 삐리들이 이른바 '암동모'라고 하는 여
성 구실을 감당해야 했던 것이다. 실제로 시의 텍스트에서 시적 화자인 '나'는 향단
이 복색의 여장을 하고 있는 것으로 그려져 있다. 남사당패 안에서는 상급자의 '암
동모'가 되어 그들의 욕망을 채워줘야 하고, 바깥으로 구경꾼들의 흥취를 돋우어주
어야만 하는 것이 초입자의 역할이었다는 것을 알아야만 시상의 전개 과정과 그 정
취를 이해할 수 있다.

이 시의 전반부에 해당하는 1연에서 3연까지를 보면, 남사당 패거리 안에서 '나'
라는 시적 화자가 수행해야 하는 역할의 이중성을 보여주고 있다. 분을 바른 얼굴,
길게 땋아 내린 삼단 같은 머리, 다홍치마 등을 통해 '여장'한 자신의 겉모습이 그
대로 묘사되고 있다. 이 겉모습은 구경꾼들을 위한 분장처럼 보이지만, 사실은 패

거리 내부에서의 자신의 성 역할을 암시한다. '램프 불을 돋운 포장(布帳) 속에선/내 남성(男聲)이 십분 굴욕되다'라는 구절은 스스로 자신의 처지에 대한 비애감을 감추지 못하고 있는 시적 화자의 자의식을 드러내어주고 있다. 물론 '나'는 자신만의 특기로 어떤 기예를 연마할 때까지 이 굴욕의 세월을 견뎌야 한다.

이 시의 후반부는 남사당패의 유랑의 삶을 그대로 보여준다. 마을에서 마을로 떠돌아다니며 공연을 펼쳐야 하는 이들의 고달픈 삶과 거기 스며들어 있는 비애의 정서를 엿볼 수가 있다. 시적 화자는 '산 너머 지나온 저 촌엔/은반지를 사주고 싶은/고운 처녀도 있었건만' 그 처녀에게 자신의 정분을 표시할 수 없다. 누구든 남사당패에 들어오면 평생을 이 패거리들과 함께 떠돌며 지내야 하기 때문이다. 이 시에서 시적 화자인 '나'를 통해 남사당패의 일원으로서의 성 역할과 실제의 성 정체성이 분리 도치되는 현상을 간취하고 있는 점은 흥미로운 사실이다. '나'는 남사당패 안에서 여성으로 분장하고 지내지만, 실제로는 산 너머 마을에서 눈여겨보았던 처녀에 대한 그리움을 지닌 남성임을 솔직하게 보여준다. 하지만 그러한 애틋한 사랑의 정은 '나'에게 아무런 의미가 없다. 공연이 끝난 다음 날에는 다시 다른 동네를 찾아 떠나야 하는 신세이기 때문이다. 이 시가 단순한 풍물시의 경지를 넘어서 있다는 것은 '남사당 패거리' 가운데 바로 이 같은 인물을 시적 화자로 설정하여 기쁨과 슬픔의 정서를 깊이 있게 묘사하고 있기 때문이다.

「남사당」은 1940년 잡지 『삼천리』에 발표했으며 해방 직후 발간한 두 번째 시집 『창변』(1945)에 수록한 작품이다.

우리 시 깊이 읽기

모윤숙

毛允淑 1910~1990

1910년 3월 5일 함남 원산 태생이다. 함흥에서 소학교를 마친 후 1927년 개성 호수돈여자고등보통학교를 졸업했다. 1931년 이화여자전문학교 영문과를 졸업했다. 이해 4월 만주로 가서 북간도 용정(龍井)에 위치한 명신여학교 교사로 근무했지만 이듬해 서울로 돌아와 배화여자고등보통학교 교사가 되었다.

모윤숙의 시단 활동은 1931년 12월 잡지 『동광』에 시 「피로 새긴 당신의 얼굴」을 발표하면서 시작된다. 이후 「물소리」「아내의 소원」「당신의 창문 앞을」 등을 잇달아 발표했으며 1933년 10월 조선창문사(朝鮮彰文社)에서 첫 시집 『빛나는 지역(地域)』을 출간했다. 1934년 보성전문학교 교수였던 안호상(安浩相)과 혼인했다.

1934년 12월 유치진, 서항석 등이 주도했던 극예술연구회에 가담하여 1938년까지 활동했다. 1935년 경성중앙방송국에 취직했으며 같은 해 순수시 동인지 『시원』의 동인으로 참가했다. 1937년 청구문화사에서 산문과 시의 중간 형식인 『렌의 애가(哀歌)』를 출간하여 대중적 인기를 얻었다. 1938년 한때 『삼천리문학』에서 기자로 근무했다. 1940년 친일적 성향의 조선문인협회에 관여하면서 일본의 식민지 정책을 지지하고 전쟁을 찬양하는 글을 발표했다. 조선임전보국단의 경성지부 발기인 겸 산하 부인대의 간사를 겸임하면서 친일적 활동에 참여했다.

1945년 해방이 되자 다시 문단에 나와 시집 『옥비녀』(1947)를 출간했고, 1947년 10월 파리에서 열린 제3차 UN총회에 한국 대표로 참가했다. 1949년 월간 문예지 『문

예』를 창간했으며, 1951년 4월부터 이화여
자대학에서 강의했으며, 1954년 9월 국제
펜클럽 본부 부위원장, 1955년 한국자유
문학가협회 시분과 위원장, 1955년 5월 한
국문화단체총연합회 최고위원을 맡았다.
1959년 일문서관에서 시집 『정경(情景)』과
소설집 『그 아내의 수기』를 출간했다.

　　1960년 국제펜클럽 한국위원장을 맡으
며, 수필집 『포도원』을 발간했고, 1961년
이화여자대학교 문화공로상을 수상했다.
1962년 시집 『빛나는 지역』을 출간했으며,
1969년 여류문인협회 회장을 맡았다. 1970
년 시집 『풍토』와 수필집 『밀물 썰물』을 발간
하고, 같은 해 민주공화당의 전국구 국회의
원 등을 역임했으며, 1973년 『호반의 목소
리』를 출간하고, 한국현대시협회 회장에 추
대되었다. 1986년 『영운 모윤숙 문학전집』
이 간행되었다. 1987년 대한민국예술원 원
로회원이 되었으며, 1990년 6월 7일 사망
했다.

우리 시 깊이 읽기

떠나는 카츄샤

어둡고 험한 광야 밤은 깊은데
늦어진 밤길을 홀로 걷는 여자를 보라

풀어진 머리 창백한 얼굴
그는 이제 사나이의 가슴에 안긴
아름다운 천사가 아니다
그의 울분에서 터지는 싸늘한 고함은
사현금(四絃琴) 깊은 숲에서 들리는 종달새
노래도 아니다

그 소리! 그 마음의 저항은
운명의 바퀴를 깨물고 흐르며
위선자의 웃는 얼굴을 창백케 하리니
시베리아 쌓인 눈
짓밟힘의 괴롬
위협과 속임에 떨던 마음
낡은 담 밑에서 속삭이던 사랑
아아 그 아픔을 어이 기억하랴

해는 지고 별도 없는 캄캄한 광야에
눈물로 길 적시며 헤매는 여인을 보라.

모윤숙의 시 「떠나는 카츄샤」는 톨스토이의 소설 『부활(復活)』에 등장하는 여주인공의 삶을 시적으로 패러디하고 있다. 소설 속의 카츄샤는 청년 귀족 네플류도프의 하녀였다. 네플류도프는 그녀를 유린하여 순결을 빼앗고 임신까지 시켰지만 그 일로 카츄샤는 집에서 쫓겨난다. 카츄샤는 거리의 여인이 되어 나락의 삶을 이어가다가 살인 사건의 누명을 쓰고 법정에 서게 된다. 그런데 그 법정의 배심원 가운데 한 사람이 바로 네플류도프였던 것이다. 그는 법정에 서 있는 살인죄를 저지른 여죄수가 바로 자신이 저버린 카츄샤라는 것을 단박에 알아차린다. 그리고 카츄샤의 모습에 놀라면서도 깊은 양심의 가책을 느끼게 된다. 카츄샤는 죄가 인정되어 시베리아로 유배된다. 네플류도프는 카츄샤를 구원하기 위하여 모든 노력을 기울이다가 그녀의 뒤를 좇아 자신도 시베리아로 떠난다. 그는 온갖 힘을 다해 그녀를 보호하고자 노력하던 중 성경을 펴놓고 그 속에서 자신의 삶에 대한 깊은 회의와 새로운 깨달음에 도달한다.

톨스토이의 소설 속에 등장하는 카츄샤는 남성에 의해 유린당한 채 버림을 받고 어두운 삶의 나락으로 빠져버린 가련한 여인이다. 이 비련의 주인공을 모윤숙은 자신의 시 「떠나는 카츄샤」를 통해 새롭게 살려낸다. 이 시의 텍스트는 18행으로 이어진다. 서두를 이루는 두 개의 행은 '여자를 보라'라는 청유의 어투를 활용하여 시적 대상인 '카츄샤'의 존재를 전면에 내세우고 있다. '어둡고 험한 광야 밤은 깊은데/늦어진 밤길을 홀로 걷는 여자를 보라'에서 시적 배경으로 그려진 '어둡고 험한 광야'는 카츄샤가 유형의 길을 떠나게 된 시베리아 벌판을 말하지만 그녀가 살아온 고통의 삶 자체를 의미한다고 할 수 있다. 그녀는 여전히 '어두운 밤길'을 홀로 걸어야만 한다. 이 시의 3~8행은 유형지에서 고통의 삶을 살아야 하는 카츄샤의 모습을 그녀가 지내왔던 거리의 여인으로서의 환멸의 장면과 대비한다. 그녀는 이제 뭇 남성들의 품에 안겨 몸을 파는 거리의 '천사'가 아니다. 그녀의 가슴에서 북받치는 분노의 소리는 이제 더 이상 남성들의 노리갯감이 되었던 아름다운 노래가 결코 아니다. 9~16행은 카츄샤의 고통이 그녀를 유혹했던 네플류도프로부터 비롯된 것임을 밝히고 있는 부분이다. 사랑을 속삭이면서 카츄샤를 유혹했던 '위선자'는 바로 네플류도프를 지적한 말이다. 카츄샤는 결코 네플류도프을 용서할 수 없고 그의 거짓된 말과 폭행을 용서할 수 없다. 그리고 그 모든 아픔을 절대로 잊을 수 없는 것이다. 이 시의 결말은 다시 '해는 지고 별도 없는 캄캄한 광야에/눈물로 길 적시며 헤매는 여인을 보라.'라는 구절로 매듭지어진다.

　1930년대 한국문학은 남성중심적 사회제도 아래 이루어진 여성에 대한 차별과 박해를 고발하고 거기에 반발하기 위해 서구문학이 허구 속에서 만들어낸 두 여성 주인공을 호명하게 된다. 그 하나는 남성의 폭력에 의해 희생된「부활」의 여주인공 카츄샤이며, 다른 하나는 남성적 권위와 인습에 도전하는「인형의 집」의 여주인공 노라다. 전자는 비극적 희생의 상징으로, 후자는 각성과 도전의 상징으로 받아들여진다. 모윤숙은「떠나는 카츄샤」를 통해 남성의 억압과 폭행으로 희생당한 여인의 모습을 부각시키면서 그 여인의 처참한 모습을 보라고 요구한다. 이 요구는 모든 여성을 향한 격문이면서 동시에 남성들에 대한 하나의 경고에 해당한다.

　이 시는 모윤숙의 첫 시집『빛나는 지역』(1933)에 수록되어 있다.

야경(夜景)

병아리 나래에 바람이 설레고
방아 기슭에 물소리 차다
이삭 담긴 함지박에 황혼이 덮이면
아버지의 호밋날도 흙 속에 잠든다

토방의 등불이 그윽히 정다워
도라지는 어느새 다아 찢어 담갔다
맞은편 개바자에
풀 먹인 빨래들이 꽃 핀 듯 환하다
대림 피던 분이 얼굴이
달 아래 먼 길을 더듬는다

꽃냄새 풍기는 외양간 지붕에
호박 넝쿨 이슬 맞아 조용히 뻗어 가고
수수 가루 묻은 엄마 얼굴이
뒷바자 새에 잠시 나왔다 사라진다.

「야경」은 산골의 초여름 밤풍경을 해 저물녘부터 밤이 깊어가는 시간의 흐름을 바탕으로 감각적으로 그려내고 있다. 전체 3연으로 구성되어 있는데, 1연에서는 밭일을 마친 아버지를 등장시킨다. 2연에서는 집 안에서 허드렛일을 맡아 하는 분이라는 처녀 아이가 도라지를 다듬고 다림질을 하고 난 후 하루 일을 마치는 모습을 보여준다. 3연에서는 어머니의 고된 하루를 그려낸다. 어머니가 수수 방아를 다 찧고 나서야 산골 마을 가난한 살림의 온가족이 평안한 휴식에 들 수 있게 된다.

이 시의 1연은 황혼 무렵의 농촌 마을의 평화로운 풍경을 보여준다. 해가 기울어
가면서 바람이 일고 그 바람이 병아리들의 날개를 흩날린다. 봄철에 갓 나온 햇병
아리가 이제는 바깥에 나돌아다닐 정도로 자라난 모습이다. 보리 이삭을 담아놓은
함지박에 황혼이 내리고 밭에서 김을 매던 아버지의 호미질도 멈추게 된다. 하루의
고된 일을 마친 아버지가 등장한다.

2연은 어둠이 깃들기 시작한 집 안에 분이라는 처녀 아이를 등장시켜놓고 있다.
달이 뜨는 밤이다. 토방에 등불을 켜놓고 분이는 도라지 뿌리를 다듬어 줄기를 찢
어놓았다. 개바자(울타리) 위에 다림질할 빨래들을 널어 이슬을 맞게 한다. '분이'는
저녁상을 물린 후 도라지 뿌리를 다듬고 풀을 먹인 빨래를 울타리에 펼쳤다가 다림
질을 하면서 하루의 일상을 마감한다. 여기서 주목되는 대목이 떠오르는 달을 쳐다
보고 있는 분이의 표정이다. 분이는 달을 바라보면서 '먼 길을 더듬는다'라고 묘사
되고 있다. 지극히 간략하게 묘사된 분이의 표정에서 어떤 그리움 같은 것이 묻어
난다. 분이는 누구를 그리워하는지?

3연에서는 밤이 깊어가고 사방이 고요하다. 외양간 지붕에 호박 넝쿨이 벋어간
다. 수수 방아를 찧던 어머니의 모습이 잠깐 드러난다. 어머니가 일을 마치면 집 안
의 하루 일들이 모두 끝이 난다.

시집 『옥비녀』(1947)에 수록되어 있다.

윤동주

尹東柱 1917~1945

윤동주는 그가 그토록 기다렸던 조국의 해방을 보지 못한 채 차디찬 옥중에서 세상을 떠났다. 그가 죽은 뒤 유족과 친지들이 그의 유고를 모아 시집 『하늘과 바람과 별과 시』(1948)를 발간하였다. 이 시집을 통해 윤동주는 시인으로서 자기 존재를 비로소 세상에 알릴 수 있게 되었다.

윤동주 시에서 삶의 현실은 대개 시적 주체의 존재 자체가 부정될 수밖에 없는 비극적인 상황으로 그려지고 있다. 민족과 국가라는 절대 개념이 부정되는 식민지 현실은 왜곡된 역사이며 불모의 땅이다. 그의 시는 바로 이 같은 현실에 대한 도전이며 비판적 저항이라고 할 수 있다. 윤동주의 시 세계는 동심 지향과 실향 의식 그리고 속죄양 의식 등으로 그 시적 경향을 구분하기도 한다. 하지만 그의 많은 작품에는

어두운 현실 속에서 주체적인 삶을 살아가지 못하는 자아에 대한 '부끄러움'이 내재되어 있다. 그의 시는 억압적인 현실에 대한 불안감을 바탕으로 자아의 내면에 대한 성찰과 함께 민족적 현실에 대한 비판적 인식을 서정적으로 형상화함으로써 뚜렷한 자기 문학의 특징을 살려내게 되었다. 그는 이육사와 함께 일제 말기 민족문학의 부재 상태, 이른바 암흑기를 정신적으로 극복한 민족시인으로 손꼽을 수 있다.

윤동주의 아명은 해환(海煥)이다. 1917년 12월 30일 북간도 명동촌에서 출생했다. 1932년 용정의 은진중학교에 입학했으나, 1936년에 평양의 숭실중학교로 옮겼으며, 1936년 숭실중학교가 폐교된 후 용정의 광명학원에 전입하여 수학했다.

윤동주는 숭실중학 재학 시절부터 시

창작에 관심을 기울였으며, 1936년을 전
후하여 「비둘기」 「황혼」 「아침」 「소낙비」 「창
(窓)」 등을 썼다. 『가톨릭소년』지에 투고 작
품으로 실린 동시 「병아리」 「오줌싸개 지도」
「빗자루」 「무얼 먹고 사나」 등도 남아 있다.
1938년 연희전문학교 문과에 입학 후 본격
적으로 시작 활동에 임했으나 『조선일보』
학생란에 발표한 「아우의 인상화」와 연희전
문학교 문과 학우회지 『문우』에 발표한 「자
화상」 이외에는 작품을 지면에 발표하지 않
았다. 그는 연희전문학교 재학 중에 쓴 시
들을 모아 시집 『하늘과 바람과 별과 시』를
졸업 기념으로 발간하려 했지만 뜻을 이루
지 못했다. 현재 전하고 있는 이 시집의 원
고 속에는 「서시」 「또 다른 고향」 「십자가」
「별 헤는 밤」 등 모두 19편의 작품이 포함되
어 있다.

1942년 봄 연희전문을 졸업하고 곧 일본
교토 소재의 릿쿄대학(立敎大學) 문학부에 입
학했는데, 이해 가을 도시샤대학 영문과로
전학했다. 일본 유학 시절에는 「쉽게 씌어
진 시」 「흐르는 거리」 「흰 그림자」 「봄」 등을
썼다. 1943년 여름 그의 친구인 송몽규(宋夢
奎)와 귀국하던 중 독립운동 혐의로 일본 경
찰에 체포되었다. 그리고 재판에 넘겨져 2
년 형을 선고받고 일본 후쿠오카(福岡) 형무
소에서 복역하다가 1945년 2월 16일 옥사
했다.

쉽게 쓰여진 시(詩)

창밖에 밤비가 속살거려
육첩방(六疊房)은 남의 나라,

시인이란 슬픈 천명인 줄 알면서도
한 줄 시를 적어볼까,

땀내와 사랑내 포근히 품긴
보내주신 학비 봉투를 받아

대학 노트를 끼고
늙은 교수의 강의 들으려 간다.

생각해보면 어린 때 동무를
하나, 둘, 죄다 잃어버리고

나는 무얼 바라
나는 다만, 홀로 침전(沈澱)하는 것일까?

인생은 살기 어렵다는데
시가 이렇게 쉽게 씌어지는 것은
부끄러운 일이다.

육첩방은 남의 나라

창밖에 밤비가 속살거리는데,

등불을 밝혀 어둠을 조곰 내몰고,
시대처럼 올 아침을 기다리는 최후의 나,

나는 나에게 적은 손을 내밀어
눈물의 위안으로 잡는 최초의 악수(握手).

(1942.6.3)

윤동주가 일본 교토 릿쿄대학 재학 당시에 써놓은 작품으로 그의 사후 1947년 2월 13일 『경향신문』에 시인 정지용의 소개문과 함께 수록되기도 했다. 1948년 유고 시집 『하늘과 바람과 별과 시』에 수록되었다.

이 시에서 시적 화자인 '나'는 대학을 다니면서 시를 쓰는 사람으로 그려진다. 교토에서 유학 생활을 하던 시인 윤동주가 자신의 모습을 대상화하여 그대로 그려낸 것이라고 할 수 있다. 고통스러운 시대적 상황 속에서 부모님이 보내주는 학비를 받아 쓰면서 별다른 갈등 없이 시를 쓰고 있는 자신의 모습을 자책하고 있지만 새로운 시대를 준비하기 위한 결의를 보여주기도 한다.

이 시는 시상의 흐름을 놓고 보면 전체 내용이 세 단락으로 구분된다. 전반부를 이루는 1, 2연은 시상의 발단을 이루는 부분으로 어두운 현실 상황을 제시하면서 그런 상황 속에서도 시를 쓰고자 하는 시적 화자인 '나'의 욕망을 보여준다. 중반부에 해당하는 3~6연은 시적 화자가 써 내려가는 시라고 할 수 있다. 무기력한 생활에 빠져들어 있는 자신의 모습을 그대로 그려내고 있는 시의 내용이 '나' 자신의 삶의 모습을 말하는 것임을 알 수 있다. 후반부인 7~10연은 중반부에서 보여준 시의 내용에 대한 비판적 반성과 함께 자기 각성의 의지를 보여준다. 각박한 상황 속에서 고뇌하지 않고 '쉽게 씌어진 시'의 내용(삶의 모습)에 대해 스스로 부끄럽다고 비판한다. 그리고 이러한 비판을 바탕으로 새로운 시대를 맞이하고자 하는 결의를 보여준다.

이 시에서 주목해야 할 것은 '육첩방은 남의 나라'라는 말로 요약 제시하고 있는 시적 화자가 처해 있는 현실 상황이다. 여기서 말하는 '육첩방'이란 일본 하숙집의 좁다란 다다미방이다. 일제강점기에 지배제국 일본에 유학하고 있던 시적 화자의 자의식을 그대로 드러내주는 시적 공간이라고 할 수 있다. 시적 화자인 '나'는 창밖에 비가 내리는 밤 일본 교토 하숙집의 좁은 다다미방에 혼자 앉아 있다. 그리고 자신이 늘 해오던 대로 시를 쓰고자 한다. 시대적 상황과 함께 제시된 자의식의 시적 공간에서 시적 화자는 '시인이란 슬픈 천명'을 감수할 수밖에 없는 일이다.

이런 상황에서 시적 화자가 써내려간 시는 어떤 내용일까? 이 질문에 대한 답은 그대로 시의 중반부에 해당하는 3~6연에 제시된다. 3, 4연에서는 착실하고도 얌전한 대학생의 모습을 보여준다. 고향에서 부모님이 힘들여 보내주는 학비를 그대로 받아 쓰면서 늙은 교수의 강의를 들으려고 학교에 다니는 대학 생활의 일면을 과장 없이 그려내고 있다. 5~6연에서는 가끔 자신을 돌아보면서 가지는 자기 존재에 대한 회의를 드러낸다. 친하던 어린 시절의 친구들과 다 떨어진 채 혼자서 지금 무얼 바라고 이렇게 지내고 있는지를 묻고 있는 것이다. 이와 같은 내용을 담고 있는 것이 바로 시적 화자가 쓴 시이다. 이렇게 써 내려간 시는 아무런 시대의 아픔도 드러내지 못하고 안일하게 살아가는 모습을 그대로 보여주고 있을 뿐이다.

그러므로 이 시에서 시적 화자가 아프게 부딪치고 있는 것은 '육첩방은 남의 나라'도 아니요 '시인이란 슬픈 천명'도 아니다. 오히려 이 두 가지 사실을 전제하면서 '시가 이렇게 쉽게 씌어지는 것은 부끄러운 일'임을 깨닫는 순간이다. 시를 쓰는 일을 통해서만 자신의 존재를 확인할 수 있는 시인이 시를 쓰는 것 자체를 '부끄러운 일'로 인식하게 되는 것은 결국 외적인 상황과 자기 존재가 함께 요구하는 삶의 총체적인 인식이 불가능하다는 것을 깨닫게 되었음을 말해준다. 결국 시의 결말 부분인 '등불을 밝혀 어둠을 조금 내몰고 시대처럼 올 아침을 기다리는 최후의 나'라는 진술은 시대의 고통을 자기 내면에 끌어들여놓고 그것을 고뇌하는 자기 인식의 비극성을 더욱 절실하게 느낄 수 있게 한다. 그리고 여기서 시적 화자는 어둡고 고통스러운 시대에 자기를 비판하고 성찰하며 시를 써야 하는 운명을 받아들이면서 스스로의 손을 굳게 잡아본다. 현실에 순응하면서 살아가는 '나'와 그러한 무기력한 모습을 비판하고 성찰하는 또 하나의 '나'가 서로 화해하고 합일화한다. 그러므로 '최초의 악수'는 시대의 아침을 기대하는 자기 의지의 확인이며 새로운 자아의 정립을 말한다고 할 수 있다.

길

잃어버렸습니다.
무얼 어디다 잃었는지 몰라
두 손이 주머니를 더듬어
길에 나아갑니다.

돌과 돌과 돌이 끝없이 연달아
길은 돌담을 끼고 갑니다.

담은 쇠문을 굳게 닫아
길 위에 긴 그림자를 드리우고

길은 아침에서 저녁으로
저녁에서 아침으로 통했습니다.

돌담을 더듬어 눈물짓다
쳐다보면 하늘은 부끄럽게 푸릅니다.

풀 한 포기 없는 이 길을 걷는 것은
담 저쪽에 내가 남아 있는 까닭이고,

내가 사는 것은, 다만,
잃은 것을 찾는 까닭입니다.

(1941.9.31)

이 작품은 윤동주가 연희전문학교 재학 중이던 1941년 가을에 쓴 것으로 표시되어 있다. 자신이 살아가야 할 길을 스스로 선택하고 그것을 확인하고자 하는 의도를 보여준다. 이 시의 텍스트는 7연으로 구성되어 있다. 각 연은 2행씩 이어지는데 유독 1연에서는 4행을 배치하고 있다. 시상의 발단에 해당하는 1연을 제외하고 보면 전체적인 시적 의미는 크게 2~4연과 5~7연으로 구분해볼 수 있다.

1연의 첫 행에는 '잃어버렸습니다.'라는 짧은 문장이 배치되어 있다. 여기에는 주어와 목적어가 모두 생략된 채 서술어만 표시되어 있다. 이른바 생략(ellipsis)이라는 수사적 표현을 활용하고 있는 셈이다. 하지만 여기서 생략하고 있는 주어는 텍스트의 표면에 그대로 노출되어 있다. 시적 화자인 '나'를 주어로 보면 되기 때문이다. 그렇다면 목적어는 무엇일까? 이 질문의 답을 찾기 위해서는 시적 텍스트의 전체적인 구성을 면밀하게 검토하지 않으면 안 된다. 시적 화자인 '나'는 '무얼 어디다 잃었는지 몰라' 주머니에 손을 넣고 더듬어 찾아본다. 하지만 자기 주머니 속에서는 잃어버린 것을 찾아내지 못한다. '나'는 잃어버린 것을 찾기 위해 길로 나선다.

2연부터 4연까지는 시적 화자가 무언가를 찾아 나선 길을 보여준다. 이 길은 돌담을 끼고 이어진다. 「길」은 '돌과 돌과 돌이 끝없이 연달아' 있을 뿐 그 목적지도 표시되어 있지 않다. 그런데 그 돌담은 쇠문이 굳게 닫힌 채 길 위에 긴 그림자만 드리우고 있다. 쇠문을 굳게 닫아놓아서 저쪽으로 들어설 수도 없다. 돌담 자체가 안과 밖을 차단하고 있으며 음산하고도 폐쇄적인 형상으로 그려진다. 4연의 '길은 아침에서 저녁으로/저녁에서 아침으로 통했습니다.'라는 구절은 그 이미지 구성이 매우 특이하다. 길의 공간적 의미를 시간적 개념으로 바꾸어놓고 있기 때문이다. 길은 출발하는 장소가 있고 도착하는 목적지가 제시되는 것이 보통이다. 하지만 여기서는 그 공간성이 제거된 채 시간의 반복만 그려진다. 언제나 똑같은 길일 뿐이다.

5연부터 7연까지는 길 위에 서 있는 시적 화자의 모습을 보여준다. 5연에서 시적 화자는 돌담을 더듬어 가다가 더 이상 아무것도 찾을 수 없고 어디로 가야 할지도 모르는 상태에서 절망에 빠져든다. 그런데 눈물을 지으면서 쳐다본 하늘은 자신의 모습이 부끄럽게 느껴질 정도로 푸르다. 싱그럽게 높고 푸른 하늘의 높고 푸르고 개방적인 이미지는 그림자가 길게 드리운 돌담의 어둡고 닫힌 이미지와 대조를 이룬다. 6연에서는 시적 화자가 돌담을 더듬으며 길을 찾아가는 까닭을 밝힌다. '담 저쪽'에 내가 남아 있기 때문이다. 여기서 이 시의 공간은 돌담을 사이에 두고 돌담을 끼고 가는 길이 있는 이쪽과 '담 저쪽'이라는 두 개의 공간으로 나뉘어 있음을 알 수 있다. 물론 시적 화자인 '나'도 역시 길 위에 서 있는 '나'와 '담 저쪽'에 남아 있는 '나'로 분열되어 나타난다. 여기서 길 위의 '나'는 현실 속의 '나'이며 '담 저쪽'의 '나'는 스스로 꿈꾸어 온 이상적인 '나'에 해당한다. 시상의 결말에 해당하는 7연은 현실적인 '나'와 이상적인 '나'의 합일을 꿈꾸는 시적 화자의 내면을 그대로 보여준다. '내가 사는 것은, 다만,/잃은 것을 찾는 까닭입니다.'라는 진술에서 시적 화자는 자신의 삶을 '잃은 것을 찾는' 길임을 분명하게 밝힌다. 물론 여기서 시적 화자가 잃어버린 것은 '담 저쪽'의 '나'라는 것은 두말할 필요도 없는 일이다.

결국 이 시에서 시적 화자가 잃어버린 것은 자기 존재라고 할 수 있다. 시 속에서 '담 저쪽'에 남아 있는 '나'의 모습은 시적 화자 자신이 꿈꾸던 이상적인 자아이다. 현실 속의 '나'는 자기 존재를 확인하고 자신이 꿈꾸던 자신의 모습을 찾고 싶지만 돌담으로 막혀 있기 때문에 '담 저쪽'의 '나'에게 접근하기가 쉽지 않다. 하지만 시적 화자는 결코 자기를 찾는 일을 포기하지 않는다. 잃어버린 '나'를 찾아가는 길이 곧 자신의 삶의 길이기 때문이다.

우리 시 깊이 읽기

십자가

쫓아오던 햇빛인데
지금 교회당 꼭대기
십자가에 걸리었습니다.

첨탑(尖塔)이 저렇게도 높은데
어떻게 올라갈 수 있을까요.

종소리도 들려오지 않는데
휘파람이나 불며 서성거리다가,

괴로웠던 사나이,
행복한 예수 그리스도에게
처럼
십자가가 허락된다면

모가지를 드리우고
꽃처럼 피어나는 피를
어두워가는 하늘 밑에
조용히 흘리겠습니다.

(1941.5.31)

「십자가」는 작품을 쓴 날짜가 1941년 5월 31일로 표시되어 있다. 1948년 유고
시집 『하늘과 바람과 별과 시』에 수록되었다. 윤동주가 연희전문학교 재학 중에 쓴

작품으로 일제 말기 고통스러운 현실 속에서 자기희생을 통해 그 고통을 극복하고자 하는 의지를 표현하고 있다.

이 시의 텍스트는 시상의 전개를 놓고 보면 크게 세 단락으로 구분할 수 있다. 1연은 시상의 발단에 해당한다. 시적 화자가 추구했던 이상적인 목표가 '햇빛'이라는 시어로 상징되고 있다. 여기서 '햇빛'은 밝고 빛나는 꿈과 희망의 세계를 의미한다. 그런데 그 '햇빛'을 향해 열심히 따라왔지만 이미 해가 기울기 시작한다. 그리고 남은 '햇빛'은 교회당 꼭대기에 높게 세워놓은 '십자가'만을 환하게 비치고 있을 뿐이다. 시간의 경과를 시각적으로 섬세하게 표현한 대목이다.

2, 3연은 시적 화자인 '나'와 교회당 꼭대기 '십자가'를 비치고 있는 '햇빛' 사이의 따라잡기 어려운 간격을 표시한다. '나'는 '햇빛'이 너무 높은 곳에 걸려 있기 때문에 더 이상 그것을 붙잡을 수 없게 된다. 첨탑이 너무 높다는 시적 진술은 현실 속의 '나'와 '나'가 동경해온 이상적 삶의 간격을 암시하고 있다. 사방은 적막하고 희망을 전해주는 '종소리'마저 들리지 않는 거리에서 시적 화자는 방황하지 않을 수 없게 된다.

4, 5연에서는 2, 3연의 경우와 대비되는 시상의 전환을 보여준다. '햇빛'이 높게 걸려 있는 교회당의 '십자가'를 쳐다보면서 시적 화자는 예수가 십자가에 못 박힌 채 자기희생을 감수함으로써 인간을 구제할 수 있었던 구원의 의미를 떠올린다. 예수는 자신의 개인적 희생을 통해 인간을 구제할 수 있었기 때문에 오히려 행복했을 것이다. 시적 화자는 생각이 이에 미치자 자신도 예수처럼 '꽃처럼 피어나는 피를/어두워가는 하늘 밑에' 흘리겠다고 결심한다. 시의 전반부에서 보여주던 시적 화자의 좌절과 방황이 끝나고 어두워가는 하늘처럼 점차 고통이 더해지는 시대의 아픔을 이겨내기 위해 자기희생이라는 결단을 보여주는 것이다.

이 시에서 주목되는 시어는 중심 소재인 '십자가'다. '십자가'는 전통적으로 기독교의 상징이다. 이 시에서 1연의 '교회당 꼭대기/십자가'는 바로 이러한 종교적인 의미에 해당한다. 그러나 4연의 '예수 그리스도에게/처럼/십자가가 허락된다면'에서의 '십자가'는 문맥에 의하여 시적 의미가 변용되고 있다. 여기서의 '십자가'는 기독교를 상징하는 것이 아니라, 시인의 창조적인 상상력 속에서 새로운 의미를 부여받는다. 그것은 현실과 역사 앞에서 개인에게 요구되는 책임 의식과 자기희생을 뜻한다. 하지만 '첨탑이 저렇게도 높은데/어떻게 올라갈 수 있을까요.'에서도 볼 수 있는 것처럼, 그것은 아직 스스로 도달하기 힘든 목표임에 틀림없다.

이 시에서 시인은 '십자가'에 '햇빛'이라는 시어와 겹쳐놓음으로써 서정적 자아가 지향하는 이상적 세계 또는 삶의 지표를 감각적으로 제시하고 있다. 시의 전반부에서는 교회당 꼭대기에 걸려 있는 햇빛, 높은 첨탑, 종소리도 없는 상황을 묘사하여 절박한 현실을 표현했고, 동시에 서정적 자아의 방황하는 모습을 표현하고 있다. 그러나 후반부에서는 절망적 상황을 극복하기 위해 자기희생을 통해 그 고통으로부터 벗어나고자 한다. 십자가를 짊어진 예수가 자기희생을 통해 인간을 구원했듯이, 시적 화자는 십자가를 짊어지고 피를 흘려서라도 어두운 현실을 밝히고자 하는 것이다. 여기서 예수의 고행은 '행복'으로, 수난자의 피는 '꽃처럼'으로 그려내고 있는 것은 한국 시에 있어서 '비극적 황홀의 경지'를 보여주는 놀라운 시적 표현이라고 할 수 있다.

또 다른 고향(故鄕)

고향에 돌아온 날 밤에
내 백골(白骨)이 따라와 한방에 누웠다.

어둔 방은 우주로 통하고
하늘에선가 소리처럼 바람이 불어온다.

어둠 속에 곱게 풍화작용(風化作用)하는
백골을 들여다보며
눈물짓는 것이 내가 우는 것이냐
백골이 우는 것이냐
아름다운 혼이 우는 것이냐

지조(志操) 높은 개는
밤을 새워 어둠을 짖는다.

어둠을 짖는 개는
나를 쫓는 것일 게다.

가자 가자
쫓기우는 사람처럼 가자
백골 몰래
아름다운 또 다른 고향에 가자.

(1941.9)

「또 다른 고향」은 작품을 쓴 날짜가 1941년 9월로 표시되어 있다. 1948년 유고 시집 『하늘과 바람과 별과 시』에 수록되었다. 윤동주가 연희전문학교 재학 중에 쓴 작품으로 일제 말기 고통스러운 현실 속에서 고뇌하면서 새로운 이상의 세계를 동경하는 절박한 심경을 잘 표현하고 있다.

이 시는 전체 6연으로 구성되어 있지만 시상의 흐름으로 볼 때 1~3연의 전반부와 4~6연의 후반부로 크게 구분된다. 이 시에서 주목되는 것은 시적 화자인 '나'의 존재를 텍스트 내에서 '나'와 '백골'이라는 분열된 상태로 그려내고 있는 점이다. 여기서 '나'는 정신의 영역 혹은 영혼에 해당하고 '백골'은 아무런 역할도 하지 못한 채 마치 시체처럼 되어버린 육신을 말한다. 몸은 이미 죽어버린 상태이지만 그 정신은 여전히 살아 있음을 보여주는 것이다.

전반부의 1연은 고향에 돌아온 밤에 방 안에 누워 있는 시적 화자의 모습을 보여준다. 시적 화자인 '나'는 아무런 힘도 없이 어둠에 내몰리면서 방 안에 늘어진 채 누워 있는 자신의 육신을 대상화하여 '백골'이라고 칭한다. 이미 몸은 죽어버린 상태임을 말해주고 있는 셈이다. 현실을 견디면서 살아간다는 것이 육신의 죽음을 말할 정도로 고통스러움을 암시한다. 2연은 고향집 어두운 방의 음산한 분위기를 그려낸다. 방의 어둠이 마치 죽음의 세계와 통하는 것처럼 적막한데 마치 하늘에서 들려오는 소리처럼 바람이 불고 있다. 3연에서 '나'는 자신의 육신을 돌아보면서 그 참담한 몰골에 눈물을 흘린다.

후반부를 이루는 4, 5연에서는 어두운 밤 바깥에서 들려오는 개 짖는 소리를 그려낸다. 여기서 개는 '어둠'을 향해 짖어댄다고 진술하고 있는데, '개'가 '어둠'을 지키면서 짖는 모습을 보고 '지조 높은 개'라고 묘사하고 있다. 밤을 새워 어둠에 맞서서 짖고 있기 때문이다. 그런데 그 '개'가 자신을 쫓아온 것일지도 모른다는 불안감을 드러내기도 한다. 이것은 어둠의 현실에 밀려나 고향으로 돌아와 방 안에 누워 있는 '나'의 안일을 '개'가 꾸짖고 있다는 뜻으로 풀이할 수 있다. '개'는 '나'를 독려하면서 깨어 있는 치열한 의식 상태를 유지하도록 자극하는 감시자에 해당한다. 이 시의 결말 부분인 6연에서는 어둠의 공간을 벗어나 평화와 안식이 있는 '아름다운 또 다른 고향'을 갈망하는 시적 화자의 간절한 소망을 표현하고 있다.

이 시는 어둠의 현실에 내몰리면서도 끊임없이 자신을 독려하고 성찰하는 시인의 태도를 잘 보여주고 있다. 특히 어둠을 향한 '개' 짖는 소리라는 청각적 심상을 반복하여 제시함으로써 일제 강점하에서의 현실적 불안감과 치열한 자기 성찰 의지를 가열화시키고 있다. 시상의 전개 과정에서 전반부에 설정된 어둠 속의 '고향'은 후반부에 제시된 아름다운 '또 다른 고향'과 자연스럽게 공간적인 대조를 보여주고 있다. '또 다른 고향'은 시적 화자가 추구하는 이상의 세계이며 어둠의 공간인 육신의 고향과 대립된다. 이 시에서 시적 화자인 '나'는 어둠 속에서 방 안에 누워 있는 지친 육신으로서의 '백골'과 그 어둠의 공간을 벗어나고자 하는 '아름다운 혼'이 총체적으로 결합되어 있는 실존적 인간인 셈이다. 그러므로 '백골'이 어둠의 현실에 밀려 힘을 잃어버린 현실 속의 부끄러운 '나'의 모습이라면, '아름다운 혼'은 평화와 광명이 있는 이상 세계를 갈구하는 정신 즉 이상적인 '나'의 모습을 말해준다고 할 수 있다. 여기서 어둠 속의 방 안에 누워 있는 지친 육신을 의미하는 '백골'을 독려하면서 어둠을 짖는 '지조 높은 개'는 시적 긴장의 밀도를 높이는 데에 크게 기여한다고 할 수 있다.

별 헤는 밤

계절(季節)이 지나가는 하늘에는
가을로 가득 차 있습니다.

나는 아무 걱정도 없이
가을 속의 별들을 다 헤일 듯합니다.

가슴속에 하나 둘 새겨지는 별을
이제 다 못 헤는 것은
쉬이 아침이 오는 까닭이요,
내일 밤이 남은 까닭이요,
아직 나의 청춘이 다하지 않은 까닭입니다.

별 하나에 추억과
별 하나에 사랑과
별 하나에 쓸쓸함과
별 하나에 동경(憧憬)과
별 하나에 시(詩)와
별 하나에 어머니, 어머니,

어머님, 나는 별 하나에 아름다운 말 한마디씩 불러봅니다. 소학교 때 책상을 같이했던 아이들의 이름과, 패(佩), 경(鏡), 옥(玉) 이런 이국 소녀(異國少女)들의 이름과 벌써 애기 어머니 된 계집애들의 이름과, 가난한 이웃 사람들의 이름과, 비둘기, 강아지, 토끼, 노새, 노루, 프랑시스 잠, 라이넬 마리아 릴케 이런 시인의 이름을 불러봅니다.

이네들은 너무나 멀리 있습니다.
별이 아슬히 멀 듯이,

어머님,
그리고 당신은 멀리 북간도(北間島)에 계십니다.

나는 무엇인지 그리워
이 많은 별빛이 내린 언덕 위에
내 이름자를 써보고,
흙으로 덮어버리었습니다.

딴은 밤을 새워 우는 벌레는
부끄러운 이름을 슬퍼하는 까닭입니다.

그러나 겨울이 지나고 나의 별에도 봄이 오면
무덤 위에 파란 잔디가 피어나듯이
내 이름자 묻힌 언덕 위에도
자랑처럼 풀이 무성할 게외다.

(1941.11.5)

　　「별 헤는 밤」은 1941년 11월 5일에 쓴 작품이다. 1948년 유고 시집 『하늘과 바람과 별과 시』에 수록되었다. 윤동주가 연희전문학교 졸업을 앞두고 쓴 작품으로 일제 말기 고통스러운 현실 속에서 아름다운 고향의 정경과 어머니의 모습을 그리워하는 마음을 서정적으로 표현하고 있다. 가을밤을 배경으로 멀리 떨어져 있는 것들에 대한 그리움을 어머니에게 보내는 편지글 형식으로 표현하고 있는 점이 시적 진술의 특징이라고 할 수 있다. 시의 전반부에서는 밤하늘의 별을 보며 유년 시절을 회상하고 여러 상념에 젖어드는 심정을 직설적으로 표현하고 있으며, 후반부에서는 현실적인 고뇌와 함께 자아성찰의 의미를 상징적으로 드러내고 있다. 부분적으로 산문적인 리듬을 구사하여 호흡의 변화를 가져오게 만드는 새로운 시도도 보여준다.

이 시의 텍스트는 산문적인 진술로 이루어져 있는 5연을 경계로 하여 1~5연의 전반부와 6~10연의 후반부로 시상의 흐름을 구분해볼 수 있다. 윤동주의 시에 자주 등장하는 하늘과 별이라는 소재는 이 시에서도 마찬가지로 스스로를 돌아보는 성찰적 공간과 순수한 이상에의 동경을 표현하고 있으며, 과거와 현재를 이어주는 매개적 역할을 하고 있다.

1연에서부터 시적 화자인 '나'는 담담하게 계절의 변화를 느끼면서 가을 밤하늘의 별을 바라보며 머릿속에 떠오르는 수많은 상념들을 차분한 어조로 읊조리듯 전하고 있다. 그런데 4연의 마지막 행에서 '별 하나에 어머니, 어머니,'라는 구절에 이르면 그 시상의 흐름이 중단된다. '어머니'에 대한 그리움이 가슴을 메우고 있음을 암시한다. 그리고 바로 5연의 첫 머리에서 '어머님'을 호명한다. '어머니'라고 적지 않고 '어머님'이라고 쓴 것은 마음속에 그려지는 어머니가 아니라 입으로 간절하게 불러보는 '어머님'이라는 점을 드러내기 위한 표시이다. 시적 진술 자체도 줄글로 바뀌면서 호흡이 빨라진다. '어머님'을 불러보는 순간 시적 화자의 눈앞에 어린 시절의 온갖 그리운 것들이 빠르게 스쳐 지나간다. 그것은 모두 시적 화자가 잃어버린 추억이자 아름다웠던 유년 시절의 기억들이다.

6연에서 시적 화자는 자신이 서 있는 현재의 시점으로 돌아온다. 시간적으로 아득하게 느껴지는 옛날과 공간적으로 먼 거리를 두고 아름다운 옛 친구들과 멀리 떨어진 채 시적 화자는 우울하고 안타까운 현실에 괴로워하고 있다. 자신의 이름을 쓰고 흙으로 덮어버리는 행위에서는 자책감과 부끄러움이 동반된 자아성찰의 모습을 엿볼 수 있다. 하지만 시적 화자는 여기에서 머물지 않는다. 시상의 결말에 해당하는 10연에서 새로운 희망과 소생의 기쁨을 맞이할 것을 다짐하고 있다. '봄'으로 형상화된 아름다운 미래는 자신의 이상이 실현되는 날이다. 그날에는 자신이 부끄러워했던 이름 위에 '자랑처럼 풀이 무성'할 것이라고 단언하고 있다.

이 시는 시적 화자인 '나'를 중심으로 현재 서 있는 자리와 과거의 고향이라는 시공간의 구획을 자연스럽게 보여준다. 현재 '나'의 서 있는 자리에서 보이는 것은 가을 밤하늘의 별이다. 시적 화자는 외로움과 그리움을 가슴에 안고 '별'을 매개체로 하여 시간적으로는 과거로 돌아가고 공간적으로는 고향을 찾는다. 그리고 그 숱한 추억들을 마치 밤하늘의 별을 헤듯이 그렇게 나열한다. 시적 진술에서 열거의 방식이 시적 효과를 거두고 있는 예를 4연과 5연에서 확인할 수 있다. 그렇지만 이 시는 옛 추억을 그리워하는 애상적인 분위기로 끝나지 않는다. '나'는 자신의 현재의 이름이 부끄럽지만 이 가을이 지나고 그리고 겨울이 지나면 봄이 올 것을 기대한다. 그리고 모든 것들이 생명을 되찾고 다시 살아날 것을 믿고 있다. 시적 화자 자신도 자신의 부끄러운 이름 위에 자랑스럽게 풀이 무성할 것이라고 말하고 있다.

간(肝)

바닷가 햇빛 바른 바위 위에
습한 간을 펴서 말리우자,

코카서스 산중에서 도망해 온 토끼처럼
둘러리를 빙빙 돌며 간을 지키자,

내가 오래 기르던 여윈 독수리야
와서 뜯어 먹어라, 시름없이

너는 살지고
나는 여위어야지, 그러나,

거북이야!
다시는 용궁의 유혹에 안 떨어진다.

프로메테우스 불쌍한 프로메테우스
불 도적한 죄로 목에 맷돌을 달고
끝없이 침전(沈澱)하는 프로메테우스.

(1941.11.29)

「간(肝)」은 1941년 11월 29일에 쓴 작품이다. 1948년 유고 시집 『하늘과 바람과 별과 시』를 발간할 당시에는 수록하지 못하였는데, 1955년 이 시집의 증보판에 수록했다. 이 시의 시적 의미를 이해하기 위해서는 시의 텍스트에 패러디(parody)의 방식으로 인유된 서양의 신화 '프로메테우스' 이야기와 한국의 전래 설화 '토끼와 거북이' 이야기를 정확하게 알아둘 필요가 있다. 여기에는 내장기관인 '간(肝)'에 얽힌 흥미로운 이야기가 있다. 흔히 듣는 '간도 쓸개도 없다'라는 속담이 자신의 주관도 의지도 없는 사람을 지시한다는 사실도 이 시의 내용과 함께 음미할 필요가 있다.

프로메테우스(Prometheus)는 그리스 신화에 등장하는 인물이며, 제우스 신이 감추어둔 불을 훔쳐 인간에게 내줌으로써 인간에게 맨 처음 문명을 가르친 장본인으로 알려져 있다. 불을 도둑맞은 제우스는 격노하여 그를 붙잡아 코카서스의 바위에 쇠사슬로 묶어놓는다. 그는 날마다 낮에는 독수리에게 간을 쪼여 먹히고, 밤이 되면 간은 다시 회복되어 반복적으로 고통을 겪게 된다. 프로메테우스가 받은 이러한 고통은 만일 그가 자진해서 제우스에게 복종을 맹세하기만 하면 언제든 끝날 수 있는 것이었다. 그러나 프로메테우스는 스스로 고통을 이겨내면서 제우스에게 굴복하지 않았다. 바로 이 때문에 프로메테우스는 오늘날 부당한 억압에 저항하고 고통을 감내하는 고결한 의지력의 상징이 되었다.

'토끼와 거북이' 이야기는 『삼국사기』 '김유신열전(金庾信列傳)'에 나타나는 '구토설화(龜兔說話)'에서부터 다양한 형태로 전해온 설화이다. 조선 시대에는 고전소설 「토끼전」으로 정착했고, 판소리 〈수궁가〉로 널리 불려졌다. 이야기의 줄거리는 다음과 같다. 바닷속 용왕이 병이 생겼다. 도사가 나타나 토끼의 간을 먹으면 낫는다고 한다. 용왕은 토끼를 잡아올 사자(使者)를 정하는데, 별주부 자라가 자원한다. 육지에 올라온 자라는 토끼를 만나 수궁에 가면 높은 벼슬을 준다고 유혹한다. 이 말에 속은 토끼는 자라를 따라 용궁으로 들어간다. 간을 내놓으라는 용왕 앞에서 토끼는 꾀를 내어 간을 육지에 두고 왔다고 한다. 용왕은 토끼를 환대한 후 다시 육지에 가서 간을 가져오라고 한다. 자라와 함께 육지에 이른 토끼는 어떻게 간을 내놓고 다니느냐고 자라에게 욕을 하면서 숲속으로 도망가 버린다. 자라는 빈손으로 수궁으로 돌아간다.

이 시의 텍스트는 전체 6연으로 구성되어 있다. 1연에 '간(肝)'이라는 시적 소재를 하나의 상징으로 내세워 시적 화자가 자신의 절의(節義)를 끝까지 지켜나가고자 하는 의지를 표현하고 있다. 그러므로 이 시는 시상의 발단부에 시적 주제를 먼저 제시하고 있는 셈이다. 2연부터 6연까지는 그리스 신화 속의 '프로메테우스' 이야기와 우리나라 전래 설화인 '토끼와 거북이' 이야기를 절묘하게 패러디하여 시적 진술을 이어간다. 2연은 제우스의 노여움으로 코카서스 산중 바위에 쇠사슬로 결박당했던 프로메테우스 이야기에서 시적 공간을 차용하고 전통 설화 속의 '토끼와 거북이' 이야기에 등장하는 토끼가 코카서스로 도망해 온 것처럼 이야기를 변용하여 하나의 시적 진술로 묶어놓고 있다. 3연의 '독수리'는 프로메테우스의 이야기에 등장하는 것이지만 시의 텍스트에서는 '내가 오래 기르던 여윈 독수리'라고 설명함으로써 역시 신화 속의 이야기 내용과 다르게 변용된다. 시적 화자인 '나' 자신이 자기를 단련하고 채찍질하기 위해 키워냈다는 점에서 '독수리'는 자기 단련, 자기희생 등의 상징적 의미를 지니게 된다. 그러므로 4연에서 '너는 살지고/나는 야위어야지'라는 표현은 자신에 대해 스스로 가하는 단련을 더욱 강하게 하고 자기희생의 고통을 더욱 아프게 하면서도 저항을 포기하지 않겠다는 결의를 드러내고 있다. 5연에서 시적 화자는 '거북이'를 경계의 대상으로 설정함으로써 스스로 설화 속의 토끼를 자처한다. '용궁의 유혹에 안 떨어진다'는 진술도 쉽게 유혹에 빠지지 않겠다는 각오를 보여준다. 6연에서 시적 화자는 끝없는 고통을 감내하면서도 불의와 타협하지 않는 그리스 신화의 프로메테우스를 자신과 동일시하고 있다.

이 작품은 '간(肝)'을 소재로 하는 두 개의 이야기인 전통 설화 '구토지설'과 '프로메테우스의 신화'를 차용하여 자신의 신념과 의지를 상징적으로 표현한다. 이 시에서 '간'은 시적 화자가 지켜야 할 신념, 인간의 양심을 의미한다. 시적 화자는 '토끼'와 '프로메테우스'를 자신과 동일시하여 온갖 유혹과 고통을 스스로 이겨내겠다고 다짐한다. 여기서 주목되는 패러디의 기법은 풍자 효과를 위하여 원작의 표현이나 문체를 자기 작품에 차용하는 형식이나 방법을 말한다. 윤동주의 「간」에서 패러디는 단순한 모방 차원이 아니고, 패러디를 통해 기존의 작품 내용과 다른 작품이 만들어지고 거기에 새로운 의미가 부여된다는 의의를 지닌다. 실제로 그리스 신화 프로메테우스의 이야기와 전통 설화 '토끼와 거북이' 이야기는 이 시의 텍스트 내에서 약간의 변형을 거침으로써 새로운 풍자의 효과를 얻고 있다. 시인 윤동주는 자신이 살고 있던 일제 강점기의 억압적 상황과 그 권력의 허위의식을 조롱하고 거기에 저항하기 위해 패러디의 기법을 활용하고 있다.

이 시의 텍스트는 1, 2연에서 스스로를 향하여 자기 결의를 요구한다는 뜻으로 '말리우자' '지키자' 와 같은 권유의 의미를 드러내는 종결법을 반복적으로 사용하고 있다. 자기 자신을 향한 스스로의 다짐이 그만큼 견고하다는 것을 느낄 수 있다. 특히 시적 화자는 시적 진술에서 상대화한 '너'를 '독수리'에 비유하여 자신을 향한 자극과 단련과 함께 자기희생의 고통을 감내하고자 한다. 그리고 일제 강점기의 암울한 현실에 굴복하지 않고 프로메테우스처럼 자기 소신을 지키기 위해 희생을 감수하겠다는 강한 의지를 표현하고 있다.

우리 시 깊이 읽기

제4부

박목월

박두진

조지훈

김현승

김수영

김춘수

박재삼

조오현

박목월

朴木月 1916~1978

박목월의 본명은 박영종(朴泳鍾)이다. 1916년 1월 6일 경상남도 고성에서 태어났지만 가족이 경북 월성군 서면 건천(현재 경주)으로 이주하게 되자 경주 사람이 되었다. 1935년 대구 계성중학교를 졸업했다. 계성중학 재학 동시 잡지 『어린이』에 동시 「통딱딱통딱딱」을 투고하여 실리기도 했다. 중학 졸업 후에는 다시 경주로 돌아와 금융조합의 서기로 일하기도 했다.

박목월의 등단은 1939년에 이루어졌다. 그는 정지용의 추천으로 시 「길처럼」 「그것은 연륜이다」 「산그늘」 등을 『문장』에 발표했다. 당시 정지용은 박목월의 시에서 볼 수 있는 짙은 토속적 정서와 간결한 민요적 율조에 주목하여 '북에 소월(素月)이 있으니 남에 목월(木月)이 나올 만하다'고 평한 바 있다. 하지만 일제의 한국어 말살 정책에 따라 대부분의 신문과 잡지가 폐간당하자 박목월은 더 이상 글을 발표할 수 없게 된다. 그는 평범한 직장인으로 생활하면서 일제 말기를 견뎌야 했다.

박목월은 1945년 해방 직후 상경하였으며 1946년 김동리, 서정주, 조지훈, 이헌구, 곽종원 등과 함께 조선청년문학가협회를 결성하고 상임위원으로 활동했다. 1946년 조지훈, 박두진과 함께 발간한 공동시집 『청록집(靑鹿集)』에는 그의 일제 말기의 작품들이 실려 있다. 박목월의 초기의 시는 대체로 자연의 풍경을 서경적으로 묘사하고 있는 것이 많다. 그러나 자연을 묘사하면서도 시적 대상에서 포착되는 지배적 인상을 감각적으로 그려냄으로써 시적 정서의 핵심을 효과적으로 표현하고 있다. 「윤사월」이나 「청노루」가 그렇고 「산도화」의 경우도

우리 시 깊이 읽기

감각적 묘사만이 아니라 서정적 감동을 불러일으킨다. 1949년 한국문학가협회가 결성되자 사무국장을 맡기도 했다.

1950년 한국전쟁을 겪은 뒤 박목월의 시는 일상의 삶의 경험을 바탕으로 소박한 생활인의 자세를 보여주기 시작한다. 이러한 변화는 시집 『난(蘭)·기타』(1959)에 수록된 작품들을 통해서 확인할 수 있다. 그의 시는 자연에 대한 친화적 접근법에서 벗어나 생활 주변에서 볼 수 있는 일상적인 삶의 모습을 소박하게 담아낸다. 「가정」이라든지 「밥상 앞에서」 등과 같은 작품을 보면 소박하면서도 인정미를 담고 있는 생활의 단면들이 시적으로 형상화되고 있다.

1962년 한양대학교 국문과 교수로 취임한 뒤 시 창작 강의와 시작 활동을 겸했다. 시집 『경상도의 가랑잎』(1968)의 작품은 그의 후기 시에 해당한다. 시인의 삶에 대한 소박한 애정이 고향에 대한 향수로 구체화되어 나타나고 있음을 볼 수 있다. 이 시기의 시에는 시적 텍스트에 경상도 사투리를 끌어들임으로써 구수한 토속적 감각을 살리고 있는 점도 특기할 만하다. 고향으로의 회귀를 보여주는 이 시기의 시 가운데에는 인간의 죽음에 대한 의식과 허무함을 노래한 작품들도 많이 있다. 그의 후기 시에서 볼 수 있는 죽음은 물론 삶에 대한 달관을 보여주기 위한 것인데 유고 시집 『크고 부드러운 손』에서 이러한 경향이 종교적 색채를 띠고 나타나기도 한다.

1973년 10월 월간 시전문지 『심상(心象)』을 창간했으며, 1974년 한국시인협회 회장을 지냈다. 1978년 3월 24일 사망했다. 동시집 『초록별』(1946) 『산새알 물새알』(1962) 등도 그의 귀중한 시적 업적으로 평가된다.

나그네
— 술 익는 강마을의 저녁노을이여 – 지훈(芝薰)

강나루 건너서
밀밭 길을

구름에 달 가듯이
가는 나그네

길은 외줄기
남도 삼백 리

술 익는 마을마다
타는 저녁놀

구름에 달 가듯이
가는 나그네

이 시는 박두진, 조지훈과 함께 펴낸 공동시집 『청록집』(1946)에 수록되어 있다. 1946년 4월 잡지 『상아탑(象牙塔)』에 발표했지만 일제 말기 조지훈이 박목월에게 보내준 시 「완화삼(玩花衫)」에 화답한 작품으로 유명하다. 이 시의 제목 뒤에 '술 익는 강마을의 저녁노을이여'라는 「완화삼」의 한 구절을 부제로 달고 있다.

시의 텍스트는 전체 5연으로 구성되어 있으며, '구름에 달 가듯이/가는 나그네'라는 구절을 2연과 5연에 반복적으로 배치하고 있다. 이 구절이 시적 주제를 구성하는 핵심적인 모티프임을 알 수 있다. 1연을 제외하고 시의 각 연이 '나그네', '삼백 리', '저녁놀'과 같이 명사 구문으로 이루어진 것도 시적 표현의 특징에 해당한다.

이러한 명사 구문의 형태는 대상을 정적(靜的)인 상태로 제시함으로써 시적 여운을 조성하는 데에 효과적이다. 그만큼 서정성의 깊이도 더해진다.

이 시에서 '나그네'는 조지훈의 시 「완화삼」에 등장하는 '나그네'를 그대로 옮겨놓은 것이다. 조지훈은 쓸쓸한 나그네 길을 위해 거기에 풍류의 정감을 시적으로 덧붙이고자 하였지만 구름에 달 가듯이 떠도는 박목월의 나그네는 오히려 허허롭고 유유자적(悠悠自適)한 모습을 드러낸다.

1연의 '강나루 건너서/밀밭 길을'은 나그네가 가는 길 자체를 제시한다. 흔하게 볼 수 있는 농촌의 풍경이기 때문에 다른 설명을 덧붙일 필요가 없다. 2연은 그 길을 떠나가는 '나그네'의 발걸음이 허허롭다는 사실을 말해주기 위해 '구름에 달 가듯이'라는 비유적 표현을 동원하고 있다. 아무것에도 얽매이지 않은 채 세속의 모든 것을 끊어버린 채 떠나가는 나그네의 모습을 확인할 수 있다. 3연의 '길은 외줄기/남도 삼백 리'는 시적 화자가 심정적으로 그려낸 나그네의 가야 할 길이다. 여기서 '삼백 리'는 나그네가 가야 하는 길의 아득한 거리를 심정적으로 가늠해놓은 수치라고 할 수 있다. 4연은 조지훈의 「완화삼」에서 그대로 따온 것이다. 흔히 이 대목을 붉게 타는 저녁노을을 술빛에 비유한 것이라고 하지만 그것은 지나친 해석이다. 조지훈이 「완화삼」에서 그려낸 술이 익는 마을이란 고된 나그네 길을 달래기 위해 만들어낸 환상적 공간에 불과하다. 일제 강점기의 혹독한 현실에서 어떻게 '술 익는 마을마다/타는 저녁놀'이 가능했겠는가?

이 시에서 그려내고 있는 나그네는 '길은 외줄기'에서 표현되는 것처럼 쓸쓸하고도 외로운 길이다. 이러한 나그네의 심정은 '길은 외줄기/남도 삼백 리//술 익는 마을마다/타는 저녁놀'에서 더욱 고조된다. 외줄기 삼백 리 길을 가야 하는 나그네는 저녁놀을 배경으로 한 마을의 평화로운 마을에서 술이라도 한잔 걸치며 쉬어가고 싶다. 하지만 현실은 모질고 각박하여 전혀 이러한 여유로움을 용납하지 않는다. 나그네는 옛 선비가 누렸던 풍류의 한 장면을 환상처럼 떠올리고는 그대로 자신의 길을 떠나간다. '구름에 달 가듯이' 가고 있다. 즉 속세에 대한 미련이나 자신의 운명에 대한 한탄 없이, 구름 속에 달이 가듯이 허허롭게 자신의 길을 가는 것이다. 그러므로 나그네의 처지는 쓸쓸하지만 슬프거나 비참하지는 않다. 나그네의 모습에서 세속을 벗어난 달관의 경지를 발견하게 되는 것은 바로 이 때문이다.

산도화(山桃花) 1

산은
구강산(九江山)
보랏빛 석산(石山)

산도화
두어 송이
송이 버는데

봄눈 녹아 흐르는
옥 같은
물에

사슴은
암사슴
발을 씻는다

이 시는 박목월의 첫 시집 『산도화』(1955)에 수록되어 있는 표제작이다. 「산도화
1」 「산도화 2」 「산도화 3」으로 잇달아 연작 형식으로 발표했다. 이 작품에서 시의 제
재가 된 '산도화'는 한국의 산야에서 흔히 볼 수 있는 '산복숭아꽃'이다. 일반에서는
'개복숭아꽃'이라고 더 많이 불린다. 봄에 연분홍의 꽃이 피어난다.

시의 텍스트에서 그려내고 있는 '구강산'이라는 산은 실제로 존재하는 산은 아니
다. 시인 자신이 상상적으로 구상해놓은 마음속의 공간이라고 할 수 있다. 이 마음
의 공간에 자리하고 있는 것이 바로 '산도화'와 '사슴'이다. 보랏빛을 띠고 있는 구

강산 기슭에 산복숭아꽃이 두어 송이 벌어지는 것을 보면 봄이 왔음을 알 수 있다. 그리고 그 옆에 사슴 한 마리가 봄눈 녹아내리는 물에 발을 담그고 서 있다. 이런 장면은 상상적으로 가능하다.

이 시의 진술은 서경(敍景)을 위주로 섬세한 감각을 보여주고 있지만 이와 같은 경치를 실제로 찾아보기는 쉽지 않다. 시적 화자는 일체의 주관적 감정을 절제하면서 눈에 들어오는 대상을 그려내고 있다. 보랏빛의 산, 두어 송이 벌어진 산도화, 산골 개울가의 암사슴은 인간의 세계와는 떨어져 있는 아늑한 자연의 비경(秘境)이다. 디테일에 대한 과감한 생략은 간결한 언어 표현을 통해 확인된다. 시적 공간에 오롯하게 남겨진 것이 산과 산도화와 사슴뿐이니, 봄이 찾아온 자연의 풍경치고는 모든 사물이 너무 단순하게 처리된 느낌이다. 이 단순성이 추상(抽象)의 단계로까지 나아가지는 않았지만 '구강산'은 하나의 신비로운 이상향처럼 시를 통해 살아난다. 그러므로 어떤 이는 박목월의 초기 시들이 마치 민화(民畵) 속의 장면을 그려낸 것처럼 느껴진다고 말하기도 한다.

이 시에서는 색채 감각이 두드러진다. 석산(石山)의 보랏빛과 산도화의 색깔, 물빛 등은 선명한 색상의 대비를 이룬다. 1, 2연은 보랏빛 석산과 연분홍의 산복숭아꽃이 조화를 이룬다. 시적 대상 자체는 아늑함 속에서 정적(靜的)으로 묘사된다. 그런데 3, 4연은 그 느낌이 약간 다르다. 눈이 녹아내리는 옥빛 개울물은 작지만 동적(動的)인 이미지를 구현한다. 그리고 거기 발을 담그고 서 있는 암사슴의 모습이 포착된다. 시적 텍스트의 전반부 1, 2연이 보여주는 정적인 느낌과 3, 4연에서 확인되는 개울물의 작은 움직임이 서로 대조를 이루면서 한 폭의 그림이 완성된 셈이다.

박목월의 초기 시의 한 부분을 차지하고 있는 「산도화」는 대상으로서의 자연에 대한 시적 재창조라고 할 수 있다. 인간의 삶과 자연의 풍경이 한데 어우러진 것은 아니지만 「산도화 1」의 풍경은 시인이 동경하고 있는 이상적인 공간임에 틀림없다. 「산도화 2」와 「산도화 3」을 함께 읽어보면 간결한 언어가 만들어내는 섬세하고도 감각적인 표현의 시적 성취를 더욱 깊이 음미할 수 있다.

산도화(山桃花) 2

석산(石山)에는
보랏빛 은은한 기운이 돌고

조용한
진종일

그런 날에
산도화
산마을에
물소리

지저귀는 새소리 묏새 소리
산록을 내려가면 잦아지는데

삼월을 건너가는
햇살 아씨.

산도화(山桃花) 3

청석(靑石)에 어리는
찬물 소리

반은 눈이 녹은
산마을의 새소리

청전(靑田)[1] 산수도에

---

1 청전(靑田) : 동양화가 이상범(李象範) 선생의 호.

삼월 한나절

산도화
두어 송이

늠름한
품(品)을

산이 환하게
틔어 뵈는데

한 머리 아롱진
운시(韻詩)한 한 구.

난(蘭)

이쯤에서 그만 하직하고 싶다.
좀 여유가 있는 지금 양손을 들고
나머지 허락받은 것을 돌려보냈으면.
여유 있는 하직은
얼마나 아름다우랴.
한 포기 난을 기르듯
애석하게 버린 것에서
조용히 살아가고,
가지를 뻗고,
그리고 그 섭섭한 뜻이
스스로 꽃망울을 이루어
아아
먼 곳에서 그윽한 향기를
머금고 싶다.

　　박목월의 「난」은 난초 그 자체를 대상으로 하고 있다기보다는 난초를 키우는 법
에 주목한다. 난초는 물을 주는 법에서부터 햇빛을 쪼이는 법에 이르기까지 매우
까다롭다. 특히 해마다 분갈이를 잘 해주어야 한다. 작은 화분에 여러 포기가 살아
가기 어렵기 때문에 촉(포기)을 나누고 뿌리도 잘라내야 한다. 너무 번성하면 안 된
다. 서너 촉이 자라는 화분에 두어 개 이상 새로운 싹이 돋아 나오면 아까워도 그걸
갈라내어 새 화분에 옮겨 심어줘야 한다. 이러한 난초 기르기의 방법을 통해 삶의
자세를 돌아보고 있는 것이 바로 시 「난」이다.
　　「난」은 시집 『난(蘭)·기타』(1959)의 표제작이다. 시의 텍스트는 전체 14행으로 이

어져 있지만, 시상의 흐름으로 보아 전반부(1~5행)와 후반부(6~14행)로 크게 나누어볼 수 있다. 전반부는 시적 진술의 중심이 화자에게 집중되어 있다. 첫 행에 나오는 '하직'이라는 말은 그 의미가 강하다. 대개는 작별을 고한다는 뜻으로 쓰이는 이 말이 죽음을 뜻하기도 하기 때문이다. 물론 이 시에서 화자가 이쯤 해서 죽고 싶다고 말하는 것은 아니라는 점을 쉽게 알 수 있다. 3행의 '나머지 허락받은 것을 돌려보냈으면.'이라는 구절을 보면 '하직'의 뜻을 이해할 수 있다. 화자는 지금 삶의 여유를 느낀다. 살림도 풍성하고 식구들도 화애롭게 잘 지내고 하는 일도 무리가 없다. 이제 그 정도라면 악착같이 더 구할 것이 없고 거기서 만족을 느낄 만하다. 그러니 이제 나머지 것들은 사양하고 현실에 만족하겠다는 뜻을 드러낸다. 그것이 바로 '여유 있는 하직'이다. '안분지족(安分知足)'이라는 말도 있긴 하지만 오히려 기독교적인 의미도 담겨 있다. 하느님이 자신에게 내려주신 복은 이 정도면 충분하다. 나머지는 자신보다 덜 가진 사람들의 몫으로 돌려보낸다는 것이니 아름다울 수밖에 없다.

후반부는 난초를 기르는 법을 간략하게 묘사적으로 진술하고 있다. '한 포기 난을 기르듯'이라는 진술 속에 이미 욕심을 버린다는 뜻을 담고 있다. 난초는 처음부터 여러 포기를 한 화분에 심어서 기르는 것이 아니다. 대개는 두어 촉이면 난초의 모양이 살아난다. '애석하게 버린 것에서/조용히 살아가고,/가지를 뻗고,/그리고 그 섭섭한 뜻이/스스로 꽃망울을 이루어'라는 진술 내용은 그대로 난초 기르기의 자세를 가르친다. 포기가 늘어나면 그것을 갈라내어 다른 화분에 심어야 한다. 애석하지만 그것이 정도(正道)이다. 새로 나온 포기를 갈라내니 난초는 좀 몸살을 겪지만 조용히 한두 해를 지내고 보면 드디어 꽃대가 나온다. 난초를 키우는 사람들은 이 정경을 가장 흐뭇하게 여긴다. 그리고 삶의 욕심(여기서는 물욕이겠지만)을 버리겠다는 시인의 마음은 이 시의 마지막 구절인 '아아/먼 곳에서 그윽한 향기를/머금고 싶다.'라는 대목에서 빛을 발한다. 난초를 가꾸고 드디어 꽃을 피워낸 사람만이 이 그윽한 삶의 향취를 알아차릴 수가 있다. 결국 이 시에서 시인은 난초 가꾸기를 통해 우리네 삶의 소중한 몇 가지 덕목을 일깨운다. 하나는 지나친 욕심을 버릴 일, 둘째는 '이쯤' 해서 그만하고 그것으로 만족하는 자세를 갖는 일, 작은 것을 스스로 일구어 키우면서 어떤 성취의 기쁨을 맛보는 일 — 이것이 난초를 가꾸는 자세와 그 즐거움에 해당한다.

　이미 고인이 되었지만 시인 임영조 형은 난초 사랑이 각별했다. 내게 늘 자기 집 난초꽃 자랑 전화를 걸어왔다. 제주 한란(寒蘭)의 꽃대가 나오기 시작했다는 전화는 수도 없이 받았다. 내가 먼저 난초꽃이 또 피어났나 하고 물으면 임 시인은 교수님 목소리 들으려고 하고는 웃는다. 내 연구실에 놓고 키우라고 화분 하나 보내왔는데, 내게 시집 보낸 난초 안부를 묻는 전화를 시도 때도 없이 걸어온다. 그렇게 걱정이면 다시 돌려보내겠다고 하니 다시 허허 하고 전화를 끊는다. ……그러더니 일찍 우리 곁을 떠났다. 임 시인도 목월의 제자임을 늘 자랑했으니 어쩌면 목월의 시 「난」을 익히 알았던 것이 아닌가 생각된다.

적막한 식욕

메밀묵이 먹고 싶다.
그 싱겁고 구수하고
못나고도 소박하게 점잖은
촌 잔칫날 팔모상에 올라
새 사돈을 대접하는 것.
그것은 저문 봄날 해질 무렵에
허전한 마음이
마음을 달래는
쓸쓸한 식욕이 꿈꾸는 음식.
또한 인생의 참뜻을 짐작한 자의
너그럽고 넉넉한
눈물이 갈구하는 쓸쓸한 식성.
아버지와 아들이 겸상을 하고
손과 주인이 겸상을 하고
산나물을
곁들여놓고
어수룩한 산기슭의 허술한 물방아처럼
슬금슬금 세상 얘기를 하며
먹는 음식.
그리고 마디가 굵은 사투리로
은은하게 서로 사랑하며 어여삐 여기며
그렇게 이웃끼리
이 세상을 건너고
저승을 갈 때,

보이소 아는 양반 앙인기요

보이소 웃마을 이생원 앙인기요

서로 불러 길을 가며 쉬며 그 마지막 주막에서

걸걸한 막걸리 잔을 나눌 때

절로 젓가락이 가는

쓸쓸한 음식.

박목월의 시 「적막한 식욕」의 메밀묵 이야기는 널리 알려진 백석의 시 「국수」를 좀 닮았다. 하지만 티가 나지 않는다. 싱겁고 구수한 메밀묵에서 박목월은 인생의 맛을 찾아내고 있다. 그것을 하필이면 '적막한 식욕'이라고 했는지 시를 음미해보면 그 까닭을 알 수 있다.

「적막한 식욕」은 연의 구분이 없이 전체 30행으로 이어진다. 하지만 첫 행을 제외하고 보면 시상의 흐름에 따라 네 단락으로 나누어진다. 첫 행의 '메밀묵이 먹고 싶다'라는 진술은 시의 대상을 제시하는 부분이다. 갑작스럽게 출출함이 느껴지면서 메밀묵 생각이 난 것이다. 뒤로 이어지는 내용은 모두 메밀묵을 먹는 장면을 그려낸다. 이 시의 진술법 가운데 각각의 단락이 끝나는 대목에 모두 '것, 음식, 식성' 등의 명사를 배치하고 있다. 명사 구문으로 시적 진술을 끝맺음으로써 진술 내용에 시적 여운을 부여한다. 박목월의 시에서 자주 등장하는 표현법이다.

첫 장면(2~5행)은 메밀묵을 촌의 잔칫날 새 사돈에게 올린다. 싱겁고 구수하고 못나고도 소박하지만 점잖은 잔칫상에도 올릴 수 있는 음식이 바로 메밀묵이다. 서로 대면하기 어려운 상대라고 하는 새 사돈의 상 위에 올린다는 것은 그만큼 서로 어울리고 통하여 가까워지기를 바란다는 뜻을 담고 있을 것이다. 두 번째 장면(6~12행)은 혼자서 메밀묵을 먹는 이야기다. 시인 자신의 느낌을 위주로 메밀묵이 당기는 식성을 설명한다. 저문 봄날 해 질 무렵 출출한 느낌이 들 때 가장 먼저 생각나는 음식이 메밀묵이다. 허전한 마음을 달래주는 것이니 쓸쓸한 식욕이라고 설명을 덧붙인다. 그러면서도 그 넉넉함을 강조한다. 세 번째(13~19행)는 집안에서 일상적으로 상에 올릴 수 있는 메밀묵을 그려놓는다. 부자 간에 겸상을 하거나 집에 찾아온 손님과 마주 앉아 세상살이 이야기를 터놓고 이야기하며 소박하게 먹는 음식이 메밀묵임을 설명해주고 있다.

이 시의 마지막 장면(20~30행)은 아주 극적이다. 주막거리에 오랜만에 만난 이웃마을 사람들이 서로 어울리게 되는 장면이다. '보이소 아는 양반 앙인기요/보이소 웃마을 이 생원 앙인기요'라는 사투리가 오랜만에 만나는 사람들의 모습을 더욱 정겹게 한다. 토속적 정서가 물씬 풍기는 주막거리의 극적인 풍경을 그대로 묘사하고 있다. 이렇게 흥겹게 만났으니 옛날이야기 너털웃음으로 주고받으며 술과 안주가 따라 나와야 한다. 걸걸한 막걸리에 어울리는 소탈한 안주가 바로 메밀묵이다. 인생을 살아가는 마지막 장면까지 격의 없이 마음 터놓고 서로 즐길 수 있는 길거리 음식으로서의 메밀묵을 그려놓고 있다.

박목월이 말하고자 하는 메밀묵의 맛은 아주 복잡 미묘하다. 구수하고도 소박하지만 한편으로는 쓸쓸하고 적막하다. 점잖은 상에도 올릴 수 있지만 단란한 가족끼리 먹을 수 있는 음식이다. 주막거리 흥겨운 목로에도 소탈하게 어울리는 것이 메밀묵이다. 그러니까 메밀묵은 온갖 고비를 넘겨 인생을 살아온 사람이라면 누구나 좋아할 수밖에 없다. 하지만 혼자서 느끼는 쓸쓸함에 갑작스럽게 출출함까지 더해질 때가 많다. 이럴 때 생각나는 메밀묵이야말로 '적막한 식욕'이라고 말할 수밖에 없다.

이별가(離別歌)

뭐락카노, 저편 강기슭에서
니 뭐락카노, 바람에 불려서

이승 아니믄 저승으로 떠나는 뱃머리에서
나의 목소리도 바람에 날려서

뭐락카노 뭐락카노
썩어서 동아 밧줄은 삭아 내리는데

하직을 말자 하직 말자
인연은 갈밭을 건너는 바람

뭐락카노 뭐락카노 뭐락카노
니 흰 옷자라기만 펄럭거리고……

오냐. 오냐. 오냐.
이승 아니믄 저승에서라도……

이승 아니믄 저승에서라도
인연은 갈밭을 건너는 바람

뭐락카노, 저편 강기슭에서
니 음성은 바람에 불려서

우리 시 깊이 읽기

오냐. 오냐. 오냐.
나의 목소리도 바람에 날려서.

　이별을 노래한 시 가운데 절창이라고 한다면 박목월의 「이별가」를 손꼽을 수 있다. 애달픔이 있지만 서럽지 않고, 안타깝지만 한스럽지 않은 것이 「이별가」의 정서이다. 생사의 갈림길에서 맞이하는 슬픈 별리(別離)의 장면을 이렇게 극적으로 묘사하고 있는 작품은 보기 드물다. 여기서 극적이라는 말은 시적 상황의 설정 자체를 두고 하는 말이다. 시집 『경상도의 가랑잎』(1968)에 수록되어 있다.

　이 시의 텍스트는 9연으로 구성되어 있다. 시상의 흐름으로 보면 1~3연의 전반부, 4~6연의 중반부, 7~9연의 후반부로 나누어진다. 시적 화자는 강을 사이에 두고 '니(너)'라고 호칭하는 상대와 서로 떨어져 있다. 이미 강을 건너버린 것이다. 이 별리의 강은 삶과 죽음을 갈라놓는 경계라고 할 수 있다. 화자는 강 건너에 서서 발걸음을 돌리지 못하고 있는 상대방을 향하여 '뭐락카노'를 연발하면서 그가 뭐라고 하는 말을 확인하려 한다. 하지만 무슨 소리인지 알아들을 수가 없다. 강바람 때문이다. 그러므로 혼자서 속으로 상대방이 전하려 하는 말을 추측하면서 그럴 것이라고 다짐을 한다. '오냐'라는 대답은 거기서 나오는 말이다. 이 특이한 자문자답(自問自答)의 형식을 어떻게 이해할 것인지가 아주 중요한 문제다. 시의 텍스트에서 '뭐락카노'라는 말과 '오냐'라는 말의 반복적인 배치가 전체적인 시상의 흐름을 지배하고 있기 때문이다.

　경상도 방언에서 '니 뭐락카노'라는 말은 매우 복잡한 내면적 정서의 표출을 가능하게 한다. 이것은 당위적인 것에 대한 반문이기도 하고, 자기 스스로에 대한 확인을 드러내기도 한다. 어떤 경우에는 강한 부정을 의미하기도 하는 이 말의 함축적 의미가 시의 전체적인 정서를 지배하고 있다. '오냐'라는 말은 일반적으로 아랫사람의 부름에 대하여 대답할 때 하는 말이다. 대개는 긍정과 수긍의 의미를 드러내기도 하고 어떤 다짐의 뜻을 표시하기도 한다. 그런데 이 시의 진술 내용을 보면 '뭐락카노'라는 반문과 '오냐'라는 대답 사이에 숱하게 많은 사연들이 모두 빠져 있다. 일종의 생략의 기법을 통해 상대방에게 하고 싶은 말을 모두 숨긴다. 이 시의 의미는 이 생략된 말들을 살려내는 과정에서 자연스럽게 드러나게 된다.

전반부의 1~3연에 제시되어 있는 시적 정황을 보면 강을 사이에 두고 시적 화자와 상대방이 서로 건너다보고 있는 장면을 그려놓고 있다. 강기슭 저편에 서 있는 상대방은 발길을 돌리지 못하고 이편에 서 있는 '나'에게 뭐라고 말을 하는 것처럼 보인다. 하지만 무슨 소리인지 알아들을 수가 없다. 시적 화자는 '뭐락카노'를 되풀이하면서 그 말을 들어보려고 한다. 이 세상을 떠나버린 사람의 말소리를 어떻게 알아들을 수가 있겠는가? 이제 둘 사이에 이승에서 맺었던 인연의 끈은 마치 동아밧줄이 삭아 내리듯 그렇게 사그러지고 말 것이다. 생사를 가르는 이별은 이렇게 그려진다.

중반부 4~6연에서 화자는 둘 사이의 이별을 받아들일 수가 없다. 그러므로 결코 잘 가라는 말로 이별을 고할 수가 없다. 지금 서로 갈라서 있지만 '인연은 갈밭을 건너는 바람'처럼 그렇게 이어질 것이다. 그러므로 이승이 아니라면 저승에서라도 다시 만날 수 있을 것이라고 '오냐 오냐 오냐' 하고 혼자 다짐한다. 상대방도 옷자락을 바람에 날리면서 다시 만나자고 말하는 것처럼 보인다.

후반부 7~9연은 앞서 전개되었던 진술 내용을 다시 뒤섞어 반복한다. 이별의 아픔을 받아들이면서도 인연의 소중함을 버릴 수 없다는 것이 시적 화자의 심경이다. 그리고 그것은 상대방의 경우도 마찬가지였을 거라고 생각하는 것이다.

이 시에서 그려내는 생사를 가르는 이별의 장면은 애틋하고 안타깝지만 서럽거나 한스럽게 느껴지지 않는다. 시적 화자는 이승과 저승의 세계에서도 소중한 인연의 끈이 이어질 것이라고 믿고 있다. 그러므로 삶과 죽음의 간격이 다시 돌아올 수 없는 강 건너로 표시된다 하더라도 '갈밭을 건너는 바람'처럼 그 소중한 인연은 지속될 것으로 생각한다. 살아 있는 자만이 '뭐락카노'라고 끝없이 되풀이하여 물을 수 있고, 살아남아 있기 때문에 '오냐 오냐 오냐' 하면서 모든 것을 수긍하게 된다. 그것이 살아남은 자의 할 일이다.

기계(杞溪) 장날

아우 보래이.
사람 한평생
이러쿵 살아도
저러쿵 살아도
시큰둥하구나.
누군
왜, 살아 사는 건가.
그렁저렁
그저 살믄
오늘같이 기계(杞溪) 장도 서고,
허연 산뿌리 타고 내려와
아우님도
만나잖는가베.
앙 그렁가잉
이 사람아.
누군
왜, 살아 사는 건가.
그저 살믄
오늘 같은 날
지게목발 받쳐놓고
어슬어슬한 산비알 바라보며
한 잔 술로
소회도 풀잖는가.
그게 다

기막히는기라

다 그게

유정한기라.

박목월의 시 「기계 장날」을 보면 산골 마을의 장터 풍경이 그대로 살아난다. 이 시에서 시적 배경을 이루는 기계(杞溪) 장은 일제 강점기에는 경북 영일군 기계면에 서던 오일장을 말한다. 현재는 행정구역이 바뀌어 포항시 북구 기계면이 되었다. 기계는 산촌이지만 마을 한가운데로 흐르는 기계천을 중심으로 제법 넓은 평야가 이루어져 있는 풍요로운 땅이다.

이 시는 시집 『경상도의 가랑잎』(1968)에 수록되어 있는데 박목월의 후반기 시를 대표하는 작품 중의 하나다. 시의 텍스트에 동원해 사용하고 있는 경상도 방언이 토속적 흥취를 자아내면서 실감의 정서를 살려내고 있다. 시적 화자는 오랜만에 기계 장터에 나온 산골의 촌부이다. 이 시의 시적 진술 내용은 모두 시적 화자가 장터에서 만난 '아우'라고 부르는 이웃 마을 사람에게 들려주는 말로 이루어져 있다. 그러므로 경상도 방언을 활용한 화자의 말투가 아주 중요하다.

시의 텍스트는 27행으로 이어진다. 시상의 흐름으로 보면 1~5행의 전반부, 6~15행의 중반부, 16~27행의 후반부로 구분해볼 수 있다. 전반부에서 시적 화자는 '아우'라고 부르는 상대방과 함께 목로에서 술잔을 들으면서 이야기를 나누고 있다. 화자는 사람의 삶이라는 것이 이렇게 저렇게 살아도 다 별 볼 일이 없다고 말을 꺼낸다. 구수하면서도 카랑카랑한 경상도 사투리가 그대로 살아난다. 화자가 들려주는 이야기는 시적 텍스트의 중반부와 후반부로 이어진다. 중반부에서 시적 화자는 '누군/왜, 살아 사는 건가./그렁저렁/그저 살믄'이라면서 말을 잇는다. 이 대목은 그대로 후반부에서도 다시 한번 반복된다. 산다는 것이 무슨 특별한 목적이 있는 것이 아니라 그저 살다가 보면 살아진다는 뜻이다. 투박한 어투이지만 삶을 바라보는 소탈한 심경을 헤아려볼 수 있다. 화자의 말은 다시 뒤로 이어진다. 살다가 보면 오늘같이 기계 장날에 산골 벗어나 나오게도 되고 우연치 않게 아우를 만날 수도 있다는 것이다. 후반부는 다시 '누군/왜, 살아 사는 건가/그저 살믄'이라는 말로 시작된다. 오늘같은 장날 지게목발 받쳐놓고 술을 한잔 들면서 소회를 풀 수 있는 것이 삶의 맛이라고 한다. 이런 것이 삶이고 인정이 아닌가를 반문한다.

「기계 장날」에서 그려내고 있는 것은 기계 오일장에서 만나게 되는 한 풍경이다. 이 풍경 속의 주인공은 산골 마을에서 오랜만에 장터에 나와 이웃 마을의 벗을 만나 주막거리에서 막걸리 한잔을 걸치게 된다. 평생을 농사일로 살아온 주인공에게는 인생이라는 것이 별게 아니다. 그럭저럭 살다 보니까 이렇게 살아진 것이다. 이 주인공의 입으로 들려주는 넋두리가 바로 「기계 장날」인 셈이다. 그렇지만 이 풍경 속에는 산골 서민들의 삶의 애환과 그 소탈한 자세가 속속들이 담겨 있다. 각박한 현실이지만 생을 긍정하고 삶의 여정을 순리대로 따르고자 하는 순박한 인정을 느낄 수 있는 것이다.

박두진

朴斗鎭 1916~1998

시인 박두진이 노래하고 있는 자연은 시적 자아와 거리를 두고 있는 대상이 아니다. 자연은 언제나 시적 자아와 동일시된다. 때로는 대상으로서의 자연과 주체로서의 자아 사이에 갈등이 개입되기도 하지만 시적 파탄을 수반하는 것은 아니다. 자연의 친화력에 의해 대상과 주체가 하나가 되고 있으며, 거기서 오는 영원한 생명력이 시적으로 구현되고 있다. 그러므로 자연을 대상으로 하는 그의 시들은 존재의 심연을 헤매는 기도로 나타나기도 하고, 생명에의 경외감으로 채워지기도 한다. 그리고 시적 정서의 긴장을 내면화하는 데도 성공을 거두고 있다. 그의 시에 과감하게 활용되고 있는 의성어 의태어나 직유적인 표현, 파격을 이루는 산문 형태의 시적 진술 등은 격렬한 정서의 충동을 시적으로 형상화하는 데 기능적으로 작용하고 있다.

박두진이 시를 통해 추구하고 있는 절대적이면서도 영원한 가치의 세계는 후기 시에서 '수석'이라는 구체적인 자연의 형상과 조응하고 있다. 시인 자신은 '수석'을 채집하면서 수석이라는 것이 '자연의 정수이자 핵심'이며, '초월적인 본체의 한 현현'이라고 말한 적이 있다. 그리고 바로 그러한 점에서 시인의 시정신과 일치한다고 말한다. 그러므로 '수석'은 시인에게 우주 생성의 시초에 형성된, 시간적인 비의(秘意)를 지닌 견고한 물체로 받아들여지고 있는 것이다. 이처럼 박두진의 시적 세계는 자연의 조화와 신비를 담고 있는 '수석'의 형상을 통해 인간의 삶과 그 격동의 과정을 시적으로 변용하고 융합하여 새로운 가치로서의 표현을 가능하게 하고 있다.

우리 시 깊이 읽기

박두진의 호는 혜산(兮山)이다. 1916년 경기도 안성에서 출생했다. 고향에서 소학교를 다닌 후 한학을 공부한 것으로 알려져 있지만 확인된 바 없다. 그의 학력을 제대로 소개한 기록이 없다. 박두진의 등단은 정지용의 추천에 의해 이루어졌다. 1939년 『문장』에 발표한 시 「향현(香峴)」 「묘지송(墓地頌)」 등이 그의 문학적 출발을 말해준다. 그러나 일제의 강압적인 한국어 말살 정책에 따라 대부분의 신문과 잡지가 폐간당하자 박두진은 더 이상 자신의 시를 발표할 수 없게 된다. 그는 고향에 파묻혀 일제 말기의 암흑을 견뎌냈다.

박두진이 문단에 모습을 드러낸 것은 해방 직후의 일이다. 그는 김동리, 서정주, 조연현, 조지훈 등이 주도했던 조선청년문학가협회(1946)에 가담하였고, 조지훈, 박목월과 함께 펴낸 공동시집 『청록집』(1946)을 보면 자연을 제재로 하여 민족의 군건한 의지와 삶의 생명력을 시적으로 형상화하고 있는 작품들이 많다. 「향현」 「묘지송」과 같은 작품에서는 오랜 세월 동안 침묵 속에 지내온 산에서 힘차게 치솟아 오를 삶의 의기를 그려내면서 새로운 삶을 추구하고자 하는 강한 시 정신을 드러내고 있다. 그의 첫 시집 『해』(1949)에 실린 작품들은 해방 직후의 감격과 새로운 국가 건설에 대한 희망을 '산'이라든지 '해'와 같은 싱싱하고 강렬한 이미지를 활용하여 노래하였다.

한국전쟁을 겪은 뒤에 박두진의 시 세계는 시집 『오도(午禱)』(1953)에서부터 『거미와 성좌』(1962) 그리고 『인간밀림』(1963)에 이르기까지 하나의 새로운 경향을 보여준다. 그

는 철저한 기독교 정신에 기반하여 전후 현실의 불합리와 비리를 비판하게 된다. 그는 한때 이화여대에서 시를 강의했지만 연세대로 자리를 옮겨 오랫동안 문학을 가르쳤다. 그의 후반기 시는 시집 『고산식물』(1973) 『사도행전』(1973) 『수석열전』(1973) 『포옹무한』(1981) 등으로 이어지면서 세속적인 삶의 현실에 내재해 있는 불의와 비윤리를 비판하고 그를 극복하고자 하는 자세로 발전하고 있다. 시대의 고통을 외면하지 않고 그에 맞서면서 자신의 시 정신을 고양하고자 하는 구도적 자세는 박두진의 시가 보여주는 중요한 가치라고 할 수 있다.

박두진

향현(香峴)

아랫도리 다박솔 깔린 산 넘어 큰 산 그 넘엇 산 안 보이어, 내 마음 둥둥 구름을 타다.

우뚝 솟은 산, 묵중히 엎드린 산, 골골이 장송(長松) 들어섰고, 머루 다랫넝쿨 바위 엉서리에 얽혔고, 샅샅이 떡갈나무 억새풀 우거진 데, 너구리, 여우, 사슴, 산토끼, 오소리, 도마뱀, 능구리 등 실로 무수한 짐승을 지니인,

산, 산, 산들! 누거만년(累巨萬年) 너희들 침묵이 흠뻑 지리함직하매,

산이여! 장차 너희 솟아난 봉우리에, 엎드린 마루에, 확 확 치밀어 오를 화염(火焰)을 내 기다려도 좋으랴?

팟내를 잊은 여우 이리 등속이, 사슴 토끼와 더불어 싸릿순 칡순을 찾아 함께 즐거이 뛰는 날을, 믿고 길이 기다려도 좋으랴?

이 작품은 시인 박두진의 등단작 중 하나인데, 이 시의 제목인 '향현(香峴)'이라는 말은 시인 자신이 만들어낸 단어라고 할 수 있다. '향기로운 산고개' 또는 '산고개의 향기'라고 풀이된다.

이 시는 5연으로 구성되어 있는데, 시상의 흐름으로 보아 1연 전반부 2, 3연 중반부 4, 5연 후반부로 나누어볼 수 있다. 시적 화자인 '나'는 산에 올라 산들과 마주서 있다. 눈앞에 겹겹이 둘러친 산들을 생명을 가진 움직이는 동물처럼 비유적으로 그려낸다.

1연에서 시적 화자는 산 위에 서 있다. 다박솔이 깔린 나지막한 산 너머에 또 산,

그리고 그 너머 산은 아예 눈에 들어오지 않는다. 화자는 발돋움을 하면서 하늘에 둥둥 구름을 타고 그 첩첩 산들을 모두 내려다보고 싶어진다. '내 마음 구름을 타다'라는 구절에서 그러한 시적 화자의 심경이 암시된다.

2, 3연은 시적 진술에 동원하고 있는 문장을 종결하지 않은 채 4연의 진술 내용으로 이어진다. 산의 웅장한 자태와 그 넉넉함이 그려진다. 골골이 커다란 소나무가 서 있고, 그 아래 머루 다래 넝쿨이 바위에 서려 있다. 떡갈나무 빽빽이 늘어선 사이로 억새풀 우거진 자리에 온갖 산짐승들이 한데 어울려 살고 있다. 서로 다른 종류의 식물과 동물을 열거함으로써 산의 풍성함과 넉넉함을 보여준다. 그런데 산은 오랜 세월을 묵묵히 입을 다물고 서 있다. 시적 화자는 어쩌면 그 침묵이 이제 좀 지루하게 느껴질 법도 하다고 생각한다.

4, 5연은 시적 화자가 산을 향하여 자신의 생각을 묻는 일종의 설의법을 활용한다. 묵묵히 엎드려 있던 산이 살아 움직인다. 솟아난 봉우리와 엎드린 마루에서 불꽃을 내뿜는다. 정적(靜的)이던 분위기를 역동적(力動的)인 상태로 바꾼다. 물론 이런 변화는 시적 화자의 상상적 산물이다. 시적 화자는 거대한 산의 용틀임을 기다리고 있다. 이 시가 일제 강점기의 억압적 상황에서 나온 것임을 생각한다면 시대와 역사의 대전환을 꿈꾸는 시인의 욕망과 의지가 여기에 담겨 있다고 할 수 있다. 그리고 이러한 변화의 모습은 마지막 5연에서 구체적으로 묘사된다. 시적 화자는 '여우와 이리'가 '토끼와 사슴'과 함께 즐기며 뛰놀 수 있는 날이 올 수 있다는 신념에서 그 변화를 기다리고 있는 것이다. 이 마지막 구절에서 산의 너그러움과 상생의 공간으로서의 산을 제시하고 있는 셈이다.

1939년 『문장』에 시인 정지용의 추천으로 발표했다. 조지훈, 박목월과 함께 펴낸 공동시집 『청록집』(1946)에 실려 있다.

도봉(道峯)

산새도 날러와
우짖지 않고,

구름도 떠가곤
오지 않는다.

인적 끊인 듯,
홀로 앉은
가을 산의 어스름.

호오이 호오이 소리 높여
나는 누구도 없이 불러보나,

울림은 헛되이
빈 골 골을 되돌아올 뿐.

산그늘 길게 늘이며
붉게 해는 넘어가고

황혼과 함께
이어 별과 밤은 오리니,

생(生)은 오직 갈수록 쓸쓸하고,
사랑은 한갓 괴로울 뿐.

우리 시 깊이 읽기

그대 위하여 나는 이제도 이
긴 밤과 슬픔을 갖거니와,

이 밤을 그대는 나도 모르는
어느 마을에서 쉬느뇨.

요즘의 도봉산(道峯山)은 언제나 만원이다. 산에 오르는 사람, 산을 내려오는 사람으로 언제나 북적거린다. 그러니 한가로운 도봉을 만난다는 것은 거의 불가능하다. 박두진의 시 「도봉」은 반세기 훨씬 이전의 도봉이니 그 한적한 산골의 변화를 비교해봄 직하다.

이 시의 텍스트는 10연으로 구성되어 있다. 가을날 오후 도봉산의 한적함을 배경으로 삼고 있다. 시의 텍스트에서 묘사하고 있는 시간의 흐름을 시상의 전개 과정과 연결시켜 보면 1~5연의 전반부에서는 도봉산의 한적한 오후를 그려낸다. 실경(實景)의 도봉산을 두고 그 한적하고도 적막한 분위기를 강조한다. 6~10연의 후반부는 해가 넘어가는 저녁 무렵의 도봉이다. 시적 화자는 별과 함께 밤이 올 것이라고 진술하고 있으므로 밤을 예비할 뿐이다. 아직 밤이 온 것은 아니다.

시의 전반부는 시적 묘사의 대상이 도봉산에 맞춰진다. 1~3연은 가을날 오후 도봉의 한적하고도 적막한 분위기를 묘사하고 있다. 산새 소리도 들리지 않는 산중의 고요를 더하는 것은 구름 한 줌이 없는 텅 빈 하늘이다. 게다가 인적 끊어졌다. 이 적막 속에 시적 화자가 혼자 산중에 앉아 있다. 누구를 부르는 것도 아니지만 '호오이, 호오이'를 외치지만 돌아오는 것은 메아리뿐이다. 여기서 시적 화자의 쓸쓸하고도 외로운 모습이 감지된다. 후반부에서는 시간의 경과를 감각적으로 묘사하면서 시적 진술의 초점이 화자의 내면으로 옮겨진다. '산그늘 길게 늘이며/붉게 해는 넘어가고'라는 구절은 시간의 흐름을 직접적으로 보여주는 시각적 묘사가 뛰어나다. 시적 화자는 이제 황혼과 함께 별이 오고 밤이 올 것을 예견한다. 그리고 삶의 쓸쓸함과 사랑의 괴로움을 생각한다.

9, 10연의 '그대 위하여 나는 이제도 이/긴 밤과 슬픔을 갖거니와,//이 밤을 그대

는 나도 모르는/어느 마을에서 쉬느뇨.'라는 구절은 여러 가지 해석이 가능하다. 대개의 독자들은 이 구절 속의 '그대'를 시적 화자가 그리는 사람이라고 풀이하고 있다. 앞에서 삶의 쓸쓸함과 사랑의 괴로움을 언급했기 때문에 이런 식으로 읽는 것도 자연스러워 보인다. 하지만 나는 좀 다른 방향으로 이 구절을 읽어보고 싶다. 여기 등장하는 '그대'는 도봉을 지칭하는 말이라고 보면 어떨까? 시적 화자는 한적한 도봉이 좋아서 혼자 가을날 오후에 도봉산에 오른 것이다. 그리고 적막한 산중에 앉아 자신의 삶을 돌아본다. 산에 안겨서 산과 대화하고 산에 기댄다. 시간이 흐르고 붉은 해가 넘어가고 황혼이 짙어간다. 이제 산을 내려와야 한다. 도봉과 작별하는 셈이다. 어둠이 내리고 밤이 되면 시적 화자는 다시 세상살이의 번뇌 속에서 홀로 잠을 못 이루고 슬퍼하게 될 것이다. 도봉의 모습도 어둠 속에서 어디론지 사라진다. 시적 화자는 자신의 정신적 거점이면서 삶의 안위를 제공하던 도봉이 이 밤을 어느 마을에 가서 쉬고 있을까 걱정한다.

이 시가 '도봉'이라는 제목을 달고 있는 점을 나는 주목하고 싶다. 도봉은 시적 화자에게는 하나의 정신적 거점이라고 할 수 있다. 도봉을 따르고 도봉에 의지하고 도봉과 말하고 도봉을 사랑한다. 이 자연 친화의 시적 지향은 박두진 시의 출발에서부터 가장 분명하게 자리 잡고 있던 특징이다. 그러므로 도봉은 시적 화자에게는 영원한 '그대'인 것이다. 이 시에서 시적 화자는 힘든 삶의 고통이나 서러움을 모두 도봉을 통해 위로받고 도봉을 통해 이겨내고 도봉을 통해 이겨낸다. 이 시의 시적 진술에서 드러나는 사색적이면서도 자기 관조적인 분위기는 도봉의 묵묵한 자태와 그 의연함과 어우러지면서 시적 주제를 더욱 고양시킨다고 할 수 있다.

이 시는 조지훈, 박목월과 함께 펴낸 공동시집 『청록집』(1946)에 실려 있다. 시를 지은 때는 밝혀져 있지 않은데, 시인 자신이 도봉산을 특히 즐겼던 모양이다. 1963년 발간한 시집 『인간밀림(人間密林)』에 「도봉모일(道峯暮日)」이라는 시도 있다.

우리 시 깊이 읽기

해

　해야 솟아라. 해야 솟아라, 말갛게 씻은 얼굴 고운 해야 솟아라. 산 넘어
산 넘어서 어둠을 살라 먹고, 산 넘어서 밤새도록 어둠을 살라 먹고, 이글이
글 앳된 얼굴 고운 해야 솟아라.

　달밤이 싫여, 달밤이 싫여, 눈물 같은 골짜기에 달밤이 싫여, 아무도 없는
뜰에 달밤이 나는 싫여⋯⋯,

　해야, 고운 해야. 늬가 오면 늬가사 오면, 나는 나는 청산이 좋아라. 훨훨
훨 깃을 치는 청산이 좋아라. 청산이 있으면 홀로라도 좋아라.

　사슴을 따라, 사슴을 따라, 양지로 양지로 사슴을 따라, 사슴을 만나면 사
슴과 놀고,

　칡범을 따라, 칡범을 따라, 칡범을 만나면 칡범과 놀고,⋯⋯

　해야, 고운 해야. 해야 솟아라. 꿈이 아니래도 너를 만나면, 꽃도 새도 짐
승도 한자리 앉아, 워어이 워어이 모두 불러 한자리 앉아 앳되고 고운 날을
누려보리라.

　박두진의 시 「해」를 두고 평론가 조연현은 한국 현대시에서 시 정신의 한 '절정'
을 작품화했다고 극찬한 바 있다. 광복 후의 사회적 분위기를 배경으로 하여 새로
운 국가 건설의 이념 수립과 함께 그 창조적 열망을 시적으로 형상화한 것으로 널
리 알려졌다. 호쾌하고도 장엄한 어투를 활용하여 광복에 대한 환호와 열정, 새로

박두진 _ 해

운 시대에 대한 기대와 의욕 등을 잘 표현하고 있는 점이 주목된다.

이 시에서 '해'는 다양한 역동적인 이미지를 안고 있다. 어둠을 몰아내는 광명, 절망을 딛고 일어서게 하는 희망, 새로운 삶을 잉태하게 하는 생명, 그리고 조화와 균형, 화해와 용서와 평화를 의미한다. 이 긍정적 이미지들이 각 연에서 어떻게 작용하고 있는지를 살펴야 한다.

1연에서 태양은 어둠에 맞서 이를 이겨낸다. 광명이라는 것이 '어둠을 살라 먹고'와 같은 표현에서 암흑을 극복하는 힘으로 그려진다. 2연에서 태양은 환희를 의미한다. '달밤'의 쓸쓸하고도 서러운 비애의 정서를 거부한다. 3연에서 해는 강인한 생명력을 뜻한다. 모든 자연의 해의 솟아오름에서 비롯된다. 해는 청산을 살아나게 만든다. 4, 5, 6연에서 태양은 상생과 공존과 평화의 장을 펼친다. '사슴'과 '칡범'이 함께 살아가는 청산, 모든 살아 있는 것들이 그 광명 아래 상생하고 공존하는 삶의 공간을 펼쳐낸다.

이 시는 '해'를 중심으로 그 아래 '청산'을 펼쳐놓고 '사슴'과 '칡범'이 함께 놀며, 온갖 꽃과 새와 짐승이 한데 어울리는 생태적 공간을 상상적으로 구축하고 있다. 시인의 자연친화적인 시적 지향이 일종의 '해의 상상력'을 통해 시적 형상성을 획득하고 있다는 것은 주목할 만하다. 그 이유는 이 시가 우리 민족의 해방과 광복, 새로운 국가 발전의 희망을 노래하고 있다는 식의 표피적인 해석을 넘어서서 보다 본질적이며 근원적인 '해'의 힘을 재발견하고 있기 때문이다.

1946년 5월 잡지 『상아탑』에 발표했으며, 그의 첫 시집 『해』의 표제작이 되었다.

꽃과 항구(港口)

나무는 철을 따라
가지마다 난만히 꽃을 피워 흩날리고,

인간은 영혼의 뿌리 깊이
눌리면 타오르는 자유의 불꽃을 간직한다.

꽃은 그 뿌리에 근원하여
한 철 바람에 향기로이 나부끼고,

자유는 피와 생명에 뿌리하여
영혼의 밑바닥 꺼지지 않는 근원에서 죽지 않고 탄다.

꽃잎. 꽃잎. 봄 되어 하늘에 구름처럼 일더니,
그 바다, 꽃그늘에 항구는 졸고 있더니,

자유여! 학살되어 바닷속에 버림받은 자유여!
피안개에 그므는 아름다운 항구여!

그 소녀와 소년들과 젊은 속에 맥 뛰는
불의와 강압과 총칼 앞에 맞서는

살아서 누리려는 자유에의 비원이
죽음. 생명을 짓누르는 공포보다 강하고나.

피는 꽃보다 값지고,
자유에의 불꽃은 죽음보다 강하고나.

박두진의 시 「꽃과 항구」는 널리 알려진 작품은 아니다. 이 시는 1962년에 펴낸 시집 『거미와 성좌』에 수록되어 있는데, 여기에 숨겨진 기막힌 사연을 눈여겨 챙겨 본 사람이 별로 없다. 이 시에서 반복적으로 등장하는 '꽃' '피' '불꽃'이라는 시어는 아주 강렬한 이미지를 드러낸다. 그리고 그 함축된 의미도 폭이 넓고 깊다. 시의 텍스트를 따라 읽어보면 시적 배경으로 '항구'가 등장하고 그 항구에 꽃이 피어난다. 그런데 그 항구와 꽃이 예사로운 꽃 이야기가 아니다.

1연에서 '꽃'은 철에 따라 나무에서 피어난다. 나무에 꽃이 피는 것은 자연의 이치이다. 나무는 꽃을 피우고 그 꽃에 열매가 맺힌다. 그래서 그 생명이 여기저기 퍼지고 다시 살아난다. 이 순연한 자연의 섭리를 거스를 수는 없다. 2연은 시적 화자의 시선이 인간에게로 옮겨진다. 1연의 나무에서 사람 쪽으로 그 대상이 바뀐 것이다. 사람은 누구에게나 마음속 깊이 인간으로서의 본능처럼 누군가에게 억눌리면 속으로부터 타오르는 불꽃을 간직하고 있다. 억압에 저항하고 이에 맞서고자 하는 항거의 정신은 인간의 본능이다. 결국 1, 2연은 서로 좋은 뜻으로 그 의미가 대응한다. 나무에 꽃이 피는 것이 자연의 이치인 것처럼 사람의 마음속에서 자유의 불꽃이 타오르게 된다. 3, 4연도 비슷한 의미의 대응이 이루어진다. 나무의 꽃이 그 뿌리에 근원을 두고 피어나 한 철을 향기롭게 나부끼듯이 자유라는 것도 피와 생명에 뿌리를 두고 꺼지지 않고 타오른다.

그런데 5연부터 시상의 전환이 이루어진다. 5연에서 항구에 구름처럼 꽃이 피어났고 그 꽃그늘에 항구가 졸고 있다는 설명이다. 시적 배경으로 꽃이 피는 항구가 등장한다. 그리고 뒤이어 6연은 '자유여! 학살되어 바닷속에 버림받은 자유여!/피안개에 그므는 아름다운 항구여!'라는 구절에서 시적 의미의 대응이 완전히 무너진다. 자유가 불꽃으로 살아나지 못한 채 '학살되어 바닷속에 버림받은 자유'가 되고만 것이다. 그렇기 때문에 구름처럼 피어나 향기롭게 나부끼던 항구의 꽃의 아름다움이 사라진다. 피안개에 덮여 어둑해진 것이다. 7연에서는 '소년과 소녀'들이 젊은

이들과 함께 불의와 강압과 총칼 앞에 맞서고 8연은 살아서 누리고자 하는 자유에의 비원이 생명을 짓누르는 공포보다 더욱 강함을 설명한다. 죽음을 무릅쓰고 불의에 대항하고 있기 때문이다.

이 시는 9연에서 '피는 꽃보다 값지고/자유에의 불꽃은 죽음보다 강하고나'라고 시상을 매듭짓는다. '피'와 '꽃'이 서로 대조되는 가운데 '자유에의 불꽃'이 '죽음'과 대비된다. 자유를 위한 희생과 그 염원이 얼마나 강렬한 것인가를 말해주고 있다.

시인 박두진이 이 시에서 그려내고 있는 것은 1960년 4월의 항구도시 마산(馬山)의 풍경이다. '진해군항제' 이전에도 마산항 일대의 봄 벚꽃이 유명했다. 해마다 봄이면 하늘을 덮던 하얀 벚꽃이 구경거리가 되었던 것이다. 그런데 이 화려한 벚꽃의 도시에 피안개가 어린다. 1960년 봄의 일이다. 당시 자유당 정권은 이승만 독재 권력의 장기 집권을 위해 3·15선거에 엄청난 부정을 획책한다. 부통령 이기붕의 당선을 위해 선거 부정이 전국적으로 자행된 것이다. 이에 항거하여 선거 당일 3월 15일 마산에서 대규모 항쟁이 일어났는데, 주로 고등학교 남녀 학생들이 시위를 주도하게 된다. 그때 집회에 참여했다가 실종된 김주열 군은 마산상업고등학교 1학년 학생이었다. 그는 실종된 지 거의 한 달 뒤에 머리에 최루탄이 박힌 채 바닷속에 던져졌다가 주검으로 떠올랐다. 진압 경찰이 최루탄에 맞은 김주열의 시신을 바다에 던져버렸던 것이다. 4월 11일 김주열 군의 처참한 주검이 바다 위로 떠오르자 모든 사람들이 충격에 떨며 분노했고 이를 계기로 항의 시위가 전국으로 격렬하게 확대된다. 4·19혁명이 바로 여기서 시작되었던 것이다.

박두진은 이 시에서 마산이라는 지명 대신에 항구라고 적었고, 김주열 군의 죽음을 '학살되어 바닷속에 버림받은 자유'라고 빗대어 설명했다. 그리고 항구의 하늘을 가리는 아름다운 꽃 이야기를 시의 전반부에 펼쳐냄으로써 엄혹했던 검열의 눈도 피할 수 있었다. '자유에의 불꽃이 죽음보다 강하다'는 시인의 선언은 자유 민주의 신념을 지켜내기 위한 김주열 군의 희생과 함께 4월 혁명 정신의 고귀함을 강조한 말이다. 김주열은 박두진의 시를 통해 혁명의 불꽃으로 다시 살아난 것이다. 지금도 4월의 마산에는 흐드러지게 피어나는 하얀 벚꽃이 아름답다. 그러나 그 꽃을 보며 김주열이라는 아름다운 불꽃을 기억할 사람이 얼마나 될지 모르겠다.

하지절(夏至節)

한나절 산중 첩첩 휘파람새 운다.

햇살 펑펑 쏟아지고,
칡넝쿨, 댕댕이 다래 넝쿨, 머루 넝쿨 칭칭 감고,

골짜기 푸섶에 떨어진 여름의 시 한 구절,

어려워서 외다 외다 뻐꾹새 그냥 날아가고,
그 휘파람새, 황금새도 와서 읽다 어려워 그냥 날아가고,

전라(全裸)의 알몸뚱이

해죽해죽 달아나며 유혹하는 너
마구마구 쓰러뜨려 가슴 덮친다.

더덕 냄새 박하 냄새 암노루 냄새 난다.
뭉개지는 젖과 땀, 이글대는 눈의 꿈,

아니, 바람 냄새 출렁대는 바다냄새 난다.
미역 냄새 홍합 냄새 그 흡반(吸盤) 냄새 난다.

몸뚱어리 몸뚱어리
배암 친친 굽이 틀고,

한나절내 산중 첩첩 꽃비 흥건하다.

박두진의 시 가운데 내가 가슴을 치면서 아파했던 것이 「꽃과 항구」였다면, 가장 충격적이었던 것이 「하지절」이다. 「하지절」은 시적 표현의 맥락을 가늠하기가 쉽지 않다. 왜 하필이면 이 시의 제목을 '하지절'이라고 했는지 생각하다가 시상의 흐름을 제대로 따르기 어려워 당황했다. 그런데 작품 속으로 깊이 파고들면서 그 시적 상상력의 변화와 역동성에 놀랐고, 그 시적 성취에 무릎을 쳤다. 1977년에 펴낸 시집 『야생대(野生代)』에 실려 있다.

우선 시의 제목인 '하지절'은 '하지 무렵'이라고 풀이해도 뜻이 통한다. 양력 6월 21일경이 하지(夏至)인데 낮이 가장 길고, 여름이 한창 시작될 무렵이다. 산중의 녹음이 짙게 푸르다. 이 시에서는 한여름으로 들어서는 계절의 감각과 시적 화자의 시심(詩心)이 어떻게 어우러져 시적으로 형상화하고 있는가를 주목할 필요가 있다. 시의 텍스트는 10연으로 구성되어 있는데, 각 연이 2행씩 이어지지만 1, 3, 5, 10연은 각각 한 행으로 표시하고 있다. 1, 10연의 경우는 시상의 발단과 그 결말을 표시한다. 그런데 3, 5연의 시적 진술 내용은 그 의미가 깊고 복잡하다.

이 시에서 시상의 발단은 1연에서 '한나절 산중 첩첩 휘파람새 운다'라는 하나의 문장으로 제시된다. 여름 한나절 첩첩한 산중에 시적 화자가 자리하고 있다. 한여름으로 들어서는 산중 정취를 시로 적어볼 속셈이다. 산속은 고요하고 호젓하다. 적막을 깨치는 것은 휘파람새의 울음소리다. 산중의 적막감을 청각적 감각으로 묘사한다.

2, 3, 4연은 시상을 가다듬는 과정이다. 시각적 감각과 청각적 감각이 시적 대상에 집중된다. 햇살이 쏟아지는 산에 온갖 칡넝쿨, 머루 다래 넝쿨이 서로 엉클어진 상태다. 사실 이 대목은 시적 화자의 머릿속에 맴도는 엉클어진 시상(詩想)의 가닥이 아닌가 생각된다. 그러기에 3연의 '골짜기 푸섶에 떨어진 여름의 시 한 구절'로 자연스럽게 연결된다. 시적 화자는 산을 바라보면서 시상을 가다듬고 있지만 좀처럼 시구가 풀리지 않는다. 4연에서는 뻐꾹새, 휘파람새, 황금새도 그 한 구절을 어려워서 제대로 외지 못하고 날아간다고 적고 있다. 참으로 절묘하다. 화자는 새들과 함께 시구를 다툰다. 5연에서 화자의 애를 태우는 시의 상념이 '전라의 알몸뚱이'로 변한다. 아직 옷을 입히지 못했다. 관능적 유혹처럼 강렬한데도 좀처럼 잡히지 않는다.

6, 7, 8연에서 드디어 유혹하면서 달아나려 하던 시의 실마리를 잡아챘다. 동적인 이미지와 함께 촉각과 후각의 감각이 동원된다. 시의 알몸뚱이를 쓰러뜨리고 가슴으로 덮친다. 머릿속으로 쓰려던 시가 격정의 가슴으로 안으면서 그 실체를 드러낸다. 시와의 몸부림이 벌어진다. '더덕 냄새 박하 냄새 암노루 냄새 난다./뭉개지는 젖과 땀, 이글대는 눈의 꿈'에서 시는 그대로 자연이다. 온갖 산의 향취를 머금었다. 열정에 부대끼며 시의 정서와 화자의 가슴속 느낌이 완전히 하나가 된다. 화자의 가슴과 시의 알몸뚱이가 한데 어우러져 관능의 몸부림을 거치는 셈이다. 아 그런데 이건 산의 향취만이 아니다. 첩첩산중인데 바다 냄새 미역 냄새 홍합 냄새까지 난다. 육체적 교합의 희열 상태까지 시상은 고조되고 물씬 알몸에서 갖가지 향기를 풍기는 것이다. 격렬하게 전개된 결합이 끝난다. 9연은 '몸뚱어리 몸뚱어리/배암 친친 굽이 틀고'에서 보듯 정적(靜的)인 상태로 감정이 가라앉지만, 관능이 이글거리는 시의 실체가 드러난다.

이 시의 결말은 '한나절내 산중 첩첩 꽃비 흥건하다.'로 맺어진다. 산중에 흥건한 '꽃비'가 하나의 시적 성취를 말해준다. '한나절내'라는 시어에 주목할 것. 1연에서는 '한나절'이라고 '시각(時刻)'을 특정했는데, '-내'라는 접미사를 붙여 '한나절 동안'이라는 '시간(時間)'의 경과까지 표시한다. 한나절 내내 산중은 적막했지만 격정의 몸부림을 거치면서 흥건히 '꽃비'가 내린다. 여기저기 흐드러져 피어 있는 산꽃들. 그렇게 한 편의 시가 드디어 탄생한다.

박두진의 시는 초기부터 격정과 관념이 뒤섞인다. 산을 노래하고 해를 불러내던 그의 목소리가 혁명을 구가하고 자유, 민주, 평등을 깃발처럼 들어올린 것은 오히려 당연하게 느껴진다. 그런데 1970년대 '야생대(野生代)'와 '고산식물(高山植物)'의 시대에 이르면 격정과 관념이 완전히 하나가 된다. 시심(詩心)을 얻는다는 것이 아마도 이런 상태를 두고 하는 말일 것이라고 생각한다.

고산식물(高山植物)

아슬히 깎아질린 벼랑에 산다.
내 가슴 이 비수(比首)는 자라 오르는 난(蘭)
짙은 안개비에 서려 바람에 떤다.
찬 달빛 거울 비치면 맹금(猛禽)의 상한 죽지
언덕을 밀물 덮던 현란한 기폭
포효(咆哮)가 지금은 꽃으로 떨어져 말이 없는
그 침묵 심연(深淵) 이쪽 벼랑에 산다.
언젠가는 다시 불을 하늘 아침 폭풍
땅에는 동남 서북 혁명(革命) 치달려
비수가 그 사슬을 그물을 그 밤을 찔러
마지막 빛의 개벽 꽃 흐트러뜨릴
난이여 안개 떠는 벼랑에 산다.

박두진의 「고산식물」은 1973년 발간한 시집 『고산식물』에 실려 있다. 시집의 표제작인 셈이다. 여기서 '고산식물'은 글자 그대로 높은 산지에 저절로 자라나는 식물을 말한다. 고산지역은 눈과 얼음으로 덮여 있는 기간이 길기 때문에 몹시 춥고 그 추위가 오래간다. 여름이 되면 잠깐 햇볕이 강하지만 수분을 쉽게 증발시켜버린다. 이러한 열악한 환경 속에서 자라나는 식물은 생장도 더디고 키가 작다. 풀꽃도 싹이 나서 꽃이 피는 기간이 짧기 때문에 모두 다년초들이다. 이 시에서 시적 대상이 되고 있는 '고산식물'은 산벼랑에 살아나는 난(蘭)을 두고 하는 말이다. 산에서 자라는 야생의 난초는 그야말로 극한 상황을 이겨내고 산벼랑 바위틈에 뿌리내리고 꽃을 피운다. 집안에서 한가로이 가꾸고 기르는 난초와는 격이 다르다.

이 시는 전체 12행으로 이어진다. 연의 구분이 없다. 시적 화자인 '나'와 높은 산벼랑에 살고 있는 '난'이 시적 진술의 주체와 대상으로 구분되지만 사실은 '나'와 '난'은 그 정신적 거처가 동일하다. '나'가 곧 '난'이라고 할 수 있다. 시상의 흐름에 따라 전체 시의 텍스트를 세 단락으로 나누어볼 수 있다.

1~3행은 시상의 발단 부분에 해당한다. 아스라이 벼랑에 살고 있는 난은 화자인 '나'의 가슴속에 품고 있는 '비수(匕首)'로 비유된다. 난의 외양에서 유추된 것이지만 날카로운 짧은 칼이라는 이미지가 어떤 결기를 느끼게 한다. 산벼랑은 짙은 안개비가 서려 있고 난초는 바람에 떨고 있다. 난초가 서 있는 자리를 통해 시적 화자가 처해 있는 간고(艱苦)한 삶의 현실을 암시한다.

4~7행은 난이 처해 있는 산중의 어두운 상황을 그려낸다. 차디찬 달빛에 맹금의 무리들이 드러나고 언덕을 밀물처럼 덮던 깃발과 포효의 험상도 모두 사라지고 난초도 꽃을 떨군 채 입을 다물고 이 벼랑 끝에 살고 있다. 억압의 현실에 짓눌려 깃발과 함성을 모두 잃어버린 채 말도 못 하고 살아가는 화자의 모습이 그대로 난의 형상과 겹친다.

8~12행은 다시 찾아올 새날에 대한 기약과 각오를 드러낸다. 새 아침의 불어올 하늘의 폭풍, 그리고 땅 위에는 혁명이다. 그러면 비수(난초)가 사슬을 끊어내고 그물을 가르고 어둠의 밤을 찔러 드디어 빛의 개벽, 그 기쁨의 꽃을 피울 것이다. 난초는 그날을 기다리면서 안개 속 벼랑에서 떨고 있다.

이 시에서 시적 화자는 높은 산벼랑 안개 속에서 떨고 있는 난초에 자신이 처해 있던 시대적 상황의 억압과 암울을 비유하고 있다. 하지만 시적 화자는 자신의 가슴에 품고 있는 비수가 그 어둠의 사슬을 끊어낼 수 있는 새 아침의 하늘 폭풍과 땅 위의 혁명을 기다린다. 마치 비안개 속에 살아남아 대궁을 뻗어 꽃 한 송이를 개벽처럼 피어내는 난초처럼 그렇게 희망의 새날이 올 것을 기약하고 있다. 1970년대에 접어들면서 군부 독재가 획책했던 '유신체제'라는 압제의 사실을 염두에 두고 쓴 시가 아닌가 생각된다.

천태산(天台山) 상대(上臺)

먼 항하사
영겁을 바람 부는 별과 별의
흔들림
그 빛이 어려 산드랗게
화석하는 절벽
무너지는 꽃의 사태
별의 사태
눈부신,
아
하도 홀로 어느 날에 심심하시어
하늘 보좌 잠시 떠나
납시었던 자리.
한나절내 당신 홀로
노니시던 자리.

박두진의 「천태산 상대」는 1973년 발간한 시집 『수석열전(水石列傳)』에 수록되어 있다. 시인 박두진에게 '수석(水石)'이란 무엇이었을까? 내가 박두진 선생을 처음 가까이 뵙게 된 것은 1980년대 말이다. 이미 당시에 선생의 수석 취미는 일가(一家)를 이룬 것으로 소문이 자자했다. 돌을 구경하러 오라는 선생의 말씀 따라 나섰던 적도 있었지만 내 몰취미로는 그저 평범한 돌덩이였다. 왜 돌에 취미를 붙이셨느냐고 여쭈었더니 선생은 그냥 웃으셨다. 그리고 하신 말씀이 '교묘(巧妙), 아니 신묘(神妙)지'라는 한마디였던 것으로 기억한다. 돌을 찾아 산중을 헤매기보다는 강변에 산책삼아 자주 나가신다고 했던 생각도 난다. 나도 충주 사는 소설가 강준희 형이 보내준 수석 두어 점을 책상머리에 두고 사랑해보고자 한 적이 있었다. 강이나 바닷가의 돌밭이나 산의 계곡에서 기묘하게 생긴 돌을 수집하여 그 묘미를 즐기는 이 고상한 취미를 나 같은 속인(俗人)이 제대로 알 턱이 없다.

「천태산 상대」의 제목에 등장하는 '천태산'이 어디에 있는 산인지 궁금하다. 충북 영동에도 있고, 전남 강진에도 동명의 산이 수려하단다. 두 곳 모두 나는 가보지 못했다. '충청의 설악'이라고 자랑한다는 영동의 천태산이 아마도 이 시의 배경이 아닐까 생각된다. 박두진이 수석 채집으로 자주 나다니던 곳이 충주 영동 일대의 남한강 상류였으니 그럴 법하다. 여기서 '상대(上臺)'는 산의 정상, 맨 꼭대기를 말한다. 시의 텍스트는 전체 14행이 이어진다. 천태상 정상의 신비한 아름다움이 간결한 언어로 묘사된다. 그야말로 하늘의 신이 강림하여 노닐던 자리처럼.

1~8행의 전반부에서 첫 행의 '먼 항하사(恒河沙)'라는 말이 낯설다. '항하사'는 원래 불교적 용어였다. 여기서 '항하'는 인도의 갠지스강을 말한다. 갠지스 강변의 모래라는 뜻이다. 무한히 많은 것을 비유하는 말이다. 실제로 극(極)의 만 배가 되는 수 또는 그런 수를 표시하는 단위라고 하지만 도저히 상상하기 어려운 숫자이다. 그렇게 오랜 세월이라는 뜻으로 이해하면 된다. 천태산 정상은 영겁의 세월을 두고 별과 별이 흔들리는 바람에 씻기고 그 빛이 어리어 굳어진 절벽이다. 그리고 절벽에 흐드러지게 꽃이 피어 있다. 시적 화자는 이를 두고 '무너지는 꽃의 사태'라고 아주 선명한 시각적 이미지로 구체화되면서 그 벼랑의 쏠리는 느낌까지 동적(動的)으로 살려낸다. 그 꽃들은 하늘의 별들이 쏟아져 내린 것이다! 이렇게 눈부신 아름다움을 그대로 두고 볼 수는 없는 일.

후반부에서는 천태산 정상에 천신(天神)이 강림한다. 하늘의 신령은 하도 심심하여 잠시 그 보좌를 벗어나 산 정상으로 내려오신다. 그 아름다움의 유혹을 뿌리치지 못한 것일까? 신령이 혼자 한나절 아름다운 경치를 즐기면서 내내 앉아 노시던 그 자리. 자연의 신비한 아름다움을 간결하면서도 선명한 감각으로 그려낸다. 자연이 빚어낸 절경의 아름다움을 신(神)의 조화(造化)로 설명하고 있는 셈이지만 그 비경(秘境)의 신비로움을 달리 어떻게 말할 수 있을지?

우리 시 깊이 읽기

조지훈

趙芝薰 1920~1968

조지훈은 고전적 정신의 추구를 내세우면서 해방 직후의 이념적 혼란을 극복하고자 한다. 절제와 균형과 조화의 시를 통해 자연을 노래하고 전쟁의 고통 속에서 역사와 현실에 대한 깊은 통찰력을 시적으로 형상화하고 있다. 조지훈은 변화의 시인은 아니다. 그는 자연을 노래하거나 지나간 역사를 더듬거나 현실을 바라보거나 자기 응시에 몰두하거나 절제와 균형을 지켜나간다. 조지훈이 지니고 있는 절제된 목소리, 균형 잡힌 시 형식, 그리고 사물에 대한 깊은 통찰과 인식은 그의 시의 가장 중요한 특징이다.

조지훈의 본명은 동탁(東卓)이며, 1920년 12월 3일 경북 영양에서 출생했다. 소년기에는 한학을 수학하였고 혜화전문학교 문과에 재학 중이던 1939년 4월 『문장』지에 시 「고풍의상(古風衣裳)」을 정지용의 추천으로 처음 발표한 후 「승무(僧舞)」 「봉황수(鳳凰愁)」를 잇달아 수록함으로써 등단했다. 이 작품들은 한국의 고전적 미의 세계를 시적으로 형상화하고 있다. 「고풍의상」은 한국의 전통 생활문화에 담긴 여성의 품위와 의상미가 결합된 아름다움을 노래하고 있으며, 「봉황수」에서는 궁전 전각의 건축미를 섬세하게 묘사하면서 국권 상실의 비애감을 토로하고 있다. 「승무」는 승무를 소재로 하여 불교적 교리의 승화된 아름다움을 서정적으로 표현하였다. 1941년 혜화전문 졸업 후 오대산 월정사의 불교전문강원 강사를 지내면서 불경과 당시(唐詩)를 탐독하였다. 1942년에 조선어학회 『큰사전』 편찬위원으로 활동했다.

조지훈은 광복이 되자 다시 문단에 나

서서 새로운 민족문학의 건설을 주장하면서 1946년 조선청년문학가협회 창립을 주도했다. 1946년 박목월, 박두진과 함께 3인 공동시집 『청록집』(1946)을 발간했다. 이 시집은 각기 다른 시적 개성을 보여주었던 세 시인의 초기 시들을 묶은 것이지만, 이를 통해 '청록파'라는 문단적 지위를 부여받게 된다. 이 시집의 작품들은 해방 공간의 이념적 갈등과 혼란 속에서 한국 서정시의 전통을 지켜내면서 시 정신의 순수성을 잘 표현하고 있다. 조지훈은 이 시집에 수록된 초기 작품에서 한국의 전통의식과 민족의식을 개인적 서정의 세계로 끌어들여 시적으로 승화시켜놓고 있다. 1947년부터 고려대 교수로 재직하면서 시를 강의했으며, 한국전쟁 직후 첫 시집 『풀잎 단장(斷章)』(1952)을 발간했다. 이 시집에는 한국전쟁의 고통과 혼란을 겪은 뒤에 시대의 고통을 견뎌내는 의지를 시적으로 표현한 작품들이 많다. 평범하고 일상적인 풍설, 풀, 바위, 구름, 사람 등이 각각 존재 의미를 부여받고 자연적 질서 속에서 그 가치를 실현한다는 자각을 보인다.

조지훈은 『역사 앞에서』(1959) 『여운』(1964) 등의 시집과 『지조론』(1962) 『돌의 미학』(1964) 등의 수상집을 남겼다. 그리고 『시의 원리』(1953) 『한국문화사서설』 등의 논저들을 간행하였다.

봉황수(鳳凰愁)

벌레 먹은 두리기둥, 빛 낡은 단청(丹靑), 풍경 소리 날아간 추녀 끝에는 산새도 비둘기도 둥주리를 마구 쳤다. 큰 나라 섬기다 거미줄 친 옥좌 위엔 여의주(如意珠) 희롱하는 쌍룡 대신에 두 마리 봉황새를 틀어 올렸다. 어느 땐들 봉황이 울었으랴만 푸르른 하늘 밑 추석(甃石)을 밟고 가는 나의 그림자. 패옥(佩玉) 소리도 없었다. 품석(品石) 옆에서 정일품(正一品) 종구품(從九品) 어느 줄에도 나의 몸 둘 곳은 바이 없었다. 눈물이 속된 줄을 모를 양이면 봉황새야 구천(九天)에 호곡하리라.

조지훈의 시 「봉황수」를 읽으면서 한 번 고궁을 둘러보면 좋을 것 같다. 이 시에서 시인이 그려내고 있는 정경과 그 내면 의식을 훨씬 편하게 이해할 수 있다. 경복궁(景福宮)을 찾아가보자. 경복궁 근정전(勤政殿)에 들어서면 넓은 마당에는 박석(薄石)이 깔려 있고, 월대(月臺) 정면의 계단 아래로는 좌우에 정1품에서 종9품까지 품계석(品階石)이 세워져 있다. 근정전은 조선 말기인 1867년(고종 4) 11월에 흥선대원군이 중건(重建)했는데, 현존하는 국내 최대의 목조 건물로서 웅장함을 자랑한다. 건물 내부의 단상에 놓인 어좌(御座)에는 쌍룡과 여의보주가 조각된 것을 확인할 수 있다.

조지훈이 이 시를 발표한 것은 1940년 2월이다. 종합문예지 『문장』에 정지용에 의해 추천된 이 작품은 『청록집』(1946)에 수록되어 있다. 조선 왕조의 한 고궁을 제재로 삼고 있는 이 시를 두고 당시 정지용은 시단에 또 하나의 신고전(新古典)을 소개한다고 평한 바 있다. 이 시는 산문시의 형태를 취하고 있으며 행과 연의 구분이 없다. 그러나 시의 언어 배열에서 자연스럽게 느낄 수 있는 율격미도 갖추고 있음을 확인할 수 있다.

이 시의 제목에 등장하는 '봉황(鳳凰)'에 대해 알아보자. 고대 중국에서는 기린,

거북, 용, 봉황을 사령(四靈)이라 하여 영험한 것으로 여겼다. 물론 용과 봉황은 상상의 동물이다. 봉황은 상상의 새로서 수컷을 봉(鳳), 암컷을 황(凰)이라고 한다. 중국의 여러 문헌에서 봉황을 설명하고 있는 내용을 보면 닭의 머리와 제비의 부리, 뱀의 목과 용의 몸, 기린의 날개와 물고기의 꼬리를 가진 동물로 봉황의 모양을 묘사하고 있다. 중국 사람들은 상서롭고 아름다운 봉황이 세상에 나타나면 천하가 크게 태평하고 안녕해진다고 믿었다. 봉황을 성천자(聖天子)의 상징으로 여겼기 때문에 천자가 있는 궁궐을 봉황의 무늬로 장식하였다. 봉황을 성스럽게 여기는 전통은 우리나라에서도 마찬가지였다. 고려시대의 문헌에 봉황에 대한 기록이 많고 조선의 개국 초기에 윤회(尹淮)가 지은 〈봉황음(鳳凰吟)〉이라는 송축가도 유명하다. 태조의 건국을 성왕(聖王)이 나타남에 비겨서 조선의 문물제도를 찬미하고 왕가의 태평을 기원했다. 그런데 이 시의 제목 '봉황수'는 그 상서로운 새 봉황이 근심에 싸여 있음을 말해준다. 주권을 상실한 상황에서 겪게 되는 시대의 고뇌를 상징하고 있는 것으로 볼 수 있다.

이 작품에서 시적 화자는 먼저 낡은 고궁의 형상을 둘러본다. 시의 서두에서부터 음울한 분위기가 느껴진다. 낡은 기둥, 빛이 바랜 단청, 풍경 소리도 들리지 않는 추녀 끝에는 새들이 둥주리를 틀고 있다. 퇴락한 궁궐의 모습을 통해 나라의 주인을 잃은 모습이 초라하고도 암울하게 묘사된다. 그리고 화자의 시선은 고궁의 내부로 옮겨진다. 전각의 내부에 위치한 옥좌는 이미 주인을 잃어버린 상태이다. 중국만을 섬기다가 나라의 패망에 이른 것이다. 왕이 앉았던 옥좌에는 절대 권력을 상징하는 쌍룡을 그려 넣지 못하고 대신에 봉황을 그렸다. 중국의 눈치를 보았던 때문이다. '어느 땐들 봉황이 울었으랴만'이라는 진술 속에는 과거의 역사와 오늘의 현실이 모두 봉황이 나타날 수 없는 비슷한 처지에 놓여 있음을 암시한다.

시적 텍스트의 세 번째 문장에서부터 시적 배경의 전환이 이루어진다. 시적 화자는 추녀 밑에 깐 추석을 밟으며 품계석이 늘어선 넓은 내정을 거닌다. 당연히 옛날의 영화를 말해주던 패옥의 소리가 들리지 않는다. 권력과 광영을 동시에 표시하던 품계석도 지금은 아무런 의미가 없다. 주권 상실의 시대적 고통이 여기서 암시된다. '어느 줄에도 나의 몸 둘 곳은 바이 없었다.'라는 구절은 나라 잃은 백성으로서 초라한 자신의 위상을 그대로 드러내어주고 있다. 이 시의 결말은 '눈물이 속된 줄을 모를 양이면 봉황새야 구천(九天)에 호곡하리라.'라는 자기 심정의 고백적 진술로 채워진다. 하늘을 향하여 소리쳐 울 수밖에 없는 애통한 심정을 그대로 말해 준다. 이 울음 속에는 침묵하고 있는 봉황새가 다시 날아오를 수 있기를 바라는 간구(懇求)함이 함께 담겨 있다고 할 수 있다. 결국 이 시는 식민지 시대에 겪어야 했던 주권 상실의 비애와 울분을 퇴락한 왕궁의 모습을 통해 암시적으로 그려내고 있는 셈이다.

낙화(落花)

꽃이 지기로소니
바람을 탓하랴.

주렴 밖에 성긴 별이
하나 둘 스러지고

귀촉도 울음 뒤에
머언 산이 다가서다.

촛불을 꺼야 하리
꽃이 지는데

꽃 지는 그림자
뜰에 어리어

하이얀 미닫이가
우련 붉어라.

묻혀서 사는 이의
고운 마음을

아는 이 있을까
저어하오니

우리 시 깊이 읽기

꽃이 지는 아침은
울고 싶어라.

　　조지훈의 시 「낙화」는 『청록집』(1946)에 수록되어 있다. 제목 그대로 꽃이 떨어지는 장면을 노래하고 있는데, 존재의 심연에 맞닿는 섬세한 시적 감각을 자랑한다. 이 시에서 그려지고 있는 시간적 배경은 꽃이 지는 새벽이다. 시적 화자는 미닫이문에 걸쳐놓은 주렴 사이로 바깥의 새벽 풍경을 가늠하고 있다. 이러한 시적 공간의 절묘한 배치는 시간의 흐름을 따라 긴장감을 고조시키면서 변화한다. 날이 새면서 주체와 대상 사이의 간격이 좁혀지고 거리가 사라지는 것이다. 이것은 물론 어둠에서 밝음으로 변화하는 공간에 대한 감각에 불과한 것이지만, 이 시의 결말은 놀랍게도 주체와 대상의 정서적 합일로 이어지고 있다. 이 시는 1942년 이른 봄에 지은 것으로 알려져 있다. 조지훈이 경주(慶州)의 박목월을 찾아가 처음 서로 만나 나라를 잃고 노래마저 빼앗긴 설움을 달랬다. 조지훈은 박목월과의 헤어짐을 안타까워하면서 이 시를 썼다. 그리고 이것으로 박목월의 우정에 고마움을 표했던 것이다.

　　이 시의 텍스트는 9연으로 구분되어 있지만 전체적인 시상의 흐름은 크게 세 단계로 나누어볼 수 있다. 시의 전반부에 해당하는 1~3연은 시적 배경을 제시하면서 시상의 발단을 이루는 요소들을 보여준다. 특이하게도 여기서 주목하게 되는 것이 모든 것들이 눈을 뜨는 새벽녘에 꽃이 진다는 사실이다. 어둠이 가시면서 먼동이 트는 과정을 시인은 스러지는 하늘의 별빛과 가까이 다가선 것처럼 그 자태가 드러나기 시작하는 산을 통해 감각적으로 인식한다.

꽃이 지기로소니
바람을 탓하랴.

주렴 밖에 성긴 별이
하나 둘 스러지고

귀촉도 울음 뒤에

머언 산이 다가서다.

이 대목에서 시적 화자는 시간의 흐름을 감각적으로 그려내고 인지한다. 어둠이 걷히는 과정을 구체적으로 형상화하기 위해 하나 둘 스러지는 하늘의 별을 헤아린다. '주렴 밖에 성긴 별이/하나 둘 스러지고'는 어두운 하늘이 훤해지면서 별빛이 스러지고 있음을 말한다. 그리고 '귀촉도 울음 뒤에/머언 산이 다가서다.'라는 구절에 이르러 소쩍새의 울음과 함께 사방이 점차 훤하게 밝아지고 있음을 보여준다. 하늘의 별이 스러지고 먼 산이 다가온다. 시간의 흐름을 눈으로 보고 귀로 듣는다. 이 놀라운 감각적 인식은 섬세한 언어 표현을 통해 구체적 형상성을 획득하고 있다.

이 시의 중반부에 해당하는 4~6연은 더욱 선명한 시적 심상을 자랑한다. 여기서는 시적 공간이 뜰과 방 안으로 좁혀진다. '촛불을 꺼야 하리/꽃이 지는데'라는 구절에서 그려지는 시적 공간은 별들이 하나 둘 스러지던 하늘에 비하여 훨씬 좁혀져 있고, 시적 대상과 주체의 간격도 좁혀져 있다. 시적 대상이 그만큼 시적 주체를 중심으로 가까이 다가서 있음을 말해준다. 물론 하늘의 별과 방 안의 촛불이 두 개의 공간 속에서 서로 대응하는 시적 심상으로 자리 잡고 있음을 놓쳐서는 안 된다. 이렇게 놓고 본다면, 떨어지는 꽃과 스러지는 별들의 존재도 서로 예사롭지 않은 관계로 이어지고 있음을 짐작할 수 있다.

'꽃 지는 그림자/뜰에 어리어//하이얀 미닫이가/우련 붉어라.'는 이 시에서 가장 빼어난 감각을 자랑한다. 방 안의 촛불을 끄고 나면 바깥의 훤한 기운이 미닫이문을 통해 밀려온다. 동이 틀 무렵에 느낄 수 있는 붉은 기운이 미닫이에 어린다. 그런데 시인은 이것이 꽃의 그림자라고 말한다. 미닫이의 하얀 창호지 위에 꽃 그림자가 붉게 어리고 있다는 것이다. 시적 발견이란 것이 바로 이 같은 표현을 두고 이름이 아닐까? 여기에 이르면 이 시의 나머지 부분은 더 이상 논의할 필요조차 없어 보인다.

이 시의 후반부 7~9연은 시적 화자의 시선이 대상으로부터 시적 주체로 집중된다. 밖에서 안으로 또는 대상에서 주체로의 시상의 전환은 객관적 세계에서 주관적 정서로 이어지는 시적 의미의 흐름을 위해 준비되는 것이다. 마지막 구절의 '꽃이 지는 아침'이라는 말에서 특이한 아이러니가 느껴진다. 밝음이 새롭게 시작되는 순간에 그 존재를 마감하는 꽃을 보면서 시인은 그저 울고 싶다는 한마디를 던질 뿐이다. 그 울음의 의미를 색깔로 표현한다면, 하얀 미닫이 위에 어리는 붉은 꽃 그림자와 같을까?

꽃이 지는 모습을 그려낸 시 가운데 「낙화」는 시간의 흐름을 따르는 섬세한 감각을 자랑한다. 이 시가 추구하고 있는 소멸의 미학은 어둠이 점차 사라지는 하늘과 가까이 다가서는 먼 산의 모습과 소쩍새의 울음 속에서 공간적으로 형상화된다. 별빛이 스러지고 꽃 지는 그림자가 뜰에 어리는데 방 안의 촛불을 끄는 행동은 지금씩 밝아지는 새벽의 기운을 시각적으로 감촉하고 있는 화자의 느낌을 말하는 것이다. 꽃은 그대로 지는 것이 아니다. 뜰에 그림자로 드리우고 하얀 미닫이문의 창호지에 붉게 어린다. 물론 이것은 미명의 기운을 뜻하지만 화자의 눈에는 뜰에 드리운 꽃 그림자와 함께 미닫이에 어리는 붉은 기운이 모두 꽃잎과 이어진다. 마음으로 대상을 보는 경우 그 존재의 인식이 이렇게 깊어진다.

이 시에서 활용하고 있는 시어 가운데 '성긴 별'과 '우련 붉어라'는 일상생활 속에서 흔하게 사용하는 말이 아니므로 주목해볼 필요가 있다. '주렴 밖에 성긴 별이/하나 둘 스러지고'에 등장하는 '성긴'이라는 말은 '성기다'가 기본형이다. 이 말은 대개 '사이가 떠서 빈자리가 많다' 정도로 풀이한다. '성글다'와 그 의미가 같다. 꽃을 적당한 간격으로 배지 않게 드뭇드뭇 심었을 때 성글게 심었다고 말한다. 공간적인 것을 표현할 경우 '성글다'는 '배다'가 반대어로 성립되며 '드물다'가 유의어로 된다. 그러나 시간적인 의미로 횟수가 뜨는 것을 말할 경우에는 '성글다'보다 '성기다'라고 쓴다. '성기다'의 반대어로 '잦다'라는 말이 있다. '뜨다'는 말은 '성기다'의 유의어에 해당한다. '뜸하다'는 말이 여기서 나온다.

'하이얀 미닫이가/우련 붉어라.'에서 볼 수 있는 '우련'은 '우련하다'에서 나온 말이다. 정확하게 표기한다면 '우련히'라고 써야 한다. 그 의미는 '보일 듯 말 듯 희미하다'로 풀이한다. 창호지 위에 희미하게 붉은 기운이 감도는 것을 말한다. '오련하다'라는 어감상으로 작은말이 있다. 방언에서는 '우렷하다'는 말이 쓰이기도 한다. 박용철의 「센티멘탈」(박용철 시집)이라는 시에 '포름한 하늘에 햇빛이 우렷하고/은빛 비늘구름이 반짝 반득이며'라는 구절이 나오는데, 이것은 햇빛이 희미하게 비치고 있음을 말한다.

완화삼(玩花衫)
─ 목월에게

차운 산 바위 위에 하늘은 멀어
산새가 구슬피 울음 운다.

구름 흘러가는
물길은 칠백 리

나그네 긴 소매 꽃잎에 젖어
술 익는 강마을의 저녁노을이여.

이 밤 자면 저 마을에
꽃은 지리라.

다정하고 한 많음도 병인 양하여
달빛 아래 고요히 흔들리며 가노니……

　　「완화삼」은 조지훈의 초기 작품으로 시집 『청록집』(1946)에 수록되어 있다. 박목월의 시 「나그네」는 이 작품에 대한 '화답시(和答詩)'로 알려져 있다. 화답시란 남이 쓴 시에 대응하여 답하는 내용을 시로 쓴 것이다. 이 시의 내용을 깊이 이해하기 위해서는 작품이 만들어진 과정을 알아두는 것이 좋겠다. 조지훈과 박목월은 시인 정지용의 추천으로 『문장』을 통해 시단에 나왔다. 그러나 이들은 등단 직후 더 이상 시를 발표할 수 없었다. 일본의 한국어 말살 정책으로 모든 신문과 잡지들이 폐간당했기 때문이다. 조지훈은 적막한 문단에서 자기 또래의 문인들이 늘 궁금했다. 그는 비슷한 시기에 『문장』지의 추천을 받았던 박목월의 주소를 알아냈다. 그리고 박목월에게 긴 편지를 띄웠다. 얼마 뒤에 뜻밖에도 박목월의 답신이 날아왔고 조지훈은 시인 박목월을 만나기 위해 경주 여행을 서둘렀다. 이 당시의 심경을 조지훈은 뒷날 박목월의 시집 『산도화』(1955)의 발문에서 이렇게 회고하였다.

"내가 목월을 처음 만난 것은 1942년 이른 봄이었다. 그전에 나는 절간에서 일본의 진주만 공격 소식을 들었고 『문장』 폐간호를 받았다. 그해 겨울 과음한 탓으로 빈사의 몸으로 서울에 와서 이른바 『국민문학』이 발간된 것을 보았고 몇 달 누워 있다가 이듬해 봄에 조선어학회의 『큰사전』 편찬을 돕고 있을 때였다. 일본서 돌아오는 초면의 시인이 하나 화동에 있는 조선어학회를 찾아와서 오는 길에 목월을 만나고 왔다는 말을 전했었다. 그때까지 경주를 못 보았을 뿐 아니라 겸하여 목월도 만나고 싶고 해서 나는 그 이튿날 목월에게 편지를 썼다. 무슨 말을 썼는지 지금은 모르지만 매우 긴 편지였다는 것을 기억하고 있다. 얼마 뒤에 목월에게서 답장이 왔다. 그 짧으면서도 면면한 정회가 서려 있는 편지는 다음과 같았다. '경주 박물관에는 지금 노오란 산수유꽃이 한창입니다. 늘 외롭게 가서 보곤 하던 싸느란 옥적(玉笛)을 마음속 임과 함께 볼 수 있는 감격을 지금부터 기다리겠습니다.' 이 짧은 글을 받고 나는 이내 전보를 쳤었다."

조지훈은 1942년 이른 봄날 경주의 박목월을 찾았다. 두 사람은 서로 얼싸안았다. 암흑의 시대를 절망 속에서 살아가던 젊은 두 시인은 폐허의 고도 경주의 여사(旅舍)에서 거의 매일 뜬눈으로 밤을 새웠다. 문학 이야기로 시작하여 둘의 대화는 시대를 거슬러 올라갔다. 조지훈은 시인으로서의 존재를 이렇게 따뜻하게 지키고자 하는 목월이 고마웠다. 그리고 무엇보다도 그가 혼자서 열심히 시를 써두고 있는 것이 미더웠다. 조지훈은 그렇게 일주일 가까이 박목월과 함께 경주를 떠돌다가 박목월과 헤어졌다. 그는 경주를 떠나온 후에도 박목월과의 만남과 그 감화를 잊을 수가 없었다. 조지훈이 박목월에게 편지와 함께 써 보냈던 시가 「완화삼」이다. 이 작품에는 '목월에게'라는 부제까지 붙였다. 시를 벗 삼아 어둠을 살아가는 순수하고도 고운 마음결의 목월에 대한 사랑의 헌사(獻詞)였다. 박목월은 이 시를 받고 감격했다. 시대의 어둠을 훌훌히 떨치고 자신의 길을 찾아가는 조지훈의 모습이 이 시 속에 오롯하게 자리하고 있었다. 박목월은 화답의 시를 준비했다. 그것이 바로 박목월의 「나그네」이다. 두 시인의 만남은 서로의 우정과 사랑과 시혼을 담아 아름다운 열매를 맺었다. 이렇게 절실한 심운(心韻)의 화답을 그 뒤 어디서도 다시 찾아보기 어렵다.

「완화삼」의 시적 텍스트는 전체 5연으로 구성되어 있다. 고적하면서도 풍류를 잊지 않고 있는 나그네의 길을 다채로운 이미지의 구성을 통해 그려내고 있다. 시상의 흐름으로 본다면 시간적 배경의 변화에 따라 1, 2연의 전반부, 3, 4연의 중반부 그리고 5연의 후반부로 나눌 수 있다.

1연에서는 외로운 나그네의 여정을 낮의 시간을 중심으로 하여 공간적으로 구성하고 있다. 시적 화자가 도달하고자 하는 이상의 세계는 먼 하늘로 제시되고 눈앞에 펼쳐진 힘든 삶의 현실은 '차운 산 바위'에 비유한다. 화자의 존재는 구슬프게 울고 있는 산새의 모습에 투영된다. 시상의 발단에 해당하는 1연의 내용으로만 본다면 나그네의 여정이 얼마나 고되고 쓸쓸한 것인지를 미루어 짐작할 수 있다. 2연은 하늘과 땅에 대비되는 물길 칠백 리라는 여정의 거리를 표시한다.

3, 4연에서 전반부와는 달리 시적 분위기가 바뀐다. 쓸쓸한 나그네의 여정에 여유로움과 함께 옛스러운 풍류마저 느껴진다. 시간은 저녁 무렵이다. 나그네의 긴 소매 끝에 꽃잎이 물들고 술 익는 마을마다 저녁노을이 곱다. 하지만 이러한 시적 분위기는 현실과는 거리가 멀다. 시적 상상력을 통해 만들어낸 하나의 환상에 불과하다. 척박한 삶과 고된 여정을 달래기 위해 시적 화자가 만들어낸 하나의 분위기라고 할 수 있다. 4연에서 진술하고 있는 내용을 보면 이 밤을 지내고 나면 어디에도 이런 꽃이 핀 길이 나타날 리가 없다는 것을 밝히고 있다. 다시 고통스러운 현실이 눈앞에 펼쳐질 것이기 때문이다.

이 대목의 해석을 두고 이런저런 의견들이 없지 않다. 식민지 현실의 고통에 지나치게 안일하게 접근하고 있다든지, '술 익는 마을'이라는 묘사 자체가 경험적 현실에서 벗어나 있음을 지적한 경우도 있다. 하지만 이 대목은 경험적 현실 자체를 그려낸 것이 아니다. 고통의 현실을 벗어나기 위해 시 속에서 만들어낸 환상의 공간이라는 점을 주목해야 한다.

5연은 이 시에서 시상의 결말에 해당한다. 시적 분위기는 다시 전반부의 경우처럼 고적하며 시간적 배경은 달밤으로 바뀐다. 달빛 아래 고요히 이런 저런 생각을 하면서 걸어가는 나그네의 모습을 그려놓고 있다. '다정하고 한 많음도 병인 양하

우리 시 깊이 읽기

여'라는 구절에서 화자의 내적 갈등과 고뇌가 엿보인다. 이 대목은 이조년(李兆年)의 시조에 나오는 '다정도 병인 양하여 잠 못 들어 하노라'라는 구절의 인유와 변용이라는 점도 지적할 수 있다.

이 작품에서는 구름의 흐름과 흘러가는 물길의 심상을 융합하여 정처 없는 나그네의 유랑의 길을 그려놓고 있다. 여기서 그려내고 있는 '나그네'의 여정에서 두 가지의 함의를 찾을 수 있다. 그 하나는 식민지 시대의 뿌리 뽑힌 한국인상이다. 그리고 다른 하나는 고통의 현실을 벗어나 허허롭게 자유로이 떠돌고 싶은 의식의 지향성이다. 이러한 상반된 의미를 강조하기 위해 시적 화자는 선비의 멋과 풍류를 환상적 수법으로 시적 공간 속으로 끌어들인다. '꽃잎에 젖는 긴 소매'는 여유와 넉넉함의 의미를 말해주고 '술 익는 마을의 저녁노을'은 풍류적인 운치를 더해준다. 그러나 이 여유로움과 풍류와 운치는 고통의 현실 속에서 그 고통을 잊기 위해 만들어낸 하나의 환상에 불과하다. 그렇기 때문에 이 시는 달빛에 젖으며 밤길을 걸어 떠나는 나그네의 한스럽고도 고뇌에 차 있는 모습을 작품의 말미에 다시 그려내는 것으로 시상을 마무리하고 있다. 이러한 마무리에서 식민지 시대 지식인의 정신적 고뇌와 시적 감성, 섬세한 화자의 관찰이 어울려 있음을 보게 된다. 지사적 한을 지녔던 시인 조지훈의 시적 정서가 잘 드러난 작품으로 평가되고 있다.

승무(僧舞)

얇은 사(紗) 하이얀 고깔은
고이 접어서 나빌레라.

파르라니 깎은 머리
박사(薄紗) 고깔에 감추오고

두 볼에 흐르는 빛이
정작으로 고와서 서러워라.

빈 대(臺)에 황촉(黃燭)불이 말없이 녹는 밤에
오동잎 잎새마다 달이 지는데

소매는 길어서 하늘은 넓고
돌아설 듯 날아가며 사뿐히 접어올린 외씨보선이여.

까만 눈동자 살포시 들어
먼 하늘 한 개 별빛에 모두오고

복사꽃 고운 뺨에 아롱질 듯 두 방울이야
세사(世事)에 시달려도 번뇌는 별빛이라.

휘어져 감기우고 다시 접어 뻗는 손이
깊은 마음속 거룩한 합장인 양하고

이 밤사 귀또리도 지새는 삼경인데

우리 시 깊이 읽기

얇은 사 하이얀 고깔은 고이 접어서 나빌레라.

조지훈의 시「승무」를 읽기 전에 먼저 인간문화재 이매방 선생의 '승무'를 본 적이 있는지 묻고 싶다. 승무는 글자 그대로 불교의 여러 제식에서 승려가 추는 춤을 의미하지만 지금은 한국 전통무용의 하나로 널리 알려져 그 예술성을 높이 평가받고 있다. 국립극장 무대에 펼쳐진 이매방 선생의 춤판에서 나는 내내 그 손놀림에 시선을 집중했다. 허공을 가르는 손짓이 천천히 무겁게 위로 올라간다. 그러다가 가볍게 장삼 자락을 공중으로 뿌리친다. 허공에 날갯짓을 하면서 다시 떨어지는 옷자락이 가슴을 설레게 한다. 그런데 객석을 등지면서 비스듬히 내딛는 발걸음을 보는 순간 숨이 막혔다. 미끄러지듯 하다가 가볍게 올리는 발놀림에 의해 몸 전체의 균형을 지탱한다는 것을 그제야 알아차렸다. 그때 내가 떠올린 것이 조지훈의 시「승무」이다.

조지훈이 이 시를 발표한 것은 1939년 12월 잡지 『문장』이다. 이보다 앞서 발표한 시「고풍의상(古風衣裳)」과 유사한 시적 정서를 드러낸다. 조지훈은 이 시를 쓰게 된 배경을 여승이 춤추는 현장을 보면서, 승려의 춤사위와 의상의 아름다움을 하나의 움직임 속에 묘사하려 했다고 밝힌 바 있다. 그러므로 춤을 추는 사람이 입은 의상의 특징을 잘 알아야만 시적 표현의 묘미를 이해할 수가 있다. 승무에서 먼저 눈에 띄는 것은 춤추는 사람이 머리에 쓴 흰 고깔이다. 하얀색 저고리와 장삼 아래로는 남색 치마가 오히려 날렵하게 보인다. 어깨에는 붉은 가사를 걸치고 두 손에는 북채를 잡는다. 무대 뒤쪽에 세워진 북을 향할 때는 완전히 객석을 등지기도 하지만 그런 자태가 오히려 고깔로 가려진 얼굴과 함께 승무의 신비스러운 멋을 더해준다.

이 시의 텍스트는 전체 9연으로 구성되어 있지만 시상의 흐름을 중심으로 크게 네 단락으로 나누어볼 수 있다. 여기서 승무는 한밤중 법당 안에서 펼쳐진 것이 아닌가 생각된다. '빈 대에 황촉불이 말없이 녹는 밤'이라든지 '지새는 삼경'이라는 구절에서 공간적 시간적 배경을 암시하고 있다.

첫 단락을 이루는 1~3연은 시상의 발단에 해당한다. 시적 화자가 승무에서 가장 먼저 주목한 것은 하얀 고깔이다. 이 하얀 고깔에서 '감춤'의 미학이 느껴진다. 화자는 흰 고깔의 곱게 접힌 모양을 나비에 비유한다. 그리고 그 고깔에 감추어진 여승의 얼굴에서 곱지만 서러움의 느낌을 발견한다. 참으로 절묘한 표현이다. 머리 위의 하얀 고깔이 나비라면, 그 나비가 앉은 자리는 꽃이어야 마땅하다. 나비가 꽃 위에 앉아 하얀 날개를 펼치면 꽃은 그 날개 밑에 숨겨진다. 하얀 고깔 속에 감추어진 여승의 얼굴이 나비의 하얀 날개에 가려진 꽃으로 바뀐다. 이 아름다운 시적 변용에서부터 시 「승무」는 독자들의 마음을 사로잡는다.

둘째 단락에 해당하는 4, 5연에서는 먼저 시적 공간과 시간이 제시된다. '빈 대(臺)에 황촉(黃燭)불이 말없이 녹는 밤에/오동잎 잎새마다 달이 지는데'라는 구절은 시적 배경으로서의 공간과 시간을 묘사한 대목이다. '빈 대(臺)에 황촉불'이라는 말이 춤을 추는 장소와 시간을 암시한다. 텅 빈 대에 촛불을 밝히고 있는데, 달빛이 오동잎 잎새마다 비치고 있다. 여기서 시적 화자의 시선은 춤추는 사람의 손끝과 발끝에 집중된다. '소매는 길어서 하늘은 넓고/돌아설 듯 날아가며 사뿐히 접어올린 외씨보선이여.'라는 구절은 승무에서 볼 수 있는 춤사위의 핵심을 묘사한 부분이다. 여기서 '소매'는 손끝의 움직임을 보여주고 '외씨보선'은 발놀림을 보여준다. 손끝이 하늘에 닿고 발끝이 땅 위를 딛는 것처럼 승무는 하늘과 땅을 배경으로 펼쳐진다. 우주와 자연이 승무라는 춤 속에 그대로 담겨진다.

셋째 단락에 해당하는 6, 7연에서는 춤사위가 멈추어진 순간을 포착하고 있다. 이른바 '동중정(動中靜)'의 상태를 말한다. 시적 화자는 먼 하늘을 응시하는, 춤추는 사람의 눈동자에 시선을 맞춘다. 인간 세상의 온갖 번뇌를 초월하여 더 높은 이상의 경지를 지향하고자 하는 순간이다. 여기서 '별빛'은 도달하기 어려운 먼 하늘에 속하지만 정신적으로 도달하고자 하는 탈속(脫俗)의 경지를 상징하고 있기 때문에 불교적 의미가 담겨진다. '세사(世事)에 시달려도 번뇌는 별빛이라.'는 구절은 그 의미가 복잡하다. 세상의 여러 가지 일들에 시달리면 살아간다 해도 그런 속세의 일들이 근심이 되는 것은 아니다. 오직 탈속의 높은 경지에 이르지 못하는 것이 걱정이다. 어떻게 '별빛'에 이를 수 있을지를 걱정하고 있기 때문에 '번뇌는 별빛'이라고 표현하고 있는 것이다.

넷째 단락인 8, 9연은 다시 승무의 춤사위가 '정중동(靜中動)'의 상태로 바뀐다.

우리 시 깊이 읽기

다시 손끝이 움직이면서 손을 접었다가 내뻗으며 함께 모으는 춤사위를 엄숙한 합장으로 묘사한다. 불교적인 예배의 순간이 연출되는 이 장면에서 승무가 세사로부터 벗어나는 해탈의 경지를 지향하는 종교적 의미를 담고 있음을 보여준다. 그리고 다시 '동중정(動中靜)'의 상태로 돌아간다. 이 마지막 장면은 승무 자체가 가지는 신비로움을 더욱 두드러지게 드러내고 있다. 밤이 깊어가고 귀뚜리의 울음소리가 적막감을 더하지만 승무의 감동은 밤을 지새듯이 지속된다.

시 「승무」는 황촉불을 밝혀놓은 텅 빈 법당과 달빛에 비치는 오동잎과 먼 하늘의 별빛으로 이어지면서 그 시적 공간을 확대한다. 그리고 승무를 춤추는 동작 하나하나를 세심하게 관찰하면서 춤동작의 아름다움을 그려낸다. 손끝에서 발끝까지 함께 어우러지는 춤동작은 하늘과 땅이라는 우주 공간 전체를 무대로 삼고 있다. 그리고 모든 인간의 삶의 고뇌를 벗어나 깨달음의 높은 경지를 지향하는 정신적 내면을 드러내어 보여준다. '별빛'을 향한 눈과 합장하는 두 손이 불교적 의미의 높은 깨달음을 향한 간절한 기도라는 사실을 확인할 수 있다.

이 시에서 주목되는 것은 춤사위의 움직임과 멈춤, '동중정(動中靜)'과 '정중동(靜中動)'의 상태를 포착하여 표현하는 놀라운 시적 감각이다. 이러한 시적 표현은 승무라는 춤 자체의 예술성에 관한 깊은 이해가 없이는 불가능하다. 이 작품에서 시적 분위기를 살려내고 있는 감각적인 시어의 선택도 주목해야 한다. 특히 시적 정서를 적절하게 조절하면서 영탄의 의미를 살려내는 종결법의 효과도 무시해서는 안된다. '하이얀 고깔', '파르라니 깎은 머리', '복사꽃 고운 뺨' 등은 평범한 묘사처럼 보이지만 낡은 느낌을 전혀 느낄 수 없으며, '나빌레라', '서러워라', '별빛이라' 등은 구투(舊套)이긴 하지만 이 시의 전체적 분위기를 장중하고도 신비스럽게 만든다. 그런데 한 가지 아쉬운 것은 이 시의 텍스트를 통해서는 승무를 예술적인 퍼포먼스로 이끌어가는 음악의 장단을 가늠하기 어렵다는 점이다. 북의 장단과 피리, 대금, 장구 등의 악기가 합하여 들려주는 음악을 이 시에서는 상상적으로 들어야 한다. 텍스트 자체가 그려내는 묵음(默音)의 공간에서 펼쳐지는 승무의 아름다움으로 만족해야 하기 때문이다.

산상(山上)의 노래

높으디높은 산마루
낡은 고목에 못 박힌 듯 기대어
내 홀로 긴 밤을
무엇을 간구하며 울어왔는가.

아아 이 아침
시들은 핏줄의 굽이굽이로
사늘한 가슴의 한복판까지
은은히 울려오는 종소리.

이제 눈 감아도 오히려
꽃다운 하늘이거니
내 영혼의 촛불로
어둠 속에 나래 떨던 샛별아 숨으라.

환히 트이는 이마 위
떠오르는 햇살은
시월상달의 꿈과 같고나.

메마른 입술에 피가 돌아
오래 잊었던 피리의
가락을 더듬노니

새들 즐거이 구름 끝에 노래 부르고

사슴과 토끼는
한 포기 향기로운 싸릿순을 사양하라.

여기 높으디높은 산마루
맑은 바람 속에 옷자락을 날리며
내 홀로 서서
무엇을 기다리며 노래하는가.

　　조지훈의 「산상의 노래」는 해방 직후에 발표된 작품이다. 시적 화자는 광복의 감격을 억누르며 지난날의 고통을 돌아보면서 앞으로 전개될 새로운 역사에 대한 전망을 노래하고 있다. 이 시는 전체 7연으로 구성되어 있으며, 시상의 흐름으로 보아 크게 세 개의 단락으로 구분해볼 수 있다. 1연은 시상의 발단에 해당한다. 지나간 시대의 고통을 홀로 견디어냈던 상황을 돌아보는 장면을 그려낸다. 여기서 고통의 시대는 일제 강점기를 말하며, '긴 밤'이라는 어둠의 이미지로 표현된다. 시적 화자는 산 위에서 낡은 고목에 기대어 선 채 광복의 새날을 오기를 울부짖으면서 기다렸던 것이다.

　　2~6연은 모두 광복의 새 아침이 밝아온 상황과 그 기쁨을 노래한다. '아침' '종소리' '하늘' '햇살' 등의 밝고 높고 환한 이미지를 통해 어둠과 고통의 시대가 지나고 광복의 기쁨을 맞게 되었음을 말해준다. 압제로부터의 해방과 고통의 현실로부터의 소생의 기쁨이 그려진다.

　　이 시의 마지막 7연은 시상의 결말 부분이다. 1연의 내용과 유사하지만 시적 진술 내용 자체가 과거형에서 현재형으로 시제가 바뀌었다. '맑은 바람 속에 옷자락을 날리며' 산 위에 서 있는 화자의 모습이 등장한다. 새로운 시대를 구가하는 힘찬 노래를 부르고 있는 모습이다. 하지만 '무엇을 기다리며 노래하는가'라는 의문문을 통해 새로운 국가 건설의 신념을 표현하고 있음을 확인할 수 있다. 조지훈의 시 가운데 시인 자신의 의지와 결의를 드러내고자 하는 의욕이 잘 표현된 작품이다.

추일 단장(秋日斷章)

   1

갑자기
산봉우리가 치솟기에

창을 열고
고개를 든다.

깎아지른 돌벼랑이사
사철 한 모양

구름도 한 오리 없는
낙목한천(落木寒天)을

무어라 한나절
넋을 잃노.

   2

마당 가장귀에
얇은 햇살이 내려앉을 때
장독대 위에
마른 바람이 맴돌 때

부엌 바닥에

북어 한 마리

마루 끝에
마시다 둔 술 한잔
뜰에 내려 영영(營營)히
일하는 개미를 보다가

돌아와 먼지 앉은
고서를 읽다가……

    3

장미의 가지를
자르고
파초를 캐어놓고
젊은 날의 안타까운
사랑과

소낙비처럼
스쳐간
격정의 세월을
잊어버리자.

가지 끝에 매어달린
붉은 감 하나

성숙의 보람에는
눈발이 묻어온다.

팔짱 끼고
귀 기울이는

개울
물소리.

　　조지훈의 「추일 단장」은 전체 3부의 연작 형식으로 이어진 서정적인 작품이다.
간결한 언어와 섬세한 감각이 늦가을의 정취를 선명하게 그려내고 있다. 시상의 흐
름으로 볼 때 1부와 2부의 순서가 서로 바뀐 것을 알 수 있다. 실제의 시간적 순서
로 본다면 2부가 맨 앞자리에 와야 한다.

　　1부에서 시적 화자는 높고 맑은 하늘과 함께 가까이 다가선 듯한 산봉우리를 창
밖으로 내다보고 있다. 깎아지른 돌벼랑은 언제나 제 모습 그대로인데 이미 나뭇
잎은 다 떨어지고 찬 기운이 감도는 하늘이 구름 한 점 없이 높다. 우두커니 하늘을
바라보면서 한나절을 보내고 있는 시적 화자의 모습에 쓸쓸함이 묻어난다.

　　2부는 늦가을 날의 집안의 고즈넉한 풍경이다. 햇살이 내리쬐고 장독대에 맑은
바람이 분다. 화자는 부엌에서 북어 한 마리를 찾아내어 마루턱에 앉아서 그걸 안
주 삼아 술 한 잔을 걸친다. 그리고 뜰에 내려가 마당 구석을 부지런히 기어다니는
개미 떼를 내려다보고 있다. 방 안으로 돌아와 먼지 앉은 고서를 펼쳐본다. 여기서
시상의 흐름이 1부로 이어진다. 문득 고개를 드니 창밖에 산봉우리가 치솟아 오른
모습이 가까이 보이는 것이다.

　　3부는 겨울나기를 준비하는 손길을 그려낸다. 1부의 고즈넉하고도 쓸쓸한 분위
기와는 대조를 보인다. 한여름 동안 아름답게 꽃을 피웠던 장미의 가지를 잘라주고
넓다란 잎을 자랑하던 파초의 뿌리를 깨내어 갈무리한다. 젊은 날의 열정과 그 격
정의 세월을 모두 거두어두는 장면이다. 감나무 가지 끝에 붉게 익은 감 하나가 덩
그러니 매달려 있다. 이제 겨울이 오면 눈이 내리고 개울물 소리도 들리지 않을 것
이다. 개울물 소리가 점점 멀어지고 있음을 느낄 수 있다.

　　　　　　　　　　　　　　　　　　　　　　　　우리 시 깊이 읽기

김현승

金顯承 1913~1975

'고독'의 시인이라면 김현승을 떠올린다. 김현승에게 고독은 외로움이나 쓸쓸함을 말하는 것은 아니다. 자기 존재의 근원적인 상황이라고 해야 맞다. 그는 스스로 키워온 청교도적인 신앙과 사상에 입각하여 인간의 내면, 인간 조건의 본질을 끈질기게 추구한다. 이 과정에서 그가 주목한 것은 절대자와 고독한 인간과의 대화이다. 이 특이한 대화의 공간은 그의 시에서 즐겨 형상화된 시적 공간이다. 인간의 삶과 문명, 인간의 고독, 신과 인간의 사랑 등에 대한 투철한 탐구와 인식을 통해 그는 고독의 의미를 때로는 사회적 현실과 연관시키고 문명적 조건과 대비하면서 시 정신의 바탕으로 삼게 된다. 그가 그려내고 있는 고독은 투철한 자기 인식에 근거함으로써 철저한 윤리 의식으로 확대되기도 하고 존재의 내면에

서 더욱 견고한 인식으로 자리 잡게 된다.

김현승은 다형(茶兄)이라는 아호를 즐겨 사용했다. 1913년 2월 28일 평안남도 평양에서에서 태어났다. 기독교 장로교 목사인 부친을 따라 제주에서 유년을 보내고 전라남도 광주에서 소년기를 보냈다. 평양의 숭실중학교를 졸업하고, 1936년 숭실전문학교 문과 3년을 수료하였다. 숭실전문 재학 시절부터 시 창작에 관심을 두었고 1934년 시 「쓸쓸한 겨울 저녁이 올 때 당신들」이 양주동의 천거로 『동아일보』에 발표됨으로써 등단하였다. 이 무렵 시 「새벽은 당신을 부르고 있습니다」 「묵상(默想)」 등을 발표했지만 숭실전문학교를 졸업한 후에는 더 이상 작품 발표를 하지 않고 숭일중학교 교사로 일했다. 일제 말기에 10여 년 동안 침묵을 지키다가 광복 후부터 다시 작품 활동을 시

작했다.

해방 후에는 한국문학가협회에 가담하여 상임위원으로 활동하였으며, 1951년 광주 조선대학교 교수로 취임하여 문학을 강의했다. 1953년부터 광주에서 몇몇 문우들의 도움으로 계간지 『신문학』을 6호까지 간행하였다. 그의 첫 시집 『김현승시초(金顯承詩抄)』(1957)는 독실한 기독교인으로서 시인 자신이 터득한 기독교정신과 인간주의를 바탕으로 삶을 노래하는 서정적 시가 많았다.

1960년 서울로 이주하여 숭실대학교 교수가 되었다. 그의 둘째 시집 『옹호자(擁護者)의 노래』(1963)를 보면 자연에 대한 주관적 서정과 감각적 인상을 노래한 작품들이 많지만 사회 현실과 삶의 조건에 대한 윤리적 관심을 표시하면서 자신의 도덕적 신념을 표현한 작품들도 볼 수 있다. 그가 즐겨 그려낸 자연은 가을의 이미지를 바탕으로 낙엽, 꽃 잎, 바람 등의 현상적인 것들과 열매, 뿌리, 보석 등의 본질적인 것의 대조적인 이미지로 표현되고 있다.

김현승의 후기 시는 셋째 시집 『견고(堅固)한 고독』(1968)과 넷째 시집 『절대(絶對) 고독』(1970)에서 하나의 시적 성취를 보여준다. 언어의 절제된 표현을 통해 고독이라는 추상적 관념을 사물화(事物化)하는 과정에서 드러나는 조소성(彫塑性)과 명징성(明澄性)은 그의 시의 중요한 특징이다. 신의 존재와 인간의 고독을 시적 주제로서 내세우면서 그가 도달한 것이 바로 바로 고독 그 자체의 절대성이 아닌가 생각된다. 1974년에는 『김현승전시집(金顯承全詩集)』을 펴냈고,

유시집(遺詩集) 『마지막 지상(地上)에서』(1977)가 있다.

우리 시 깊이 읽기

가을의 기도

가을에는
기도하게 하소서……
낙엽들이 지는 때를 기다려 내게 주신
겸허한 모국어로 나를 채우소서.

가을에는
사랑하게 하소서……
오직 한 사람을 택하게 하소서.
가장 아름다운 열매를 위하여 이 비옥한
시간을 가꾸게 하소서.

가을에는
호올로 있게 하소서……
나의 영혼,
굽이치는 바다와
백합의 골짜기를 지나,
마른 나뭇가지 위에 다다른 까마귀같이.

김현승은 시집 『옹호자의 노래』(1963) '자서(自序)'에서 시인 자신이 가을을 특별히 좋아하는 계절이라고 밝힌 바 있다. 「가을의 기도」는 전체 3연 15행으로 구성되어 있으며 가을이라는 계절을 시적 배경으로 삼고 있다. 그의 시 가운데에도 가을을 시적 제재나 시의 배경으로 하고 있는 작품들이 많지만, 이 시는 시적 진술이 모두 '–소서'라는 기원(祈願)을 나타내는 종결어미를 사용하고 있다. 전체 내용이 하나의 경건한 기도문처럼 읽힌다. 물론 이러한 특징은 가을이라는 계절적 의미와도 연결되어 있다. 시적 화자는 모든 것을 거두어들이는 가을을 맞아 자신도 겸허하게 스스로를 돌아본다. 그리고 자신이 간구(懇求)하는 바를 하나씩 주문하고 다짐한다.

1연에서 시적 화자는 가을을 맞이하여 기도하는 자세를 가질 수 있도록 해달라고 주문한다. 여기서 기도는 물론 종교적인 의미를 떠나서 설명하기는 어렵지만 스스로를 돌아보면서 몸과 마음을 경건히 하겠다는 다짐으로 이해할 수 있다. '낙엽들이 지는 때를 기다려 내게 주신/겸허한 모국어로 나를 채우소서.'라는 구절은 그대로 바로 앞의 '가을에는/기도하게 하소서.'를 풀어쓴 말이다. '낙엽들이 지는 때'는 글자 그대로 가을을 말한다. 조락(凋落)의 계절이라는 뜻으로 볼 수도 있겠지만 쓸쓸함이라든지 슬픔의 느낌은 아니다. '겸허한 모국어'는 '기도'에 대응한다. '기도'의 언어는 언제나 경건하고 그윽하며 너그럽다. 이러한 기도와 같은 언어로 자신의 마음이 채워지길 바라는 시적 화자의 심경을 잘 드러내고 있다. 자연과 생명에 대한 경외감과 자기 성찰의 태도가 가을이라는 계절의 감각과 잘 어울린다.

2연에서 시적 화자는 가을을 맞이하여 사랑하는 마음을 가지게 해달라고 말한다. 그리고 바로 뒤에서 '오직 한 사람을 택하게 하소서'라고 밝힌다. 이 구절을 통해 시적 화자가 말하고 있는 사랑의 의미가 세속적인 애정을 말하는 것이 아니라는 사실을 알아챌 수 있다. 여기서 '오직 한 사람'은 신 또는 절대자이다. 신에 대한 사랑을 강조함으로써 자신이 따르고자 하는 신의 곁에 더 가까이 서고자 하는 간절한 소망을 표현한다. 그리고 그 사랑과 믿음이 가장 아름다운 결실을 맺도록 오래도록 넉넉한 시간이 필요하다는 것을 말한다. '비옥한 시간을 가꾸게 하소서.'라는 구절은 사랑이 점점 더 커지고 아름다워지고 충만해지게 가꾸는 과정을 의미한다.

3연에서 시적 화자는 가을을 맞아 '호올로 있게 하소서'라고 자신의 바람을 말하고 있다. 여기서 '호올로' 있게 해달라는 말은 삶의 욕망과 온갖 시름과 고뇌를 벗어버릴 수 있게 해달라는 염원이다. '굽이치는 바다'가 삶의 시련과 고통을 의미한다면, '백합의 골짜기'는 순수한 아름다움으로 가득한 이상향에 해당한다. 이러한 상반된 두 세계를 거쳐서 자기 존재의 오롯한 경지에 도달하는 모습이 '마른 나뭇가지 위에 다다른 까마귀'로 표상된다.

이 시는 신에 대한 기도의 자세와 간절한 믿음을 가을이라는 계절의 감각에 맞춰 노래하고 있는 일종의 신앙시에 해당한다. 시인 김현승이 추구해온 기독교 정신과 그 순수 의지를 확인할 수 있다.

「가을의 기도」는 1956년 11월『문학예술』에 발표되었고 김현승의 둘째 시집『옹호자의 노래』(1963)에 수록했다.

절대 고독

나는 이제야 내가 생각하던
영원의 먼 끝을 만지게 되었다.
그 끝에서 나는 하품을 하고
비로소 나의 오랜 잠을 깬다.

내가 만지는 손끝에서
아름다운 별들은 흩어져 빛을 잃지만
내가 만지는 손끝에서
나는 무엇인가 내게로 더 가까이 다가오는
따스한 체온을 느낀다.

그 체온으로 내게서 끝나는 영원의 먼 끝을
나는 혼자서 내 가슴에 품어준다.
나는 내 눈으로 이제는 그것들을 바라본다.

그 끝에서 나의 언어들을 바람에 날려 보내며,
꿈으로 고이 안을 받친 내 언어의 날개들을
이제는 티끌처럼 날려 보낸다.

나는 내게서 끝나는
무한의 눈물겨운 끝을
내 주름 잡힌 손으로 어루만지며 어루만지며,
더 나아갈 수 없는 그 끝에서
드디어 입을 다문다…… 나의 시(詩)는.

고독이라는 개념은 그리 쉽게 규정되지 않는다. 고독하다고 말할 때 우선 떠오르는 것이 다른 사람들과 떨어져서 홀로 있음이라는 객관적인 상태이다. 그러나 고독의 느낌은 주관적인 심리에 속하는 것이므로 혼자 있다고 하여 반드시 외로운 것은 아니다. 많은 사람들 속에서도 오히려 고독하다는 느낌을 가지는 경우가 많다.

김현승 시인은 자신이 고독이라는 주제를 다루게 된 이유를 하나의 시 예술의 활동이라고 규정한 바 있다. 특히 그는 자신이 스스로 윤리적 차원에서 더욱 참되고 굳세고자 하는 의식을 고독의 개념과 연관 지어 설명하기도 한다. 실제로 그의 시에서 고독은 일체의 육체적 행동이 중단된 상태에서 비롯된다. 그는 외부적인 세계와의 단절 속에서 자신을 향해 스스로 말을 걸어본다. 이 특이한 고독한 내적 독백을 통해 그의 시가 이루어지고 있다.

「절대 고독」은 김현승 시집 『절대 고독』(1970)의 표제작이다. 시의 텍스트는 5연으로 구성되어 있으며 시적 화자인 '나'를 내세워 자기 존재의 궁극적인 상태를 확인해가는 시적 추구 작업을 확인해볼 수 있다.

1연에서 시적 화자인 '나'는 자신이 추구해온 '영원의 먼 끝'에 도달한다. 여기서 말하는 '영원의 먼 끝'은 자기 존재의 궁극의 지점이다. 이 지점은 어떤 말로 설명하기 어려운 것이지만 시에서 내세우고 있는 절대 고독의 경지라는 점을 짐작할 수 있다. 여기까지 도달하는 동안에 화자가 겪었을 내적인 열정과 고뇌의 깊이를 생각한다면 그 심원의 의미가 우주적인 공간처럼 크고 깊었을 것이 분명하다. 이 경지에 이르러 비로소 '나'는 하품을 하고 잠을 깬다. 새로운 깨달음이 시작된 것이다. 다시 말하면 절대 고독의 경지에 이르러서야 비로소 자기 인식의 출발이 가능해진 셈이다. 2연에서 화자인 '나'는 절대 고독의 경지에서 느끼는 자기 존재의 실체를 처음으로 발견한다. 먼저 '나'의 손끝에서 먼 하늘의 별들은 그 아름다운 빛을 잃어버린다. 오랜 내적 고뇌의 과정을 통과한 뒤 '나'는 그동안 혼자서 꿈꾸었던 이상적인 세계 또는 자아(별빛)라는 것이 아무런 실체가 없는 헛된 것이라는 사실을 알아차린다. 그리고 오히려 그 손끝을 통해 '무엇인가 내게로 더 가까이 다가오는 따스한 체온을'을 감지하게 된다. 비로소 살아 있는 생명으로서의 느낌을 얻게 되는 것이다. 이 '따스한 체온'은 살아 있는 나 자신에 대한 화자인 '나'의 느낌이다. 자아의 참 모습은 먼 하늘의 아름다운 별빛처럼 실체가 없는 것이 아니라 손끝에서 느껴지는 '따스한 체온'을 가진 살아 있는 존재임을 알아차리게 된다.

3연에서는 시상의 전환이 이루어진다. 화자인 '나'는 그 따스한 체온으로 모든 것을 다 끌어안는다. '내게서 끝나는 영원의 먼 끝을/나는 혼자서 내 가슴에 품어준다/나는 내 눈으로 이제는 그것들을 바라본다.' 자신이 추구해온 이상적 자아의 모습이 허황된 별빛임을 알아차린 뒤에도 '나'는 그것을 살아 있는 힘으로 따스한 가슴에 다시 품어주고 자신의 모습을 다시 돌아볼 수 있게 된다. 여기서 말하는 자기 관조는 관념적인 것이 아니라 생의 의미를 불어넣기 위한 실질적 자기 인식의 방법이다. 4연은 3연에서 보여준 시상의 흐름이 계속 이어진다. '나'는 스스로 도달한 영원의 끝에서 자신의 언어를 바람에 날려 보낸다. 꿈으로 곱게 안쪽을 받친 내 언어의 날개들조차 아낌없이 티끌처럼 날려 보낸다고 되풀이하여 진술함으로써 그동안 자신이 구사해온 모든 언어조차 무의미해졌음을 밝힌다. 여기서 언어까지도 포함한 일체의 행위를 중단함으로써 절대 고독의 경지가 더욱 강조된다. 진정한 자신과의 고독한 대화가 여기서 가능해지는 셈이다. 이 시에서 5연은 시상의 결말을 보여준다. '나'는 그 무한의 '끝'에서 그 무한의 눈물겨운 끝에서 주름 잡힌 손으로 어루만지며, 더 나아갈 수 없는 그 끝에서 드디어 입을 다문다. 더 이상 말을 할 수 없는 일종의 무아(無我)의 경지에 도달한 셈이다. 그 궁극의 경지에서 '나의 시'가 탄생한다. 결국 시적 화자는 자신의 '시'가 절대 고독의 산물이라는 것을 밝힌 셈이다. 자기 존재를 발견한 그 궁극의 경지에서 삶을 가슴 전체로 끌어안은 채 묵언(默言)의 상태에 도달하면 거기서 시가 탄생하는 것이다.

눈물

더러는
옥토에 떨어지는 작은 생명이고저……

흠도 티도,
금 가지 않은
나의 전체(全體)는 오직 이뿐!

더욱 값진 것으로
드리라 하올 제,

나의 가장 나중 지니인 것도 오직 이뿐!
아름다운 나무의 꽃이 시듦을 보시고
열매를 맺게 하신 당신은,

나의 웃음을 만드신 후에
새로이 나의 눈물을 지어주시다.

눈물은 글자 그대로 눈동자를 감싸고 있는 바깥 면에 있는 눈물샘에서 나오는 분비물이다. 그러나 이런 생리적인 정의를 누가 모르겠는가? 눈물은 한꺼번에 많이 나오는 것이 아니라 늘 조금씩 흘러 나와서 눈동자를 축여주고 눈에 들어오는 이물질을 씻어낸다. 외부적인 자극을 눈으로 받게 될 때도 눈물이 나온다. 특히 보이지 않는 마음의 자극, 어떤 감동을 받게 되면 사람은 누구나 눈물을 더 많이 흘린다.

눈물은 울음 또는 통곡이라는 행위와 직결된다. 기뻐서도 울고 슬퍼서도 운다. 서러움도 울음으로 씻고 고통도 눈물을 머금고 이겨낸다. 눈물을 흘린다는 것은 그 눈물의 순간 현실 세계를 볼 수 없게 만드는 특이한 주체적 행위이다. 일시적인 생리적 카타르시스를 가능하게 하기 때문이다. 그러므로 신화와 전설 속에서 흔히 '눈물의 강'이 되기도 하고 '새로운 생명의 샘'이 되기도 한다. 사람만이 눈물을 흘리는 것이 아니라 하늘도 울고 바위도 울고 성당의 마리아도 울고 절간의 부처도 운다. 심지어는 '악어의 눈물'도 볼 수 있다. 눈물은 강이 되기도 하고 진주로 바뀌기도 한다.

김현승의 시 「눈물」은 사뭇 종교적이다. 시집 『옹호자의 노래』(1963)에 실려 있다. 시적 진술 내용 전체가 성서적 분위기를 담아내고 있다. 「마태복음」 13장 가운데 '좋은 땅에 뿌려졌다는 것은 말씀을 듣고 깨닫는 자니 결실하여 어떤 것은 백 배, 어떤 것은 육십 배, 어떤 것은 삼십 배가 되느니라 하시더라'라는 구절이 시적 의미의 구성에 중요한 모티프가 된다.

이 시는 전체 5연으로 구성되어 있으며 시상의 흐름으로 볼 때 1, 2연의 전반부와 3~5연의 후반부로 크게 나누어진다. 전반부는 시적 진술 자체가 '눈물'이라는 시적 제재를 일절 언급하지 않은 상태로 이어진다. 그만큼 암시적이면서 함축적인 표현으로 일관하고 있음을 알 수 있다. 1연의 '옥토에 떨어지는 작은 생명이고저'에서는 눈물의 의미를 비유적으로 설명하고 있다. 앞서 설명한 「마태복음」의 말씀을 그대로 인유한다. 시적 화자는 눈물이라는 것을 하나의 작은 생명을 이루어내기 위한 어떤 절대적 가치의 산물이라는 점을 분명히 한다. 그리고 '흠도 티도,/금 가지 않은/나의 전체는 오직 이뿐'이라는 구절을 통해 그 절대성을 강조한다. 절대자인 신의 가르침에 대한 깨달음의 절대적 경지에서 얻는 기쁨의 눈물이 바로 이것이다.

후반부에서도 '눈물'의 의미가 보다 구체적으로 설명된다. 더욱 값진 것으로 드리고자 할 때도 마지막에 올릴 수 있는 것이 바로 눈물이다. 감화의 의미로 눈물보다 더 값진 것은 없을 듯하다. 이 시의 주제는 '아름다운 나무의 꽃이 시듦을 보시고/열매를 맺게 하신 당신은,//나의 웃음을 만드신 후에/새로이 나의 눈물을 지어주시다'에서 그대로 드러난다. 꽃이 피어나고 난 후 시들어 열매를 맺는 것은 절대자의 뜻이다. 거기 새로운 생명이 암시된다. 이러한 원리에 따라 시적 화자는 '나'의

'웃음' 뒤에 '눈물'을 지어주셨다는 것이다. 그러므로 웃음은 '눈물'이 되기 위한 과정처럼 보인다. 시적 화자는 '웃음'보다 더욱 절대적 가치를 '눈물'에 부여한다. 눈물은 인간에게 있어서 궁극적인 가치의 영역에 해당한다. 그것은 신의 뜻이기도 한다. 이 시는 결국 눈물의 의미를 인간 감정의 영역에서 떼어낸다. 그리고 보다 높은 절대적 경지로 그 의미를 끌어올려 놓고 있는 셈이다.

김수영

金洙暎 1921~1968

김수영은 서울 태생으로 서울 선린상업학교를 거쳐, 일본으로 유학하여 도쿄상과대학 전문부를 중퇴했다. 1944년 일제의 학병 징집을 피해 중국 지린성(吉林省)으로 이주했고 해방과 함께 귀국하여 연희전문학교 영문과에서 수학했다. 1950년 한국전쟁 당시 인민군에 의해 '의용군'으로 강제 동원되었다가 포로가 되어, 1953년 거제도 포로수용소에서 석방되었다.

1946년 『예술부락』으로 등단. 김경린, 임호권 등과 합동시집 『새로운 도시와 시민들의 합창』(1949), 김춘수, 김규동, 김경린 등과 합동시집 『평화에의 증언』(1957) 등을 펴냈다. 그는 전후 시단에서 추구했던 시적 작업을 시집 『달나라의 장난』(1959)을 통해 정리한 뒤에 자신의 시적 지향에 대한 전환을 시도하게 된다. 전후 시단에서 후기 모

더니즘 운동의 영향을 받고 활동해온 그는 4·19 학생혁명을 겪은 후 현실 참여를 주장하면서 모더니즘의 시가 빠져든 추상성을 벗어버리게 된다. 실험성과 서정성의 특이한 균형을 유지하면서 그가 다시 발견한 것은 개인의 삶과 현실 그 자체의 중요성이다. 그는 지적인 언어 감각을 드러내면서도, 서정성의 기조를 크게 벗어나지 않고 있다.

김수영은 시의 현실 참여에 관한 논의를 주도하면서 「시여, 침을 뱉어라」(1968)를 비롯한 일련의 산문으로 자신의 시적 입장을 천명한 바 있다. 그가 현실 참여에 관심을 기울이면서 강조했던 것은 자유의 개념이다. 그는 한국 문화의 다양성과 활력을 깨치는 무서운 폭력을 정치적 자유의 결여라고 규정하였고 자유의 참뜻이 군사정권에

우리 시 깊이 읽기

의해 좌절되는 것을 보면서 짙은 회의에 빠져들기도 한다. 그가 내뱉은 야유와 욕설과 악담은 혁명의 좌절을 초래한 소시민들의 소극성을 겨냥한 것이지만, 사실은 자기 풍자의 의미를 지니는 것이다. 김수영의 「반시론」(1968)은 이러한 자기 풍자의 극단적인 산문적 진술이라고 할 수 있다.

1968년 교통사고로 세상을 떠난 후 시선집 『거대한 뿌리』(1974) 『달의 행로를 밟을지라도』(1976), 산문선집 『시여, 침을 뱉어라』(1975) 『퓨리턴의 초상』(1976) 등이 발간되었다. 시전집 『김수영 전집 1, 2』(1981)가 발간된 후 그의 육필시고를 정리하여 『김수영 육필시고 전집』(2009)이 나왔다.

달나라의 장난

팽이가 돈다
어린아이이고 어른이고 살아가는 것이 신기로워
물끄러미 보고 있기를 좋아하는 나의 너무 큰 눈앞에서
아이가 팽이를 돌린다
살림을 사는 아이들도 아름다웁듯이
노는 아이도 아름다워 보인다고 생각하면서
손님으로 온 나는 이 집 주인과의 이야기도 잊어버리고
또 한 번 팽이를 돌려주었으면 하고 원하는 것이다.
도회(都會) 안에서 쫓겨 다니는 듯이 사는
나의 일이며
어느 소설보다도 신기로운 나의 생활이며
모두 다 내던지고
점잖이 앉은 나의 나이와 나이가 준 나의 무게를 생각하면서
정말 속임 없는 눈으로
지금 팽이가 도는 것을 본다
그러면 팽이가 까맣게 변하여 서서 있는 것이다
누구 집을 가 보아도 나 사는 곳보다는 여유가 있고
바쁘지도 않으니
마치 별세계(別世界)같이 보인다
팽이가 돈다
팽이가 돈다
팽이 밑바닥에 끈을 돌려 매이니 이상하고
손가락 사이에 끈을 한끝 잡고 방바닥에 내어던지니
소리 없이 회색빛으로 도는 것이

오래 보지 못한 달나라의 장난 같다

팽이가 돈다

팽이가 돌면서 나를 울린다

제트기 벽화(壁畵) 밑의 나보다 더 뚱뚱한 주인 앞에서

나는 결코 울어야 할 사람은 아니며

영원히 나 자신을 고쳐가야 할 운명과 사명(使命)에 놓여 있는 이 밤에

나는 한사코 방심조차 하여서는 아니 될 터인데

팽이는 나를 비웃는 듯이 돌고 있다

비행기 프로펠러보다는 팽이가 기억이 멀고

강한 것보다는 약한 것이 더 많은 나의 착한 마음이기에

팽이는 지금 수천 년 전의 성인(聖人)과 같이

내 앞에서 돈다

생각하면 서러운 것인데

너도 나도 스스로 도는 힘을 위하여

공통된 그 무엇을 위하여 울어서는 아니 된다는 듯이

서서 돌고 있는 것인가

팽이가 돈다

팽이가 돈다

「달나라의 장난」은 1953년 4월 잡지 『자유세계』에 발표되었으며, 첫 시집 『달나라의 장난』(춘조사, 1959)에 표제작으로 수록되었다. 이 작품은 한국전쟁이 막바지에 도달해 있던 전란의 시기에 발표되었다. 전쟁 속에서 황폐한 현실을 살아가야 하는 시인의 초라한 모습이 삶의 비애처럼 시 속에 묻어나고 있다.

이 작품에서 그려내고 있는 것은 전란의 현실과는 대비되는 일상생활의 한 장면이 중심을 이룬다. 시적 텍스트는 전체가 하나의 연으로 이루어져 있지만 시상의 전개 과정으로 볼 때 크게 전반부와 후반부로 구분이 가능하다. 1행의 '팽이가 돈다'에서부터 19행에 해당하는 '마치 별세계(別世界)같이 보인다'까지가 전반부에 해

당한다. 시적 화자인 '나'는 어떤 집에 손님으로 가게 된다. 집주인과 이야기를 나누던 중에 우연히 그 집의 아이가 팽이를 돌리는 것을 보게 된다. 이 팽이는 집에서 나무로 깎아 만든 팽이가 아니라 장난감 가게에서 파는 팽이다. 팽이에 줄을 감아 던지는 모습이 신기하다. 아이가 팽이를 돌리는 모양을 보면서 '나'는 쫓기듯이 도회 안에서 부대끼며 살고 있는 자신의 모습을 돌아보게 된다. 돌아가는 팽이가 중심을 잡고 바로 서 있는 모양을 보면서 모두가 자신의 모습보다 아름다워 보이고 여유가 있어 보인다고 생각한다. 그리고 사람들의 사는 모습이 별세계에 온 듯한 느낌이다. 아이의 팽이 놀이는 전란의 고통을 견뎌야 하는 시적 화자에게는 동화처럼 아름답게 보이지만 어딘지 낯설다. 자신의 생활 속에서는 그럴 만한 여유가 없기 때문이다. 그러므로 시적 화자는 '도회 안에서 쫓겨 다니듯' 살고 있는 자신의 처지를 생각하면서 이 팽이 돌리기를 일종의 '달나라의 장난'이라고 생각한다. 여기서 '달나라'는 아득한 동화처럼 현실과는 거리가 먼 세계를 말한다. '장난'이란 그대로 '놀이'를 뜻한다. 자신의 궁핍한 삶 속에서는 생각조차 하기 어려운 '별세계'가 존재한다는 것을 알아차린 것이다.

이 작품의 후반부에는 '팽이가 돈다/팽이가 돈다'라는 구절이 후반부의 시작과 끝부분에 각각 반복적으로 배치되어 있다. 시적 화자는 아이가 팽이를 돌리는 모습에 더욱 집중하면서 팽이의 도는 모습을 통해 자신의 삶의 태도를 돌아보게 된다. 아이는 팽이를 채로 쳐서 돌리는 것이 아니라 팽이에 끈을 돌려 매어 바닥에 내던진다. 그러자 팽이가 소리 없이 회색빛으로 돌아간다. 아득한 달나라의 장난 같다.

여기서 주목되는 것이 팽이의 속성이다. 팽이 놀이는 아이들의 놀이다. 아름답고 평화로우며 건전하고 활기차다. 팽이가 잘 돌아가려면 축을 중심으로 좌우의 균형과 무게가 맞아야만 한다. 균형이 맞지 않고 무게가 다르면 비틀거리며 똑바로 서서 돌 수가 없다. 팽이 자체의 적당한 무게가 있어야 잘 돈다. 줄로 팽이의 몸을 감았다가 던지면 순간적으로 줄이 풀어지는 힘으로 팽이가 돌아간다. 팽이가 돌다가 회전력이 약해져 쓰러지려 하면 다시 채로 친다. 채로 쳐서 회전력을 줌으로써 구심력이 커져 팽이가 다시 서서 돌게 된다.

시적 화자는 돌고 있는 팽이를 보고 자신의 처지를 생각하며 마음이 서글퍼진다. 팽이가 자신을 울린다고 적어놓고 있다. 결코 울어야 할 사람이 아님에도 불구하고 꼿꼿이 서서 돌고 있는 팽이를 보는 순간 자신의 모습이 비루하게 느껴졌던 것이다.

> 팽이가 돈다
> 팽이가 돌면서 나를 울린다
> 제트기 벽화(壁畫) 밑의 나보다 더 뚱뚱한 주인 앞에서
> 나는 결코 울어야 할 사람은 아니며
> 영원히 나 자신을 고쳐가야 할 운명과 사명(使命)에 놓여 있는 이 밤에
> 나는 한사코 방심조차 하여서는 아니 될 터인데
> 팽이는 나를 비웃는 듯이 돌고 있다

　돌아가는 팽이의 모습과 자신의 처지를 교묘하게 대비시켜놓고 있는 앞의 구절에서 시적 화자는 '영원히 나 자신을 고쳐가야 할 운명과 사명(使命)에 놓여 있는 이 밤에/나는 한사코 방심조차 하여서는 아니 될 터인데'라고 술회한다. '영원히 나 자신을 고쳐야 하고' '한사코 방심조차 하여서는 아니 될' 처지임에도 시적 화자는 고된 삶의 현실 속에서 비틀거리고 있는 자신을 팽이를 통해 발견하고 있는 셈이다. 방심하면 팽이는 균형을 잃고 쓰러지기 마련이다. 스스로 돌면서 힘을 얻어야만 똑바로 설 수 있게 되는 것이다. 여기서 시적 화자는 똑바로 자신을 세우고 돌아가는 팽이의 모습에서 '수천 년 전의 성인(聖人)'의 모습을 발견한다. 자기 힘으로 돌면서 자신을 똑바로 세웠던 성인의 자세가 바로 그런 것이었기 때문이다. 자기 스스로 끊임없이 돌지 않고서는 자신을 곧추세울 수 없는 일이다.
　이 시에서 시적 화자가 서 있는 자리는 '제트기 벽화' 아래이고 '비행기 프로펠러'가 가까운 곳이다. 이 두 가지 사물은 흔히 현대문명의 산물처럼 이해되고 있지만 여기서는 지극히 암시적이기는 하지만 '전쟁'을 의미한다. 유엔군의 참전과 미군 비행기의 공습이 일상화되었던 전란의 막바지 상황이 이 단어 속에 담겨 있다. 그러므로 '비행기 프로펠러보다는 팽이가 기억이 멀고'라고 설명하고 있다. 유년 시절에 즐기던 팽이 돌리기는 아득한 옛날의 기억 속에 남아 있을 뿐 현실은 비행기 프로펠러가 공중을 장악한 채 돌아가고 있는 전란 상태인 것이다. 그러므로 더욱 스스로의 힘으로 바로 서는 일이 필요하다.

이 시는 돌아가는 힘으로 땅 위에 바로 서게 되는 팽이 돌리기를 소재로 하여 자신의 삶의 자세를 새롭게 다잡고자 하는 시인의 의지를 암시한다. 좌우의 균형을 잃지 않아야만 비틀거리지 않고 돌 수 있으며 그 돌아가는 힘으로 스스로 바로 서는 것이 팽이다. 시적 화자는 팽이처럼 바로 서기 위해 '스스로 도는 힘'을 갖도록 하는 일이 필요하다는 사실을 일깨워준다. 그래야만 전란 속의 어지러운 삶을 이겨낼 수 있기 때문이다.

폭포

폭포는 곧은 절벽을 무서운 기색도 없이 떨어진다.

규정(規定)할 수 없는 물결이
무엇을 향하여 떨어진다는 의미도 없이
계절과 주야를 가리지 않고
고매(高邁)한 정신처럼 쉴 사이 없이 떨어진다.

금잔화(金盞花)도 인가(人家)도 보이지 않는 밤이 되면
폭포는 곧은 소리를 내며 떨어진다.

곧은 소리는 곧은 소리이다
곧은 소리는 곧은
소리를 부른다.

번개와 같이 떨어지는 물방울은
취(醉)할 순간조차 마음에 주지 않고
나타(懶惰)와 안정(安定)을 뒤집어놓은 듯이
높이도 폭도 없이
떨어진다.

시 「폭포」는 1956년 5월 29일 『조선일보』에 발표되었던 작품이다. 첫 시집인 『달나라의 장난』에 수록되었다. 이 시에서 시인은 '폭포'라는 자연적 대상을 그려내고 있다. 강물이 수직으로 떨어지는 현상을 폭포라고 하거니와 시적 화자는 이 같은

폭포의 모습에서 자신이 지향해야 할 삶의 자세를 확인하고 있다.

작품의 텍스트는 전체 5연으로 구분되어 있다. 1연과 2연에서는 떨어지는 폭포의 모습을 낮의 시간을 배경으로 묘사한다. 곧은 절벽에서 떨어지는 폭포는 그 물결을 규정할 수가 없다. 한량없이 일정하게 떨어지고 있기 때문이다. 폭포의 무한정(無限定)한 속성을 여기서 확인할 수 있다. 더구나 폭포는 계절의 구분도 없고 밤낮을 가리지 않은 채 그치지 않고 흘러내리기 때문에 지속성을 생명으로 한다. 폭포는 어떤 목적을 따라 물이 떨어지는 것이 아니라 그 떨어지는 흐름 자체가 폭포의 존재 의미를 드러낸다. 그러므로 이 절대성의 의미를 '고매한 정신'이라고 표현하고 있다.

3연과 4연에서는 밤의 시간이 배경이 된다. 폭포는 어둠 속에 그 모습이 보이지 않지만 폭포의 물소리가 한결같이 들린다. 사방이 고요한 가운데 폭포 소리가 더 또렷하게 들리는 것이다. 폭포는 눈에 보이지 않으니 시각적인 묘사나 설명 대신에 청각적 묘사의 대상이 된다. 그런데 여기서 주목되는 것이 폭포의 소리를 '곧은 소리'라고 설명한 점이다. 소리가 곧다는 것은 일정하게 변함이 없이 계속 같은 크기의 소리가 들린다는 뜻으로 풀이가 가능하다. 이 곧은 소리를 통해 폭포의 일정한 흐름을 보지 않고서도 느낄 수가 있다. 물론 이 말에 '변함없음' '옳고 바름' '한결같음' 등의 사회 윤리적 가치를 덧씌울 수 있다.

5연은 시상의 종결 부분이다. 시적 화자는 한결같이 지속적으로 곧게 떨어지는 폭포를 보면서 이를 자기 내면의 세계로 끌어들인다. 여기서 객관적인 물질적 대상이 주관적인 정신적 세계로 시적 변용을 일으키게 되는 것이다. '번개와 같이 떨어지는 물방울'은 아주 빠르게 떨어지는 폭포의 순간을 말해준다. 너무 빠르게 떨어지기 때문에 그 물결을 따라가면서 거기에 어떤 감흥조차 느낄 수가 없다. 그러므로 폭포는 잠시 머뭇거리거나 게으름을 피우는 '나타'를 허용하지 않으며 아늑하게 물이 잠기는 '안정'을 뒤집어놓게 된다. 늘 끊임없이 떨어지며 그침이 없다. '높이도 폭도 없이'라는 말은 2연에 등장하는 '규정할 수 없는'이라는 구절을 구체화하여 설명적으로 묘사한 대목이다. 폭포는 그 높이가 높든 낮든, 그 물의 흐름의 폭이 넓든 좁든 간에 항상 곧게 떨어지는 것이다. 폭포가 보여주는 지속적이고 역동적이면서도 변함없는 모습이 여기서 강조된다.

푸른 하늘을

푸른 하늘을 제압하는
노고지리가 자유로왔다고
부러워하던
어느 시인의 말은 수정되어야 한다

자유를 위해서
비상(飛翔)하여본 일이 있는
사람이면 알지
노고지리가
무엇을 보고
노래하는가를
어째서 자유에는
피의 냄새가 섞여 있는가를
혁명(革命)은
왜 고독(孤獨)한 것인가를

혁명은
왜 고독해야 하는 것인가를

(1960.6.15)

김수영의 「푸른 하늘을」은 전체 텍스트가 3연으로 구분되어 있다. 하늘 높이 치솟아 날아오르는 노고지리의 모습과 함께 자유, 혁명, 고독, 피 등의 관념적 시어가 등장한다. 1연에서 시적 화자는 '푸른 하늘을 제압하는/노고지리가 자유로왔다고/

부러워하던/어느 시인의 말은 수정되어야 한다'라고 진술하고 있다. 여기서 주목되는 것이 노고지리다. 종다리라고 부르는 이 새는 우리나라 전역에서 번식하는 텃새이다. 그런데 봄철 번식기가 되면 종다리의 수컷은 하늘로 치솟아 날아올라서는 공중에서 날개를 심하게 퍼덕이며 소리내어 지저귀다가 다시 땅으로 내려온다. 그 울음소리가 멀리까지 퍼진다. 암컷을 부르기 위한 것이라고도 하지만 이보다는 하늘로 올라서 자기 영토를 표시하고 이를 지키기 위한 행동으로 알려져 있다. 이와 같은 종다리 새의 동작을 두고 어느 시인이 그 자유로움이 부러웠다고 말했던 모양이다. 그러나 시적 화자는 이렇게 말한 시인의 말을 수정해야 한다는 것이다. 푸른 하늘 높이 날아오르는 노고지리의 자유로운 모습이 부러웠다는 말을 시적 화자는 수긍하지 않고 있다. 왜 그럴까? 이 시의 의미를 파악하기 위해서는 바로 이 질문에서부터 시작해야 한다.

시적 화자가 수정하고자 하는 것은 '푸른 하늘을 제압하는/노고지리가 자유로웠다'는 진술 내용이다. 노고지리가 봄날 하늘 높이 치솟아 오른 모습은 그 자체가 하늘을 제압하는 듯이 자유로워 보인다. 그러나 노고지리에게는 그것이 자유로움이 아니다. 노고지리는 멀리 암컷을 불러야 하고 자기가 터 잡고 있는 영역을 지켜내야 한다. 겉으로 보기에는 하늘 높이 날아오르는 모습이 무한의 자유를 누리는 것처럼 생각된다. 하지만 노고지리는 자유를 만끽하고 있는 것이 아니라 자기 생존을 위해 가장 힘든 투쟁을 하고 있는 것이다. 이렇게 본다면 시적 화자가 왜 어느 시인의 말을 수정해야 한다고 진술하고 있는지를 알 수 있다.

2연은 전체 10행으로 이어져 있는데 시행의 배열 자체가 도치의 방식으로 이루어져 있다. '자유를 위해서/비상하여본 일이 있는/사람이면 알지'라는 구절은 뒤로 이어지는 시적 진술 내용 전체를 목적어로 삼고 있다. 여기서 '자유를 위해 비상하여본 일이 있는 사람'이란 자유를 쟁취하고 그것을 지켜나가기 위해 투쟁하며 고뇌해본 사람이라는 의미로 읽는다. 그러므로 '비상'은 정신적인 것이라기보다는 행동적인 실천을 의미한다. 자유를 위한 적극적인 자기 투여를 '비상'이라는 말로 표현하고 있다. 노고지리가 공중에 떠서 노래하고 있는 것은 자유로움에 대한 영탄이 아니라 자유를 요구하고 지켜나가기 위한 절규에 해당한다. 거기에는 환희가 아니라 고통이 수반된다. 자유에는 피의 냄새가 섞여 있다는 것은 자유를 거저 얻어낼 수 없음을 암시하는 말이다. 자유를 얻기 위해서는 끊임없는 투쟁과 피의 희생이 필요하다. 그리고 그를 지켜나가기 위해서도 피나는 노력이 요청된다. 혁명이 고독하는 말은 혁명이라는 것이 요구하는 철저한 태도와 연결된다. 혁명을 위해서는 좌우를 돌아보아서는 안 된다. 앞뒤를 고려해서도 혁명을 성공적으로 이루기 어렵다. 철저하게 과거와 단절하고 엄격하게 현실적 관계로부터 탈피해야만 된다. 그러므로 혁명은 외로운 결단일 수밖에 없다.

이와 같은 2연의 내용을 보면 이 시를 발표할 무렵의 한국의 현실을 생각하지 않을 수 없다. 이 시는 4월 학생혁명으로 이승만 정권이 무너진 후 약 두 달 정도가 지난 뒤에 발표된 것이다. 모두가 4월 혁명의 성공에 고무되어 있던 시기에 시인은 혁명을 지켜나가기 위한 노력과 자세를 촉구하고 있었던 셈이다.

「푸른 하늘을」은 4·19 학생혁명이 일어났던 1960년 7월 7일 『동아일보』에 발표된 작품이다. 이 시는 『한국전후문제시집』(백철 외 편, 신구문화사, 1961)에 실렸고, 그 뒤 시선집 『거대한 뿌리』(민음사, 1974)에 수록되었다.

풀

풀이 눕는다
비를 몰아오는 동풍에 나부껴
풀이 눕고
드디어 울었다
날이 흐려서 더 울다가
다시 누웠다

풀이 눕는다
바람보다도 더 빨리 눕는다
바람보다도 더 빨리 울고
바람보다 먼저 일어난다

날이 흐리고 풀이 눕는다
발목까지
발밑까지 눕는다
바람보다 늦게 누워도
바람보다 먼저 일어나고
바람보다 늦게 울어도
바람보다 먼저 웃는다
날이 흐리고 풀뿌리가 눕는다

(1968.5.29)

김수영의 유작 가운데 하나인 시「풀」은 그의 사후에 잡지『현대문학』(1968.8)에

우리 시 깊이 읽기

소개되면서 널리 알려졌다. 전체 3연으로 구성되어 있는 이 시에서 시적 대상이 되고 있는 '풀'은 다양한 상징적 의미로 읽혀지고 있다. 대체로 저항하는 민중을 대변하는 시적 상징으로 읽은 경우가 많지만, 사물의 본질적인 운동성의 의미를 그 안에서 찾아낸 사람도 있다.

이 시에서 '풀'이라는 시적 대상은 주변에서 가장 흔하게 볼 수 있는 평범한 자연물이다. '민초'라는 말이 연상되기도 하기 때문에 '풀'이 곧 '민중'을 뜻하는 것으로 읽히기도 한다. 그러나 처음부터 이렇게 '풀'이라는 시어의 의미와 범위를 고정해놓기보다는 시인 자신이 '풀'을 어떻게 대상화하여 서술하고 있는가를 분석해보는 것이 중요하다. 이 시에서 '풀'이라는 시적 대상에 대하여 서술하고 있는 말은 서로 상반된 의미를 드러내는 '눕다'와 '일어나다', '울다'와 '웃다'라는 동사들이다. 이 동사들을 사용함으로써 '풀'이라는 시적 대상은 곧바로 의인화(擬人化)된다. 일종의 존재론적 은유라고 할 수 있다. '풀'이라는 식물에 의인화의 수사적 방식을 적용함으로써 사람처럼 스스로 움직이는 모습이 그려진다. 시적 대상으로서 의인화된 '풀'의 움직임은 '흐린 날'과 비를 몰고 오는 '바람'과 함께 묘사되고 있다.

그러므로 이 시의 텍스트에서 각 연에 되풀이되어 나타나는 '풀이 눕는다' 또는 '풀이 일어난다'라는 문장들은 의인화의 방식이 아니라면 성립되기 어렵다. '풀'은 스스로 움직일 수 없는 식물이기 때문에 실제로 눕지도 못하고 일어나지도 못한다. 그렇지만 시인은 '풀'이 스스로 움직여 눕기도 하고 일어나기도 하는 것을 보게 된다. '풀'은 바람에 의해 쓰러지기도 하지만 다시 살아나서 태양과 하늘을 향한다. '바람보다 늦게 누워도/바람보다 먼저 일어나고/바람보다 늦게 울어도/바람보다 먼저 웃는다.' '풀'은 결코 죽지 않고 살아 있음으로써 그 존재를 드러낸다. 살아 있지 않다면 누울 수가 없고 살아 있지 않다면 다시 일어설 수 없다. 여기서 시인이 발견하고 있는 것은 '풀'이 가지는 끈질긴 생명력이다.

1연에서 '풀'이 눕는 것은 흐린 날 비를 몰아오는 '바람' 때문인 것처럼 설명한다. '풀'은 바람에 흔들리며 쓰러지기도 하기 때문이다. 그리고 날이 어두워지면 그대로 쓰러진 채 고통스럽게 울음을 울기도 한다. 하지만 2연으로 옮겨가 보면 상황이 달라진다. '풀이 눕는다/바람보다도 더 빨리 눕는다/바람보다도 더 빨리 울고/바람보다 먼저 일어난다'. 날이 어두워지고 불어오는 바람에 쓰러졌던 '풀'은 날이 밝으면 어느새 자리에서 일어나 있다. '풀'은 스스로 바람이 불기도 전에 먼저 눕고 바람보다도 먼저 일어난 것이다. 결국 1연과 2연을 연결지어 보면, '풀'은 마치 불어오는 바람에 의해 쓰러졌다가 다시는 살아나지 못할 것처럼 보이기도 하지만 어느새 스스로 살아나고 있다. 바람과 상관없이 눕고 스스로 일어나는 것이다.

이 시의 3연은 '풀'이 지닌 끈질긴 생명력을 그려낸다. 첫 행의 '날이 흐리고 풀이 눕는다'라는 진술에는 바람이 등장하지 않는다. 바람이 없어도 날이 흐리면 '풀'이 스스로 눕는다. '풀'은 스스로 움직이는 것이다. 그러므로 '바람보다 늦게 누워도/바람보다 먼저 일어나고/바람보다 늦게 울어도/바람보다 먼저 웃는다'. 시간을 나타내는 '늦게'와 '먼저'라는 말을 대조적으로 강조하여 쓰고 있는 것은 '바람'이라는 외부적 조건과는 아무 상관 없이 '풀'이 스스로 눕고 일어나며, 울고 웃을 수 있음을 말하기 위해서이다.

이 시에서 '풀'이라는 시적 대상은 평범한 자연물로서의 '풀'이다. '풀'은 그 줄기가 나무처럼 자라나지 않는다. 뿌리 부분이 살아남아서 여러 해를 살아가는 풀도 많지만, 대개 1년이면 고사한다. 그러나 씨가 떨어져 싹이 나와 다시 줄기가 커나고 꽃이 피고 씨가 맺으면 그 삶을 마감한다. 자연을 말하고자 할 경우 우리가 연상하게 되는 것이 곧 풀이다. 풀은 쓰러지고 짓밟혀도 늘 푸르게 돋아나기 때문에 자연의 생명력을 상징한다. '민초'라는 한자어는 백성을 끈질긴 잡초에 비유하여 일컫는 말이다. 이 말은 외부의 압력에 순응하는 것처럼 보이면서도 결코 굴하지 않는 저항 의식, 끝까지 자신의 희생을 감수하고 불의에 대항하는 투쟁의식 등이 함축되어 있다. 그러나 민초라는 말을 어떤 의미로 해석하더라도 거기에 공통적으로 깔려 있는 것은 강인한 생명력이다. 그리고 그 생명력은 '풀'의 생명력에서 비롯된 것임은 물론이다.

김수영의 시 「풀」은 자연의 끈질긴 생명력을 노래하고 있는 작품이라고 할 수 있다. 김수영이 지니고 있는 자연과 생명을 중시하는 생태적 상상력의 의미를 여기서 확인할 수 있다. 그렇지만 여기서 '풀'이라는 시어의 의미를 사회 역사적으로 확장할 경우 '풀'은 곧 외부적 세력의 억압과 횡포를 견뎌내면서 살아가는 '민초'라는 뜻에 도달하게 된다.

김춘수

金春洙 1922~2004

1922년 11월 25일 경남 충무 태생. 통영보통학교를 졸업하고 경기중학교를 거쳐 니혼대학 예술과에 입학했으나 1942년 12월 퇴학 처분을 당했다. 1945년 해방 직후 경남 충무에서 유치환, 윤이상 등과 통영문화협회를 만들어 예술운동을 전개했고, 1946년부터 조향, 김수돈 등과 동인지 『노만파(魯漫派)』를 발간했다. 1948년 대구에서 발행되던 『죽순(竹筍)』 8집에 시 「온실」 등을 발표한 후 첫 시집 『구름과 장미』를 간행하면서 본격적인 문단 활동을 시작했다. 1956년 유치환·송욱·고석규 등과 시 동인지 『시연구』를 발행하기도 했다.

김춘수의 시 세계는 크게 네 시기로 나누어진다. 첫 단계는 「꽃」 「꽃을 위한 서시」 같은 작품들을 중심으로 하는, 이른바 존재에의 탐구를 수행하던 시기로, 이때에는 존재와 언어의 관계가 강조된다. 둘째 단계는 1950년대 말에서 1960년대 전반까지 발표한 「부두에서」 「봄바다」 같은 작품들을 중심으로 하는데, 이 시기에는 이른바 서술적 이미지의 세계가 강조된다. 이는 이미지를 위한 이미지를 지향하는 묘사적 세계로 드러난다. 한편 이 시기에는 언어유희가 두드러진 「타령조」 같은 시들도 나타난다. 셋째 단계는 「처용 단장」을 중심으로 하여 탈이미지의 세계가 강조된다. 넷째 단계는 1970년대 말부터 1980년대까지로 종교 혹은 예술에 대한 성찰이 시를 통해 강조된다.

시집으로 『늪』(1950) 『기』(1951) 『인인』(1954) 『꽃의 소묘』(1959) 『부다페스트에서의 소녀의 죽음』(1959) 『타령조 기타』(1969) 『처용』(1974) 『김춘수시선』(1976) 『꽃의 소묘』(1977) 『남천』(1977) 『비에 젖은 달』(1980) 『처

용 이후』(1982) 『처용 단장』(1991) 『서서 잠드
는 숲』(1993) 『들림, 도스토옙스키』(1997) 『의
자와 계단』(1999) 등이 있다. 시론집 『한국현
대시형태론』(1958) 『시의 이해』(1972) 『의미와
무의미』(1976) 『시의 표정』(1979) 등이 있다.

우리 시 깊이 읽기

꽃

내가 그의 이름을 불러주기 전에는
그는 다만
하나의 몸짓에 지나지 않았다.

내가 그의 이름을 불러주었을 때
그는 나에게로 와서
꽃이 되었다.

내가 그의 이름을 불러준 것처럼
나의 이 빛깔과 향기에 알맞는
누가 나의 이름을 불러다오.
그에게로 가서 나도
　그의 꽃이 되고 싶다.

우리들은 모두
무엇이 되고 싶다.
너는 나에게 나는 너에게
　잊혀지지 않는 하나의 눈짓이 되고 싶다.

　김춘수의 시 「꽃」은 전체 4연으로 구분되어 있다. 이 시는 시적 주체로서의 '나'라는 화자를 중심으로 '그'와 '너'라는 상대와의 관계를 통해 각각의 존재 의미를 어떻게 규정할 것인가에 관심을 집중한다. 여기서 등장하는 '꽃'은 구체적인 자연물로서의 '꽃'이라기보다는 궁극적인 존재 의미를 표시하기 위해 시인이 선택한 하나의 관념으로서의 '꽃'이라고 할 수 있다. 그러므로 이 시의 내용을 이해하기 위해서는 먼저 인칭대명사라고 부르는 '나' '너' '그' '우리' 등의 정확한 의미와 함께 '나'를 중심으로 하여 상대가 되는 '너'와 '그'의 존재에 대한 이해가 필수적이다.

이 시의 전체적인 시적 진술을 보면 '나'는 시적 주체로서 화자가 되며 모든 상황 지시의 원점에 해당한다. 모든 인식과 행위의 주체로서 대상의 세계와 구별된다. 주체로서의 '나'는 사고와 체험, 작용과 반작용, 의지와 감각 등의 작용을 하는 의식의 통일체에 해당한다. 그러므로 '나'는 체험의 내용이 변화한다 하더라도 주체로서의 동일성을 유지하게 된다. '나'의 입장에서 상대편에 있는 청자(聽者)가 '너'라는 대명사로 지칭된다. '나'와 '너'라는 화자와 청자의 축을 중심으로 할 때 거기서 벗어나 있는 제삼자가 '그'이다. '그'는 '나'의 상대로서의 축에서 벗어나 있으며 거리가 떨어져 있는 만큼 '나'와는 직접적 관계가 없다. 이와 같은 각각의 관계를 놓고 본다면 '나'라는 주체가 대상을 어떻게 인식하느냐 하는 문제는 그 관계와 거리를 통해 규정되는 셈이다.

1연의 경우는 '나'를 중심으로 '그'라는 제삼자의 존재 방식을 먼저 설명하고 있다. 여기서 주목해야 하는 시어가 '이름'이라는 말이다. 우리가 일상적으로 사용하는 말 가운데에는 사물의 이름이라고 할 수 있는 것이 아주 많다. 모든 사물은 이름을 부여받음으로써 그 존재가 인식된다. 이름이 없는 잡초는 그저 잡초로 불려질 뿐이며 아무도 그것을 챙겨보려 하지 않는다. 존재 자체가 곧 이름을 뜻한다고 할 수 있을 정도로 이 세상에 존재하는 모든 사물은 이름을 가지게 된다. 사물에 이름이 없다면 그것은 그 존재를 아무도 인식하지 못하고 있음을 의미한다. 그러므로 사물의 이름은 그 본질적 존재의 문제가 되는 셈이다. 사람도 마찬가지다. 이 세상에 존재하는 사람은 모두 자신에게 부여된 이름으로 행세를 한다. 그렇기 때문에 시의 진술 내용 가운데 이름을 불러주는 행위는 상대의 존재를 구체적으로 인식하고 있음을 말해주는 것이다. 상대방의 이름을 알지 못할 경우 '그'는 대상에 대한 주체로서의 '나'의 인식 범위 밖에 존재할 뿐이다. 그러므로 그 존재의 실체를 인정할 수 없다. 시에서는 이를 두고 '다만/하나의 몸짓에 지나지 않았다.'라고 적어놓고 있다. 여기서 '몸짓'은 그 실체를 알아내기 어려운 움직임을 뜻한다. 어떤 형체도 없고 형체가 없으니 크기도 색깔도 알아낼 수 없는 막연한 상태.

2연에서는 1연의 경우와는 반대로 '내'가 '그'의 이름을 부른다. '나'의 인식의 범위 안으로 '그'가 옮겨지면서 그 존재가 드러난다. '그'의 존재는 '나'와 '너'의 관계처럼 화자와 청자의 축으로 이동해야만 주체인 '나'의 상대가 되는 것이다. '나'는 '그'의 이름을 호명함으로써 '그'를 '나'의 상대로 끌어온다. 그 존재가 불분명하던 삼인칭의 '그'는 '나'에 의해 호명됨으로써 '나'의 인식의 대상으로 '나'의 앞에서 그 존재를 드러내는 셈이다. 이와 같이 대상의 존재에 대한 온전한 인식 상태를 드러내기 위해 시인은 '꽃'이라는 시어를 동원하고 있다. 여기서 꽃은 구체적 자연물로서의 꽃이 아니라 하나의 상징이며, 존재의 궁극을 의미한다고 할 수 있다.

3연은 2연의 내용과는 다른 상대적인 자기표현이라고 할 수 있다. 내가 '그'의 이름을 불러준 것처럼 '나'도 누군가에 의해 이름이 불려지고 '나'의 존재를 드러낼 수 있기를 소망하고 있다. '나'도 누군가의 곁에 '꽃'과 같은 존재로 인정받고 싶다는 것이다. 물론 '나'의 '빛깔과 향기'에 알맞은 이름으로 불려져야만 한다. 그럴 경우 상대적으로 '나'도 '그'의 곁에서 존재의 의미를 부여받을 수 있는 것이다.

이 시의 4연은 '나'라는 시적 주체가 '우리'라는 복수형의 대명사로 대체되면서 '나', '너', 그리고 '그'를 모두 한데 묶어놓는다. 그리고 서로 각각 떨어져 그 존재를 제대로 인식하지 못하는 상태가 아니라 모두가 서로에게 의미 있는 존재로 인식될 수 있기를 소망하고 있는 것이다. 서로에게 잊혀지지 않는 하나의 '눈짓'으로 존재한다는 것은 각각 서로가 그만큼 가까워져야 함을 의미한다. 하나의 눈짓만으로도 서로를 이해하고 그 의미를 인식할 수 있을 정도가 되어야 하기 때문이다.

이 시에서 시인이 강조하고자 하는 것은 개인으로서의 인간의 존재 의미이다. 개인의 존재는 그를 둘러싸고 있는 타인과의 관계를 통해 그 의미가 드러난다. 서로가 서로의 존재 가치를 인식하지 못한다면 그 존재 의미를 인정하기 어렵다. 여기서 시인이 노래하고 있는 존재론적 인식의 궁극을 표현하고 있는 것이 바로 '꽃'이다. 서로에게 '꽃'과 같은 아름다운 향기와 빛깔을 지닌 존재로 인식되는 것이야말로 인간 존재의 가치와 의미임은 물론이다.

1952년 『시와 시론』에 발표되었고 시집 『꽃의 소묘』(백자사, 1959)에 수록했다.

김춘수 _ 꽃

샤갈의 마을에 내리는 눈

샤갈의 마을에는 삼월에 눈이 온다.
봄을 바라고 섰는 사나이의 관자놀이에
새로 돋은 정맥(靜脈)이
바르르 떤다.
바르르 떠는 사나이의 관자놀이에
새로 돋은 정맥을 어루만지며
눈은 수천수만의 날개를 달고
하늘에서 내려와 샤갈의 마을의
지붕과 굴뚝을 덮는다.
삼월에 눈이 오면
샤갈의 마을의 쥐똥만 한 겨울 열매들은
다시 올리브 빛으로 물이 들고
밤에 아낙들은
그해의 가장 아름다운 불을
아궁이에 지핀다.

이 시는 그 제목에서부터 독자의 관심을 끈다. '샤갈의 마을'이라는 공간은 시적 화자에게는 경험적 실재의 장소는 아니다. 샤갈이 그려낸 그림 속의 고향 마을일 뿐이다. 그러므로 이 시의 구도는 샤갈이 그린 고향 풍경과 그것을 마주 보는 시적 화자의 내면세계가 환상적으로 빚어낸 일종의 관념이라고 할 수 있다.

샤갈(Marc Chagall, 1887~1985)은 백러시아(지금의 벨로루시) 비테브스크에서 태어났지만 1910년 이후 주로 파리에서 활동했다. 그가 떠나온 고향을 그리워하며 그려낸 것으로 알려진 〈나와 마을〉〈비테브스크〉〈눈 내리는 마을〉 등에는 눈이 내리

우리 시 깊이 읽기

는 풍경이 등장한다. 그러므로 이러한 회화적 요소의 시적 변용을 통해 「샤갈의 마을에 내리는 눈」이라는 시가 만들어진 것이라고 할 만하다.

이 시의 텍스트에서 '샤갈의 마을에는 삼월에 눈이 온다.'라는 첫 행의 진술 내용은 시적 배경을 제시하고 있다. 여기서 주목해야 할 것이 '삼월'이 표상하는 시간적 의미와 '눈'이라는 시어가 지시하는 공간성이다. '삼월'은 일반적으로 '봄'의 시작 단계에 해당한다. 새로운 생명이 소생하는 것이 봄이지만, 차가운 '눈'은 겨울이라는 계절을 공간적으로 연장한다. 그러므로 이 시의 첫 행은 봄의 시작에 해당하는 삼월에도 여전히 눈이 내리는 풍경을 통해 여전히 '샤갈의 마을'은 겨울의 끝자락에 놓여 있음을 암시한다.

전체적인 시의 텍스트는 의미상으로 크게 전반부와 후반부로 나누어진다. 전반부는 눈이 내리는 정경을 중심으로 하는 외부 세계를 묘사한다. 눈이 내리는 속에는 봄을 바라고 있는 한 사나이가 등장한다. 여기 등장하는 사나이는 샤갈의 그림 속의 풍경이라기보다는 시인이 상상해낸 시적 화자의 또 다른 모습이라고 할 수 있다. 사나이의 관자놀이에 새로 돋은 정맥이 파르르 떤다. 봄을 기다리다가 때아닌 삼월의 눈을 맞으며 느끼는 추위가 사나이의 관자놀이에 드러난 파란 정맥으로 그려진 셈이다. 이 특이한 이미지는 하얗게 내리는 차가운 눈과 시각적으로 대비된다. 하늘에서 내리는 눈은 '수천수만의 날개'를 달고 내려오면서 사나이의 얼굴을 스치기도 하고 마을의 지붕과 굴뚝에 쌓인다.

이 시의 후반부는 시상의 전환을 보여준다. 눈이 포근하게 쌓이면서 차갑게 느껴지던 감각 대신에 눈 속에서 되살아나는 새로운 생명의 빛깔을 발견한다. 그건 바로 눈 속에서 올리브 빛의 연녹색으로 살아나는 쥐똥만 한 겨울 열매이다. 차디찬 눈의 촉감을 감각적으로 구체화한 관자놀이의 정맥 대신에 여기서는 작은 겨울 열매의 색깔이 변하면서 눈 속의 포근함과 함께 새롭게 소생하는 생명의 빛을 보여준다. 그리고 아궁이에 지피는 아낙들의 '아름다운 불'은 생명의 소생을 예비하는 밝고 따스한 이미지로 변용된다.

결국 이 시는 시각적 이미지와 촉각적 이미지를 대조적으로 활용하고 있다. 삼월에 내리는 '눈'과 사나이의 관자놀이의 '정맥'은 시각적으로 하얀색과 푸른빛이며 촉각적으로는 차가운 느낌을 전해준다. 이와 달리 올리브 빛으로 변하기 시작한 쥐똥만 한 '겨울 열매'와 아낙들의 아궁이의 '아름다운 불'은 연녹색과 붉은색이며 겨울을 벗어나는 생명의 빛이면서 동시에 그 온기를 느끼게 한다.

박재삼

朴在森 1933~1997

일본 도쿄에서 출생한 후 경상남도 삼천포에서 성장했다. 1953년 삼천포고등학교를 졸업했고 고려대학교 국어국문학과에 입학하였으나 중퇴하였다.

1953년 『문예』에 투고한 시조 「강물에서」를 모윤숙이 추천했고, 1955년 『현대문학』을 통해 시 「정적(靜寂)」이 서정주의 추천을 받은 뒤 시조 「섭리(攝理)」를 유치환이 다시 추천했다. 시조라는 전통적 시 형식에 관심을 기울이면서 현대시로 그 활동을 넓혀 나갔다. 1961년 구자운·박희진·성찬경·신기선·이경남·이종헌 등과 함께 『60년대 사화집』의 동인으로 활동했다. 현대문학사, 대한일보사 기자를 역임했고 삼성출판사에서 일했다.

1962년 첫 시집 『춘향이 마음』을 간행한 이래 시집 『햇빛 속에서』(1970) 『천년의

바람』(1975) 『어린 것들 옆에서』(1976) 『추억에서』(1983) 『내 사랑은』(1985) 『대관령 근처』(1985) 『바다 위 별들이 하는 짓』(1987) 『박재삼 시집』(1987) 『다시 그리움으로』(1996) 『사랑하는 사람을 남기고』(1997) 등 다수의 시집과 시 선집을 간행하였다.

박재삼의 시는 1950년대에 새롭게 부각된 모더니즘 시의 이국적인 취향과 관념적 요소와는 달리 토속어에 대한 친화력을 바탕으로 깊이 있게 서정성을 추구하였다. 그의 시에서 볼 수 있는 독특한 구어체의 어조와 잘 조율된 율격은 서정시의 격조와 그 아름다움을 살려내는 데에 크게 기여하고 있는 것으로 보인다. 특히 「울음이 타는 가을 강」 「추억에서」 「춘향이 마음」 등과 같은 초기 시는 한국적인 한의 정서를 토속어의 감각으로 형상화한 서정시의

높은 경지를 보여주고 있다. 1970년대 이후 시집 『어린 것들 옆에서』를 출간하면서부터 그의 시는 일상적 현실에 관한 관심을 더욱 넓혀 나가면서 소박한 삶의 자세와 현실에 대한 긍정적 시선을 진솔한 언어로 노래하기 시작한다. 그는 자연을 통해 삶의 위로와 지혜를 얻으면서도 때로는 자연의 완벽한 아름다움과 인간과의 거리 때문에 절망하기도 한다.

산문집으로는 『울밑에 선 봉선화』(1986) 『아름다운 삶의 무늬』(1987) 『슬픔과 허무의 그 바다』(1989) 등이 있다. 1997년 6월 8일 타계했다.

우리 시 깊이 읽기

울음이 타는 가을 강

마음도 한자리 못 앉아 있는 마음일 때,
친구의 서러운 사랑 이야기를
가을 햇볕으로나 동무 삼아 따라가면,
어느새 등성이에 이르러 눈물나고나.

제삿집 큰집에 모이는 불빛도 불빛이지만
해 질 녁 울음이 타는 가을 강을 보것네.

저것 봐, 저것 봐
네보담도 내보담도
그 기쁜 첫사랑 산골 물소리가 사라지고
그다음 사랑 끝에 생긴 울음까지 녹아나고
이제는 미칠 일 하나로 바다에 다와가는
소리 죽은 가을 강을 처음 보것네

「울음이 타는 가을 강」은 박재삼의 초기 시를 대표한다. 이 시는 노을이 붉게 타는 가을 강의 숨 막히는 아름다움을 통해, 삶의 과정에서 겪었던 서러운 사랑과 그 한의 정서를 하나의 정화된 의미로 승화시킨다. 이 과정에서 '눈물'은 '강물'이 되고 다시 '바다'로 이어진다. 이 놀라운 시적 변용은 박재삼의 서정의 세계에서만 가능한 것이다.

이 시에서 전체적인 시상의 전개 과정과 시적 의미를 이해하기 위해서는 시의 텍스트가 구축해내고 있는 시적 정황 자체를 정밀하게 파악해야만 한다. 시의 텍스트에서 그려내는 시간적 배경은 가을날 오후이며 등성이에서 멀리 내려다보이는 고향 마을의 정경이 공간적 배경에 해당한다. 시적 화자는 제사를 지내기 위해 고향마을 큰집을 찾아가던 중 오랜만에 친구를 만나 함께 길을 걷는다. 친구가 들려주는 서러운 사랑 이야기를 들으면서 고향마을 큰집이 내려다보이는 등성이에 이른다. 해가 저물자 제사를 준비하는 큰집에 여기저기 불빛이 밝혀지고 마을 앞으로 흘러가는 강물에 짙게 황혼이 어린다.

1연은 시적 화자의 심경을 먼저 설명적으로 묘사한다. 오랜만에 고향을 찾은 화자는 자신의 마음을 '한자리 못 앉아 있는 마음일 때'라고 설명하고 있다. 삶의 과정에서 겪어야 하는 갈등과 방황에 휩싸여 안정되지 않은 상태임을 말해준다. 화자는 고향 친구를 만나 서러운 사랑 이야기를 들으면서 가을 햇볕 아래 고향 마을의 정경이 내려다보이는 등성이에 오르게 된다. 그리고 친구의 서러운 사랑 이야기에 눈물까지 보인다. 여기서 '눈물'은 자신의 심란하던 내면 의식과 친구의 서러운 사랑 이야기가 함께 빚어낸 감정의 결정체라고 할 수 있다.

2연은 등성이 위에서 내려다본 고향 마을의 정경이다. 어느덧 해가 저물고 제사를 지내야 하는 큰집에는 여기저기 불빛이 보이고 마을 앞으로 흘러가는 강물은 '울음이 타는' 듯 저녁노을에 붉게 물들어 있다. '울음이 타는 가을 강'은 저녁노을에 붉게 물든 강물의 모습을 그려낸 단순한 시각적 이미지가 아니다. 친구의 사랑 이야기에 서러운 눈물을 흘려야 했던 벅찬 내면의 감정이 '강물'에 한데 녹아들어 붉게 비치고 있기 때문이다.

3연은 시적 화자의 관심이 강물에 집중되면서 시상의 전환이 이루어진다. 강물은 이제 거대한 흐름으로 변하여 소리 죽인 채 바다로 흘러든다. 그 기쁜 첫사랑의 산골 물소리도 강물에 잠겨버리고 사랑으로 생긴 울음까지도 물속에 녹아든다. 그리고 강물은 소리 없이 도도한 흐름으로 바다에 이른다. 여기서 '미칠 일 하나로'라는 구절이 중의적으로 읽힌다. '미칠 일'을 '정신을 차릴 수 없을 정도로 괴로운 심정에 빠져든 상태'라고 풀이한다면 거대한 강물의 흐름은 고조된 슬픔과 괴로움을 내면화한 상태로 볼 수 있다. 그러나 이 구절의 의미를 '어떤 일에 정신을 모으고 집중하는 상태'라고 읽는다면 시적 의미를 달리 해석해야 한다. 강물의 흐름 속에는 첫사랑의 산골 물소리 같은 맑고 명랑하고 즐거운 이야기들이 모여들어 있고 사랑의 아픔과 서러움도 거기 함께 서려 있다. 그러나 이제 강물은 그런 사랑의 기쁨이

나 서러움도 모두 끌어안고 한데 모은 채 스스로 목표 삼아 지향해온 바다에 도달한다. 한때의 기쁨과 즐거움도 한때의 서러움과 괴로움도 모두 사라지고 이제는 새로운 삶의 세계로서의 바다에 이른 것이다.

결국 이 시에서 지나간 사랑의 이야기는 한낱 슬픈 추억거리로 남겨진 것이 아니다. 흐르는 '가을 강'과 어울려 서러움의 '눈물'을 첨가하고 '울음이 타는' 황혼의 붉은 빛을 덧씌워 훨씬 강렬하고 커다란 새로운 의미로 바꾸어놓는다. 서러운 사랑은 이미 지나버린 것이지만 그 사랑만큼 강렬한 시적 이미지를 통해 다시 살아난다. 그런데 시인은 첫사랑의 기쁨과 즐거움과 서러움과 괴로움을 '강물' 속에 한데 감추고 '울음이 타는 가을 강'의 지극한 아름다움을 매개로 하여 새로운 '바다'에 이르게 한다. 이 시는 개인적인 한의 정서를 깊이 있게 파헤치면서도 감상성에 빠져들지 않도록 이를 내면화한다. 그리고 삶의 과정과 그 의미에 대한 깊은 성찰을 보여주면서 새로운 삶의 세계에 대한 발견에까지 이르고 있음을 확인할 수 있다.

이 시는 시적 자아의 내면 의식을 특이한 시각적 이미지로 형상화한다. 가을 햇볕이 쬐는 낮의 시간에서 해 질 녘의 황혼에 이르기까지의 시간의 흐름에 따라 등성이 위로 오르는 공간의 이동이 이루어지면서 시적 정서가 고조된다. 이 과정에서 중요하게 작용하고 있는 시적 모티프는 친구가 들려준 첫사랑의 이야기다. 시인은 이 이야기를 고향 마을 멀리 흐르는 강물과 결합해놓는다. 첫사랑의 이야기는 산골 물소리처럼 아기자기하고 맑고 즐겁게 시작되어 서러움과 괴로움의 '울음'이라든지 '눈물'이라는 이미지로 바뀐다. 그리고 '해 질 녘 울음이 타는 가을 강'으로 확대된다. 삶의 과정에서 겪게 마련인 사랑과 슬픔의 의미가 산골 물에서 시작되어 강물을 이루어 바다로 흘러드는 거대한 자연의 이미지와 감각적으로 결합하고 있는 셈이다. 그러므로 이 시에서 노래하고 있는 서러움의 정서는 감상(感傷)에 머물지 않고 삶의 새로운 가능성에 대한 전망으로 연결된다. 특히 '눈물나고나'라든지 '보것네'에서 볼 수 있는 토속적인 구어체의 종결 어미는 혼잣말처럼 되뇌는 시적 진술의 정감적 어조를 특색 있게 살려내는 데에 기여하고 있다.

추억(追憶)에서

진주(晉州) 장터 생어물(生魚物)전에는
바다 밑이 깔리는 해 다 진 어스름을,

울엄매의 장사 끝에 남은 고기 몇 마리의
빛 발하는 눈깔들이 속절없이
은전(銀錢)만큼 손 안 닿는 한(恨)이던가
울엄매야 울엄매,

별밭은 또 그리 멀리
우리 오누이의 머리 맞댄 골방 안 되어
손 시리게 떨던가 손 시리게 떨던가,

진주 남강(南江) 맑다 해도
오명 가명
신새벽이나 밤빛에 보는 것을,
울엄매의 마음은 어떠했을꼬,
달빛 받은 옹기전의 옹기들같이
말없이 글썽이고 반짝이던 것인가.

박재삼의 초기 시를 대표하는 「추억에서」는 시집 『춘향이 마음』(1962)에 수록되어
있다. 이 시는 어린 시절 어머니에 대한 추억을 회상적 어조로 노래한다. 이 시에서
시적 화자가 추억하고 있는 것은 가난한 생선 장수로 어린 남매를 키워주신 어머니
의 사랑이다. 새벽부터 장터에 나가 생선을 팔아야 했던 어머니는 밤이 되어 집으

로 돌아온다. 어린 남매는 어두운 골방에서 머리를 맞대고 먼 별빛같이 추위에 떨면서 어머니가 돌아오기를 기다렸던 것이다. 가난했던 어린 시절을 돌아보는 이 시가 한의 정서에 빠져들지 않는 것은 어머니의 삶의 자세와 자식에 대한 사랑 때문이다.

1연은 어머니가 장사를 다녔던 '진주 장터 생어물전'의 해 질 무렵 풍경을 묘사한다. 해가 저물어가는데 생어물전을 찾을 손님이 있을 리가 없다. '바다 밑이 깔리는' 것처럼 어두워지는 생어물전의 스산한 분위기가 시적 배경으로 제시된 셈이다.

2연은 어머니의 좌판에 여전히 팔다 남은 '고기 몇 마리'가 놓여 있다고 진술한다. 하루 동안 모두 팔아야 하는 생선을 다 팔지 못하였으니 장사가 시원치 않았음을 말해준다. 생선의 눈깔은 은전처럼 빛을 발하는데 어머니의 마음은 무겁기만 하다. 시적 화자는 거기서 어머니의 한(恨)을 발견한다. 팔지 못한 생선이니 그 눈깔이 은전처럼 빛을 발해도 돈이 어머니의 손에 들어오지 않으니 아무 소용이 없다. 집에서 기다리는 자식들을 위해서는 생선을 다 팔아야 한다. 하지만 어스름에 시장은 파장인데도 좌판에 팔지 못한 생선이 남아 있다. 그걸 내려다봐야 하는 엄마의 심정은 얼마나 답답했을까? 마지막 행의 '울엄매야 울엄매'라는 구절은 시장 생어물전의 어머니 모습을 떠올리면서 시적 화자가 혼자서 내뱉는 회한의 외침이다.

3연에서는 시적 배경의 전환이 이루어진다. 시적 화자의 시선은 집에서 추위를 견디며 어머니를 기다리고 있는 오누이의 모습을 맞춰진다. 어둠이 내리고 하늘에 별빛이 드러난다. 오누이는 컴컴한 골방에 앉아 문을 열어둔 채 시린 손을 마주 잡고 어머니가 시장에서 돌아오기를 기다린다. 골방은 온기도 없고 하늘의 별빛은 아득하기만 하다. 어머니를 기다리는 오누이의 심정은 먼 밤하늘의 별빛처럼 간절하다. 시장터에서 팔다 남은 생선을 속절없이 내려다보며 안타까워하는 어머니의 모습과 집 골방에서 먼 하늘의 별빛을 바라보며 어머니를 기다리는 오누이의 모습이 극적으로 대조를 이룬다. 가난 속에서 겪어야 했던 고달픈 삶의 모습을 확인할 수 있다.

4연은 진주 시장을 오가던 어머니의 모습을 그려낸다. 시적 화자는 신새벽에 집을 나와 어두운 밤에 집으로 돌아오던 어머니의 눈에 남강의 맑은 강물이 어떻게 보였을지를 상상해본다. 가난한 삶에 지쳐 고단했던 어머니의 눈에는 남강의 맑은 물이 제대로 보였을 리가 없다. 화자의 상상 속에서 어머니의 마음은 마치 옹기전의 옹기들이 달빛을 받아 반짝이던 모습처럼 그려진다. 고달픈 삶과 한스러움을 시각적 이미지로 형상화함으로써 달빛에 비쳐 반짝이는 옹기의 모습은 그대로 어머니의 눈빛이 된다. 여기서 말없이 눈물을 글썽이던 어머니의 모습을 통해 슬픔의 감정이 억제되면서 내면화하고 있음을 알 수 있다.

이 시에서 주목되는 시적 이미지는 섬세한 시각적 감각으로 그려진 것이 대부분이다. 시장 생어물전의 은전처럼 빛나던 고기 눈깔, 아득하게 먼 하늘의 별밭, 진주 남강의 맑은 강물, 달빛에 반짝이던 옹기 등은 모두 시각적 이미지에 해당한다. 이들 이미지는 어머니의 고달픔 삶과 대비되면서 지배적 인상을 더욱 강조하고 가난한 삶에 대한 서러움과 한의 정서를 절제하면서 이를 감각적으로 표현하는 기능을 발휘한다. 특히 이 시는 '-이던가', '-떨던가', '-했을꼬', '-것인가' 등과 같은 회상적 어조의 의문형 종결법을 시적 진술에 활용하고 있다. 수사적 표현으로서의 이른바 설의법에 해당하는 것이지만 시적 화자가 자문(自問)하는 방식으로 의문을 제기하여 시적 정황 속으로 독자들을 끌어들인다.

시적 화자가 이 시에서 회상하는 대상은 진주 장터 생어물전에서 생선 장사를 했던 어머니이다. 어머니는 어린 남매를 키우면서 새벽부터 시장에 나가 생선을 판다. 어스름이 깃드는 저물녘까지 어머니는 생선이 다 팔리기를 기다린다. 장사를 마치고 집으로 돌아오면 한밤중이 되기 쉽다. 어린 남매는 먼 별빛을 바라보면서 차디찬 골방에서 시린 손을 비비며 어머니를 기다린다. 시적 화자는 그때 어머니가 어떤 생각을 하고 있었는지 그 마음이 궁금하다. 팔다 남은 물고기의 은전처럼 빛나는 눈깔을 내려다보면서 어머니는 무슨 생각을 했을까? 어머니는 자신의 고달픈 삶과 가난한 서러움을 참고 견디면서 집에서 자기를 기다리고 있는 어린 남매를 떠올렸을지도 모른다. 어머니는 매일 지나치는 진주 남강의 맑은 물을 제대로 바라보기나 했을 것인가? 신새벽에 시장에 나갔다가 밤에야 돌아오곤 했으니 어머니의 눈에 강물이 제대로 보였을 리가 없다. 달빛을 받아 말없이 글썽이며 반짝이는 옹기처럼 어머니도 아무 말 없이 혼자서 가난의 서러움을 견디며 눈물을 글썽였을지도 모른다. 여기서 달빛에 소리 없이 빛이 나는 옹기는 투박한 느낌을 주지만 삶의 고통을 견디면서 살아가는 어머니의 소박한 모습을 그대로 표상한다.

박재삼은 가난했던 삶과 그 속에 담긴 한의 정서를 율조의 언어로 노래하고 있다. 하지만 그가 노래하고 있는 비애의 감정은 삶 자체에 대한 부정이나 절망으로 이어지는 감상은 아니다. 오히려 감정을 절제하면서 삶의 의미와 그 가치를 긍정하고자 한다. 그러므로 박재삼의 시는 토속적인 한의 정서에 밀착되어 있음에도 불구하고 그것을 넘어서서 삶의 본질적인 의미와 가치를 천착하고 있는 셈이다.

수정가(水晶歌)

집을 치면, 정화수 잔잔한 위에 아침마다 새로 생기는 물방울의 선선한 우물집이었을레. 또한 윤이 나는 마루의, 그 끝에 평상의, 갈앉은 뜨락의, 물냄새 창창한 그런 집이었을레. 서방님은 바람 같단들 어느 때고 바람은 어려울 따름. 그 옆에 순순한 스러지는 물방울의 찬란한 춘향이 마음이 아니었을레.

하루에 몇 번쯤 푸른 산 언덕들을 눈 아래 보았을까나. 그러면 그때마다 일렁여 오는 푸른 그리움에 어울려, 흐느껴 물살짓는 어깨가 얼마쯤 하였을까나, 진실로, 우리가 받들 산신령은 그 어디에 있을까마는 산과 언덕들의 만 리 같은 물살을 굽어보는, 춘향은 바람에 어울린 수정 빛 임자가 아니었을까나.

이 시는 시집 『춘향이 마음』(1962)에 수록된 연작시 「춘향이 마음 초(抄)」의 하나이다. 「수정가」 「바람 그림자를」 「매미 울음에」 「자연」 「화상보(華想譜)」 「녹음의 밤에」 「포도」 「한낮의 소나무에」 「무봉천지(無縫天地)」 「대인사(待人詞)」 등 10편으로 이루어진 연작시의 첫 번째 작품에 해당한다.

이 시의 텍스트는 전체 2연으로 이루어져 있으며 시행의 길이가 긴 산문시의 형태를 띠고 있다. 이 시는 '춘향'이라는 고전적 소재에서 시적 모티프를 끌어낸다. 그러므로 '춘향' 이야기의 낭만적 사랑에서 드러나는 순수한 열정과 이별의 슬픔을 살려낼 수 있도록 애상적이면서도 간절한 어조로 시적 진술을 이끌어간다. 춘향의 사랑에 담긴 순수와 고결함을 애틋하게 표현하기 위해 시적 진술의 서법(敍法)에도 변화를 가하고 있다. 1연에서는 '-이었을레'(-이었으리라, -이었을 것 같구나)와 같은 추측의 의미를 드러내는 종결형을 반복적으로 사용하고 2연에서는 '-을까나'(-을

우리 시 깊이 읽기

까?)라는 의문을 표시하는 종결형을 반복하여 예스러움의 표현과 자연스러운 운율을 형성하고 있다.

1연에서 그려내고 있는 것은 춘향의 마음이다. 사랑의 열정 속에서 갑작스럽게 춘향은 도련님을 서울로 떠나보낸다. 그리고 도련님이 다시 돌아올 것을 간절히 기도하면서 기다리고 있다. 춘향의 마음은 집으로 친다면 우물집에 비유되고 이른 아침 잔잔한 정화수 위의 맑고 깨끗한 물방울로 묘사된다. 서방님은 바람과도 같은 사람으로 비유된다. 바람은 형체가 없고 갈피를 잡을 수 없이 변화무쌍이지만 자연의 기운으로 흐르는 것이니 늘 어려운 상대이다. 춘향은 그 바람의 흐름대로 순순하고 비록 스러지더라도 물방울의 찬란함을 지켜나간다.

2연은 서방님을 기다리는 간절한 춘향의 모습을 그려낸다. 하루에도 몇 번씩 푸른 산 언덕들을 바라보며, 그리움에 젖어 어깨를 들썩이며 흐느끼며 운다. 진실로 우리가 받들 산신령이 어디에 있는지는 알 수 없지만, 서방님을 그리는 춘향은 산과 언덕들이 만 리 물살처럼 널려 있는 모습을 바라보면서 바람과 함께 어울리는 수정 빛의 주인공이 된다.

이 시는 서방님에 대한 춘향의 간절한 그리움을 노래한다. 여기서 지고지순하게 서방님을 그리며 기다리고 있는 춘향의 마음은 맑은 물방울로 표상된다. 그리고 이 순수의 표상은 다양한 시각적 이미지로 변용된다. '푸른 그리움', '흐느껴 물살 짓는 어깨', '수정 빛 임자' 등에서 볼 수 있는 감각적 표현은 그리움이라는 추상적 감정을 섬세하게 시각화하고 있다. 춘향의 마음은 순수하고 정결한 것이라면 서방님은 바람과도 같은 어려움의 대상이 된다. 바람에는 긍정적 의미와 부정적 의미가 함께 작동한다. 형체가 없고 걷잡을 수 없으며 한 자리에 머물지 않는다는 것은 부정적인 의미로 볼 수 있다. 그러나 바람은 맑은 물방울로 표상된 춘향의 마음을 스러지게 하고 춘향의 어깨를 흐느껴 물살짓게 하며 만 리 산 언덕들의 물살로 이어지게 한다. 바람은 대자연의 기운대로 흘러 만물을 조화롭게 한다. 바람의 힘은 감당하기 어려운 것이므로 막아설 것이 아니라 함께 어울려야 한다. '춘향은 바람에 어울린 수정 빛 임자'라는 이 시의 마지막 구절은 바로 이 점을 말해주고 있다.

춘향의 이야기를 시화(詩化)하는 일은 고전적 설화의 세계를 시적으로 변용하는 작업이라고 할 수 있다. 여기서 주목되는 것이 춘향의 고결한 사랑이다. 자신의 사랑을 지켜나가기 위해 춘향은 서방님을 기다리며 한없는 그리움에 빠져든다. 그러므로 춘향의 사랑에는 애틋하고 간절한 한의 정서가 스며들어 있다. 박재삼이 연작시 「춘향이 마음 초」에서 그려내고자 한 것이 바로 춘향의 사랑에 깊이 담긴 한의 정서가 아닐까 생각된다. 물론 박재삼은 이 특유의 정서를 개인적 감상으로 처리하지 않는다. 그는 인간의 삶을 자연 속에서 조화롭게 그려내면서 그 시적 표현 자체에 절제를 부여하고 있다. 이러한 감정의 절제는 섬세한 감각적 이미지의 구성과 구어체 어조의 절묘한 결합이라는 특유의 시적 진술법에 따라 가능해진 일이다. 그의 시가 감상적 표현과 토속적 분위기에 빠져들지 않고 서정적 긴장을 살려낼 수 있게 된 것도 이러한 시적 진술법과 무관하지 않다.

조오현

曹五鉉 1932~2018

경상남도 밀양에서 태어나 소년 시절에 입산(入山)했다. 법명 무산(霧山), 법호 설악(雪嶽), 자호 만악(萬嶽)이다. 대한불교조계종 백담사와 신흥사에 소속되어 불사에 정진하면서 1968년 『시조문학』에 「봄」 「관음기(觀音記)」 등이 추천되어 등단하였다. 첫 시조집 『심우도(尋牛圖)』(1979)에서부터 조오현은 한시를 중심으로 이어져 내려온 선시(禪詩)의 전통과는 달리 한국의 전통 시 형식인 시조를 통해 새로운 선시조(禪時調)의 전범을 만들어내는 데에 주력했다.

조오현의 선시조는 불교적인 선(禪)의 세계를 시조의 시적 형식과 결합해낸 특이한 상상력의 결과라고 할 수 있다. 불교적인 깨달음의 과정을 서사화하여 연시조 형식으로 완성한 「무산(霧山) 심우도」 10수는 불교시의 새로운 경지를 보여준다. 진리는 문자로 표시할 수 없다는 '간화선(看話禪)'의 대표적인 공안(公案)을 시화한 연시조 「무자화(無字話)」, 부처나 깨달음은 스스로 체득함으로써만 가능한 세계이기 때문에 어떤 말로도 설명할 수 없다는 '무언무설(無言無說)'의 선의 경지를 노래한 연시조 「무설설(無說說)」 등은 선의 세계와 불교적 연기(緣起)와 공(空) 사상에 관한 시적 탐구에 해당한다. 특히 연시조 「만인(萬人) 고칙(古則)」은 선불교의 중심을 이루고 있는 선승(禪僧)의 유명한 일화를 시조 형식으로 풀어낸 것으로 유명하다.

시조집으로는 『심우도』 이후 『산에 사는 날에』(2000) 『절간 이야기』(2003) 『아득한 성자』(2007) 『비슬산 가는 길』(2008) 등을 냈고,

『조오현시선집 적멸을 위하여』(2012)를 발간
했다. 『벽암록(碧巖錄) 역해』(1997) 『선문선답』
등을 펴냈다.

할미꽃

이른 봄 양지 밭에 나물 캐던 울 어머니
곱다시 다듬어도 검은 머리 희시더니
이제는 한 줌의 귀토(歸土) 서러움도 잠드시고

이 봄 다 가도록 기다림에 지친 삶을
삼삼히 눈 감으면 떠오르는 임의 얼굴
그 모정 잊었던 날의 아, 허리 굽은 꽃이여

하늘 아래 손을 모아 씨앗처럼 받은 가난
긴긴날 배고픈들 그게 무슨 죄입니까
적막산 돌아온 봄을 고개 숙는 할미꽃

조오현의 시조 「할미꽃」은 등단 초기의 작품이다. 세상을 떠난 어머니에 대한 사모의 정을 노래하고 있는 이 시조는 속가(俗家)의 인연을 바탕으로 하고 있다는 점에서 조오현이 개척한 선시조의 세계와는 일정한 거리를 두고 있다. 이 작품은 시조의 형식에서 느낄 수 있는 특유의 균제미를 자랑한다. 그러나 작품의 전체적인 짜임새를 연작의 기법이라는 차원에서 세밀하게 분석해보면, 시적 주제의 형상화 과정이 예사롭지 않은 긴장을 내포하고 있음을 확인할 수 있다. 외형적으로 각각 독립된 세 편의 평시조를 연결하고 있는 것처럼 보이지만, 텍스트의 구조 자체가 통합된 하나의 작품을 위해 견고하게 짜여 있다. 이 시조에서 연작을 통한 형식적인 확장에 전체적인 균형을 부여하며 시적 긴장을 이끌어가는 것은 시적 주제의 응축과 그 확산의 과정을 전체적으로 통제하고 있는 내적인 질서에 따른 것임을 알 수 있다.

이 시조의 전체적인 시적 정조는 절절한 사모(思母)의 정으로 이어져 있다. 첫 연의 종장 구절 '이제는 한 줌의 귀토(歸土) 서러움도 잠드시고'는 이 작품의 주제를 드러내기 위한 하나의 시적 발단에 해당한다. 어머니의 죽음을 말하고 있기 때문이다. 어머니는 시적 화자를 낳아주신 분이지만 살아생전에 그 모습을 뵌 것이 아니다. 화자는 지금 속가의 인연이 끝난 뒤에 어머니의 무덤가에 서 있다.

그런데 시적 진술 내용이 2연으로 이어지면서 어머니의 모습 대신에 이미지의 변용을 통해 '허리 굽은 꽃'이 그려진다. 그리고 이 꽃은 마지막 연의 종장에서 '적막산 돌아온 봄을 고개 숙는 할미꽃'으로 구체화한다. '한 줌의 흙'에서 '고개 숙는 할미꽃'에 이르는 시적 이미지의 변용에는 '할미꽃 이야기'라는 설화적 모티프가 포함되어 있다.

옛날에 남편을 여의고 홀로 된 어머니가 딸 셋을 키웠다. 어머니는 가난 속에서도 세 딸을 시집 보냈다. 어머니는 혼자서 외롭게 지내다가 살기가 힘들어 큰딸을 찾아갔다. 큰딸은 어머니를 반겨 맞았지만 늙은 어머니를 부담스럽게 여겼다. 며칠 안 되어 어머니는 큰딸의 집을 나설 수밖에 없었다. 이번에는 둘째 딸네를 찾았지만 거기도 큰딸과 마찬가지였다. 겨울이라서 바깥이 추웠지만, 어머니는 둘째 딸네에 오래 머물 수가 없었다. 결국 어머니는 막내딸을 찾아가기로 하였다. 막내딸의 집이 내려다보이는 고갯마루에서 어머니는 지쳐 쓰러졌다. 딸을 부를 힘도 없었다. 어머니는 허리를 구부린 채로 막내딸의 집을 내려다보다가 그만 숨을 거두었다. 그 뒤에 어머니가 죽은 고갯마루에 할미꽃이 피어났다. 가난한 삶의 한스러움에 자식에 대한 어머니의 사랑을 겹쳐놓은 이야기다.

이와 같은 설화적 모티프를 하나의 시적 주제로 발전시키기 위해 이 작품은 세 개의 연을 통합하여 하나의 연시조를 만들어낸다. 세 개의 연은 각각 독립된 평시조로 읽어지지 않는다. 그것은 시적 주제를 발견하는 각각의 과정 또는 단계를 말해준다. 조오현은 전통적으로 시조가 지켜온 3장 분장의 형태적인 정형성을 여러 가지 방식으로 변형시키면서 연시조의 형태를 통해 시적 형식의 긴장과 이완을 실험하기도 한다. 이것은 시적 주제의 압축과 긴장보다는 그 의미의 심화와 확대에 더 큰 관심을 두고 있음을 말하는 것이다.

산창(山窓)을 열면

화엄경 펼쳐놓고 산창을 열면
이름 모를 온갖 새들 이미 다 읽었다고
이 나무 저 나무 사이로 포롱포롱 날고……

풀잎은 풀잎으로 풀벌레는 풀벌레로
크고 작은 푸나무들 크고 작은 산들짐승들
하늘 땅 이 모든 것들 이 모든 생명들이……

하나로 어우러지고 하나로 어우러져
몸을 다 드러내고 나타내 다 보이며
저마다 머금은 빛을 서로 비춰주나니……

「산창을 열면」은 연시조의 형식을 통해 산중의 새와 나무, 풀잎과 풀벌레, 산짐승들이 서로 어우러져 살아가는 모습을 그려낸다. 시적 화자는 산방에 앉아 화엄경을 펼쳐보다가 창을 열고 바깥 경치를 내다본다. 화자의 눈에 들어온 것은 나무 사이를 날아들며 지저귀는 산새들이다. 이 나무 저 나무 사이로 포롱포롱 나는 새의 모습이 드러난다. 바깥 산중은 풀과 나무와 벌레들과 산들짐승들이 어울려 살아가는 자연 그대로의 모습이다. 모든 생명이 서로 어우러지고 스스로 자태를 드러내며 각자의 빛을 서로 비추면서 살아간다. 이 장엄한 광경은 그 자체가 바로 화자가 펴든 화엄의 세계이며 화엄경의 사상임은 물론이다.

이 작품은 시적 주제를 형상화하기 위해 외형적으로 독립적인 형태를 지닌 평시조 세 편을 세 개의 연으로 결합하여 하나의 연시조를 만들고 있다. 그러나 자세히 보면 첫째 연이나 둘째 연이나 마지막 연 어느 것도 실상은 독립된 평시조의 형태라고 하기 어렵다. 1연에서 셋째 행에 해당하는 '이 나무 저 나무 사이로 포롱포롱 날고……'는 전체 텍스트의 의미 구조에서 시적 정황을 제시하는 데에 목표를 둔다. 그리고 둘째 연과 셋째 연으로 이어갈 수 있도록 하는 의미의 연결을 통사적으로 요구할 뿐이다. 이러한 통사 구조는 2연에서도 비슷하게 이어진다. 2연의 '하늘 땅 이 모든 것들 이 모든 생명들이……'를 셋째 연과 이어놓고 보면, '하나로 어우러지고 하나로 어우려져'라는 3연의 초장과 통사적으로 직접 연결되는 것임을 알 수 있다. 하지만 이러한 통사적 인접성을 무시하고 의도적으로 시조의 연과 장을 구분해놓고 있다.

이와 같은 텍스트 구조의 특징은 시행의 구분법에 대한 새로운 고안에 의해 가능해진 것이다. 산문에서의 의미는 행이 거듭되면서 지속되는 것이지만 시의 경우는 그 구조적 특성에 대한 인식을 위해 행의 구분이 필수적이다. 특히 시 읽기에서 행의 구분은 어법과 의미 구조에서 긴장 관계를 유지하도록 하는 핵심적 기능을 수행한다. 2연의 경우 행(초장 중장 종장)의 구분은 문장 단위와 일치되지 않는다. 여기서 드러나는 일종의 행간 걸침 현상은 행의 구분이 얼마나 의도적인 고안인가를 말해준다. 이 시조에서 행의 구분 자체가 시조의 격식을 뛰어넘으면서도 시적 의미 단위가 되는 연의 구분에 규칙성을 부여한다. 그리고 개방적이면서도 유기적 형태를 보이는 연시조를 창조할 수 있게 된다.

이 작품은 연시조의 형태를 통해 화엄 사상의 기초가 되는 법계연기(法界緣起) 개념을 시적으로 형상화하고 있다. 우주와 자연의 모든 사물은 그 어느 것도 혼자서 존재하거나 살아갈 수 없다. 모든 사물과 생명은 끝없는 시간과 공간 속에서 서로 비추며 그 존재를 드러나게 하는 원인이 된다는 것이 화엄 세계의 법계연기라는 개념이다.

우리 시 깊이 읽기

무설설(無說說) 1

　　강원도 어성전 옹장이
　　김 영감 장롓날

　　상제도 복인도 없었는데요 30년 전에 죽은 그의 부인 머리 풀고 상여 잡
고 곡하기를, 보이소 보이소 불길 같은 노염이라도 날 주고 가소 날 주고 가
소 했다는데요 죽은 김 영감 답하기를 내 노염은 옹기로 옹기로 다 만들었
다 다 만들었다 했다는 소문이 있었는데요

　　사실은
　　그날 상두꾼들
　　소리였데요.

　　조오현의 「무설설(無說說) 1」은 '무언무설'이라는 선의 경지를 시적으로 형상화하
고 있는 선시조의 대표적 형식이다. 불교적 선의 세계에서는 부처나 깨달음은 스스
로 체득함으로써만 가능한 세계이다. '무설설'은 어떤 사상이나 언설로 설명할 수
없음을 말하기 때문에 침묵으로 일관하는 좌선 자체를 의미하기도 한다. 이 작품은
모두 6편으로 이루어진 연시조 「무설설(無說說)」의 첫 번째 작품으로 사설시조의 형
태를 보여준다.
　　일반적으로 시조는 화자의 단성적(單聲的) 어조로 시적 진술이 이루어진다. 그러
므로 시조에서 사용되는 시적 언어는 발화적 주체가 되는 시인의 단일 어조에 묶이
는 것이 보통이다. 그러나 이 작품은 시적 진술의 내적 대화성을 살려내어 여러 목
소리가 함께 공존하는 대화적 공간을 구축한다. 시적 어조의 단조로움을 극복하기

위해 새로운 언어적 실험에 착안한 셈이다. 실제로 이 작품 속에는 화자의 목소리와 함께 여러 인물의 목소리가 뒤섞여 나타난다. 이것은 시적 화자의 목소리 하나로 이루어지는 시적 진술과는 달리 모든 언어의 가능성을 동원하여 그 의미의 외연을 확대하고자 하는 시적 고안이라고 할 수 있다. 여기서 찾아낸 것이 사설조의 진술이다. 이 작품의 어조는 다성적(多聲的)이며 대화적이므로 시적 공간 자체가 극적 구조를 연출할 수 있게 된다. 시적 공간에서 생생한 목소리의 다양성을 살려냄으로써 언어가 본래대로 살아나고 그 살아난 언어의 활력을 타고 시적 진술이 이어진다. 이 공간 속에 독자들이 함께 참여하여 말참견을 할 수도 있고, 흥겹게 추임새를 넣을 수도 있다.

이 사설시조의 초장은 시조의 율격적 틀을 어느 정도 지키면서 강원도 어성전에 살던 옹장이 김 영감의 장례식 날을 사실대로 제시한다. 강원도 양양의 어성전리는 아름다운 산과 맑고 깨끗한 물을 구비한 계곡의 산촌이다. 이곳에 살고 있던 옹기장이 김 영감이 세상을 떠나 장례를 치른다. 중장의 내용은 사설조로 길게 이어지는데 여러 사람의 목소리가 서로 뒤얽힌다. 김 영감의 장례에는 상제도 복인도 없이 쓸쓸하다. 그런데 난데없이 30년 전에 세상을 떠난 김 영감의 부인이 머리를 풀고 나타나 상여를 잡고 곡을 한다. 젊은 나이에 세상을 떠난 부인에 대해 서운함과 섭섭하여 화가 치미는 노여움의 감정을 이제는 모두 주고 떠나라고 울부짖는다. 죽은 김 영감은 자신의 노여움은 옹기로 다 만들었다고 말한다. 시적 화자는 30년 전 세상 떠난 부인을 김 영감의 상여에 매달리게 만든다. 그리고 죽은 김 영감이 오히려 그 부인을 달랜다. 참으로 희한하게도 이 장면은 하나의 환상에 불과하지만, 삶과 죽음의 경계가 사라진 채 김 영감의 부인의 애절한 목소리와 김 영감의 무덤덤한 대답이 함께 어울린다. 종장의 내용에서 중장 부분의 의문이 풀린다. 모든 것이 상두꾼들의 상엿소리였던 것이다.

이처럼 연시조 「무설설(無說說) 1」은 사설시조의 형식을 통해 극적인 대화 공간을 열어놓는다. 이 사설조의 언어는 그것들이 발화되는 순간의 소리를 그대로 담아내는 언술의 구체성을 획득하고 있다. 말과 그 대상, 말하는 사람들 사이에 긴장된 관계가 성립되면서, 말들이 끌어들이는 서로 다른 공간과 상황이 상호 작용한다. 여기서 언어는 시적 정황에 맞춰 개별화되고 생명력을 획득한다. 말하지 않고 있지만 말하는 것처럼 들리고, 보이지 않지만 살아 있는 것처럼 보인다. 아무도 말하지 않는데도 그렇게 들리는 것이다. 그리고 드디어는 내적 대화성을 통해 표현되는 새로운 이야기가 만들어지면서 그 자체가 하나의 시적 형식으로 고정된다.

아득한 성자

하루라는 오늘
오늘이라는 이 하루에

뜨는 해 다 보고
지는 해도 다 보았다고

더 이상 더 볼 것 없다고
알 까고 죽는 하루살이 떼

죽을 때가 지났는데도
나는 살아 있지만
그 어느 날 그 하루도 산 것 같지 않고 보면

천년을 산다고 해도
성자는
아득한 하루살이 떼

　

「아득한 성자」는 시적 텍스트의 구성으로 보면 전체 5연으로 이루어져 있으나 2편의 평시조를 결합한 연시조의 형태를 감추고 있다. 1연부터 3연까지가 전반부이며 4연에서 5연까지가 후반부에 해당한다. 전반부는 자연스럽게 초장(1연), 중장(2연), 종장(3연)의 구분이 가능하다. 후반부는 4연에 초장과 중장이 이어져 있고 5연이 종장을 이룬다. 4연의 길이를 길게 만든 것은 텍스트 구성에서 의도적으로 초장과 중장을 합친 결과이다. 이것은 후반부의 5연에서 표현하고자 하는 시적 주제를 강조하기 위한 고안이다.

이 작품에서 전반부의 시적 소재는 '하루살이'라고 하는 작은 날벌레이다. 여름날 물가에 가면 하루살이가 떼지어 날아다니는 모습을 볼 수 있다. 하루살이는 애벌레로 물 밑의 진흙이나 모래 속에서 1년에서 3년 정도를 살아간다. 그러다가 성충이 되면 날벌레로 변태하여 물 위로 날아오른다. 그리고 이리저리 날면서 짝짓기를 한다. 짝짓기가 끝나면 수컷은 그 자리에서 죽어버리고 암컷은 바로 물가로 가서 알을 낳고는 죽는다. 날벌레로서의 짧은 삶은 대개 하루 이틀로 끝난다. 하루살이라는 이름이 여기서 비롯되었다. 시적 화자는 이 날벌레의 짧은 삶에 주목한다. 날벌레는 살아 있는 하루 동안에 해가 뜨고 지는 것을 모두 보고 이제는 더 이상 볼 것이 없다면서 알을 까고는 죽는다. 대자연에서 일어나는 순환의 진리를 터득하고 새 생명의 잉태를 준비하는 것으로 날벌레는 짧게 삶을 마감한다. 비록 짧지만 그 속에 생사의 이치와 순환하는 대자연의 질서가 포함된다. 그런데도 사람들은 이 날벌레의 삶을 두고는 덧없이 짧은 인생을 빗대어 보기도 한다.

후반부는 시적 화자가 자신의 존재를 돌아보며 삶의 참다운 가치를 제대로 터득하지 못한 채 죽을 때가 지나도록 생명을 부지하고 있는 것에 대한 부끄러움을 솔직하게 드러낸다. 4연의 '죽을 때가 지났는데도/나는 살아 있지만/그 어느 날 그 하루도 산 것 같지 않고 보면'은 시조 형식에서 초장과 중장을 그대로 연결하여 텍스트에서의 4연으로 구분하는 파격을 보여주고 있다. 시조 형식으로는 초장 중장 구분을 없앤 대신에 하루도 사람 사는 제대로의 모습으로 살지 못한 자신의 모습에 대한 회한의 감정을 솔직하게 토로할 수 있는 텍스트 내적 공간을 만들어낸 셈이다. 5연은 시조의 형식에서 종장에 해당한다. 여기서 시적 의미의 전환을 시도한다. 구도자의 삶을 살아온 자신이 이런 식으로 천 년을 산다고 해도 하루 동안에 자연의 질서와 생명의 이치를 모두 경험하고 있는 하루살이의 삶에 미치지 못함을 탓한다. 진정한 성자의 삶이란 그렇게 아득한 일이다.

신사와 갈매기

　어제 그끄제 일입니다. 뭐 학체(鶴體) 선풍도골(仙風道骨)은 아니지만 제법 곱게 늙은 어떤 초로의 신사 한 사람이 낙산사(洛山寺) 의상대(義湘臺) 그 깎아지른 절벽 그 백척간두의 맨 끄트머리 바위에 걸터앉아 천연덕스럽게 진종일 동해의 파도와 물빛을 바라보고 있기에, 노인장은 어디서 왔습니까? 하고 물었더니, 아침나절에 갈매기 두 마리가 저 수평선 너머로 가물가물 날아가는 것을 분명히 보았는데 여태 돌아오지 않는군요. 하고 혼잣말로 중얼거리는 것이었습니다. 그런데 그다음 날도 초로의 그 신사는 역시 그 자리에 그 자세로 앉아 있기에, 아직도 갈매기 두 마리가 돌아오지 않았습니까? 했더니, 어제는 바다가 울었는데 오늘은 바다가 울지 않는군요. 하는 것이었습니다.

　「신사와 갈매기」는 '선문선답'의 이야기를 산문시의 형식으로 승화시켜놓은 작품이다. 연작 산문시 「절간 이야기」 속에 포함되어 있다. 이 작품에서 볼 수 있듯이, 시조의 격조를 뛰어넘으면서 조오현이 발견한 것은 독특한 대화적 공간과 그 속에서 이루어지는 이야기이다. 이를 위해 고안된 것이 시 속에 등장하는 말하는 사람들이다. 일반적으로 서정시의 공간은 시적 화자인 시인 자신이 주도한다. 그러므로 시적 공간 안에서 시인은 언제나 권위적인 것처럼 보이기도 한다. 그러나 이 작품에는 화자와는 다른 인물이 등장하여 자기 이야기를 한다. 그러므로 이 작품의 대화적 공간은 크게 두 가지 층위로 나누어진다. 하나는 시적 화자의 층위이다. 이것은 시적 공간의 표층을 형성한다. 그리고 또 하나는 텍스트 내적인 공간에 등장하는 '초로의 신사'의 층위이다. 이 인물은 시적 공간 안에서 자신의 목소리로 말하고 있으므로 화자의 간섭에서 벗어난다. 이 두 가지 층위의 말은 각각 특이한 어조와 관점을 보여준다. 이들의 상호 연관성은 이 목소리를 모두 포괄하고자 하는 대화적 결합 때문에 가능해진다. 하지만 시적 화자와 신사의 대화는 서로 빗나가기만 한다. 말이 서로 빗나가면서 그 뜻을 납득하기 어렵다. 여기서 생각할 수 있는 것이 바로 '선문선답'이다.

「신사와 갈매기」를 읽고 보면 먼저 떠오르는 것이 선문답의 형식이다. 이 작품 속의 '초로의 신사'는 선사(禪師)이고 시적 화자는 선승(禪僧)으로 생각할 수 있다. 이야기에서 그려내는 선사와 선승 간의 대화는 선승에게 주어진 선사의 가르침을 이해하는 일종의 화두(話頭) 형식으로 서사화된다. 화자는 초로의 신사에게 '노인장은 어디서 왔습니까' 하고 묻는다. 그런데 이 신사는 엉뚱하게도 '아침나절에 갈매기 두 마리가 저 수평선 너머로 가물가물 날아가는 것을 분명히 보았는데 여태 돌아오지 않는군요.'라고 대답한다. 다음 날도 그 자리에 앉아 있는 신사에게 화자는 '아직도 갈매기 두 마리가 돌아오지 않았습니까?' 하고 묻는다. 그랬더니 신사는 '어제는 바다가 울었는데 오늘은 바다가 울지 않는군요.'라고 대답한다. 일반적 관점에서 본다면 화자의 질문은 실재 상황을 두고 이루어진 것이므로 논리적인 성격을 지닌다. 그러나 신사의 대답은 엉뚱하고 질문과는 상관없는 비논리적인 답변으로 이어진다. 과연 이 신사의 엉뚱한 대답은 무엇을 말하고 있는 것인가? 신사가 화자에게 전하려 했던 것은 무엇일까? 여기서 생각할 수 있는 것이 바로 선의 화두이다. 선의 세계에서 흔히 볼 수 있는 선사의 엉뚱한 말은 선승에게 자신의 의문에 대한 출처를 돌아보도록 하려는 의도를 담고 있다. 그러므로 말 자체의 논리가 중요한 것이 아니다. 오히려 의문에 대한 진정한 답은 무엇인지, 그리고 그것은 바로 누가 만들어냈는지 알아차려야 한다. 선사의 엉뚱한 말은 이 점을 강조하기 위해 엉뚱한 말로 당연한 논리를 흔드는 것이다.

찾아보기

인명 및 용어

우리 시 깊이 읽기

작품 및 도서